Carlene Thompson
Glaub nicht, es sei vorbei

Carlene Thompson

Glaub nicht, es sei vorbei

Roman

Aus dem amerikanischen Englisch
von Irmengard Gabler

Krüger Verlag
Frankfurt am Main

2. Auflage August 2002

Die amerikanische Originalausgabe erschien 2001
unter dem Titel »Since you've been gone«
im Verlag St. Martin's Press, New York, N.Y.

Dieses Werk wurde im Auftrag von St. Martin's Press, L.L.C.
durch die Literarische Agentur Thomas Schlück GmbH,
30827 Garbsen, vermittelt.

Für die deutsche Ausgabe:

Satz: Pinkuin Satz und Datentechnik, Berlin
Druck: Clausen & Bosse, Leck
Printed in Germany
ISBN 3-8105-2025-X

Für meinen Bruder Kevin

Danken möchte ich Vada Thompson,
Jim Sprouse, Ada Roush und Keith Biggs.
Mein besonderer Dank gilt Guy Shawkins.

Prolog

Freitag, 21.20 Uhr

Mit dramatischem Schwung hüllte er sich in seinen Umhang. Seine glühenden Augen loderten aus der Dunkelheit seiner Kapuze hervor. »Du hast dich für die dunkle Seite entschieden«, deklamierte er. Er zückte den leichten Säbel und ließ ihn in großmächtiger Geste durch die Luft sausen, elektrisiert von dem schaurigen, erregenden Surren der Macht. »Ich bin Obi-Wan Kenobi, und ich will dir helfen, den Weg zurück zum Licht zu finden. Kämpfe!«

Sein Gegenüber wand sich vor der Ehrfurcht gebietenden Macht eines Jedi Ritters …

Plötzlich bekam er keine Luft mehr. Der leichte Säbel glitt ihm aus der Hand, und während er sich aus seinem mystischen *Star Wars*-Traum kämpfte, löste sich das Gesicht seines Furcht erregenden Feindes in nichts auf. Er versuchte, die Augen zu öffnen, aber sie waren bedeckt. Er öffnete den Mund zu einem Schrei, den jedoch ein ekelhaft süßlich schmeckender Stoff erstickte. Er schnappte verzweifelt nach Luft und fing an, wild um sich zu schlagen. Dabei stieß seine Hand an etwas Festes, und er klammerte sich daran und fragte sich, ob das noch zu seinem Traum gehörte. Mami hatte ihm einen geheimen Spruch verraten, mit dem sich ein böser Traum verscheuchen ließ. Er hatte schon lange nicht mehr schlecht geträumt und musste angestrengt nachdenken, bis der Spruch ihm wieder einfiel: Eins, zwei, drei und vier / böser Traum, fort mit dir!

Vor Angst und Übelkeit ganz benommen, wachte er nicht weiter auf. Er konnte die beruhigende Vertrautheit seines Zimmers nicht sehen, weder das Krieg-der-Sterne-Poster noch das Glas mit den zwei schlanken Goldfischen noch die funkelnde blaue Lavalampe, die Mami immer für ihn brennen ließ, bis er eingeschlafen war. Bestimmt schlief er immer noch! Er musste es noch einmal versuchen. Eins, zwei, drei und vier / böser Traum, fort mit dir!

Nichts. Blankes Entsetzen durchfuhr seinen mageren, siebenjährigen Körper, als ihm dämmerte, dass außerhalb seiner Traumwelt irgendetwas Schreckliches, irgendetwas Wirkliches vor sich ging. Noch einmal schlug er wild um sich, doch seine Kräfte ließen nach. Das Tuch presste sich auf sein Gesicht, dass seine Augen und das Innere seiner Nase brannten. Seine Zunge fühlte sich riesig an. Wo war denn bloß Mami? Bitte, Mami, hilf mir! Er schlug mit einer Hand um sich, traf auf eine Nase und hörte jemanden verhalten fluchen. Was war das für eine Nase? War sie groß? Klein? Gehörte sie einem Mann oder einer Frau?

Panik durchflutete ihn. Gleich würde er sich übergeben. Er hatte Angst wie ein kleines Baby, weil ihm seine Beine kaum noch gehorchten. Er zitterte und hatte das Gefühl, sich jeden Moment in die Hosen zu machen. Etwas wie eine Kapuze stülpte sich über seinen Kopf, aber nicht eine gute wie die am Umhang von Obi-Wan Kenobi, sondern eine raue, kratzige, die modrig roch und ihn am Atmen hinderte. Plötzlich hatte er Schwierigkeiten zu denken. Grelle Blitze flammten vor seinen Augen auf.

Mit der wenigen Kraft, die ihm noch verblieben war, legte er seine Finger um das Bein des Stoffhunds, dem er an manchen Stellen das Fell weggeliebt hatte. Braver, starker, treuer Tramp – sein Beschützer, für immer. Der tapfere Tramp, der in dem Film *Die Lady und der Tramp* das Baby vor der Ratte gerettet hatte. Tramp konnte ihm helfen.

Und Tramp tat sein Bestes. Jemand zwang ihm die Finger auf, aber der Hund hielt fest, eine Öse an seinem Halsband hatte sich im Schlafanzug verhakt. Lass mich nicht los, flehte er Tramp innerlich an. Lass nicht los!

»Na los, es wird Zeit«, zischte ihm jemand unsanft ins Ohr, in sein verwirrtes Hirn hinein. »Kannst der Welt Lebewohl sagen. Das hier ist der Anfang vom Ende, Kleiner.«

Mit einem Entsetzen, wie er es noch nie zuvor erlebt hatte, spürte er, wie sein leichter Körper mitsamt dem Stofftier als baumelndem Gewicht unsanft aus dem Bett gezerrt wurde. Eine Minute später überspülte ihn die Nachtluft, durchdrang seinen schweißnassen Schlafanzug, wehte ihm kalt an die feuchten Füße, strich über seine steifen Finger.

In der Ferne hörte er Hundegebell und unmittelbar an seinem Ohr das hohe Surren einer Stechmücke, bevor er in einen traumlosen, unnatürlichen Schlaf hinüberglitt.

1. Kapitel

Freitag, 21.25 Uhr

»Hier ist Radio WCWT aus Sinclair, West Virginia, mit einem eurer liebsten Oldies, *Bitter Sweet Symphony* von den Verve.«

Violinenklänge füllten den Wagen, und Rebekka Ryan verdrehte die Augen. »Seit wann ist denn ein Song von 1997 schon ein Oldie?« Ihr australischer Schäferhund Sean, der auf dem Schalensitz neben ihr saß, äugte erschrocken zu ihr hinüber. »Ich frage mich bloß, wie sie dann die Musik aus den Fünfzigern nennen? Prähistorisch?«

Rebekka trank den letzten Schluck starken, lauwarmen Kaffees und stopfte den leeren Styroporbecher zu den zwei anderen in die Abfalltüte. Ihr Magen revoltierte, ihre Augen brannten und ihre Hände zitterten. Zu viel Koffein und zu wenig Schlaf. Dazu kam noch die Angst. Seit gestern Nacht wurde sie sie nicht mehr los, seit ihre Cousine Molly sie in New Orleans angerufen hatte, um ihr mitzuteilen, dass Tante Esther an Krebs erkrankt war.

»Das ist doch nicht möglich«, hatte Rebekka dumpf erwidert und an die Frau gedacht, die, solange sie überhaupt denken konnte, vor Gesundheit und Kraft nur so strotzte. Molly hatte ihr erzählt, dass die 75-jährige Esther sich in knapp zwei Wochen einer Operation unterziehen und auch gleich mit der Bestrahlung anfangen wolle. Esther konnte kein Mitleid gebrauchen, und niemand außerhalb des engsten Familienkreises sollte erfahren, wie es um sie stand. »Vor allem dir sollte ich nichts verraten«, hatte ihr Molly letzte Nacht am Telefon gestanden, nachdem ihr siebenjähriger Sohn Todd, den sie nicht beunruhigen wollte, zu Bett gegangen war. »Esther will nicht, dass du extra aus New Orleans hierher kommst, zumal du doch so böse Erinnerungen an Sinclair hast. Du solltest dir also eine Ausrede für diese Reise einfallen lassen.«

Eine Ausrede? Rebekka hatte noch keine gefunden, weil ihre Gedanken seither zu sehr mit der Organisation dieser überstürzten Reise beschäftigt gewesen waren. Die früheren Maschinen von New Orleans nach Charleston in West Virginia waren bereits ausgebucht gewesen, daher hatte sie erst am Nachmittag fliegen können, mit einer Zwischenlandung in Pittsburgh. Bis sie am Flughafen in Charleston endlich ihren Hund in Empfang genommen und einen Wagen gemietet hatte, um die 60 Meilen lange Fahrt nach Sinclair anzutreten, war erneut kostbare Zeit vergangen. Zu allem Überfluss hatte Rebekka sich noch nicht von der schlaflosen Nacht erholt und fühlte sich müde und wie gerädert.

Rebekka schaltete das Radio aus. Der Krach, der sie seither wach gehalten hatte, ging ihr plötzlich auf die Nerven. Sie warf einen Blick hinüber zu Sean. »Du siehst frisch wie ein Gänseblümchen aus. Kein Wunder. Dank des Schlafmittels hast du ja auch beide Flüge durchgeschlafen.« Der Hund sah sie hechelnd an. »Ich weiß zwar, dass du im Allgemeinen nicht gerade wild auf Kinder bist, aber ich hoffe, du magst meinen Neffen Todd. Er ist bestimmt verrückt nach dir.« Ein Speicheltropfen von Seans Zunge landete auf dem Autositz. »Meine Mutter mag dich bestimmt auch, solange du nicht auf eins ihrer hübschen Kleider sabberst.«

Als kleines Mädchen hatte Rebekka das dicke, weizenblonde Haar, die himmelblauen Augen und den schlanken Körper ihrer schönen Mutter maßlos bewundert. Sie hatte ein silberhelles Lachen gehabt und das Talent, ein kindliches Wesen mit der Erwachsenenwelt in Einklang zu bringen. An einem Abend konnte sie die aufmerksame Gastgeberin einer Dinner Party sein, tags darauf sich mit Leib und Seele Rebekkas Puppenkränzchen widmen oder mit ihr und ihrem Bruder Jonnie Blindekuh spielen.

Der Gedanke an Jonnie versetzte Rebekka einen heftigen Stich in die Magengrube. Jonathan Patrick Ryan, drei Jahre jünger als sie, war ein niedliches, zufriedenes Baby gewesen, das zu einem flinken, lebhaften Jungen mit einem Helm aus blonden Locken und einem teuflischen Funkeln in den hellblauen Augen herangewachsen war. Als er noch ganz klein gewesen war, hatte Rebekka ihn hätscheln dürfen, als sei er ihr eigenes geliebtes kleines Baby. Doch als er älter geworden war, hatte er eigensinnig auf Gleichberechtigung gepocht. Später hatten sie miteinander gespielt, Geheimnisse geteilt, sich heftig gezankt und wieder versöhnt. Ein Leben ohne ihn war unvorstellbar gewesen für sie, und sie hatte nicht im Traum damit gerechnet, dass sie jemals ohne ihn sein müsste.

Sie hatte sich getäuscht.

Sean legte seine Pfote auf ihren Arm, weil er ihre Anspannung spürte. »Wir sind schon fast ... da.« Fast hätte sie daheim gesagt, aber Sinclair war nicht mehr ihr Zuhause, schon acht Jahre lang nicht mehr, seit Jonnie ermordet worden war. Sie war nicht mehr dort gewesen, seit sie sich mit achtzehn Jahren an der Tulane University in New Orleans eingeschrieben hatte. Eigentlich hatte sie nie mehr zurückkommen wollen.

Ihr Magen krampfte sich zusammen, als sie den Stadtrand von Sinclair erreichte. Rechts von ihr befand sich die mächtige Baptistenkirche aus Backstein, die 1870 erbaut worden war. Molly hatte ihr erzählt, dass ein paar ehrgeizige Mitglieder der Kirchengemeinde für einen Anbau plädiert hätten, der jedoch von den Denkmalschützern abgeschmettert worden sei. Unmittelbar vor ihr lag der Leland Park, von wo aus man den Ohio überblicken konnte. Rebekka hatte den Park mit seinen Tennisplätzen, Rosengärten, gepflasterten Spazierwegen und dem zweistöckigen River Museum immer sehr gemocht. Das dreieinhalb Hektar große Grundstück mit seinen Bänken und Futterspendern für Vögel und den altmodischen, makellos weiß gestrichenen Springbrunnen wirkte wie immer tadellos gepflegt. Sogar der Musikpavillon, der um 1900 für Sommerabendkonzerte erbaut worden war, sah aus wie neu. Vor langer Zeit hatte ihre Mutter sie und Jonnie zu einem Konzert mitgenommen, und Jonnie hatte sich versteckt. Suzanne war außer sich gewesen vor Angst, Jonnie könnte in den Fluss gefallen und ertrunken sein. Rebekka hatte ihn unter der Orchestertribüne gefunden und war zutiefst enttäuscht gewesen, dass er der verdienten Abreibung entgangen war, die ihr, hätte sie sich einen solchen Streich einfallen lassen, gewiss nicht erspart geblieben wäre.

Als Rebekka durch die Innenstadt fuhr, sah sie, dass sich an der

Hauptstraße nichts verändert hatte, seit sie die Stadt verlassen hatte. Ungefähr vor zehn Jahren hatten sich mehrere wütende Kaufleute gegen das riesige neue Einkaufszentrum verbündet, das fast über Nacht am Stadtrand aus dem Boden gestampft worden war und ihnen die Kunden nahm. Ihre Strategie war es gewesen, ihre Läden möglichst idyllisch zu gestalten, als Kontrast zu den nüchternen Verkaufsräumen des modernen Einkaufszentrums, und auf diese Weise Kunden anzulocken. Das Ergebnis waren drei Häuserblocks, die stark an die Romanwelt von Charles Dickens erinnerten. Rebekka fand sie unerträglich künstlich. Und so weit sie wusste, hatte sich der Umsatz nur so lange verbessert, bis die Neugierde der Leute abgeflaut war. Der erlahmende Enthusiasmus der Eigentümer für ihre Prunkbauten ließ sich an ausgebleichten Fensterläden und rostigen schmiedeeisernen Zierleisten erkennen.

Rebekka fuhr langsamer, als sie an der früheren Vinson's Drogerie vorbeikam. Da sie ihren Koffer in höchster Eile gepackt hatte, hatte sie im Flugzeug eine Liste der Toilettenartikel erstellt, die sie vergessen hatte. Der Laden war noch offen, und sie beschloss, kurz anzuhalten und Besorgungen zu machen. Sie fuhr also an den Straßenrand, parkte und öffnete die Fenster einen Spalt, damit Sean frische Luft bekam.

Als sie aus dem Wagen stieg, sah sie schwarze Gewitterwolken, die sich am schiefergrauen Himmel bedrohlich zusammenbauschten. Im Inneren des Ladens hatte man dem viktorianischen Flair mit Drucken von Currier & Ives Nachdruck verliehen. Einige kleine schmiedeeiserne Tische und Stühle standen vor einem winzigen Sodabrunnen, hinter dem ein gelangweiltes junges Mädchen Kaugummi kauend in einer Zeitschrift blätterte. Auf dem Ladentisch standen große, dekorative Flaschen, gefüllt mit »Heilwassern«, die in Wirklichkeit aber nur eingefärbtes Wasser waren. Sie wusste, dass hier Matilda Vinson, die Drogistin, ihre Phantasie hatte spielen lassen. Rebekka ärgerte sich insgeheim über die unbeschrifteten Regale, die sie zwangen, sämtliche Reihen zu durchstöbern, bis sie alles Nötige, Körperlotion, Rasierklingen, Zahncreme und eine Flasche Reinigungslösung für ihre Kontaktlinsen beisammen hatte. Mit dem Vorsatz, gleich morgen früh etwas Besseres zu besorgen, griff sie sich noch eine überteuerte Packung Trockenfutter für Sean und begab sich an die Kasse.

Ohne auf die Kassiererin zu achten, legte sie ihre Waren auf das Förderband. Die Frau reagierte nicht. Rebekka hob den Kopf und blickte in silbergraue Augen, die sie kühl musterten. Die junge Frau hatte kurzes, platinblondes Haar, gerade dunkle Brauen und dünne, scharlachrote Lippen. Rebekka fühlte sich erröten, denn sie starrte in das Gesicht einer Frau, mit der sie einmal gut befreundet gewesen war.

»Hallo, Lynn«, sagte sie ohne falsche Freundlichkeit.

»Rebekka.« Lynn Cochran Hardison ließ ihre hellen Augen über Rebekkas schlanke Erscheinung wandern. »Du siehst gut aus. Das Leben weitab von Sinclair scheint dir gut zu bekommen.«

»Ich liebe New Orleans«, antwortete Rebekka und schob dabei ihre Waren näher an die Kasse. »Und wie geht's dir?«

»Gut. Ich bin sehr glücklich verheiratet.«

»Gut. Freut mich, dass es klappt zwischen Doug und dir.«

»Natürlich tut es das. Wir haben uns immer schon geliebt«, verkündete Lynn, als erwarte sie Widerspruch. »Ich hatte erwartet, dass du zu unserer Hochzeit kommen würdest. Immerhin ist Doug dein Stiefbruder.«

»Ich wusste doch, dass du mich nicht dabei haben wolltest, Lynn.«

»Und warum hätte ich auch? Du hast mir viel Kummer bereitet, Rebekka.«

Rebekka seufzte. »Lynn ...«

»Ist das alles?« Lynn sah plötzlich verärgert drein. »Aspirin gibt's im Sonderangebot. Mit all diesen sogenannten außersinnlichen Wahrnehmungen, die dir im Kopf rumschwirren, musst du ziemlich oft Kopfschmerzen haben.«

Und schon ist es wieder so weit, dachte Rebekka unglücklich. Diese unheimliche Gabe des zweiten Gesichts, die sich zum ersten Mal bemerkbar gemacht hatte, als sie neun Jahre alt gewesen war, verfolgte sie auf Schritt und Tritt, fast wie ein Fluch.

»Wir können nicht ändern, was gewesen ist, Lynn«, sagte Rebekka ruhig. »Tut mir Leid, wenn ich dich verletzt habe, aber könnten wir das Kriegsbeil nicht begraben, da du doch jetzt zur Familie gehörst?«

Diese Worte klangen auch in Rebekkas Ohren ein wenig salbungsvoll, und so wunderte sie sich nicht über Lynns verächtliche Miene. »Vergessen soll ich, was gewesen ist? Das könnte dir so passen!« Lynn griff nach der Zahnpasta und hämmerte den Preis in die Kasse. »Zuerst machst du hier alles kaputt, dann gehst du fröhlich deiner Wege, lässt es dir in New Orleans gut gehen und vergisst ganz einfach, wie viel Schaden du hier angerichtet hast.« Sie tippte Rasierklingen und Hundefutter ein. »Und ein Buch hast du angeblich auch geschrieben. Versuchst du, aus dem Mord an deinem Bruder Geld zu schlagen? Dann hast du aber bestimmt nicht erwähnt, dass dich deine sagenhaften Visionen zur gegebenen Zeit im Stich gelassen haben und du ihn nicht retten konntest.«

Rebekka ließ sich den Schmerz nicht anmerken, den ihr diese Bemerkung verursachte. Kaum zu glauben, dass diese Frau mit der messerscharfen Stimme einmal ihre Freundin gewesen war.

»Mein Buch handelt nicht von Jonnie«, rechtfertigte sie sich. »Es kommt zwar ein Mord darin vor, aber die Geschichte ist rein fiktiv.«

»Wer's glaubt! Jedenfalls werd ich es auf keinen Fall lesen, so viel steht fest. Und du schuldest mir 22 Dollar 73.«

Rebekka gab ihr 30 Dollar, nahm das Wechselgeld entgegen und griff sich die Plastiktüte, in die Lynn die Waren gepackt hatte. »Auf Wiedersehen, Lynn.«

»Ich werde Doug Grüße von dir bestellen, obwohl du dich nicht mal nach ihm erkundigt hast«, rief Lynn ihr bissig hinterher, während Rebekka auf die Tür zusteuerte.

Rebekka schloss die Augen, als sie hörte, wie Matilda Vinson ihrer Angestellten einen scharfen Rüffler erteilte. Geschieht ihr ganz recht, dachte Rebekka, wusste aber, dass sich Lynns Groll gegen sie damit nur verschärfen würde.

»Rebekka!«, rief Miss Vinson. »Rebekka, meine Liebe, bitte nehmen Sie es Lynn nicht übel, sie hatte einen langen Tag.«

Rebekka lächelte die kleine, sechzigjährige Frau an, die an einen wirbelnden Derwisch erinnerte und seit nunmehr fast vierzig Jahren in der Drogerie arbeitete. »Ist schon gut. Lynn und ich wissen, was wir voneinander zu halten haben.«

»Verstehe«, Matilda sah immer noch besorgt aus. »Sind Sie zu Besuch hier, oder kommen Sie für immer zu uns zurück?«

»Nur zu Besuch.« Lynns silbergrauer Blick schien sich durch Rebekka hindurchzubrennen, und sie wollte so schnell wie möglich aus dem Laden flüchten. »Ich reise in etwa einer Woche wieder nach New Orleans zurück.«

»Wie schade. Wir vermissen Sie hier. Ich weiß noch, wie Sie als kleines Mädchen mit Ihrem Vater zu mir in den Laden kamen. Ich habe Ihnen immer ein Sahnebonbon geschenkt, und Sie haben sich gefreut, als wäre es ein Goldstück.« Matilda sah aus dem Fenster. »Um Gottes willen, was hat sich da für ein böses Wetter zusammengebraut! Sie können jetzt nicht raus. Nehmen Sie sich ein Glas Eiscreme-Soda und warten Sie ab, bis das Schlimmste vorbei ist.«

»Wir schließen aber gleich«, verkündete Lynn.

»Wann wir schließen, bestimme ich!« Matilda Vinsons Wangen färbten sich rot, und Rebekka dachte bei sich, dass Lynn nicht viel an ihrer Arbeitsstelle gelegen sein konnte, wenn sie sich so unverschämt benahm. »Bitte bleiben Sie noch ein paar Minuten, Rebekka.«

»Ich kann nicht«, entgegnete Rebekka und ging zur Tür. »Ich habe meinen Hund im Auto gelassen. Er hat entsetzliche Angst vor Gewittern. Und wenn ich mich beeile, schaffe ich es vielleicht noch, vor dem Unwetter nach Hause zu kommen.«

»Na gut, aber seien Sie vorsichtig, meine Liebe«, rief Matilda ihr hinterher.

Draußen wehte inzwischen ein heftiger Wind. Die Äste der Bäume bogen sich weit nach hinten, und eine metallene Mülltonne rollte scheppernd die Main Street entlang. Ein paar Regentropfen trafen sie mit erstaunlicher Härte. In der Ferne sah Rebekka einen grellen Blitz den dunklen Himmel zerreißen. Sie vergaß zu zählen, wie lange es dauerte, bis laut und bedrohlich der Donner grollte. Wenn sie abergläubisch wäre, müsste sie ein Gewitter in ihrer ersten Nacht in Sinclair als ein schlechtes Omen deuten.

Der Wind wehte ihr das lange rostrote Haar ins Gesicht und klebte ihr die Hose an die Beine. Sie öffnete die Autotür und stieg eilig in den Wagen. Sean drängte sich winselnd auf ihren Schoß. Sie packte ihn am Halsband, schob ihn zurück auf den Beifahrersitz und redete beruhigend auf ihn ein. Sie steckte ihm einen Kauknochen aus ungegerbtem Leder zu, den er im Maul hielt wie eine Zigarre, viel zu nervös, um daran zu kauen.

Langsam lenkte sie den Wagen wieder zurück auf die Fahrbahn und fuhr weiter. Sie beschleunigte das Tempo der Scheibenwischer. Wieder schlitzte ein bösartiger Blitz den Himmel auf und ließ sie zusammenzucken. Wolkenbruchartiger Regen hatte die Main Street um zwanzig vor zehn eigenartig leer gefegt. Die Leuchtreklamen über den beiden Kinos versuchten tapfer, durch den Regenschleier zu glühen. Rebekka bezweifelte, dass viele Leute sich zur Abendvorstellung hatten blicken lassen. Eine knappe Viertelmeile weiter musste Rebekka vor einer roten Ampel warten, die nach schier endlos langer Zeit auf Grün schaltete. Jenseits der Kreuzung bemerkte sie ein eindrucksvolles, weißes Gebäude mit dramatisch geschwungener Stuckverzierung. Auf einem Schild im Vorgarten stand in großen, schwarzen Lettern, die sogar durch den dichten Regen hindurch lesbar waren, DORMAINE'S RESTAURANT. An der Ampel bog sie nach links ab. Ein Donnerknall folgte einem grellen Lichtspeer und ließ Sean aufjaulen und Rebekka zusammenzucken. Der Blitz musste ganz in der Nähe eingeschlagen haben, ein beunruhigender Gedanke, auch wenn sie wusste, dass die Gummibereifung des Autos ausreichend Schutz bot. Sie spürte ein dumpfes Pochen an der rechten Schläfe, ein vertrauter, wenn auch inzwischen seltener Schmerz. Sie würde sich ablenken, ihn einfach vergessen, ein Aspirin nehmen, sobald sie zu Hause angekommen war. Gott sei Dank war es nicht mehr weit, dachte sie, als sie sah, wie die Scheibenwischer vergebens gegen die Regenflut ankämpften. Hin und her. Hin und her …

Die Scheibe begann vor ihren Augen zu verschwimmen und verschwand. Rebekka versuchte sich auf die Gegenwart zu konzentrieren, alles nicht Greifbare auszuschließen, aber wie mit traumwandlerischer Sicherheit driftete sie in ein fremdes Bewusstsein …

Ein raues Tuch bedeckte seine Augen und seinen Mund. Jetzt

war er blind und stumm. Unter ihm war etwas Hartes – Holz wahrscheinlich – und seine rechte Hüfte und sein rechter Arm waren taub. Etwas war um seine Knöchel gebunden, und die Hände waren ihm mit einer Schnur auf den Rücken gefesselt, die Haut an den Gelenken war schon wund vom vergeblichen Reiben. Ihm war speiübel, und sein Kopf tat entsetzlich weh. Gleich würde er anfangen zu weinen, was scheußlich wäre, weil seine Kinohelden niemals weinten und er sich vorkäme wie ein Baby.

Er versuchte, tief durchzuatmen und die Tränen zurückzuhalten, aber die Luft war heiß und stank abscheulich. Faulig. Und er konnte den Donner hören und den Regen, der gegen die Fenster prasselte. Helle Stecknadelköpfe aus Licht funkelten vor seinen brennenden Augen. Er hatte Angst. Todesangst. Ein lauter Donnerschlag, und er erschauerte und rollte sich zusammen. Schluchzend robbte er über den Boden, bis sein Gesicht gegen etwas Weiches stieß. Tramp, sein Stoffhund. Tramp, der in dem Film *Die Lady und der Tramp* das Baby vor der Ratte gerettet hatte. Vielleicht konnte Tramp auch ihn retten …

Langsam verblasste Rebekkas Vision. Die Gedanken des kleinen Jungen wurden vom Geräusch des Regens, der gegen die Windschutzscheibe prasselte, übertönt. Der Wagen steuerte auf etwas Großes, hoch Aufragendes zu. Rebekka blinzelte und wurde sich leider zu spät bewusst, dass sie in die Realität zurückgekehrt war. Sie riss das Lenkrad nach rechts, aber da prallte der Wagen bereits gegen einen riesigen Baumstamm. Das Kreischen des Metalls, als die Motorhaube sich zusammenschob, drang aus weiter Ferne zu ihr vor. Rebekka hatte sich den Gurt angelegt und wurde daher auf dem Sitz gehalten, ihr Kopf jedoch wurde gewaltsam nach vorn gerissen. Was sie als Letztes wahrnahm, war das Blut, das ihr übers Gesicht lief, dann wurde es um sie herum dunkel.

2. Kapitel

Freitag, 21.55 Uhr

»Sie wacht auf.«

Rebekka spürte, dass ihre Lider flatterten. Sie öffneten sich. Sie war sicher, dass sie offen waren. Aber sie konnte nichts sehen. Ihre Hände flogen zu ihren Augen, betasteten vorsichtig die offenen Lider, und Panik erfüllte sie.

»Ich bin blind«, flüsterte sie. Ihre Stimme wurde lauter. »Ich bin blind!«

»Beruhigen Sie sich«, sagte eine ausdruckslose Frauenstimme.

»Aber ich bin blind.«

»Bitte beruhigen Sie sich.«

Jemand nahm ihr die Hände von den Augen, und Rebekka spürte, wie sie hochgehoben und bäuchlings auf die dünn gepolsterte Oberfläche einer Trage gelegt wurde. »Wie schlimm ist es denn?«, fragte Rebekka in die Richtung einer der körperlosen Stimmen über ihr.

»Wir werden uns um Sie kümmern.«

»Welche Verletzungen habe ich denn noch?«

»Beruhigen Sie sich erst mal und genießen Sie die Fahrt. Wir sind in ein paar Minuten im Krankenhaus.«

»Ich will wissen, wie schlimm es ist! Wo ist mein Hund? Ist er tot?«

Niemand antwortete ihr, und die Angst um sich und Sean ließ sie verstummen. Sie hatte schon einmal einen Unfall erlebt. Da war sie erst neun gewesen. Er hatte ihren Vater das Leben gekostet.

Rebekka verlor das Bewusstsein.

»Öffnen Sie die Augen.«

Wozu denn das?, fragte sich Rebekka. Um ewige Dunkelheit zu sehen?

»Öffnen Sie die Augen.«

Automatisch gehorchte sie der gebieterischen Stimme. Ihre Lider schnappten auf. Ein grelles Licht machte sie blinzeln, und langsam fokussierte sie die blaugrauen Augen eines Mannes. Er grinste. »Ist es so besser?«

»Ich kann ja sehen«, keuchte Rebekka. »Ich dachte, ich sei blind.«

»Sie haben einen völlig unschuldigen Baum angefahren, mit einem der Äste Ihre Windschutzscheibe zertrümmert, sich selbst k. o. geschlagen und sich zwei hübsche Schnitte auf der Stirn eingehandelt. Das Blut ist unter Ihre Kontaktlinsen gelaufen. Wir haben sie herausgenommen, mit Salzlösung gereinigt, und jetzt scheinen diese schönen grünen Augen wieder völlig in Ordnung zu sein.«

Rebekka brauchte eine Minute, um die Information in sich aufzunehmen, und atmete dann erleichtert auf, »Gott sei Dank.«

»Sie haben wohl einen ziemlichen Schrecken gekriegt, hab ich Recht?«

»Kann man wohl sagen. Was fehlt mir sonst noch?«

»Bis jetzt haben wir nur Schürfungen und Prellungen festgestellt. Ihre Stirn werden wir nähen müssen. Die Schnitte sind nah am Haaransatz, und vier oder fünf Stiche für jeden dürften genügen.«

»Mein Hund. Wo ist mein Hund?«

Der Arzt runzelte die Stirn. »Von einem Hund weiß ich nichts. Vielleicht können Ihnen die Sanitäter, die Sie hergefahren haben, weiterhelfen. Ich kann ja jemanden zu ihnen schicken, um zu hören, ob sie am Unfallort einen Hund gesehen haben.«

»Ach, bitte«, sagte Rebekka flehend. »Er hat auf dem Beifahrersitz gesessen. Vor den meisten Menschen fürchtet er sich – er muss als Welpe ziemlich schlecht behandelt worden sein. Er war ein Streuner, und ich habe ihn bei mir aufgenommen. Er bedeutet mir sehr viel …«

Der Arzt legte ihr eine Hand auf die Schulter, und erst da wurde ihr bewusst, dass sie sich aufgerichtet hatte. »Sie müssen liegen bleiben.« Er wandte sich an einen schlanken jungen Mann in Pflegeruniform mit Hängeschultern und riesigen braunen Augen hinter dicken Brillengläsern. »Alvin, gehst du mal los und fragst nach, ob die Sanitäter etwas von dem Hund wissen?«

Der junge Mann starrte Rebekka einen Moment lang an, und ihr wurde bewusst, wie hysterisch ihr Gerede von dem armen geprügelten Hund in den Ohren Unbeteiligter klingen musste. »Alvin?«, wiederholte der Arzt.

»Geht klar, Doc«, sagte der junge Mann und verließ fast fluchtartig das Zimmer.

Der Arzt wandte sich wieder Rebekka zu. »Alvin ist einer von unseren besten Pflegern, aber heute scheint er nicht recht bei der Sache zu sein. Wie kam es eigentlich zu diesem Unfall?«

Da Rebekka schlecht sagen konnte, »Na ja, ich hatte eine Vision und war im Bewusstsein eines kleinen Jungen, der wahrscheinlich entführt worden ist«, musste sie improvisieren. »Unmittelbar vor mir habe ich einen fürchterlichen Blitz gesehen. Ich bin so erschrocken, dass ich ruckartig auf die Bremse trat und …«

»Und haargenau in Peter Dormaines hundertjähriger Eiche landeten.«

»Peter Dormaine?«

»Ja. Der Unfall ist vor Dormaines Restaurant passiert.« Er runzelte die Stirn. »Wussten Sie denn nicht, wo Sie waren?«

»Klar wusste ich das«, beeilte sie sich zu sagen. »Ich hatte es nur eine Sekunde lang vergessen. Ich war ganz schön durcheinander.«

»Kein Wunder. Ohne den Sicherheitsgurt würden Sie jetzt ziemlich böse aussehen, junge Frau.« Er hielt kurz inne. »Sie erkennen mich nicht mehr, hab ich Recht? Ich bin Clayton Bellamy.«

Clay Bellamy? Der Freund ihres Stiefbruders Doug, der ihr als junges Mädchen heftiges Herzklopfen verursacht und sie auf allerlei lächerliche romantische Ideen gebracht hatte?

Rebekka schloss die Augen wegen des grellen Lichts, das auf sie herableuchtete. Ihr brummte der Schädel, während ihr übriger Körper seltsamerweise schmerzfrei war, was sich zweifellos bald ändern würde. »Hi, Clay«, sagte sie matt.

Sie sah ihn erneut an. Die Lider seiner graublauen Augen fielen nach außen hin leicht ab, und er trug sein dichtes goldblondes Haar nach wie vor ein wenig länger als die meisten Männer. Sein Lächeln, gesäumt von tiefen Grübchen, entblößte ebenmäßige weiße Zähne. Es hätte ein hübsches Jungengesicht sein können, mit nahezu makellosen Zügen, aber seine Augen waren eine Spur zu traurig, und sein Gesicht wies mehr Linien auf, als man es bei einem Mann erwarten würde, der nur wenig über dreißig war. Die raue Stimme fügte auch noch ein paar Jährchen hinzu. Clay war auf angenehme Weise gealtert und mittlerweile definitiv ein erwachsener Mann und nicht mehr der bemerkenswerte Junge von damals. Als sie sich zuletzt gesehen hatten, war er 22 und sie 17 gewesen.

»Wie kommt es, dass du jetzt mein Arzt bist?«, fragte Rebekka.

»Ich kann mir meine Patienten aussuchen.« Clay lächelte. »Schön, dich zu sehen, selbst unter diesen Umständen, Sterndeuterin.«

Rebekka hatte den Spitznamen vergessen, den Clay ihr gegeben hatte, als sie elf Jahre alt gewesen war und fasziniert von der Astronomie. Sie war nie sicher gewesen, ob er sich nicht über sie lustig machen wollte.

»Ich freue mich auch«, sagte sie matt.

»Du hattest ziemliches Glück, wenn man bedenkt, wie schwer dein Unfall war. Wir haben versucht, deine Familie zu verständigen, aber die Leitung war ständig besetzt.«

»Wie du bestimmt noch weißt, ist mein Stiefvater ein Workaholic. Er hängt oft bis Mitternacht am Telefon. Außerdem weiß niemand, dass ich komme. Nur Molly weiß Bescheid. Erinnerst du dich an meine Cousine Molly?«

»Klar. Cousinen ersten Grades und dicke Freundinnen. Sie war immer bei euch zu Hause, wenn ich Doug besuchen kam. Wir rufen sie gleich an. Zuerst habe ich aber einige Fragen an dich. Wer hat *Moby Dick* verfasst?«

»Soll das ein Witz sein?« Clay schüttelte den Kopf. »Herman Melville.«

»Gut. Wann hat William Faulkner den Pulitzerpreis bekommen?«

»Du kannst vielleicht Fragen stellen!« Rebekka warf die Stirn in gedankenschwere Falten und verkündete: »Es war der Nobelpreis, und den erhielt er 1949.«

»Alles in Ordnung mit deiner Birne!«, frohlockte Clay hämisch.

»Du hast mich auf die Probe gestellt?«

»Ich musste mich vergewissern, dass dein Gedächtnis keinen Schaden genommen hat.«

»Als ob er wüsste, wann Faulkner seinen Preis gewonnen hat«, scherzte die Krankenschwester.

»Sie schien ihrer Sache sicher zu sein, und wer *Moby Dick* geschrieben hat, weiß ich wohl.« Clay stand auf und nahm Rebekkas Hand, als hätten sie sich erst gestern verabschiedet. »Du bist noch genauso hübsch wie früher, trotz der Schnittwunden auf deiner Stirn.«

Und er hatte nichts von seinem Charme eingebüßt, obwohl sie sicher war, dass er seine Worte nicht besonders ernst meinte. Wahrscheinlich hatte er heute schon vielen Frauen gesagt, dass sie hübsch waren. »Danke, Clay. Werden Narben zurückbleiben?«

»Nein. Die Schnitte sind klein, und ich bin ein Meister im Nähen.«

»Und sehr bescheiden.« Die Schwester lachte.

Clay blickte Rebekka treuherzig an. »Da siehst du's, Sterndeuterin, man hat hier erschreckend wenig Respekt vor mir. Manchmal bin ich so tief verletzt, dass ich mich in der Toilette einsperre, um mich auszuweinen.«

»Du Ärmster!«, kicherte Rebekka. »Dein Humor hat sich nicht verändert.«

»Natürlich nicht.« Clay wurde ernst. »Jetzt brauchen wir noch eine Computertomographie, und dann rufen wir Molly an.«

Rebekka diktierte der Schwester Mollys Telefonnummer. »Und bitte versuche, etwas über meinen Hund herauszufinden. Ich weiß ja, dass es albern für dich klingen muss, aber …«

»Es klingt überhaupt nicht albern«, sagte Clay forsch. »Ich habe selbst eine Hündin. Sie heißt Gypsy, und ich liebe sie heiß und innig. Jetzt entspann dich.«

Rebekka konnte es kaum erwarten, endlich aus dem Krankenhaus zu kommen. Der Unfall hatte sie sehr mitgenommen, sie machte sich Sorgen um Sean und fragte sich, wer der kleine Junge sein mochte, in dessen Bewusstsein sie gewesen war. Sie hatte im Geiste miterlebt, wie man ihn aus dem Bett gezerrt hatte und an irgendeinem abscheulichen Ort gefangen hielt. In den vergangenen acht Jahren hatte sie gelernt, ihre Visionen zu unterdrücken, hatte ihren Geist so weit trainiert, bis sie fast verschwunden waren. Aber diese Vision hatte sich nicht verdrängen lassen. Sie war viel zu mächtig, viel zu eindringlich gewesen. Selten in ihrem Leben hatte sie eine Vision von solcher Klarheit erlebt. Und doch wagte sie es nicht, mit Clay oder einer der Krankenschwestern darüber zu sprechen. Sie hatte gerade einen Unfall hinter sich; ihre Geschichte konnte missverstanden werden. Man könnte auf die Idee verfallen, dass sie eine Kopfverletzung davongetragen hatte, die auf dem Bildschirm nicht zu erkennen war, und sie womöglich die Nacht über hier behalten. Dabei wollte sie möglichst schnell entlassen werden, um dem Geheimnis ihrer Vision auf die Spur zu kommen. Wurde in der Stadt ein kleiner Junge vermisst? Konnte sie helfen? Vielleicht hatte sie ja bald eine zweite Vision, die ihr aufschlussreiche Hinweise gab?

Nach schier endlos langer Zeit tauchte die Schwester wieder auf und sagte: »Dr. Bellamy, kann ich Sie einen Augenblick sprechen?«

Clay, der sich stirnrunzelnd auf seine Stiche konzentriert hatte, blickte auf und lächelte. »Das ist der netteste Ton, den ich je von Ihnen zu hören bekommen habe. Was habe ich richtig gemacht?«

»Gar nichts.« Clay zog die Augenbrauen in die Höhe. »Na ja, mit Sicherheit einiges, aber jetzt muss ich Sie dringend sprechen, und zwar gleich.«

Clays Lächeln schwand ein wenig, kam aber, als er sich an Rebekka wandte, mit ganzer Kraft zurück. »Schau nicht so erschrocken drein. Es geht zweifellos um einen anderen Patienten. Dir geht's gut, glaub mir.«

In den zwei Minuten, die Clay weg war, jagten Rebekka ein Dutzend Gedanken durch den Kopf. Irgendetwas war passiert, und es hatte etwas mit ihr zu tun. Sobald Clay wieder zurück war, fragte sie: »Was ist? Hat jemand meinen Hund gefunden? Ist er tot?«

»Deinen Hund?« Clay sah sie verständnislos an. »Nein, die Sanitäter sagen, sie hätten keinen Hund gesehen. Ich habe dir doch gesagt, dass es um einen anderen Patienten ging.«

Aber sein Gesicht sah angespannt und blass aus, während er ihre Wunden zu Ende nähte und sich dabei in Schweigen hüllte. Rebekka hatte Herzklopfen. Wo waren ihre besonderen Fähigkeiten, wenn sie sie brauchte? Warum konnte sie nicht seine Gedanken lesen? Ihre Visionen schienen einen eigenen Willen zu haben und ließen sich nicht von ihr steuern. Sie kamen und gingen, wie es ihnen beliebte.

Nachdem Rebekka immer nervöser wurde, je mehr Zeit verstrich, zwang sie sich, in Ruhe die Verarztung ihrer zwei Schnitte abzuwarten, inklusive einer Injektion mit Antibiotika und einer Tetanusspritze. Dann gab sie einem Polizisten einen Unfallbericht, wobei sie wohlweislich jeden Bezug zu irgendwelchen »Visionen« vermied. Es war schon nach halb zwölf, als Clay sie in ihren feuchten, Blut befleckten Kleidern aus dem Krankenhaus begleitete, wobei er fürsorglich ihren Arm hielt.

»Du brauchst mich nicht heimzufahren«, protestierte sie.

»Die Schwester sagte mir, dass Molly nicht erreichbar sei, deshalb haben wir bei dir zu Hause angerufen. Dein Stiefvater ist nicht da, und deine Mutter hörte sich an, als sei sie nicht ganz auf der Höhe.«

Nicht ganz auf der Höhe, dachte Rebekka. Eine höfliche Umschreibung für den Umstand, dass ihre Mutter getrunken hatte. Rebekka fragte sich, wie viele Leute wussten, dass Suzanne in den vergangenen fünf Jahren zur Alkoholikerin geworden war. Die meisten in der Stadt? Solche Dinge machten in kleinen Gemeinden schnell die Runde.

»Wenn die Versicherungen nicht alles vorschreiben würden, hätten wir dich heute Nacht natürlich in unseren heiligen Hallen behalten«, sagte Clay.

»Ich bin ganz froh, dass dem nicht so ist. Ich verstehe einfach nicht, warum Molly nicht zu Hause ist. Sie wusste doch, dass ich komme. Natürlich bin ich später dran als vorgesehen, aber ich hatte ihr versprochen, dass ich heute irgendwann im Laufe des Tages ankommen würde.«

»Zum Glück ist ja meine Schicht zu Ende. Außerdem habe ich mein Auto hier.«

»Das ist sehr nett von dir, Clay, aber unnötig. In Sinclair gibt es schließlich Taxis.«

»Aber keines, das mit dir durch die Gegend fährt und dir hilft, deinen Hund zu suchen. Wie hast du ihn genannt?«

»Sean! Ach, Clay, hilfst du mir wirklich, ihn zu finden?«

Clay blieb vor einem schwarzen Kleinwagen stehen. »Ich rette Leben und helfe, verlorene Hunde wiederzufinden. Als Arzt biete ich die gesamte Servicepalette.«

»Das kann man wohl sagen. Aber du kannst mir nicht erzählen, dass du jedem deiner Patienten diesen Service bietest.«

Diese Bemerkung klang ein wenig kokett, und Rebekka bereute sie sofort, sagte sich dann aber, dass sie wahrscheinlich nur deshalb so verklemmt reagierte, weil sie sich nach wie vor zu Clayton Bellamy hingezogen fühlte.

»Ich kenne dich seit Jahren, Rebekka. Wenn ich einer alten Freundin nicht helfen würde, ihren Hund zu finden, um sie anschließend nach Hause zu fahren, weil sie verletzt und ohne Wagen ist, wäre ich wirklich ein erbärmlicher Vertreter meiner Spezies.«

Und ich habe mir tatsächlich eingebildet, er könnte mich für etwas Besonderes halten, dachte Rebekka ein wenig enttäuscht.

»Nun steig schon ein, aber fall mir nicht über die leeren Becher auf dem Boden. Ich bin ziemlich schlampig, was mein Auto anbelangt.«

Rebekka stieg ein und schnallte sich unverzüglich an. Der Gurt hatte ihr nun schon zum zweiten Mal das Leben gerettet. Sie bemerkte auch, dass das Auto, abgesehen von drei leeren Pappbechern und einer zusammengeknüllten Schokoriegelverpackung auf dem Boden, in tadellosem Zustand war.

»Ich weiß nicht, wie ich dir danken soll, Clay«, sagte sie, als er den Wagen startete. »Sean ist ein australischer Hirtenhund. Diese Rasse ist normalerweise ziemlich sanftmütig und kinderlieb, aber wahrscheinlich hat man ihn sehr schlecht behandelt, weil er auf die meisten Leute nicht gut reagiert. Ich glaube, dass man ihn irgendwo in der Nähe meiner Wohnung ausgesetzt hat; und aus irgendeinem Grund hat er dann ausgerechnet im Eingang meines Hauses Zuflucht gesucht.«

Clay sah sie lächelnd an. »Als ich dich das erste Mal sah, hast du dich um einen winzigen Hasen gekümmert. Du hast ihn in einen Hamsterkäfig gesteckt. Der Tierarzt hatte dir gesagt, dass das Tier nicht lebensfähig sei, aber du hast es nicht glauben wollen. Und es hat tatsächlich überlebt. Danach hast du jedes verletzte Tier bei dir aufgenommen und nicht ein einziges verloren.«

»Ich kann es nicht glauben, dass du das noch weißt.«

»Ich wollte doch Arzt werden, daher hat mir dein Talent als Heilerin enorm imponiert. Ich weiß noch ziemlich viel von dir, Sterndeuterin, ganz besonders, wie sensibel du immer warst.« Rebekka spürte, dass sie rot wurde, und errötete noch eine Spur tiefer. »Du hattest auch eine ziemlich ausgeprägte Phantasie. Und natürlich hast du jetzt ein Buch geschrieben. Einen Krimi, stimmt's?«

»So nenne ich es. Der Verleger nennt es ›Psychothriller‹. Ich war froh, als ich endlich einen Verlag gefunden hatte, aber es ist erst vor einem Monat erschienen, und ich weiß noch nichts über die Verkaufszahlen. Deshalb möchte ich auch meinen Beruf vorläufig noch nicht aufgeben. Ich unterrichte an einer Privatschule.«

»Großartig. Ich habe das Buch zwar noch nicht gelesen, aber das werde ich noch.«

Rebekka lachte. »Du brauchst es nicht zu lesen.«

»Aber ich will. Ich möchte auch eine persönliche Widmung von dir. Versprochen?«

»Versprochen.«

Das Gewitter hatte nachgelassen, es regnete nur noch träge und trostlos. Die Straßen glänzten nass und waren nahezu menschenleer, im Unterschied zur unentwegten Geschäftigkeit in New Orleans. Die meisten Häuser, an denen sie vorüberfuhren, waren dunkel, und nirgends waren Warnschilder aufgestellt, wie sie im Garden District, wo sie wohnte, gang und gäbe waren. Sinclair gehörte wohl kaum zu den Städten mit erhöhter Kriminalität.

»Geht's dir nicht gut?«, fragte Clay.

»Nein. Warum?«

»Du runzelst die Stirn und kaust auf deiner Unterlippe herum.«

»Meinem Kopf ging es schon mal besser, und der Sicherheitsgurt hat mir eine ziemliche Zerrung verpasst, aber sonst geht's mir gut. Ich mache mir Sorgen um Sean.«

»Nun, wir sind jetzt vor Dormaine's Restaurant. Hier steht dein Auto. Du meine Güte, sieh dir bloß mal die Haube an!«

»Muss ich?«

»Nicht, wenn es dir dann schlecht geht.«

»Es ist ein Mietwagen. Ich habe keinen persönlichen Bezug dazu«, sagte Rebekka und bemühte sich um einen möglichst beiläufigen Ton. »Ich kann es einfach nicht glauben, welchen Schaden ich da angerichtet habe.«

»Nur am Wagen. Wenn ich daran denke, wie du ausgesehen hast, als man dich in die Notaufnahme gebracht hat. Man sagte mir, wer du warst, und ich dachte schon, du seist blind …« Clay holte tief Luft. »Ich hatte ganz schön Angst um dich.«

Rebekka war überrascht, wie bewegt seine Stimme klang. Sie hatte ihn acht Jahre lang nicht gesehen, und bei ihrem letzten Treffen war sie dünn wie ein Gespenst gewesen, hatte nur noch aus Haaren und dunklen Ringen unter den Augen bestanden. Die Trauer um ihren ermordeten Bruder Jonnie hatte sie völlig mitgenommen. Und davor war sie ein verkichertes, errötendes, unbeholfenes Gör gewesen, dessen Augen verliebt zu glänzen begannen, sobald sie ihn sah. Er erinnerte sich wahrscheinlich an sie, na schön – aber als ein eigenartiges Geschöpf, das von sich behauptete, das zweite Gesicht zu haben.

»Wahrscheinlich hat das Gewitter den Abschleppdienst aufgehalten, sonst wäre das Auto schon längst weg«, sagte Clay. »Wo ist dein Gepäck? Im Kofferraum?«

»Ja, aber du brauchst nicht …«

»Warum nicht? Jetzt sind wir schon mal hier. Ich wette, der Schlüssel steckt noch in der Zündung.«

Er schien Recht zu haben, weil er binnen zwei Minuten den Kofferraum aufgemacht und Rebekkas Gepäck in seinem Wagen verstaut hatte. »Kein Aufwand, jetzt hast du heute Nacht deine Sachen alle bei dir«, sagte er. »Und nun suchen wir Sean.«

Sie hatten die gesamte Straße für sich allein, und Clay wendete den Wagen und richtete die Scheinwerfer auf das Restaurant und seitlich daran vorbei. »Von einem Hund keine Spur. Aber wenn er die ganze Zeit hier gewesen wäre, hätten ihn die Sanitäter ja auch gefunden. Aber Alvin sagte, sie hätten keinen Hund gesehen.«

Ein Gedanke schoss Rebekka durch den Kopf. »Der Pfleger. Alvin. Ein ungewöhnlicher Name. Er kommt mir irgendwie bekannt vor.«

»Alvin Tanner. Er ist Earls Sohn.«

»O Gott«, flüsterte Rebekka, die sich plötzlich wieder erinnerte. Earl Tanner war vor einer Bar hier in Sinclair, dem Gold Key, erstochen worden. Die Polizei hatte sofort einen männlichen Tatverdächtigen verhaftet. Die Indizien waren erdrückend, aber dann hatte die 12-jährige Rebekka ihrem Onkel Bill Garrett, einem Polizisten, erzählt, dass Earl von einer Frau namens »Slim« erstochen worden sei, die ihm in einer Seitenstraße vor der Bar aufgelauert hätte. Slim Tanner war Earls Frau gewesen. Wie Rebekka vorhergesagt hatte, hatte die Polizei unter dem Rhododendronstrauch auf dem Rasen der Tanners ein Messer ausgegraben, das mit Earls Blut befleckt war. Slim hatte schließlich ausgesagt, sie habe Earl getötet, weil er sie und Alvin andauernd verprügelt hätte. Trotzdem hatte man sie zu lebenslanger Haft verurteilt.

»Was ist los?«, fragte Clay.

»Du weißt doch, was ich Alvins Mutter angetan habe.«

»Ich weiß, was Alvin Tanners Mutter seinem Vater angetan hat. Sie hat ihn nicht etwa in Notwehr umgebracht … sie hat ihm aufgelauert. Das war ein eiskalter, geplanter Mord. Du hast einen Unschuldigen davor bewahrt, für Slim Tanners Tat ins Gefängnis zu wandern.« Rebekka sagte nichts, verlor sich in ihren Erinnerungen. »Neben dem Restaurant ist ein verlassenes Gebäude«, sagte Clay. »Vielleicht hat Sean sich hier verkrochen, wenn er keine Menschen mag.«

Clay hielt seitlich an, riet ihr, im Wagen zu bleiben, und stapfte mit einer Taschenlampe durch das feuchte Gras. Nach wenigen Minuten kam er zurück, und sein blondes Haar hing ihm feucht in die Stirn. »Hinter einem Stapel nasser Kisten habe ich einen Hund gesehen. Ich bin nicht näher an ihn rangegangen, weil er mich nicht kennt und ich ihn nicht verscheuchen will. Auf dem Rücksitz liegt eine von Gypsys Leinen. Nimm sie dir und geh zu ihm. Aber sei vorsichtig. Womöglich ist es gar nicht Sean.«

Aber er war es tatsächlich. Kaum hatte er sie gesehen, kam Sean hinter dem klitschigen Stapel Kisten hervor, sprang an ihr hoch und schlang seine Vorderpfoten um ihre Hüfte, wie er es zu tun pflegte, seit sie ihn bei sich aufgenommen hatte. »Ich habe mir solche Sorgen um dich gemacht!«, rief Rebekka. »Aber du scheinst in Ordnung zu sein. Pitschnass, aber in Ordnung.«

Sie nahm ihn an die Leine und führte ihn zurück zum Wagen. »Sein langes Fell ist völlig durchnässt, Clay. Ich kann ihn nicht in deinen Wagen lassen.«

»Es sind Kunstledersitze«, sagte Clay. »Die lassen sich ohne weiteres säubern. Auf dem Rücksitz liegt ein altes Handtuch. Wickle ihn darin ein. Er zittert vor Kälte.«

Minuten später saß Sean warm eingepackt auf dem Rücksitz. Rebekka war froh, dass Clay dem Hund nicht zu nah gekommen war. Sean reagierte mit gefletschten Zähnen und Knurren auf jede unerwünschte Annäherung, besonders von Männern.

»Ich glaube nicht, dass er verletzt ist«, sagte Rebekka, als sie losfuhren. »Ich könnte ihn morgen zum Tierarzt bringen, aber diese Besuche gehen für gewöhnlich nicht gut aus. Wenn ich nach Hause komme, werde ich ihn mir mal ansehen.«

Clay nickte abwesend, und Rebekka hatte plötzlich das Gefühl, ihm zur Last zu fallen. Zuerst hatte man vergeblich versucht, ihre Familie zu verständigen, dann hatte Clay sie herumkutschiert, um ihren nassen Hund zu finden, der jetzt triefend auf dem Rücksitz seines Wagens saß. »Ich weiß wirklich zu schätzen, was du heute für mich getan hast«, sagte sie rasch. »Tut mir Leid, dass ich dir so viel Umstände gemacht habe.«

»Du hast mir keine Umstände gemacht.«

»Ich bezahle dir die Reinigung der Sitze. Mit seinem langen Fell hat Sean eine ziemliche Schweinerei angerichtet …«

»Rebekka, ich habe dir etwas verschwiegen«, sagte Clay unvermittelt. Sie blickte ihn fragend an. Sein Gesicht war starr vor Anspannung. »Du warst so durcheinander wegen des Unfalls, und dann so aufgeregt, weil dein Hund verschwunden war … Ich wollte, dass du dich beruhigst, bevor ich dir eine schlechte Nachricht übermitteln würde.«

»Eine schlechte Nachricht?«, wiederholte Rebekka schwach, während ihr Magen sich zusammenkrampfte. »Ich habe schon im Krankenhaus gespürt, dass irgendetwas passiert ist. Aber es hat nichts mit mir zu tun. Es ist etwas mit meiner Familie, nicht wahr? Deshalb ist niemand ins Krankenhaus gekommen.«

»Du hast leider Recht.« Er holte tief Luft. »Es geht um deine Cousine Molly. Besser gesagt, um Mollys Sohn.«

»Todd? Was ist mit Todd? Ist er krank?«

»Nein, Rebekka.« Clay nahm den Fuß vom Gas. Er sah sie an und sagte leise. »Todd ist heute Abend entführt worden.«

3. Kapitel

»Entführt?« Ihre Stimme klang hohl, als käme sie aus einem anderen Körper. »Was sagst du da?«

»Molly war offenbar nicht zu Hause. Eine Babysitterin hat auf Todd aufgepasst. Jemand ist ins Haus eingedrungen, hat das Mädchen bewusstlos geschlagen ...«

»... und ist mit Todd durchs Fenster ins Freie gestiegen. Todd hat keinen Ton von sich gegeben, weil man ihn betäubt hat. Aber er hat sein Stofftier mitgenommen. Einen Hund namens Tramp.« Clay hätte vor Schreck beinahe mitten auf der Straße angehalten und starrte sie fassungslos an. »Und jetzt liegt er gefesselt und geknebelt an einem heißen Ort, an dem es faulig riecht. Und er hat entsetzliche Angst, und ihm ist übel, wahrscheinlich wegen des Chloroforms.«

Clay hatte es die Sprache verschlagen. Erst nach ein paar Augenblicken fragte er vorsichtig: »Rebekka, wovon redest du denn da?«

»Ich rede von Todd. Ich rede von einer Vision, die ich hatte. Deshalb bin ich doch gegen den Baum gefahren, nicht wegen eines Blitzes. Ich habe es ganz deutlich gesehen. Besser gesagt, gespürt. Ich konnte nichts mehr sehen, weil ich in Todds Bewusstsein war, und Todd hatte man die Augen verbunden. Er konnte nichts sehen, und so habe ich auch nichts gesehen.« Ihre Stimme hatte einen verträumten Klang angenommen, eine Folge des Grauens vor der unausweichlichen Realität ihrer Visionen. »Er weiß nicht, wer ihn entführt hat. Aber er ist unverletzt. Zumindest noch.«

Ein Hupen hinter ihnen katapultierte Clay wieder in die Realität zurück. Er drückte aufs Gas, und sie fuhren fast eine Meile die regennasse Straße entlang, bis er fragte: »Rebekka, willst du mir damit sagen, dass du die ganze Zeit gewusst hast, was Todd zugestoßen ist?«

»Nein. Ich hatte eine Vision, aber ich wusste nicht, wer das Kind war. Und ich hatte vergessen, dass Todd ein Stofftier namens Tramp hatte. Wie konnte ich das bloß vergessen? Als Molly mich vorigen Sommer mit ihm in New Orleans besucht hat, hatte er ihn dabei. Wir hatten viel Spaß mit Todd, er war so klug und neugierig. Und er hat sich prächtig amüsiert. Wir waren im Französischen Viertel und im Aquarium und beim Reiten im Audubon Park und ...«

»Rebekka!« Clays Stimme klang scharf. »Hör auf damit. Was sagst du denn da? Dass du eine Vision hattest?«

»Ja.« Sie wandte sich ihm zu. »Du glaubst mir nicht?«

Clay zuckte die Schultern und schüttelte den Kopf, als versuche er, mit sich ins Reine zu kommen. »Ich weiß es nicht. Ich glaube, dass der Wissenschaftler in mir Beweise sehen möchte, Statistiken, Testergebnisse ...«

»Es gibt Statistiken und Testergebnisse, Clay. Und viele davon stammen nicht etwa von einem Haufen Esoterikfreaks, sondern von anerkannten Psychologen. Außerdem hat Doug dir doch bestimmt erzählt, was ich getan habe, als ich noch jünger war. Du hast doch ein paar Dinge selbst miterlebt. Was ist mit den Kindern, die sich in dem verlassenen Stollen verlaufen hatten? Und was um Himmels willen ist mit Slim Tanner? Ich habe die Frau nicht einmal gekannt, noch nie etwas von ihr gehört. Woher sollte ich wissen, dass sie ihren Mann umgebracht hatte?« Clay sagte nichts, und langsam stieg Wut in ihr auf, verebbte aber schnell wieder. »Es ist mir egal, ob du an meine Fähigkeiten glaubst. Was wir beide mit Sicherheit wissen, ist, dass Todd vermisst wird. Er ist erst sieben Jahre alt. Molly muss außer sich sein vor Sorge um ihn. Bitte fahr mich zu ihr. Dann kannst du deiner Wege gehen. Ich werde dich nicht mehr behelligen.«

»Rebekka ...«

»Ich will nicht mehr reden. Mein Kopf tut mir weh. Bitte bring mich einfach zu Molly.«

Clay erfüllte ihre Bitte und sagte nichts mehr, aber sie warf ihm ein paar verstohlene Blicke zu. Sein Gesicht drückte, so weit sie es in der Dunkelheit erkennen konnte, eine Mischung aus Sorge und Bedauern aus. Doch im Augenblick waren Clay Bellamys Gefühle ihre geringste Sorge.

Sie dachte an Todd, als sie ihn zuletzt gesehen hatte: ein zierlicher Junge mit dem braunen Haar seiner Mutter, mit zimtfarbenen Augen und einem schnellen, etwas schiefen Lächeln. Niemand wusste, wer Todds Vater war. Molly war mit 19 Jahren schwanger geworden und hatte sich sogar Rebekka gegenüber geweigert, die Identität des Vaters preiszugeben. Sie war während ihrer Schwangerschaft bei Rebekka in New Orleans geblieben, hatte dann aber alle überrascht, weil sie das Baby behalten hatte und nach Sinclair zurückgekehrt war. Nach seiner Geburt hatte sie an der West Virginia ihren Collegeabschluss gemacht und eine Stelle bei Grace Healthcare angenommen, der Firma der Ryans, mit Filialen im ganzen Land. In den folgenden Jahren hatte sie sich ganz ihrem Sohn gewidmet. Soweit Rebekka wusste, ging sie kaum aus.

Und jetzt war dieser süße Junge, Mollys Ein und Alles, auf einmal verschwunden. Er war ebenso entführt worden wie damals Jonnie. Die Geschichte wiederholte sich. Oder nicht? Als Jonnie im Alter von 14 Jahren während eines Pfadfinderausflugs verschwunden war, hatte Rebekka nichts »gesehen«. Auch in der Woche, als Suchtrupps das gesamte Gelände nach ihm durchkämmt, die örtliche Polizei, die Bezirkspolizei und sogar das FBI vergeblich nach ihm gesucht hatten, hatte sie nichts gesehen. Schließlich war sein zerschlagener Körper auf einem leeren Grundstück in der Innenstadt entdeckt worden, abgelegt wie ein Sack Müll. Kein Mensch hatte jemals herausgefunden, wer ihn entführt hatte und wo er eine Woche lang gefangen gehalten worden war. Und die meisten Leute, die an Rebekkas Kräfte geglaubt hatten, hatten danach ihre Zweifel. Sie selbst hatte sich nie verziehen, dass sie bei ihrem eigenen Bruder versagt hatte. Würde sie auch bei Todd versagen?

Nein, diesmal würde es anders sein, schwor sie sich. Es war schon jetzt ganz anders. Sie hatte miterlebt, wie Todd seine Entführung empfunden hatte. Und die Chance bestand, dass sie noch mehr sehen würde.

Molly wohnte ungefähr drei Meilen von Rebekkas Familie entfernt; ihr Haus stand in einer hübschen, wenn auch nicht sehr wohlhabenden Gegend. Rebekka hatte Molly zwar noch nie zu Hause besucht, jedoch Fotos von ihrer Wohnung gesehen, und so erkannte

Rebekka auch im Schein der Straßenlaternen ohne weiteres das rustikale hellbraune Gebäude mit den braunen Gesimsen und Fensterläden.

Als sie sich dem Haus näherten, hielt ein Polizist sie an. »Keine unerlaubten Besucher«, sagte er. »Bitte fahren Sie weiter.«

»Ich bin Dr. Clayton Bellamy, und das hier ist Rebekka Ryan, Molly Ryans Cousine. Chief Garrett ist Rebekkas Onkel. Man wartet bereits auf Rebekka.«

Der Deputy sah sie argwöhnisch an und sprach dann in ein Walkie-Talkie. Die Antwort, die verknarzt aus dem Gerät tönte, schien ihn zu entspannen. »Chief Garrett sagt, Sie möchten in der Auffahrt parken, Dr. Bellamy. Er ist mit der anderen Miss Ryan im Haus.«

Clay lenkte den Wagen folgsam in die Auffahrt. »Ich danke dir«, sagte Rebekka förmlich. »Darf ich heute Abend Gypsys Leine behalten? Ich werde Sean wahrscheinlich auf der Veranda anbinden müssen.«

»Ich komme mit rein«, sagte Clay. »Das wird nicht leicht für dich nach alledem, was du heute schon durchgemacht hast. Außerdem braucht Molly vielleicht ein Beruhigungsmittel. Ich habe meine Tasche dabei.«

Seine skeptische Einstellung, was ihre Vision betraf, hatte Rebekkas Stolz verletzt, und so hätte sie ihn am liebsten daran gehindert, sie zu begleiten. Aber ihr gesunder Menschenverstand sagte ihr, dass ein Arzt in einer solchen Situation unabkömmlich war. Molly war wahrscheinlich knapp am Durchdrehen.

Schweigend stiegen sie aus dem Wagen, Sean im Schlepptau. Sie waren gerade im Begriff, die drei Verandastufen hinaufzusteigen, als Molly schon aus der Tür gestürzt kam. »O Gott, da bist du ja endlich!«, schluchzte sie und warf sich in Rebekkas Arme.

Rebekka hielt Molly fest. Molly hatte eine auffällige Ähnlichkeit mit Patrick, Rebekkas Vater, der umgekommen war, als Rebekka neun Jahre alt gewesen war. Auch sie hatte rostrotes Haar, Sommersprossen und zimtfarbene Augen, die sie an ihren Sohn Todd weitervererbt hatte. Mollys stämmiger Körper war heiß und zitterte.

»Ich habe das von Todd soeben erfahren«, sagte Rebekka leise.

Molly ließ ein ersticktes Schluchzen hören. »Er kann doch nicht entführt worden sein, Becky. Das kann einfach nicht sein. Er ist aus irgendeinem Grund weggelaufen. Und ausgerechnet in dieser stürmischen Nacht. Er ist wahrscheinlich völlig durchnässt und friert und ...« Wieder wurde sie von Schluchzen geschüttelt.

»Beruhige dich, Molly.« Rebekka blickte auf und sah den Bruder ihrer Mutter, Bill Garrett, der groß und hager auf der Veranda stand. »Hi, Becky. Kommt jetzt rein. Und nehmt den Hund mit.«

Bills Akzent hatte einen südwestlichen Einschlag. Er war 45, groß und schlaksig, hatte widerspenstiges sandfarbenes Haar und hellblaue Augen, von denen sich Lachfältchen fächerförmig über wettergegerbte Schläfen zogen. Selten sah man ihn ohne Zigarette, obwohl er sie häufig nur anzündete und herunterbrennen ließ, ohne daran zu ziehen. Rebekka hatte ihren Onkel seit acht Jahren nicht mehr gesehen, aber er hatte sich weder äußerlich verändert noch in seiner Art zu sprechen – leise und äußerst kontrolliert, ein scharfer Kontrast zu seiner eleganten, nervösen Schwester Suzanne.

Rebekka betrat das Haus und sah sich kurz um. Es war behaglich eingerichtet, wenn auch ein wenig schmucklos. Rebekka war immer sehr sparsam mit dem Nachlass verfahren, den man bis zu ihrem 21. Geburtstag für sie aufbewahrt hatte, aber hin und wieder hatte sie sich ein hübsches Bild oder teuren Nippes geleistet. Molly verdiente nicht schlecht bei Grace Healthcare, aber sie hatte ein Kind zu ernähren und nicht wie Rebekka finanzielle Rücklagen. Luxus konnte sie sich nicht leisten.

Sean legte sich, immer noch zitternd, in der Nähe der Tür auf den Boden. Clay stellte seine Arzttasche neben den Hund und setzte sich dann auf einen Stuhl am anderen Ende des Zimmers, offensichtlich in dem Bedürfnis, sich unauffällig im Hintergrund zu halten. Bill sah Rebekka unverwandt an. »Eine Krankenschwester hat angerufen und gesagt, du seist mit dem Wagen verunglückt.«

»Das hast du mir ja gar nicht erzählt!«, rief Molly und sah Bill vorwurfsvoll an. »Ich bin nicht ernsthaft verletzt«, versicherte Rebekka schnell. »Nur ein paar Schnittwunden. Man hat mich in die Notaufnahme gebracht. Clay hat mich verarztet. Als die Schwester hier anrief, damit jemand kommen und mich abholen sollte, hat sie das mit Todd erfahren.«

»Bist du sicher, dass es dir gut geht?«, fragte Molly ängstlich.

»Als ihr Arzt kann ich versichern, dass sie schon in ein paar Tagen so gut wie neu sein wird«, sagte Clay. »Sie hatte Glück.«

Ein zweiter Polizist ging zur Tür und nickte Bill zu, bevor er hinausging. Bill wandte sich an Rebekka: »Wir zapfen die Telefonleitung an.«

Rebekka nickte, und sie spürte eine innere Kälte. Die Situation glich jener vor acht Jahren, als ein Pfadfinderführer, außer sich vor Angst, bei ihnen angerufen hatte, um ihnen mitzuteilen, dass Jonnie seit Stunden aus einem Campingplatz in den Bergen vermisst wurde. Weniger als 24 Stunden nach diesem Anruf hatte man Lösegeld für ihn gefordert. Dann hatte sich das FBI eingemischt und die Übergabe des Lösegelds vermasselt. Es hatte Jonnie das Leben gekostet. Und jetzt Todd, dachte Rebekka schaudernd. Mit ihm durfte auf keinen Fall das Gleiche passieren.

Verstohlen sah sie zu Molly hinüber. Sie trug Jeans und eine rotkarierte Baumwollbluse. Ihr schulterlanges Haar war mit einem blauen Haarband aus der Stirn gehalten, und ihre braunen Augen waren rot gerändert, die Lider geschwollen. Sie war nie eine Schönheit gewesen, aber ihre funkelnden Augen und das strahlende Lächeln hatten ihr Gesicht zum Leuchten gebracht. Jetzt wirkte sie unscheinbar und älter als 27. Das Drahtgestell ihrer Brille war ihr auf die runde Nase gerutscht, die vom vielen Weinen gerötet war.

»Bitte erzählt mir der Reihe nach, was vorgefallen ist«, sagte Rebekka, fest entschlossen, noch nichts über ihre Vision verlauten zu lassen. »Ich weiß bis jetzt nur, dass Todd vermisst wird.«

Clay warf ihr einen argwöhnischen Blick zu, aber Rebekka ignorierte ihn. Molly schloss die Augen. »Ich war heute länger im Büro, weil ich noch Arbeiten zu erledigen hatte, die keinen Aufschub duldeten. Ich hatte jedoch gehofft, wieder zu Hause zu sein, bevor du hier ankommen würdest.«

»War Todd böse auf dich, weil du nicht zu Hause warst?«, unterbrach sie Rebekka.

Molly schüttelte den Kopf. »Ich versuche mir zwar einzureden, dass er wütend war, weil ich ihn an einem Freitagabend allein gelassen hatte, und dass er deshalb fortgelaufen ist. Aber so war es nicht. Natürlich war er ein bisschen enttäuscht, aber seine schlechte Laune war im Nu verflogen, als ich ihm sagte, dass Sonia auf ihn Acht geben würde. Sonia Ellis. Sie ist siebzehn und sehr schön, und er betet sie an.«

»Und ist sie auch verlässlich?«

»Aber ja.« Molly versuchte zu lächeln. »Sie wird die Abschiedsrede an der High School halten. Im Herbst fängt ihr Studium an, aber sie belegt schon im Sommer Kurse. Tagsüber arbeitet sie in der Innenstadt in einem Juwelierladen, dem Schmuckkästchen. Sie ist sehr ehrgeizig. Ihre Mutter arbeitet bei Grace Healthcare. Sie ist Franks Sekretärin.«

Frank Hardison, Rebekkas Stiefvater, hatte kurz nach dem Tod ihres Vaters die Leitung der Firma Grace Healthcare übernommen. Ihre Mutter hatte ihn ein Jahr, nachdem ihr Mann bei dem Autounfall ums Leben gekommen war, der um ein Haar auch Rebekka das Leben gekostet hätte, geheiratet. Wäre Frank nicht gewesen, wäre nicht nur ihre Familie, sondern auch die Firma aus den Fugen geraten.

»Frank war vorhin hier«, sagte Molly. »Er hat Sonia ins Krankenhaus gebracht, nachdem Bill sie verhört hatte.«

»Wir müssen sie irgendwie verpasst haben«, sagte Clay. »Es war eine aufreibende Nacht mit diesem Unwetter.«

Bill nickte. »Irgendjemand hat dem Mädchen einen Schlag auf den Kopf verpasst. Sie sagte, es sei kurz nach neun Uhr gewesen. Sie hatte ferngesehen. Sie war noch bewusstlos, als Molly nach Hause kam.«

Rebekka beugte sich nach vorn, sah Molly eindringlich an. »Du bist nicht zufällig mit jemandem in Kontakt gekommen, der dir komisch vorkam? Der Todd zu viel Aufmerksamkeit entgegenbrachte, der ihm beispielsweise sagte, wie gern er einen Jungen wie ihn hätte?«

»Bill hat mich das alles schon gefragt.« Molly schüttelte den Kopf. »Seit die Schule vorbei ist, bleibt Todd tagsüber mit sechs weiteren Kindern bei Mrs. Lomax. Wir waren ein paar Mal im Kino, und vorigen Samstag sind wir in eines der Konzerte im Park gegangen. Aber er hat dort weder mit Erwachsenen gesprochen, noch hat ihm jemand besonderes Interesse entgegengebracht.«

»Nun, wie ich sehe, hat Bill hier schon nachgehakt«, sagte Rebekka. Sie kannte die Fragen, die es zu stellen galt. Als Jonnie verschwunden war, hatte man dasselbe gefragt. »Und was ist mit den Nachbarn?«, fuhr sie fort. »Ist ihnen nichts Verdächtiges aufgefallen?«

»Die Leute rechts von uns sind im Urlaub«, antwortete Bill. »Das Paar gegenüber sagt aus, nichts Ungewöhnliches bemerkt zu haben. Nebenan wohnt eine Krankenschwester. Sie kümmert sich nachts um eine ältere Dame. Verlässt das Haus immer gegen sieben Uhr abends.«

»Und die Babysitterin Sonia will gar nichts beobachtet haben?«

Wieder antwortete Bill. »Sie hat gesagt, dass sie kurz vor neun noch einmal nach Todd gesehen habe. Er habe geschlafen. Molly hat mir erzählt, dass Todd eine ziemliche Nervensäge sein kann, wenn es ans Schlafen geht – er möchte, dass eine besondere Lampe brennt, hat ständig Durst –, aber heute hatte er wohl so ausgiebig gespielt, dass er schon früh müde war. Sonia behauptet, sie habe sich auf die Couch gelegt und ferngesehen. Da habe sie plötzlich gespürt, dass jemand im Zimmer war, und bevor sie sich habe aufrichten können, habe ihr jemand auf den Kopf geschlagen. Sie hat eine üble Beule.«

Molly starrte auf ein großes gerahmtes Foto von Todd, das auf dem Kaminsims stand, und schien dem Gespräch zwischen Rebekka und Bill keine Beachtung zu schenken. Ihre Finger griffen nervös ineinander, und sie fragte schüchtern: »Becky, würdest du mir einen Gefallen tun?«

»Jeden.«

»Geh in Todds Zimmer. Bleib eine Weile dort und sag mir, was du siehst.«

Rebekka wurde ein wenig mulmig zumute. Allzu oft schon hatte man sie in der Vergangenheit aufgefordert, etwas zu »sehen«, was andere nicht sehen konnten. Sie hatte bereits etwas »gesehen«, aber das konnte sie Molly in ihrem Zustand nicht sagen. Sie würde zunächst mit Bill über ihre Vision sprechen, die ihr gezeigt hatte, wie man Todd mit Chloroform betäubt und durchs Fenster entführt hatte. Aber im Augenblick las Rebekka in Mollys Augen so viel Hoffnung und Verzweiflung, dass sie sie nicht enttäuschen konnte.

»Also schön. Aber bitte sei dir im Klaren, dass ich das seit Jahren nicht mehr gemacht habe. In mir hat sich vieles verändert. Die Visionen kommen nicht …«

»Rebekka, alles was du tust, ist mir eine Hilfe«, sagte Molly flehentlich. »Bitte versuch es. Mir zuliebe.«

Man musste schon ein Herz aus Stein haben, um dieser verzweifelten Mutter etwas abzuschlagen, dachte Rebekka. Sie hatte Molly ihr Leben lang geliebt. Sie hatte vor dem Kreißsaal auf sie gewartet, als Molly mit Kaiserschnitt Todd zur Welt gebracht hatte. Sie hatte Molly gebeten, in New Orleans zu bleiben, aber Molly hatte darauf bestanden, nach Sinclair zurückzukehren. Sie stand auf. »Zeig mir sein Zimmer.«

Auf dem Flur spürte Rebekka, wie sich ihre Brust vor Anspannung zusammenzog. Anstatt des Hochgefühls, das ihre Visionen früher begleitet hatte, empfand sie nun eine so heftige Angst, dass ihr beinahe übel wurde. Und trotzdem rang sie sich Molly zuliebe, als sie mit ihr und Bill Todds Zimmer betrat, ein verkrampftes Lächeln ab.

In ihrer Vision hatte sie nur erfahren, was Todd wusste, und ihm hatte man ein Tuch auf die Augen gedrückt. Ihre Kenntnis des Raums kam von Todds Gedanken – die blaue Lavalampe, die Molly zu seiner Beruhigung nachts brennen ließ, die Goldfische in dem großen, runden Glas. Ihr Blick wanderte ans Fenster, das nur einen halben Meter über dem Fußboden begann, durch nichts geschützt als einen rotblauen Vorhang. Wie leicht es für jemanden gewesen wäre, mit einem betäubten Siebenjährigen ins Freie zu klettern. »Hat er keine Fußabdrücke unterhalb des Fensters hinterlassen?«, fragte sie.

»Es hat hier seit zwei Wochen nicht mehr geregnet«, sagte Bill. »Der Boden war steinhart. Aber woher weißt du, dass der Entführer durchs Fenster eingestiegen ist?«

»Ich habe lediglich angenommen, dass die Türen verschlossen

waren«, sagte Rebekka zu Bill, der sie misstrauisch ansah. Er war der Erste gewesen, der ihre außersinnlichen Fähigkeiten akzeptiert hatte, und jetzt ahnte er, dass sie mehr wusste, als sie zugeben wollte.

»Aber vielleicht habe ich das Fenster offen gelassen!«, rief Molly. »Ich hätte nachsehen sollen, bevor ich wegging, und habe es nicht getan! O Gott.«

Rebekka legte ihre Arme um Mollys Hals. Sie zitterte heftig. »Molly, wenn es jemand darauf abgesehen hatte, Todd zu entführen, dann hätte er das Fenster auf jeden Fall geöffnet, notfalls mit Gewalt, auch wenn du es geschlossen hättest. Es ist nicht deine Schuld.« Sie lehnte sich zurück und lächelte in Mollys verheultes Gesicht. »Jetzt gehst du mit Bill zurück ins Wohnzimmer und lässt mich allein. Vielleicht finde ich etwas heraus.«

»Vielen Dank, Becky«, sagte Molly.

»Ich kann dir aber nichts versprechen. Du weißt ja, wie es ist, es funktioniert nicht immer …«

Bill legte seine Hand auf Mollys Schulter und schob sie aus dem Zimmer. »Lass dir Zeit, Becky. Und entspann dich.«

Rebekka hatte sich selten weniger entspannt gefühlt. Ihre Nerven vibrierten und ihre Schultern schmerzten von der Last der Erwartungen. Sie schritt in dem kleinen Raum auf und ab, versuchte sich ganz auf ihre Umgebung zu konzentrieren, doch stattdessen kamen ihr all die negativen Bemerkungen in den Sinn, die man ihr über die Jahre an den Kopf geworfen hatte. »Hokuspokus« war noch der mildeste Ausdruck gewesen. Für gewöhnlich hatte sie die Sticheleien mühelos weggesteckt, weil sie an sich geglaubt hatte. Ava, ihre Großmutter mütterlicherseits, hatte dieselben Kräfte besessen und nicht einen Tag an sich gezweifelt. Diesen unerschütterlichen Glauben an die eigenen Fähigkeiten hatte sie versucht, an Rebekka weiterzugeben. Aber es war ihr nicht ganz gelungen. Rebekka musste sehr tief graben, um Molly zuliebe das alte Selbstvertrauen wiederzufinden. Nachdenklich ließ sie ihre Finger über die rotweißblaue Patchworkdecke gleiten, die über Todds Bett gebreitet war. Die Polizei hatte dieses Bett bereits nach Fingerabdrücken, Gegenständen, Stofffetzen und Blut abgesucht. Über dem Bett hing ein *Krieg-der-Sterne*-Poster, an der angrenzenden Wand ein wunderschönes gerahmtes Foto von einem Wolf im Schnee. Diese Aufnahme stammte von Todds Großvater, Mollys Vater, der die Leitung von Grace Healthcare seinem Bruder Patrick überlassen hatte und Fotograf geworden war.

Rebekka ging zur Spiegelkommode aus Ahornholz. Ein Globus stand darauf, daneben ein Glas, in dem friedlich zwei Goldfische schwammen, mit blauen Kieselsteinen und einem Schloss am Boden. An einer Ecke des Spiegels baumelte an einem roten Band eine Medaille mit der Gravur: »Erster Platz, Juniorenschwimmer.« Todds Trophäe, die er voriges Jahr gewonnen hatte. Rebekka lächelte. Sie selbst konnte, trotz unzähliger Schwimmkurse, noch immer nicht schwimmen, obwohl sie keine Angst vor dem Wasser hatte.

Rebekka hörte gedämpftes Donnergrollen. Kam das Gewitter zurück? Ihr schauderte, nicht wegen sich, sondern wegen Todd. Sie wusste, welche Angst er vor Gewittern hatte. Sie durchforschte erneut den Raum. Sie konnte beinahe spüren, wie Molly und Bill im Wohnzimmer vor Anspannung vibrierten. Sie hätte ihnen so gern gesagt, dass sie etwas Außergewöhnliches in diesem Raum gesehen hatte, aber da war nichts.

Als sie ins Wohnzimmer ging, sah Molly ihr in die Augen und fing an zu weinen. »Es tut mir Leid«, sagte Rebekka unbeholfen. »Ich habe nichts gesehen …«

Jedenfalls nicht jetzt, hätte sie am liebsten hinzugefügt, aber sie wusste, dass es besser war, Molly noch zu schonen; sie würde aber so bald wie möglich Bill von ihrer Vision erzählen. Nicht, dass sie besonders hilfreich wäre. Sie konnte ihm keine Beschreibung von Todds Kidnapper liefern, wusste auch nicht, wohin dieser den Jungen gebracht hatte.

»Schon gut«, sagte Molly tonlos, während sie sich mit einem durchweichten Taschentuch über die Augen wischte. »Ich habe gar nichts erwartet.«

Aber das hatte sie natürlich doch, und das Schluchzen, das sie eine Minute später schüttelte, verriet es ganz deutlich. Rebekka eilte zu ihr und drückte ihren bebenden Körper fest an sich. Clay stand auf. »Ich glaube, Molly braucht etwas, um sich zu entspannen«, sagte er sanft.

Molly schüttelte den Kopf. »Nein! Ich muss wach bleiben, um Todd helfen zu können.«

»In diesem Zustand kannst du ihm aber nicht helfen«, sagte Bill. »Clay soll dir eine Spritze geben. Dann kannst du klarer denken.«

Molly protestierte nicht mehr. Sie weinte nur noch verzweifelt an Rebekkas Schulter, bis auch dieser die Tränen kamen. Molly hatte sie getröstet, als sie im Alter von neun Jahren ihren Vater verloren hatte, und sich um sie gekümmert, als sie mit 17 um ihren Bruder Jonnie getrauert hatte. Jetzt hatten sie die Rollen getauscht, auch wenn Todd noch nicht tot war. Dessen war Rebekka sicher, konnte aber nichts weiter sagen, denn mit einer so vagen Vision durfte sie keine falschen Hoffnungen wecken.

Molly zuckte mit keiner Wimper, als Clay ihr eine Spritze gab. »Ativan«, sagte er. »Du wirst dich bald benommen fühlen.«

»Benommen? Ich will nicht benommen sein«, protestierte Molly. »Ich will wach sein.«

»Du hast einen schlimmen Schock, Molly. Ein bisschen Schlaf wird dir helfen. Du wirst erfrischt aufwachen und besser imstande sein, deinem Sohn zu helfen.«

Rebekka begleitete Molly in ihr Schlafzimmer, half ihr in den Schlafanzug und dann ins Bett. »Bleibst du eine Minute bei mir?«, fragte Molly, nachdem Rebekka sie wie ein Kind zugedeckt hatte. »Aber ja.« Rebekka setzte sich auf die Bettkante und strich Molly sanft die Haare aus dem Gesicht. »Weißt du noch, wie du bei mir übernachtet hast, als wir noch klein waren?«

»Das war ziemlich oft. Meine Eltern waren so gut wie nie zu Hause. Und weißt du was? Das hat mir überhaupt nichts ausgemacht. Wenn sie zu Hause waren, war Dad immer so rastlos, und Mom hat ihn in einer Tour gefragt, was er denke, wohin er gehe, mit wem er da telefoniere, bis ihm schließlich der Geduldsfaden gerissen ist. Bei dir zu Hause war es viel lustiger.« Mollys Lächeln wurde ein wenig schief, als das Beruhigungsmittel zu wirken begann. »Weißt du noch, wie wir aufgeblieben sind, um uns Horrorfilme anzusehen?«

»Am besten waren die Halloween-Filme. Ich wollte werden wie Jamie Lee Curtis, wenn ich groß war. Als ich im Garten hinter dem Haus das Schreien übte, hat Mutter mir mit Hausarrest gedroht.«

»Du hast toll geschrien. Und was ist mit Jason hinter seiner Hockeymaske? Wir brauchten kein Sommercamp! Bei dir zu Hause war es viel schöner.« Molly hatte zu lallen begonnen. »Sogar nach'm Tod dei'es Vaters wars noch gut. Oh, er war wunnerbar un ich hab ihn vermisst, aber dann kam Frank, und er war nett un lieb ... nisso lussig wie dein Vater, aber lieb ... und ...«

Und dann hatte jemand Jonnie umgebracht. Rebekka konnte nicht mit Molly darüber sprechen, nicht, solange Todd vermisst wurde. Sie rang nach Worten, doch dann bemerkte sie, dass Molly die Augen zugefallen waren. Gott sei Dank.

Sie ging zurück ins Wohnzimmer, wo Clay und Bill leise miteinander redeten. »Sie ist eingeschlafen«, sagte Rebekka. »Bill, ich wollte es in Mollys Beisein nicht erwähnen, aber könnte nicht Todds Vater ihn entführt haben?«

»Das war auch mein erster Gedanke«, gestand Bill. »Aber Molly sagte mir, er sei tot.«

»Tot?« Rebekka war verdutzt. Diese Möglichkeit war ihr noch nie in den Sinn gekommen. »Seit wann? Wer war er?«

»Sie wollte mir nicht sagen, wer er war. Sie sagte nur, er könne Todd auf gar keinen Fall entführt haben, weil er vor einigen Jahren gestorben sei. Ich habe sie bedrängt, bis sie fast hysterisch geworden ist, aber mehr war nicht aus ihr herauszubekommen. Ich dachte, du wüsstest vielleicht mehr, Becky.«

»Leider nicht. Ehrlich, Bill, ich würde es in einem Augenblick wie diesem bestimmt nicht für mich behalten, wenn ich irgendetwas wüsste. Ich war in New Orleans, als sie schwanger wurde. Mutter ging es damals noch besser, sie hat sich um Molly gekümmert.« Rebekka runzelte die Stirn. »Aber ich war der Meinung, dass der Vater womöglich verheiratet sei. Sie hat mir gegenüber nie Andeutungen gemacht, aber ich hatte den Eindruck, dass er ihr zwar Gefühle entgegenbrachte, aber unerreichbar für sie sei. Vielleicht war es einer ihrer Professoren. Vielleicht wollte sie auf seine Familie Rücksicht nehmen.«

»Das sähe ihr ähnlich«, nickte Bill. »Immer denkt sie zuerst an andere.«

Rebekka schloss die Augen. »O Gott, warum musste das ausgerechnet Molly passieren. Todd war ihr Ein und Alles.« Ist ihr Ein und Alles, korrigierte sie sich erschrocken. Todd würde, nein, musste wiederkommen. »Natürlich bleibe ich die Nacht über bei ihr.«

Clay schüttelte den Kopf. »Das ist keine gute Idee. Du bist nach dem Unfall heute noch nicht in der Lage, dich angemessen um Molly zu kümmern. Kann nicht jemand anders bei Molly bleiben?«

»Ich werde einen meiner Männer hier neben dem Telefon postieren und immer wieder vorbeikommen. Ich kann ihr auch ein wenig Zuspruch geben, denn Molly und ich sehen uns in letzter Zeit ziemlich oft.«

»Ihr geht miteinander?«, entfuhr es Rebekka in ihrer Überraschung.

Bill errötete leicht. »Nun ja, so könnte man es nennen. Wir sind schließlich nicht blutsverwandt«, sagte er trotzig. »Ich bin Suzannes Bruder, nicht der von Mollys Vater oder von Patrick.«

»Ich kenne die Verwandtschaftsverhältnisse, Bill«, sagte Rebekka lächelnd. »Du brauchst dich vor mir nicht zu rechtfertigen. Ich finde es toll, dass ihr miteinander geht.«

»Nun ja, jedenfalls kenne ich eine Freundin von Molly, die bestimmt nichts dagegen hat, bei ihr zu übernachten. Ich rufe sie kurz an.«

»Ich finde immer noch, dass ich hier bleiben sollte«, widersprach Rebekka.

»Nein, das wäre nicht gut«, sagte Clay mit Nachdruck. »Ich werde dich jetzt nach Hause fahren und möchte, dass du dich gründlich ausschläfst. Du brauchst dringend Ruhe.«

»Na schön«, sagte Rebekka widerwillig. Dann wandte sie sich an Bill. »Bevor ich gehe, muss ich dir noch etwas sagen. Es geht um den Grund für meinen Unfall.« Bill merkte auf. »Ich hatte eine Vision von Todd.«

»Ich habe es mir fast gedacht!«, sagte er. »Erzähl mir genau, was du gesehen hast.«

4. Kapitel

1

Samstagmorgen, 9.20 Uhr

Am nächsten Morgen erwachte Rebekka orientierungslos und wie zerschlagen. Ihr Kopf schmerzte. Sie öffnete ihre geschwollenen Lider, sah sich in ihrem früheren Zimmer um und schloss erneut die Augen.

Ihre Gedanken schweiften zu jenem Tag zurück, als sie mit ihrem Daddy auf einer kurvenreichen Landstraße durch eine Hügellandschaft gefahren war. Daddy war wie immer ziemlich schnell gefahren, und sie hatten zur Musik aus dem Radio gesungen. Plötzlich hatte es laut geknallt, der Wagen war außer Kontrolle geraten, den Abhang hinuntergestürzt und hatte sich mehrmals überschlagen. Sie hatte nur ihre eigenen Schreie und den Lärm von splitterndem Glas gehört, von Daddy keinen Ton. Der Wagen war schließlich auf dem Dach liegen geblieben, dann war es um sie herum dunkel geworden.

Das Nächste, woran Rebekka sich erinnern konnte, war ein Ruck, der durch ihren ganzen Körper ging. Dann ein Schrei. »Nochmal!« Ein weiterer Ruck. »Uhrzeit?« – »Vier Minuten.« – »Nochmal!« Ein weiterer Ruck. Dann ein mechanisches Piepen. Sie hatte ihre Augen geöffnet und gefragt: »Wo ist Daddy?«

Daddy – Patrick Richard Ryan – war tot. Sie hatte es schon geahnt, als sie im Auto gesehen hatte, dass sein Kopf in einem eigenartigen Winkel verdreht war und seine weit geöffneten Augen ins Leere starrten.

Mami hatte immer nur geweint, wenn sie in Rebekkas zerschlagenes, verschwollenes Gesicht geblickt hatte. Und so hatte Onkel Bill ihr erklären müssen, dass sie operiert worden war. Sie hatte sich ein paar Knochen gebrochen und würde einen unbequemen Gips tragen müssen, aber in ein paar Monaten würde sie wieder ganz die Alte sein. Jonnie und Molly seien noch zu klein, um sie besuchen zu dürfen, hatte er ihr erklärt, aber sie konnten es nicht mehr erwarten, sie zu sehen. Daddys bester Freund und Stellvertreter Frank Hardison war von einer Konferenz in Pittsburgh nach Hause geeilt und würde Mami in der Firma unterstützen. Bald würde sie wieder daheim sein und alles würde gut werden. Bills beschwichtigende Worte hatten ihr zwar nicht über den Verlust von Daddy hinweggeholfen, aber sie immerhin ein wenig getröstet.

In einer schier endlosen Nacht, in der die Schmerzen Rebekka keinen Schlaf finden ließen, hatte eine sympathische junge Krankenschwester nach ihr gesehen. »Na, Süße, kannst du nicht schlafen?« Als Rebekka den Kopf geschüttelt hatte, hatte die Schwester ihr den Puls gemessen, sich die Zahlen notiert und beschwichtigend Rebekkas kleine Hand in die ihre genommen. »Wirst du mir die Wahrheit sagen, wenn ich dich jetzt etwas frage?«

»Ich sage immer die Wahrheit«, hatte Rebekka tugendhaft erwidert. »Na ja, fast immer.«

»So ist es brav.« Die Schwester blickte sie ernst an. »Als die Ärzte versuchten, dich zurückzuholen, bist du da durch einen Tunnel gegangen?«

Rebekka war verwirrt. »Ich war in keinem Tunnel. Daddys Auto ist einen Hügel hinuntergestürzt.«

»Ich weiß das, Süße, aber dein Herz stand still, nachdem sie dich ins Krankenhaus gebracht hatten. Du warst vier Minuten lang tot. Hast du das nicht gewusst?« Rebekka erstarrte, als sich die Schwester über sie beugte und ihr heißer Atem ihr Gesicht berührte. »Hat dich das helle Licht am Ende des Tunnels angezogen? Hast du dich vom Licht abgewandt? Bist du auf diese Weise wieder aus dem Land der Toten zurückgekehrt?«

Rebekka überlief es kalt, und sie hatte auf einmal entsetzliche Angst vor der hübschen Krankenschwester. »Ich habe keinen Tunnel und kein Licht gesehen, und tot war ich auch nicht!« Rebekka hatte ihren Schrecken hinter lautem Protest versteckt. »Fass mich nicht an! Geh weg! Geh weg!«

Die Schwester war aus dem Zimmer geflüchtet, um einer Rüge vonseiten der Stationsschwester zu entgehen, aber ihre Worte waren Rebekka noch lange im Gedächtnis geblieben: »Du warst vier Minuten lang tot.« Sie war in Schweigen verfallen und hatte zwei Tage lang kein Wort mehr gesprochen, bis man sie aus dem Krankenhaus entlassen hatte. Die Schwestern gaben sich enttäuscht. Sie hatten sie für ein liebes, tapferes Mädchen gehalten. Aber sie hatte sich weder lieb noch tapfer gefühlt. Sie war zornig und entsetzt gewesen, weil sie gestorben und zurückgekommen war wie eines dieser gruseligen, abscheulichen Geschöpfe aus einem Horrorfilm.

Ungefähr einen Monat nach dem Unfall hatte sie ihre ersten Visionen erlebt. Sie hatten ihr ein wenig Angst gemacht, obwohl nichts Unheimliches an ihnen war. Als Erstes hatte sie einen Ohrring ihrer Mutter, den diese seit einem Monat vermisst hatte, in der Spitze eines ihrer Abendschuhe entdeckt. Von nun an hatte sie oft verlorene Gegenstände lokalisieren können. Sie hatte sogar Mollys Katze Taffy gefunden. Als sie zwölf war, hatte sie einen Mann »gesehen«, der wankend in einer schlecht erleuchteten Straße gestanden und mit einer Person namens Slim gesprochen hatte. Rebekka hatte weder den Mann noch diese Slim gekannt. Sie hatte nur gewusst, dass Slim eine Frau war, die »Ich hasse dich, Earl« gefaucht hatte, bevor sie ein Messer aus der Handtasche zog und wie von Sinnen auf den Mann eingestochen hatte. Das war der Fall Earl Tanner gewesen. Manche Leute hatten sie eine Heldin genannt, weil sie den unschuldigen Mann gerettet hatte, den man für Earls Mörder gehalten und eingesperrt hatte. Andere hatten Angst vor ihr gehabt, sogar sie selbst.

Rebekka schlug die Augen auf und kehrte in die Gegenwart zurück, in ihr warmes, schönes Zimmer im Ryan-Haus. Sean war irgendwann nachts auf ihr Bett gesprungen. Jetzt berührte er mit seiner schlanken Pfote ihren Arm. Sie streichelte sie und wandte dann behutsam den Kopf, um auf die Uhr zu sehen. Neun Uhr dreißig. Warum hatte man sie ausgerechnet heute, da Molly sie so dringend brauchte, nicht geweckt?

Wie auf ein Stichwort klopfte es leise an ihre Tür. Wahrscheinlich Betty, die Haushälterin, die sie letzte Nacht begrüßt und zu Bett gebracht hatte. »Herein«, rief Rebekka mit belegter Stimme.

Ihre Mutter Suzanne stand in der Tür und musste ein Stöhnen unterdrücken. »Tut mir Leid, dass der Hund auf dem Bett liegt«, sagte Rebekka schnell.

»Das ist doch egal.« Suzanne kam näher. Sie trug einen blassblauen Morgenmantel aus Seide, und der Gürtel, den sie um die Taille geschlungen hatte, verriet, wie entsetzlich dünn sie geworden war. Ihr seidiges blondes Haar war mit silbernen Strähnen durchzogen und ihre Augen wirkten verloren in den violetten Höhlen. »Warum um alles in der Welt hast du mich letzte Nacht nicht geweckt?«

Als Clay Rebekka gestern nach Hause gebracht hatte, war ihre Mutter schon zu Bett gegangen. Wie konnte sie schlafen, wenn Todd vermisst wurde?, hatte Rebekka sich gewundert. Dann hatte sie sich daran erinnert, dass ihre Mutter ja nicht ganz »auf der Höhe« war. Suzanne hatte zweifellos zur Flasche gegriffen, als sie von Todds Entführung erfahren hatte, und war daher um Mitternacht wahrscheinlich nicht mehr in der Lage gewesen, sich auf den Beinen zu halten. »Ich wollte dich nicht stören«, antwortete Rebekka.

»Aber du hattest einen Unfall. Betty hat's mir gesagt. Dein Kopf ...«

»Nur ein paar Kratzer, Mutter, und blaue Flecke. Nichts gebrochen.«

»Du hättest tot sein können!«

Rebekka wunderte sich über die Leidenschaft in ihrer Stimme. Der Hauptgrund, weswegen sie damals nach New Orleans geflüchtet war, war die frostige Abneigung ihrer Mutter gewesen, die es ihr verübelt hatte, dass sie Jonnie nicht hatte finden können. Ihr Verhältnis war noch nie ein besonders inniges gewesen, aber Rebekkas außersinnliche Fähigkeiten hatten es gänzlich zerstört. In den Jahren danach hatte sich Suzanne immer mehr dem Alkohol zu- und von ihrer Tochter abgewandt. Sie hatten sich so sehr auseinandergelebt, dass Rebekka angenommen hatte, Suzanne denke nicht mehr groß über sie nach.

»Wirklich, es geht mir gut.«

Suzanne sah plötzlich wütend drein. »Man hätte mir das letzte Nacht sagen müssen! Niemand sagt mir etwas. Alle in diesem Haus wollen mich schonen.«

»Es gab überhaupt keinen Grund, dich auch noch mit meinem Missgeschick zu belasten. Das mit Todd ist schon schlimm genug«, sagte Rebekka.

»Todd! Guter Gott.« Suzanne kam näher und setzte sich auf die Bettkante. Aus der Nähe sah ihre Haut durchscheinend und angegriffen aus. »Ich kann es einfach nicht glauben, dass er entführt worden ist, Rebekka. Es kann nicht schon wieder passiert sein. Wahrscheinlich ist Todd einfach nur weggelaufen.«

Sollte sie ihrer Mutter Recht geben oder aufrichtig sein? Rebekka fiel es schwer, sie anzulügen. »Mutter, Todds Babysitterin wurde zusammengeschlagen. Der Junge ist erst sieben Jahre alt. Er wäre zu so etwas gar nicht fähig.«

»Vielleicht hat sie gelogen.«

»Sie hatte eine Beule am Kopf. Frank hat sie ins Krankenhaus gefahren. Hast du noch nicht mit ihm gesprochen heute Morgen?«

»Nein, hat sie nicht.« Ihr Stiefvater, Frank Hardison, kam ins Zimmer geschlendert. »Guten Morgen, Rebekka. Ich bin ja so froh, dass es dir wieder gut geht.«

»Da will ich mich heimlich in die Stadt schleichen, und was passiert? Ich veranstalte ein Mordsspektakel«, bemerkte Rebekka trocken.

Frank lächelte. »Schleichen passt auch gar nicht zu dir.«

Frank war zwar nur mittelgroß, wirkte aber dank seiner aufrechten, schlanken Gestalt erheblich größer. Das graumelierte Haar und das römische Profil verliehen seinen Zügen eine äußerst vornehme Note. Er war nur drei Jahre älter als Rebekkas Vater, aber immer um einiges älter geschätzt worden. Patrick war stets heiter gewesen, Frank dagegen eher ernst. Trotzdem hatte sie sich in Franks Gesellschaft immer wohl gefühlt und ihn schnell ins Herz geschlossen, nachdem er und Suzanne geheiratet hatten.

»Frank, gibt es irgendetwas Neues von Todd? Mutter sagt, dass ihr niemand etwas sagen will.«

Ein Hauch von Ungeduld kroch in Franks haselnussbraune Augen. »Das bildet sie sich doch ein. Niemand will ihr irgendetwas vorenthalten.« Ihre Blicke kreuzten sich, und für den Bruchteil einer Sekunde loderte das alte Feuer in Suzannes Augen auf, bevor sie den Blick senkte. »Es gibt ganz einfach nichts Neues, außer in den letzten paar Stunden ist etwas passiert, von dem ich selbst noch nichts weiß. Ich fahre jetzt in die Stadt, zu den freiwilligen Helfern. Die sind sicher auf dem neuesten Stand.«

»Wo treffen die sich?«

»Der alte Stoffladen in der Elm Street hat vor ungefähr zwei Monaten dicht gemacht, und ich habe ihn gekauft. Jetzt treffen sich dort sämtliche Leute, die sich an der Suche nach Todd beteiligen möchten – sie verteilen Flugblätter mit Todds Foto, nehmen Anrufe von Leuten entgegen, die glauben, ihn gesehen zu haben, organisieren zivile Suchtrupps.«

»Das war sehr großzügig von dir, den Leuten diesen Raum zur Verfügung zu stellen, Frank.«

»Er hat ihn für Lynn gekauft«, meldete Suzanne sich bissig zu Wort. »Mein Mann scheint zu glauben, dass seine Schwiegertochter Talent zum Töpfern besitzt und es nicht in Vinsons Drogerie vergeuden sollte. Deshalb wird sie ihre Ware demnächst im eigenen Laden verkaufen.«

»Aber sie hat tatsächlich Talent, Suzanne«, entgegnete Frank müde. Das Thema schien schon des Öfteren Anlass zum Streit gegeben zu haben.

»Da bin ich anderer Meinung. Aber hier geht es ja um das Glück von Doug und Lynn.«

»Hast du Probleme damit, meinen Sohn glücklich zu sehen?«, fragte Frank gereizt.

»Mit deinem Sohn habe ich keine Probleme. Er ist ein begabter Lehrer und ein sympathischer Kerl. Aber mit Lynn habe ich Probleme.« Suzanne wandte sich an Rebekka. »Ich habe letzte Nacht nicht gut geschlafen. Ich werde mich noch ein paar Minuten ausruhen. Ich freue mich, dass du hier bist, Rebekka, und dass du letzte Nacht einigermaßen glimpflich davongekommen bist.« Sie warf einen Blick auf Sean. »Aber sieh zu, dass du den Hund badest. Ich habe nichts gegen Hunde im Haus einzuwenden, solange sie sauber sind.«

»Er ist aber doch aus dem Wagen geschleudert worden und war stundenlang draußen im Regen«, verteidigte Rebekka ihren Sean. »Normalerweise sieht er nicht so aus.«

»Ja ja, schon gut«, sagte Suzanne zerstreut und schwebte aus dem Zimmer, als hätte sie bereits das Interesse verloren.

»Sie sieht viel schlechter aus als vor drei Jahren in New Orleans, als ihr beide mich besucht habt«, sagte Rebekka leise zu Frank.

»Sie trinkt.«

»Wir müssen etwas dagegen unternehmen.«

Frank zuckte die Schultern. »Ich möchte nicht, dass die ganze Stadt erfährt, in welchem Zustand sie ist. Mit einer Entziehungskur würde ich sie bloßstellen. Ich hoffe immer noch auf ein Wunder.«

»So wie's aussieht, brauchen wir aber mehr als nur ein Wunder«, sagte Rebekka. »Es war sehr großzügig von dir, den Laden für die Suche nach Todd zur Verfügung zu stellen.«

»Ein leeres Haus, mehr ist es doch nicht. Die Polizei ist auch schon im Einsatz. Sie durchkämmen die gesamte Gegend, auch aus der Luft. Und heute Morgen haben wir mit Molly ein Video aufgenommen, in dem sie den Kidnapper bittet, ihr Todd zurückzugeben. Der Aufruf wird auf allen regionalen Fernsehsendern ausgestrahlt. Sie zeigen Todds Foto, und Molly wiederholt mehrmals seinen Namen, damit der Entführer merkt, dass es sich um ein Kind, nicht um irgendeine leblose Sache handelt. Am Ende beschwört sie den Kidnapper, ihr den Jungen zurückzugeben, und beteuert, dass er keine Konsequenzen zu befürchten hat. Sie hat ihre Sache gut gemacht, obwohl ich mir, offen gestanden, nicht recht vorstellen kann, dass ein Kidnapper sich auf diese Weise erweichen lässt.«

All dies hatte Rebekka schon einmal erlebt. 24 Stunden nach Jonnies Verschwinden hatte man dieselbe frenetische Aktivität an den Tag gelegt. Leute waren in alle Richtungen ausgeschwärmt, um nach ihm zu suchen, Helikopter hatten einen Radius von hundert Meilen gescannt. An jedem Baum, an jedem Telefonmasten hingen Flugblätter mit Jonnies Foto. Eine aufgelöste Suzanne war morgens, mittags und abends im Fernsehen zu sehen gewesen. Nichts davon hatte geholfen. »Sie haben nach wie vor nicht die geringste Ahnung, wer der Täter sein könnte?«, fragte Rebekka.

»Bill sagt nein, aber ich habe meine Zweifel, was die Babysitterin anbelangt.«

»Die Babysitterin? Ich dachte, sie sei besinnungslos geschlagen worden. Du hast sie doch selbst ins Krankenhaus gefahren.«

»Das stimmt schon, und sie hat tatsächlich eine Beule am Kopf. Ihre Mutter ist meine Sekretärin. Mrs. Ellis ist fleißig, loyal, intelligent, eine Pfarrerswitwe. Sie hat zwei halbwüchsige Kinder. Sonia ist die Ältere und geradezu ein Muster an Pflichtbewusstsein.«

»Wo liegt dann das Problem?«

Frank runzelte die Stirn. »Bei ihrem Freund, Randy Messer. Er macht ständig Ärger. Nichts Großartiges, natürlich. Ladendiebstahl. Sachbeschädigung.« Er lächelte. »Und du hältst mich jetzt bestimmt für entsetzlich selbstgerecht, weil mein eigener Sohn als Teenager schließlich auch kein Musterknabe war. Ich weiß, wie sich das anhört, aber Douglas war anders. Seine Mutter hatte uns verlassen und war kurz darauf gestorben, ich hatte ihn vernachlässigt, und als ich und deine Mutter geheiratet haben, hatte er den Eindruck, in diesem Haus nicht willkommen zu sein. Oh, du warst immer sehr nett zu ihm, aber Jonathan ...« Er brach ab. Frank hatte Jonnie immer Jonathan genannt. »Na ja, jedenfalls war Doug nie wirklich bösartig, und er hat sein Leben jetzt völlig im Griff. Randy Messer ist von etwas anderem Kaliber. Sonias Mutter macht sich große Sorgen wegen dieser Beziehung.«

»Warum bringt sie Sonia dann nicht dazu, sie zu beenden?«

»Du kennst Mrs. Ellis nicht, und Sonia kennst du auch nicht – Zuckerwatte und Gusseisen. Und Sonias Mutter blickt seit dem Tod ihres Mannes vor zwei Jahren überhaupt nicht mehr durch. Er hatte ein strenges Regiment geführt, und Mrs. Ellis hatte fast zwanzig Jahre lang jede Verantwortung an ihn abgegeben. Sie gewinnt erst langsam wieder Boden unter den Füßen. Jedenfalls hat Bill mir versprochen, sich diesen Messer einmal vorzuknöpfen.« Er stand auf. »Und jetzt lasse ich dich allein, damit du dich noch ein wenig ausruhen kannst.«

»Zuerst muss ich mit der Autovermietung telefonieren, wegen des Wagens.«

»Das habe ich bereits erledigt. Solange du hier bist, kannst du den Thunderbird deiner Mutter nehmen. Er steht ja doch nur in der Garage.«

»Vielen Dank, Fred«, sagte Rebekka.

Er kam zu ihr und drückte ihr einen zarten Kuss auf die Stirn. »Das ist doch selbstverständlich, Liebes. Ich bin so froh, dass es dir gut geht. Eine Katastrophe in einer Nacht genügt völlig.«

Er ging, und Rebekka wusste nicht, warum sie ihm ihre Vision von Todd verschwiegen hatte. Sie hatte noch nie zuvor das Bedürfnis gehabt, eine Vision für sich zu behalten.

2

Fünf Minuten später kam Betty herein und brachte ihr auf einem Tablett pochiertes Ei auf Toast und eine Thermoskanne mit schwachem Tee. Das Frühstück für eine Kranke. Sie machte viel Aufhebens um sie, hatte großes Mitleid und band ihr eine Serviette um wie einem Kleinkind. Zuletzt zog sie eine Hundeleine aus der Schürzentasche. »Sean muss mal raus und braucht was zu fressen. Ich hab Walt heute Morgen losgeschickt, um Hundefutter zu besorgen. Das andere Zeug, das du mitgebracht hast, sieht aus wie Kieselsteine. Weißt du eigentlich, dass ich geheiratet habe, dass Walt jetzt mein Mann ist?«

»Natürlich weiß ich das. Du hast mir doch Fotos von der Hochzeit geschickt.« Betty hatte klein und rundlich in einem unvorteilhaften rosa Rüschenkostüm gesteckt und breit gegrinst. Ihr Bräutigam war groß und mager und hatte eine starke Ähnlichkeit mit Abraham Lincoln. »Wie geht's Walt?«

»Gut. Ihm geht's immer gut. Er hat eine Rossnatur«, verkündete Betty stolz. Wie romantisch, dachte Rebekka und versuchte, nicht zu grinsen. »Er kümmert sich um den Rasen.«

Rebekka tauchte ein Stück Toast in ihr pochiertes Ei. Sie hasste pochierte Eier. »Ich bin zwar mitten in der Nacht hier angekommen, habe aber trotzdem noch gesehen, dass der Rasen besonders gepflegt aussieht.«

»Ja, nicht ein Halm Fingerhirse! Walt kann Fingerhirse nicht ausstehen. Er arbeitet aber auch im Geschäft mit.«

»Das Geschäft« war das Stammhaus von Grace Healthcare, die Firma für Medizinbedarf, die Rebekkas Großvater väterlicherseits gegründet hatte. Rebekka fragte sich oft, was aus der Firma geworden wäre, wenn Frank nicht geholfen hätte, nachdem ihr Vater ums Leben gekommen war.

»Auf diese Weise habe ich Walt kennen gelernt«, fuhr Betty fort. »Dein Stiefvater hat ihn vom Geschäft zum Arbeiten hergeschickt. Walt kann sehr gut mit Hunden umgehen. Er wird Sean mögen.«

»Die Frage ist nur, ob Sean ihn mag. Er reagiert ein bisschen eigen auf Männer.«

»Mach dir da mal keine Sorgen, Liebes, Walt hat eine besondere Gabe, was Tiere anbelangt.« Sie machte vorsichtig Seans Leine fest und sagte mit Babystimme: »So, jetzt kommst du mit Tante Betty, die bringt dich zu Onkel Walt. Ihr zwei werdet bestimmt gute Freunde.«

»Bestell Walt, dass ich ihm die Krankenhausrechnung bezahle, wenn's nicht klappt«, rief Rebekka hinter den beiden her, als sie sah, wie Sean sich nur widerwillig von Betty aus dem Zimmer zerren ließ.

Gleich nach dem Frühstück rief Rebekka bei Molly an. Bill war am Telefon. »Ach, du bist es, Bill, ich hatte noch nicht mit dir gerechnet.«

»Ich bin vor zehn Minuten zur Tür rein. Molly hat ausgiebig geschlafen. Und du?«

»Ich auch. Mir geht's schon wieder ganz gut.«

»Ich glaube dir aufs Wort.«

»Ich komme rüber, sobald ich angezogen bin.«

»Lieber nicht, Becky«, sagte Bill. »Die Presse und die halbe Stadt haben inzwischen von der Sache Wind gekriegt. Du kannst dir gar nicht vorstellen, was hier los ist. Ich musste ein paar zusätzliche Deputys anfordern, um das Durcheinander in den Griff zu kriegen.«

»Dann werde ich mich eben zu euch durchkämpfen.«

»Nein, Süße, bitte nicht. Nebenan wohnt eine Krankenschwester, die ist jetzt gerade hier bei Molly. Ich glaube, die beiden sind gut befreundet.«

»Na ja, Molly kann doch auch zwei Frauen um sich haben. Und ich wusste gar nicht, dass sie mit dieser Frau so eng befreundet ist. Molly hat sie nur ein- oder zweimal erwähnt.«

»Becky, die Leute hier in der Gegend kennen dich. Besser gesagt, sie wissen, was du getan hast. Niemand hat vergessen, dass du damals der Polizei Tipps gegeben hast. Du bist eine Berühmtheit. Wir haben schon jetzt Mühe, die Leute unter Kontrolle zu halten. Und wenn du auch noch hier aufkreuzt, bricht vollends das Chaos aus, fürchte ich.«

»Ach so«, sagte Rebekka langsam. »Das hatte ich nicht bedacht.«

»Ich weiß. Und ich weiß auch, dass Molly dich gern hier hätte, aber wir haben bereits darüber gesprochen. Sie meint auch, dass du dich im Augenblick besser fernhalten solltest. Aber ich habe ihr von deiner Vision erzählt, und sie freut sich sehr, dass du eine Art Kontakt zu Todd herstellen konntest. Sie sagte, du würdest ihr mehr helfen, wenn du dich auf deine Visionen konzentriertest, anstatt ihre Hand zu halten.«

»Konzentration hilft nichts«, sagte Rebekka, als sie spürte, wie ihr die Erwartungen der anderen die Luft abschnürten. »Deine Mutter hatte auch das zweite Gesicht. Suzanne versteht mich nicht, du schon.«

»Suzanne will dich nur nicht verstehen. Deine Gabe macht ihr Angst, und sie ist immer allem aus dem Weg gegangen, was ihr Angst machte. Deshalb hat sie sich von dir distanziert, als du mit neun Jahren plötzlich Visionen bekamst. Ich verstehe zwar nichts davon, aber ich akzeptiere deine Begabung – auch ihre Grenzen. Du hattest bereits eine Vision. Also gibt es keinen Grund, warum wir nicht auf eine weitere hoffen sollten. Ich muss jetzt aufhören, Becky. Außerdem wollen wir die Leitung nicht blockieren. Ruh dich aus. Ich werde Molly sagen, dass du angerufen hast.«

Er legte auf, ohne sich zu verabschieden. Rebekka seufzte und lehnte sich in die Kissen zurück, sie fühlte sich hilflos. Sie konnte nicht einfach nur hier liegen bleiben und auf eine weitere Vision hoffen, also rappelte sie sich unter Schmerzen auf und ging unter die Dusche. Dann rief sie ihre beste Freundin in New Orleans an, erklärte ihr kurz die Situation mit Todd und bat sie, ihre Pflanzen zu gießen und ein Auge auf die Wohnung zu haben. Danach schickte sie ihrer Agentin eine Mail und hinterließ ihre Telefonnummer. Die Agentin wartete auf das Exposé von Rebekkas nächstem Buch, das am Ende der Woche fällig war. Rebekka hatte allerdings ihre Zweifel, dass sie in dieser Woche auch nur ein Wort zu Papier bringen würde.

Sie versuchte nochmals einzuschlafen, aber nach zehn Minuten im Bett sah sie ein, dass sie viel zu unruhig war, um sich in ihrem Zimmer von der Welt abzuschirmen. Also stand sie auf, nahm zwei Aspirin gegen die Schmerzen und wagte einen Blick in den Spiegel. Ihr Kinn zierte ein langer Kratzer, und ein Bluterguss hatte ihren Wangenknochen blau verfärbt. Ihre Augen waren viel zu gereizt, um Kontaktlinsen zu ertragen, also setzte sie ihre Brille auf, schlüpfte in eine bequeme Hose und ein T-Shirt und ging nach unten.

Auf dem Weg in die Küche fiel ihr auf, dass das Wohnzimmer noch immer in den Farben Cremeweiß, Jägergrün und Antikgold gehalten war, genau wie vor acht Jahren, als sie von zu Hause fortgegangen war. An der einen Wand stand ein Klavier, an der anderen eine Hammondorgel. Sowohl sie als auch Jonnie hatten Klavierunterricht erhalten. Rebekka hatte zwar fleißig geübt, war aber nicht über das Standardrepertoire für Anfänger hinausgekommen. Sie war deswegen bitter enttäuscht, genau wie ihre Mutter. Bei Jonnie war das anders. Obwohl er lautstark gegen die lästige Überei protestiert hatte, bewies er bemerkenswert viel Talent.

Rebekka schaltete die Orgel ein, setzte sich auf die Bank und stellte sich ihren Bruder mit dem goldenen Haar und dem entrückten Gesichtsausdruck vor, wenn er spielte. Der Lieblingssong ihres Vaters war ein Ohrwurm aus den Sechzigern, *A Whiter Shade of Pale* von Procol Harum, gewesen. Er hatte sich die Kassette so oft angehört, dass Suzanne schon befürchtet hatte, er würde das Band überstrapazieren. Und noch Jahre nach Patricks Tod, als Jonnie den Song zum Andenken an seinen Vater mit viel Gefühl in einem Talentwettbewerb zum Besten gegeben hatte, hatte Suzanne im Publikum leise geweint. Jonnie hatte den Wettbewerb gewonnen und war sehr stolz gewesen. Drei Monate später hatte man ihn ermordet und damit auch seine Freude an der Musik und sein viel versprechendes Talent ausgelöscht.

Rebekka gelangen die ersten Akkorde, doch dann wurden ihre Finger steif. Selbst wenn sie Jonnies Talent besessen hätte, wäre sie nicht imstande gewesen, den Song zu spielen. Es war zuerst Patricks, dann Jonnies Lied. Sie würde es nie mehr hören, ohne an die beiden geliebten Menschen, die sie verloren hatte, denken zu müssen.

Sie stand auf und ging in die Küche. »Was tust du denn schon hier?«, fragte Betty, die gerade einen Thunfischsalat zubereitete. »Du brauchst Schlaf.«

»Ich habe lange genug geschlafen, und ich bin nervös.«

Betty besah sich ihr Gesicht im Tageslicht und schüttelte sich. »Der Gedanke, dass du noch einen Unfall hattest, erschreckt mich zu Tode. Manchmal frage ich mich, warum du ein solcher Pechvogel bist, Kind.«

»Ich mich auch«, sagte Rebekka trocken, »obwohl man es auch als Glück bezeichnen könnte, dass ich zwei Autounfälle überlebt habe.«

»Schon möglich. Übrigens gefällt mir deine Brille. Die hast du getragen, als du zwölf warst. Damals warst du ein richtiger Wonneproppen.«

»Na toll. Dann sehe ich also wie ein 12-jähriger Wonneproppen aus. Der Tag ist gerettet.«

»Du bist griesgrämig und musst wieder ins Bett.«

»Im Bett wäre ich noch viel griesgrämiger.« Am Küchentisch saß ein Mann vor einem Teller mit Eiern und Schinken. »Das ist bestimmt Walt.« Seine schlaksigen Arme und Beine standen nach allen Seiten von ihm ab, und sein Gesicht mit den hohen Wangenknochen war braun und wettergegerbt. Er sah sie schüchtern an und stand auf, wobei er dem Tisch einen Stoß versetzte, sodass alles darauf ins Schwanken geriet, und verbeugte sich wie vor einer Majestät. »Wie geht es Ihnen, Ma'am?«

»Hallo, Walt.« Rebekka streckte ihm die Hand entgegen. Walt wischte sich die Rechte an seinem Hosenbein sauber, bevor er die ihre schüttelte. »Ich heiße Rebekka. Wenn Sie mich Ma'am nennen, komme ich mir steinalt vor.«

»Ist gut, Ma'am, ich meine Rebekka.«

»Walt hat noch die Steinplatten im Garten verlegt, bevor es heiß wird«, erklärte Betty. »Deshalb frühstückt er so spät. Möchtest du eine Portion Eier mit Schinken, Schatz?«

»Nein, danke.« Sie blickte sich nach Sean um, der neben der Stelle lag, wo eben noch Walts große Füße gestanden hatten. »Kommt ihr beiden miteinander aus?«

»Ein feiner Hund, Ma'am«, sagte Walt eifrig. »Braucht eine sanfte Hand, aber er ist schlau wie ein Fuchs. Und treu ist er auch.«

»Das wissen Sie schon?«

»O ja. Das spüre ich sofort.«

»Walt kann sehr gut mit Tieren umgehen«, sagte Betty.

Rebekka nahm sich eine halbe Scheibe Toast mit Butter und lächelte. »Hörst du das, Sean? Jetzt hast du schon ein paar Freunde. Bitte setzen Sie sich, Walt, und essen Sie zu Ende, sonst wird alles kalt.«

Walt gehorchte, wobei er erneut den Tisch anrempelte.

»Was hast du heute vor, wenn du schon partout nicht im Bett bleiben willst, wie es sich gehört?«, fragte Betty.

»Frank sagte, ich dürfe mir Mutters Auto borgen.«

»Missus hat's mir heute Morgen schon gesagt.« Nach so vielen Jahren weigerte Betty sich noch immer, Suzanne mit »Mrs. Hardison« anzusprechen. Sie war von »Mrs. Ryan« zu »Missus« übergegangen. »Der Schlüssel hängt am Haken in der Speisekammer. Missus fährt nicht mehr viel. Hat ihren Wagen ehrlich gesagt schon seit Wochen nicht mehr benutzt.«

Rebekka war darüber traurig und erleichtert zugleich. Suzanne war genauso gern gefahren wie Patrick und hatte alle zwei Jahre ein neues, schnelles Auto bekommen. Aber da sie inzwischen so viel trank, war ihre Entscheidung, das Fahren aufzugeben, nur zu ihrem Besten.

»Fährst du sofort weg, Schatz?«

»Ja. Onkel Bill findet es besser, wenn ich Molly heute Morgen nicht besuche, weil so viele Leute das Haus belagern.« Betty schüttelte den Kopf und schnalzte missbilligend mit der Zunge. »Ich denke, ich werde nach Tante Esther sehen.«

Bettys Miene verfinsterte sich. »Ach, die Ärmste. Hat mir fast das Herz gebrochen, als ich hörte, dass sie Krebs hat. Aber sie wollte doch nicht, dass du es erfährst!«

»Du hast doch wohl nicht ernsthaft geglaubt, dass Molly mir so etwas verheimlichen würde! Außerdem muss ich mit Sean zum Hundesalon, weil er letzte Nacht pitschnass geworden ist und Mutter will, dass ich ihn sofort bade.«

»Ich könnte ihn doch baden«, sagte Walt.

»Seine Nägel müssen auch geschnitten werden, und das ist normalerweise eine Sache für zwei bis drei Personen. Aber danke für das Angebot. Er würde sich wahrscheinlich lieber von Ihnen baden lassen.«

»Ich sagte dir doch, dass Walt besondere Fähigkeiten besitzt«, sagte Betty weise.

»Das muss er wohl, wenn er dich dazu gebracht hat, ihn zu heiraten.«

Bettys Wangen färbten sich rosa. »Immer musst du mich necken. Du wirst heute schön langsam fahren und sofort anhalten, wenn du dich benommen fühlst oder wenn dir übel wird. Walt wird dich dann holen.«

In der Garage stand ein roter Thunderbird mit allen Schikanen. Er war drei Jahre alt, hatte aber erst knappe 4000 Meilen auf dem Tacho. Betty hatte nicht übertrieben – Suzanne war wirklich nicht viel gefahren in letzter Zeit. Sean sprang auf den Beifahrersitz, und sie stieß rückwärts aus der Auffahrt.

Seit ihrer Kindheit hatte Rebekka Esther Hardison als ihre Tante betrachtet, obwohl sie in Wirklichkeit Franks Tante war. Beim Tod seiner Eltern war Frank erst zwölf Jahre alt gewesen, und Onkel Ben und Tante Esther hatten ihn bei sich aufgenommen. Später hatten

Rebekka, Jonnie und Molly sie lieb gewonnen wie eine Verwandte. Auch als Rebekka nach New Orleans gezogen war, hatte sie mindestens einmal im Monat mit Esther telefoniert, die sie außerdem schon zweimal zum Mardi Gras besucht hatte.

Esther wohnte noch immer fünf Meilen außerhalb der Stadt auf einem vier Hektar großen Stück Land mit dem Namen *Whispering Willows*. Früher einmal hatten Ben und sie auf dem gesamten Grundstück Blumen, Büsche und Bäume angepflanzt. Jetzt hatte die verwitwete Esther die Gärtnerei um die Hälfte reduziert und nur noch zwei Mitarbeiter behalten.

Neben dem Highway verwies ein großes weißes Schild, auf dem in grünen Lettern WHISPERING WILLOWS stand, auf Esthers Betrieb. Rebekka bog auf eine schmale asphaltierte Landstraße. Grüne Wiesen erstreckten sich zu beiden Seiten, und bald sah sie Esthers ausladendes weißes, zweistöckiges Gebäude aus dem 19. Jahrhundert, das von einer Veranda umrundet wurde und in dessen Glaskuppel sich die Sonne spiegelte. Solange Rebekka denken konnte, hatte Esther davon gesprochen, das Haus mit den fünf Schlafzimmern zu verkaufen, weil es viel zu groß sei für eine Person, aber Rebekka wusste, dass sie das niemals tun würde. Esther hatte in die Gärtnerei eingeheiratet und seit ihr Mann vor zehn Jahren gestorben war, alleine hier draußen gelebt. Rebekka stellte den Wagen vor dem Haus ab und nahm Sean an die Leine. Esther kam aus einem der Gewächshäuser, und als sie Rebekka erkannte, eilte sie ihr entgegen und drückte sie an sich. »Niemand hat mir gesagt, dass du kommen würdest!« Sie trat einen Schritt zurück und runzelte die Stirn. »Ich habe gehört, dass du einen Unfall hattest, Liebes.«

»Ich bin gegen einen Baum gefahren. Mir geht's gut, dem Baum weniger.«

»Bäume lassen sich ersetzen. Und Autos auch. Du nicht, mein Mädchen.« Esther warf einen Blick auf den Hund. »Und das hier ist wohl der temperamentvolle Sean, von dem du mir schon so viel erzählt hast. Ein Prachtkerl! Mal sehen, was er von mir hält.«

»Du scheinst akzeptabel zu sein.«

Rebekka besah sich Esther aus der Nähe. Sie hatte befürchtet, Esther könne kränklich und geschwächt aussehen, aber sie wirkte unverändert, als sie schwungvoll ihren Strohhut abnahm und ihre schulterlangen silberweißen Locken schüttelte, die noch nie einen Friseursalon von innen gesehen hatten. Ihr Gesicht war wettergegerbt, aber ihre strahlend blauen Augen straften ihre 75 Jahre Lügen. Ihr Körper war von mädchenhafter Schlankheit; sie trug Jeans, ein loses kariertes Hemd, Turnschuhe und ein kleines goldenes Kreuz um den Hals. »Frank hat mich erst heute morgen angerufen und mir erzählt, dass Todd entführt worden ist«, sagte sie, und Tränen stiegen ihr in die Augen. »Ich kann es nicht fassen! Ich wollte sofort zu Molly fahren, aber als ich sie anrief, sagte mir Bill, ich solle vorläufig nicht kommen.«

»Da geht's uns beiden gleich. Bei Molly scheint im Augenblick der Teufel los zu sein mit all den Reportern und Schaulustigen.«

»Eine Schande!« Esther wischte sich eine Träne fort, die ihr über die Wange gelaufen war, und zog die Stirn kraus. »Aber Todd ist doch erst letzte Nacht entführt worden. Wie kommt es, dass du so schnell hier sein konntest, das ist doch gar nicht möglich.«

»Ich ... ich ...« Rebekka, die Krimiautorin, rang verlegen nach Worten. »Ein Zufall, dass ich ausgerechnet jetzt hier bin.«

»Papperlapapp, Rebekka Ryan! Molly hat nicht dicht gehalten. Versuch nicht, es abzustreiten. Ich sehe es dir an der Nasenspitze an. Aber mach dir keine Sorgen. Ich werde wieder gesund. Ich werde diese Gärtnerei noch zwanzig Jahre lang führen. Ich bin nur wütend, weil ich Lungenkrebs habe, obwohl ich in meinem ganzen Leben noch keine Zigarette geraucht habe!«

»O Tante Esther, du bist wunderbar!« Rebekka lachte und umarmte ihre Tante erneut. »Ich hätte wissen müssen, dass du nicht klein beigeben würdest. Es wäre schließlich das erste Mal.«

»Wer immer gleich das Schlimmste befürchtet, erreicht gar nichts, weil er viel zu deprimiert und ängstlich ist, um sich selbst zu helfen. Doch genau das ist der springende Punkt. Man muss sich selbst helfen – und den anderen natürlich auch. Du bist hergekommen, um nach mir zu sehen, und jetzt kannst du Molly beistehen.«

»Ach, ich weiß nicht, Tante Esther. Bei Jonnie war ich keine große Hilfe.«

»Das lag doch nur daran, dass du und Jonnie euch so nah gestanden habt. Die enge Verbindung zwischen euch beiden hat deine Fähigkeiten durcheinander gebracht – ich verstehe zwar nicht viel von der Hellseherei und hatte anfangs auch große Schwierigkeiten, daran zu glauben. Aber inzwischen zweifle ich nicht mehr daran, dazu habe ich sie schon viel zu oft funktionieren sehen. Die Wege des Herrn sind eben unergründlich.«

»Ich wünschte, alle stünden diesem Phänomen so aufgeschlossen gegenüber wie du. Manche glauben, es sei nichts als Humbug, und andere halten es gar für Teufelswerk.«

»Als dieser Tanner ermordet wurde, hast du verhindert, dass ein Unschuldiger für die Tat büßen musste. Das kann doch kein Teufelswerk sein, und wehe dem, der es so nennt!«

Rebekka hatte schon immer bewundert, mit welcher Courage Esther den Widrigkeiten des Lebens zu trotzen pflegte, und wünschte sich manchmal, ihre Mutter hätte nur ein Quäntchen von ihrem Mut. »Komm rein«, sagte Esther. »Ich habe frische Limonade und Waffeln.«

Esther hatte Jonnie und Rebekka immer mit Limonade und Waffeln verwöhnt. Esther liebte und verstand Kinder. Als sie jünger war, hatte sie viele Jahre in der Grundschule unterrichtet und war dort wegen ihrer Geduld und ihres Humors sehr beliebt gewesen.

Eine halbe Stunde später kam einer von Esthers Angestellten an die Tür, weil er eine Frage hatte. Esther wandte sich an Rebekka. »Ich habe hier noch etliches ins Reine zu bringen, ehe ich ins Krankenhaus gehe. Ich werde mich beeilen.«

»Lass dir ruhig Zeit«, sagte Rebekka. »Ich werde mit Sean spazieren gehen. Ich war schon so lange nicht mehr hier.«

Sean hob etliche Male das Bein, während Rebekka mit ihm an den beiden Gewächshäusern vorbei hinunter zum Teich schlenderte. Das Gewässer war einige Jahre nicht mehr ausgebaggert worden, und an seiner Oberfläche blühten Wasserlilien. Rebekka und Jonnie hatten sich an lauen Frühlingsabenden gern die Zeit damit vertrieben, Glühwürmchen in Einmachgläsern zu fangen. Sobald sie verglichen hatten, wessen Ausbeute größer war, hatten sie sie wieder freigelassen. Jetzt surrten riesige Libellen über den Teich, säumten hohe Binsen und Riedgras das trübe Wasser. Rebekka fragte sich, ob Esther die Mittel fehlten, um den Teich ausbaggern zu lassen. Sie hatte sich immer strikt geweigert, Geld von Frank anzunehmen, aber es wäre doch schade gewesen, wenn sie diesen schönen Ort verwildern ließe, nur weil sie zu stolz war, ein wenig Unterstützung anzunehmen.

Rebekka ließ Sean von der Leine, weil sie wusste, dass er Wasser nicht besonders mochte und nicht in den schmutzigen Teich springen würde. Stattdessen rannte er ein paar Minuten ziellos umher und stürmte dann auf das Blockhaus zu, das etwa fünfzig Meter vom Teich entfernt stand. Rebekka folgte ihm und erinnerte sich, wie aufregend sie, Jonnie, Doug und Molly diese Hütte immer gefunden hatten. Sie war um 1770 herum erbaut worden und hatte eine der ersten Siedlerfamilien in der Gegend beherbergt, ein Ehepaar mit Namen Leland, welches das Land bebaut, drei Kinder großgezogen und zwei weitere durch Pocken verloren hatte.

Rebekka drehte am Türknauf, obwohl sie wusste, dass die Tür abgeschlossen war. Sie spähte durch eine der Glasscheiben, die das eingefettete Papier ersetzt hatten, welches den Lelands ursprünglich als Wind- und Kälteschutz gedient hatte. Das Innere war leer, bis auf einen alten Holztisch in der Mitte des Hauptraums und einen Schaukelstuhl in der Ecke, die dem Fenster am nächsten war. An einer Wand befand sich eine steinerne Feuerstelle und an der anderen Regale für Porzellan. Rebekka hatte ihre Zweifel, dass die Lelands viel kostbares Porzellan auszustellen hatten. Vielleicht hatten sie diese Regale in Erwartung kommenden Reichtums gezimmert. Eine Gartenspinne hatte ein eindrucksvolles Netz zwischen einem Wacholderstrauch und dem Türrahmen gesponnen.

Rebekka wandte sich von der Hütte ab. Sean sprang fröhlich auf sie zu, stellte sich auf die Hinterbeine und umarmte mit den Vorderpfoten ihre Hüfte. Sie beugte sich zu ihm hinunter, umarmte ihn und drückte ihm einen Kuss auf den Kopf, gerührt von der Zuneigung, die er ihr trotz seiner Furcht vor Menschen entgegenbrachte. Er ließ sie los und steuerte auf den Teich zu, wo er, offenbar fasziniert von den wenigen tapferen Goldfischen, die noch darin verblieben waren, eine Pfote ins Wasser tauchte und angeekelt gleich wieder zurückzog.

Diese Bewegung löste in Rebekka eine Erinnerung aus. Sie war elf gewesen und am Boden zerstört, als sie eines Morgens aufgewacht war und ihren Hamster Melvin tot im Käfig vorgefunden hatte. Frank hatte sie und Jonnie mitsamt dem Irischen Setter Rusty zu Esther gefahren, weil er wusste, wie sehr Rebekka die Gärtnerei mochte. Doch obwohl sich alle sehr bemüht hatten, sie aufzuheitern, war Rebekka weiterhin traurig gewesen. Dann hatte Jonnie unvermittelt T-Shirt und Jeans abgelegt und war in seiner grellbunten Badehose in den Teich gesprungen, um ihr seine Schwimmkünste vorzuführen. Im Gegensatz zu Rebekka, die noch heute nach zwei Metern unterging wie ein Stein, war er bereits mit vier Jahren geschwommen wie ein Fisch. Während er sie mit Kunststückchen aufzuheitern suchte, war neben ihm der 50 Kilo schwere Hund ins Wasser gesprungen, der seine entzückten Juchzer für Hilfeschreie gehalten hatte. Nach einem kurzen Ringkampf hatte Rusty Jonnies Arm fest im Griff und ihn, trotz prustenden Protests, ans Ufer gezerrt. Während Jonnie hilflos vor Lachen liegen geblieben war, hatte Rusty sich kräftig geschüttelt und dann stolz zu Rebekka, Esther und Frank hin gesehen, in der Erwartung, für seinen tapferen Einsatz gebührend gelobt zu werden. Rebekka hatte sich vor Lachen den Bauch gehalten und ihren toten Hamster für kurze Zeit vergessen können.

Rebekka lächelte bei dieser Erinnerung. Jonnie hatte versucht, sie aufzuheitern, und das war ihm auch gelungen, nur nicht ganz so, wie er es beabsichtigt hatte. Er hatte die Menschen immer zum Lachen bringen wollen, war von Natur aus freundlich, fröhlich und großmütig gewesen …

Ein Fisch tauchte auf und verursachte glitzernde Ringe, die nach außen hin immer dünner wurden, immer dünner …

Die Sonne wurde schwächer. Das Summen der Bienen im Rittersporn wurde leiser und war bald nicht mehr zu hören. Rebekka spürte weder die Hitze des Tages noch den brennenden Schweiß in ihren Schnittwunden auf der Stirn. Sie wusste, was gleich passieren würde, hatte aber nicht die Kraft, es zu verhindern, wollte es auch gar nicht …

Der Raum war kalt. Seine Knöchel und Handgelenke in den

metallenen Fesseln waren aufgeschürft, und seine Kiefermuskeln schmerzten, weil ein Knebel ihm den Mund aufsperrte. Der Kopf tat ihm weh. Seine Brust fühlte sich eng an. Er war vor Angst ganz benommen.

Seine Angst wuchs, als er Schritte auf sich zukommen hörte. Das Rascheln von Kleidung. Der Geruch nach Schweiß vermischt mit etwas anderem. Ein Duftwasser, alt und verbraucht. Er lag reglos da und wartete. Eine Hand packte seinen Finger und bog ihn nach hinten, bis er aufstöhnte. »Die haben das mit dem Lösegeld vermasselt«, krächzte eine Stimme. »Deine dich liebende Familie wollte kein Geld für dich ausgeben, deshalb hat sie die Bullen mit reingezogen. FBI. Die haben genau gewusst, was passieren würde, wenn sie das tun. Ich habe sie gewarnt.« Sein Peiniger riss ihm den Finger zurück, bis der Knochen krachte, und er schrie trotz des Knebels in seinem Mund. »Sie haben dein Todesurteil unterschrieben, Ryan …«

»Rebekka?« Eine Stimme trieb sehnsüchtig aus der Ferne an ihr Ohr. »Rebekka, du wirst gleich ins Wasser fallen.« Eine Hand legte sich auf ihre Schulter und zog sie zurück. »Rebekka, bleib stehen!«

Sie hörte Sean knurren, bevor er einen Satz machte und jemandes Bein packte. Rebekka hörte einen Aufschrei, sah das erschrockene Gesicht von Douglas vor sich und rief: »Sean! Aus!« Er hielt das Bein fest, und sie ging neben ihm in die Knie und streichelte ihn. »Aus, Sean«, murmelte sie. »Braver Junge.« Er lockerte augenblicklich seinen Biss.

Rebekka blickte zu ihrem Stiefbruder auf. »Alles in Ordnung, Doug?«

Er entfernte sich zwei Schritte von Sean und schob sein rechtes Hosenbein hoch. Unmittelbar über dem Knöchel war der Abdruck eines oberflächlichen Bisses zu sehen, nur an vier Stellen zeigte sich ein wenig Blut. »Ist er auch geimpft?«

»Gegen jedes bekannte Hundeleiden.«

»Dann ist es ja gut. Gott sei Dank ist Jeansstoff so robust.«

»Er ist nicht bösartig. Er dachte, du wolltest mir wehtun.«

»Entspann dich.« Doug lächelte. Er hatte das schwarze Haar und die nussbraunen Augen seines Vaters, jedoch fehlten ihm dessen edle Züge. Seine Nase war breiter und seine Wangenknochen weniger erhaben. Er war kaum 1.75 groß und wirkte ein wenig gedrungen. Er hatte an die zehn Kilo zugelegt, bemerkte Rebekka. Was zu High-School-Zeiten einmal ein »pausbäckiges« Gesicht gewesen war, wurde allmählich teigig. Zudem wies Dougs Stirn inzwischen ausgeprägte Geheimratsecken auf. Rebekka war überrascht, wie sehr er sich verändert hatte.

»Ich habe dort drüben gestanden und gesehen, wie du auf den Teich gestarrt hast. Plötzlich ist dein Gesicht ausdruckslos geworden«, erzählte er. »Dann bist du auf das Wasser zugegangen. Es ist schmutzig. Außerdem weiß ich ja, dass du nicht schwimmen kannst, und der Teichgrund fällt am Rand schon nach zwei Metern steil ab.« Er sah sie stirnrunzelnd an. »Du hast ›FBI‹ gesagt. Ein paar Mal sogar. Was hast du damit gemeint?«

»Ich … weiß es nicht.« Sie war in ein Bewusstsein vorgedrungen, das etwas von einer Lösegeldübergabe gehört hatte, die fehlgeschlagen war, weil man das FBI eingeschaltet hatte. Aber für Todd hatte bis jetzt noch niemand Lösegeld gefordert. Und auch das FBI war noch nicht eingeschaltet worden. Ihr Magen krampfte sich zusammen. Jonnie. In Jonnies Fall war sowohl Lösegeld gefordert als auch das FBI informiert worden.

Die Wahrheit traf Rebekka wie ein Schlag auf den Kopf. Diese Vision hatte nichts mit Todd zu tun – sie handelte von Jonnie. Vor einem Augenblick war sie in das Bewusstsein eines Menschen eingedrungen, der seit über acht Jahren tot war.

Rebekka schwankte, und Douglas fing sie auf. »Was ist denn?«, fragte er sie. »Ich weiß, dass du einen Unfall hattest. Ist dir schwindlig? Komm, ich trage dich ins Haus.«

»Nein, nein, es geht mir gut«, wehrte Rebekka ab, obwohl es ihr alles andere als »gut« ging. Du meine Güte, dachte sie, damals, als Jonnie mich so dringend gebraucht hätte, hatte ich nicht **eine** Vision. Warum jetzt, wo es nicht mehr von Belang ist? Ist das Ironie des Schicksals?

»Ironie?«, fragte Doug. »Was meinst du damit?«

Jetzt plapperte sie schon ihre Gedanken aus. Douglas war seit 16 Jahren ihr Stiefbruder, aber er war ihr immer fremd geblieben. Und sie wollte ihn auf gar keinen Fall wissen lassen, welche Bilder ihr durch den Kopf gingen. »Vielleicht habe ich es heute tatsächlich ein bisschen übertrieben.« Rebekka versuchte, ruhig zu klingen. »Aber ich kann wirklich selber laufen. Wenn du versuchst, mich zu tragen, wird Sean dir wahrscheinlich ein Bein ausreißen.« Sie nahm energisch Dougs Arm. »Begleite mich.«

»Gern.« Er blickte sie von der Seite an. »Ich bin sicher, du weißt alles über Todd. Hast du schon irgendwas ›gesehen‹?«

»Nein.« Rebekka würde sich hüten, außer Bill und Molly jemandem zu erzählen, was sie gesehen hatte. Sie wollte nicht, dass man hinter ihrem Rücken über sie redete, dass die einen sie als Orakel feierten und andere sie für verrückt erklärten. Sie bereute bereits, dass sie Clay Bellamy von ihrer ersten Vision erzählt hatte, aber das ließ sich jetzt nicht mehr ändern. Dennoch hatte Doug kein Recht, sie so zu bedrängen. Er hatte weder zu Molly noch zu Rebekka eine engere Beziehung. »Ich war überhaupt noch keine Hilfe, und deshalb vermeide ich das Thema, so weit es geht«, sagte sie mit Nachdruck. »Erzähl mir lieber, wie dir das Unterrichten gefällt.«

Doug schien gekränkt zu sein, hatte sich aber schnell wieder im Griff. »Na ja, ich versuche Siebtklässlern Geschichte beizubringen. Meist habe ich eine Hand voll Schüler kurz vor der Pubertät. Und die meisten fahren nicht gerade auf das Thema ab.« Er lächelte. »Wenn mir in der siebten Klasse jemand erzählt hätte, dass ich einmal Siebtklässler Geschichte lehren würde, hätte ich mich kaputt gelacht.«

»Du warst ja auch nicht gerade der strebsame Typ.«

»Stimmt, ich habe mich lieber geprügelt, obwohl ich damals insgeheim mit dem Gedanken gespielt habe, zur Polizei zu gehen. Bis ich dann anfing, die Polizei zu hassen …«

»Weil Larry von einem Polizisten angeschossen wurde. Und es war meine Schuld, was deine Frau mir bestimmt nie verzeihen wird.«

»Larry ist immerhin Lynns Bruder«, sagte Doug kühl. »Gerade

du müsstest sie verstehen, auch wenn sie dir gegenüber nicht fair ist. Blut ist eben dicker als Wasser.«

Esther hatte sie langsam auf das Haus zugehen sehen. Wahrscheinlich hatte sie auch bemerkt, dass Rebekka sich auf Doug stützte, und daraus geschlossen, dass irgendetwas nicht in Ordnung war.

»Rebekka, du bist ja leichenblass. Geh ins Haus und setze dich. Oder leg dich hin. Ich wusste ja, dass du dir zu viel zumuten würdest. Soll ich einen Arzt rufen? Was ist denn mit deiner Hose passiert?«

»Ich brauche keinen Arzt, ich bin nur durch den Teich gewatet.«

»Du? Gewatet?«

»Ich muss geträumt haben.« Rebekka hatte eine glaubwürdige Erklärung für etwas parat, das nicht einmal sie verstehen konnte.

Esther schüttelte den Kopf. »Die hübsche Leinenhose hast du dir ruiniert.« Sie wandte sich an einen ihrer Angestellten, einen jungen Mann mit gewaltigen Muskeln, der sich einen meterhohen Holunderbusch auf die Schulter geladen hatte. »Jake, der soll zu Mrs. Emerson. Leg ihn nicht zu den anderen. Offensichtlich hält sie den hier für etwas Besonderes.« Esther wandte sich wieder an Rebekka und Douglas. »Was die Leute sich so alles einbilden! Hinein mit dir, Becky. Douglas, du bringst ihr Limonade und ein Aspirin. Ich komme in fünf Minuten nach. Und gib dem Hund Wasser. Dem hängt ja schon die Zunge raus.« Doug bestand darauf, dass Rebekka sitzen blieb, während er einem argwöhnischen Sean ein Schüsselchen Wasser hinstellte und dann in zwei Gläser Limonade goss. »Bist du sicher, dass es dir gut geht?«, fragte Rebekka, als er ihr ein großes Glas reichte.

»Der bösartige zweijährige Sohn meines Freundes hat mich vorige Woche ärger in den Knöchel gebissen, und der menschliche Speichel hat bekanntlich weit mehr Bakterien in sich als der eines Hundes.«

»Die meisten Leute wissen das aber nicht.«

»Ich mag Hunde. Hätte selber gern einen, aber Lynn hat etwas gegen Tiere im Haus.«

»Mag Lynn überhaupt jemanden?«, entfuhr es Rebekka.

Doug sah sie lange an. »Ja, mich. Lynn liebt mich vorbehaltslos.

Das war schon immer so, selbst damals, als mich kein Mensch mehr leiden konnte.« Nach einer Pause fuhr er fort: »Und sie liebt ihren Bruder. Wir sind beide Versager, aber sie hat sich aufopfernd um uns gekümmert. Dazu muss jemand schon etwas Besonderes sein, ob du das mit deiner Hellsichtigkeit erkennen kannst oder nicht, Rebekka.«

3

»Weiß sie etwas über den Jungen?«

Lynn Cochran Hardison sah ihren Bruder an. Sein hellbraunes Haar war schon weitgehend ergraut, obwohl er erst 31 Jahre alt war. Er hatte sich seit Tagen nicht rasiert, wodurch die tiefe Narbe entlang seines Kiefers noch auffälliger hervortrat. Sie war das Ergebnis einer Gefängnisrauferei vor sechs Jahren, die ihn beinahe das Leben gekostet hätte. Seitdem war er magerer und muskulöser geworden, um für ähnliche Situationen gewappnet zu sein. Lynn kam es fast so vor, als hätten seine Augen im Gefängnis etwas Wölfisches angenommen, als hätte er sich vor seiner Entlassung in ein Raubtier verwandelt.

Noch jetzt, nach einem Jahr in Freiheit, lag etwas Gehetztes in seinem Blick. Das war ja auch kein Wunder, dachte Lynn. Es hatte den Anschein, als ließe die Polizei sich keine Gelegenheit entgehen, ihn zu behelligen, obwohl er noch keinen einzigen Tag blau gemacht hatte, seit er in Maloneys Autowerkstatt als Mechaniker angefangen hatte. Er hatte sich auch peinlich genau an die Gesetze gehalten, nicht einmal falsch geparkt. Aber Larry war ein unverträglicher Bursche, und weder sein Chef noch seine Arbeitskollegen konnten ihn leiden. Außerdem trank er zu viel. Gerade schenkte er sich ein weiteres Glas Jim Beam ein und humpelte zurück zu dem fleckigen Armsessel, den er sich vom Sperrmüll geholt hatte. Larrys rechtes Bein war für immer ruiniert, seit Bill Garrett ihn während eines Einbruchs angeschossen hatte.

»Doug besucht sie heute. Er wird schon herausfinden, wie viel sie weiß«, sagte Lynn.

»Warum sollte sie ihm etwas anvertrauen? Sie weiß doch nichts von dem wunderbaren Sinneswandel deines Göttergatten. Sie denkt bestimmt, dass er noch immer so ein Taugenichts ist wie ich.«

»Spar dir diesen verächtlichen Ton, wenn du von Doug sprichst«, sagte Lynn aufbrausend. »Er hat eben rechtzeitig kapiert, das man mit Trinken und Drogen gar nichts erreicht, besonders nach dem, was mit dir passiert war. Es ist ihm nicht leicht gefallen, aber er hat sich geändert. Und jetzt versucht er eben, ein gutes Leben zu führen. Er ist großartig zu mir, und dir versucht er, ein guter Freund zu sein – er hat es nicht verdient, dass du dich über ihn lustig machst.«

»Während er damit beschäftigt war, ein Musterknabe zu werden, hab ich im Knast gesessen«, entgegnete Larry verbittert. »Hab ich dir eigentlich erzählt, wie es da zugeht?«

»Schon hundertmal.«

»Spar dir deinen Sarkasmus.« Larry nahm einen Schluck Bourbon. »Du und Doug, ihr habt genauso viel verbrochen wie ich. Nur habt ihr euch nicht dabei erwischen lassen.«

»Wir sind weder eingebrochen, noch haben wir einen Bullen mit der Waffe bedroht. Das war allein deine Schnapsidee.«

»Aber die Drogen, die ich euch mit meinem schmutzigen Geld beschafft habe, die habt ihr euch ohne schlechtes Gewissen reingezogen«, höhnte Larry.

Lynn senkte den Blick. Sie starrte eine Weile auf ihren Schoß und seufzte schließlich. »Was dir passiert ist, tut mir Leid. Und du hast Recht – im Grunde waren Doug und ich genauso schuldig wie du. Wir waren damals alle ziemlich ausgeflippt. Aber dass sie dich erwischt haben, das hast du nicht uns zu verdanken, sondern Rebekka.«

»Irgendwie hat sie herausgefunden, dass ich der Einbrecher war, und ihren Onkel auf mich gehetzt. Er hat mich angeschossen.«

»Du hattest eine Waffe auf ihn gerichtet, Larry«, erinnerte Lynn ihn sanft.

»Ich hätte ihn aber nicht erschossen. Ich hab doch nur so getan.

Und jetzt sieh dir an, was aus mir geworden ist. Ich bin ein verdammter Krüppel. Mein Bein tut mir andauernd weh, ich habe keinen Penny übrig ...«

»Und warum nicht? Du verdienst doch anständig, jedenfalls genug für die Miete und deinen Lebensunterhalt. Du hast dir sogar eine Stereoanlage gekauft.« Lynn sah sich um. »Wenigstens dachte ich, du hättest dir eine gekauft. Wo ist sie?«

»Die hat mir nicht gefallen. Ich hab sie weggeschafft.«

»Du warst doch verrückt nach dem Ding.« Larry leerte sein Glas und sah misslaunig aus dem Fenster. »Du musstest sie verkaufen, stimmt's? Wo bist du da bloß wieder reingeraten?«

»In gar nichts. Ich hab keine Schulden gemacht, aber du musst natürlich gleich wieder das Schlimmste annehmen.« Er blitzte seine Schwester wütend an. Er war nur drei Jahre älter als sie, sah aber mindestens zehn Jahre älter aus, mit den tiefen Furchen in der Stirn und den starrsinnigen, unzufriedenen Falten um Augen und Mund. »Ich komm zurecht, aber bestimmt nicht so gut wie diese Ryan, dieses Miststück. Warum musste sie mir mein Leben ruinieren? Und dann tut sie einfach so, als wäre nichts geschehen. Jetzt hat sie auch noch ein Buch geschrieben und macht bestimmt noch mehr Kohle damit. Hoffentlich hat sie mich in ihrem Schundroman nicht erwähnt.«

»Das hat sie auch nicht.«

»Du hast das verdammte Buch gelesen?«

»Doug hat es gekauft. Ich wollte es zuerst gar nicht lesen, aber ich konnte nicht anders. Na, egal, jedenfalls erinnert nichts darin an Sinclair. Nicht mal Jonnie kommt vor.«

Larrys Kopf schoss in die Höhe, als sie Jonnie erwähnte. »Weiß sie, was mit ihm passiert ist?«

»Wie meinst du das?«

»Na, seine Ermordung. Weiß sie, wer ihn umgebracht hat?«

Lynn zuckte die Schultern. »Woher soll ich das wissen? Wenn sie irgendeine Vermutung hätte, wäre sie doch längst zu ihrem Onkel Bill gerannt, und jemand säße ganz schön tief in der Tinte. Die ganze Familie hat ja so getan, als würde die Sonne über Jonnie aufgehen und untergehen.«

»Er hatte nichts als Scheiße im Hirn. Arroganter kleiner Mistkerl. Wie der Bruder so die Schwester.«

Lynn starrte vor sich hin, während ihr Bruder sich einen weiteren Drink genehmigte. »Rebekka war meine Freundin«, sagte sie. »Becky, Molly und ich.«

»Die drei Musketiere, gleich muss ich kotzen.«

»Wenn du weiter Bourbon in dich reinsäufst, ganz bestimmt.«

»Immer übertreibst du, wie gut du mit Rebekka und Molly befreundet warst. Du warst doch keine Ryan. Und was den Bourbon betrifft, der heitert mich auf. Könnte dich auch aufheitern und dein Gedächtnis auffrischen. Willst du einen?«

»Nein. Ich hab Schluss gemacht mit dem Zeug.« Lynn stand auf und baute sich vor ihrem Bruder auf. Sie war groß, hatte schmale Hüften und volle Brüste. Sie war früh entwickelt gewesen und hatte seit ihrem 14. Lebensjahr Bewerber aller Altersgruppen gehabt, dennoch war sie ihrer Sandkastenliebe, Douglas Hardison, stets treu geblieben. Sie waren ein hübsches Paar gewesen. Inzwischen sahen sie allerdings ziemlich merkwürdig aus, Lynn mit ihrer harten, platinblonden Hagerkeit, Doug mit seinem dunklen, rundlichen Aussehen. Aber während Lynns Mann immer runder wurde, weil er wegen einer nervösen Unruhe, über die er nicht mit ihr sprechen wollte, zu viel aß, wurde ihr Bruder wegen seiner unerbittlichen Arbeitswut, mit der er sein kaputtes Bein wettzumachen suchte, immer dünner und zäher. »Warum regst du dich so auf wegen Becky Ryan?«, fragte Lynn ihren Bruder.

»Das fragst du noch, nach allem, was sie mir angetan hat? Ich hasse sie.«

»Sie war doch noch so jung, als sie dich an Bill Garrett verraten hat. Ich hasse sie auch dafür, aber es ist doch schon so lange her. Du tust ja gerade so, als wäre es gestern gewesen, als würdest du sie jetzt noch viel mehr hassen als damals.«

»Sie ist wegen des Jungen wieder da.«

»Todd? Was hat das mit uns zu tun?«

»Sie sieht und weiß alles.«

»Sie hat überhaupt nichts gesehen, als Jonnie verschwunden war. Und wahrscheinlich hat sie bei Todd Ryan auch nicht mehr

Erfolg.« Lynns Augen wurden schmal. »Aber was geht es dich an, ob sie etwas über Todd weiß oder nicht? Was ist los mit dir, Larry?«

Larry goss sich den Bourbon in die Kehle, schnitt eine Grimasse und schleuderte sein Glas gegen die Wand.

5. Kapitel

1

Sonntagvormittag, 11.00 Uhr

Deputy G. C. Curry betrat zögernd Bill Garretts Büro. Die Information, die er ihm zu überbringen hatte, machte ihn verlegen.

»Haben Sie ein paar Minuten Zeit, Chef?«, fragte er.

Bill sah ihn aus müden blauen Augen an. »Sicher. Was gibt's?«

»Sie sagten doch, dass Todd Ryan möglicherweise in ein verlassenes Gebäude verschleppt wurde.« Garretts Nichte hatte diesen brillanten Treffer gelandet. Curry hatte viel übrig für Garrett, bis auf diese eine Schwäche – sein Glaube an dieses verrückte Weibsbild, das von sich behauptete, hellsichtig zu sein. Curry hatte von älteren Deputys zwar erfahren, dass sie früher einige Male ins Schwarze getroffen hatte, aber seiner Meinung nach hatte die Kleine nur irgendeinen Hinweis von sich gegeben, der Garretts Gedanken in die richtige Richtung gelenkt hatte, und daraufhin hatte er aus für ihn unersichtlichen Gründen seinen Erfolg dem Mädchen zugeschrieben. So ungefähr musste es gewesen sein. Wenn er Garrett nicht meldete, was er eben erfahren hatte, und Garrett ihm jemals dahinter kam, würde er ganz schön wütend auf ihn sein. »Wir haben jedes verlassene Gebäude im Umkreis von zwei Meilen abgesucht und nichts gefunden.«

»Verdammt.«

»Vielleicht haben wir morgen mehr Glück.«

»Verdammt«, sagte Bill noch einmal. »Tut mir Leid. Ich weiß ja, dass ihr alle euer Bestes tut. Ich weiß das zu schätzen.«

»Ich habe selbst einen fünfjährigen Sohn«, sagte Curry. »Wenn sich den einer schnappen würde … na ja, jedenfalls könnte ich mir selbst nicht mehr in die Augen sehen, wenn ich nicht alles tun würde, um den Jungen zu finden. Übrigens habe ich hier eine Information, weiß aber nicht, wie zuverlässig sie ist. Nicht besonders, würde ich sagen, in Anbetracht der Quelle, aber Sie haben gesagt, Sie müssten alles wissen …«

»Spucken Sie's aus, Curry.«

»Na ja, Sie kennen doch den alten Skeeter Dobbs.«

Bill nickte. Die ganze Stadt kannte Skeeter Dobbs. Seine Familie hatte früher einmal zur Aristokratie in Sinclair gehört. Ihr hatten die Dobbs Salzwerke am Stadtrand und das opulente Dobbs Hotel in der Main Street gehört. Skeeters Großvater hatte durch den Börsenkrach von 1929 sein gesamtes Vermögen verloren und war aus der Präsidentensuite im fünften Stock seines Hotels gesprungen. Skeeter war zwar erst Anfang der vierziger Jahre zur Welt gekommen, aber sein Vater war es niemals müde geworden, ihm die Familiengeschichte zu erzählen. Unglücklicherweise hatte er den traurigen Höhepunkt, Carsons Selbstmord, immer in aller Ausführlichkeit beschrieben: Während sein kleiner Sohn wimmernd unten auf dem Gehweg stand, hatte Carson ein paar Minuten lang auf dem Fenstersims sitzend mit sich gerungen, bevor er sich in die Tiefe gestürzt hatte, um mit seinem schweren Körper beinahe den eigenen Sohn zu erschlagen. Carsons Schädel war auf dem Beton aufgeschlagen und aufgeplatzt, sodass Hirnmasse und Blut nach allen Seiten spritzten. Es hatte fast zehn Minuten gedauert, bis schockierte Augenzeugen seinen schreienden, über und über mit Blut besudelten Sohn beruhigen und wegzerren konnten.

Nach Jahren war diesem Sohn ein Kind beschieden, das geistig zurückgeblieben war und zudem psychische Störungen aufwies, die nie behandelt worden waren. Jedoch besaß der Junge eine lebhafte Phantasie und erwies sich als ein dankbarer Zuhörer, wenn sein Vater ihm vom Selbstmord seines Großvaters erzählt hatte. Am Ende war der Junge zu der Überzeugung gelangt, er selbst habe besagten Selbstmord mit ansehen müssen, und dies hatte seiner angeknacksten Psyche den Rest gegeben. Nun war Carson Randolph Dobbs III. als Skeeter bekannt, konnte nicht einmal die einfachsten Tätigkeiten ausführen, ließ sich regelmäßig mit Wein volllaufen und behielt die meiste Zeit das oberste Stockwerk des einstigen Dobbs Hotels im Auge, da er der irrigen Meinung war, dass das Gebäude sich noch immer in seinem Besitz befand und dass sein Großvater im obersten Stockwerk als Geist sein Unwesen trieb.

»Was ist mit Skeeter?«, fragte Bill.

»Er ist hier. Hat sich schon den ganzen Tag hier im Haus herumgedrückt, wollte aber erst vor ein paar Minuten sagen, wo ihn der Schuh drückt. Wie's aussieht, will er irgendwas loswerden. Ich hab mit ihm gesprochen, versucht, es ihm recht zu machen, aber er will unbedingt mit Ihnen reden.«

»Worüber denn?«

»Über Kleins Möbelhaus, worüber denn sonst?«

»Sie meinen das alte Dobbs Hotel. Hat er wieder den Geist gesehen?«

»Sicher. Der alte Carson Dobbs muss ein verdammt aktiver Geist sein.«

Bill grinste. Curry hatte Recht – Skeeter zufolge war Carson mächtig unruhig.

»Aber Skeeter schwört, dass es diesmal anders war im Hotel. Er sagt, dass Carson sich letzte Nacht komisch benommen hat, dass er auf dem verlassenen Dachboden war.« Curry zuckte die Schultern. »Ich weiß zwar, dass er einen Sprung in der Schüssel hat, aber das mit dem Dachboden hat mich stutzig gemacht. Außerdem hat er sich draußen vor die Tür gepflanzt und will um keinen Preis vor morgen früh weggehen, wenn er Sie nicht vorher sprechen kann.«

»Ich kann ihm ja ein paar Minuten zuhören, wir kommen ohnehin nicht weiter. Ich sitze nur hier und verbrauche Luft. Schicken Sie mir Skeeter rein.«

Kurz darauf kam Skeeter hereingeschlurft. Der eine Schuh hatte eine lose Sohle, sodass er beim Gehen klaffte und eine Socke zum Vorschein brachte, die irgendwann einmal weiß gewesen sein mochte. Er trug eine Khakihose, eindeutig ein Geschenk, weil sie ihm viel zu groß, an den Säumen zweimal umgeschlagen und am Bund von einem abgewetzten rosaroten Frauengürtel festgehalten war. Über dem dünnen, ausgewaschenen Oberhemd trug er ein Sakko aus den zwanziger Jahren, das für den spindeldürren Skeeter viel zu kurz war. Der Saum reichte ihm nicht einmal bis zur Hüfte, und die Ärmel waren nur dreiviertel lang. Bill glaubte, dass dieses Sakko seinem Großvater gehört haben musste, weil Skeeter es schon als junger Mann getragen hatte. Einmal hatte Bill ihn genötigt, es auszuziehen, nachdem ihn ein paar Raufbolde übel zusammengeschlagen hatten, und da hatte er ein Etikett von Saville Row im Nacken eingenäht gesehen. Skeeter trug es auch im Sommer, sogar bei Temperaturen über dreißig Grad im Schatten und unerträglich hoher Luftfeuchtigkeit.

»Wie geht's, Chief Garrett?«, fragte Skeeter. »Hat Deputy Curry Ihnen erzählt, was ich gesehen hab?«

»Ein wenig. Möchten Sie Kaffee, Skeeter?«

Skeeter schien darüber nachzudenken. »Na also gut, kann ja nicht schaden.«

»Und wir haben auch frisches Gebäck hier. Wie wär's mit einem Doughnut oder einem Danish?«

Der Mann war dürr wie ein Gerippe, und seine Wangenknochen traten unter seiner grauen Haut hervor wie bei einer Leiche. Wieder dachte er nach, eine reine Formalität, da Bill ja wusste, dass er großen Hunger hatte. »Einen Danish hätte ich gern. Ich mag ausländischen Kuchen.«

Bill goss ein wenig Milch in einen Pappbecher und füllte ihn dann mit frischem Kaffee. Er legte ein aprikotfarbenes Stück Blätterteig auf einen Pappteller und überreichte beides Skeeter. Der Mann lächelte und entblößte dabei schmutzige, schiefe Zähne. »Serviette, bitte schön.« Bill gab ihm eine Papierserviette. Skeeter vergaß nie seine guten Manieren, nicht einmal, wenn er sternhagelvoll war.

Bill setzte sich an den Schreibtisch und zupfte an einer Topfpflanze herum. Skeeter nahm ein paar Bissen von seinem Stück Blätterteig.

»Er hat sich komisch benommen letzte Nacht.«

Bills Aufmerksamkeit galt schlagartig wieder Skeeter. »Wer hat sich komisch benommen?«

»Großvater.«

»Also waren Sie letzte Nacht vor Kleins Möbelhaus?«

Skeeter sah ihn aufgebracht an. »Sie meinen wohl das Dobbs Hotel. Es befindet sich seit über einem Jahrhundert im Besitz meiner Familie.«

»Na schön. Das Dobbs Hotel. Wo genau waren Sie?«

»Ich habe auf den Stufen vor Vinsons Drogerie gesessen. Hab ein bisschen Luft geschnappt, wissen Sie. Es war eine hübsche Nacht.«

Es hatte heftig gewittert. Skeeter hatte den Regen und die Blitze im Eingangsbereich der Drogerie abgewartet, und zwar in Gesellschaft einer Flasche billigen Weins. Diese Erkenntnis weckte in Bill ein Gefühl der Trostlosigkeit.

»Sprechen Sie weiter, Skeeter.«

»Könnte ich wohl noch ein Stück dieses ausländischen Kuchens haben?«

»Sicher. Versuchen Sie das hier. Es ist mit Äpfeln gefüllt. Die mag ich am liebsten.«

Skeeters schmutzige Hand zitterte, als er nach dem Teller griff, den Bill ihm reichte, um auf diese Weise zu verhindern, dass Skeeter in die Schachtel mit den Gebäckstücken fasste. »Es war kurz vor zehn Uhr«, sagte Skeeter abrupt. »Der Regen hatte aufgehört. Ich habe auf die Uhr des Gerichtsgebäudes gesehen. Mit der Uhrzeit nehme ich es sehr genau. Mein Großvater ist eine Minute nach sieben Uhr aus dem Fenster gesprungen. Am Abend.«

»Das ist interessant, Skeeter. Sehen Sie Ihren Großvater normalerweise gegen Abend im Hotel?«

Skeeter sah ihn missbilligend an. »Das sagte ich Ihnen bereits. Er schreitet vor dem großen Fenster in der Präsidentensuite auf und ab. An diesem Abend tat er das eine ganze Weile. Dann setzte er sich ein paar Minuten auf den Fenstersims und sprang. Ich habe genau darunter gestanden. Sein Blut und sein Hirn haben mich vollgespritzt. Ich hab geschrien und geschrien.« Er schüttelte den Kopf. »Eine grauenvolle Sache.«

Skeeter erzählte ohne Gefühlsregung. Er hatte die Geschichte unzählige Male erzählt, und Bill wusste, dass er der Überzeugung war, dass nicht sein Vater, sondern er auf dem Gehweg gestanden hatte, als Carson gesprungen war.

»Sie sagten, dass Ihr Großvater sich diesmal merkwürdig benommen hätte«, meinte Bill aufmunternd.

»Zuerst war er normal. Ging wie immer in der Präsidentensuite auf und ab. Vielleicht um nach einer Möglichkeit zu suchen, sein Vermögen zu retten. Er hatte sich nämlich verspekuliert.« Bill wusste, dass Skeeter keine Ahnung hatte, was das Wort bedeutete. Er wiederholte lediglich, was sein Vater ihm über den Börsenkrach von 1929 erzählt hatte, der so vielen Investoren das finanzielle Rückgrat gebrochen hatte. »Oder vielleicht versuchte er auch, den Mut aufzubringen, um seinem Leben ein Ende zu setzen. Ganz schön gruselig. Jedenfalls ging er ständig auf und ab in der Präsidentensuite.«

Das Möbelhaus Klein nutzte drei Etagen des ehemaligen Hotels. In den oberen Stockwerken befanden sich Wohnungen. In der ehemaligen Präsidentensuite lebte seit dreißig Jahren ein Ehepaar namens Moreland.

Skeeter biss von seinem Gebäckstück ab und kaute den Bissen mit der Gemächlichkeit einer Kuh, bevor er ihn hinunterschluckte. »Das Gewitter war schlimm. Der Sturm hat Blätter von den Bäumen gerissen. Und Zweige. Und er hat den Müll die Straße entlanggefegt. Dieses Mädchen, das Gedanken lesen kann, hatte einen Unfall. Es gefällt mir nicht, dass sie wieder in der Stadt ist.«

»Die braucht Sie doch gar nicht zu kümmern.«

»Ich weiß ja, dass sie mit Ihnen verwandt ist, aber sie ist nicht ganz normal. Sie ist die Handlangerin des Teufels, sag ich Ihnen.«

»Schluss mit dem Unsinn«, sagte Bill streng. »Sie hat nichts Böses getan. Jetzt erzählen Sie weiter.«

»Das Gewitter hatte nachgelassen. Ich überlegte, ob ich einen Spaziergang machen sollte, aber irgendwie hatte ich das Gefühl, ich müsste auf mein Hotel Acht geben.« Skeeter lebte mit der Gewissheit, dass er als letzter Dobbs noch immer der Besitzer des Gebäudes war. »Na ja, ich hatte mich richtig entschieden, weil ich Großvater wiedersah. Nur dass er diesmal nicht in der Präsidentensuite war, sondern direkt darüber.«

»Was soll das heißen? War er denn auf dem Dach?«

»Nein. Großvater würde sich doch nicht im Regen auf das Dach stellen. Er hatte mehr Verstand als ich. Mein Dad hat mir das erzählt. Er sagte mir, ich wäre eine große Enttäuschung für Großvater gewesen.«

Es ging doch nichts über ein gesundes Selbstvertrauen bei Kindern, dachte Bill. Skeeter mochte ein Trunkenbold mit Wahnvorstellungen sein, aber sein Vater war so voller Selbstmitleid und Boshaftigkeit gewesen, dass er es größtenteils zu verantworten hatte, in welch erbärmlichem Zustand sich Skeeter befand.

»Großvater war im Stockwerk darunter, auf dem Dachboden.«

»Sind Sie sicher?«

»Er hatte eine Taschenlampe bei sich, aber eine ganz große, weil sie viel mehr Licht gibt als die kleinen. Er ist ungefähr fünfmal vor dem Fenster auf und ab gegangen.«

»Haben Sie sein Gesicht gesehen?«

»Nein, Sir, hab ich nicht, aber das sehe ich nie.«

»Wie oft haben Sie Ihren Großvater denn schon auf dem Speicher gesehen?«

»Noch nie. Deshalb habe ich es Ihnen ja erzählt. Und ich habe ihn nie nach Mitternacht gesehen. Ich glaube nämlich, dass Geister um Mitternacht immer an ihren Ort zurückkehren müssen, ganz gleich, wo der ist. Es ist eine Art Regel.«

»Verstehe.« Bill wollte sich seine Erregung nicht anmerken lassen. »Hat Ihr Großvater sonst noch irgendetwas Ungewöhnliches angestellt?«

»Nun, ich habe seine Silhouette am Fenster gesehen, wegen der Straßenlaterne gleich darunter. Er hat auf die Straße gesehen. Zuerst nach links, dann nach rechts. Vielleicht dreimal in jede Richtung. Manchmal sind ja nach Mitternacht noch Leute auf der Straße, wenn sie aus den Kinos und Kneipen kommen, zum Beispiel dem Landy's und dem Dingsda, dem Gold …«

»Gold Key. Aber letzte Nacht, nach dem Gewitter war die Straße leer.«

»Stimmt. Ich habe mich im Hauseingang versteckt. Ich glaube nicht, dass er mich gesehen hat. Aber Großvater hat sich noch nie so verstohlen umgesehen, so als wolle er nicht entdeckt werden, deshalb muss ich mich normalerweise nicht vor ihm verstecken. Dieses ganze Herumgeschaue – das war schon seltsam. Ich wusste, dass ich es Ihnen erzählen sollte, weil doch mein Daddy immer sagte, dass Großvater sich irgendwann an der Stadt rächen würde, weil sie Daddy nicht mit dem gebührenden Respekt behandelt hat. Und als Großvater sich so seltsam benahm, da dachte ich, dass er demnächst zuschlagen will. Und dass dieses Mädchen mit dem zweiten Gesicht zurückgekommen ist, ist auch ein schlechtes Omen. Sie soll wieder gehen.«

Bill wünschte, Skeeter käme nicht andauernd auf Rebekka zu sprechen. Er hielt den Mann zwar für harmlos, aber konnte er dessen ganz sicher sein? Sicher war nur, dass Skeeter in dieser Nacht ungewöhnliche Aktivitäten im Klein-Gebäude beobachtet hatte. Und zwar auf dem Speicher. Und Rebekka hatte Todd gefesselt und geknebelt an einem verstaubten, heißen Ort »gesehen«, an dem es einen Holzfußboden und Mäuse gab. Er erinnerte an einen alten Dachboden.

2

Eine Stunde später betraten Bill Garrett, Deputy G. C. Curry und Herbert Klein das Möbelhaus. Innerhalb eines schmalen, gut ausgeleuchteten Eingangsbereichs waren neun Postkästen angebracht. Jedes der drei Stockwerke über den Kaufhausetagen beherbergte drei großzügige Wohnungen. Stufen führten nach oben, aber die drei Männer nahmen lieber den alten Aufzug.

Herbert Klein – um die sechzig, beleibt und von Natur aus nervös – war ein seelisches Wrack. Er war beinahe hysterisch geworden, als Bill ihn angerufen hatte, um sich von ihm die Erlaubnis einzuholen, das Gebäude nach Todd Ryan absuchen zu dürfen, weil jemand auf dem Dachboden Licht und Bewegungen beobachtet haben wollte. Klein war viel zu aufgeregt gewesen, um Bill zu fragen, welcher beunruhigte Bürger die Bewegungen wahrgenommen hatte, und freiwillig hatte Bill ihm keine Auskunft gegeben. Womöglich hätte Klein protestiert, wenn sich herausstellte, dass Bill die Aussagen von Skeeter Dobbs für bare Münze nahm, und ihm angeraten, sich einen Durchsuchungsbefehl zu besorgen. Stattdessen hatte Klein ihn seiner vollen Unterstützung versichert. Im Augenblick wischte er sich ein ums andere Mal mit einem Taschentuch über den kahlen, schwitzenden Schädel.

»In all den Jahren habe ich hier noch nie irgendwelchen Ärger gehabt«, versicherte Herbert Klein Bill zum fünften Mal. »Ich habe ältere, ruhige Mieter, von denen keiner trinkt oder ausfällig wird so wie die jungen Leute.« Er schien der Überzeugung zu sein, dass Leute über 40 weder tranken noch ausfällig wurden. »Ich halte es für ausgeschlossen, dass das Kind sich hier im Hause befindet.«

»Warum? Waren Sie in letzter Zeit auf dem Dachboden?«, fragte Bill.

»Nein. Unser Lager befindet sich in der ersten und zweiten Etage. Ich habe keinen Grund, den Speicher aufzusuchen.«

»Dann hätten Sie es nicht gehört, wenn das Kind sich dort oben befände, selbst dann nicht, wenn Ihr Laden offen wäre.«

Klein blickte betroffen drein. »Da haben Sie Recht. Du liebe Zeit. Herrje, das ist ja entsetzlich.« Klein wischte sich theatralisch den Schweiß von der Stirn, als der Aufzug im fünften Stockwerk angekommen war. »Nur eine der Wohnungen hier oben ist vermietet. An Helen und Edgar Moreland. Sie wohnen seit 30 Jahren hier. Sie sind beide Ende siebzig. Nein, Edgar ist schon achtzig. Du liebe Zeit. Sie sind sehr gebrechlich. Und jetzt ist es schon nach Mitternacht. Bitte stellen Sie ihnen keine Fragen.«

»Sie wohnen unterhalb des Dachbodens«, sagte Bill. »Ich werde ihnen Fragen stellen müssen.«

»O Gott. Edgar wird einen Herzanfall bekommen.«

»Vielleicht auch nicht. Ich werde ganz vorsichtig sein«, versprach Bill ernst, als er das verdächtige Zucken um Currys Mundwinkel bemerkte. Bill fragte sich, wie Mrs. Klein dieses überspannte Nervenbündel von Ehemann ertragen konnte.

Als sie den Flur entlanggingen, flog eine Wohnungstür auf, und ein älterer Herr trat ihnen entgegen. Sein dichtes, graues Haar war schwungvoll nach hinten gekämmt, und die jungenhaften blauen Augen blickten lebhaft durch eine Brille mit Drahtgestell. »Habt ihr mich endlich aufgestöbert, was? Und ich dachte schon, ihr würdet nie dahinterkommen, dass ich es war, der anno 1939 die Bank ausgeraubt hat.«

»Hör auf damit, Edgar«, sagte eine Frau in scharfem Ton. »Die denken, du meinst es ernst.«

»Ich meine es auch ernst. Die haben doch wirklich lange gebraucht.«

»Seit 1939?«, fragte Curry gutmütig.

»Seit die Frau vor neun Stunden Geräusche auf dem Dachboden gehört hat.«

Klein entfuhr ein Quieker, und Bill versteifte sich. »Sie haben etwas gehört?«

»Ich nicht. Hatte mein Hörgerät nicht drin. Aber Helen. Helen, komm raus und sag den Polypen, was du gehört hast.«

»Nenn sie nicht Polypen. Das ist respektlos.« Eine kleine, quirlige Frau mit kurzen, grauen Locken erschien mit einem schüchternen Lächeln in der Tür: »Wie geht es Ihnen? Helen Moreland.«

Bill nickte. »Guten Tag, Ma'am. Sehr erfreut. Ich bin Bill Garrett und das hier ist Deputy Curry. Was waren das für Geräusche?«

Mrs. Moreland errötete. »Wir waren übers Wochenende zu unserer Tochter nach Ohio gefahren. Wir hätten nur zwei Stunden für die Heimfahrt gebraucht, aber Edgar wollte unbedingt ans Steuer, und er hat sich andauernd verfahren ...«

»Ich bin Abkürzungen gefahren!«, rechtfertigte sich Edgar.

»Wie dem auch sei«, fiel Helen Moreland ihrem Mann ins Wort, »wir haben vier Stunden für die Fahrt gebraucht und waren erst gegen neun Uhr daheim. Ich konnte die ganze Nacht nicht schlafen. Ich war nervös und müde, und meine Hüfte tat mir weh. Vor Sonnenaufgang dachte ich, ich hätte ein Geräusch auf dem Dachboden gehört. Das ist nun aber nichts Neues. Manchmal sind da oben Ratten.«

»Es gibt keine Ratten in diesem Gebäude!«, entfuhr es Klein. »Ich führe ein sauberes Haus!«

»Beruhige dich, Herb. Du klingst ja, als würdest du ein Bordell betreiben.« Edgar Moreland lachte. »Ratten sind keine Schande in einem alten Haus, solange man etwas gegen sie unternimmt, und das tust du ja.« Er wandte sich an Bill. »Er streut Gift. Manchmal, im Sommer, wird der Gestank der toten Viecher ziemlich aufdringlich, aber was soll man machen? Die kleinen Teufel lassen sich nicht fangen, sonst könnte man sie ja aufs Land karren, wo sie sich austoben könnten. Jetzt erzähl weiter, Helen.«

Mrs. Moreland holte tief Luft. »Nun, Ratten verursachen ein schurrendes Geräusch. Und manchmal kann man hören, wie sie an Sachen herumknabbern. Aber dann hörte das Schurren plötzlich auf, und ich hörte Schritte. Ich schwöre es. Langsam und … na ja, verstohlen. Ich klinge ungern melodramatisch, aber jemand hat versucht, möglichst leise aufzutreten, damit man ihn nicht bemerkt. Ich stand auf, ging ins Wohnzimmer hinüber und stellte mich genau unter die Stelle, wo ich die Schritte gehört hatte. Dann gab es ein schleifendes Geräusch. Dann wieder Schritte, nur schwerere diesmal. Ich lief zurück ins Schlafzimmer und versuchte, Edgar zu wecken, was sich jedoch als ein schier hoffnungsloses Unterfangen entpuppte.«

»Sind Sie den Schritten nachgegangen?«, fragte Curry.

»Als ich ins Schlafzimmer lief, schienen sie sich in diese Richtung zu bewegen.« Sie wies auf die Tür, die zum Dachboden führte. »Edgar war endlich wach geworden und sagte, besser gesagt, er schrie, ich solle die Polizei rufen.«

»Ich hatte mein Hörgerät nicht drin!«

»Ich weiß. Ist schon gut«, meinte Mrs. Moreland beschwichtigend. »Als ich wieder ins Wohnzimmer kam, hörte ich jedenfalls nichts mehr.«

»Und niemand auf dem Revier hat auf Ihren Anruf reagiert?«, fragte Bill.

»Ehrlich gesagt, ich habe gar nicht angerufen.« Edgar sah sie überrascht an. »Wie ernst hätte man wohl den Anruf einer alten Frau genommen, die behauptet, sie hätte auf einem abgeschlossenen Dachboden nachts mysteriöse Geräusche gehört?«

»Mrs. Moreland, haben Sie jemanden vom Dachboden kommen sehen?«

»Nein. Und ich könnte mich ohrfeigen! Ich glaube, dass die Person vom Speicher herunterkam, während ich Edgar wach rüttelte. Vielleicht hat sie sich auch davongemacht, als Edgar so laut nach der Polizei geschrien hat. In dem Fall könnte sie über die Feuerleiter nach unten geklettert sein. Wenn ich bloß meine Wohnungstür aufgemacht hätte, dann hätte ich gesehen, wer es war!«

»Ich bin sehr froh, dass Sie Ihre Tür nicht aufgemacht haben«, sagte Bill.

Edgar war plötzlich ganz Ohr. »Warum? Dann war da oben also nicht nur irgendein harmloser Herumtreiber? Ja, Moment mal, wieso sind Sie eigentlich hier, wenn Helen die Polizei gar nicht angerufen hat? Was ist hier eigentlich los?«

Bill wollte keine Einzelheiten preisgeben. »Das wissen wir selbst noch nicht genau, Mr. Moreland. Deputy Curry und ich müssen uns auf dem Dachboden umsehen. Mr. Klein, bitte warten Sie hier bei den Morelands.«

»Das hier ist mein Haus«, protestierte Klein aus einem Reflex heraus und wischte sich wieder den Schweiß von der Glatze. »Aber machen Sie nur weiter. Hier ist der Schlüssel.«

Bill und Curry gingen zum Ende des Flurs. Bill nahm das altmodische Schloss an der Tür zum Speicher genauer unter die Lupe. »Kratzspuren. Es wurde aufgebrochen. Fragt sich nur, wann.«

Bill zog sich Gummihandschuhe an und öffnete die Tür. Heiße, übel riechende Luft schwappte ihnen entgegen. »Ich hoffe, dieser Gestank stammt wirklich nur von toten Ratten«, murmelte Curry. »Fußspuren im Staub.«

»Umgeh sie«, sagte Bill unnötigerweise.

Als sie die Treppe hinaufgingen, begann Bills Magen zu rebellieren. Der süßliche, faulige Geruch wurde stärker und verursachte ihm Brechreiz. Mollys rundes Gesicht mit den hoffnungsvollen Augen tauchte vor seinem geistigen Auge auf. Lieber Gott, steh dem Jungen bei, richtete er sich flehend an den Schöpfer, den er eigentlich für unerbittlich hielt.

Der Dachboden war mit ein paar Glühbirnen nur spärlich ausgeleuchtet. Bill wusste nicht, was er hier oben erwartet hatte – Überreste des einstmals so opulenten Hotels? Stattdessen war der Dachboden leer, abgesehen von ein paar Eisenregalen an den Wänden, auf denen versiegelte Kisten lagerten. In der Mitte des Raums befand sich eine Garnitur bunter Gartenstühle, komplett mit Hollywoodschaukel unterm Fransenbaldachin, die aussah, als warte sie auf eine Geisterparty. Skeeters Großvater und seine Freunde vielleicht.

»Sehen Sie sich das an, Chef.«

Bill ging zu der Stelle, wo Curry sich über ein zerknülltes weißes Laken und ein graues Plüschtier beugte. Bill ging in die Hocke und erkannte das Hängeohr und das alberne Grinsen des Tiers. »Es ist Todds Hund Tramp.«

Curry deutete auf einen großen rostfarbenen Fleck auf der weißen Brust des Hundes. »Hatte er diesen Fleck schon vorher?«

»Nein.« Bill schluckte mühsam. »Sieht aus wie Blut.«

6. Kapitel

1

Bill wusste nicht genau, warum er als Erstes Rebekka die Nachricht übermittelte, dass sie Tramp gefunden hatten. Vielleicht weil sie ihm den Tipp gegeben hatte, dass Todd sich an einem heißen, staubigen, verlassenen Ort befand. Vielleicht auch, weil er zögerte, es Molly zu sagen.

Rebekka war einverstanden, ihn bei Molly zu treffen. Neuigkeiten wie diese sollte man nicht übers Telefon vermitteln, und Molly sollte auch nicht auf den Rückhalt ihrer besten Freundin verzichten müssen.

Kurz bevor Bill das Büro verließ, rief er spontan Clay Bellamy an. Vielleicht brauchte Molly ja einen Arzt, der ihr eine weitere Beruhigungsspritze verabreichte. Womöglich musste sie sogar ins Krankenhaus. Clay hatte gerade eine längere Schicht hinter sich, versprach aber, sofort zu Molly zu fahren.

Als Rebekka sich Mollys Haus näherte, sah sie zu ihrem Leidwesen mindestens sechs Autos davor stehen und einen Lieferwagen vom Fernsehen, obwohl es schon nach Mitternacht war. Sie parkte fast einen Block weiter und schlenderte beiläufig auf das Haus zu, wobei sie sich überlegte, wie man unbemerkt zum Hintereingang gelangen konnte. Aber bei ihrem ersten Besuch hatte sie gesehen, dass ein Drahtzaun den Garten umschloss. Die Eingangstür war also ihre einzige Chance.

Sie senkte den Kopf und bog auf den Fußweg ein. Sofort tauchte eine Frau neben ihr auf und fragte: »Entschuldigen Sie, gehören Sie zur Familie?«

Rebekka blickte auf. Die Frau war jung, hatte perfekte Gesichtszüge, gierige blaue Augen und modisch arrangiertes butterfarbenes Haar. »Wer sind Sie?«, fragte sie.

»Kelly Keene vom Sender WPCT. Wir haben gehört, dass die Polizei einen guten Schritt vorangekommen ist.«

»Davon weiß ich nichts, außerdem habe ich es eilig.«

»Sie wissen doch bestimmt, dass man Todds blutiges Stofftier auf dem Dachboden des Möbelhauses Klein gefunden hat.«

Erschrocken nahm Rebekka zur Kenntnis, dass diese Frau von der Sache mit Tramp wusste, ließ sich aber nichts anmerken. »Ich weiß nichts von einem Stofftier.«

»Weichen Sie mir nicht aus«, sagte Kelly Keene mit gespielter Empörung. »Wir versuchen doch nur zu helfen.«

Rebekka blickte in die gierigen blauen Augen. »Irgendwie habe ich das Gefühl, dass die Einschaltquoten Ihnen weit mehr bedeuten als Todds Leben, Ms. Keene. Und jetzt lassen Sie mich bitte in Ruhe.«

»Jetzt weiß ich, wer Sie sind.« Kelly Keene blieb ihr dicht auf den Fersen. »Sie sind Mollys Cousine, nicht wahr? Rebekka Ryan.«

»Das geht Sie nichts an.«

»Ms. Ryan, haben Sie irgendeine Vermutung, wer Todd entführt haben könnte? Hatten Sie eine Vision?«

Rebekka eilte die Stufen zur Haustür hinauf, schlug gegen die Tür und schrie: »Ich bin's!« Die Tür öffnete sich einen kleinen Spalt, um sie einzulassen. Sie stand vor einer schlanken Frau Anfang dreißig. Ihr dunkelbraunes Haar war kurz geschnitten, ihr Gesichtsausdruck verkniffen.

»Sie sind Mollys Cousine?« Ihre Stimme klang wenig einladend.

»Ja. Wo ist Molly?«

»In der Küche. Ich bin Jean Wright.«

Sie hatte ebenmäßige Züge, einen sinnlichen Mund und große Augen mit langen Wimpern. Sie hätte umwerfend attraktiv sein können, aber in ihren Augen war kein Lächeln, keine Wärme. Ihr Gesicht war angespannt, ihr schlanker Körper fast steif vor Ablehnung, als müsse sie gegen den heftigen Impuls ankämpfen, Rebekka wieder aus der Tür zu stoßen.

»Sie sind bestimmt Mollys Nachbarin«, sagte Rebekka in einem Versuch, freundlich zu sein.

Die Augen der Frau flackerten. Rebekka wusste nicht, ob vor Wut oder Abneigung. »Ja, aber ich war in der Nacht, als Todd entführt wurde, nicht zu Hause.«

»Ich wollte Sie auch nicht beschuldigen«, entgegnete Rebekka kühl.

Molly kam herein, ein Geschirrtuch in Händen. »Ich wusste nicht, dass du kommen würdest, Becky! Hast du Jean getroffen?« Rebekka nickte. »Ich habe ihr schon so viel von dir erzählt, dass sie bestimmt das Gefühl hat, dich bereits zu kennen. Wie wär's mit Eistee? Oder möchtest du was Alkoholisches? Likör, Schnaps oder Wein? Ich habe welchen hier, der wirklich gut sein soll. Er hat sogar einen Korken!«

Molly wirkte erschöpft. Sie lachte zu laut, redete zu viel und versuchte so zu tun, als sei nichts geschehen. Rebekka wusste, dass Bill ihr die schlechte Nachricht noch nicht übermittelt hatte, aber wahrscheinlich spürte Molly, dass etwas im Gange war, weil man sie zu so später Stunde noch besuchen kam.

»Ich nehme ein Glas von dem guten Wein«, sagte Rebekka, um Molly mit dem Entkorken der Flasche zu beschäftigen, bis Bill und Clay ankamen. »Aber nicht zu viel. Ich muss noch fahren.«

Molly hastete in die Küche, und als Rebekka sich umdrehte, begegnete sie Jeans hartem Blick. »Sie haben doch schlechte Nachrichten mitgebracht. Was ist passiert?«

»Bill Garrett wird gleich hier sein. Er will es Molly selbst sagen.«

»Vielleicht braucht Molly ein Medikament. Ich muss also rechtzeitig Bescheid wissen, damit ich ihr helfen kann.«

»Ein Arzt kommt mit.«

Jean wurde blass. »Todd ist tot.«

»Nein.«

»Aber Sie sagten doch, dass Garrett einen Arzt mitbringen wird. Wozu? Welchen Arzt?«

Rebekka verlor allmählich die Geduld mit dem vorwurfsvollen Ton dieser Frau. »Clayton Bellamy.«

»Bellamy! Der hat doch eben erst sein Praktikum hinter sich gebracht! Und ich bin seit zwanzig Jahren Krankenschwester.«

»Gut für Sie.« Rebekka rang sich ein Lächeln ab, als Molly ins Zimmer kam.

»Bitte schön.« Molly reichte ihr ein Glas Weißwein. Rebekka konnte ungekühlten Weißwein nicht ausstehen. Und die allzu trockenen Sorten mochte sie auch nicht. Der hier war beides. Sie nippte daran. »Köstlich!«

»Er hat einen völlig unaussprechlichen Namen.« Molly strahlte. »Suzanne hat ihn mir geschenkt.«

Es klopfte. Molly wollte aufstehen, aber Rebekka kam ihr zuvor. Es war besser, wenn Molly die Menschenmenge draußen nicht zu Gesicht bekam.

Clay stand vor der Tür, während Bill sich von der Veranda aus an die Menge wandte. »Es gibt hier nichts Neues«, sagte er mit Nachdruck. »Sie blockieren mit Ihren Fahrzeugen die Straße.«

Rebekka hörte Kelly Keenes professionelle Stimme. »Trifft es zu, dass Todd Ryan auf dem Dachboden des Möbelhauses Klein gefangen gehalten wurde?«

»Kein Kommentar.«

»Glauben Sie, dass er tot ist?«

»Ma'am, kein Kommentar heißt kein Kommentar. Das hier ist keine Pressekonferenz. Sie halten sich widerrechtlich auf Ms. Ryans Grundstück auf. Jetzt verschwinden Sie. Und zwar alle.«

Stimmen wurden laut. Clay war bereits ins Haus gegangen. Bill folgte ihm und knallte die Tür hinter sich zu. Dann blickten alle auf Molly, die wie angewurzelt dastand und klein und erschrocken aussah. »Sagt mir bloß nicht, das sei Zufall«, sagte sie mit dünner Stimme. Sie griff sich mit zitternder Hand an die Kehle. »Ich habe gehört, was die Frau gesagt hat. O Gott, was ist passiert?«

»Molly, wir haben Todd nicht gefunden.« Bills Stimme war ruhig, aber klar. »Wir haben keinerlei Grund zur Annahme, dass er tot ist, ganz gleich, was diese Geier da draußen von sich geben. Verstehst du mich?«

Sie nickte, während alles Blut aus ihrem Gesicht zu weichen schien. Rebekka sah, dass Molly gleich umkippen würde, aber Clay reagierte noch schneller, hastete zu ihr und führte sie zur Couch. Sie ließ sich hineinfallen, und Clay setzte sich neben sie und hielt ihre Hand. Sie schluckte zweimal und sagte dann: »Bill, bitte sag mir die Wahrheit.«

Er erzählte ihr von Skeeters Beobachtung, von den Geräuschen, die Helen Moreland wahrgenommen hatte, und dass sie Tramp gefunden hatten. Den verdächtigen Fleck auf dem Plüschtier verschwieg er ihr. »Also sind wir ziemlich sicher, dass Todd auf dem Dachboden festgehalten worden ist«, schloss er.

»Und umgebracht?«, flüsterte Molly.

»Ich hab dir doch gesagt, dass es dafür keinerlei Hinweise gibt. Ich glaube, dass der Entführer Todd ganz einfach an einen anderen Ort gebracht hat, weil die Morelands, die in der Wohnung unter dem Dachboden leben, wieder nach Hause kamen.«

»Aber ihr seid euch nicht sicher, dass er nicht tot ist«, meinte Molly beharrlich.

»Ich weiß es«, sagte Rebekka.

Molly sah sie verzweifelt an. »Versuchst du etwa, mich zu trösten?«

»Nein. Das würde ich nicht tun. Ich kann spüren, dass Todd noch lebt.« Und das tat sie wirklich. Sie hatte zwar nichts »gesehen«, aber sie wusste, dass der Kleine am Leben war. »Molly, du darfst jetzt nicht aufgeben. Todd braucht dich.«

Mollys Augen füllten sich mit Tränen. Sie vergrub ihr Gesicht in den Händen und begann zu zittern. »Was kann ich bloß tun? Ich bin nicht wie du, Becky. Ich bin nur ein ganz gewöhnlicher Mensch.«

»Du bist der stärkste Mensch, den ich kenne, Molly«, sagte Rebekka ehrlich.

Molly schüttelte heftig den Kopf, und Clay ergriff ihre zitternde Hand. »Sie sind Todds Mutter«, sagte er. »Sie sind der wichtigste Mensch in seinem Leben, und ich glaube wirklich, dass er es spürt, wenn Sie die Hoffnung aufgeben. So etwas lässt sich zwar nicht wissenschaftlich nachweisen, aber trotzdem bin ich fest davon überzeugt.«

»Und ich auch«, sagte Rebekka.

»Ich möchte es so gerne glauben«, sagte Molly mit bebender Stimme. »Aber er ist seit Freitag verschwunden. Ich weiß doch, je mehr Zeit vergeht, desto geringer ist die Chance, ihn lebend wiederzufinden.« Sie begann zu schluchzen. »Ich bin nur so müde, und ich kann nicht glauben, dass wir ihn finden, weil ich nicht einmal klar denken kann … Wo ist Tramp?« Sie sah Bill an und schrie fast: »Wo ist Tramp?«

»Der Plüschhund ist ein Beweisstück«, sagte Bill ruhig. »Wir müssen ihn einbehalten.«

»Ich glaube dir nicht! Irgendetwas stimmt nicht damit, sonst würdest du ihn mir zurückgeben!«

»Molly, ich sagte dir doch, dass der Hund …«

»Tramp.«

»Na schön, dass Tramp als Beweisstück dient. Wir könnten Stoffpartikel an ihm finden, die uns etwas über den Kidnapper verraten können.«

Rebekka wusste genau, dass dies nicht ganz der Wahrheit entsprach und dass Molly dies auch spürte. Mollys Augen funkelten zornig. »Ihr verheimlicht mir etwas! Und glaubt ja nicht, ich wüsste nicht mehr, dass Klein's Möbelhaus nicht weit von der Stelle entfernt ist, wo man damals Jonnies Leiche gefunden hat!«

Sie hatten alle gehofft, sie würde es nicht bemerken. Rebekka war die Nähe sofort aufgefallen, ein weiterer Beweis, dass es zwischen den Entführungen eine Verbindung geben musste, aber Bill hatte abgewehrt, behauptet, dies sei nicht von Bedeutung.

Jetzt wandte Molly sich hilfesuchend an Rebekka, die angesichts ihrer Verzweiflung Bills Worte wiederholte. »Bestimmt ist es nur Zufall«, meinte sie beschwichtigend. »Die Fälle gleichen sich nicht.«

Molly öffnete den Mund, wollte offenbar ihren Standpunkt darlegen, aber Clay kam ihr zuvor. »Molly, du bist körperlich und emotional am Ende. Ich möchte, dass du schlafen gehst …«

»Ich kann doch nicht schlafen! Mein Kind ist irgendwo da draußen! Ich muss etwas tun!«

»Du musst dich ausruhen.«

»Ich habe Valium bei mir«, sagte Jean.

»Nein, ich werde ihr eine Ativanspritze geben.« Clay holte seine Arzttasche.

Jean stellte sich ihm in den Weg, die Hände in die Hüften gestemmt. Ihr ärmelloses T-Shirt ließ starke, durchtrainierte Oberarme sehen. »Ich denke, dass zehn Milligramm Valium genügen dürften«, behauptete sie.

»Da bin ich anderer Meinung.« Clay beachtete Jean nicht weiter, aber Rebekka sah ihr Gesicht. Ihre Augen blitzten vor Entrüstung. Offensichtlich empfand sie Clay als Eindringling, obwohl er Arzt war und Molly kannte, seit sie ein Teenager war. Rebekka beschloss, Erkundigungen über sie einzuholen. Vielleicht konnte Clay ihr später ein paar Auskünfte geben.

Molly wollte gegen die Spritze aufbegehren, verstummte aber, als sei ihr die Luft ausgegangen. Dann saß sie schlaff da und wischte sich halbherzig die Tränen von den Wangen, während Clay die Spritze aufzog.

»Ich werde die Nacht hier verbringen«, sagte Jean. »Ich finde, dass Molly nicht allein bleiben sollte.«

Clay nickte. »Das finde ich auch.«

»Ich könnte doch bleiben«, sagte Rebekka.

Bill flüsterte Rebekka ins Ohr: »Du weißt doch, dass Molly spektakuläre Erkenntnisse von dir erwartet, Schatz. Sie wird dich beobachten wie ein Falke, in der Hoffnung auf eine Vision. Es wäre für euch beide die Hölle.«

Jean hatte das Gespräch mit angehört. »Er hat Recht, Miss Ryan. Und Sie sehen müde aus.« Ihr Ton war bedeutend milder geworden. »Ich laufe nur kurz nach drüben und hole ein paar Sachen. Ich bin sofort zurück.«

Rebekka hatte immer noch das Gefühl, als würde sie Molly ein zweites Mal im Stich lassen, aber was Bill und Jean sagten, ergab natürlich einen Sinn. Außerdem hatten inzwischen die kleinen Verletzungen, die sie bei dem Unfall davongetragen hatte, wieder zu schmerzen begonnen. Sie merkte, dass sie sich mit dem Spaziergang bei Esther übernommen hatte. Auch sie brauchte dringend eine Schmerztablette und ihren Schlaf.

Rebekka half Molly ins Bett und blieb bei ihr, bis sie sie in tiefen Zügen atmen hörte. Dann ging sie aus dem Zimmer. Gedämpftes Licht sickerte aus dem Wohnzimmer in den Flur, und Rebekka hörte Clay und Bill leise miteinander reden. Sie ging in Todds Zimmer, berührte seine Schwimmmedaille und sah den Fischen zu, die gelassen in ihrem Glas herumschwammen. Sie warf einen Blick aus dem Fenster und bemerkte noch, wie in Jeans Haus das Licht ausging. Gleich würde sie wieder hier sein.

Rebekka setzte sich auf Todds Bett. Sie schloss die Augen und begann, von hundert rückwärts zu zählen. Bei 85 gab sie es auf. Sie hatte noch nie eine Vision »heraufbeschwören können«. Als sie 12 Jahre alt war, wurde sie von ihrer Großmutter Ava belehrt, dass man Visionen nicht herbeizwingen kann. »Ich war zehn, als ich entdeckte, dass ich diese Gabe hatte«, hatte Ava sich ein Jahr, bevor sie starb, erinnert. »Anfangs hatte ich große Angst, weil ich fürchtete, verrückt zu werden.« Sie hatte sich ein kleines, spöttisches Lächeln gestattet. »Deine Mutter glaubt das noch heute. Meine eigene Tochter hat Angst vor mir. Aber mein Mann hat mich akzeptiert. Und Bill liebt mich. Deine Mutter wird deine Kraft nie zu schätzen wissen, Rebekka. Sie wird sich immer davor fürchten. Es könnte ein Problem zwischen euch werden. Aber du hast ja deinen Onkel Bill. Er versteht dich.«

Er hatte sie in der Tat verstanden, ihr von Anfang an geglaubt, sie akzeptiert. Und Molly ebenfalls. Jetzt verließen sich beide auf sie, und sie hatte ihnen nichts zu bieten.

Mit einem Gefühl des Scheiterns ging sie zurück ins Wohnzimmer. »Schläft Molly?«, fragte Clay.

»Ja. Sie sieht ganz friedlich aus.«

»Sie brauchte eine Spritze, ein schnell wirkendes Mittel, auch wenn es nicht Ms. Wrights Billigung fand.«

»Kennst du sie?«, fragte Rebekka.

»Ich habe sie im Krankenhaus gesehen. Hatte aber bis heute nie das zweifelhafte Vergnügen, mit ihr zu sprechen.« Clay lächelte gezwungen. »Ich bin nicht eben entzückt von ihr.«

Rebekka nickte. »Molly hat sie einmal am Telefon erwähnt. Sie ist ganz und gar nicht so, wie ich sie mir vorgestellt hatte. Ich könnte sie nicht immer in meiner Nähe ertragen, aber Molly scheint sie ja zu mögen.« Sie senkte die Stimme und wandte sich an Bill. »Ich bin froh, dass du Molly nichts von dem Blutfleck auf Tramp erzählt hast.«

»Ich wollte es ihr sagen, doch als ich ihr gegenüberstand, habe ich es nicht übers Herz gebracht. Vielleicht morgen.«

»Sie müssen es ihr auf jeden Fall sagen«, riet ihm Clay. »Diese Keene da draußen wusste bereits Bescheid. Wenn die Presse schon informiert ist, können Sie Molly nicht mehr schonen.«

Bill sah wütend drein. »Und wenn ich den zu fassen kriege, der da nicht dicht gehalten hat, dann gnade ihm Gott.«

Rebekka sah auf die Uhr. »Ich habe gesehen, wie bei Jean das Licht ausging. Das war vor etwa zehn Minuten. Sie müsste eigentlich längst hier sein.«

»Vielleicht hat man ihr vor dem Haus aufgelauert«, sagte Clay. Er trat ans Fenster und schob den Vorhang beiseite. »Ich sehe sie nicht, aber da draußen bildet sich langsam eine richtige Menschenmenge. Da sind bestimmt schon an die dreißig Leute.«

Bill schoss in die Höhe. »Jetzt habe ich aber genug. Ich knöpf mir jetzt ein paar von denen vor.«

Clay zog die Augenbrauen in die Höhe, den Anflug eines Lächelns um die Mundwinkel. Rebekka wusste, dass er Bills Temperament ebenso schätzte wie sie. Bill rief im Revier an und trat dann vors Haus. Stimmen wurden laut. Er zog die Tür hinter sich zu, und Rebekka stellte sich zu Clay ans Fenster.

Einen Augenblick nach Bills Erscheinen auf der Veranda beruhigte sich die Menge, sodass man nur noch Bill reden hörte, der den Leuten sagte, dass es keine Neuigkeiten gebe und dass ihre Anwesenheit vor dem Haus rücksichtslos, aufdringlich und ungesetzlich sei. Er könne und werde jeden festnehmen, der das Grundstück nicht umgehend verließe. Nach ein paar Sekunden tauchte ein Polizeiwagen mit blinkenden Lichtern auf. Die Menge begann sich zu zerstreuen, wobei die einen hastig, andere nur zögernd und murrend das Weite suchten, als wollten sie ihr Glück herausfordern. Die einzige Person, die keinen Zentimeter zurückwich, war die Reporterin Kelly Keene.

»Chief Garrett, Sie scheinen zu vergessen, dass die Menschen ein Recht auf Informationen haben …«

»Und Sie scheinen zu vergessen, dass Ms. Ryan ein Recht auf Privatleben hat.« Er machte einen Schritt auf sie zu. »Ich sage es noch einmal, Sie begehen Hausfriedensbruch. Im Augenblick finden Sie es vielleicht aufregend, verhaftet zu werden, aber Ihr geschätztes Publikum wird Sie wohl eher für dumm halten, wenn Sie stundenlang in Untersuchungshaft sitzen, bis Sie auf Kaution freikommen, während Sie eigentlich eine gute Story verfolgen sollten. Wenn Sie anderer Meinung sind, werde ich Sie von einem meiner Männer ins Gefängnis eskortieren lassen.«

Kellys Augen wurden schmal. Ihr ganzes Gesicht schien schmal zu werden, und man las darin die Enttäuschung eines verwöhnten Kindes. Dann machte sie mit tänzerischer Anmut kehrt und schritt auf den Lieferwagen zu. Sie stieg ein und schlug die Türe zu. Sekunden vergingen. Der Lieferwagen bewegte sich nicht von der Stelle. Die Presseleute wussten ganz genau, dass sie keinen Hausfriedensbruch begingen, solange sie vor dem Haus im Wagen saßen. Sie würden bleiben. Bill stand wütend auf der Veranda.

»Das ist ein Albtraum«, sagte Clay.

»So einen hab ich schon einmal erlebt.« Rebekka seufzte.

»Ja, Zufall ist das bestimmt keiner.« Er sah sie eindringlich an. »Diese Stadt hat zwanzigtausend Einwohner, eine ganz normale Kleinstadt. Die Verbrechensrate ist verschwindend gering. Die Leute hier fühlen sich sicher. Und dann passiert so etwas – sogar zweimal, noch dazu in ein und derselben Familie.« Nach kurzer Pause fuhr er fort: »Ich hätte das nicht sagen sollen. Tut mir Leid.«

Rebekka empfand plötzlich eine große Erleichterung. Sie wusste, dass Bill an ihre Visionen glaubte. Es war ihre Vernunft, an der er zu zweifeln schien. Mit ihrer Mutter konnte sie nicht darüber sprechen, und Frank nahm ihren Standpunkt nicht ganz ernst, weil er der Meinung war, dass sie sich ihre außersinnlichen Wahrnehmungen nur einbilde.

»Das braucht dir nicht Leid zu tun«, sagte Rebekka zu Clay. »Du sagst nur, was ich die ganze Zeit empfunden habe, auch wenn Bill bestreitet, dass zwischen den Entführungen ein Zusammenhang besteht. Aber den gibt es, ich bin ganz sicher.« Ihre Stimme wurde eindringlicher. »Und wenn wir uns das endlich eingestünden und nach den Parallelen suchten, würden unsere Chancen, Todd zu finden, erheblich steigen. Solange mir jedoch niemand zustimmt …«

Clay runzelte die Stirn. »Ich glaube, dass die anderen den Zusammenhang vor allem deshalb leugnen, weil Jonnie auf so schreckliche Weise sterben musste. Aber wenn sogar du bereit bist, dich damit auseinanderzusetzen, dann könnten auch andere es sein.«

»Das erzähl mal meiner Familie!«

»Ich glaube kaum, dass sie auf irgendeinen Kerl hören würden, den sie jahrelang nicht gesehen haben«, meinte er trocken. »Aber wenn es irgendeine andere Möglichkeit gibt, wie ich dir helfen kann, dann sag es mir.«

Alle boten ihre Hilfe an, dachte Rebekka, rechneten aber nicht damit, dass man sie tatsächlich beim Wort nehmen würde – und wenn man es doch tat, fühlten sie sich ausgenutzt. Aber Clay schien sein Angebot ernst zu meinen.

»Na ja, es gibt tatsächlich etwas.«

»Sag's mir.«

Rebekka redete schnell weiter, bevor sie sich eines Besseren besinnen konnte. »Du kannst mein Freund sein und mir Resonanz geben; du kannst mir zuhören, ohne mich zu beschwichtigen, meine Worte abwägen und entscheiden, ob sie logisch sind, und mir auf diese Weise helfen, den Zusammenhang zwischen den beiden Entführungen zu finden.«

»Das klingt aber nicht besonders hilfreich.«

»Aber das wäre es. Glaube mir.«

Clay schüttelte leicht den Kopf. »Na schön, Rebekka. Ich bin von nun an dein offizieller Resonanzkörper.«

Die Tür ging auf, und Bill kam herein, gefolgt von Jean, die Entschuldigungen hervorsprudelte. »Tut mir Leid, dass ich so lange gebraucht habe. Ich musste noch meine Katze füttern. Und als ich gehen wollte, rief meine Schwester Wendy an. Ich sagte ihr, dass ich es eilig hätte, aber sie plauderte ohne Punkt und Komma einfach drauflos. Sie konnte sich nicht entscheiden, mit welchem Freund sie ausgehen sollte. Sie ist ja so beliebt.« Zum ersten Mal lächelte sie. »Sie ist gerade am College. Man weiß ja, wie wichtig solche Dinge in diesem Alter noch sind.«

Keiner sagte etwas, und Jean schien auch keine Antwort erwartet zu haben. »Molly schläft schon«, ließ Clay sie wissen. »Ich lasse Ihnen meine Nummer hier, falls Sie in der Nacht Schwierigkeiten haben sollten.«

Jeans Lächeln verflog auf der Stelle. »Ich bin sicher, es wird nichts geben, was ich nicht bewältigen könnte.«

»Nehmen Sie sie trotzdem. Sie könnten ja plötzlich Lust bekommen, mit mir zu plaudern«, entgegnete Clay mit verführerischem Grinsen, und Jean bleckte die Zähne. Rebekka hätte beinahe laut gelacht, als sie sah, wie sich die Schultern der Frau versteiften bei dem Gedanken, mit dem jungen Dr. Bellamy mitten in der Nacht ein vertrauliches Gespräch zu führen. »Rebekka, ich begleite dich zum Wagen.«

Der Lieferwagen draußen stand in der Kurve vor Mollys Haus. Rebekka wartete darauf, dass Kelly Keene sie erneut bedrängen würde, aber sie blieb im Wagen. Vielleicht hatte Bills Gegenwart sie eingeschüchtert. Clay sagte nichts, bis sie den roten Thunderbird erreicht hatten. »Ich fahre jetzt Mutters Wagen, weil ich den Mietwagen ja zu Schrott gefahren habe«, sagte sie. »Frank hat ihn abschleppen lassen. Ich war immer noch nicht bei Dormaine's, um nachzusehen, welchen Schaden ich angerichtet habe.«

»Da würde ich mir nicht allzu große Sorgen machen. Aber da wir gerade von Restaurants reden, wie wär's, wenn wir morgen Abend gemeinsam essen gingen?« Rebekka starrte ihn entgeistert an. »Ich bitte Sie, mit mir auszugehen, Ms. Ryan. So hätten wir endlich Gelegenheit, uns zu unterhalten.«

Sie fühlte sich plötzlich wieder wie vor Jahren als verknallte Siebzehnjährige; damals schien die Vorstellung einer Verabredung mit Clay Bellamy schlicht absurd. Aber seit sie wieder in Sinclair war, fühlte sie sich immer wieder wie dieser Teenager. Doch sie musste jetzt endlich handeln wie eine erwachsene Frau. Außerdem hatte er gesagt, er müsse sie sprechen. Für ihn war dieses Abendessen wahrscheinlich keine Verabredung, sondern eine gute Gelegenheit für eine ungestörte Unterhaltung. Sie schalt sich eine alberne Gans und war dankbar für die nächtliche Dunkelheit, die ihr Erröten verbarg. »Ich würde gern mit dir essen gehen.«

Er grinste, und es war dieses altvertraute umwerfende Grinsen, bei dem sie immer wieder weiche Knie bekam. »Gut. Ich hole dich um sieben Uhr ab.«

»Schön«, sagte sie abrupt, verlegen wegen ihrer weichen Knie und ihres kindischen Benehmens. »Gute Nacht, Clay.«

Er blieb lächelnd stehen, während sie die Autotür öffnete, in den Wagen stieg und ihren Sicherheitsgurt anlegte. Sie winkte ihm kurz zu und startete den Wagen. Da schallte Musik durch das Auto. Dabei hatte sie auf dem Weg zu Mollys Haus weder Radio gehört noch den CD-Player eingeschaltet. Rebekka erstarrte, als sie die altvertrauten Orgeltöne erkannte, die dem Lied *A Whiter Shade of Pale* als Auftakt dienten.

Jonnies Lieblingslied.

2

»Meine Mom will nicht, dass ich mich weiterhin mit dir treffe.«

»Und was gibt's sonst Neues?« Randy Messer knackte einen Zweig, den er in Händen hielt, und schnippte ihn davon. Es war eine schöne Nacht, aber für Randys Geschmack waren sie Sonias Elternhaus ein wenig zu nah.

»Ich wünschte, wir müssten uns nicht heimlich treffen«, sagte Sonia.

»Das wird doch nicht ewig so sein.« Er strich ihr eine Strähne ihres schwarzen Haars aus dem Gesicht, die sich über ihre Pfirsichhaut gelegt hatte. Er hatte noch nie so veilchenblaue Augen gesehen wie die ihren. Sie war eine Schönheit. Sie war klug, und sie war verrückt nach ihm. Er hatte keine Lust, sie zu verlieren. »Deine Mutter will also nicht, dass du dich mit mir triffst. Was hat sie jetzt wieder gegen mich einzuwenden?«

»Oh, dass du mich vom Lernen abhältst.«

»Es sind doch Sommerferien.«

»Ich habe doch diesen Kurs belegt, der zum Erweiterungsprogramm gehört. Und du wirst mich zu sehr ablenken, wenn ich ans College gehe.«

»Wie an der High School, als du mit Auszeichnung abgeschlossen hast? Genauso etwa?«

Sie lächelte ihm zu, zeigte ihre makellosen Zähne. »Ich habe immer wieder ein paar Stunden fürs Lernen rausgeholt, nicht?«

»Genug, um mich in den Wahnsinn zu treiben. Was hat deine Mutter wirklich gegen mich? Dass meine Eltern arme Schlucker sind, nicht in den richtigen Kreisen verkehren?«

»Zum Teil. Und dein Ohrring.«

»Welcher? Der goldene Ring oder der Stecker?«

Sonia lächelte. »Ich glaube, dass ihr keiner besonders gefällt.«

»Ich werde sie nicht mehr tragen. Den Ring hab ich ohnehin verloren. Was habe ich noch verbrochen?«

»Na ja, du hast einen Ladendiebstahl begangen.«

»Da war ich erst elf!«

»Man hat Drogen bei dir gefunden.«

»Das war doch bloß Marihuana, kein Heroin, ich hab nicht damit gehandelt und war erst fünfzehn!« Randy verdrehte die Augen. »Mann, in dieser Stadt lassen die einen aber auch gar nichts vergessen!«

»Du weißt doch, wie grundanständig meine Mutter ist. Mein Dad war Pfarrer, und keiner von beiden hatte eine Ahnung vom wirklichen Leben. Mom versteht dich einfach nicht.«

»Zum Teufel, Sonia, da steckt doch noch mehr dahinter, und du weißt das auch.«

Sonia blickte in sein bekümmertes Gesicht. James Dean. Er sah aus wie James Dean auf den alten Postern, die sie in Rhondalee's Fifties Diner gesehen hatte, gleich neben der Schule. Angenehme Züge, aschblondes Haar, blaue Augen, deren seelenvoller Ausdruck sich schlagartig in ein gefährliches Funkeln verwandeln konnte. Sie liebte Randy Messer, seit sie ihn vor zwei Jahren zum ersten Mal in diesem Diner gesehen hatte. »Diese Sache mit Todd Ryan hat Mom vollkommen verängstigt«, sagte Sonia brav.

»Kein Wunder. Du hast ja schließlich auf ihn aufgepasst, als es passierte.«

»Ich habe fürchterliche Gewissensbisse, Randy. Alle denken doch, dass es meine Schuld war.«

»Niemand denkt das. Deine Mutter zumindest nicht.«

»Nein, das nicht. Sie gibt nicht mir die Schuld. Die Leute haben mit ihr geredet und …«

Sonia sah ihn niedergeschlagen an. Randy starrte zurück. Dann lächelte er auf eine Weise, die ihr gar nicht gefiel. »Sie glaubt, dass ich etwas damit zu tun hätte, nicht? Sie glaubt tatsächlich, ich hätte gewusst, wann du auf den Jungen Acht geben würdest, hätte mich ins Haus geschlichen, dich bewusstlos geschlagen und den Jungen verschleppt. Und in ihrer frommen Selbstgerechtigkeit hat sie mit ihrer niedlichen kleinen Theorie nicht hinterm Berg gehalten, und deshalb ist mir heute auch ein Deputy ins Haus geflattert.«

Sonias Augen weiteten sich. »Davon hast du mir gar nichts erzählt!«, rief sie vorwurfsvoll. »Was hat er denn gewollt?«

»Nichts Besonderes. Wo ich war, als du auf Todd aufgepasst hast. Ich sagte ihm, dass ich mit den üblichen Verdächtigen zusammen gewesen sei – meinen Freunden. Damit hab ich nicht gepunktet. Nachdem er weg war, ist mein alter Herr ausgerastet. ›Was hast du jetzt wieder ausgefressen, du kleiner Scheißhaufen? Hätte ich dich bloß nicht in die Welt gesetzt. Ich glaub ja nicht mal, dass du von mir bist.‹ Der übliche Mist eben, wenn er betrunken ist. Dachte schon, er würde mich schlagen. Da bin ich abgehauen. Seitdem war ich nicht mehr daheim.«

»O Randy!«, rief Sonia, »es tut mir so Leid.«

»Halb so wild. Ich hab mich ganz öffentlich versteckt – jetzt wohn ich im Park. Hatte ein hübsches Gespräch mit Skeeter Dobbs.«

Randy war immer freundlich zu Skeeter, das imponierte Sonia. »Und wie geht's Skeeter? Spukt sein Großvater immer noch im Möbelhaus herum?«

»Na klar, nur hat er sich jetzt was Neues ausgedacht. Samstag Nacht war Großvater auf dem Dachboden, und da ist er noch nie gewesen. Skeeter hat gejammert, dass diese Ryan mit dem zweiten Gesicht hier wieder aufgetaucht ist. Musste sein Hotel vor ihr schützen und ist deshalb besonders lang wach geblieben. Er glaubt, dass Großvater wegen ihr so aus dem Häuschen war.«

»Meint er etwa Rebekka Ryan?« Sonia zog die Augenbrauen in die Höhe. »Mein Dad hat oft von ihr geredet. Natürlich dachte er, sie sei irgendwie gefährlich. Sie ist die Stieftochter vom Chef meiner Mutter. Ist sie denn in der Stadt?«

»Ich nehm es an. Sie hatte einen Unfall, aber keinen tödlichen. Skeeter sagt, er hätte sie – ich zitiere – einen blutroten Wagen fahren sehen. Er stimmt deinem Vater zu – nennt sie eine Handlangerin des Teufels und sagt, er habe Pläne, sie aus der Stadt zu verscheuchen. Ich sagte, er solle aufhören, solchen Unsinn zu reden.«

»Warum denn? Es nimmt doch ohnehin keiner Notiz von dem, was er sagt.«

»Da bin ich nicht so sicher. Bill Garrett hat sich die Zeit genommen, heute Nachmittag mit ihm über den alten Großvater Dobbs zu sprechen.«

»Na und? Warum machst du so ein besorgtes Gesicht?«

»Ich bin doch nicht besorgt. Er sollte nur aufhören, dieser Ryan zu drohen und überall herumzuposaunen, dass sein Großvater auf dem Dachboden herumgeistert.«

»Was die Ryan betrifft, gebe ich dir Recht, aber wen kümmert's, was er über seinen Großvater sagt?«

»Genau«, stimmte Randy ihr zu, obwohl er die Stirn kraus gezogen hatte vor Sorge. »Außer, es war wirklich jemand auf dem Dachboden.«

3

Montag früh, 1.20 Uhr

Skeeter hatte Leute sagen hören, dass Sinclair langweilig sei, aber nachts mochte er die nahezu menschenleeren Straßen. Nach Mitternacht wurde die Stille so tief, dass sie in seinen Kopf einsickerte und das Genörgle seines Vaters und den Schrei seines Großvaters übertönte, wenn er sich aus dem fünften Stock des Hotels stürzte, ein

Schrei, der Skeeter zuweilen wie eine Erinnerung, zuweilen wie ein Traum vorkam.

Skeeter war stolz auf seine organisatorischen Fähigkeiten. In seiner Hosentasche hatte er eine Schnur, ein Gummiband und Papierschnipsel. In der linken Sakkotasche bewahrte er die Uhr seines Großvaters auf, die seit seinem Tod kaputt war. In der rechten Sakkotasche hatte er sein Geld – ein paar Dollarnoten und ein wenig Kleingeld –, das er im Laufe der Woche gesammelt hatte. Und samstags vergaß er nie, zwei Flaschen Wein zu kaufen, weil sein bevorzugter Spirituosenladen sonntags geschlossen war. Er hatte nun die zweite Flasche in Händen, und der Gedanke an die Freuden, die sie ihm heute Nacht bereiten würde, tröstete ihn.

Der Tag war heiß, aber nicht unangenehm gewesen. Im Grunde ein recht außergewöhnlicher Tag. Er hatte mit Chief Garrett geplaudert und sich dabei enorm wichtig gefühlt. Er hatte zwei Tassen guten Kaffees getrunken und zwei überaus köstliche ausländische Kuchenstücke gegessen. Im Park hatte er sich mit ein paar Geschöpfen unterhalten, einige davon waren Menschen gewesen. Ja, es war ein guter Tag gewesen, aber jetzt war es dunkel, und Skeeter hatte an ein paar gewichtige Dinge zu denken und Pläne zu schmieden.

Er blickte zu seinem Hotel hinauf. In der Präsidentensuite brannte Licht. Er fragte sich, wer sie wohl gemietet hatte. Zweifellos reiche Leute. Manchmal durchstreifte er nachts das Gebäude auf der Suche nach seinem Großvater. Die Zimmer betrat er dabei nie, weil er ja wusste, dass das Privatleben der Leute heilig war, aber einmal hatte jemand die Tür zum Dachboden offen gelassen, und er war jede Nacht hinaufgegangen. Er war hingerissen gewesen von den schönen Gartenmöbeln mit dem Fransenbaldachin. Eines Nachts hatten ein Krug Apfelsaft und ein Teller mit Keksen auf dem Tisch gestanden. Er hatte eine Stunde lang unter dem Baldachin gesessen, hatte aus einem Pappbecher Saft getrunken und mit seiner schmutzigen Hand vornehm Kekse gegessen, hatte sich geistreich mit imaginären Gästen unterhalten und gekonnt den viel versprechenden Sprössling aus reichem Hause gespielt. In der Nacht darauf war der Dachboden wieder abgesperrt gewesen, aber das war nicht so schlimm, weil man ihm zuvor eine der schönsten Nächte seines Lebens beschert hatte.

Heute hatte es auf dem Dachboden ein ziemliches Durcheinander gegeben. Das hatte seinem Großvater bestimmt nicht gefallen. Das Hotel voller extravaganter Gäste zu haben, war das eine; Polizisten, die durchs Haus trampelten, etwas anderes. Aber Skeeter war für das Gebäude verantwortlich, und irgendetwas Unsauberes ging darin vor. Er hätte sich an keinen Besseren wenden können als an Bill Garrett. Er würde Großvater beruhigen und ihn dazu bringen, nicht mehr auf dem Dachboden herumzugeistern, wenn es überhaupt Großvater gewesen war, den er Samstagnacht gesehen hatte. Am Nachmittag war er nämlich nicht mehr sicher gewesen, ob es tatsächlich Großvater gewesen war, der da oben sein Unwesen getrieben hatte. Aber leider wollte Chief Garrett nichts gegen das Mädchen mit dem zweiten Gesicht unternehmen, weil er mit ihr verwandt war. Nein, Skeeter würde sich selbst um die Sache kümmern müssen, dieses Mädchen notfalls aus der Stadt scheuchen … Es würde ihm schon etwas einfallen.

Skeeter betrat den nach hinten versetzten Eingangsbereich von Vinsons Drogeriemarkt, lehnte sich mit dem Rücken gegen die Mauer und ließ sich langsam zu Boden gleiten. Seine mageren Knie stachen beinahe durch den dünnen Stoff seiner Hose. Bis der Winter kam, würde er etwas Wärmeres auftreiben müssen. Father Brennan fand für gewöhnlich immer das Passende für ihn.

Seine Hände zitterten, weil er wegen all der wichtigen Erledigungen noch nicht zu seinem Abendtrunk gekommen war. Er schraubte die Weinflasche auf und genehmigte sich einen langen, befriedigenden Zug und dann noch einen. Heute Nacht konnte man die Sterne sehen. Bevor das Ryan-Mädchen hellsichtig geworden war und er angefangen hatte, sich vor ihm zu fürchten, war es hin und wieder mit Chief Garrett in den Park gekommen und hatte mit Skeeter geplaudert. Es hatte ihm erzählt, dass die Sterne in der Nacht Bilder formten, von Bären und Kühen, aber das hatte er nicht verstanden. Aber hübsch waren sie, glitzerten wie die Brillanten im Schaufenster des Schmuckgeschäfts. Das Ryan-Mädchen hatte ihm auch erzählt, dass das Licht der Sterne aus längst vergangenen Zeiten käme. Sie hatte gesagt, dass die Sterne so weit weg seien, dass ihr Licht Jahre bräuchte, um Sinclair zu erreichen. Aber auch das ergab für Skeeter keinen Sinn. Er glaubte, sie habe ihn nur auf den Arm nehmen wollen. Vielleicht war sie ja damals auch schon böse gewesen.

Er genehmigte sich noch einen Schluck Wein. Abgesehen von dem ausländischen Kuchen hatte er nichts im Magen, und so stieg ihm der Wein ziemlich schnell zu Kopf. Wenn er die Augen zusammenkniff, schienen die Sterne zu tanzen. Er sah wieder zum Hotel Dobbs hinüber. Um 19.01 Uhr hatte er wie üblich seinen Großvater auf den Gehsteig stürzen sehen. Er war es längst gewohnt, dass dies außer ihm niemand zu bemerken schien, und nahm es nicht weiter tragisch. Trotzdem war er immer erleichtert, wenn der Sturz vorbei war.

Jemand kam die Straße entlang, direkt auf ihn zu. Er strengte seine Augen an, aber es war dunkel, und die Person hielt den Blick gesenkt. Skeeter konnte Jeans erkennen und irgendeine Jacke – kein feines Anzugsakko wie das seine –, grell blau war sie und aus Nylon. Früher konnte man einmal Männer von Frauen unterscheiden. Jetzt trugen alle Jeans und diese riesigen weißen Treter, die sie Turnschuhe nannten, obwohl er noch keinen darin hatte turnen sehen. Und die Mädchen waren alle schrecklich groß. Einmal hatte ihm Sonia Ellis erzählt, dass sich alle Mädchen wünschten, wie Supermodels auszusehen. Er wusste nicht, was das war, ein Supermodel, und sie hatte ihm Bilder in einer Zeitschrift namens *Vogue* gezeigt. Skeeter waren die Frauen darin wie Riesinnen vorgekommen, furchterregende Muskelpakete, die aussahen, als könnten sie einen Mann zu Brei schlagen. Und er war froh gewesen, dass es in Sinclair keine Supermodels gab.

Er sah auf die Uhr vom Gerichtsgebäude. 1.30 Uhr. Bald würde Großvater wieder auf dem Dachboden erscheinen. Und diesmal hatte er bessere Sicht. Chief Garrett hatte ihn immer wieder gebeten, ihm Großvaters Gesicht zu beschreiben, aber das konnte er nicht. Er hatte allerdings viel darüber nachgedacht. Er konnte Großvaters Gesicht immer noch nicht beschreiben, aber er hatte sich an etwas Außergewöhnliches erinnert: Großvaters Haar. Auf alten Fotos hatte Skeeter einen Mann mit sehr kurzem blonden Haar gesehen, das in der Mitte gescheitelt war und eng am Kopf anlag. Aber auf dem Dachboden hatte Großvaters Haar länger und voller ausgesehen. Und eindeutig dunkler. Natürlich war er jetzt schon lange Zeit ein Geist – sein Haar war vielleicht gewachsen. Aber blieben Geister nicht so, wie sie in ihrer Sterbestunde ausgesehen hatten?

Die Fotos hatten Skeeter auch gezeigt, dass Großvater von eher zierlichem Wuchs gewesen war. Daddy hatte stets gesagt: ›Er war äußerst elegant, nicht so ein langer Lulatsch wie du.‹ Die Fotos waren schon ziemlich alt – vielleicht war Großvater inzwischen ja gewachsen. Und dennoch …

Die Gestalt auf der Straße ging langsamer. Sie trug einen Anorak und hatte die Kapuze tief ins Gesicht gezogen. Eigenartig, dachte Skeeter. Es wehte doch überhaupt kein Wind.

»Wie geht's?«, rief er höflich. »Feine Nacht heute.« Die Gestalt nickte. Dann sah sie sich nach allen Seiten um. »Verirrt?«, fragte Skeeter.

»Verirrt? Nein. Nur … müde.« Die Stimme klang hingehaucht, kaum lauter als ein Flüstern, und ein Schatten verdeckte das Gesicht. »Und einsam.«

»Sie sollen nicht einsam sein«, entgegnete Skeeter gutmütig. »Mein Daddy hat immer gesagt, ich wäre zwar nicht die beste Gesellschaft, aber immerhin besser als nichts. Setzen Sie sich.«

Die Gestalt zog den Kopf ein, kam langsam näher und kauerte sich in den Türeingang. »Gemütlich.«

»Von hier aus kann man die ganze Straße überblicken. Im Winter ist es ein wenig kühl, aber im Sommer ganz prima. Möchten Sie einen Schluck Wein?«

Skeeter klang, als würde er einen exquisiten Château Margaux offerieren. Sein Gast genehmigte sich einen winzigen Schluck aus der Flasche und sagte dann: »Das tut gut, sehr freundlich von Ihnen.«

»Wir leben in einer großen bösen Welt. Die Menschen sollten nett zueinander sein. Father Brennan hat das gesagt.« Skeeter versuchte, sich seinen Gast aus der Nähe zu betrachten, aber heute

Nacht verschwamm ihm alles vor den Augen. Er schien auch schlechter zu hören als sonst. Und ein wenig übel und schwindlig war ihm obendrein.

»Haben Sie heute Nacht Ihren Großvater schon gesehen?«, fragte der Besucher.

»Pünktlich auf die Minute. Eine Minute nach sieben Uhr ist er von der Präsidentensuite auf das Pflaster gestürzt.«

»Und auf dem Dachboden?«

»Dafür ist es noch zu früh. Er geht erst später auf den Dachboden.« Er verstummte und fragte dann: »Woher wissen Sie das alles?«

»Sie haben es doch allen erzählt. Sogar der Polizei.«

»Das war meine Bürgerpflicht. Und ich war nicht einmal betrunken. Hatte meine Flaschen draußen in meiner geheimen Höhle gelassen, als ich zu Chief Garrett gegangen bin.«

»Ihre Höhle hinter dem Möbelhaus – ich meine dem Hotel Dobbs?«

»Sie haben sie gefunden!«, knurrte Skeeter. »Ich dachte, dass niemand meine Höhle kennen würde!«

»Ich schon.«

Skeeter grinste und zeigte seine braunen Zähne. Dann wurden seine Augen schmal. »He, Sie sind doch nicht etwa dieses Mädchen?«

»Welches Mädchen denn?«

»Die mit dem zweiten Gesicht.«

Geringschätziges Schnauben. »Ach die. Nein. Die kann ich nicht leiden. Sie macht mir Angst. Ich wünschte, sie würde wieder gehen.«

»Ich auch!«

»Ich glaube, dass sie schon ganz bald wieder gehen wird.« Skeeters Gast beugte sich nach vorn. »Sehen Sie mal da, eine Sternschnuppe!«

Skeeter starrte nach oben, fasziniert von dem silbrigen Lichtstreifen. Auf sein Gesicht trat der staunende Ausdruck eines Kindes. »Ist das nicht zauberhaft? Wie schön die Welt doch ist!«

»Ja, das ist sie wirklich«, sagte sein Gast bedächtig. Von Skeeter unbemerkt glitt seine Hand in eine Tasche seines Anoraks. »Sie hat nur einen Fehler.«

Skeeter lehnte sich stirnrunzelnd zurück. »Und der wäre?«

»Sie sind genauso wie dieses Mädchen.«

Skeeter schüttelte heftig den Kopf. »Bin ich nicht!«

»Ich fürchte doch«, widersprach sanft die Stimme. »Sie sehen zu viel. Viel zu viel.«

Die Hand schnellte aus der Anoraktasche. Ein Eispickel blitzte im Licht der Straßenlaterne auf und bohrte sich mit mörderischer Geschwindigkeit in Skeeters linkes Auge. Sein Körper bäumte sich auf, verfiel in heftige Zuckungen und schlug gegen die Mauer. Während die gnadenlose Hand die Eisenspitze immer tiefer in Skeeters verwirrtes Hirn trieb, klappte sein Mund auf, erschlafften seine Züge, und das Blut floss über sein zerfurchtes Gesicht und troff vom Kiefer auf sein geliebtes Sakko.

Wieder blitzte eine Sternschnuppe auf, aber diesmal sah Skeeter sie nicht mehr.

7. Kapitel

1

Montag früh, 7.25 Uhr

Matilda Vinson war in Eile, und während sie in ihrer Tasche nach dem Schlüssel zum Eingang von Vinsons Drogeriemarkt kramte, stolperte sie über den zusammengesunkenen Körper von Skeeter Dobbs. Wütend wollte sie sich in einer Schimpftirade über faule, wertlose, stinkende Trunkenbolde ergehen, als sie auf einem ihrer neuen weißen Pumps einen klebrigen rötlichen Fleck entdeckte. Vorsichtig stieß sie Skeeter mit der Schuhspitze an, und als sie den Eispickel grotesk aus seinem linken Auge ragen sah, schrie sie schrill auf und sank ohnmächtig auf den Gehsteig.

Drei Minuten später kam Matilda wieder zu sich und sah, dass sich mehrere Personen über sie beugten und sie anstarrten, als sei auch sie eine Leiche. Jemand half ihr, sich aufzusetzen, und da bemerkte sie, dass ihr Rock sich bis zum Oberschenkelansatz hochgeschoben hatte. Während sie ihn nach unten zog, quengelte ein Kind: »Haben Sie den Mann ermordet?«

»Sei nicht albern!«, schnappte sie. »Und hört auf, mich anzustarren. Ihr alle! Ruft lieber die Polizei!«

»Ist schon unterwegs«, sagte ein Mann. »Ist das nicht Skeeter Dobbs? Jesusmaria, schaut euch bloß sein Auge an.«

Unglücklicherweise folgte Matilda seiner Aufforderung. Alles drehte sich, und sie wurde zum zweiten Mal in ihrem Leben ohnmächtig. Als Matilda wieder zu sich kam, waren zwei kühle graue Augen nur ein paar Zentimeter von ihr entfernt. Sie hätte beinahe aufgeschrien, hatte sich aber schnell wieder im Griff. »Lynn?«

»Ja, Miss Vinson.« Lynn Hardison kniete neben ihr auf dem Pflaster. »Bleiben Sie ruhig hier liegen. Der Notarzt ist schon unterwegs.«

Matilda blickte sich um. Die Leute traten zurück, als ein Polizist in Uniform Befehle bellte. Er verstellte ihr die Sicht auf Skeeter, und sie holte tief und gleichmäßig Luft. »Hilf mir auf, Lynn.«

»Aber …«

»Keine Widerrede! Ich will nicht hier liegen und mich anstarren lassen.« Sie richtete sich auf und zog erneut ihren Rock nach unten. Ein Blick auf ihre besudelten Schuhe versetzte ihren Magen in Aufruhr. »Nehmen Sie meinen Arm und ziehen Sie mich hoch.«

Lynn gehorchte, und Matilda stand schwankend auf. Bill Garrett trat auf sie zu. »Miss Vinson, Sie hatten einen schlimmen Schock und waren ohnmächtig.«

»Das ist mir bekannt. Warum behandeln mich hier alle, als wäre ich hundert Jahre alt? Es geht mir gut, und dies hier ist mein Geschäft. Ich muss mich darum kümmern.«

»Sie müssen sich untersuchen lassen …«

»Ich muss mich um mein Geschäft kümmern.« Matilda wandte sich an Lynn. »Natürlich bleibt die Drogerie heute geschlossen. Die Polizei wird den Tatort absperren müssen.« Ihre Lippen zitterten leicht, als sie einen Blick auf Skeeter warf. »Betrunkener, alberner Taugenichts, der sich immer nur herumgetrieben und über seinen Großvater gebrabbelt hat. Na ja, jetzt hat er wenigstens seine Ruhe.« Sie sah Bill wütend an. »Strengen Sie sich gefälligst an, den Verantwortlichen für diese abscheuliche Tat zu finden, und lassen Sie mich zufrieden. Ich muss mich zurechtmachen und dann eine Tasse schönen starken Kaffee trinken.«

»Nur eine Frage, Miss Vinson«, sagte Bill sanft. »Ich sehe da Blut auf Ihrem Schuh. Haben Sie Skeeter bewegt?«

»Ich bin über ihn gestolpert. Dann … na ja, ich habe ihn mit der Schuhspitze angestoßen, weil ich dachte, er sei ohnmächtig geworden. Sein Körper ist zur Seite gekippt …« Sie atmete tief durch. »Das ist alles.«

»Na schön. Ich muss Ihnen vielleicht später noch ein paar Fragen stellen. Und warum lassen Sie sich nicht von Lynn nach Hause fahren?«

Lynn warf ihm einen tödlichen Blick zu, sagte aber süß: »Ja, Miss Vinson, das sollten Sie tun. Es würde mich beruhigen.«

Matilda bemühte Lynn nur ungern, aber sie musste zugeben, dass ihr Magen nicht in Ordnung war. Sie konnte sich doch nicht vor all diesen Leuten übergeben, geschweige denn in ihrem frisch gereinigten Wagen. »Wenn ich hier nicht gebraucht werde, würde ich mich in der Tat lieber zurückziehen«, sagte sie steif. »Chief, bitte rufen Sie mich an, wenn ich meinen Laden wieder betreten kann. Ich habe heute noch einiges zu erledigen.«

»Das werde ich, Miss Vinson. Erholen Sie sich gut.«

Er konnte sich ein kleines Lächeln nicht verkneifen, als Lynn ihre Arbeitgeberin vorsichtig wegführte. Er wusste, dass Lynn Matilda ebenso hasste wie die Arbeit in der Drogerie, die sie Suzanne zufolge nur vorübergehend angenommen hatte. Er konnte sich nicht erlären, was Frank dazu bewogen hatte, für Lynn und ihre Keramik einen Laden zu kaufen. Vielleicht hoffte er, sie damit etwas milder zu stimmen.

Bill bemerkte, dass er seine Gedanken schweifen ließ, um sich nicht mit dem grauenhaften Anblick auseinandersetzen zu müssen, den Skeeter Dobbs jetzt bot. Er blickte über die Straße, auf das Möbelhaus Klein. Skeeter hatte im Eingang von Vinson's gekauert, als er jemanden auf dem Dachboden gesehen hatte.

»Curry, gibt's irgendwelche Anzeichen, dass die Leiche hierher transportiert wurde?«, fragte er unvermittelt.

G. C. Curry beugte sich gerade über die Leiche. »Glaub ich nicht. Wenn der Mörder Skeeter hierher geschleppt hat, dann hat er auch seine Weinflasche mitgebracht. Sie liegt hier unter seinem rechten Arm.«

Demnach war Skeeter an derselben Stelle ermordet worden, von der aus er ungefähr 36 Stunden zuvor jemanden auf dem Dachboden des Möbelhauses beobachtet hatte. Und dieser Jemand hielt wahrscheinlich Todd Ryan gefangen.

Bill beugte sich über die Leiche und inspizierte sie. Skeeter lag da, die langen, dürren Beine von sich gestreckt, die Füße mit den abgetretenen Schuhen nach außen gekehrt, die ausgefransten Hosenbeine hochgeschoben, sodass graue Nylonsocken sichtbar wurden, die einmal weiß gewesen waren. Skeeter lehnte mit dem Rücken an der Tür der Drogerie. Sein Kopf war leicht nach links gedreht, und aus der Augenhöhle ragte unübersehbar ein Metallgriff. Die gesamte linke Seite des Gesichts und des Halses war eine Masse aus geronnenem Blut, das bereits hungrige Sommerfliegen angelockt hatte. Seine Linke lag mit nach oben gekehrter Handfläche da, die Finger waren bereits von der Leichenstarre erfasst.

»Sperren Sie den Tatort ab«, sagte Bill unnötigerweise zu Curry, der wusste, was zu tun war. Bill empfand plötzlich Mitleid mit diesem armen Teufel, dem das Leben keine Chance geboten hatte und der nun auch noch eines gewaltsamen Todes gestorben war. »Und wo bleibt der verdammte Gerichtsarzt?«

»Ist auf dem Weg, Chef. Sie wissen doch, dass er sich immer Zeit lässt.«

»Wehe, es wäre umgekehrt und er müsste mal auf uns warten.«

»Da haben Sie Recht.«

Bill wusste, dass er Unsinn redete und Curry ihm diplomatisch zustimmte. Curry war zehn Jahre jünger als Bill und schien in jeder Situation die Nerven zu bewahren. Bill hatte noch nicht entschieden, ob der Mann aus härterem Holz geschnitzt war oder sich seine Gefühlsausbrüche für die Familie aufsparte. Er verstand nicht, wie Curry angesichts dieses grausamen Mordes so gelassen bleiben konnte. Natürlich war Bill derzeit stark beansprucht, nach Todds Entführung lagen seine Nerven blank. Ihm war erst jetzt bewusst geworden, wie sehr ihm der Junge ans Herz gewachsen war.

Er war noch erschüttert von letzter Nacht, als Rebekka eine CD des Songs *A Whiter Shade of Pale* in ihrem Wagen gefunden hatte. Sie war leichenblass gewesen, als sie, gefolgt von Clay Bellamy, ins Haus zurückgelaufen war, um es ihm zu erzählen. Das Auto hatte unverschlossen draußen gestanden, inmitten all der Schaulustigen, und zuvor war sie den ganzen Tag mit dem Wagen durch die Gegend gefahren. Viele Leute hatten beobachtet, dass sie einen roten Thunderbird fuhr, und ausreichend Gelegenheit, die Wagentür zu öffnen und die CD einzulegen. Jean Wright zum Beispiel war über eine halbe Stunde fort gewesen. Erst fünfzehn Minuten, nachdem Rebekka das Licht in ihrem Haus hatte ausgehen sehen, war sie zurückgekommen. Sie hätte demnach genügend Zeit gehabt, um die CD in Rebekkas Wagen zu schmuggeln.

»Glauben Sie, dass Skeeters Ermordung irgendetwas mit seinen Beobachtungen zu tun haben könnte?«, fragte Curry.

Bill ließ den Blick von Skeeter zum Dachbodenfenster des Möbelhauses schweifen. »Es wäre schon ein verdammt großer Zufall, wenn dem nicht so wäre. Meine Nichte entdeckt andauernd eigenartige Zusammenhänge, und bis jetzt wollte ich sie nicht wahrhaben, aber ich fürchte, dass ich sie nicht weiter ignorieren kann, denn mittlerweile sind es einfach zu viele geworden.« Er runzelte die Stirn. »Wir müssen herausfinden, wer davon wusste, dass Skeeter jemanden auf dem Dachboden beobachtet hatte.«

»Das ist ja das Problem«, sagte Curry verdrießlich. »Er hat es am Sonntag durch die ganze Stadt posaunt.«

2

Als Amy Tanner um 8.10 Uhr ins Hauptquartier der freiwilligen Helfer gekommen war, hatte sie enttäuscht nur acht Personen gezählt. Doch dann hatte sie sich daran erinnert, dass dies nicht das Polizeirevier war. Mr. Hardison hatte ihnen den Raum zwar zur Verfügung gestellt, aber dieser grauenhafte Bezirkssheriff Lutz hatte nicht geduldet, dass sämtliche Aktivitäten von einem Ort aus koordiniert würden. Er hatte eine Menge Polizisten und Computerspezialisten in einem Gebäude am anderen Ende der Stadt stationiert, was in Amys Augen schiere Verschwendung von Arbeitskraft war. Außerdem war Montagmorgen. Die Leute mussten wieder zur Arbeit gehen. Ein paar würden wahrscheinlich später kommen, und nach Feierabend würden bestimmt wieder mehr Leute hier sein.

Normalerweise wäre sie hinter der Theke im 7-Eleven, aber sie hatte sich eine Woche Urlaub genommen. Voriges Jahr hatten sie und ihr Mann Alvin gemeinsam Urlaub genommen. Sie waren in den Kings-Island-Vergnügungspark gefahren und hatten sich drei Tage lang wie die Kinder aufgeführt. Aber sogar diese bescheidene Reise hatte sie finanziell weiter zurückgeworfen, als sie erwartet hatten. Dieses Jahr hatte Alvin sich seinen Urlaub im Krankenhaus, wo er als Pfleger arbeitete, streichen lassen. Er machte außerdem auch noch andauernd Überstunden, weil in drei Monaten das Baby kommen sollte und sie daher dringend Geld brauchten.

Amy zog sich einen Becher Kaffee aus dem Automaten und rieb sich den Rücken. Sie hatte nicht gut geschlafen. Das tat sie nie, wenn Alvin nicht neben ihr lag, aber er hatte Nachtschicht gehabt. Er hatte ihr versprochen, im Herbst seine Schichten zu ändern. Sie lächelte. Dann würden sie einen kleinen Jungen haben.

Eine Frau stand am Kopierer und vervielfältigte Flugblätter mit Todds Foto. Sie wandte sich zu ihr um: »Alles in Ordnung?«

»Ja. Nur ein bisschen müde heute Morgen.«

»Sie sollten sich setzen. Ich weiß noch gut, was es heißt, hochschwanger zu sein – ich war's zweimal. Meine Beine und Füße waren immer geschwollen und machten mir sehr zu schaffen.«

Amy blickte auf ihre schlanken Beine und schmalen Füße in den weißen Turnschuhen. »Gott sei Dank bin ich davon verschont geblieben.«

»Tja, bis jetzt. Und diese Hämorrhoiden! Und hinterher die Schwangerschaftsstreifen, ach du lieber Gott!«, sagte die Frau und wandte sich lachend wieder dem Kopierer zu. Das klang ja, als würde die sich freuen, wenn ich geschwollene Beine und Hämorrhoiden und Schwangerschaftsstreifen bekäme, dachte Amy gekränkt. Sie wusste, dass sie zu empfindlich war, aber sie konnte es nicht ändern. Sie war nun einmal zart besaitet und leicht zu kränken. Vielleicht war es das, was sie zu Alvin hingezogen hatte. Sie hatten alle beide eine schwere Kindheit gehabt. Sie trugen alte Wunden mit sich herum und taten sich schwer in der Welt. Sie klammerten sich aneinander, um sich gegenseitig den Rücken zu stärken, jedoch blickte Amy weitaus optimistischer in die Welt als Alvin.

Das Telefon klingelte, und Amy stellte rasch ihren Becher ab, griff sich Stift und Papier und hob den Hörer ab. Eine Frau berichtete, sie habe Todd Ryan in Begleitung eines kahlköpfigen Mannes gesehen, in einem Reisebus nach Cleveland.

»Wann war das, Ma'am?«, fragte Amy, wobei sie versuchte, sich ihre Erregung nicht anmerken zu lassen.

»Donnerstagnacht.«

»Sagten Sie Donnerstag?«

»Jawohl, das sagte ich. Ungefähr gegen acht Uhr. Der Junge sah aus, als hätte er panische Angst.«

Amys freudige Erregung war im Nu vorbei. »Ma'am, Todd Ryan ist erst Freitagnacht verschleppt worden.«

»Ich weiß doch, was ich gesehen habe«, sagte die Frau mit Nachdruck. »Wollen Sie etwa behaupten, ich hätte gelogen?«

»Aber nein, Ma'am. Ich dachte nur, sie hätten sich vielleicht im Tag geirrt.«

»Mitnichten.«

»Sind Sie sicher, dass es am Donnerstag war?«

»Ja. Sind Sie taub?«

Amy seufzte und fragte die Frau nach ihrem Namen und ihrer Telefonnummer. Chief Garrett hatte die freiwilligen Helfer instruiert, sich diese Informationen auch dann zu notieren, wenn der Anrufer offensichtlich ein Spinner war. Nachdem sie aufgelegt hatte, kam Alvin herein. Er sah heute besonders müde aus, regelrecht ausgezehrt. Sein glattes dunkles Haar, das dringend geschnitten werden musste, hing ihm wirr in die Stirn, und seine Augen hinter der Brille waren rot gerändert.

»Du meine Güte, Alvin. Du siehst ja schrecklich aus!«, entfuhr es Amy.

»Es war eine lange Nacht. Ich hatte dich angerufen, bevor ich aus dem Krankenhaus ging, und als ich dich nicht erreichte, nahm ich an, dass du hier seist.«

»Ich dachte, du wärst daheim, bevor ich weggehen würde.« Alvin maß 1.78, und sie musste sich auf die Zehenspitzen stellen, um ihn auf die Wange zu küssen. »Bist du sicher, dass du in Ordnung bist?«

Er lächelte flüchtig. »Ich schon. Aber hast du das mit Skeeter Dobbs noch nicht gehört?« Sie schüttelte den Kopf. »Er ist tot.«

»Ach.« Amy war 22, hatte jedoch die Stimme eines kleinen Mädchens. »Na ja, er war zwar noch nicht besonders alt, aber wenn man bedenkt, wie er gelebt hat – kein anständiges Essen, zu viel Alkohol –, braucht man sich nicht zu wundern.«

»Er ist ermordet worden.«

Amys Elfengesicht wurde weiß. »Um Gottes willen! Wie denn? Und warum?«

»Ich weiß nur, was man sich im Krankenhaus darüber erzählt. Jemand hat ihm einen spitzen Gegenstand ins Auge gerammt. Einen Schraubenzieher, ein Messer oder einen Eisstößel.« Er zuckte die Schultern. »Warum, weiß ich nicht. Skeeter war bestimmt nicht der Typ, der sich herumprügelte.«

»O Gott.« Amy schüttelte versonnen den Kopf. »Ich weiß noch, als ich klein war und er sich im Park immer mit den Eichhörnchen unterhielt. Ich hatte Angst vor ihm. Mama sagte, ich dürfe nicht mehr zu ihm sagen als ›hallo‹, wenn er mich ansprechen sollte. Sie nannte ihn einen von Gott Verlassenen.«

»Deine Mutter hat in einer Tour von Gott geredet, vor allem über Seine Unfehlbarkeit. Es muss schwer für sie gewesen sein, sich Skeeter als ein Geschöpf Gottes vorzustellen.«

Amy erschrak, hatte Angst, dieser Satz könne eine Kritik an Gott implizieren. »Gott schafft nicht alle Menschen gleich. Ich meine, in seinen Augen sind wir zwar gleich, aber in den unseren nicht.« Sie lächelte. Sie war nicht sicher, ob dieses Argument passend war, aber zumindest klang es gut. »Jedenfalls nannte sie Skeeter einen von Gott Verlassenen, und ich hab damals beschlossen, mit seinesgleichen zwar Mitleid zu haben, aber nie so enden zu wollen.«

Traurigkeit überschattete Alvins dunkle Augen hinter der dicken Brille, die die Neigung hatte, ihm auf die schmale Nase zu rutschen. »Dann hast du mit mir ja nicht gerade das große Los gezogen.«

Amy schüttelte den Kopf. »Aus dir spricht nur die Müdigkeit, Alvin Tanner! Sonst würdest du nicht so daherreden! Ich bin die glücklichste Frau auf der Welt.«

»Ich kann dir doch nicht einmal Ferien bieten.«

»Ich möchte nicht wegfahren. Ich fühle mich sehr wohl hier in Sinclair.«

»Dir bleibt ja auch gar nichts anderes übrig.« Er sah sich um. »Warum bist du eigentlich hier? Du warst doch gestern schon den ganzen Tag hier. Du hast dir frei genommen, damit du dich ausruhen kannst.«

»Hier zu sein ist gar nicht anstrengend«, beteuerte Amy rasch, damit er sie noch eine Weile hier sein ließ, obgleich Alvin nicht der Typ war, der seiner Frau etwas verbot. »Ich sitze viel und werde ohnehin nur ein paar Stunden bleiben. Außerdem muss ich immer daran denken, wie es mir zumute wäre, wenn unser kleiner Junge entführt würde. Wenn ich Todds Mutter in irgendeiner Weise helfen kann, möchte ich es gerne tun.«

»Das mit dem Jungen geht dir ziemlich an die Nieren, nicht?«

»Und wie! Dir doch auch.«

Alvin nickte. »Natürlich. Aber du hattest Bauchschmerzen und musst dich schonen. Und arbeiten gehen solltest du überhaupt nicht mehr.«

Amy lächelte. »Das geht doch nicht, Alvin. Wir brauchen das Geld. Und wenn das Baby erst einmal da ist …«

»Wenn das Baby da ist, gehst du nicht mehr zur Arbeit. Du wirst daheim bleiben und nur noch Mutter sein!«

Alvins hohe Wangenknochen hatten sich rot gefärbt, und Schweiß trat ihm auf die Oberlippe. Amy erschrak und streichelte besorgt seinen Arm. »Schatz, das geht nicht.«

»Und ob es geht«, widersprach Alvin leidenschaftlich. »Ich werde schon dafür sorgen, dass es geht.«

Amy hatte noch nie viel besessen, aber sie war eine Frohnatur und glaubte an die grundlegende Güte des menschlichen Herzens und an die Gnade Gottes, der all Seine Geschöpfe liebte. Alvin dagegen hatte wenig Vertrauen in die menschliche Natur, liebte jedoch seine Frau abgöttisch. Er neigte außerdem zu schweren Depressionen. Amy glaubte, dass das tragische Schicksal seiner Mutter daran schuld war. Slim Tanner siechte im Gefängnis vor sich hin, weil sie vor Jahren ihren Mann umgebracht hatte. Er hatte sie verprügelt und hätte Alvin in seiner Raserei um ein Haar umgebracht. Alvin sprach nie darüber. Er ließ es auch niemals zu, dass Amy seine Mutter besuchte, weil die Gefängnisatmosphäre, wie er sagte, sie zu sehr aufregen würde; er selbst kam stets erschöpft und verzweifelt von seinen Besuchen zurück. In letzter Zeit jedoch machte sich der von Natur aus sanftmütige Alvin immer wieder in heftigen Wutanfällen Luft, die zwar nicht gegen Amy, wohl aber gegen ihrer beider missliche Lage gemünzt waren. Sie dachte, dass ihm das Baby Sorgen bereitete. Sie hatten es sich beide so sehr gewünscht und wollten ihm all die Liebe geben, die sie selbst als Kinder so schmerzlich vermisst hatten.

»Alvin, Schatz, du bist müde. Fahr schon mal heim. Ich bleibe nicht länger als eine Stunde, wenn dir das lieber ist. Und hör auf, dir Sorgen zu machen. Wir werden das schon hinkriegen.«

Alvin nickte, und sein Ärger schien verflogen zu sein. »Ich weiß.«

»Gott wird uns helfen.«

»Ich habe gelernt, mich nicht auf Gottes Hilfe zu verlassen«, sagte Alvin niedergeschlagen. »Ich werde selbst für meine Frau und mein Kind sorgen. Du wirst schon sehen, Amy. Unser Leben wird sich ändern.«

3

Nachdem Lynn sich ein paar nette Worte für eine dankbare, kleinlaute Matilda Vinson abgerungen hatte, raste sie nach Hause. Sie hatte die Vermutung, dass Doug sich zu den freiwilligen Helfern gesellen wollte, und sie hatte Recht. Mit dem Autoschlüssel in der Hand war er gerade im Begriff, das Haus zu verlassen.

»Lynn, was tust du denn hier?«

»Du wirst nicht glauben, was passiert ist.«

Dougs Miene erstarrte. »Sie haben Todd gefunden.«

»Todd? Nein. Das hättest du bestimmt vor mir erfahren. Warum siehst du mich so an?«

»Ich dachte nur …« Doug schluckte. »Du hast mir kurz Hoffnungen gemacht, sonst nichts.« Er sah müde aus, offenbar hatte er eine schlaflose Nacht hinter sich, denn seine Augenlider waren dick geschwollen. Lynn sah ihn ungern in seinen ältesten Jeans und dem verschlissenen grünen T-Shirt, das er offensichtlich aus dem Trockner geholt und ungebügelt angezogen hatte. Sie mochte es, wenn Doug gut aussah. Die überflüssigen Pfunde und die schlaflosen Nächte trugen nicht gerade dazu bei, aber wenigstens konnte er sich anständig anziehen, dachte sie verstimmt. Die Leute kamen sonst noch auf die Idee, er sei unglücklich mit ihr, und hielten sie womöglich für eine schlechte Ehefrau, die sich nicht einmal um seine Wäsche kümmerte.

»Doug, dieses Hemd …«

»Nörgele jetzt bloß nicht an meiner Kleidung herum. Komm lieber rein und erzähl, was los ist.«

Ihre Wohnung war klein und dürftig, neuer zwar als die von Molly, aber nicht so großzügig und aus billigen Materialien gebaut. Frank hatte sich erboten, etwas Hübscheres für sie zu kaufen, aber zu Lynns Leidwesen hatte Doug es nicht zugelassen. Er wollte von dem leben, was sie beide verdienten. Er war noch immer nicht begeistert von der Idee, dass Frank für Lynn einen Laden gekauft hatte, obwohl sie Frank den Betrag in Raten zurückzahlen würde. Douglas und Lynn hatten viel über dieses Thema gestritten. Gestritten, sich geeinigt, erneut gestritten. Schließlich hatte Lynn sich durchgesetzt.

Sie mochte ihre Wohnung nicht, hielt sie aber trotzdem tadellos in Schuss und hatte vor kurzem die Küche und das Wohnzimmer frisch gestrichen. Sie zog Doug auf die harte blaue Couch, die sie hasste, und setzte sich neben ihn. »Skeeter Dobbs ist ermordet worden. Miss Vinson hat ihn im Eingang zur Drogerie gefunden. Ist regelrecht über ihn gestolpert.«

»Ermordet?«, wiederholte Doug hölzern. »Bist du sicher?«

»Jemand hat ihm einen Eispickel ins Auge gerammt.« Sie verzog angewidert das Gesicht. »Ich hab ihn deutlicher gesehen, als mir lieb war. Es war scheußlich. Das Ding muss sich direkt in sein Hirn gebohrt haben. Das Blut …«

»Hör auf.« Douglas wandte den Blick ab. Lynn berührte seine Handfläche. Ihre Hand war dünn und blass, mit langen, scharlachroten Nägeln. Doug machte keine Anstalten, seine klobige Hand um ihre zu schließen.

»Nun, ich hätte nicht gedacht, dass du dir die Nachricht so zu Herzen nehmen würdest«, sagte Lynn schnippisch. »Du hast Skeeter nie wie einen Schoßhund behandelt wie so viele Leute hier. Er war nichts als ein verblödeter, fauler Trunkenbold. Er hätte hinter Gitter gehört.«

»Ich glaube, dass er ein ziemlich trauriger Zeitgenosse war«, grollte Doug.

»Das glaubst du? Was hat er denn jemals getan? Konnte sich nicht mal den eigenen Lebensunterhalt verdienen. Hat nie einen Beitrag geleistet.«

»Beitrag geleistet?«

Seine Begriffsstutzigkeit ging Lynn auf die Nerven. »Genau. So wie du als Lehrer. Du trägst etwas bei. Er hat nie einem Menschen geholfen.«

»Vielleicht doch«, sagte Douglas schwach.

»Ach ja? Und wem zum Beispiel?«

»Todd.«

Lynn starrte ihn an. »Das versteh ich nicht.«

»Skeeter hat Bill erzählt, dass sich auf Kleins Dachboden jemand rumtreibt.«

»Sie haben nachgesehen und Todds Stofftier gefunden. Mehr hast du mir letzte Nacht nicht erzählt.« Lynns Stimme wurde etwas lauter. »Keinen Ton von Skeeter.«

»Dann sage ich es dir eben jetzt. Skeeter hat Bill erzählt, dass er jemanden auf dem Dachboden beobachtet habe. Er dachte, es sei sein Großvater, aber Bill wollte der Sache nachgehen.«

»Aha.« Lynn sah ihn erwartungsvoll an. »Und, wie reimt sich das alles zusammen?«

»Ich frage mich, ob ihn womöglich derjenige, den er auf dem Dachboden gesehen hat, umgebracht hat.«

»Aber du hast doch gerade gesagt, dass er glaubte, seinen Großvater gesehen zu haben.«

»Offensichtlich hat er das nicht, Lynn. Denk doch nach. Skeeter hat die Person gesehen, die Todd da oben versteckt hatte. Sie hat

Skeeter entdeckt und womöglich ermordet, um sich eines Zeugen zu entledigen.«

Lynns grauer Blick wurde ausdruckslos. Sie atmete flach, als sie sagte: »Aber Skeeter hat doch niemanden identifiziert, oder? Das hättest du mir doch erzählt. Und Bill hätte den Betreffenden verhaftet.«

»Wie ich schon sagte, Skeeter dachte, dass sein Großvater auf dem Dachboden sei«, sagte Doug müde. »Bill hatte allerdings das Gefühl, dass Skeeter nach gründlichem Nachdenken vielleicht noch einfallen könnte, wie die Person ausgesehen hatte.«

»Skeeter? Das glaube ich kaum.«

»Das kann man nie genau wissen. Manchmal konnte Skeeter einen überraschen.«

»Nun ja, jetzt nicht mehr.«

»Nein, dafür hat jemand gesorgt.«

Sie saßen schweigend nebeneinander. Lynn spielte mit ihrem Ehering. Douglas klopfte mit den Fingern nervös auf die Tischplatte. Ein Junge fuhr auf einem Fahrrad vorbei und rief einem Freund etwas zu. Die Frau nebenan trat aus der Tür und rief nach ihrem Hund. Endlich sahen Lynn und Doug einander an, gezwungen lächelnd. »Ich fahre ins Freiwilligenzentrum«, sagte Doug. »Kommst du mit?«

»Ich habe frei und noch hundert Dinge hier im Haus zu erledigen«, sagte Lynn schnell. »Miss Vinson wird mir wahrscheinlich Überstunden aufbrummen, um diesen unfreiwilligen Urlaubstag wieder reinzuholen. Sie kann sich mehr überflüssige Arbeit ausdenken als irgendjemand, den ich kenne. Dabei haben wir ohnehin kaum Kunden.«

»Ja, schade um Vinsons«, sagte Doug zerstreut. »Ich fahr jetzt los. Hab auch noch ein paar Dinge zu erledigen. Zum Abendessen bin ich wieder zurück.«

»Es gibt Schweinerippchen. Dazu Erbsen und Pilze. Vielleicht mach ich uns auch ein paar Kekse.«

»Gut. Sehr schön.« Er drückte ihr einen flüchtigen Kuss auf die Wange. »Bis später.«

Lynn brachte keinen Abschiedsgruß zustande. Sie wartete, bis

Doug seinen alten Wagen gestartet hatte, schlich sich ans Fenster und spähte hinaus, bis sie ihn aus der Auffahrt biegen und am Ende der Straße nach rechts um die Kurve fahren sah. Als sie sich vom Fenster abwandte, fühlte sie sich schwindlig, ihr war fast übel. Sie rieb sich die feuchten Hände. Lynn war nie überspannt gewesen. Sie war stolz darauf, selten in Panik zu geraten. Aber im Augenblick hatte sie das Gefühl, als würde sie jeden Moment umkippen. Oder zu schreien anfangen.

Lynns Freundschaft mit Molly hatte sich schon vor Jahren abgekühlt. Molly duldete kein unfreundliches Wort gegen Rebekka, und Lynn konnte nicht umhin, bei jeder Gelegenheit über sie herzuziehen. Sie nahm es Molly übel, dass sie, anstatt sich auf ihre und Larrys Seite zu stellen, Rebekka die Treue hielt. Früher waren sie alle befreundet gewesen. Doch immerhin war Molly stets nett zu ihr gewesen. Und sie hatte es nicht leicht gehabt, als sie schwanger wurde und das Baby behalten wollte. Lynn hatte den Kleinen sogar gemocht, die wenigen Male, die sie ihn zu Gesicht bekommen hatte. Niemand wusste, wer der Vater war, obwohl jeder sich den Kopf darüber zerbrach.

Einer, der mit Sicherheit nicht Todds Vater sein konnte, weil er zu der Zeit im Gefängnis gesessen hatte, als Molly schwanger geworden war, war Lynns Bruder Larry. Larry hatte nichts für Kinder übrig, weder für Todd noch für irgendein anderes Kind. Larry, der schon immer aufbrausend gewesen war, benahm sich in letzter Zeit wie eine tickende Zeitbombe. Und er brauchte Geld. Sie wusste zwar nicht, wofür er es brauchte, aber er brauchte welches. Und jetzt war Todd verschleppt worden.

Lynn hatte nachgedacht, den Gedanken verworfen, erneut nachgedacht und befürchtet, er könne das Kind des Lösegeldes wegen entführt haben, inspiriert durch die Entführung Jonnie Ryans. Aber Larry würde den Jungen nicht umbringen. Er würde niemanden umbringen. Diese Gewissheit hatte sie bisher beruhigt.

Jetzt hatte jemand Skeeter Dobbs ermordet, nachdem dieser Todds Entführer im Möbelhaus Klein beobachtet hatte. Vielleicht hatte der Kidnapper Skeeter auf dem Gewissen, vielleicht auch nicht. Und vielleicht hatte Larry überhaupt nichts mit Todds Entführung zu tun. Würde er tatsächlich einen solch gefährlichen Plan ausbrüten? Nein, so dumm war er nicht.

Außer wenn er trank, und genau das tat er seit einem Monat bis zum Umfallen.

»O Gott«, stöhnte Lynn, weil sie das Gefühl hatte, sich gleich übergeben zu müssen. Sie hatte ihren großen Bruder immer vergöttert und sich entsetzlich schuldig gefühlt, als man ihn angeschossen und ins Gefängnis gesteckt hatte. Sie und Doug hatten nichts mit den Einbrüchen zu tun gehabt, aber Larry hatte Recht – sie hatten sich einen Teil der Beute geholt. Und Larry hatte als Einziger bezahlt. Er war nicht mehr derselbe, seit er angeschossen worden und im Gefängnis gewesen war. Sie erkannte ihn nicht wieder.

Lynn holte tief Luft, versuchte, sich wieder in den Griff zu bekommen. Es half niemandem, wenn sie in Panik geriet, sagte sie sich. Sie würde nicht mehr klar denken, nicht mehr effektiv handeln können, und Larry brauchte ihre Hilfe womöglich dringender denn je. Wenn dem so war, wollte sie für ihn da sein.

Sie ging ans Telefon und wählte Larrys Nummer. Niemand da. Das war gut. Das bedeutete, dass er in der Werkstatt war. Sie griff sich Handtasche und Autoschlüssel und fuhr zu Maloney's.

4

Montag, 18.45 Uhr

Rebekka warf einen letzten Blick in den Spiegel, strich sich das blassgrüne Kleid glatt, gab Sean noch einen Kauknochen, um ihn für den Abend zu beschäftigen, schloss die Schlafzimmertür und ging nach unten. Als sie an Franks Arbeitszimmer vorbeiging, rief er sie zu sich. Sie blieb in der Tür stehen.

»Wie hübsch du aussiehst. Das Kleid gefällt mir.«

Rebekka drehte sich für ihn im Kreis, wie schon als junges Mädchen, wenn sie sich für eine besondere Gelegenheit zurechtgemacht hatte. »Danke, Sir.«

»Wir werden dich beim Abendessen vermissen.«

Rebekka bezweifelte dies. Ihre Mutter war den ganzen Tag lang bissig und reizbar gewesen, zuerst weil Walt zu früh den Rasen gemäht und sie geweckt hatte, dann weil Betty sie überreden wollte, eine Kleinigkeit zu essen, und schließlich war Rebekka an der Reihe gewesen, weil sie gerade verfügbar war. Nach ihrem dritten Ausbruch hatte sie sich mit Kopfschmerzen in ihrem Zimmer verschanzt. »Ein wahrer Sonnenschein«, hatte Rebekka bemerkt. Sie hatte versucht, die Launen ihrer Mutter stoisch über sich ergehen zu lassen, und war gescheitert. Ihre Stimme klang gekränkt.

»Liebes, es ist schon vier Uhr nachmittags, und deine Mutter hat seit gestern Nachmittag nichts mehr getrunken«, hatte Betty ihr sanft zu bedenken gegeben.

»Woher weißt du das?«

»Sie hat's mir gesagt. Sie sagte, ich solle sie ignorieren, wenn sie übler Laune wäre. Und du solltest dasselbe tun. Es ist schwer für sie, aber sie tut, was sie kann.«

Jetzt schien Frank sich auf ein angenehmes Abendessen mit Suzanne zu freuen. Rebekka hatte Mitleid mit ihm, obwohl sie wusste, dass Mitleid seinen Stolz verletzte. »Ein eigenartiges Gefühl, in Sinclair auszugehen«, sagte sie unbekümmert.

»Es wird dich auf andere Gedanken bringen.« Das schwächer werdende Abendlicht schien ihm auf das schwarze, von Silberfäden durchzogene Haar. »Bis jetzt war dein Aufenthalt hier nicht gerade angenehm.«

»Ich war noch keine große Hilfe. Ich sollte eigentlich gar nicht ausgehen.«

»Unsinn. Vielleicht gewinnst du ja neue Erkenntnisse nach diesem Tapetenwechsel.« Frank lehnte sich lächelnd zurück. »Wieso gehst du nicht nach oben, und ich öffne dem jungen Bellamy die Tür. Auf diese Weise verschaffst du dir einen tollen Auftritt.«

Rebekka versuchte, ein Funkeln in ihre Augen zu zaubern. »Das klingt toll! Und darf ich eine Stunde länger fortbleiben als sonst?«

»So erwachsen bist du nun auch wieder nicht. Zumindest nicht in meinen Augen.«

Es läutete an der Tür. »Sieh da, der junge Bellamy!«, zwitscherte Rebekka.

Frank lachte leise. »Ich habe dich vermisst, Rebekka. Viel Spaß heute Abend.«

Zehn Minuten später saß sie in Clays Wagen und sah ihn widerwillig an. »Zu Dormaine's? Clay, da kann ich nicht hin. Ich habe das Lokal Samstagnacht doch beinahe umgefahren.«

»Doch nicht das Lokal. Nur den alten, preisgekrönten Baum auf dem Rasen.«

»Das ist natürlich halb so schlimm. Wozu mache ich mir überhaupt Sorgen?«

»Das möchte ich auch gerne wissen.« Clay grinste. »Es hat in Strömen geregnet und du hattest einen Unfall. Es ist ja nicht so, als hättest du den Baum mit Absicht gerammt. Und auf diese Weise hast du Gelegenheit, dich bei Peter Dormaine zu entschuldigen.«

»Außerdem muss ich ihm sagen, dass meine Versicherung für den Schaden aufkommen wird, obwohl ich mir denken könnte, dass Frank das bereits geregelt hat. Aber wenn ich persönlich bei ihm erscheine, wirkt es ehrlicher.« Sie seufzte. »Also schön, Dr. Bellamy, auf zu Dormaine's.«

Rebekka war schon den ganzen Tag nervös wegen dieser Verabredung und schalt sich für ihr albernes, oberflächliches Benehmen. Schließlich wurde Todd immer noch vermisst. Wie konnte sie da an irgendetwas anderes denken? Wie konnte sie überhaupt den Wunsch haben, in einem Restaurant zu essen? Dann rief sie sich ins Gedächtnis, dass dies ja keine gewöhnliche Verabredung war. Clay war der einzige wirklich objektive Mensch in ihrem Umfeld. Sie musste mit jemandem reden, der einigermaßen unbeteiligt war, weniger emotional verstrickt als ihre Verwandten.

Als Peter Dormaine vor zwei Jahren an der Ecke First Avenue und Grove Street sein Restaurant im Art-Deco-Stil eröffnet hatte, hatten ihm die meisten Leute prophezeit, dass er scheitern würde. Sogar Frank hatte anfangs befürchtet, dass Peter sein elegantes Etablissement nach spätestens einem Jahr würde schließen müssen. Er hatte deshalb einmal monatlich mit Suzanne dort zu Abend gegessen, das Betriebsfest seiner Firma im großen Speisesaal abgehalten und das Lokal all seinen Freunden empfohlen. »Wir müssen die Unternehmen vor Ort unterstützen«, hatte er Rebekka erzählt. »Sinclair ist eine schöne Stadt. Wir möchten doch, dass sie floriert.«

»Bist du oft hier?«, fragte Rebekka, als sie mit Clay auf den Eingang zuging, und hätte sich sofort am liebsten auf die Zunge gebissen. Ebenso gut hätte sie ihn fragen können, ob er sich mit vielen Frauen verabredete. Sie bekam heiße Ohren.

»Ich war schon zweimal hier«, antwortete Clay leichthin, als hätte er ihre Indiskretion nicht bemerkt. »Ich schäme mich ein wenig, dass ich noch nicht öfter hier war in diesem Jahr, denn ich kenne Peter schon ziemlich lange. Aber mein Stundenplan ist derzeit ziemlich voll.«

Sie traten durch die Flügeltür in die Eingangshalle, deren schwarzweißer Fliesenboden aussah wie aus blankem Marmor. An einer Wand stand eine Couch in hellem Apricot; vier Sessel, gepolstert in amethystfarbenem Satin, waren um einen quadratischen Glastisch platziert. Über der Couch hing ein gerahmtes Filmplakat, und ein opulenter Lüster zauberte bunte Lichtsprenkel an die Wände.

In den folgenden Minuten wurde ihre Tischreservierung bestätigt und ihnen ihr Tisch zugewiesen. »Hier ist es wunderschön«, raunte Rebekka, nachdem der Ober ihnen die Speisekarten gebracht hatte und wieder entschwunden war.

»Ziemlich beeindruckend.«

Sie bewunderten die klaren Linien des großen Saals, der in Apricot- und Amethysttönen gehalten war. Purpurfarbene Gladiolen waren in schlanke Kristallvasen getaucht. Ein ausladender weißer offener Kamin beherrschte eine Seite des Raums, und darüber reflektierte ein breiter Spiegel mit silbernem Rahmen die Tische und elegant gekleideten Gäste. Als akustische Untermalung der gepflegten Atmosphäre hörte man das Lied *Someone to Watch over Me.*

»Ich werde mich hier einquartieren«, sagte Rebekka.

Clay lächelte. »Besser als McDonald's, was?«

Der Ober kam zurück und nahm ihre Weinbestellung entgegen. »Habe ich dir schon gesagt, wie hübsch du aussiehst?«, fragte Clay, nachdem der Ober wieder verschwunden war.

»Danke. Ich habe nicht viel Kleidung eingepackt.«

»Das grüne Kleid betont deine Augen. Ich glaube, mir ist noch nie aufgefallen, wie grün sie sind.«

Rebekka lachte. »Ich habe meinen Vater innig geliebt, aber als ich klein war, habe ich es ihm doch sehr verübelt, dass ich sein rotes Haar und die grünen Augen und nicht das hellblonde Haar und die blauen Augen meiner Mutter geerbt hatte. Aber mittlerweile trage ich sein Vermächtnis mit Fassung.«

»Deinen Vater habe ich nie kennen gelernt.«

»Ich glaube, du hättest ihn gemocht. Jeder mochte ihn.« Sie lächelte. »Er war ein lebenslustiger, geselliger Mensch. Deshalb waren die Leute ziemlich überrascht, als er Grace Healthcare übernahm und auch noch erfolgreich war. Wenigstens hat Mutter mir das so erzählt. Wahrscheinlich bestand für ihn nicht der geringste Zweifel, dass nach dem Tod seines Vaters und dem Ausscheiden seines älteren Bruders er die Firma weiterführen würde. Aber Großvater machte sich Sorgen. Er glaubte nicht, dass mein Vater das Zeug dazu hätte.«

»Er hat sich getäuscht.«

»Ja. Vater hat die Firma geliebt.« Sie wurde ernst. »Ein Jammer, dass er so früh sterben musste.«

»Ich weiß noch, dass er einen Unfall hatte. Aber ich weiß nicht mehr, was ihn verursacht hat.«

»Wir fuhren über eine bewaldete, hügelige Landstraße. Es war Herbst – Jagdsaison. Offenbar hat ein Schütze sein Ziel verfehlt und stattdessen unseren Reifen getroffen.«

»Um Gottes willen!«, entfuhr es Clay. »Ein derart miserabler Schütze verdient doch keine Jagdlizenz. Wer war es denn?«

»Das hat man nie herausgefunden, obwohl ein paar junge Burschen mit Gewehren in der Gegend gesehen worden waren. Sie waren offenbar betrunken, aber niemand war imstande, sie zu identifizieren. Noch heute hasse ich die Jagd.«

»Kein Wunder, aber wenigstens hast du den Unfall überlebt. Deine Mutter war bestimmt ziemlich froh darüber.«

»Ich nehme es an, ja.« Rebekka war froh, dass der Ober den Wein brachte. Sie hatte sich ein Glas Chablis bestellt, angenehm kühl, wie sie ihn mochte. »Sie war nach Daddys Tod so am Ende, dass sie mich kaum noch wahrgenommen hat. Vielleicht war sie mir auch ein wenig böse, weil ich den Unfall überlebt hatte und Daddy nicht, obwohl sie es nie zugeben wollte. Was war das für ein Durcheinander damals! Gott sei Dank war Frank in der Nähe und sprang ein. Daddy hatte immer schon ein engeres Verhältnis zu ihm als zu seinem Bruder. Er war damals Patricks Stellvertreter und kannte sich bestens aus. Mutter hat ihm vorbehaltlos vertraut und sich in jeder Hinsicht auf ihn verlassen. Manchmal glaube ich fast, dass Frank sie nur aus Loyalität zu meinem Vater geheiratet hat und weil sie so hilflos war.«

»Er hat sie aus Pflichtgefühl geheiratet?«

»Nicht nur. Aber vielleicht ein bisschen.« Sie hielt kurz inne. »Das war jetzt ausgesprochen gemein. Was bin ich doch manchmal für ein hinterhältiges Biest.«

Clay schüttelte den Kopf. »Komisch, und ich habe dich all die Jahre für eine Hexe gehalten. Fliegst du nicht auf einem Besen herum und tanzt bei Vollmond nackt im Kreis?«

Sein Scherz riss sie aus ihrer düsteren Laune, und sie musste lachen. »In Sinclair gebe ich mich nur zu Halloween diesem Vergnügen hin. In New Orleans ist das etwas anderes. Da gibt's haufenweise solche wie mich, da geht's immer hoch her.«

Der Ober tauchte auf, um ihre Bestellungen entgegenzunehmen, und entschwand in die Küche.

»Und wie war dein Tag?«, fragte Rebekka.

»Drei Beinbrüche. Das ist Rekord. Ein übler Migräneanfall. Lebensmittelvergiftung nach dem Genuss eines Schinkensalats, der bei einem Picknick zu lange in der Sonne gestanden hatte.« Er grinste. »Und ein Kind hat seinen Hund angeschleppt, den ein Auto angefahren hatte. Ich dürfte so was eigentlich gar nicht tun, aber ich habe das Tier ein wenig verarztet, bevor eine Schwester Kind und Hund zum Tierarzt brachte. Ein paar Stunden später habe ich den Tierarzt angerufen und erfahren, dass der Hund bald wieder auf dem Damm sein wird.«

»Das freut mich. Soviel ich weiß, hast du eine Hündin namens Gypsy.«

Er nickte lächelnd. »Mittelgroßer Mischling. Aus Beagle und Deutschem Schäferhund. Oder einem Dutzend anderer Rassen. Goldbraunes Gesicht, schwarzer Rücken. Von vorn sieht sie aus wie ein Pferd.«

»Ein Pferd?«

»Vielleicht fällt das nur mir auf.«

Rebekka lachte. »Das hoffe ich doch. Du lieber Himmel!«

Auch Clay musste lachen. »Wahrscheinlich klingen ihr jetzt die Ohren, dann kriege ich was zu hören, wenn ich nach Hause komme. Jedenfalls habe ich sie bei mir aufgenommen, eine liebenswerte kleine Streunerin. Für gewöhnlich ist es mir peinlich zuzugeben, wie sehr ich an ihr hänge.«

»Sie ist dir also zugelaufen«, sagte Rebekka bewundernd. »Ich habe meinen auch aufgelesen, nur ist meiner ein reinrassiger australischer Schäferhund – der mitnichten aus Australien stammt, wie fälschlicherweise immer angenommen wird, sondern in Amerika gezüchtet wird. Er ist schnell und zum Schafehüten geeignet, obwohl Sean zweifellos in seiner Ehre gekränkt wäre, wenn er Schafe treiben müsste. Gestern habe ich ihn in den Hundesalon gebracht, und da hat man ihm eine Schleife ins Fell gebunden. Seine Machoseele war zutiefst verwundet.«

»Das kann ich ihm nachfühlen!« Clay lachte.

»Ich werde sie morgen abnehmen. Er sieht nur einfach so niedlich aus. Na ja, vielleicht ist es dir neulich nicht aufgefallen, aber sein rechtes Auge ist teilweise blau. Das ist nicht ungewöhnlich für diese Rasse. Und Männern gegenüber ist er ausgesprochen misstrauisch. Bis jetzt hat Frank bei ihm keine Chance, und Doug hat er sogar gebissen. Er mag nur Walt Sykes, den Mann von Betty. Erinnerst du dich an Betty?«

»Und ob. Fabelhafte Köchin. Tolle Persönlichkeit. Hat immer den Eindruck gemacht, als wäre es ihre Lieblingsbeschäftigung, eine Horde Jungs in ihrer Küche zu verköstigen.«

»Sie hat sich überhaupt nicht verändert. Sie hätte ein Dutzend eigene Kinder haben sollen. Ich bin so froh, dass sie endlich geheiratet hat. Sie brauchte eine eigene Familie.«

»Dann bin ich auch froh für sie, solange sie das Kochen nicht aufgegeben hat. Ich vermisse noch heute ihre Schokokekse.«

»Vielleicht kann ich sie dazu bringen, dir mal wieder ein Blech voll zu backen«, sagte Rebekka und verlor einmal mehr die Geduld mit sich selbst. Sie klang, als sei ihr jedes Mittel recht, um Clay wiederzusehen.

Zum Glück brachte der Ober in diesem Moment den Salat, sodass sie ihr Gespräch unterbrechen mussten. Rebekka hatte seit Jahren keinen Caesar Salat mehr gegessen, und dieser hier schmeckte ihr besonders gut. »Schmeckt's?«, fragte Clay mit dem Anflug eines Lächelns, und ihr wurde bewusst, mit welchem Appetit sie den Salat in sich hineingeschaufelt hatte.

Sie schluckte. »Ich lebe schon so lange allein, dass ich meine Tischmanieren verloren habe. Außerdem habe ich den ganzen Tag noch nichts gegessen.«

»Das ist aber nicht gesund. Der Blutzucker und so, du weißt schon.«

»Ja, aber ich hatte so viel zu erledigen. Manche Menschen essen, wenn sie nervös sind. Mich lässt in solchen Situationen mein Appetit im Stich.«

»Nervöse Esser würden dich beneiden.« Er wurde ernst. »Aber du hast ja auch alles Recht der Welt, nervös zu sein. Hat Bill schon irgendetwas über die CD herausgefunden, die du in deinem Wagen gefunden hast?«

»Nicht, dass ich wüsste, aber er hatte auch nicht viel Zeit, sich damit zu beschäftigen. Allerdings habe ich meine eigenen Nachforschungen angestellt.« Sie genehmigte sich einen Schluck Wein. »Erstens hat meine Mutter alles aufgehoben, was meinem Vater gehört hat. Und so habe ich wunderbarerweise das Originalalbum von Procol Harum aufgestöbert. Ich habe auch Daddys Kassette mit dem Song darauf gefunden.«

»Aber keine CD?«

»Der Unfall liegt siebzehn Jahre zurück, da hatten die meisten Leute noch keine CDs.«

»Aber die Stereoanlage im Haus ist noch nicht so alt.«

»Nein, aber ich habe nur drei CDs gefunden. Sie gehören Frank – alles Easy-Listening-Zeug.«

Clay war mit seinem Salat zu Ende und wischte sich abwesend und stirnrunzelnd die Lippen. »Also schön, dann war es eben eine neue CD.«

»Ich war in beiden Plattenläden. Keiner von beiden führt die CD – sie stammt aus dem Originalalbum von 1967 – oder hat sie in den letzten Monaten bestellt. Dasselbe hat man mir in den beiden Musikgeschäften im Einkaufszentrum gesagt. Da bleibt nur noch eine Quelle …«

»Das Internet.«

»Und wer dieser Bestellung auf die Spur kommen will, braucht wirklich verteufelt viel Glück.«

Clay verdrehte die Augen. »Mist.«

»Das hab ich mir auch gedacht.«

Clay beugte sich zu ihr vor. »Und jetzt kommen wir zu der Kernfrage: Wer hat gewusst, dass Jonnie den Song mochte?«

Der Ober kam mit dem Sorbet und übergoss es mit Champagner. Sie aßen beide schweigend, wobei nur das Klirren ihrer Löffel zu hören war, die gegen die Glasschalen stießen. Als sie zu Ende gegessen hatten, sagte Clay: »Na schön, deine Verwandten wussten über *A Whiter Shade of Pale* bestimmt Bescheid. Ich bin zum Beispiel sicher, dass Doug den Song bei Jonnie gehört hat.«

»Doug?«, fragte Rebekka. »Du glaubst doch nicht etwa, dass er Todd entführt hat und jetzt versucht, mir Angst einzujagen?«

»Aber nein. Trotzdem ist es wichtig, sämtliche Möglichkeiten in Betracht zu ziehen. Wer noch wusste, dass Jonnie den Song liebte, war Betty. Nicht, dass ich Betty verdächtigen würde, aber sie hat womöglich mit Walt darüber gesprochen, der es Gott weiß wem erzählt haben könnte. In aller Unschuld natürlich, aber die beiden sind trotzdem Informationsquellen. Deine Mutter ebenso. Sie redet die ganze Zeit über Jonnie, zumindest hat Doug das immer behauptet. Doug könnte mit Lynn darüber gesprochen haben, diese wiederum mit Larry. Larry hat es vielleicht einer Freundin erzählt. Und so weiter und so fort.«

Rebekka musterte Clay und bemerkte, wie sein jungenhaftes

Lächeln von der Schärfe seiner blaugrauen Augen abzulenken vermochte, wie sein scherzhaftes Wesen über das unentwegte Ticken eines äußerst wachen Verstands hinwegtäuschte.

»An diese Informationsquellen habe ich überhaupt noch nicht gedacht«, gab sie kleinlaut zu. »Nur an den engeren Familienkreis. Dabei wussten so viele Leute Bescheid. Jonnie ist in einem Talentwettbewerb mit dem Lied aufgetreten, nur wenige Monate vor seinem Verschwinden. Er hat den ersten Preis gewonnen. Es stand sogar in der Zeitung, und auch, welches Musikstück er sich ausgesucht hatte.«

»Ach ja, das hatte ich schon ganz vergessen«, sagte Clay. »Nun, so viel hierzu. Die ganze verdammte Stadt weiß womöglich, was es mit dem Lied auf sich hat. Sogar der alte Skeeter Dobbs hätte Bescheid wissen können, zum Teufel.«

»Wenn du mir weismachen willst, dass Skeeter sich via Internet eine CD bestellt hat, um sie in meinen Wagen zu schmuggeln, glaube ich dir in Zukunft kein Wort mehr.«

»Um ehrlich zu sein, halte ich Skeeter ja auch nicht gerade für der Welt besten Internet-Surfer. Ich versuche lediglich, dir klarzumachen, wer alles gewusst haben könnte, wie viel Jonnie der Song bedeutet hat.«

Rebekka schloss die Augen. »Der arme alte Skeeter. Als ich noch klein war, hat Bill mich des Öfteren mit in den Park genommen. Ich habe mich immer mit Skeeter unterhalten. Aber dann bekam er Angst vor mir.«

»Angst? Warum?«

»Meine Visionen«, antwortete Rebekka. »Sie haben ihn zu Tode erschreckt.«

»Tatsächlich?« Clay runzelte die Stirn. »Und offensichtlich hat jemand diese CD in dein Auto gelegt, um dir Angst einzujagen. Wahrscheinlich um dich aus der Stadt zu treiben.«

»Aber doch nicht Skeeter. Er hat sich nie weiter als zwei oder drei Häuserblocks vom Möbelhaus entfernt. Selbst wenn jemand ihm die CD gegeben und ihn gebeten hätte, sie mir ins Auto zu legen …«

»… wäre er nie bis zu Mollys Haus gelaufen. Aber vielleicht hast du noch jemanden verschreckt, genau wie Skeeter. Du hast schon einmal die Stadt verlassen, nach Jonnies Tod. Vielleicht dachte jemand, du würdest wieder gehen, wenn man dich an ihn erinnern würde.« Er sah sie gespannt an. »Wer immer Todd entführt hat, möchte auf keinen Fall auffliegen, deshalb fürchtet er sich vor dir.«

»Es ist wahrscheinlich derselbe, der Skeeter ermordet hat«, sagte sie widerstrebend. »Immerhin hat Skeeter Todds Kidnapper im Möbelhaus gesehen, auch wenn er ihn nicht erkannt hat.«

Clay senkte die Stimme und sah sie scharf an. »Rebekka, ist dir bewusst, dass derjenige, der Skeeter ermordet hat, sich auch deiner entledigen könnte? Bist du sicher, dass du dich dieser Gefahr aussetzen willst?«

Rebekka schlug die Augen nieder, um seinem eindringlichen Blick auszuweichen. Ja, auch wenn sie Todd und Molly noch so sehr helfen wollte, ein Teil von ihr hatte große Angst, wollte sich am liebsten vor der Verantwortung drücken, der belastenden Ungewissheit eines erneuten Scheiterns aus dem Weg gehen. Sie bangte um ihr eigenes Leben. Aber die Jahre hatten sie auch gestärkt, härter gemacht, als ihr bewusst gewesen war. »Ich werde hier bleiben«, sagte sie ruhig. »Ich werde erst wieder abreisen, wenn wir Todd gefunden haben.«

Clay sah sie mit ernster Miene an. »Ich bewundere dich, aber ich mache mir auch Sorgen. Abgesehen von der Gefahr, in der du schwebst, ist diese Situation auch eine große emotionale Belastung für dich.«

Sie zwang sich, beiläufig zu klingen. »Ach was, ich bin bloß enttäuscht, dass ich die CD nicht aufspüren konnte. Privatdetektivin zu spielen, ist gar nicht so leicht.«

Clay lehnte sich mit überheblichem Grinsen zurück. »Unsinn, mein Mädchen! Wir haben noch nicht mal die Oberfläche angekratzt.«

Rebekka konnte nicht anders, als ebenfalls zu grinsen. Die Dinge sahen in seiner Gesellschaft nur mehr halb so trübe aus. Vielleicht weil er nicht unmittelbar betroffen war. Und einen unbesiegbaren Optimismus besaß.

Das Hauptgericht wurde serviert, und Rebekka war begeistert

von der riesigen Portion Shrimps und dem Hühnchen in Zitronensauce. Clay würde sie bestimmt für einen Vielfraß halten, aber das war ihr jetzt egal. Sie war schließlich nicht wie Scarlett O'Hara darauf aus, ihre Taille auf einen Umfang von 45 Zentimetern zusammenzuschnüren.

»Kein Wunder, dass dieses Lokal vier Sterne hat«, sagte sie. »Ich habe nie besser gegessen, nicht mal in New Orleans.«

»Danke sehr für das Kompliment!«

Rebekka blickte auf und sah einen etwa fünfzigjährigen Mann mit blondiertem pomadisierten Haar und einem rotblau karierten Schlips. »Peter Dormaine, Ms. Ryan. Freut mich, Sie kennen zu lernen.«

»Ganz meinerseits, und den Zusammenstoß mit Ihrem Baum bedaure ich sehr«, sprudelte Rebekka drauf los. »Ich fahre normalerweise nicht so unvorsichtig. Es tut mir wirklich sehr Leid …«

Dormaine hob eine manikürte Hand, an deren kleinem Finger ein Ring mit einem auffälligen Saphirstein prangte. »Sie brauchen sich nicht zu entschuldigen. Ich bin froh, dass Sie selbst wohlauf sind. Der Baum steht immerhin noch. Mrs. Esther Hardison war sogleich mit einem übelriechenden Gebräu zur Stelle, das sie in die Kerbe schmierte. Sie garantierte mir, dass der Baum nicht nur überleben, sondern prächtiger gedeihen würde als je zuvor. Und der Rasen wurde ebenfalls neu angelegt. Alles in schönster Ordnung.«

Nachdem er gegangen war, beugte Rebekka sich nach vorne zu Clay. »Er ist nett, aber ein klein wenig exzentrisch. Dieser Akzent! Ich kann ihn nicht ganz zuordnen.«

»Wie wär's mit Sprachunterricht nach 18 Jahren in einem Kaff in West Virginia. Er ist ein netter Kerl. Nur ein wenig aufgeblasen. Wenigstens hast du dich jetzt entschuldigt. War doch gar nicht so schlimm, oder?«

»Überhaupt nicht. Aber ich habe den leisen Verdacht, dass er die Verwüstung, die ich angerichtet habe, anfangs nicht so gelassen hingenommen hat. Ich wusste gar nicht, dass Tante Esther die Situation gerettet hat.«

Clay runzelte die Stirn. »Jetzt bin ich ein wenig verwirrt. Sie ist doch nicht wirklich deine Tante, oder?«

»Nein, die von Frank. Sie und ihr Mann haben Frank bei sich aufgenommen, nachdem seine Eltern gestorben waren, und ich habe sie immer als meine eigene Tante betrachtet.« Plötzlich fiel ihr die Vision ein, die sie in Esthers Gärtnerei erlebt hatte. Der Junge, in dessen Bewusstsein sie eingedrungen war, war Jonnie gewesen.

»Was ist?«, fragte Clay. »Du solltest mal sehen, wie sehr sich dein Gesichtsausdruck plötzlich verändert hat.«

»Oh, ich war in Gedanken bei Tante Esther, da draußen ist mir etwas Merkwürdiges passiert. Aber wahrscheinlich hat es gar nichts zu bedeuten.« Clay zog eine Augenbraue in die Höhe. »Na schön, es war ziemlich unheimlich und wahrscheinlich sehr wichtig.«

»Dann lass hören. Ich bin doch dein Resonanzkörper, weißt du noch?«

In wenigen Worten erzählte ihm Rebekka, dass sie jemandes Empfindungen wahrgenommen hatte, den sie im ersten Moment für Todd gehalten hatte. Dann hatte dieser Jemand erfahren, dass seine Familie das FBI verständigt und damit sein Todesurteil unterschrieben hatte. »Es war Jonnie, Clay. Das FBI weiß nicht, dass Todd entführt worden ist. Und derjenige, der mit Jonnie gesprochen hat, hat ihm den Finger gebrochen.«

Clay lehnte sich zurück. »Hattest du seit der Entführung schon öfter Visionen, die mit Jonnie zu tun hatten?«

»Noch nie. Kein einziges Mal. Als es gestern passierte, wäre ich beinahe in den Teich hinter der Gärtnerei gefallen. Ich kann überhaupt nicht schwimmen, aber ich habe das Wasser nicht mehr gesehen. Doug hat mich aufgehalten.«

»Doug versteht sich gut mit Esther?«

»Sehr gut. Sie war immer sehr mütterlich zu ihm und hat sich um ihn gekümmert, sogar als er vor ein paar Jahren so viel Mist gebaut hatte.«

»›Mist‹ ist überhaupt kein Ausdruck. Wir waren ein Haufen Ganoven.«

»Du auch? Aber du warst doch harmlos im Vergleich zu Doug und Lynn und Larry.«

»Na ja, ich war auch nicht gerade ein Musterknabe. Ich habe mir einigen Ärger erspart, weil ich auf der Farm so viel zu tun hatte.« Er runzelte die Stirn. »Wir waren ziemliche Unruhestifter, und es gab eigentlich keinen Grund dafür. Keiner von uns kam aus untragbaren Verhältnissen.«

»Doug wollte nicht, dass sein Vater meine Mutter heiratete«, sagte Rebekka. »Das habe ich nie verstanden. Sie war immer sehr nett zu ihm. Ich glaube, er hatte irgendwie gehofft, dass seine eigene Mutter zurückkommen würde.«

»Er war verrückt nach seiner Mutter. Hat er dir nie von ihr erzählt?« Rebekka schüttelte den Kopf. »Nun, so wie er sie schilderte, muss sie ein Engel gewesen sein, und er hat weder ihren Tod akzeptiert, noch den Umstand, dass sein Vater eine andere Frau geheiratet hat. Er hat sich bei euch überhaupt nicht wohl gefühlt, glaubte immer, dass Jonnie ihn nicht mögen würde.«

»Ich glaube nicht, dass Jonnie Doug nicht gemocht hat. Ihm ging es nur genauso wie Doug: Er wollte Daddy nicht loslassen und sträubte sich gegen die Tatsache, dass Mutter ein zweites Mal geheiratet hatte.«

»Schade, dass die zwei sich nicht besser verstanden haben«, sagte Clay. »Aber, was ich sagen wollte, war, dass wir vier, Larry, Lynn, Doug und ich, nicht aus schlechten Familien kamen – nicht perfekt vielleicht, aber wo gibt's das schon? Wir wollten uns partout missverstanden und von allen schlecht behandelt fühlen. Wir waren alle auf irgendetwas wütend und haben uns gegenseitig in unserer Wut bestärkt. Ziemlich lächerlich.«

»Im Unterschied zu den anderen bist du aber nie auf die schiefe Bahn geraten.«

Clay zuckte die Schultern. »Ich war zwei Jahre älter als Doug und Larry. Vielleicht hatte ich ein bisschen mehr Verstand. Ich habe keine Drogen genommen. Ich habe zwar mit den anderen getrunken, aber mit Drogen wollte ich nichts zu tun haben. Das liegt wahrscheinlich daran, dass ich mich sehr früh für Medizin interessierte – ich wusste, wie gefährlich das Zeug ist, und das hat meine Neugierde gedämpft. Es waren die Drogen, die Doug und Larry kaputt gemacht haben. Anfangs haben sie nur gelegentlich Koks geschnüffelt, später musste es dann Heroin sein. Doug ist wieder davon losgekommen, aber Larry …« Er schüttelte den Kopf. »Du darfst dir keine Vorwürfe machen, dass du diejenige warst, die herausgefunden hat, dass er hinter all den Einbrüchen steckte, Rebekka. Wenn er nicht verhaftet worden wäre, dann wäre er mit Sicherheit an einer Überdosis gestorben.«

»Lynn ist da anderer Meinung«, sagte Rebekka leise.

»Lynn ist zwar nicht dumm, aber nicht immer die Vernünftigste, schon gar nicht, wenn es um ihren Bruder geht. Außerdem ist sie eifersüchtig auf dich.«

»Auf mich?«

Clay lächelte. »Hast du das nicht gewusst?«

»Darauf wäre ich nie gekommen. Sie sieht gut aus und war in der Schule um einiges beliebter als ich. Du lieber Gott, die meisten fanden mich doch eigenartig.«

»Nun, Lynn war da anderer Meinung. Sie hat oft von dir gesprochen, wenn sie zu viel getrunken hatte. Sie hat dich bewundert, beneidet. Sie hatte auch entsetzliche Angst, dass Doug sich in dich verlieben und sie verlassen könnte.«

Rebekka schnappte nach Luft. »Doug sich in mich verlieben? Das ist doch absurd!«

Clay zuckte die Schultern. »Ich weiß. Die Vorstellung, dass jemand sich in dich verlieben könnte, ist schlicht grotesk, aber du weißt ja, was den Leuten alles einfällt.«

»Vielleicht solltest du wissen, dass Schmeicheleien bei mir nicht ziehen«, sagte Rebekka schmollend.

»Du bist also immun gegen meinen Charme?«

»Vollkommen. Jetzt erzähl weiter von Lynn.«

»Was denn noch? Sie war immer schon verrückt nach Doug und seit jeher sehr besitzergreifend. Früher hat ihn das gestört. Er mochte sie auch, aber er wollte zuerst ein wenig herumspielen.«

»Und hat er's getan?«

»Über so etwas schweigt ein Gentleman.« Clay grinste. »Und wenn er es getan hat, dann hat er mir nichts davon erzählt. Aber warum interessiert dich das so? Ich weiß doch, dass du keine Klatschtante bist.«

»Danke. Offen gestanden hat mich diese totale Hingabe der beiden füreinander immer gewundert. Zumindest hielt ich es für die totale Hingabe. Ich hätte nicht im Traum daran gedacht, dass Doug sich noch für andere Mädchen interessieren könnte. Für mich hat er bestimmt nicht geschwärmt, auch wenn Lynn das angenommen hat. Ich glaube nicht einmal, dass er mich besonders mochte.«

»Er hat dich jedenfalls nicht gehasst. Das hat Lynn schon genügt, um eifersüchtig auf dich zu sein.«

Der Ober kam mit einer zweiten Flasche Wein, einem zehn Jahre alten Pouilly Fuissé, auf Empfehlung des Hauses. Sie bedankten sich und nippten. »Ausgezeichnet«, sagte Rebekka. »Jetzt hätte ich gern deine Meinung zu einer anderen Person. Ich bin ein wenig voreingenommen gegen Jean Wright, Mollys neuen Wachhund. Molly hat sie mir gegenüber erst ein paar Mal erwähnt, und jetzt benimmt sich diese Frau, als gehörte sie zur Familie. Vielleicht meint sie es ja gut und möchte sich nur nützlich machen, aber vielleicht versucht sie auch, uns alle im Auge zu behalten. Das klingt ziemlich albern, ich weiß.«

»Du meinst, sie ist neugierig?«

»Oder schlimmer.«

»Denkst du denn, sie weiß mehr, als sie sagt? Oder, dass sie gar in die Sache verwickelt ist?« Er blickte in Rebekkas ernste Augen. »Jean arbeitet im Krankenhaus. Ich bin sicher, dass ich jemanden finde, der sie kennt. Heute hast du dich als Privatdetektivin versucht. Morgen will ich versuchen, was ich über Jean Wright herausfinden kann.«

»Du wärst mir eine große Hilfe, Clay. Macht es dir Umstände?«

»Aber nein, das tue ich doch gern. Mike Hammer ist nichts gegen mich. Ich werde mir heute Nacht eine Strategie zurechtlegen. Auf gutes Gelingen!«

Sie stießen mit ihren Weingläsern an. Rebekka fühlte sich so leicht wie nie, seit sie nach Sinclair gekommen war, als hätte man ihr einen Teil der schweren Last, Todd aufzuspüren, von den Schultern genommen. Jetzt hatte sie Unterstützung. Zwar nicht von offizieller Seite, dafür aber in Form eines Freundes, der sie ernst nahm und ihre Vermutungen und Befürchtungen, auch wenn sie noch so abwegig schienen, nicht einfach in den Wind schlug …

Clay lächelte ihr zu, und in den Winkeln seiner graublauen Augen bildeten sich Lachfältchen. Rebekka versuchte, sein Lächeln zu erwidern, doch sein Gesicht verschwamm plötzlich vor ihren Augen, als läge ein blasser Schleier darüber.

Panisch merkte Rebekka, wie ihr Bewusstsein aus ihrem Körper strebte. Ihre Hände wurden kalt, und der Schweiß brach ihr aus allen Poren. Ihr Atem beschleunigte sich. Aus weiter Ferne hörte sie Clay sagen: »Rebekka, alles in Ordnung mit dir? Rebekka?«

Ihre Lippen öffneten sich, aber kein Ton kam heraus. Clays Gesicht war verschwunden. Die Gespräche der anderen Gäste, die Klänge von *I'm in the Mood for Love* drangen nur noch von weitem an ihr Ohr. Sie hatte das Gefühl, ins Bodenlose zu fallen.

Ein kleiner Teil von ihr klammerte sich noch an ihre Identität, während der Rest in die Gedanken eines anderen schlüpfte, eines kleinen Jungen, um den herum alles dunkel war. Nicht nur, weil ein Tuch ihm die Sicht nahm. Er befand sich an einem dunklen Ort, der kohlrabenschwarz, kalt und feucht war. Er fror, musste niesen und war nicht imstande, sich die Nase zu putzen, weil seine Hände hinter seinem Rücken gefesselt waren. Seine Kehle tat ihm weh, und seine Lippen waren aufgeplatzt und schmerzten. Er konnte riechen, dass er sich in die Hose gemacht hatte, was ihm entsetzlich peinlich war und sich unangenehm feucht anfühlte.

Er konnte sich nicht erinnern, wie lange er diesmal geschlafen hatte. Der Dunkle Krieger, wie er seinen Entführer insgeheim nannte, verabreichte ihm Spritzen. Das erste Mal hatte er geweint, weil er sich vor den Nadeln fürchtete. Jetzt kam ihm der Piekser harmlos vor im Vergleich zu den verkrampften Muskeln und den Schmerzen im Kopf und im Hals. Er war sogar froh über die Spritzen, weil er danach einschlafen und alles eine Weile vergessen konnte. Er konnte sogar vergessen, warum Mami ihn noch nicht geholt hatte. Fast.

Ein schrilles Weinen zerriss die Luft. Das Geheul war langgezogen, ging ihm durch Mark und Bein und war ziemlich gruselig. Es hörte sich an, als hätte ein Baby große Schmerzen. Wurde es etwa ermordet? Todd erschauerte …

Rebekka hielt das Tischtuch umklammert. Ihre grünen Augen

waren weit geöffnet, starrten aber ins Leere. Sie zerrte am Tischtuch und zog Teller und Gläser auf ihre Seite. Clay sprang auf, hastete zu ihr und legte ihr besänftigend den Arm um die Schultern. »Rebekka, komm zurück«, raunte er ihr zu, als die Stimmen der anderen Gäste nach und nach verstummten, weil alle zu ihnen herüberstarrten. »Rebekka, lass das Tischtuch los. Beruhige dich. Na komm, Sterndeuterin. Komm zurück zu mir.«

Aber Rebekka hörte Clay nicht. Sie hörte dasselbe herzzerreißende Wimmern wie Todd, und kalte Schauer liefen ihr über die Arme. Clay sah die feinen, aufgestellten Härchen auf der goldenen Haut, Rebekkas angespannte Muskeln, das marmorglatte, schweißnasse Gesicht. »Rebekka, wo bist du?«, murmelte er angstvoll.

Todds Atem geriet außer Kontrolle. Das grauenhafte Geheul hörte nicht auf. Jemand war verletzt. Es war nicht auszuhalten. Er hatte so schreckliche Angst. Er wünschte fast, er wäre tot, damit er keine Angst mehr zu haben bräuchte. Und dann hörte er noch ein Geräusch. Schritte. Ein Knarzen. Der Dunkle Krieger kam zurück.

Er schluchzte auf, und der Ton war so rau, dass es in der Lunge wehtat. Voriges Jahr hatte er seine Cousine Rebekka in New Orleans besucht, und da hatte sie ihm gesagt, dass er sich, wenn er Angst bekam, vorstellen sollte, er sei an einem wunderschönen Ort, wo er nichts zu befürchten hatte. Er mochte Rebekka, mit ihr konnte man toll spielen. Und Mami hatte ihm erzählt, dass sie besondere Kräfte hatte. Also würde er tun, was Rebekka gesagt hatte, und versuchen, sich an einen anderen Ort zu träumen. Am besten in die Welt von *Krieg der Sterne*. Er war Obi-Wan Kenobi. Obi-Wan hatte vor gar nichts Angst. Er war ein erstklassiger Krieger. Er kannte alle möglichen Zaubertricks …

»Und wie gefällt es dir hier, Kleiner?«, fragte der Dunkle Krieger mit seiner scheußlich kratzigen Stimme, die sich überhaupt nicht menschlich anhörte. »Kühler als der Dachboden, nicht? Ach so, du kannst ja nicht sprechen.«

Bitte, bitte, tu mir nicht weh, dachte Todd, halb wahnsinnig vor Angst, weil er sich noch vor wenigen Sekunden gewünscht hatte, tot zu sein. Er wollte noch nicht sterben. Er wollte nach Hause, zu seiner Mami.

Aber der Dunkle Krieger tat ihm nicht weh. Er breitete eine Decke über ihn. Sie war zwar rau und kratzig, aber wenigstens warm. Dann nahm er ihm den Knebel aus dem Mund. Das schreckliche Geheul draußen war in ein jammervolles Wimmern übergegangen. »Was ist das?«, flüsterte er.

»Kümmere dich nicht darum. Iss.« Der Krieger schob ihm kleine Bissen in den Mund – es fühlte sich nach Sandwich an –, aber sein Mund war so trocken, dass er nicht schlucken konnte. Er würgte das Essen wieder heraus.

»Spuck mich nicht an! Wag es bloß nicht …«

»Das wollte ich nicht«, wimmerte Todd. »Kann nicht schlucken.« In Erwartung einer Ohrfeige zuckte Todd zusammen. Stattdessen hörte er, dass Flüssigkeit in einen Behälter gegossen wurde. Ein Plastikbecher berührte seine Lippen. »Trink!«, befahl ihm der böse Krieger, und etwas Nasses drang in seinen Mund ein, rieselte über sein Kinn. Wasser, aber es schmeckte komisch. Er wollte keines mehr, aber er musste trinken, um etwas essen zu können. Und außerdem konnte er es vor Durst kaum noch aushalten. Er zwang sich zu vier Schlucken modrig schmeckenden Wassers. Dann aß er drei Bissen eines Erdnussbuttersandwiches.

»Magst du Erdnussbutter?«, fragte der Dunkle Krieger. »Ich hab's gern gegessen, als ich in deinem Alter war. Da sind eine Menge Proteine drin, aber das kannst du noch nicht wissen. Jedenfalls hält es dich fit. Und das soll es auch, wenigstens noch ein paar Tage.«

Todd hörte zwar zu, wusste sich die Worte jedoch nicht zu deuten. Die Erdnussbutter blieb an seinen Zähnen kleben, die er schon seit Tagen nicht geputzt hatte und die sich daher rau und schmutzig anfühlten. Er hasste dieses Gefühl, und Mami würde es auch nicht gefallen. Sie war sehr streng, was das Zähneputzen anbelangte.

»Lass mich mal deine Lippen sehen.« Todd erschrak, weil er ja nicht wusste, was ihn jetzt wieder erwartete, aber dann strich ihm ein Finger etwas Creme auf die gerissenen Lippen. Das brannte zuerst. Aber dann tat es nicht mehr so weh, wenn er sie bewegte.

»Sag bloß nicht, ich würde mich nicht um dich kümmern.« Todd schwieg. »Oder etwa nicht?«

Todd wimmerte und nickte. »Doch.«

Das schaurige, schrille Geschrei setzte wieder ein. »Was ist das? Wird da ein Baby umgebracht?«

»Was geht's dich an?«, fragte der Krieger.

»Ich mag es nicht, wenn Tieren oder Babys wehgetan wird.«

Wieder ein langgezogenes Heulen. Der Dunkle Krieger lachte leise. »Mir ist das egal, solange man mir nicht wehtut. Bei dir ist es mir auch egal. Du lässt mich völlig kalt.«

»Aber Mami bin ich nicht egal. Und … Rebekka auch nicht.«

Das hatte gesessen. Todd konnte es spüren. »Was weißt du über sie?«

»Sie hat besondere Kräfte. Mami hat mir das gesagt. Sie findet mich vielleicht.« Er war plötzlich ganz zuversichtlich, obwohl er nicht genau wusste, warum. Er wusste nur, dass er lieber still sein sollte, aber er konnte nicht anders. »Sie ist hier! Und sie sucht mich bestimmt schon!«

Mittlerweile ging Rebekkas Atem stoßweise. Der Schweiß rann ihr in die Augen, dennoch blinzelte sie nicht. Ein Mann gesellte sich zu Clay. »Was ist denn los?«, fragte er ihn. »Ein epileptischer Anfall? Soll ich den Notarzt rufen?«

»Das ist keine Epilepsie«, belehrte ihn Clay. »Sie ist gleich wieder in Ordnung.«

»Sie sieht aber nicht so aus.«

»Hal?«, quengelte seine Frau. »So tu doch etwas!«

Der Mann baute sich vor Clay auf und gab sich kämpferisch. »Ich rufe jetzt den Notarzt. Diese Frau braucht Hilfe.«

»Sir, ich bin Arzt«, sagte Clay gelassen. »Ich weiß, womit ich es zu tun habe. Jetzt lassen Sie mich bitte zufrieden.« Er wandte sich an die kleine Menschentraube, die sich um Rebekka gebildet hatte. »Bitte, gehen Sie wieder an Ihre Plätze zurück.« Und sie gehorchten wie ein paar verängstigte Tiere, während Clay Rebekka an den Schultern fasste und schüttelte. »Becky, komm zurück! Sofort!«

Aber Todds Gedanken hielten sie immer noch fest. »Warum tust du das?«, fragte er den Krieger. »Ich hab dir doch nichts getan!«

»Du bist jetzt still! Kein Wort mehr über Rebekka! Hör auf, an sie zu denken. Und bete, dass sie dich nicht findet, denn sonst siehst du deine Mutter nie wieder!«

»Nein, bitte …«

»Ich hab die Schnauze voll von dir.« Der Krieger knebelte ihn unsanft. Speichel floss ihm aus dem Mund, als er auf den zähen Stoff biss, der vom langen Gebrauch schon ganz durchnässt war. »Ich glaube, du solltest jetzt ein Nickerchen machen. Ein hübsches, langes Nickerchen.« Nach kurzer Pause sagte er noch: »Du warst ein böser Junge, kannst von Glück sagen, wenn ich dir nicht zu viel Medizin spritze. Zu viel von der Medizin könnte dich für immer schlafen lassen. Würde dir das gefallen? Hier im Dunkeln zu sterben, wo dich nie jemand finden wird?«

Todd wimmerte, als die Nadel durch seine Haut drang. Das Letzte, was er hörte, waren die grauenvollen, durchdringenden Klagelaute von etwas, das genauso verloren und verletzt in der Dunkelheit lag wie er.

»Rebekka! Rebekka!«

Mit einem Ruck kehrte sie wieder in ihre Welt zurück und riss in ihrem Schrecken das Tuch vom Tisch. Porzellanteller und Gläser zerschellten auf dem Boden. Essensreste und Wein ergossen sich über ihr Kleid, über Clays Anzug und den apricotfarbenen Satinbezug ihres Stuhls. Eine Frau schrie auf. Der Mann, der den Notarzt hatte rufen wollen, lauerte immer noch in der Nähe. Andere Gäste starrten entsetzt in ihre Richtung.

Zitternd begann Rebekka hektisch, sich mit einer Serviette die Flecken vom Kleid zu wischen. »Herrje«, murmelte sie matt. »Sieh nur, was ich angerichtet habe! Es tut mir so Leid!«

Clay nahm ihr die Serviette aus der Hand. »Das ist doch nicht so schlimm. Lass uns nach draußen gehen. Kannst du stehen?«

»Ich bin nicht sicher. Ich habe das Gefühl …« Als würde ich den Verstand verlieren, wollte sie sagen, aber da tauchte Peter Dormaine auf, hochrot im Gesicht und mit verrutschter Krawatte.

»Wie ist denn das passiert? Herrje! Das Porzellan! Der Stuhl! Was für ein Schlamassel!« Er war sichtlich außer sich, hatte sich aber schnell wieder in der Gewalt, nur sein abscheulicher französischer Akzent war ihm abhanden gekommen. »Hatte sie Zustände?«

»Ich glaube, dass die Menschen seit Königin Viktorias Tagen keine Zustände mehr hatten«, bemerkte Clay trocken. »Sie fühlt sich nicht wohl. Rebekka …«

»Ich kann stehen«, sagte sie hastig und sprang auf. Hühnchenreste fielen zu Boden, und ihr Kleid troff von Wein. Noch nie hatte sie eine Vision in aller Öffentlichkeit gehabt. »Es tut mir so Leid, Mr. Dormaine. Ich werde natürlich für den Schaden aufkommen. Ich … ich weiß nicht … bitte entschuldigen Sie.«

Dormaine rang sich ein säuerliches Lächeln ab. »Nun ja, so etwas kann passieren«, sagte er in einem Ton, der seine Worte Lügen strafte. »Ich hoffe, es geht Ihnen schon besser«, fügte er unbeholfen hinzu.

»Ja, danke.« Rebekka strich sich das feuchte Haar aus dem Gesicht. »Alles in Ordnung.«

Die Leute starrten sie an, als sei sie eine Verrückte. Sie glaubte, jeden Moment in Tränen auszubrechen oder in Ohnmacht fallen zu müssen. Clay legte schützend den Arm um sie, und sie lehnte sich etwas entspannt an seinen starken Körper. Er sah den aufgeregten Mr. Dormaine gelassen an. »Wir *werden* uns um den Schaden kümmern, Peter. Gute Nacht.«

Clay hatte sich nicht entschuldigt. Im Gegenteil, er schien die Verwüstung, die sie angerichtet hatte, vollkommen zu ignorieren. Und Rebekka hatte nicht mehr das entsetzliche Gefühl, ihn hoffnungslos blamiert zu haben. Es hätte ihr den Todesstoß versetzt.

Die Nachtluft draußen war erfrischend kühl, der Himmel klar und von Sternen übersät. Rebekka holte tief Luft. »Es tut mir so Leid, Clay …«

»Ich will nichts davon hören. Es gibt nichts, wofür du dich entschuldigen müsstest. Aber auf einer Sache muss ich bestehen.«

»Und die wäre?«

»Du kommst mit zu mir, trinkst einen Cognac oder schluckst ein Beruhigungsmittel oder was immer du möchtest und bleibst, bis du ruhiger geworden bist. Gypsy und ich werden uns um dich kümmern. In Ordnung?«

»Das klingt wunderbar«, sagte Rebekka dankbar. »Ganz wunderbar.«

Eine Stunde später saß Rebekka auf Clays Couch, eingewickelt in seinen Frotteebademantel. Ihr Kleid war völlig ruiniert, und sie hatte duschen müssen, um sich von Essensresten und Wein zu säubern. Er hatte darauf bestanden, dass sie ein leichtes Beruhigungsmittel zu sich nahm, und mittlerweile war die Anspannung aus ihrem Körper gewichen. Gypsy hatte sich an sie geschmiegt, und Rebekka nippte an einem Glas Club-Soda und kraulte die seidenweichen Ohren der Hündin.

Sie hatte Clay ihre Vision bereits geschildert. In ihren Teenagerjahren, als sie so viel »gesehen« hatte, hatte er an ihren Fähigkeiten gezweifelt und versucht, eine vernünftige Erklärung für ihre Wahrnehmungen zu finden. Dieser Abend hatte den letzten Rest Skepsis bei ihm verscheucht. Samstagnacht hatte sie, ohne dass man ihr davon erzählt hatte, die Einzelheiten von Todds Entführung gewusst. Heute Abend hatte er ihren gequälten Gesichtsausdruck gesehen, als sie die Empfindungen des verängstigten kleinen Jungen miterlebt hatte. Sie hatte ihm kein Theater vorgespielt. Es war auch kein Zufall gewesen.

»Und was tun wir jetzt, Clay?«, fragte sie. »Wir haben mit Bill gesprochen, auch wenn ich ihm keine hilfreichen Hinweise geben konnte.«

»Sei nicht zu streng mit dir. Er weiß jetzt immerhin mehr als heute Nachmittag. Vor allem wissen wir, dass Todd noch am Leben ist, Rebekka. Nachdem die Polizei den Blutfleck auf dem Stofftier entdeckt hatte, war sie sich dessen nicht mehr sicher.«

Sie seufzte. »Hätte ich bloß mehr gesehen!«

»Das wirst du schon noch.«

»Heute Nacht nicht mehr. Mein Gehirn ist wie ausgewrungen. Ich muss nach Hause.« Sie wollte aufstehen, geriet aber ins Schwanken. »Du meine Güte. Wie stark war denn dieses Beruhigungsmittel?«

»Ausgesprochen schwach. Du bist nur ziemlich ausgelaugt nach den letzten Tagen. Ich mache dir einen Vorschlag. Warum bleibst du heute Nacht nicht einfach hier?«

»Frank sagte, ich müsse um elf zu Hause sein.«

Clay grinste. »Dann bist du schon über der Zeit. Aber du bist ja volljährig, und ich verspreche dir, die Situation nicht auszunutzen.«

»Gut aussehend und galant. Du bist fast zu schön, um wahr zu sein, Clay Bellamy.« Rebekka spürte, wie ihr das Blut augenblicklich in die Wangen schoss. Wieder einmal hatte ihr loses Mundwerk ihr einen Streich gespielt. »Ich muss zu Hause anrufen.«

»Geh du nur ins Schlafzimmer. Dein Glück, dass ich gestern die Laken gewechselt habe. Leg dich schlafen und lass mich telefonieren.«

Rebekka zögerte. Wie gut kannte sie Clay eigentlich? Sie hatte nicht etwa Angst, er könne die Situation ausnutzen. Sie fragte sich nur, ob er das Ganze nicht grotesk finden und sich morgen über sie lustig machen würde. Ein prüfender Blick, und sie war beruhigt. Der Ausdruck in seinen graublauen Augen war freundlich und besorgt, sein Lächeln sanft. Nein, Clay würde sich nicht über sie lustig machen. Aus irgendeinem Grund nahm er um ihretwillen einiges auf sich.

Gypsy folgte ihr ins Schlafzimmer. Clay war nicht der Typ, der Schlafanzüge trug, aber sie fand ein übergroßes Sweatshirt, das auf einem Stapel sauberer Wäsche lag. Sie legte den Bademantel ab, zog sich das Sweatshirt über und schlüpfte unter die Decke. Sofort sprang Gypsy aufs Bett und schmiegte sich an sie, genau wie Sean das immer tat. Rebekka kraulte ihr die Ohren.

Einen Augenblick später erschien Clay in der Tür. »Gypsy! Um Himmels willen, du kannst doch nicht bei den Gästen schlafen!«

Die Hündin sah ihn an, ohne sich zu bewegen. »Ist schon gut.« Rebekka lachte. »Ich bin es gewohnt, dass Sean bei mir schläft. Und ehrlich gesagt, nach dem Erlebnis heute finde ich den warmen Körper neben mir ganz wohltuend.«

Clay setzte sich auf die Bettkante und strich Rebekka eine Haarsträhne aus dem Gesicht. »Du bist ja ganz kalt«, sagte er. »Brauchst du noch eine Decke?«

»Ich glaube, das würde auch nichts nützen. Mir ist kalt, weil ich Angst habe und mich in dieser Sache so hilflos und allein fühle.«

»Du bist nicht allein. Ich halte doch zu dir.«

»Wirklich? Am Freitagabend hast du noch gesagt, nur Tests und Statistiken könnten dich überzeugen.«

»Da hatte ich Angst. Angst vor dem Unbegreiflichen, aber jetzt habe ich keine Angst mehr. Ich möchte dir einfach nur helfen.«

Rebekkas Kehle schnürte sich zusammen. Sie wusste, dass sie sich jetzt selber Leid tat, aber sie schleppte schon so lange die Last der Erwartungen der anderen Leute mit sich herum. Und sie war immer ganz alleine gewesen. Zumindest hatte sie sich alleine gefühlt, auch wenn sie wusste, dass einige Leute an sie glaubten. Aber Clay hatte mit wenigen Worten dieses beängstigende Gefühl der Isoliertheit verscheucht.

»Du willst mir wirklich helfen?«, fragte sie schüchtern. Er nickte, und seine Augen blickten sanft in die ihren. »Dann leg dich neben mich.«

In wenigen Minuten war Rebekka weggedöst, Gypsy auf der einen, Clay auf der anderen Seite. Sein Arm lag leicht auf ihrer Hüfte, und sein warmer Atem berührte ihre Schläfe.

Und zum ersten Mal seit dem Unfall, der ihren Vater das Leben gekostet und ihr eigenes verändert hatte, fühlte Rebekka sich nicht mehr einsam.

8. Kapitel

1

Dienstag, 7.30 Uhr

Clay Bellamy erwachte mit einem Gefühl wilder Entschlossenheit. Als er erfahren hatte, dass der kleine Todd Ryan verschleppt worden war, hatte er mit Entsetzen und Erschütterung reagiert, wie jedesmal, wenn einem Kind ein Unrecht geschah. In den vergangenen Jahren hatte er Molly nur sechs- oder siebenmal, den Jungen nur ein einziges Mal gesehen. Zwischen ihm und den Ryans war eine emotionale Distanz entstanden.

Diese Distanz war vorige Nacht aufgehoben worden. Während des Dinners mit Rebekka hatte er sich so wohl gefühlt wie seit Monaten nicht mehr. In all den Jahren hatte er immer wieder an sie gedacht, besonders nachdem er gehört hatte, dass sie ein Buch geschrieben hatte. Wie die meisten Leute in Sinclair hatte er zuerst angenommen, die Geschichte handle von Jonnies Entführung, dann hatte er aber erfahren, dass sie reine Fiktion war. Er hatte sich fest vorgenommen, das Buch zu lesen, und es im selben Moment wieder vergessen. Einen Monat später hatte man Rebekka dann in die Notaufnahme gebracht.

Natürlich hatte Rebekka sich verändert, seit er sie bei Jonnies Beerdigung zum letzten Mal gesehen hatte. Er hatte sie als groß und mager in Erinnerung, sie hatte zugleich älter und jünger gewirkt als sie war. Er erinnerte sich auch, dass Frank sich um eine schluchzende Suzanne gekümmert hatte, die nicht ein einziges Mal zu ihrer trauernden Tochter hingesehen hatte. Rebekkas stilles, einsames Elend hatte ihn tiefer berührt als Suzannes verzweifelte Tränen.

Dann hatte er erfahren, dass das Mädchen, das in seiner Gegenwart immer rot geworden und ins Stottern geraten war, die Stadt verlassen hatte. Darüber war er merkwürdig traurig gewesen.

Als er Rebekka letzte Nacht zu Hause abgeholt hatte, hatte ihn eine lebhafte, wenn auch bekümmerte Frau begrüßt. Während des Abendessens hatten sie viel gelacht und waren sich näher gekommen. Dann hatte er ihre dramatische Vision miterlebt. Das Ereignis hatte ihn zutiefst erschüttert; obwohl er versucht hatte, sich nichts anmerken zu lassen. Und er hatte ihr jedes Wort geglaubt.

Er hatte letzte Nacht tief und fest neben ihr geschlafen, und sie hatten beide gelacht, als sie am Morgen bemerkt hatten, dass Gypsy sich zwischen sie gedrängt hatte, ohne sie aufzuwecken. »Sie ist eifersüchtig.« Rebekka musste lachen, und Clay hatte gedacht, wie hübsch sie im grellen Morgenlicht aussah, obwohl sie ungeschminkt war und auf der Stirn zwei Pflaster kleben hatte. Sie hatte darauf bestanden, im Taxi nach Hause zu fahren, damit er nicht zu spät zur Arbeit kam. Zum Abschied hatte er ihre Wange nur mit einem flüchtigen Kuss berührt, damit der Taxifahrer keine falschen Schlüsse zog. Er fragte sich, warum er sich über den Taxifahrer Gedanken machte, doch man musste ja befürchten, dass der Fahrer die Neuigkeit in der ganzen Stadt herumtratschen würde, und Rebekkas Ruf war ihm alles andere als gleichgültig. Na ja, die Leute klatschten eben gerne.

Jetzt fühlte er sich erfrischt und gewappnet für einen langen Arbeitstag. Er kippte den letzten Schluck Kaffee hinunter und streichelte zum Abschied Gypsys goldbraunen Kopf. Sie blickte mit sanften Augen von ihrem Futternapf auf. »Mach mir keinen Ärger, solange ich nicht da bin. Zieh dir ein paar Seifenopern rein und lass es dir gut gehen.« Sie leckte ihm die Hand und wandte sich dann wieder Wichtigerem zu, nämlich ihrem Frühstück.

Er war schon fast an der Tür, als das Telefon klingelte. Der Anrufbeantworter schaltete sich ein, und er hörte die Stimme seiner Mutter. Er ging noch einmal zurück.

»Hi, Mom. Ich war schon auf dem Weg ins Krankenhaus.«

»Nächsten Sonntag feiert dein Vater Geburtstag«, sagte sie ohne ein guten Morgen. »Kannst du herkommen?«

»Natürlich.«

»Das weiß man bei dir ja nie.« Ihre Stimme bekam einen klagenden Unterton. »Du kommst ja so gut wie nie zu uns raus.«

»Ich bin alle paar Wochen bei euch.«

»Höchstens einmal im Monat. Damit tust du deinem Vater sehr weh.«

Clay biss die Zähne zusammen. Zorn und Schuldgefühle stiegen in ihm auf. »Vater redet doch sowieso kaum mit mir.«

»Das ist nicht wahr.«

»Ist es wohl. Er redet mit Ben, aber nicht mit mir.«

»Schäm dich! Du klingst wie ein kleiner Junge.« Ihr Rüffler machte ihn noch zorniger, weil er spürte, dass sie Recht hatte. »Jetzt sei fair, Clay. Du weißt, dass du deinen Vater verletzt hast, als du kein Farmer, sondern Arzt geworden bist. Er mag Ärzte nicht besonders, und die Farm ist sein Leben.«

Dies war noch untertrieben. Hoyt Bellamy hatte die lukrative, 120 Hektar große Milchfarm von seinem Vater geerbt und sich mehr darum gekümmert als um alles andere. Er hatte seine Söhne Ben und Clayton zu harter Arbeit erzogen, ihnen alles beigebracht, was er wusste, und versucht, auch in ihnen die Liebe zur Landwirtschaft zu wecken. Bei seinem älteren Sohn Ben war ihm das auch gelungen. Mit Clay war es etwas anderes. Er hatte sich schon immer mehr für die Gesundheit der Kühe interessiert als für die Milchleistung, die sie erbrachten. Als er acht Jahre alt gewesen war, war eine von Hoyts Kühen an einer seltenen Seuche erkrankt. Clay hatte dem Tierarzt zugesehen, der die wertvolle Holsteiner Kuh behandelt hatte, und sich dessen medizinische Fachausdrücke angeeignet. Er hatte nachts bei der Kuh Wache gehalten und geweint, als sie verendet war. Sein Vater war wütend geworden, hatte ihn einen sentimentalen Schwächling genannt und ihm geraten, sich gefälligst wie ein richtiger Mann aufzuführen, wenn er von der Familie respektiert werden wolle. Er verstand Clay nicht und versuchte es auch gar nicht. Clay sollte sich ein Beispiel an seinem Bruder Ben nehmen, und wenn ihm das nicht gelänge, musste er sich eben die Ablehnung seines Vaters gefallen lassen.

»Mom, dafür hab ich jetzt keine Zeit«, sagte Clay in ruhigem

Ton, obwohl sein Pulsschlag sich beschleunigt hatte. »Außerdem führt diese Diskussion ja doch zu nichts. Wir sehen uns am Sonntag. Mittagessen um zwei Uhr, wie üblich?«

»Ja. Ich schiebe den Braten in die Röhre, bevor wir in die Kirche gehen. Wir gehen noch immer regelmäßig zum Gottesdienst, aber wie es aussieht, hast du in der Stadt deinen Glauben verloren.« Clay verdrehte die Augen. »Ben und Elaine und die Kinder werden auch zum Essen da sein.« Noch eines dieser überflüssigen Details, die seine Mutter nie zu erwähnen versäumte. Ben und Elaine lebten auf der Farm und waren automatisch immer vor Ort. »Du brauchst kein Geschenk zu besorgen.«

»In Ordnung, Mom.«

»Wenn du allerdings ein Geschenk hättest, würdest du deinem Vater damit eine große Freude machen.«

Glaub ich nicht, dachte Clay, nahm sich aber trotzdem vor, etwas zu besorgen, als versöhnliche Geste sozusagen. »Ich muss los, Mom. Bis Sonntag.«

Clay hatte ein schlechtes Gewissen, das Gespräch mit seiner Mutter auf diese Weise abzuwürgen, obwohl er wusste, dass sie deswegen nicht allzu tief getroffen war. Ihre Sorge galt in erster Linie dem Wohlergehen seines Vaters und seines Bruders, so wie deren Gedanken hauptsächlich um die Farm kreisten. Clay war immer der Außenseiter gewesen und hatte sich mit der Vorstellung getröstet, er sei bei seiner Geburt mit einem strammen, unkomplizierten Klon seines Bruders vertauscht worden, der jetzt wahrscheinlich bei einer Familie lebte, die ihn liebend gern als Arzt sähe, während er nichts als Kühe und Milchquoten im Kopf hätte. Wahrscheinlich wäre er genauso frustriert wie Clay, bemühte sich krampfhaft um die Anerkennung seiner Familie und fühlte sich schuldig, weil es ihm nicht gelingen wollte, ihren Ansprüchen zu genügen.

Auf dem Weg zum Krankenhaus versuchte Clay mehr schlecht als recht, seine familiären Probleme zu verdrängen, um sich stattdessen gedanklich wieder Rebekka und ihren Erkenntnissen über Todds Entführung zuzuwenden.

Clay fuhr, immer noch grübelnd, auf den Krankenhausparkplatz. Aber kaum hatte er das Gebäude betreten und gesehen, dass in der Notaufnahme Hochbetrieb herrschte, konzentrierte er sich ausschließlich auf seine Arbeit, bis er um ein Uhr eine kurze Mittagspause einlegte.

Die Krankenhauskantine war noch immer ziemlich voll. Obwohl über das Essen im Krankenhaus, schon aus Prinzip, viel gelästert wurde, fand Clay es hier nicht übel, sogar überdurchschnittlich gut. Und so aß er im Gegensatz zu den meisten seiner Kollegen regelmäßig hier. Zumindest mittags. Er ließ sein Tablett über das metallene Fließband laufen, nahm sich Kaffee, Salat, Hühnchen und Nudeln und als Nachspeise das größte Stück Kokoscremetorte, das er finden konnte. »Sie werden dick, Herr Doktor«, neckte ihn das Mädchen an der Kasse und ließ dabei verführerisch die Zähne blitzen.

»Bei der Schufterei hier kann das nicht passieren. Schreiben Sie's auf meine Rechnung.«

»Das brauchen Sie mir doch nicht zu sagen!«

Sie lachte laut auf, als hätte er eine besonders lustige Bemerkung gemacht. Ein paar Köpfe drehten sich in ihre Richtung. Das unverhohlene Werben der Kassiererin um die Gunst des jungen Dr. Bellamy hatte bereits Aufmerksamkeit erregt.

Clay gab sich gelassen und steuerte, die Blicke der Leute geflissentlich übersehend, auf einen leeren Tisch zu. Da entdeckte er Myra Kessle, eine Krankenschwester mittleren Alters, die in der pädiatrischen Abteilung arbeitete. Er hatte sie kennen gelernt, als sein Neffe wegen einer Blinddarmentzündung eingeliefert worden war. »Darf ich mich zu Ihnen setzen, Myra?«

»Von mir aus gern, aber was wird Ihre Freundin an der Kasse dazu sagen?«

Er schüttelte lächelnd den Kopf. »Die ist doch erst 19.«

»Sie ist 21 und noch zu haben.«

»Versuchen Sie etwa, mich zu verkuppeln?« Clay setzte sich und wickelte sein Besteck aus der Serviette. »Für solchen Unsinn sind Sie doch viel zu vernünftig.«

Myras braune Augen funkelten belustigt aus einem Gespinst feiner Lachfältchen. »Ich würde mir zwar nicht anmaßen, Ihren Geschmack in puncto Frauen zu kennen, aber ich möchte mal annehmen, dass eine junge Dame mit einer Stimme wie ein Megaphon nicht auf Ihrer Liste steht.«

Clay hätte sich beinahe verschluckt. »Und da heißt es immer, dass Krankenschwestern warmherzig und mitfühlend seien.«

»Manchmal auch ziemlich unverblümt.« Myra nippte an ihrem Kaffee. »Also, was gibt's Neues?«

»Nicht viel.« Clay tauchte die Gabel in den Salat. »Außer, dass ich Molly Ryan getroffen habe.«

Myras Lächeln verflog im Nu. »Die Mutter des entführten Jungen?« Er nickte mit vollem Mund. »Oh, die Ärmste. Entsetzlich, was passiert ist. Sie haben ihren Jungen immer noch nicht gefunden, oder?«

»Bis letzte Nacht noch nicht.«

»In der Zeitung stand, dass man Todds Stofftier auf dem Dachboden des Möbelhauses entdeckt hat. Ich verstehe nicht ganz, warum die Polizei solche Informationen nicht geheim hält.«

»Normalerweise tut sie das auch. Bill glaubt, dass jemand auf dem Revier nicht dicht gehalten hat.«

Myra zog eine Augenbraue in die Höhe. »Bill? Der Polizeichef? Sie kennen ihn persönlich?«

»Er ist Suzanne Ryans Bruder. Sie hat nach dem Tod ihres ersten Mannes Frank Hardison geheiratet, und ich war mit Franks Sohn Doug befreundet. Ich kenne die Familie seit Jahren.«

»Und Molly ist Patrick Ryans Nichte. Wie geht es ihr?«

»Nicht besonders. Ich musste ihr eine Beruhigungsspritze geben, nachdem Bill ihr von dem Stofftier erzählt hatte.«

»Eine entsetzliche Nachricht.«

»Es hätte noch schlimmer sein können.«

»Ja schon, aber der Blutfleck …« Myra unterbrach sich. »Wer selbst Kinder hat, der kann verstehen, wie schlimm so etwas sein muss. Ich hatte ständig Angst um meine beiden Mädchen. Ich dachte, dass es leichter wird, wenn sie erst erwachsen sind, aber das stimmt nicht. Doch wenn ich daran denke, was diese arme Frau gerade durchmacht, wird mir erst bewusst, was für ein Glück ich hatte. Meinen Kindern ist nie etwas Schlimmes passiert.« Eine tiefe

Sorgenfalte erschien zwischen Myras Augenbrauen. »Und das ist jetzt schon die zweite Kindesentführung in dieser Familie. Das ist der Nachteil, wenn man Geld hat.«

»Molly hat keines.«

»Sie kann aber welches auftreiben. Von ihren Eltern.«

»Bill sagt, sie sind auf einer Fotosafari durch den afrikanischen Busch. Sie wissen nicht einmal, dass ihr Enkel entführt worden ist. Sie haben ohnehin kein inniges Verhältnis zu ihrer Tochter.«

»Warum denn das? Weil sie nicht verheiratet ist?«

»Jein. Sie hatten keine moralischen Bedenken, als sie schwanger wurde – sie wollten nur nicht behelligt werden. Suzanne hat sich angeboten, Molly zu helfen, und sie haben sie dankbar gewähren lassen.«

»Dann wird sie Molly auch das Lösegeld beschaffen.«

»Bestimmt würde sie das, aber Geld hat schon Jonnie Ryan nicht gerettet.«

»Das ist wahr.« Sie schüttelte den Kopf. »Was ist das bloß für eine Welt. Ich hoffe, Molly ist nicht allein.«

»Nein. Frank kümmert sich um sie. Und Bill Garrett.« Endlich näherte er sich dem Thema, dessentwegen er sich spontan zu Myra gesetzt hatte. »Direkt neben Molly wohnt Jean Wright. Sie hat wohl gerade Urlaub, weil sie sich in letzter Zeit auch viel um Molly gekümmert hat.«

»Wirklich? Hm. Dann hat Molly ja rund um die Uhr professionellen Beistand. Sehr gut.«

»Das klingt nicht gerade überzeugend.«

»Ach nein?«

»Kommen Sie, Myra. Was stört Sie an Jean Wright?« Myra zögerte, schien sich nicht sicher zu sein, ob sie sich äußern sollte. »Na schön. Ich kenne die Frau nicht besonders gut. Ich habe schon mit ihr gearbeitet, und sie ist sehr kompetent. Und fürsorglich. Ihre Eltern starben, als sie ungefähr neun Jahre alt war, und plötzlich musste sie sich ganz allein um ihre jüngeren Geschwister kümmern. Ein Junge und ein Mädchen – Zwillinge …«

»Und sind sie gestorben?«, fragte Clay besorgt.

Myra grinste. »Meine Güte, sind Sie aber melodramatisch heute.

Nein, nein, die beiden sind seit vorigem Jahr am College und beide sind entsetzlich verwöhnt. Der Junge hat sich auf Princeton versteift, obwohl er dort nur ein Teilstipendium bekommen konnte. Wendy ist nicht eben eine Leuchte, deshalb haben ihre Noten nicht für ein Stipendium gereicht. Sie geht an die West Virginia University und verbraucht doppelt so viel Geld wie Jean ihr geben kann. Jean musste Überstunden machen und hat sich nachts noch zusätzlich um ältere Patienten gekümmert, die zu Hause bettlägerig waren. Irgendwann war sie so erschöpft, dass sie beinahe schlapp gemacht hätte. Sie hat keinen Urlaub – man hat sie krankgeschrieben.«

»Ach so.«

»Jetzt klingen Sie enttäuscht. Was ist los?«

»Ich dachte nur, dass irgendetwas mit ihr nicht stimmen würde. Sie kann mich nicht ausstehen …«

»Dann muss sie tatsächlich daneben sein.«

»Genau«, stimmte Clay ihr todernst zu. »Aber mich stört weniger ihr erschreckender Mangel an gutem Geschmack bei Männern. Sie benimmt sich ziemlich eigenartig. Sind Sie sicher, dass sie in Ordnung ist?«

»Nun ja, ich wollte das eigentlich nicht sagen, aber sie war emotional ein wenig angeschlagen, bevor sie ging. Ihr sind ein paar Fehler unterlaufen – nichts Schlimmes –, und sie hat viel geweint. Vielleicht hat sie sich mittlerweile wieder gefangen, aber in so kurzer Zeit …«

»Sie glauben also nicht, dass sie in der Lage ist, Molly zu helfen?«

»Ehrlich gesagt, nein, vor allem nicht in dieser schwierigen Situation. Und es wundert mich, dass sie es überhaupt versucht. Sie muss doch wissen, wie nötig sie selbst Ruhe braucht. Zumindest wenn sie ihre Stelle behalten will, und die braucht sie dringend.« Myra sah verstört drein, warf einen Blick auf die Uhr und stand auf. »Es war nett, aber ich habe mich verplaudert. Machen Sie's gut und … nun ja, vergessen Sie, was ich über Jean gesagt habe.«

Das würde er natürlich nicht tun.

2

»Mach das noch einmal und du fliegst raus, Cochran«, knurrte der alte Maloney. Mit seinen hängenden Lefzen und der bellenden Stimme erinnerte er Larry stark an einen Bluthund. »Hast du gehört?«

»Bin ja nicht taub«, murmelte Larry.

»Du bist ein Klugscheißer. Ich hätte mich nicht von Frank Hardison überreden lassen dürfen, dich einzustellen. Und jetzt mach, dass du an die Arbeit kommst!«

Larry humpelte hinaus. An guten Tagen war sein Hinken kaum zu bemerken. Aber heute war kein guter Tag. Das Bein tat ihm entsetzlich weh, obwohl der Arzt, der ihn damals operiert hatte, ganz sicher gewesen war, dass es nicht mehr schmerzen würde, sobald die Wunde verheilt war. Nun, er hatte sich getäuscht. Nach all den Jahren chronischer Schmerzen war Larry oft nahe daran, die Beherrschung zu verlieren.

»Nimm den Buick«, rief ihm einer der Burschen zu. »Der hat was an den vorderen Bremsen.«

Larry ging nach draußen und ließ den Motor an. Countrymusik gellte ihm um die Ohren. Er drückte wütend auf den Ausschaltknopf. Country hasste er fast genauso wie Gospelmusik. Er fuhr den Wagen behutsam auf die Hebebühne, stieg aus, versuchte dabei, sein Hinken zu verbergen, und ließ den Wagen auf Augenhöhe steigen.

Die anderen machten sich unverhohlen über ihn lustig. Als er den Job bekommen hatte, hatte Doug ihm geraten, »cool« zu bleiben und »mit dem Strom zu schwimmen«. Nun, das war nicht seine und auch nicht Lynns Art, und darauf war er stolz. Er hatte nicht vor, sich zu verkaufen, so wie Doug, den er mittlerweile für seine biederen Lebensweisheiten und guten Ratschläge richtig hasste. Ein lächerlicher Fettkloß, das war er in Larrys Augen. Larry hatte auch keinerlei Anstrengungen unternommen, sich mit einem seiner Arbeitskollegen anzufreunden. Im Gegenteil, er gab sich arrogant und überheblich und ließ alle wissen, dass er auf ihre Freundschaft keinen Wert legte. Die Konsequenz war, dass ihn niemand leiden konnte. Und der alte Maloney konnte ihn nicht ausstehen.

Larry griff sich den Elektroschrauber und machte sich an den Muttern zu schaffen, die sich unter lautem Surren lockerten. Larry liebte dieses Geräusch. Er hatte nur einen Tag blau gemacht, dachte er grollend, während er die Reifen abnahm und die Bremsscheiben inspizierte. Die tiefen Rillen bedeuteten, dass der Wagen neue Bremsklötze brauchte. Nur ein lausiger Tag in sechs Monaten. Maloney war sauer gewesen, weil er nicht angerufen hatte, und wollte nicht glauben, dass Larry krank gewesen war. »Sogar deine Schwester war hier und hat nach dir gefragt«, hatte er gedonnert.

»Wir wohnen nicht im selben Haus. Sie hat nicht gewusst, dass ich krank war«, hatte er sich gerechtfertigt.

Maloney hatte es ihm nicht abgekauft. Zu Recht. Larry war nicht krank gewesen. Als er gegen Mittag nach Hause gekommen war, hatte Lynn ihm vor seiner Wohnung aufgelauert.

»Wo bist du gewesen?«, hatte sie ihn angefahren.

Das brachte Larry zur Weißglut. »Was geht dich das an?«

»Du hast die Arbeit sausen lassen. Und letzte Nacht warst du auch nicht zu Hause, ich habe dich angerufen.« Sie war den Tränen nahe und hätte fast geschrien: »Und was ist mit Skeeter Dobbs?«

Die Vettel in der Wohnung nebenan hatte die Tür aufgerissen und ihren Kopf rausgesteckt, um zu glotzen. Er hatte zurückgeglotzt und Lynn in seine Wohnung geschoben. Lynn hatte immer weiter gezetert, in voller Lautstärke, und er hatte den Fernseher eingeschaltet, um ihre Stimme zu übertönen. In den Mittagsnachrichten hatte Kelly Keene über das Mordopfer Carson »Skeeter« Dobbs gequasselt, während Larry eiskalt abgestritten hatte, den alten Trottel in den letzten Wochen auch nur gesehen zu haben.

»Wo warst du dann?« Lynn war hartnäckig geblieben.

»Du meinst, wenn ich nicht gerade Skeeter ermordet habe, was natürlich das Naheliegendste wäre? Nicht alle Leute in dieser Stadt hassen mich. Ich habe eine Freundin, Lynn. Ich war bei ihr.«

»Die ganze Nacht? Bis zum Mittag? Hast du vergessen, dass du noch immer auf Bewährung bist und die Stadt nicht verlassen sollst?«

Ihr platinblondes Haar und die hellen Augen verschmolzen mit dem grellen Sonnenlicht, das durch das Fenster schien. Sie bestand nur noch aus einem grausamen purpurroten Mund. »Hör jetzt endlich auf zu kreischen!«, fauchte Larry. »Gott, du klingst wie unsere Mutter. Immer am Rumschreien, Nörgeln, Vorwürfe machen, und immer voller Angst, wir könnten sie vor allen Leuten blamieren.«

»Jesusmaria, wie mag sie nur darauf gekommen sein?«, sagte Lynn sarkastisch.

Larry warf ihr einen mörderischen Blick zu. »Wenn sie uns nicht immer das Schlimmste zugetraut und für nichts und wieder nichts bestraft hätte, wären wir vielleicht anders geworden.«

»Vielleicht hat sie uns ganz richtig eingeschätzt: Wir waren ja auch ein paar selbstsüchtige, faule Rumtreiber und nur daran interessiert, möglichst schnell wieder high zu werden!«

»Was soll das werden? Noch ein Kapitel aus dem Buch von Douglas Hardison *Wie werde ich zum Biedermann?* Erste Lektion – Bekenne deine Fehler?«

»Was ist daran so falsch? Es ist nicht Moms Schuld, dass wir so viel Mist gebaut haben. Wenigstens hatte ich so viel Verstand, das Ruder noch rechtzeitig herumzureißen. Und dir hätte ich das auch zugetraut, aber sieh dich doch bloß mal an! Blutunterlaufene Augen! Bartstoppeln! Wegen deiner Schönheit mag dich das Mädchen bestimmt nicht. Wer ist sie überhaupt?«

»Geht dich nichts an.«

»Alles, was dich betrifft, geht mich was an.«

Er hatte sie gelangweilt angesehen. »Ich bin über 21, Schwesterchen. Schon 'ne ganze Weile.«

»Ja, und du hast einen Job. Frank hat sich ganz schön ins Zeug gelegt, damit du ihn kriegst!«

»Hat er nicht. Die meisten Leute in der Stadt schulden ihm doch einen Gefallen. Er hat nur einen eingefordert.«

»Das tut nichts zur Sache.«

Er hatte ein Gefühl gehabt, als ob ihm demnächst der Schädel platzen würde. Er hatte ihr daher gesagt, dass sie sich hinsetzen und den Mund halten solle und ein paar Aspirintabletten geschluckt. Dann hatte er so ruhig wie möglich gesagt: »Sieh mal, ich war besoffen. Und ihr Wecker hat nicht funktioniert. Ich hab's vermasselt. Sie kann nichts dafür, also lass sie gefälligst in Ruhe. Es wird nicht mehr vorkommen.«

Endlich war er Lynn losgeworden und hatte seinen hämmernden Kopf in beide Hände vergraben. Bei all der Freiheit hätte er auch im Knast bleiben können. Mit Lynn, Doug, seinem Bewährungshelfer und dem alten Maloney im Genick hatte er genauso viel Freiheit wie vor einem Jahr im Knast. Zum ersten Mal in seinem Leben hasste er seine Schwester fast genauso wie er Doug hasste. Ihre Liebe war ihm zum Gefängnis geworden.

Larry hatte den restlichen Tag verschlafen und sich eine Ausrede für seinen Boss zurechtgelegt. Jetzt hatte er Maloneys Anpfiff hinter sich, der ihn zur Freude seiner Arbeitskollegen kräftig zusammengestaucht hatte, und einen weiteren öden Arbeitstag vor sich. Aber er würde zurechtkommen. Es musste sein.

Denn vor ihm lagen bessere Tage.

3

Deputy G.C. Curry kam in Bills Büro. Bill fiel auf, wie ausgezehrt der Mann aussah. Er hatte in den letzten Tagen eindeutig zu wenig Schlaf abbekommen. »Was gibt's Chief?«, fragte er.

»Ich habe hier den Befund der Gerichtsmedizin über Skeeter. Kommen Sie rein und trinken Sie eine Tasse Kaffee mit mir. Sie sehen aus, als könnten Sie einen gebrauchen.«

Curry schenkte sich Kaffee ein und nahm sich ein Stück Blätterteig. Bill musste unwillkürlich an Skeeter Dobbs und seine Begeisterung über den »ausländischen Kuchen« denken, den man ihm in seiner letzten Nacht angeboten hatte. Curry setzte sich und ächzte dabei wie ein alter Mann, obwohl er erst 34 Jahre alt war. »Was sagt denn die Gerichtsmedizin über Skeeter?«

»Soll ich nicht lieber warten, bis Sie zu Ende gegessen haben?«

»Mein Magen kann einiges vertragen. Außerdem können Sie

sich ja auf das Grundlegende beschränken und mir die unappetitlichen Einzelheiten ersparen.«

»Na schön, Skeeter ist an einer Stichwunde gestorben, die eine heftige Blutung im Gehirn ausgelöst hat.«

»Und um das herauszufinden, haben wir eine Obduktion vornehmen lassen?«

»Die Lungen waren blass und leicht. Petechiale Blutung, beschränkt auf das rechte Auge.«

»Jetzt wissen wir also, dass Skeeter fast augenblicklich gestorben ist und dass der Mörder ihm den Eispickel von vorne ins linke Auge gestoßen hat. Er oder sie muss also Rechtshänder gewesen sein«, sagte Curry. »Das ist überaus hilfreich.«

»Wir wissen außerdem, dass ihm die tödliche Verletzung rasch und unerwartet zugefügt wurde, weil Skeeters Hände und Arme keinerlei Verteidigungswunden aufweisen. Als Miss Vinson ihn fand, war er wahrscheinlich noch keine zwölf Stunden tot, weil die Haut um die Wunde herum nur gerötet und aufgeschwollen war. Schorf bildet sich aber erst nach etwa 24 Stunden. Eiter erst nach 36.«

»Das mit dem Eiter hätten Sie sich sparen können«, sagte Curry und legte den letzten Bissen seines Kuchens beiseite.

»Ich dachte, Sie haben keinen empfindlichen Magen.«

»Sogar bei mir gibt's gewisse Grenzen. Tatwaffe?«

»Gewöhnlicher Eispickel. Metallgriff, also keine Hautpartikel am Holz. Auch keine Fingerabdrücke. Ein paar Spuren von Latex, wo der Griff endet und die Spitze beginnt. Der Mörder muss Handschuhe aus Latex getragen haben.«

»Ist es einfach, an Latexhandschuhe heranzukommen?«

»Die gibt's doch überall: im Krankenhaus, in der Zahnarztpraxis. Beim Tierarzt. Und natürlich braucht man nicht in diesen Bereichen zu arbeiten, um an sie heranzukommen. Man braucht sich nur dort aufzuhalten. Und Fachgeschäfte für Medizinbedarf gibt's auch genügend.«

»Das ist ja fast so leicht, als hätte der Mörder den Tatort signiert«, bemerkte Curry ironisch. Er nahm einen Schluck Kaffee. »Mehr hat die Spurensicherung nicht herausgefunden?«

»Nein. Eine interessante Neuigkeit gibt es allerdings. Wie's aussieht, war unser Freund Skeeter mit Valium vollgepumpt.«

»Das ist doch ein Beruhigungsmittel. Ich wusste gar nicht, dass er so was genommen hat.«

»Hat er ja auch nicht. Es gibt keine Einspritzstellen, auch sonst keine Spuren von Drogen in seinem Körper. Nur ein Spritzer Valium. Man hat auch winzige Mengen von unaufgelöstem Valium in seiner Weinflasche gefunden. Auf diesem Weg hatte man ihm das Zeug verabreicht, ohne dass er es merkte.«

Nun sah Curry doch interessiert drein. »Ich weiß ja, dass man den Leuten in Kriminalromanen immer unbemerkt Drogen in die Drinks mischt, aber so was ist doch purer Unsinn. Die Leute haben doch Geschmacksnerven. Also schön, wenn in Skeeters Wein Valium war, muss es jemand ohne sein Wissen hineingetan haben. Aber warum hat er es nicht geschmeckt?«

»Würden Sie ein bisschen Medizin schmecken, aufgelöst in billigem Fusel? Skeeter konnte sich keinen teuren Wein leisten und hatte deshalb auch nicht so verwöhnte Gaumen wie die Leute in den Kriminalgeschichten.«

»Aber wann hätte jemand Gelegenheit gehabt, ihm Valium in den Wein zu mischen?«

»Skeeter hatte immer ein paar Flaschen hinter dem Möbelhaus versteckt. Er kaufte sie am Samstag auf Vorrat, um sich für den Sonntag einzudecken, wenn der Weinladen geschlossen war. Er war der Meinung, dass niemand sein Versteck kannte, aber eine Menge Leute wussten davon. Skeeter hatte kein Talent zum Versteckspielen.«

Curry beugte sich nach vorn. »Ich nehme an, dass Skeeter keinen Wein aus Flaschen mit Korken trank. Also brauchte jemand nur in seiner Abwesenheit den Verschluss der Flasche aufzudrehen und das Valium reinzuschütten.« Bill nickte. »Und warum zum Teufel sollte ihm jemand ein Beruhigungsmittel in den Wein mischen wollen? Wenn jemand verhindern wollte, dass Skeeter sich zur Wehr setzte, warum hat er dann nicht einfach gewartet, bis er betrunken war?«

»Sie vergessen, dass er mit den Jahren einiges vertragen konnte.

Um Skeeter betrunken zu machen, hätte eine Flasche Wein bei weitem nicht genügt – und irgendjemand hatte ein Interesse daran, dass er entspannt war und noch benebelter als sonst.« Bill sah Curry an und lächelte bitter. »Auf diese Weise hatte der Mörder leichtes Spiel mit Skeeter.«

9. Kapitel

1

Dienstag, 8.00 Uhr

Als Rebekka um acht Uhr morgens das Haus der Ryans im selben Kleid betrat, das sie am Abend zuvor getragen hatte, runzelte Betty missbilligend die Stirn und setzte zu einer Strafpredigt an: »Ich nehme an, du bist zu alt, um …«

»Ja, das bin ich.«

»Und es ist nicht meine Aufgabe …«

»Du sagst es.«

»Es ist nur, dass ich dich liebe, als wärst du mein eigenes Fleisch und Blut.«

Rebekka küsste Betty auf die Wange. »Ich liebe dich auch. Und mach dir keine Sorgen – meine Tugend ist unversehrt geblieben. Es ging mir nicht gut, und Clay hat sich um mich gekümmert.«

»Zu meiner Zeit kam der Arzt ins Haus und schickte hinterher die Rechnung. Es war durchaus nicht üblich, dass er einen zum Dinner ausführte und die Nacht mit einem verbrachte.« Betty grinste. »Aber wenn sich schon einer in dieser Weise um dich kümmern muss, bin ich froh, dass es wenigstens Clay ist. Ich hab den Jungen von Anfang an gemocht. Und du auch, wenn ich mich recht erinnere.«

»Kein Kommentar.« Rebekka lachte und ging nach oben, um Sean zu begrüßen, der sie unverkennbar vermisst hatte.

Sie ging unter die Dusche und fuhr danach zu Molly. Bill hatte ihr von Rebekkas Vision im Restaurant erzählt, und Molly wollte natürlich in allen Einzelheiten wissen, was sie gesehen hatte. Rebekka tat ihr den Gefallen, hütete sich aber, die physischen und seelischen Schmerzen zu erwähnen, die Todd erdulden musste. Jean ließ Rebekka nicht aus den Augen. Ihr Blick drückte Verachtung und Ungläubigkeit aus. Rebekka bemühte sich, ein Gespräch mit ihr zu führen, erhielt aber nur einsilbige Antworten. »Haben Sie denn abends keine Patienten mehr zu pflegen?«, fragte sie schließlich.

Jean wurde rot und antwortete: »Nein. Freitag war mein letzter Einsatz. Ich bin kurz vor sieben Uhr außer Haus gegangen und erst am Morgen zurückgekommen. Es war eine anstrengende Nacht. Die Frau muss in ein Pflegeheim. Ich kann die Arbeit alleine nicht mehr bewältigen.«

Rebekka fiel auf, wie präzise Jean die Dauer ihrer Abwesenheit angegeben hatte, fast so, als wolle sie betonen, dass sie nicht zu Hause gewesen war, als man Todd entführt hatte. Warum?

Nach ein paar Stunden wirkte Molly erschöpft, und Rebekka konnte Jeans Feindseligkeit nicht mehr länger ertragen. Nachdem sie mehrmals beteuert hatte, dass sie bald zurückkommen würde, fuhr sie nach Hause. Wie sollte sie Jeans Verhalten deuten? Sie hoffte, dass Clay sein Versprechen, sich im Krankenhaus über sie umzuhören, halten würde.

Zu Hause hatte Rebekka sich eine Tasse frischen Kaffees mit Vanillegeschmack eingegossen und machte sich auf die Suche nach ihrer Mutter. Als sie sich den offenen Gartentüren näherte, hörte sie Suzannes Stimme: »Gefällt es dir bei uns? Hast du auch Spaß? Bekky sagt, dass du ein wilder Bursche bist, aber du bist ja ein ganz Lieber.«

Rebekka spähte hinaus in den Garten und sah ihre Mutter in einem Liegestuhl liegen. In der einen Hand hielt sie eine Zigarette, mit der anderen streichelte sie Seans Kopf. So habe ich sie in Erinnerung, dachte Rebekka und spürte einen Stich des Bedauerns. Auch mit Rusty, Jonnies irischem Setter, hatte sie Gespräche geführt. Jetzt kam Sean begeistert auf sie zugerannt, sprang an ihr hoch und umfasste sie mit seinen Vorderpfoten. »Hi, Sean. Hallo, Mutter.«

»Hallo. Sean und ich lernen uns näher kennen.«

»Das sehe ich.«

»Ich glaube, er ist sehr klug.«

»Woran erkennst du denn das?«

»An seinem wachen Blick. Außerdem hat er mir die Hand gegeben wie ein Gentleman. Und ich habe mich in einem Buch über seine Rasse informiert. Auf der Hundeintelligenzskala rangiert er auf Rang zwei oder drei.«

»Das gilt nur für den Durchschnittsaustralier. Sean ist die Nummer eins.«

Suzanne setzte sich auf und sah Rebekka lächelnd an. »Warum setzt du dich nicht zu mir, du stolze Hundemutter?«

Rebekka rückte sich einen Gartenstuhl zurecht, dessen dicke, geblümte Polster mit dem Bezug des Liegestuhls harmonierten. Zwischen Suzanne und Rebekka stand ein rundes Tischchen, auf dem sich ein Aschenbecher und ein Glas Eistee mit Minze befanden. Daneben lag ein Liebesroman, auf dessen Umschlag zwei unwahrscheinlich hübsche Menschen einander selig zulächelten. »Ein gutes Buch?«

Suzanne legte sich zurück. Sie trug eine dunkle Hose und ein luftiges Oberteil. Sie wirkte zerbrechlich und erschöpft.

»Ja, es ist nicht schlecht. So optimistisch und fröhlich.« Ein belustigter Ausdruck trat in ihre blauen Augen. »Ich bin mir nur noch nicht sicher, ob die beiden sich kriegen. Im Augenblick sieht's eher finster aus.«

»Wollen wir wetten?«, erwiderte Rebekka leichthin. »Ich wette fünfzig Cents, dass sie sich kriegen.«

»Du kennst diese Geschichten!«

»Das kann man wohl sagen.«

»Ich weiß, dass sie ziemlich vorhersehbar sind, aber gerade das gefällt mir. Das wirkliche Leben ist immer so unberechenbar.« Suzanne streifte die Asche der Zigarette ab. Aus dem Zittern ihrer schlanken Hand schloss Rebekka, dass sie auf Alkohol verzichtet hatte. »Gibt es etwas Neues von Todd?«

Rebekka hatte beschlossen, Suzanne nichts über ihre Vision zu erzählen. Sie würde ohnehin nichts davon wissen wollen. »Wenn ich etwas wüsste, hätte ich es dir längst gesagt.«

»Wirklich?«

»Aber ja. Dieses verschwörerische Schweigen um dich herum bildest du dir doch ein.«

»Das ist nicht wahr«, entgegnete Suzanne beiläufig, »aber ich habe es wohl nicht anders verdient. Ich war ja noch nie ein Vorbild an seelischer Kraft, aber in den letzten Jahren war ich zu gar nichts zu gebrauchen. Das habe ich gründlich satt.«

Rebekka war überrascht. Suzanne hatte ihre Fehler nie so ohne weiteres zugegeben. Stattdessen hatte sie meistens die beleidigte Leberwurst gespielt und geschmollt. »Na gut, wenn du dich nützlich machen willst, könntest du mir ein Geheimnis verraten.«

Suzanne sah sie scharf an. »Welches Geheimnis denn?«

»Wer ist Todds Vater?«

»Ach nein, jetzt geht das wieder los«, stöhnte Suzanne. Sie schloss die Augen. Sean trottete zu ihr hin und legte seine Pfote auf ihren Arm. Sie lächelte und streichelte ihn wieder. »Ich kann dir gar nicht sagen, wie oft ich seit Todds Geburt diese Frage gehört habe.«

»Ich frage nicht aus Neugierde«, sagte Rebekka. »Die Information könnte uns helfen, Todd zu finden.«

»Glaubst du denn, sein Vater hat ihn verschleppt?«

»Die meisten Kindesentführungen werden von Verwandten oder Bekannten begangen.«

Das wusste sie noch von Jonnies Entführung. Die Polizei hatte damals jedes Familienmitglied in die Mangel genommen, bis Frank schließlich der Kragen geplatzt war, was sie noch immer schwer begreifen konnte. »Sein Vater ist tot«, sagte Suzanne. »Außerdem wusste er nicht einmal, dass Molly schwanger war.«

»Wer war es denn?«

»Du und Molly, ihr seid doch wie Schwestern. Wenn Molly es jemandem gesagt hätte, dann dir.«

»Sie hat nicht einmal Andeutungen gemacht; außerdem hat sie mich damals gebeten, sie nicht danach zu fragen. Und du hast sie in den vergangenen Jahren öfter zu Gesicht bekommen als ich. Du warst wie eine Mutter zu ihr. Sie vergöttert dich.«

»Ich vergöttere sie auch.«

Rebekka schämte sich für ihren Anflug von Eifersucht. Sie hatte

Molly gern und wusste, wie sehr Molly Suzanne brauchte. Aber Rebekka brauchte sie auch. Sie sehnte sich nach Suzannes Liebe.

Sie verscheuchte den Gedanken. »Du hast wirklich keine Ahnung, wer Todds Vater ist?«

»Das habe ich doch eben gesagt.«

»Irgendwie habe ich das Gefühl, als würdest du mir etwas verheimlichen.« Suzanne starrte zum Pavillon hinüber, der weiß und elegant in der hellen Sonne stand. Ihre Miene war verschlossen und trotzig. »Mutter, es ist doch so wichtig.«

»Denkst du, das weiß ich nicht?«, fauchte Suzanne. »Molly sagte mir, dass Todds Vater tot sei. Ich muss mich darauf verlassen, was die Leute mir erzählen. Ich bin nicht hellsichtig wie du!«

Die Worte vibrierten in der heißen Sommerluft. Rebekka hatte plötzlich das Gefühl, neben sich zu stehen, als beobachte sie zwei andere Frauen, die sich in einem hübschen Garten zankten. Kein angenehmer Anblick.

»Frank würde sich für mich schämen«, sagte Suzanne verlegen. »Tut mir Leid. Ich hatte mir so fest vorgenommen … ach zum Teufel.«

»Vergiss es. Wir sind alle ziemlich nervös.«

Sean rollte sich auf den Rücken und bot Suzanne seinen Bauch zum Streicheln. Sie streckte die Hand aus und tat ihm den Gefallen. »Ich weiß wirklich nicht, wer Todds Vater ist«, sagte sie nach einer Weile, »aber ich habe den einen oder anderen Hinweis aufgeschnappt. Einmal sagte Molly etwas von einem ›Abenteuer‹. Also nehme ich an, dass das Verhältnis nicht lange gedauert hat. Sie sagte auch: ›Ich habe es wohl nicht anders verdient. Er hat schon einer anderen gehört.‹ Sie lag in den Wehen und war bereits anästhesiert. Ich glaube kaum, dass sie sich noch an diese Worte erinnert.«

»Glaubst du, dass er verheiratet war?«

»Wahrscheinlich. Und ich habe den Verdacht, dass er mit ihr an der Universität war, weil sie es so eilig hatte, von dort wegzukommen. Wahrscheinlich sollte er nicht erfahren, dass sie schwanger war. Deshalb haben wir sie ja auch zu dir nach New Orleans gebracht. Ihr beide habt euch immer so gut verstanden, dass niemand sich Gedanken machte, warum sie plötzlich zu dir ziehen wollte.

Und wir dachten ja auch, dass sie das Baby zur Adoption freigeben würde. Was glaubst du, wie erstaunt wir waren, als sie den Entschluss fasste, es zu behalten und nach Sinclair zurückzukommen.«

»Ich habe mich schon oft gefragt, ob es einer ihrer Professoren war. Womöglich möchte sie seinen Namen nicht preisgeben, weil sie Angst hat, dass die Polizei seine Frau verhören und damit seine Ehe aufs Spiel setzen könnte. Sie mag ja vielleicht impulsiv genug sein für ein ›Abenteuer‹, wie sie es nannte, aber sie würde bestimmt niemandem wehtun wollen.«

»Das ergibt Sinn. Impulsiv war sie. Und romantisch dazu. Ihr beide.«

»Wie die meisten Teenager.« Rebekka lächelte. »Aber Molly hat mir meinen ersten Liebesroman geschenkt.«

»Das wundert mich überhaupt nicht. Sie liest sie ja noch immer mit Begeisterung.« Suzanne hörte auf, Sean den Bauch zu kraulen. Er war eingeschlafen, das Maul weit offen. »Einmal sagte sie, dass Todd seinem Vater überhaupt nicht ähnlich sehen würde.«

»Nein, er sieht aus wie Molly, nur seine Haare sind ein wenig heller. Viele Kinder haben blonde Haare, solange sie noch klein sind, dann werden sie dunkler.«

»Die von Jonnie nicht.«

»Er hatte deine Haarfarbe.« Rebekka fasste sich an das herzförmige Amulett, das sie immer um den Hals trug, mit Jonnies Bild darin. Sie hätte es ihrer Mutter beinahe gezeigt, besann sich aber eines Besseren. Suzanne verzog den Mund und schluckte.

»Hat Molly vielleicht noch etwas über Todds Vater gesagt?«, fragte Rebekka in dem unbeholfenen Versuch, die Aufmerksamkeit ihrer Mutter wieder auf sich zu ziehen. Aber sie kannte diesen verlorenen Gesichtsausdruck nur zu gut. Suzanne sah im Geiste wieder ihren schönen, lachenden Jungen vor sich. Ihm allein gehörte ihr Herz, für eine andere Person war darin kein Platz mehr.

»Ich kann jetzt nicht denken«, sagte Suzanne schließlich. »Ich bin müde. Ich mache kurz die Augen zu, bevor wir zu Mittag essen.«

Suzanne aß nie zu Mittag. Sie wollte nur nicht mehr reden. Sie wollte in Ruhe träumen.

Rebekka stand auf und wandte sich dem Haus zu. Walt Sykes, der offenbar in der Tür gestanden hatte, wich wie ertappt einen Schritt zurück. Ihre Blicke trafen sich, und Walt wurde rot. »Ich wollte Mrs. Hardison nur fragen, ob ich auf die Blumenbeete vorne noch mehr Mulch breiten soll.« Sein schuldbewusster Blick machte Rebekka stutzig. Walt hatte eindeutig gelauscht.

2

Dienstag, 11.15 Uhr

Molly saß in ihrem Schaukelstuhl und starrte auf Todds Porträt. Er war besorgt gewesen wegen seines Klassenfotos, hatte partout nicht lächeln wollen, weil ihm ein Schneidezahn fehlte und der daneben erst zur Hälfte nachgewachsen war. »Ich seh blöd aus«, hatte er festgestellt. »Auf keinen Fall werde ich lächeln.« Aber der Fotograf hatte ihm dann doch ein Lachen entlockt, und das Resultat war ein blonder Junge mit zimtfarbenen Augen, einem eigensinnigen Kinn und einer unfreiwillig zur Schau gestellten Zahnlücke.

Und jetzt war er irgendwo da draußen. Bei irgendeinem Fremden. War dieser Fremde nett zu ihm? Bestimmt nicht. Ein netter Mensch hätte ihren Jungen nicht entführt. Entweder war dieser Jemand nicht ganz bei Trost oder er wollte Geld und scherte sich einen feuchten Kehricht um ihn. Genau wie bei Jonnie. Mollys Magen krampfte sich zusammen bei dem Gedanken an Jonnies leblosen Körper, den man auf einem leeren Grundstück, nur einen Block weit von Kleins Möbelhaus entfernt, gefunden hatte. Es war das einzige leere Grundstück in der Stadtmitte gewesen, das Haus war ein Jahr zuvor abgebrannt. Inzwischen hatte dort ein Videoladen eröffnet. War es nur Zufall gewesen, dass man Tramp ganz in der Nähe gefunden hatte? Rebekka behauptete es zwar, aber Molly ließ sich nichts vormachen. Becky dachte, dass es einen Zusammenhang zwischen den beiden Entführungen geben müsse. Aber wo war der?

Molly stand abrupt auf. Sie war zu nervös, um lange stillzusitzen. Jean war für ein paar Stunden nach Hause gegangen. Sie hatte Molly höchst ungern allein gelassen und sich sogar erboten, eine von Mollys Freundinnen herzuholen. »Aber sie arbeiten alle«, hatte Molly eingeworfen. »Vielleicht könnte Rebekka herkommen.« Das hatte Jean zum Schweigen gebracht. Sie konnte Rebekka nicht ausstehen, wollte es aber nicht zugeben.

Molly war erleichtert gewesen, als Jean nach Hause gegangen war, weil sie seit Todds Entführung keinen Augenblick mehr allein gewesen war. Wie weit diese Nacht zurückzuliegen schien. Als Molly damals Sonia im Wohnzimmer gefunden hatte, bewusstlos und blutend, war sie, außer sich vor Angst, in Todds Zimmer gerannt und hatte es leer vorgefunden. In diesem Augenblick, als sie hatte erkennen müssen, dass sich ihre schlimmsten Befürchtungen erfüllt hatten, war die Welt für sie aus den Fugen geraten.

In den nächsten Stunden hatte man sie mit einem Wust an Fragen bestürmt. Molly konnte sich nur noch an den Schmerz und das überwältigende Bedürfnis erinnern, Rebekka bei sich zu haben. Rebekka konnte hellsehen, hatte sie mit der Naivität eines Kindes gedacht. Vor Jahren hatte sie ihre Katze Taffy aufgespürt, die sich verirrt hatte; außerdem hatte sie den Mann gerettet, den man zu Unrecht für Earl Tanners Mörder gehalten hatte. Sie hatte sogar ein paar Kinder gefunden, die vor einem verlassenen Haus in einen alten Brunnenschacht gerutscht waren. Rebekka würde auch Todd finden.

Aber heute war schon Dienstag, und Todd war seit Freitagnacht verschwunden. Rebekka hatte ihn bisher nicht gefunden. Der einzig brauchbare Hinweis war von Skeeter Dobbs gekommen, diesem armseligen alten Penner. Natürlich hätte Bill Skeeters Geschichte keine Beachtung geschenkt, wenn Rebekka nicht gesagt hätte, dass man Todd an einem heißen, verlassenen Ort gefangen hielt. Das hatte sie nämlich gesehen, aber wo genau Todd sich befand, wusste sie nicht.

Mollys Arme fingen an zu jucken und zu brennen. Die Nerven. Sie rieb sie mit beiden Händen, während sie ruhelos durch die Wohnung lief, zum Kühlschrank, in Todds Zimmer, ins Wohnzimmer, wo sie einen Vorhang seitlich etwas lüftete, um einen Blick auf die

Leute zu werfen, die unauffällig das Haus im Auge behielten, dann wieder in Todds Zimmer. Sie sah die Fische friedlich in ihrem Glas herumschwimmen. Todd hatte sie Rocky und Bullwinkle getauft. Sie streute ihnen etwas Fischfutter ins Wasser.

»Ihr müsst gesund bleiben, Jungs, weil Todd euch bestimmt sofort sehen will, wenn er zurückkommt.« Die Fische nibbelten an ihrem Futter, glatt, golden, selbstvergessen.

Todd war in einem Augenblick unbedachter Leidenschaft entstanden. Als Molly dann erfahren hatte, dass sie schwanger war, hatte sie ihre Unbesonnenheit nur zum Teil bereut. Sie hatte Todds Vater geliebt. Er sie nicht – er war gebunden, und sie wollte sein Glück nicht gefährden –, aber auf diese Weise würde ein Teil von ihm immer bei ihr sein. Jemand, den sie liebhaben konnte, der sie nicht im Stich ließ wie ihre Eltern und Onkel Patrick und Rebekka, die sich nach New Orleans abgesetzt hatte. Mit zehn Jahren hatte sie verstanden, dass Patrick sie nicht absichtlich verlassen hatte. Und mit 19 hatte sie Rebekkas Gründe, Sinclair für immer zu verlassen, akzeptiert, aber wie sehr sie ihr damit wehgetan hatte, hatte sie Rebekka bis heute verschwiegen. Rebekka hatte Molly immer für stark gehalten, weil diese es so gewollt hatte. Wer konnte schon einen Schwächling leiden, und Molly sehnte sich verzweifelt danach, geliebt und angenommen zu werden. Tief im Herzen hatte sie sich immer wie ein verlassenes Kind gefühlt, das alleine im Dunkeln zurückgeblieben war und weinte.

Und dann war Todd gekommen. Anderswo wurden ledige Mütter vielleicht nicht schief angesehen. In Sinclair war das anders. Viele Leute hier waren der Ansicht, sie sei »entehrt«. Ihr hatte das nichts ausgemacht, aber ohne Suzannes Hilfe hätte sie es wohl kaum geschafft. Sie hatte Angst gehabt, nicht etwa, weil sie mittellos war, wie viele dachten – so gewissenlos waren ihre Eltern nun auch wieder nicht –, sondern weil sie völlig auf sich gestellt war. Ihre Eltern hatten aufgebracht reagiert, aber nicht etwa aus moralischen Gründen, sie hatten lediglich befürchtet, von ihr in die Pflicht genommen zu werden. Sie sahen ihren Enkel ein paar Mal im Jahr, das reichte ihnen völlig. Sie wollten nicht gern daran erinnert werden, dass sie alt genug waren, um Großeltern zu sein.

Molly hatte auf ihrem Kind bestanden, ihren Collegeabschluss gemacht und dann, dank Franks Fürsprache, eine gut bezahlte Stelle bei Grace Healthcare angetreten. Ihr Leben hatte aus Arbeit und Todd bestanden. Er hatte ihr Liebe, Seelenfrieden, Freude und Erfüllung gegeben.

Und jetzt war er fort.

»Verdammt, Becky, tu doch was!«, entfuhr es Molly. Sie wusste, dass sie unfair war. Sie wusste auch, dass Rebekka ihr Bestes tat. Aber falls Todd nicht zurückkommen sollte, würde sie ihre Cousine mit anderen Augen ansehen. Auch das wusste sie. Jahrelang hatte sie Suzanne für unvernünftig, ja, grausam gehalten, weil sie zum Teil Rebekka die Schuld gab an Jonnies Tod. Und jetzt empfand sie selbst ganz ähnlich. Sie machte Rebekka für Todds Leben verantwortlich. Sie hasste sich dafür, aber sie konnte nicht anders.

3

Rebekka streifte ziellos durch Haus und Garten, und Sean trottete neben ihr her. Sie wollte es sich nicht eingestehen, aber sie hoffte auf die nächste Vision, ein zweckloses Ansinnen. In der Zwischenzeit überlegte sie fieberhaft, wie sie sich nützlich machen könnte. Ihr fiel jedoch nur das Zentrum der freiwilligen Helfer ein.

Sie kam gegen ein Uhr nachmittags dort an, parkte den Thunderbird ihrer Mutter um die Ecke und ging auf das Gebäude zu, das einmal Fanny's Fine Fabrics beherbergt hatte. Es gab keine Fanny. Ein gewisser Stanford aus Baltimore hatte die kleine Firma spontan gekauft, nachdem er eine Woche in Sinclair die Ferien verbracht und dann fälschlicherweise angenommen hatte, dass die Frauen in West Virginia nur Gingham, Kattun, Denim und andere wenig eleganten, dafür aber zweckdienlichen Stoffe zu schätzen wüssten. Auch die rustikalen Muster hatten ihn begeistert. So hatte sich sein Laden zwei Jahre lang über Wasser gehalten, drei Geschäftsführer verschlissen, die sich vergebens mit dem uneinsichtigen Stanford herumgezankt hatten, bis er endlich das Handtuch geworfen und das Gebäude zu einem Schleuderpreis an Frank Hardison verkauft hatte.

Frank hätte sich wohl auch nicht träumen lassen, welch traurigem Zweck die Räumlichkeiten einmal dienen müssten, dachte Rebekka. Und doch hatte er schnell reagiert, sodass die freiwilligen Helfer in weniger als zwölf Stunden nach Todds Verschwinden gewusst hatten, was jeder von ihnen zu tun hatte. Es wäre sehr hilfreich gewesen, wenn Stadt- und Bezirkspolizei ihre Bemühungen koordiniert hätten, aber der Bezirkssheriff war ein grober Klotz und stellte sich grundsätzlich quer. Rebekka hatte Sheriff Martin Lutz noch nie leiden können, und er erwiderte ihre Abneigung leidenschaftlich.

Als sie das Zentrum betrat, waren fünf Männer und zwei Frauen damit beschäftigt, Flugblätter mit Todds Foto zu kopieren, Faxe zu verschicken, Anrufe zu beantworten und miteinander zu plaudern. Eine schwangere junge Frau mit kindlichen Zügen kam lächelnd auf Rebekka zu. »Sie scheinen neu hier zu sein!«

»Genau. Ich würde aber trotzdem gerne helfen. Zeigen Sie mir, was ich tun kann?«

»Gerne! Wir wissen Ihre Hilfe sehr zu schätzen, und Molly Ryan bestimmt auch. Ist das nicht eine schreckliche Sache?«

»Ja, entsetzlich.«

»Haben Sie Kinder?«

»Noch nicht.«

»Ich auch noch nicht.« Sie kicherte. »Aber bald. Nur noch drei Monate! Ich kann es nicht mehr erwarten.« Sie reichte ihr eine kleine Hand. »Ich bin Amy Tanner.«

»Hallo. Rebekka Ryan.«

Amy schüttelte ihre Hand und runzelte dann die Stirn. »Ryan? Sind Sie mit Molly verwandt?«

»Wir sind Cousinen.«

»Oh! Rebekka Ryan. Du liebe Güte!« Rebekka konnte an Amys großen blauen Augen sehen, wie ihr ein Licht aufging. Sie hatte von ihr und ihren außersinnlichen Wahrnehmungen gehört. Rebekka hatte plötzlich das Bedürfnis, sich vor dem Mädchen mit dem niedlichen Gesicht zu rechtfertigen. »Nett von Ihnen, extra herzukommen! Sie können fürs Erste ans Telefon gehen und Anrufe entgegennehmen. Also, Chief Garrett möchte, dass wir uns den Namen des Anrufers notieren …«

Amy plauderte drauflos, wobei sie jede Anweisung wiederholte, als wäre Rebekka leicht begriffsstutzig oder viel zu ätherisch, um sich mit der Realität zu befassen. Als Rebekka ihren ersten Anruf entgegennahm, bemerkte sie, dass Amy sie mit einer Mischung aus Neugierde, Aufregung, Ehrfurcht und Argwohn beobachtete. Nachdem sie aufgelegt hatte, vergewisserte sich Amy lächelnd, dass Rebekka die Nachricht auch ordnungsgemäß notiert hatte, bevor sie zu ihrem Platz zurückeilte. Die Betulichkeit des Mädchens ging ihr zwar auf die Nerven, aber sie wusste, dass Amy ihr nur helfen wollte und ihre Pflichten entsetzlich ernst nahm.

Eine Frau brachte ihr eine Tasse Kaffee und wies sie auf den Tisch mit den Stärkungen hin. Ein Mann zeigte ihr, wie man frisches Papier in den Kopierer einlegte. Sie bedankte sich, obwohl sie seit 15 Jahren einen Kopierer zu bedienen wusste. Im Großen und Ganzen hielten sich die Freiwilligen jedoch eher von ihr fern. In all den Jahren in New Orleans hatte sie schon beinahe vergessen, wie es war, eine Attraktion zu sein – man wurde entweder bestaunt oder gefürchtet. Kein Wunder, dass sie sich als Teenager so elend gefühlt hatte, dachte sie. Kein Wunder, dass sie nie in Erwägung gezogen hatte, wieder in Sinclair zu leben.

Fünfzehn Minuten später klingelte erneut ihr Telefon. Ein älterer Mann meldete die Anwesenheit eines fremden Kindes im Nachbarhaus. »Es ist ein Junge, etwa im Alter dieses Todd«, sagte er. »Ich glaube, der Bursche nebenan, das ist auch so einer, wenn Sie verstehen, was ich meine.«

»Es tut mir Leid, Sir, aber ich verstehe nicht ganz. So ein was?«

»Na, Sie wissen schon, so ein Schwuler. Sieht gut aus, aber auf eine weibische Art, läuft immer in irgendwelchen schrillen Sachen rum und hatte meines Wissens noch nie ein Mädchen in der Wohnung. Dann taucht aus heiterem Himmel dieser Junge bei ihm auf. Behauptet, er sei sein Neffe.«

»Aber Sie glauben ihm nicht?«

»Von einem Neffen war vorher überhaupt keine Rede.«

»Unterhalten Sie sich oft mit diesem Mann?«

»Nur wenn's unbedingt sein muss. Sagen Sie mal, was soll die Fragerei, ich versuche nur, Ihnen zu helfen.«

Rebekka erinnerte sich, dass sie kein Polizist war und dass ihre Aufgabe nicht darin bestand, brauchbare von unbrauchbaren Informationen zu trennen. Amy hatte ihr das wenigstens dreimal gesagt. Und nur weil sie das Gefühl hatte, dass dieser Mann seinen Nachbarn aufgrund dessen tatsächlicher oder imaginärer sexueller Neigungen nicht leiden konnte, durfte sie seinen Hinweis nicht einfach vom Tisch kehren. Womöglich waren seine Beobachtungen richtig und dieser neue Neffe war tatsächlich Todd.

Allerdings schwand ihre Hoffnung, als man ihr den Jungen als blauäugig und nicht in der Lage, sich deutlich zu artikulieren, beschrieb. Aber er könnte trotzdem jemandes vermisstes Kind sein. Rebekka schrieb sich gewissenhaft den Namen, die Adresse und die Telefonnummer des Mannes auf und versprach zweimal, seine Information an die Polizei weiterzuleiten.

Amy kam ein zweites Mal, um sich zu vergewissern, wie es lief. Dann blickte sie zur Tür, und ihre großen blauen Augen weiteten sich. »Alvin!«, rief sie.

Amy Tanner. Alvin Tanner. Rebekka hatte Amys Namen nicht registriert, als diese sich ihr vorgestellt hatte. Sie erstarrte innerlich. Aufgrund ihres Hinweises saß Alvins Mutter lebenslänglich im Gefängnis. Sie hatte ausgesagt, sie habe ihren Mann nur ermordet, um sich und ihr Kind vor ihm zu schützen. Nachdem sie ins Gefängnis gekommen war, hatte der zehnjährige Alvin bei seiner betagten Großmutter gelebt und war in ärmlichen Verhältnissen aufgewachsen. Rebekka war schuld, dass Alvin seine Mutter und sein Zuhause verloren hatte.

Um Alvins Blick nicht zu begegnen, vertiefte sich Rebekka in ihre Notizen und ergänzte die Informationen des alten Mannes. »Amy, du wolltest doch nur ein paar Stunden bleiben. Jetzt sind es schon vier«, sagte Alvin.

»Gott, wirklich?«, rief Amy, beinahe überzeugend. »Die Zeit ist vergangen wie im Flug, Schatz. Es gab eine Menge zu tun.«

»Du musst dich doch ausruhen.«

»Na ja …«

»Ich will, dass du jetzt mit nach Hause kommst.«

»Oh!« Amy klang erschrocken, und Rebekka hatte das Gefühl, dass sie von Alvin diesen Kommandoton nicht gewohnt war, obwohl er es offensichtlich gut mit ihr meinte. »Na schön, Schatz. Nur noch ein paar Minuten.«

»Nein. Ich finde … wirklich, ich möchte, dass du jetzt gleich kommst.«

»Miss Ryan, könnten Sie mir kurz beim Kopieren helfen?«, fragte eine Frau übertrieben laut. Rebekka stand auf, wütend, weil die Frau ganz eindeutig Alvin von ihrer Anwesenheit in Kenntnis setzen wollte. Um den Kopierer zu erreichen, musste sie an ihm vorbeigehen, und sie lächelte ihm harmlos zu, als wäre nichts geschehen. Alvin schien sich über ihre Anwesenheit nicht zu wundern und starrte sie stumm an, die dunklen Augen hinter den dicken Brillengläsern ein wenig geweitet.

»Ich hol nur rasch meine Tasche, Schatz, dann fahren wir heim. Du siehst aus, als hättest du kein Auge zugetan«, schnatterte Amy und durchstöberte den Raum nach ihrer Handtasche. »Ich mache dir eine heiße Schokolade – das ist auch im Sommer sehr lecker –, dann sehen wir uns eine Show im Fernsehen an und legen uns dann beide in die Heia. Das wird bestimmt lustig, meinst du nicht? Ich bin fertig. Wiedersehen, alle zusammen. Bis morgen.«

Überschwängliche Abschiedsgrüße begleiteten Amy und Alvin aus der Tür. Rebekka bedachte die Frau am Kopierer mit einem langen, ruhigen Blick. »Also, was sollte ich für Sie tun? Den Deckel schließen? Auf den Startknopf drücken?«

»Ich komme schon zurecht«, murmelte die Frau und wurde rot.

Rebekka zwang sich, noch eine Stunde zu bleiben. Sie gönnte niemandem den Triumph, sie Reißaus nehmen zu sehen. Sie nahm noch fünf Anrufe entgegen, von denen keiner besonders wichtig zu sein schien, griff sich einen Packen Flugblätter und verließ gegen 14.30 Uhr das Gebäude. Sie konnte sich das Gerede, das nun hinter ihrem Rücken einsetzen würde, lebhaft vorstellen.

Sie schlenderte die Straße entlang, sah sich die Schaufenster an und steuerte dann auf ihren Wagen zu. Sie hatte die Türen abgesperrt, aber beide Fenster ein paar Zentimeter offen gelassen, damit die Ledersitze nicht so heiß würden, dass sie sich durch die dünne Hose die Haut verbrannte. Die Sonne schien frontal auf die Windschutzscheibe, als sie einstieg und mit dem Fuß an einen Gegenstand stieß, der auf dem Boden lag. Sie ließ die Tür offen stehen, beugte sich hinunter und sah ein schmales Lederband mit einer Prägung darauf. Es waren die Buchstaben JPR. Rebekka hatte das Gefühl, den Boden unter den Füßen zu verlieren, als sie das Armband erkannte, das Jonnie sich bei den Pfadfindern geflochten hatte, ein Armband, das seit seinem Verschwinden nicht mehr aufgetaucht war.

10. Kapitel

1

Dienstag, 14.45 Uhr

Matilda Vinson war außer sich vor Angst, seit sie Skeeter gefunden hatte. Sie und er waren im selben Alter gewesen. Sie hatte ihn gekannt, seit sie zusammen die erste Klasse besucht hatten. Ihre damalige Lehrerin war Mrs. Esther Hardison gewesen. Damals, als alle anderen Kinder sich über ihn lustig gemacht hatten, war Matilda sein Schutzengel gewesen. Sie hatte ihn vermisst, als man ihn gezwungen hatte, die Sonderschule zu besuchen, aus der sein Vater ihn unter fadenscheinigen Vorwänden immer wieder herausnahm. Dennoch hatte Skeeter Matilda sein Leben lang als seine Freundin betrachtet und ihr immer zugewinkt, wenn er an der Drogerie vorbeigeschlendert war. Hereingekommen war er allerdings nur, wenn er ein wenig Geld gespart hatte, um sich Medizin gegen sein Magengeschwür zu kaufen.

Am Sonntagmorgen war Matilda in der Drogerie gewesen. Sie hatte jeden Tag geöffnet, weil die große Drogerie in der Einkaufspassage dem Geschäft geschadet hatte und Matilda noch immer von ihrem Vater zur Rechenschaft gezogen wurde, der Ende achtzig und im Pflegeheim war. Jeden Monat bestand er darauf, die Bücher einzusehen, und wenn die Einnahmen deutlich zurückgegangen waren, wurde er fuchsteufelswild oder fing an zu weinen. Einmal war er sogar ausgerissen und hatte versucht, in das baufällige Baumhaus zu klettern, das Matilda vor 50 Jahren mit ihrer Schwester gebaut hatte. Er hatte sich prompt die Hüfte gebrochen und sich erst nach drei Monaten wieder erholt. Matilda brachte es einfach nicht fertig, die Bücher zu frisieren, um weitere Katastrophen dieser Art zu verhindern. Ihr Vater war sehr fromm, und der Gedanke, ihn zu belügen, erschien ihr wie eine Gotteslästerung. Stattdessen öffnete sie den Laden auch sonntagsvormittags, ohne es ihm zu sagen. Die Läden in der Einkaufspassage öffneten sonntags erst um ein Uhr nachmittags, sodass das übrige Geschäft ihr zufiel.

Als sie Skeeter zum letzten Mal lebend gesehen hatte, war er um zehn Uhr in heller Aufregung zu ihr in den Laden gestürmt und hatte gerufen: »Tildy! Tildy, ich muss dir was erzählen!«

»Ich habe nicht viel Zeit.« Sie war gerade dabei, Pillen abzuzählen. Das beherrschte sie mit maschinengleicher Geschwindigkeit. »Mr. Scarpatti wird sich in fünf Minuten seine Medizin abholen, also erzähl es mir, bevor er kommt.«

»Es geht um Großvater! Er war drüber!«

»So, und deshalb schreist du hier herum, Skeeter? Du stiehlst mir meine Zeit mit diesem Unsinn. Dein Großvater ist tot.«

Skeeter baute sich vor ihr auf und sagte in würdevollem Ton: »Ich weiß, dass er tot ist. Er ist jetzt ein Geist.«

Matilda hatte entnervt die Augen verdreht, sich dann aber zusammengenommen. »Tut mir Leid, Skeeter. Natürlich ist er ein Geist. Du sagst, er sei drüber gewesen. Wo denn drüber?«

»Über der Präsidentensuite.«

Matilda hatte innegehalten mit Zählen. »Du meinst, er war auf dem Dachboden? Vom Möb … Hotel?«

»So wahr ich hier vor dir stehe.« Und dann hatte er erzählt, dass der Geist seines Großvaters auf dem Dachboden umhergegangen war und aus dem Fenster gesehen hatte, das allererste Mal. »Und ich weiß einfach nicht, was ich davon halten soll, Tildy.«

Matilda hatte ihn prüfend angesehen. Er war nicht betrunken gewesen. Und abgesehen von seiner Einbildung, er sehe seinen Großvater jeden Abend aus dem obersten Stockwerk des Möbelhauses springen, hatte er sich ihres Wissens nie Geschichten zusammengesponnen. Dazu fehlte es ihm an Phantasie. »Skeeter, bist du sicher, dass du letzte Nacht jemanden in dem Gebäude gesehen hast?«

»Großvater. Ich hab's dir doch erzählt. Ich bin ganz sicher. Er hat mich ganz schön erschreckt. Was hältst du davon, Tildy?«

»Ich weiß es nicht«, hatte sie steif gemurmelt und sich wieder an den Samstag erinnert; sie war wegen der Abrechnung ziemlich lange im Geschäft gewesen. Obwohl sie neuerdings bis zehn Uhr abends geöffnet hatte, waren die Einnahmen noch immer zu niedrig. Sie hatte schon daran gedacht, die Preise zu erhöhen. Dann hatte sie sich die Gesichter ihrer älteren Kunden vorgestellt, Freunde ihres Vaters, die auch ihr stets die Treue gehalten hatten. Nicht alle von ihnen waren ausreichend versichert und bekamen ihre Ausgaben für Medikamente ersetzt. Nein, sie würde die Preise auf keinen Fall erhöhen. Höchstens jene für Kosmetika …

Um 22.45 Uhr hatte Matilda in ihre Bücher gestarrt und leise gestöhnt. Sie war seit fünf Uhr früh auf den Beinen und seit sieben im Laden gewesen. Ihre Augen brannten, und ihr Kopf tat weh. Sie machte sich Sorgen, nicht etwa, weil die Abrechnung nicht gestimmt hätte, sondern weil sie nicht wollte, dass ihr Vater sich wieder aufregte, wenn er am Ende des Monats die Bücher einsah. Sie betete ihn an. Seine Anerkennung bedeutete ihr alles, und der Arzt hatte ihr gesagt, dass er das Jahr nicht überleben würde.

Matilda war an die Ladentür gegangen und hatte hinausgesehen. Skeeter saß nicht an seinem gewohnten Platz auf ihrer Treppe. Das Gewitter hatte nachgelassen, und er war bummeln gegangen. Zwei Straßen weiter waren Kinos und Kneipen, die einzigen Orte, wo zu dieser Zeit noch Leute verkehrten. Gleich gegenüber stand das Möbelhaus Klein. Die Schaufenster waren erleuchtet, sodass ein gewaltiges Bett aus Kirschbaumholz mit passender Spiegelkommode zu sehen war und eine Couch in wunderschönen Creme-, Blau- und Rosaschattierungen. Das erste und zweite Stockwerk waren dunkel gewesen. Einige Fenster in den Stockwerken drei und vier, in denen sich Wohnungen befanden, waren noch hell erleuchtet. Das fünfte Stockwerk war dunkel geblieben. Und darüber …

Matilda hatte die Stirn gerunzelt. Sie konnte sich nicht erinnern, auf dem Dachboden des Möbelhauses jemals Licht gesehen zu haben. Aber im äußersten Fenster war tatsächlich ein schwacher Lichtschein zu sehen. Sie hatte den Eindruck gehabt, dass er nicht von der Deckenbeleuchtung kam, sondern von einer starken Taschenlampe, die man irgendwo abgelegt hatte.

Matilda hatte die Ladentür aufgesperrt und war auf das Pflaster hinausgetreten, von wo aus sie eine bessere Sicht hatte. Sie konnte sich nicht vorstellen, dass Herbert Klein zu nachtschlafender Zeit auf seinem Dachboden herumwühlte. Dennoch scheute sie sich davor, bei ihm anzurufen, um einen Einbrecher zu melden. Womöglich hatte Klein auf seinem Dachboden etwas zu erledigen und würde ihr höflich raten, sich gefälligst nicht in anderer Leute Angelegenheiten einzumischen.

Und dann hatte sie für wenige Sekunden ein Gesicht gesehen. Allerdings war die Beleuchtung so spärlich gewesen, dass sie im Nachhinein nicht sagen konnte, ob es sich dabei um einen Mann oder eine Frau gehandelt hatte. Nur fünf Sekunden später war das Licht erloschen. Doch sie hatte plötzlich Blicke gespürt, die sie registriert hatten. Durchdringende, bösartige Blicke.

Matilda war in ihren Laden gelaufen, hatte die Tür zugeknallt und fest verschlossen. Dann war sie ins Hinterzimmer geflüchtet und hatte fast zehn Minuten zitternd vor Angst dort ausgeharrt. Sie hatte versucht, Herbert Klein zu erreichen, doch der war nicht zu Hause gewesen. Vielleicht war er doch auf seinem Dachboden, hatte sie sich gedacht und es nicht gewagt, die Polizei zu verständigen.

Schließlich hatte sie sich zurück in den Laden geschlichen und die Lichter ausgeschaltet. Dann hatte sie weitere fünf Minuten gewartet und sich fast kriechend zum Fenster bewegt, um auf die Straße hinauszuspähen. Der Dachboden des Möbelhauses war dunkel gewesen. Sie hatte tief Luft geholt und sich einen Angsthasen gescholten.

Dann hatte jemand leise an der Eingangstür gerüttelt, die sie zum Glück abgesperrt hatte.

Matilda war vor Schreck wie gelähmt, ihr Atem schnell und keuchend gewesen. Erneutes Rütteln. Behutsam, aber energisch. Einmal, zweimal. Zum Glück war die altmodische Tür, die sie immer so gehasst hatte, nicht aus Glas wie die schicken Türen der neuen Drogerien in der Einkaufspassage und hatte nur auf Augenhöhe ein kleines Glasfenster. Selbst wenn es jemand einschlagen sollte, konnte er den Türknauf nicht erreichen. Aber sie hatte diesen hässlichen Blick wieder gespürt, der nach ihr forschte wie die Katze nach der Maus. Sie hatte sich an ein Regal gedrückt, während ihr der Angstschweiß den Rücken hinuntergelaufen war. Starr vor Entsetzen hatte sie sich gefragt, ob sie den Hintereingang abgeschlossen hatte. Matilda war zu keiner Bewegung mehr fähig gewesen, sie fühlte sich außerstande, den Laden zu durchqueren, ins Hinterzimmer zu hasten und nachzusehen. Es war ohnehin zu spät, hatte sie sich gesagt. Inzwischen war genügend Zeit vergangen, um vom Vordereingang zur Hintertür zu gelangen. Sie blieb am besten in der Nähe des Eingangs stehen. Auf diese Weise würde sie hören, wenn jemand durch den Hintereingang kam, konnte die Vordertür aufsperren und schreiend auf die Straße rennen.

Sie hatte diesen Plan im Geiste dreimal durchgespielt, obwohl sie sich vor Entsetzen keinen Zentimeter hatte von der Stelle rühren, geschweige denn eine solch entschlossene Tat vollbringen können. Sie war nicht imstande gewesen, die zehn Meter bis zur Ladentheke zu kriechen, auf der sich das Telefon befand, das mit dem Polizeirevier verbunden war. Sie hatte sich dafür gehasst, aber das hatte auch nichts geändert. Sie hatte wie gelähmt fast eine halbe Stunde lang ausgeharrt, bis sie erkannt hatte, dass der Eindringling es aufgegeben hatte. Sie hatte ihren schmerzhaft verkrampften Körper entspannt und endlich die Polizei angerufen, und fünfzehn Minuten später hatte sie ein unglaublich junger Deputy zu ihrem Wagen begleitet, sich mit einem unverschämten Grinsen über ihre Ängstlichkeit lustig gemacht und ihr gesagt, dass ihr wahrscheinlich ein paar Jugendliche einen Schreck hatten einjagen wollen.

Am Sonntagmorgen hatte Matilda sich nach Kräften bemüht, den Zwischenfall aus ihren Gedanken zu verbannen. Ihr Vater hatte ihr immer schon gesagt, sie würde aus jeder Mücke einen Elefanten machen. Jemand war auf Kleins Dachboden gewesen, wahrscheinlich Herbert Klein persönlich, und jemand hatte versucht, die Tür der Drogerie zu öffnen, wahrscheinlich ein Teenager oder sogar Skeeter, obwohl er abgeschlossene Türen immer respektiert hatte. Das waren die einzigen konkreten Dinge, die geschehen waren. Ihre Einbildung hatte die bösartigen Blicke erfunden. Sie verbrachte zu viel Zeit allein und wurde allmählich ein wenig seltsam. Sie würde noch als verschrobene alte Schachtel enden, die an jeder Ecke Gefahren lauern sah.

Dann war Skeeter zu ihr gekommen und hatte etwas davon geplappert, dass Samstagnacht jemand auf dem Dachboden gewesen sei, und sie hatte instinktiv gewusst, dass es nicht Herbert Klein gewesen war. »Du musst zur Polizei gehen«, hatte Matilda zu Skeeter gesagt. Sie war zutiefst bestürzt gewesen, hatte jedoch versucht, es sich nicht anmerken zu lassen. Skeeter war vor Aufregung ganz aus dem Häuschen gewesen. »Klar geh ich zur Polizei«, hatte er ihr mit glänzenden Augen versichert. »Ich werde mit Chief Garrett reden, damit er sich um Großvater kümmert. Ich komm wieder, Tildy, und erzähl dir, was er unternehmen will.«

Als Skeeter gegangen war, hatte Matilda sich erneut einen Hasenfuß gescholten. Kein Mensch würde auf Skeeter hören. Sie hätte selber mit der Polizei sprechen sollen, auch wenn dieser junge Deputy sie so leichtfertig abgetan hatte. Er hatte sie behandelt, als sei bei ihr eine Schraube locker, und mit seiner Überheblichkeit ihren Stolz verletzt.

Außerdem durfte ihr Vater auf keinen Fall erfahren, dass sie die Polizei verständigt hatte. Es würde ihn nur unnötig aufregen. Und das wollte sie nicht riskieren. Und dennoch …

Und dann war sie am Montagmorgen voller neuer Ideen und der nötigen Energie, sie umzusetzen, zur Drogerie gefahren und wäre vor der Tür beinahe über Skeeters Leiche gefallen. Übelkeit stieg in ihr auf, als sie sich an den Eispickel erinnerte, der aus seinem Auge ragte. Der arme, unglückliche Skeeter. Sie würde ihn vermissen, obwohl sie das nie zugeben würde. Aber noch konnte sie nicht um ihn trauern, noch überwog das Grauen, die bange Frage, was seine Ermordung wohl zu bedeuten hatte. Sie wusste, dass Chief Garrett Skeeters Hinweis tatsächlich nachgegangen war und dabei Todd Ryans blutbeflecktes Stofftier auf dem Dachboden gefunden hatte. Man hatte den Kleinen dort oben gefangen gehalten. Was Skeeter für das Gespenst seines Großvaters gehalten hatte, das dort oben »umging«, war in Wirklichkeit der Entführer gewesen. Und wenn Skeeter Todd Ryans Kidnapper gesehen hatte, dann hatte sie ihn auch gesehen. Natürlich nicht genau. Nicht gut genug, um ihn identifizieren zu können, aber das wusste der Kidnapper ja nicht. Vielleicht war sie ja das nächste Opfer seines Eispickels.

Matilda erschauerte, fing sich aber gleich wieder und zählte Mr. Morelands Cholesterinpillen weiter zu je 5 Stück ab. Matilda fand den Preis des Medikaments unverschämt hoch, aber wenigstens waren die Morelands gut versichert, weil Edgar Moreland lange Jahre bei Grace Healthcare gearbeitet hatte. Er war bereits früher am Morgen im Laden gewesen und hatte ihr erzählt, dass Herbert Klein die Tür zum Dachboden einmal hatte offen stehen lassen und dass Skeeter Dobbs die Stiege hinaufgeschlichen war. »Hat weder was gestohlen noch beschädigt, der arme Teufel. Also trugen Helen und ich ihm Kekse und Saft hinauf. Am nächsten Morgen war kein Krümelchen und kein Tropfen davon mehr übrig. Ich glaube, er hat sich's einfach gut gehen lassen.«

Mr. Moreland sagte, dass seine Frau, nun da sie wüsste, dass Todd auf dem Dachboden direkt über ihrer Wohnung gefangen gehalten worden war, Todesängste ausstand. Sagte, sie mache sich große Vorwürfe, weil sie nicht gleich die Polizei verständigt hatte. Matilda konnte es ihr nachfühlen. Mr. Moreland sagte, er wolle es nicht an die große Glocke hängen, aber er werde für Skeeters Beerdigung aufkommen. Er konnte den Gedanken nicht ertragen, dass man Skeeter in irgendeinem Armengrab verscharren würde. Das Begräbnis würde nicht ausgesprochen kostspielig ausfallen, hatte er ihr erzählt. Nur ein hübscher Sarg, eine schlichte Ansprache, die Father Brennan im Shady Mount Cemetery halten würde, und einem einfachen Granitstein. Matilda hatte versprochen, dabei zu sein. Der arme Skeeter. Der Eispickel, das Blut, das Grauen ...

»Miss Vinson?«

Matilda zuckte zusammen und verschüttete dabei sämtliche Pillen auf dem Spatel über die Ladentheke. Sie sah Lynn zornig an. »Was ist?«

»Ich wollte Sie nicht erschrecken. Tess sagt, dass der Schokoladensirup an der Getränketheke knapp wird.«

»Tess hat mittlerweile wohl die Sprache verloren«, fauchte Matilda.

Lynn senkte die Stimme. »Sie hat ein wenig Angst vor Ihnen.«

Matilda warf einen verstohlenen Blick hinüber zu Tess, die gerade eine pinkfarbene Kaugummiblase hervorgebracht hatte, dreist zurückstarrte und nicht die Spur von Scheu erkennen ließ. Sie war einfach nur faul. Überdies war sie die Enkeltochter eines alten Kunden, und Matildas Vater hatte darauf bestanden, den kleinen Trampel einzustellen. Die reinste Geldverschwendung. Die Getränketheke brachte fast nichts ein. »Sagen Sie Tess, sie möge einen Eimer Schokoladensirup bestellen«, wies Matilda sie an, die sich plötzlich ärgerte, dass sie dem Mädchen Lohn zahlen musste. »Und Lynn, würden Sie bitte die Treppe noch einmal wischen?«

Lynns kalte Augen blitzten böse. Sie hatte die Stelle, an der Skeeters Leiche gelegen hatte, nun schon viermal gewischt. Man konnte da inzwischen vom Fußboden essen, dachte sie säuerlich. »Vielleicht sollte ich damit bis zum Abend warten?« Sie klang freundlich und hilfsbereit. »Auf diese Weise wird es am Morgen noch frisch sein.« Und weniger Leute würden sie dabei beobachten können, wie sie die Arbeit einer Putzfrau erledigte. Um Himmels willen.

»Na schön.« Matilda sammelte die Pillen auf, um sie erneut zu zählen. »Vergessen Sie den Ammoniak nicht. Die Stufen fühlen sich immer noch klebrig an, finde ich.«

Einbildung natürlich. Sie wusste, dass Skeeters Blut längst fort war. Vielleicht wurde sie wie er. Er hatte immer seinen Großvater aus der Präsidentensuite auf das Pflaster klatschen sehen, dass das Blut nur so spritzte. Und Matilda würde auf ewig den Metallgriff sehen, der grotesk aus Skeeters Auge ragte, sein klebriges Blut auf ihren weißen Pumps und die Fliegen, die in der heißen Morgensonne seinen erschlafften Körper umschwärmten.

Matilda schüttelte sich und hatte sich schon wieder verzählt.

2

»Wenn ich es dir doch sage, das hier ist Jonnies Armband«, sagte Rebekka schrill. »Er hat es bei den Pfadfindern geflochten.«

Bill sah sie zweifelnd an. »Ich weiß, dass Jonnie auch so eins trug …«

»Nicht auch so eins. Es ist seines. Er hat es getragen, als man ihn entführt hat.«

Bill drehte und wendete den geflochtenen Lederstreifen in seinen Händen. Er sah tatsächlich nicht aus, als hätte ein Profi ihn angefertigt. Und er trug Jonnies Initialen. Aber er roch nach neuem Leder. Jonnies Armband wäre mindestens acht Jahre alt. »Ich weiß ja, dass du aufgeregt bist, Liebes …«

»Sei nicht so herablassend!« Rebekka und Bill zankten sich selten, und er hatte sie noch nie so ärgerlich gesehen. Sie nahm es ihm übel, dass er diesem Armband nicht mehr Interesse entgegenbrachte. »Glaubst du denn, ich hätte es mir selbst ins Auto gelegt, um mich in den Mittelpunkt zu spielen?«

»Du meine Güte, Becky, so was würde mir nie einfallen. Aber die Vorstellung, dass Jonnies Armband nach all den Jahren zufällig in deinem Auto auftaucht, das noch dazu abgesperrt war …«

»Die Fenster waren beide einen Spalt offen. Das genügt doch, um ein Armband hineinfallen zu lassen.«

Bill sah sie eindringlich an. »Was soll ich denn deiner Meinung nach tun, Becky?«

»Ich will nur, dass du Interesse zeigst. Aber du tust gerade so, als würde ich dich wegen eines ungerechtfertigten Strafzettels behelligen.«

»Das ist doch nicht wahr. Natürlich interessiert mich die Sache. Ich bin einfach nur durcheinander. Teufel nochmal, die ganze Geschichte geht mir verdammt an die Nieren! Und alle erwarten irgendein Wunder von mir, und ich habe keines parat.«

»Dann verstehst du vielleicht, wie mir zumute ist«, sagte Rebekka. »Ich weiß, dass Molly enttäuscht von mir ist. Mehr als das, sie ist wütend auf mich, weil ich Todd noch nicht gefunden habe. Und was Mutter anbelangt ...«

»Macht sie dir wieder Vorwürfe, wie damals bei Jonnie?«

»Nein, nicht wie damals. Sie ist nicht andauernd mit Fragen hinter mir her und beschwert sich, wenn sie keine Antworten bekommt. Aber sie ist genauso enttäuscht wie vor acht Jahren.«

»Du weißt, dass dabei auch deine Großmutter eine Rolle spielt. Suzanne kann einfach nicht akzeptieren, dass du dieselbe Begabung hast wie sie. Sie hatte Angst vor unserer Mutter. Und jetzt hat sie Angst vor dir.«

»So ein Pech aber auch!«, fauchte Rebekka. »Es geht hier aber nicht um Mutter. Auch nicht um Molly. Ich will wissen, was dieses Armband zu bedeuten hat, Bill.«

»Ich weiß es nicht.«

»Doch, du weißt es wohl. Jemand versucht, mir Angst einzujagen. Weißt du, wen ich heute bei den Freiwilligen getroffen habe? Alvin Tanner, dessen Mutter meinetwegen im Gefängnis sitzt.«

Bill merkte auf. »Du glaubst also, dass Alvin dir das Armband ins Auto gelegt hat? Rebekka, woher sollte er denn wissen, dass du dort parken würdest? Oder glaubst du, dass er das Armband immer bei sich getragen hat, nur für den Fall, dass du ihm über den Weg laufen würdest?« Sie funkelte ihn wütend an. »Und woher sollte Alvin Jonnies Armband haben? Als man Jonnie entführt hat, war Alvin erst fünfzehn.«

»Ich wollte damit nicht sagen, dass er Jonnie entführt hat, aber er hasst mich!«

»Das weißt du doch gar nicht.«

»Das liegt doch auf der Hand. Seine Mutter hat seinen Vater umgebracht, um ihn zu beschützen. Und ich bin schuld, dass sie nun jahrelang im Gefängnis sitzt.«

»Rebekka, sie hätte mildernde Umstände bekommen, wenn nicht ein gewisser Zweifel an ihrem Tatmotiv bestanden hätte. Da war zum Beispiel seine Lebensversicherung. Sie hatte ihn vier Monate, bevor sie ihn erstochen hat, dazu gebracht, sie ihr auszuzahlen. Sie hat ihm vor dieser Kneipe aufgelauert und seelenruhig zugesehen, dass ein anderer für ihr Verbrechen verurteilt wurde.«

Rebekka antwortete nicht. »Und dieses Armband … Ich sage dir, es riecht neu. Ich sehe auch keine Schweißflecken darauf. Deshalb glaube ich nicht, dass es wirklich Jonnie gehört hat.«

Rebekka holte tief Luft. »Na schön, mal angenommen, es ist eine Kopie. Wer hat es dann in meinen Wagen gelegt?«

»Jemand, der dich verscheuchen will«, sagte Bill tonlos. »Ich möchte nicht grausam klingen, aber ich sage dir nichts Neues. Viele Leute in dieser Stadt haben Angst vor dir, verstehen nichts von außersinnlichen Wahrnehmungen. Viele Leute mögen dich nicht, weil sie dich für einen Scharlatan halten. Stell dir vor, vor knapp einer Stunde ist Sheriff Lutz hier aufgetaucht und hat fürchterlich gewettert, dass du in die Stadt gekommen bist, einen Unfall provoziert und bei Dormaines einen Aufruhr veranstaltet hast. Er glaubt nämlich, dass du Todds Verschwinden ausnutzen willst, um für dein Buch zu werben!«

Rebekka fühlte sich, als hätte man ihr eine Ohrfeige verpasst. »Ich habe immer gewusst, dass Martin Lutz mich nicht leiden kann, aber dass er mir zutraut, aus der Entführung eines kleinen Jungen Profit zu schlagen, hätte ich doch nicht gedacht!«

»Ich habe ihm kräftig die Meinung gesagt und ihm die Tür gewiesen. Er hat mir mehrfach gedroht, aber er kann mir nichts anhaben. Allerdings wird er vor dieser aufdringlichen Journalistin Kelly Keene mit seiner Meinung nicht hinterm Berg halten. Gemeinsam könnten die beiden uns großen Ärger machen, Rebekka. Deshalb möchte ich, dass du die Sache mit dem Armband einstweilen für dich behältst.«

»Ich verstehe dich ja, Bill, aber dieses Armband ist wichtig, siehst du das nicht ein?« Ihre Stimme wurde lauter. »Wirst du denn gar nichts unternehmen?«

Deputy G. C. Curry ging draußen vorbei und warf einen verstohlenen Blick ins Büro seines Chefs. Bill sagte leise: »Könntest du den Ton ein bisschen leiser drehen, Rebekka?«

»Warum? Errege ich etwa Aufsehen? Zu mehr scheine ich neuerdings nicht zu taugen.«

Bill verdrehte die Augen. »Ich sehe schon, ich kann sagen, was ich will, alles geht dir gegen den Strich. Lass das Armband bei mir, und ich setze ein paar meiner Leute auf die Sache an. Und du fährst heim und legst dich aufs Ohr.«

»Ich soll schlafen?« Rebekka war mit einem Mal so wütend, dass sie nicht mehr klar denken konnte. Bill behandelte sie wie ein eigensinniges Kind. Sie stand auf. »Danke für den Kaffee. Und für dein großes Interesse. Ich gehe, bevor ich dir weiterhin auf die Nerven falle.«

»Rebekka …«

Aber sie stürmte schon wutschnaubend aus seinem Büro, vorbei an mehreren Deputys und einer Sekretärin, die ihr mit offenen Mündern hinterherstarrten. Sollten sie gaffen, bis sie schwarz wurden. Rebekka hatte sich inzwischen daran gewöhnt.

Draußen auf der Straße fühlte sie sich plötzlich ganz kraftlos. Ihre Glieder schmerzten vor Anspannung und Angst, und ihre Hände zitterten. Ihre Beine schienen sie nicht mehr tragen zu wollen. Sie musste sich hinsetzen, sonst würde sie umkippen.

Um nicht auf dem Bürgersteig ohnmächtig zu werden, suchte sie im nächsten Geschäft Zuflucht. Kühle Luft hieß sie willkommen, sie sah sich nach einem Stuhl um und entdeckte einen, der mit blauem Brokat bezogen war. Sie setzte sich, schloss die Augen und atmete in langen Zügen.

»Alles in Ordnung, Ma'am?«

Rebekka öffnete die Augen. Ein schönes Mädchen mit langen schwarzen Haaren und veilchenblauen Augen hatte sich stirnrunzelnd über sie gebeugt. »Ich mache Ihnen ungern Umstände«, sagte Rebekka, und ihr Gesicht wurde vor Verlegenheit noch heißer, »aber könnte ich bitte ein Glas Wasser haben? Ich fühle mich nicht ganz wohl. Die Hitze, nehme ich an …«

»Ich bin sofort wieder da.« Das Mädchen eilte in den Nebenraum. Rebekka holte noch einmal tief Luft. Hoffentlich waren nicht zu viele Leute hier, dachte sie und blickte sich um. Aber der Laden war zum Glück völlig leer. Ihr Herzschlag beruhigte sich ein wenig. Diesmal blamierte sie sich wenigstens nicht allzu sehr.

Die Ausstattung des Ladens war von dezenter Eleganz: ein dicker dunkelblauer Teppich, eine cremefarbene Tapete mit zarten Goldornamenten. Musik von Vivaldi erfüllte den kühlen Raum, und es duftete zart nach Jasmin. Sie befand sich im Schmuckkästchen.

Das Mädchen kam mit einem Glas eisgekühlten Wassers wieder zurück. »Trinken Sie langsam, sonst bekommen Sie Kopfschmerzen«, riet sie ihr.

Rebekka trank in kleinen Schlucken und lächelte. »Danke, es geht mir schon besser.«

»Sind Sie sicher? Ich kann auch einen Arzt anrufen.«

»Nein!« Der Gedanke an die brüllende Sirene eines Notarztwagens war Rebekka ein Gräuel. »Wirklich, es geht mir gut.« Sie lächelte. »Ich war früher öfter in Ihrem Laden. Er ist neu eingerichtet worden. Das ist schön.«

»Mir gefällt es auch. Ich arbeite gern hier. Der Laden ist hübsch, und dann noch dieser tolle Schmuck, ich könnte es fast bedauern, dass ich im Herbst hier aufhöre und zu studieren anfange.«

Um sich zu vergewissern, dass es ihr schon besser ging, stand Rebekka auf und begab sich zu einem der Schaukästen. Ringe funkelten einladend im raffinierten Licht, und einer fiel Rebekka besonders ins Auge. »Dieser Smaragdring da gefällt mir. Der mit dem rund geschliffenen Stein.«

»O ja, ist er nicht exquisit? Er ist mein Lieblingsstück!« Die Begeisterung des Mädchens war ehrlich. »Würden Sie ihn gern mal anprobieren?«

Rebekka brauchte eigentlich keinen Ring, aber der Laden war kühl und komfortabel, das Mädchen freundlich und der Ring von verlockender Schönheit. »Sicher, warum nicht?«

Das Mädchen holte das Schmuckstück aus seinem kleinen grünen Behälter, der mit weißgrün gestreiftem Samt ausgelegt war. »Er ist Größe fünf, das ist ziemlich klein, aber man kann ihn auch weiten lassen.«

Sie unterbrach sich, als der Ring mit Leichtigkeit auf Rebekkas rechten Ringfinger glitt. »Na so was! Der sitzt ja perfekt. Und er passt ausgezeichnet zu Ihrer Hautfarbe.«

Rebekka drehte und wendete den Finger unter der Beleuchtung, die den Stein verlockend schimmern ließ. »Wissen Sie zufällig, wieviel Karat er hat?«

»Der Smaragd in der Mitte hat eineinhalb Karat, die zu beiden Seiten haben acht und zehn Punkte. Und das Gold hat achtzehn Karat.« Das Mädchen lächelte. »Ich sagte ja schon, dass mir dieser Ring besonders gefällt. Ich hätte ihn mir auch längst gekauft, aber ein Sommer Arbeit hier und zwei Jahre Babysitten reichen nicht fürs College und den Ring. Und ich gehe auch nicht mehr babysitten. Das werde ich nie wieder tun, glaube ich.«

Rebekka blickte auf. Die Veilchenaugen des Mädchens waren düster geworden, ihr Lächeln verflogen. Du lieber Himmel, dachte Rebekka. Hatte Molly nicht erzählt, dass Todds Babysitter im Schmuckkästchen arbeitete? »Entschuldigung, dass ich frage, aber heißen Sie zufällig Sonia Ellis?«

Das Mädchen blickte sie argwöhnisch an. »Warum? Sind Sie Reporterin?«

»Nein.«

»Aber Sie haben mich gesucht.«

»Auch nicht. Ich bin wirklich nur hereingekommen, weil mir übel war. Ich habe Ihren Namen erraten, weil Sie so traurig ausgesehen haben, als Sie das Babysitten erwähnten.«

»Ich möchte nicht über Todd Ryan sprechen«, sagte Sonia bestimmt. »Ich möchte auch nicht unhöflich sein, besonders wenn Sie keine Reporterin sind wie diese grauenhafte Keene, die mich auf Schritt und Tritt verfolgt, aber Chief Garrett will nicht, dass ich über die Entführung rede.«

»Chief Garrett ist mein Onkel, Sonia. Ich bin Rebekka Ryan – Todds Cousine zweiten Grades.«

Sonias Augen weiteten sich. »Rebekka Ryan? Die, die angeblich außersinnliche Wahrnehmungen hat?«

Diese Begabung schien wie ein düsteres Stigma an ihr zu kleben. »Ja«, erwiderte sie mit gespielter Unbekümmertheit, »aber im Augenblick versuche ich gerade, Todd mit herkömmlichen Methoden zu finden. Würden Sie mit mir sprechen? Ich bin doch mit Todd verwandt, und Bill Garrett hätte nichts dagegen, das weiß ich.«

Sonia senkte den Blick. »Der Ladeninhaber hat es nicht so gern, wenn ich herumstehe und plaudere.«

»Ich könnte Sie nach der Arbeit treffen.«

»Ich muss in die Bibliothek. Ich belege diesen Sommer einen Kurs am College und muss einen Aufsatz abliefern. Ich bin also sehr beschäftigt.«

»Ich nehme Sie doch nur ein paar Minuten in Anspruch, Sonia. Vielleicht könnte ich mit dem Inhaber sprechen.«

Sonia seufzte. »Sie lassen nicht locker, was? Na schön. Er ist im Augenblick gar nicht hier, also gebe ich Ihnen zehn Minuten. Aber nicht mehr.«

»Danke. Das bedeutet mir sehr viel.«

»Ich lege nur schnell den Ring wieder zurück.«

»Nein, bitte nicht«, sagte Rebekka schnell. »Ich bin wirklich daran interessiert. Ich möchte ihn tragen, während wir reden. Auf diese Weise kann ich mich besser entscheiden, ob ich ihn kaufen werde oder nicht.«

Sonia sah Rebekka zweifelnd an, sie schien tatsächlich zu glauben, dass sie den Ring nur als Vorwand benutzte, ließ sie aber gewähren. »Ich weiß, dass man Ihnen diese Frage schon mehrmals gestellt hat, aber bitte beantworten Sie sie mir noch dieses eine Mal. Mollys Nachbarn waren nicht zu Hause, stimmt's?«

»Stimmt nicht.« Rebekka sah sie verständnislos an. »Ich sage das immer wieder, aber niemand will mir glauben. Diese Schwester, Ms. Wright, die war zu Hause.«

Rebekka zog erstaunt die Augenbrauen in die Höhe. »Sie sagt, sie hätte von sieben Uhr abends bis zum Morgen eine alte Frau gepflegt.«

»Es ist mir egal, was sie sagt.« Sonia blickte eigensinnig drein. »Und dass ihre Patientin behauptet, sie sei die ganze Nacht bei ihr gewesen, ist mir auch egal. Meine Mutter kennt ihre Patientin. Sie ist senil und mit Medikamenten vollgestopft. Für sie macht es keinen Unterschied, ob Ms. Wright um sieben oder um Mitternacht bei ihr ankommt. Und ich hab die Krankenschwester gesehen, Ms. Ryan. Kurz vor neun hörte ich das Miauen einer Katze. Siamkatzen machen entsetzlichen Lärm. Ich wusste, dass Ms. Wright eine Siamkatze hat, und ging hinters Haus, um nachzusehen, ob etwas nicht in Ordnung sei mit ihr. Und als ich vor die Tür ging, sah ich, wie Ms. Wright die Hintertür öffnete und die Katze ins Haus lief.«

»Hätte nicht auch ein anderer die Tür öffnen können?«

»Jemand, der mit ihrer Stimme nach ›Sabu‹ rief? Es wurde langsam dunkel, und ich konnte nicht mehr viel sehen, aber ich konnte erkennen, dass die Person kurze dunkle Haare hatte und diese scheußlichen weißen Schwesternschuhe trug, die sie mit allem kombiniert. Hat diese Frau denn überhaupt keinen Sinn für Mode?«

Rebekka musste lächeln. Der absolute Mangel an Schick war in den Augen vieler hübscher Mädchen nahezu ein Verbrechen. »Ihr Gesicht haben Sie nicht gesehen?«

»Nein, aber die Stimme, das Haar, die Schuhe. Vielleicht hält die Polizei diese Dinge für nebensächlich, aber ich bin sicher, dass sie es war.«

»Und Sie sind ebenso sicher, dass Sie sich nicht in der Uhrzeit getäuscht haben.«

»Es war, bevor im Kabelkanal *Basic Instinct* anfing. Ich hatte mich auf den Film gefreut, weil ich ihn zu Hause nie ansehen darf. Er begann um neun. Ich hatte es gerade noch rechtzeitig von der Hintertür zur Couch geschafft, da fing er auch schon an.«

»War denn in Jeans Wohnung kein Licht?«

»Nein, und auch das ist ziemlich eigenartig. Wer hält sich in einem dunklen Haus auf?«

»Und was ist mit ihrem Wagen?«

»Das Garagentor war zu. Er konnte längst da drin sein.« Sonia sah sie aufmerksam an. »Sie glauben mir auch nicht. Ich bin eben nur ein Teenager, und sie ist Florence Nightingale.«

Rebekka blickte in Sonias schöne, ehrliche Veilchenaugen. Sie spürte etwas bei diesem Mädchen – eine Gewissheit, was ihren guten Charakter anbelangte, eine Unfähigkeit, bei ernsten Angelegenheiten zu lügen. Und aus irgendeinem merkwürdigen Grund fühlte sie sich mit ihr verbunden. Sie wusste, wie es war, wenn man die Wahrheit sagte und alle maßgeblichen Menschen an einem zweifelten. »Ich glaube Ihnen, Sonia«, sagte sie mit Nachdruck. »Und ich werde Onkel Bill erzählen, dass ich Ihnen glaube.«

»Ehrlich?« Sonias Laune besserte sich. »Eine Menge Leute sind der Meinung, dass mein Freund Randy Messer etwas mit der Entführung zu tun hat. Sie glauben, dass wir das Ganze gemeinsam geplant hätten. Das ist doch verrückt. Was sollte Randy die ganze Zeit mit einem siebenjährigen Jungen anfangen? Außerdem mag er Kinder. Und ich liebe Todd. Ich würde niemals zulassen, dass man ihm wehtut. Aber was glauben Sie, wie meine Mutter mir zu schaffen macht!« Sonia verdrehte die Augen. »Ich wäre Ihnen wirklich sehr dankbar, wenn Sie mir helfen könnten, Ms. Ryan.«

»Ich heiße Rebekka«, sagte sie abwesend. »Und ich kann Ihnen auch nicht versprechen, dass Bill mir glauben wird, aber ich werde natürlich mein Bestes tun.«

Die Tür ging auf, und Sonia erschrak, entspannte sich aber gleich wieder. »Ich dachte, es sei der Besitzer«, zischte sie. Rebekka drehte sich um und sah Clay. Verlegenheit stieg in ihr auf bei dem Gedanken an die vergangene Nacht, und sie versteckte sie hinter Geplänkel.

»Das ist ja Dr. Bellamy, wie er leibt und lebt! Verfolgen Sie mich etwa?«

»Ja. Und ich bin ganz schön gewitzt, finden Sie nicht?« Er lächelte Rebekka in einer Art und Weise zu, die ihr die Verlegenheit nahm.

Rebekka merkte, dass Sonia sie neugierig beobachtete und einen Anflug von romantischem Knistern witterte. Clay lächelte dem Mädchen zu. Sie lächelte mit einem leicht verträumten Ausdruck zurück, sichtlich hingerissen von seinem goldblonden Haar, den graublauen Augen und dem Doktortitel. »Ich bin eigentlich nur gekommen, weil ich nach einem Geschenk für Gypsy suche. Sie hat eine Schwäche für Rubine.«

Sonia wirkte ein wenig enttäuscht, dass er nicht Rebekkas wegen in den Laden gekommen war, sagte aber hilfsbereit: »Wir haben ein paar hübsche Rubinohrringe. Und vier Rubinarmbänder, zwei davon mit Diamanten.«

Clay runzelte nachdenklich die Stirn. »Na ja, Gypsy hat keine Löcher in den Ohren, und Clips verliert man doch so leicht. Ich weiß auch nicht, was sie von Armbändern halten würde …«

»Dann vielleicht ein hübscher Ring.«

»Gypsy ist ein Hund«, sagte Rebekka trocken.

Das Mädchen blickte verständnislos drein und lachte dann. »Nun, Sir, dann sind Sie wohl doch nicht wegen eines Geschenks für Gypsy hier.«

»Na ja, ich bewundere natürlich diesen Ring, mit dem Ms. Ryan hier prahlt.«

»Ich auch«, sagte Sonia. »Ich finde, er ist wie geschaffen für sie.«

»Ich auch. Bitte packen Sie ihn ein und schicken Sie die Rechnung an Peter Dormaine von Dormaine's Restaurant. Wie ich höre, möchte er ihr etwas Kostbares schenken, je teurer desto besser.«

Sonia schien verwirrt zu sein, und Rebekka wurde rot und starrte Clay an. Der Letzte, der ihr ein Geschenk kaufen würde, war mit Sicherheit Peter Dormaine. Er betete wohl eher, dass sie schleunigst die Stadt verließ, ehe sie sein Lokal total zerstörte. »Er macht nur Witze«, sagte sie. »Und ich schlage vor, dass er es sein lässt und zur Sache kommt. Oder sollte er mich tatsächlich verfolgt haben?«

Clay ließ sich nicht beirren. »Tut mir Leid, wenn ich dich enttäusche, Rebekka, aber ich bin wirklich wegen eines Geschenks hier. Am Sonntag hat mein Vater Geburtstag. Ich möchte ihm eine Uhr schenken. Die wird ihm zwar ohnehin nicht gefallen, aber die seine ist wirklich verboten hässlich.« Er hielt kurz inne. »Könntest du fünf Minuten warten, bis ich eine ausgesucht habe, und dann mit mir nach nebenan einen Kaffee trinken gehen? Ich muss etwas mit dir besprechen.« Er wurde ernst. »Etwas Wichtiges.«

Sonia hatte die Diskussion zwischen den beiden sichtlich genossen, und ihr Jungmädchenherz hatte sich sofort ein romantisches Glitzern ausgemalt. Rebekka setzte sich auf den Stuhl am anderen Ende des Raums. Clay hatte sich offenbar umgehört und jetzt aufschlussreiche Informationen für sie. Er ließ sich drei Uhren zeigen, entschied sich hastig und holte seine Kreditkarte heraus. Während Sonia die Uhr verpackte, sagte Rebekka: »Das ging ja schnell.«

»Ich hab dir doch gesagt, dass meinem Vater ohnehin nichts gefällt, was ich ihm schenke. Geschenke sind nur eine Geste. Und die Geburtstagsfeier am Sonntag wird in der üblichen Art und Weise ablaufen.« Er zog eine Augenbraue in die Höhe. »Kommst du mit?«

»Was? Ich? Ich kenne deinen Vater doch gar nicht.«

»Egal. Mom ist eine gute Köchin, und Überraschungsgäste machen ihr nichts aus. Du bringst Sean mit und ich Gypsy. Sie werden sich amüsieren. Sie können Kühe jagen und so.«

»Dein Vater wird sich freuen! Kann ich darüber nachdenken?«

»Klar, aber nicht zu lange. Veranstaltungen wie diese sind sehr gefragt. Du musst einen Platz reservieren.«

Clay lächelte, und seine Stimme klang scherzhaft, aber Rebekka sah die Traurigkeit in seinen Augen. Abgesehen von der Tatsache, dass er auf der reichsten Farm der Gegend aufgewachsen war, wusste sie nur wenig über seine Familie. Die Bellamys waren sehr wohlhabend, gingen jedoch selten unter die Leute und lebten so genügsam, als müssten sie jeden Penny zweimal umdrehen.

Als Sonia ihm die Uhr als Geschenk verpackt überreichte, ging Rebekka wieder an die Theke. »Ich möchte Ihnen danken, dass Sie vorhin mit mir gesprochen haben.«

»Ist schon in Ordnung. Es ist nett, wenn einem zur Abwechslung mal jemand glaubt.«

Clay sah verwirrt drein. Er hatte offensichtlich keine Ahnung, dass die hübsche Verkäuferin Todds Babysitterin war.

»Bis demnächst, Sonia«, sagte Rebekka. »Auf Wiedersehen.«

»Nett, Sie kennen gelernt zu haben.« Sonias Lächeln verflog. »Aber Ms. Ryan? Ich meine, Rebekka?«

»Ja?«

»Sie tragen immer noch den Ring.«

»Versuchst du diesen Trick schon wieder?«, fragte Clay entrüstet und wandte sich mit unschuldiger Miene an Sonia. »Wo wir auch sind, immer schmuggelt sie irgendetwas Wertvolles aus der Tür. Eine Kleptomanin durch und durch. Es ist richtig peinlich, sag ich Ihnen.«

Sonia bog sich vor Lachen, als Rebekka den Ring abstreifte und ihn ihr zurückgab. »Sie wollen ihn nicht?«

»Nein. Na ja … ich meine … Ich bin mir nicht sicher. Er ist wirklich schön …«

»Und wie!«, stimmte Clay ihr feurig zu.

»Wirst du wohl still sein!«, fuhr Rebekka ihn an. Clay sah sie unschuldig an, und Sonia versuchte sich das Lachen zu verkneifen. Clay schien glänzender Laune zu sein und seine Heiterkeit übertrug sich auf Rebekka. »Könnten Sie den Ring bis morgen für mich reservieren, Sonia? Nur vierundzwanzig Stunden, bis ich mich entschieden habe?«

»Na ja, wenn ein Kunde ihn haben möchte, kann ich es nicht verhindern«, sagte Sonia und fügte mit einem Augenzwinkern hinzu: »Aber ich könnte sozusagen bis morgen Nachmittag vergessen, ihn wieder ins Fenster zu legen. Ich habe ein paar Visitenkarten hier. Da steht unsere Telefonnummer darauf. Und auf eine schreibe ich meine Privatnummer«, sagte Sonia und griff nach einem Stift. »Rufen Sie mich an, sobald Sie sich entschieden haben, dann sorge ich dafür, dass der Ring für Sie beiseite gelegt wird. In Ordnung?«

»Das ist sehr aufmerksam von Ihnen. Vielen Dank«, sagte Rebekka und nahm die Karte entgegen. Dann wandte sie sich an Clay. »Du wolltest Kaffee trinken gehen und mich sprechen.«

»Stimmt genau, meine Liebe. Gehen wir. Ich habe außerordentlich interessante Neuigkeiten für dich.«

»Das scheint mir auch so. Ich kann's kaum erwarten. Wiedersehen, Sonia.«

»Ja, auf Wiedersehen«, sagte Clay. »Danke für Ihre Hilfe.«

Sie gingen schweigend ins Café nebenan. Auch dieses Lokal hätte nach Ansicht der Leute wie Dormaine's längst scheitern müssen. Hier bekam man exquisiten Kaffee und feinen Kuchen. »Sinclair ist doch nicht New York«, hatten ein paar hartgesottene Vertreter des »einfachen Lebens« verkündet. »Die Leute hier wollen nichts weiter als eine gute altmodische Tasse Kaffee und einen Doughnut. Punkt. Keine Brioches und Croissants und parfümierte Kaffeesorten mit Schlagsahne.« Aber schon zwei Jahre später war das Parkview Café mit seiner hübschen blauen und himbeerfarbenen Inneneinrichtung und dem riesigen Panoramafenster mit Blick auf Leland Park ein beliebter Treffpunkt geworden.

Rebekka bestellte sich einen koffeinfreien Kaffee mit Vanillegeschmack und ein Croissant. Clay verlangte einen doppelten Espresso. »Espresso?«, fragte sie. »Du kommst mir heute so aufgedreht vor, das lässt dich doch glatt die Wände hochgehen.«

»Das kommt dir nur so vor. Ich hatte einen schweren Tag. Ich habe mich eine Stunde lang vertreten lassen, um dieses Geschenk zu besorgen, danach muss ich bis zehn Uhr arbeiten. Ich brauche diesen Energieschub. Aber du wirkst heute selbst ziemlich nervös, wenn ich das sagen darf.«

»Mein Tag war auch nicht besonders, und ich habe entsetzliche Kopfschmerzen, die machen bissig. Bill hat es vorhin erst zu spüren gekriegt.«

»Du warst nach dem Unfall viel zu aktiv«, sagte Clay besorgt. »Du hast ja noch die Fäden drin. Stören sie dich nicht?«

»Sie jucken.«

»Das ist normal. Und ein gutes Zeichen. Es bedeutet, dass die Wunde heilt. Ich möchte, dass du morgen ins Krankenhaus kommst, dann seh ich sie mir an.«

»Du hast doch erst gestern nachgesehen und meinen Verband gewechselt. Und ich nehme meine Antibiotika. Könntest du die Fäden morgen rausnehmen?«

»Nein. Das ist noch zu früh. Aber diese Kopfschmerzen machen mir Sorge.«

»Sie sind nach der gestrigen Vision nicht mehr verschwunden. Der Schmerz sitzt in der rechten Schläfe, siehst du, wo die Narbe ist.«

Clay holte eine kleine Pillenschachtel aus seiner Jackentasche und gab sie ihr. »Nimm zwei Tabletten.«

«Was ist das?«

»Zyanid. Danach sind deine Kopfschmerzen wie weggeblasen.«

»Du willst doch nur, dass ich mich dir zu Füßen werfe und in Krämpfen winde.«

»Dann wärst du tatsächlich Stadtgespräch, aber es ist nur Excedrin, fürchte ich. Das wirkt stärker als Aspirin.« Als sie die Tabletten brav mit Wasser geschluckt hatte, fügte Clay hinzu: »Aber was Restaurants betrifft, so sollten wir, glaube ich, das Dormaine's in der nächsten Zeit meiden.«

»Glaubst du allen Ernstes, ich würde jemals wieder da hineingehen, wo ich mich so unsäglich blamiert habe?«

Er lächelte ihr zu, und seine Augen wurden sanft. »Mach dir deshalb keine Sorgen, Rebekka. Es war doch nur ein kleines Malheur im Restaurant einer Kleinstadt. Es hat noch nicht mal in der

Lokalzeitung gestanden. Und die Bedienung meinte, dass Frank für den Schaden aufgekommen ist, der in Wirklichkeit so schlimm nicht war. Also vergiss es. Von so etwas geht die Welt nicht unter.«

Rebekka seufzte. »Ich werde wohl den Rat meines Arztes befolgen, Dormaine's vergessen und morgen in die Ambulanz kommen. Glaube mir, ich kann es kaum erwarten, diese Fäden endlich wieder los zu sein.«

Clay lächelte. »Willst du jetzt hören, weshalb ich dich hier hereingeschleppt habe? Rhetorische Frage. Natürlich willst du. Also, zuerst sollst du wissen, dass ich die Medizin an den Nagel hänge und Privatdetektiv werde. Ich habe nicht mal 24 Stunden gebraucht, um interessante Informationen über Jean Wright einzuholen.«

Rebekka horchte auf. »Spann mich nicht auf die Folter. Was hast du erfahren?«

Rasch erzählte Clay ihr von Jeans jüngeren Geschwistern, die beide am College weit über ihre Verhältnisse lebten, von Jeans Beinah-Zusammenbruch vor knapp zwei Monaten, nachdem sie sich systematisch überarbeitet hatte, um ihre Ausgaben zu decken. »Meine Quelle, die nicht genannt werden will, hat sich gewundert, dass Jean sich bei all ihrem Stress noch um Molly kümmern kann. Sie muss sich Ruhe gönnen, wenn sie ihren Job zurückhaben will, und das weiß sie auch.«

»Du meinst, man hat sie gefeuert?«

»Nein, beurlaubt. Ich glaube, man hat sie für eine Weile vom Dienst suspendiert.«

Rebekka überlegte kurz. »Na ja, vielleicht ist sie nur hilfsbereit – zwar nicht charmant, aber hilfsbereit – und macht sich mehr Gedanken um Molly als um ihre eigene Gesundheit.«

»Oder ihren Job. Aber dieser Job finanziert zwei verwöhnte Bälger, die anscheinend ihr Ein und Alles sind. Das kommt mir doch ein wenig seltsam vor, noch dazu, wenn Molly, wie du sagst, nur ein paar Mal von ihr gesprochen hat. Jetzt belagert Jean sie förmlich, als würde sich außer ihr niemand um Molly kümmern, was ja nicht der Fall ist. Doug würde bestimmt öfter bei ihr vorbeischauen. Und du würdest auch mehr Zeit mit ihr verbringen, wenn dieser Drache nicht immer Feuer speien würde. Sogar deine Mutter und Betty würden sich um sie kümmern, wenn man sie darum bitten würde, aber Jean scheint alle aus dem Haus zu treiben. Warum?«

»Weil sie nicht nur hilfsbereit ist? Weil sie eigene Interessen verfolgt?«

»Das ist meine Schlussfolgerung.«

»Welche eigenen Interessen?«

»Sie braucht Geld, Rebekka. Dringend. Schließlich kann es sein, dass sie ihren Job nicht zurückbekommt.«

Rebekka stellte ihre Tasse ab. »O Gott, Clay, du glaubst doch nicht etwa, dass sie etwas mit Todds Entführung zu tun haben könnte?« Er hob die Schultern.

»Nun, du bist nicht der Einzige, der Detektivarbeit geleistet hat. Ich war im Schmuckladen, weil ich mich nicht wohl fühlte, warum, das erzähle ich dir später. Die Verkäuferin heißt Sonia Ellis, sie ist Todds Babysitterin. Und langsam frage ich mich … ich weiß zwar, dass es komisch klingt, aber …«

»Das Mädchen war Sonia Ellis?« Rebekka nickte. »Dann fragst du dich wohl, ob dich dein Unterbewusstsein in das Geschäft gezogen haben könnte.«

»Genau.« Sie sah Clay prüfend an. In seinem Gesicht war nicht der Schatten eines Zweifels zu entdecken. »Auf alle Fälle habe ich sie dazu gebracht, über Jean zu reden. Jean sagt beharrlich aus, am Abend der Entführung um sieben Uhr außer Haus gegangen zu sein. Sonia dagegen will beobachtet haben, wie vor neun jemand Jeans Katze durch die Hintertür ins Haus geholt hat. Die Beleuchtung war spärlich, aber Sonia hat gesehen, dass die betreffende Person kurzes dunkles Haar hatte, weiße Schwesternschuhe trug und mit Jeans Stimme nach der Katze rief.«

»Aber Jeans Patientin hat doch ausgesagt, dass Jean um sieben bei ihr gewesen sei?«

»Sonia sagt, die alte Dame sei vollkommen senil und müsse viele Medikamente nehmen. Sie würde es nicht bemerkt haben, wenn Jean sie erst viel später aufgesucht hätte.«

Clay lehnte sich zurück. »Nun, das ändert einiges.«

»Das will ich meinen. Ich würde mich gerne noch länger mit Sonia unterhalten, aber sie sagt, dass sie heute Abend in der Bibliothek einen Aufsatz schreiben muss, und ich möchte sie nicht dabei stören. Vielleicht besuche ich Sonia morgen noch einmal im Laden.«

»Um mit ihr zu reden oder wegen des Rings?«

»Zum Reden. Womöglich weiß sie noch mehr und wollte es Bill aus Angst nicht sagen, obwohl er sie mag.«

»Immerhin ist er der Polizeichef, und ihr war ein Kind anvertraut worden, das entführt wurde. Da wäre ich auch eingeschüchtert.«

»Sieht aus, als wäre dieses Café am Nachmittag ein beliebter Treffpunkt.«

Doug war an ihren Tisch gekommen. »Hi. Bist du eben erst gekommen?«, fragte Rebekka verwundert.

»Ich bin schon seit einer Viertelstunde hier, direkt hinter euch. Ihr habt mich nicht bemerkt, weil ihr euch so angeregt unterhalten habt. Ich bin schon den ganzen Nachmittag in der Stadt.« Er hatte schwere Lider, als hätte er sich die Nacht um die Ohren geschlagen, und er war unrasiert. Manchen Männern stand ein Dreitagebart gut zu Gesicht, Doug wirkte aber nur ungepflegt. »Warum bist du nicht im Krankenhaus, Clay?«

»Nach dreißig geretteten Leben steht mir immer eine Pause zu. Nett, dich wieder mal zu sehen, Doug. Wie lange ist es schon her? Drei oder vier Monate?«

»Eher sechs. In der Weihnachtsparade hast du neben mir und Lynn gestanden.«

»Larry war auch dabei. Hinterher waren wir noch im Gold Key und haben gefeiert«, sagte Clay.

Rebekka lächelte. »Komischer Ort zum Feiern. Die Kneipe war doch immer ziemlich mies.«

»Was denn, nur weil die Hell's Angels da verkehren, der Boden klebrig ist vom Bier, aus der Jukebox Countrymusic plärrt und hin und wieder die Fäuste fliegen?«, fragte Clay. »Seit du nach New Orleans gezogen bist, ist dir das rustikale Ambiente unserer Gastronomie wohl nicht mehr fein genug.«

Rebekka lächelte. »Netter Versuch, aber das Gold Key ist im Vergleich zu den Spelunken in der Bourbon Street, in denen ich verkehre, richtig mondän. Ich kenn mich aus, glaube mir.«

Dougs Augen wurden hart, seine Stimme verhalten. »Pass lieber auf, was du sagst, Becky. Das hier ist eine Kleinstadt. Man könnte dich missverstehen.«

Rebekka sah ihn verwundert an. Doug hatte früher mehr Sinn für Humor gehabt. Seine verkniffene Miene sagte ihr, dass er ihn anscheinend inzwischen verloren hatte. Sie warf einen Blick zu Clay hinüber, der Doug etwas ungläubig musterte. »Ich fahre jetzt zu den Freiwilligen«, sagte Doug. »Euch beide habe ich da noch nie gesehen.«

»Ich war zu beschäftigt«, sagte Clay kurz angebunden.

Rebekkas Antwort fiel genauso knapp aus. »Und ich habe nach den paar Stunden, die ich heute dort verbracht habe, wenig Lust, meine Zeit auf diese Weise zu verplempern.«

»Die Suche nach Todd kann man doch wohl kaum als Zeitverschwendung bezeichnen«, wies Doug sie zurecht.

»Ich ...«, begann Rebekka, aber Doug war schon auf dem Weg zur Tür. »Du meine Güte«, rief sie, »was ist denn in den gefahren?«

»Die Eiseskälte. Ein Frömmler.«

»Doch nicht das Bekehrte-Hure-Syndrom?«

Clay riss in gespielter Empörung die Augen auf. »Rebekka, bitte! Pass auf, was du sagst. Das hier ist eine kleine Stadt. Man könnte dich missverstehen!«

»Das tun die Leute gern, wenn es ihr Leben interessanter macht. Du liebe Zeit, ich konnte Doug immer gut leiden, sogar in seinen übelsten Zeiten, aber diesen scheinheiligen Kerl kann ich nicht ausstehen.«

»Jetzt weißt du, warum wir nicht mehr befreundet sind. Und diesen Abend im Gold Key mit Lynn und Larry brauche ich dir wohl nicht zu beschreiben. Doug hat mich überredet, sonst wäre ich bestimmt nicht mitgekommen. Dabei hatte er in Wirklichkeit bloß vor, Larry im Auge zu behalten; ich glaube, er wollte jemanden zur Verstärkung dabeihaben, falls Larry Schwierigkeiten machen würde. Lynns Augen haben mich mit tödlichen Laserstrahlen beschossen, und Larry hätte mir am liebsten den Hals umgedreht. Ich hatte

Glück, dass ich der fröhlichen Runde nach einem lauwarmen Bier lebend entkommen bin.«

Rebekka runzelte die Stirn. »Doug sagte, er sei schon eine Viertelstunde am Tisch hinter uns gesessen. Warum hat er sich nicht bemerkbar gemacht?«

»Vielleicht ist er in sich gegangen, um sich für die nächste gute Tat zu rüsten?«

»Oder er hat uns belauscht und gehört, was ich über Sonia gesagt habe.«

»Das schadet doch nichts, oder?«

»Ich glaube nicht, auch wenn mir die Vorstellung nicht gefällt. Aber da ist noch etwas. Er hat erzählt, er sei schon den ganzen Nachmittag in der Stadt gewesen.«

»Das ist doch kein Verbrechen.«

»Doch, es hat mit einer Sache zu tun, die mir ganz schön zu schaffen macht.« Clay hörte besorgt, dass sie Alvin Tanner begegnet und später das Lederarmband im Auto gefunden hatte.

»Was?«, entfuhr es ihm, sodass die Leute am Nebentisch ihn fragend anschauten. »Du meine Güte, Rebekka, was hast du mit dem Armband gemacht?«

»Ich hab's Bill gezeigt, aber seine Reaktion war eigenartig. Er behauptet, dass das Leder neu rieche, und er will nicht glauben, dass es Jonnie gehört hat. Aber selbst wenn es neu sein sollte, hatte irgendjemand einen Grund, das Armband meines toten Bruders zu kopieren und mir ins Auto zu legen. Ich hab natürlich sofort an Alvin gedacht.«

»Aber jetzt glaubst du, dass Doug es gewesen sein könnte?«

»Vielleicht hat er mein Auto seitlich stehen sehen – das Auto meiner Mutter, besser gesagt – und es Lynn oder Larry erzählt. Vinson's Drogerie ist nur ein paar Blocks vom Freiwilligenzentrum entfernt, Maloney's Autowerkstatt nur ein bisschen weiter.«

»Aber das würde doch bedeuten, dass Larry oder Lynn nur auf eine Gelegenheit wie diese gewartet hätten, um dir das Armband zuzuspielen.«

»Ist das so schwer zu glauben? Sie wussten beide, dass Jonnie ein solches Armband besessen hatte. Sie hätten ohne weiteres ein ähnliches flechten können, um es mir bei der ersten Gelegenheit, die sich ihnen bot, in den Wagen oder die Handtasche zu schmuggeln. Und keiner von beiden sieht mich gern hier in der Stadt, Larry am allerwenigsten.« Sie hielt grollend inne. »Schon gar nicht, wenn er bei Todds Entführung vielleicht die Hand im Spiel hatte.«

11. Kapitel

1

»Wo bist du gewesen?«, fragte Suzanne. »Dieses Haus ist kein Hotel. Wenigstens zu den Mahlzeiten könntest du hier erscheinen!«

Rebekka sah ihre Mutter prüfend an. Ihre Augen waren blutunterlaufen, und sie hielt sich unnatürlich gerade, hatte die mageren Schultern nach hinten gestreckt, in einem kläglichen Versuch, Gleichgewicht vorzutäuschen. Offenbar war ihr jüngster Versuch, nüchtern zu bleiben, fehlgeschlagen, dachte Rebekka traurig. »Mutter, wir essen erst in einer Stunde.«

»Ich bin müde. Ich habe beschlossen, dass wir heute mal früher zu Abend essen.«

»Nun, das konnte ich ja nicht ahnen.«

»Soll das ein Witz sein? Das hier ist immer noch mein Haus. Du bist hier Gast.«

Diese Feindseligkeit ihrer Mutter hatte Rebekka gerade noch gefehlt. »Wenn ich das Abendessen verpasst habe, mache ich mir eben ein Sandwich. Keine große Sache.«

»Du hast es nicht verpasst. Wir essen in fünfzehn Minuten.«

Frank war unbemerkt hinter Rebekka aufgetaucht. Er sprach ruhig, aber als sie sich zu ihm umdrehte, las sie den Unmut in seinen Augen. Sie wusste, dass er Suzanne liebte, aber er musste nun schon seit sechzehn Jahren ihre Trinkerei und ihre angegriffenen Nerven ertragen, das hatte die Ehe wohl ziemlich strapaziert. Rebekka wunderte sich, dass das Leben in diesem Haus dennoch einigermaßen glatt zu verlaufen schien.

Zwanzig Minuten später saßen sie zu dritt bei Tisch und gaben vor, das Hühnchen mit wildem Reis zu genießen. Suzanne, die eine

Flasche Wein demonstrativ neben ihrem Teller stehen hatte, schabte mühsam das Fleisch von den dünnen Knochen. Rebekka und Frank gaben vor, ihr unbeholfenes Hantieren mit Messer und Gabel nicht zu bemerken, bis eine ruckartige Bewegung das Huhn auf den Boden fegte. Frank legte ruhig sein Besteck nieder und wandte sich an seine Frau.

»Ich denke, du solltest dich jetzt zurückziehen.«

»Ich sollte was?«, fauchte Suzanne.

»Du hast mich schon verstanden. Wenn du zu betrunken bist, um dein Essen auf dem Teller zu behalten, bist du bei Tisch nicht willkommen. Geh auf dein Zimmer. Betty wird dir etwas bringen.«

»Du schickst mich auf mein Zimmer?«, protestierte Suzanne. »Für wen hältst du dich eigentlich? Für meinen Vater? Der verfluchte Vogel ist verflucht fettig. Er ist mir weggeflutscht.«

»Genau wie der Reis, der jetzt um deinen Teller verstreut ist wie ein Ring des Saturn. Und dass dein Brötchen auf deinem Schoß liegt, scheint dir noch gar nicht aufgefallen zu sein.«

Suzanne sah wütend auf ihren Schoß. Sie packte das Brötchen und warf es gegen die Wand. Dann stieß sie ihren Stuhl nach hinten, sodass er fast kippte, und stakste mitsamt der Weinflasche aus dem Zimmer.

Weder Frank noch Rebekka sagten etwas. Betty kam sofort hereingehastet, nahm Suzannes Teller, hob die Reste des Huhns und das Brötchen vom Boden auf und begab sich ohne ein Wort wieder in die Küche. Schließlich sagte Frank: »Es tut mir Leid. Ich hätte sie ignorieren sollen.«

»Ich finde, das hast du viel zu lange getan«, sagte Rebekka sanft. »So kann es nicht weitergehen mit ihr.«

»Soll ich meine eigene Frau zum Alkoholentzug abholen lassen? Soll ich sie vor der ganzen Stadt demütigen, in der sie aufgewachsen ist?«

»Ich glaube, dass die meisten Leute über ihren Zustand bereits im Bilde sind. Das hat sie sich selbst zuzuschreiben, ob sie es will oder nicht. Und außerdem, was kümmert uns das Gerede der Leute, wenn wir ihr Leben retten?«

Frank lächelte ihr zu. »Wann bist du denn so weise geworden?«

Rebekka bemerkte plötzlich, wie still es in der Küche geworden war. Normalerweise hörte man, wie Betty und Walt sich gedämpft unterhielten. Sie wechselte das Thema. »Ich fühle mich alles andere als weise. In der Sache mit Todd war ich bis jetzt überhaupt keine Hilfe.«

»Wenigstens wissen wir, dass er noch lebt.«

»Aber ich habe keine Ahnung, wo er ist.«

»An irgendeinem dunklen Ort, wo er zu essen bekommt und es warm hat.«

»Überaus hilfreich, nicht wahr? Wir können die Polizei fortschicken.« Sie seufzte ungeduldig. »Ich müsste viel mehr tun. Vielleicht sollte ich mich an den Suchaktionen der Polizei beteiligen.«

»Das wirst du schön bleiben lassen nach deinem Unfall. Und Training hast du auch keines.«

»Na und? Die halbe Stadt beteiligt sich an der Suche. Und die wenigsten Helfer haben das nötige Training.«

»Man hat sie ein wenig instruiert. Aber offen gestanden erwarte ich mir nicht viel von den Freiwilligen, trotz ihres guten Willens. Schon damals nicht.«

»Du meinst bei Jonnie. Nein, seine einzige Hoffnung war ich, und ich habe ihn im Stich gelassen.«

»Sei nicht so streng mit dir, Rebekka. Diese Begabung macht dich schließlich nicht allwissend.«

»Du hast noch nie an meine Fähigkeiten geglaubt«, sagte sie ohne Groll. »Und vielleicht hast du damit Recht. Ich war die letzten Male nicht besonders erfolgreich. Vielleicht sind die traditionellen Ermittlungsmethoden ja doch die besten.« In beiläufigem Ton fuhr sie fort: »Ich habe heute mit Sonia Ellis gesprochen. Jetzt kann ich verstehen, warum Bill so viel von ihr hält.«

»Sie ist hübsch und klug dazu. Vielleicht sogar zu klug für ihre Mutter.«

»Ist Mrs. Ellis denn beschränkt?«

»Nein. Sie ist schon in Ordnung, nur ungemein konservativ und naiv. Ich glaube, dass Sonia um einiges abgebrühter ist. Sie ist ihrer Mutter ein Rätsel, und so was macht nervös.«

»Was du nicht sagst«, sagte Rebekka trocken. »Ich bin doch der Prototyp der rätselhaften Tochter.«

Frank grinste. »Vielleicht solltest du einen Club gründen.«

»Ich werde darüber nachdenken, sobald ich wieder in New Orleans bin. Vielleicht finde ich ja ein passendes Motto. Elegant muss es sein, aber nicht zu übertrieben.« Rebekka verstummte. »Jedenfalls hatte Sonia einiges über Jean Wright zu sagen.«

Frank schien nur mäßig interessiert. »Zum Beispiel?«

»Dass sie zu Hause war, als Todd entführt wurde, obwohl sie das Gegenteil behauptet. Sonia hat beobachtet, wie sie kurz vor neun ihre Katze ins Haus gelassen hat.«

»Das sagt sie jetzt. Ich war dabei, als Bill sie verhört hat, gleich nachdem Todd verschleppt worden war. Damals hat sie nichts von einer Katze gesagt.«

»Vielleicht ist ihr das erst später eingefallen.«

»Wie praktisch, zumal doch die Polizei ihren Taugenichts von Freund verhört hat.« Er seufzte. »Na ja, ich bin wohl ein wenig voreingenommen, aber schließlich war Todd ihr anvertraut. Wahrscheinlich trifft sie keinerlei Schuld, dass man ihn entführt hat, aber wenn er sterben sollte, schleppt sie eine unerträgliche Schuld mit sich herum, was ihr nicht zu wünschen ist. Ich hoffe nur, dass sie diesen Messer nicht mehr trifft.«

»Das tut sie nicht – zumindest nicht heute Abend. Sie sagte, dass sie in die Bibliothek gehen wolle.«

Frank lachte. »Oh, die Bibliothek. Wetten, dass ihre Mutter ihr verboten hat, sich mit Messer abzugeben, und dass die beiden sich heimlich treffen!«

»Sie sagte, sie müsse eine Arbeit schreiben, das klang sehr überzeugend. Sobald Sonia im College ist, kann Mrs. Ellis sie nicht mehr Tag und Nach überwachen. Wenn sie Randy jetzt nicht sehen darf, dann tut sie es eben dann.« Rebekka blickte auf das Durcheinander, das ihre Mutter auf dem Tisch hinterlassen hatte. »Die Frauen in dieser Familie sind offensichtlich außerstande, ordentlich zu essen. Ich habe mich letzte Nacht bei Dormaine's ganz schön aufgeführt!«

»Du hast nur ein wenig Schwung in die Bude gebracht.«

»Peter Dormaine war völlig aus dem Häuschen.«

»Das ist er leicht.«

»Ich werde den Schaden bezahlen, den ich seinem Rasen, dem Baum und dem Speisesaal zugefügt habe. Das ist doch nicht deine Verantwortung.«

Frank lächelte. »Ich bin einer von Dormaine's Investoren, Liebes. Das soll nur keiner wissen – Peter will den großen Geschäftsmann markieren –, also ist es ein Geheimnis zwischen dir, mir und Peter. Aber du schuldest ihm keinen Pfennig. Vergiss das Geld, und hör auf, dir Sorgen zu machen. Was Todd und Skeeter Dobbs zugestoßen ist, interessiert die Leute doch viel mehr.«

»Dann war es wohl ziemlich egozentrisch von mir anzunehmen, dass alle sich über mich, nicht über diese schrecklichen Ereignisse Gedanken machten. Wer mag Skeeter nur umgebracht haben, Frank?«

»Nicht alle Leute hielten Skeeter für harmlos. Er hatte die schlechte Angewohnheit, durch die Stadt zu streunen, in Sachen herumzustochern, die ihn nichts angingen, den Müll durchzuwühlen, in Fenster zu spähen, zu betteln, die Leute zu belästigen, Kinder anzusprechen. Vielleicht ist einem der weniger duldsamen Bürger dieser Stadt der Geduldsfaden gerissen. Mich wundert ohnehin, dass er so lange überlebt hat.«

»Und wenn er Samstagnacht wirklich jemanden auf Kleins Dachboden gesehen hat?«

»Er hat sich doch auch eingebildet, jeden Abend seinen Großvater aus dem Fenster springen zu sehen. Vielleicht hat er nur ein Licht gesehen.«

»Und wenn er doch mehr gesehen hat?«

»Das werden wir nun nicht mehr erfahren.« Frank rieb sich plötzlich die Augen. »Ich habe keinen Appetit mehr. Ich sollte noch ein paar Stunden ins Büro gehen. Seit Todd verschwunden ist, ist einiges liegen geblieben. Du bist mir doch nicht böse?«

»Natürlich nicht.« Rebekka erinnerte sich, dass ihre Mutter erzählt hatte, Frank fahre oft noch einmal ins Büro, wenn er ärgerlich auf sie war. Sie hatte geglaubt, dass er seinen Ärger über Suzanne längst überwunden hätte. Vielleicht wollte er nur Abstand gewinnen. »Ich gehe mit Sean kurz vor die Tür«, sagte sie. »Ich habe ihn in letzter Zeit etwas vernachlässigt.«

Nachdem Frank aufgestanden war, kam Betty ins Zimmer. »Ich habe einen Apfelkuchen mit Rosinen gebacken. Möchtest du ein Stück?«

»Gerne, aber ich komme zu dir und Walt in die Küche.«

Betty sah erfreut drein. »Das ist nett.«

Wie immer fuhr Walt augenblicklich in die Höhe, als er Rebekka sah. »Entspann dich, Walt. Ich bin's bloß, nicht die Königin Elisabeth.« Rebekka lachte. »Wie ich sehe, leistet Ihnen Ihr neuer Kumpel Gesellschaft.«

»Er ist ein feiner Hund.« Walt setzte sich wieder und streichelte Sean, der zu seinen Füßen unter dem Tisch lag. »Wir verstehen uns.«

Betty schnitt große Stücke vom Kuchen und jeder ließ sich seines schmecken. »Du hast dich wieder mal selbst übertroffen, Betty«, sagte Rebekka. »Frank und Mutter wissen gar nicht, was ihnen da entgeht.«

»Die beiden scheinen heute Abend andere Sorgen zu haben«, sagte Betty. »Wir hören, was drinnen gesprochen wird, ob wir wollen oder nicht.«

Rebekka nickte. »Ich weiß. Ich wünschte, ich könnte etwas ändern.«

»Eheleute müssen so was unter sich ausmachen«, sagte Betty weise, als sei sie nicht erst seit zwei, sondern mindestens seit fünfzig Jahren verheiratet.

Nachdem sie ihren Kuchen gegessen hatte, ging Rebekka mit Sean auf ihr Zimmer. Auf der obersten Stufe hörte sie aus dem Zimmer ihrer Mutter *A Whiter Shade of Pale* klingen. Das Lied jagte ihr einen kalten Schauer über den Rücken, und ohne nachzudenken, riss sie die Tür zum Schlafzimmer auf und stürmte hinein.

Suzanne lag, auf ein Kissen gestützt, in ihrem blauen Seidenmorgenmantel auf ihrem breiten Himmelbett und rauchte. Ein volles Glas Rotwein stand auf dem Nachtkästchen und daneben, auf dem Fußboden, die Stereoanlage.

»Warum hörst du dir diese Musik an?«, fuhr Rebekka sie an. Suzanne richtete sich wütend auf. »Weil es der Lieblingssong deines Vaters und deines Bruders war«, sagte sie mit schwerer Zunge. »Und wie kannst du es wagen, einfach so hier hereinzuplatzen? Habe ich denn überhaupt keine Privatsphäre mehr?«

Rebekka schaltete die Musik aus. »Rebekka!«, fauchte ihre Mutter, aber diese beachtete sie nicht. Sie öffnete das Kassettendeck. Die Musik kam von einer alten Kassette ihres Vaters, nicht von einer neuen CD. »Was tust du da?«

»Ich wollte nur etwas nachsehen«, sagte Rebekka zerstreut.

»Du wolltest wissen, ob ich eine CD besitze wie die, die du im Auto gefunden hast.« Rebekka sah sie scharf an. »Ich dürfte das eigentlich nicht wissen, aber Bill hat es mir verraten. Er wollte sichergehen, dass ich keine CDs hier habe. Gott, denkt ihr denn beide, ich würde meine eigene Tochter tyrannisieren?«

»Wir hatten nur gedacht, die CD käme aus diesem Haus. Niemand hat dich verdächtigt.«

»Da bin ich nicht so sicher.« Suzanne starrte Rebekka missmutig an. »Hat Frank dich zu mir geschickt?«

»Frank ist ins Büro gefahren.«

»Typisch.«

»Man kann es ihm nicht verübeln. Du bist nicht gerade umgänglich heute Abend.«

»Ich hatte einen schlimmen Tag.«

»Das scheint häufig der Fall zu sein.«

Suzanne sah sie böse an. »Die Spezialistin hat gesprochen und ihre fachkundige Meinung geäußert. Herzlichen Dank.«

»Ach Mutter, könnten wir uns zur Abwechslung mal nicht streiten?« Rebekka setzte sich auf die Bettkante. Ihre Mutter rückte ein wenig von ihr ab. »Was ist?«

Suzanne paffte weiter und starrte trostlos vor sich hin. »Ich vermisse Jonnie.«

»Ich weiß das. Ich vermisse ihn auch, aber deswegen liege ich nicht andauernd im Bett und bringe mich mit Alkohol um den Verstand.«

«Du bist ja so stark, nicht wahr? Genau wie meine Mutter. Ihr zwei mit euren Nerven wie Drahtseilen stellt mich völlig in den Schatten!« Suzanne funkelte sie wütend an. »Aber glaub ja nicht, du könntest mir was vormachen, Mädchen. Du bist genauso besessen von Jonnie wie ich. Gott, glaubst du wirklich, ich merke nicht, dass ›Sean‹ die irische Form von ›John‹ ist? Du hast deinen Hund nach deinem Bruder benannt.«

Das stimmte. Sean, den sie mit Liebe und Zärtlichkeit überschüttete. Sean, der misshandelt worden war und den sie nun stellvertretend für Jonnie beschützen konnte. Der Vorwurf ihrer Mutter hatte den Nagel auf den Kopf getroffen, aber sie kannte diese Taktik nur zu gut. Ihre Mutter versuchte, von ihren eigenen Problemen abzulenken.

»Mutter, es geht jetzt nicht darum, wie sehr wir Jonnie vermissen …«

»Und deinen Vater vermisse ich auch«, bohrte Suzanne weiter. »Wenn Patrick noch gelebt hätte, wäre Jonnie niemals entführt worden.«

»Das kann man doch nicht wissen.«

»Ich weiß es aber. Als wir geheiratet haben, hat er mir versprochen, mich nie zu verlassen. Aber er hat's doch getan. Er hat sein Versprechen gebrochen. Und jetzt schau dir an, was passiert ist.«

Rebekka sah ihre Mutter an. Suzanne war ein Kind, dachte sie unglücklich. Ein Kind, das verwöhnt und geliebt worden war und nicht verstehen konnte, wann sein zauberhaftes Leben aus den Fugen geraten war. Was Suzanne jedoch nie gelernt hatte, war, dass die Welt sich nicht immer nur um sie drehte. Suzanne nahm alles persönlich. Sie konnte Rebekkas Schmerz über den Verlust ihres Vaters und ihres Bruders zwar akzeptieren, empfand aber kein Mitgefühl, weil sie nur die eigene Verzweiflung spüren konnte.

»Mutter, vielleicht empfindest du für Frank nicht dasselbe wie für Daddy, aber du hast ihn doch gern«, gab Rebekka ihrer Mutter ruhig zu bedenken. »Er hat dich immer gut behandelt. Also reiß dich bitte zusammen. Sonst verlierst du ihn womöglich.«

Sie erwartete eine scharfe Zurechtweisung, aber Suzanne starrte sie nur wie versteinert an und füllte ihr Glas erneut mit Wein. In einer Mischung aus Ekel und Hoffnungslosigkeit verließ Rebekka das Zimmer. Kaum war sie draußen, ertönte erneut, und lauter als zuvor, *A Whiter Shade of Pale*. Sie setzte sich aufs Bett, nahm ihr

Amulett ab und betrachtete das Bild des lächelnden Jonnie. »Nichts ist mehr, wie es war, seit du fort bist«, sagte sie. »Ich frage mich, ob die Dinge jemals wieder ins Lot kommen.«

Sean sprang neben sie aufs Bett. Sie legte das Amulett wieder um und tätschelte seinen Kopf. »Lass uns ein bisschen spazieren gehen, Junge.«

Der Himmel war von einer ungewöhnlich blaugrauen Färbung gewesen, als Rebekka nach Hause gekommen war, und jetzt sah sie, wie sich in der Ferne dunkelgraue Gewitterwolken zusammenballten. Im Sommer war es im Ohio Valley immer sehr schwül und gewittrig, aber im Augenblick jagte ein Unwetter das andere. Nach der Dürre im letzten Sommer würden die Farmer den Regen begrüßen. Sean war anderer Meinung.

Er blieb hinter ihr zurück und blickte ab und zu winselnd gen Himmel. Rebekka ging in die Knie und rieb seine Ohren. »Führt man sich so auf wegen ein paar Wolken, mein Tapferer?«

Sie gingen weiter, bogen von der Lamplight Lane auf einen schmalen Asphaltweg, einem schlichten hölzernen Wegweiser folgend, auf dem Mockingbird Court stand, angeblich wegen der vielen Spottdrosseln in dieser Gegend. Früher einmal hatte hier als einziges Gebäude das prächtige Heim von Carson Dobbs gestanden, aber das Haus war abgebrannt, kurz nachdem er Selbstmord begangen hatte. Versicherungsagenten hatten Brandstiftung nachgewiesen, und die Familie hatte keine Entschädigung bekommen. Nach dem Zweiten Weltkrieg hatte ein Spekulant billige Wohnblocks auf dem Grundstück errichten wollen, aber Rebekkas Großvater hatte das Grundstück erworben, um den Bau der »Zündholzschachteln«, wie er sie nannte, zu verhindern. Er hatte das Land Patrick vermacht, weil dieser es, wie er wusste, nicht um des schnellen Geldes wegen verkaufen würde, und jetzt gehörte es Suzanne.

Das Land war von Unkraut überwuchert, obwohl einmal im Jahr ein paar Leute, mit Rasenmähern und sonstiger Gerätschaft bewaffnet, das Gröbste beiseite schafften. Rebekka wusste, dass ihr Vater mit diesem Grundstück ihr, Jonnie und Molly ein hübsches Zuhause schaffen wollte und sich ausgemalt hatte, dass die drei für immer glücklich in seiner und Suzannes Nähe leben würden.

Sie erinnerte sich, dass Frank Suzanne vor Jahren dazu bringen wollte, das Land zu veräußern, aber sie hatte seinen Vorschlag abgelehnt und war Patricks Traum weiterhin treu geblieben. Nun, da auch Jonnie fort war, schien sie das Interesse an dem Stück Land verloren zu haben.

Rebekka legte den Kopf zurück, schloss die Augen und sog die Luft in sich ein, die beruhigend nach Regen roch. Dann schlug sie die Augen auf. Ein Falke flog über sie hinweg, eine strampelnde Maus in den Krallen. Der Friede war dahin, Ekel an seine Stelle getreten. Rebekka war sich bewusst, dass alle Geschöpfe Nahrung brauchten, und dennoch …

Ganz in der Nähe miaute eine Katze. Sie wandte den Kopf nach rechts und sah einen Vogel auf einem Strauch sitzen. Sein Gefieder war schiefergrau mit schwarzem Käppchen. Ein Katzenvogel, so benannt wegen seines Gesangs, dem Miauen einer Katze täuschend ähnlich. Es ging das Gerücht, dass Carson Dobbs, als er dem Gelände seinen Namen gegeben hatte, den Katzenvogel mit einer Spottdrossel verwechselt hatte, deren Gesang allerdings um einiges hübscher war. Rebekka war keine Vogelkennerin, aber der katzenartige Ruf dieses Vogels erinnerte sie an Sonia, die unmittelbar vor Todds Entführung das Miauen von Jean Wrights Katze gehört hatte. Sonia wusste, dass Jean zur Tatzeit zu Hause gewesen war. Und Jean wiederum wusste, dass Sonia sie beobachtet hatte.

Rebekka blieb stehen. Ein altbekannter Schmerz machte sich hinter ihrer rechten Schläfe bemerkbar. Die Sträucher und Bäume der Umgebung wurden undeutlich und verschwanden schließlich. Stattdessen sah sie Regale voller Bücher, spürte die Kühle eines klimatisierten Raums, sah ein schlankes Mädchen mit langem schwarzen Haar an einem Tisch sitzen und ein Buch lesen, wobei es sich in einem Spiralblock Notizen machte. Rebekkas Blick war der eines heimlichen Beobachters, der sich in dem Raum umsah, in dem sich außer dem Mädchen nur noch ein junger Mann befand. Dieser gehörte eindeutig nicht zu dem Mädchen und war im Begriff zu gehen. Rebekka spürte, dass der Beobachter dies mit Genugtuung zur

Kenntnis nahm. Er würde warten, bis das Mädchen allein im Raum war.

Bis Sonia alleine war.

Die Büsche ringsum gewannen wieder Konturen. Rebekka stand da wie gelähmt, mit kalten Händen und Schweiß auf der Stirn. Sean blickte zu ihr auf, winselte, berührte ihr Bein mit der Pfote. »O Gott«, murmelte sie. »Jemand will Sonia umbringen.«

2

Dienstag, 20.20 Uhr

Rebekka machte kehrt und rannte zurück zur Lamplight Lane. Sean, dessen Leine ihr entglitten war, lief neben ihr her. Rebekka hatte schon am Nachmittag eine merkwürdige Verbindung zwischen sich und Sonia gespürt. Und so zweifelte sie jetzt, da sie ahnte, in welcher Gefahr Sonia schwebte, keinen Augenblick an ihrer Wahrnehmung.

Keuchend lief sie weiter, und es war ihr egal, was die Nachbarn von ihr halten mochten, wenn sie sie durch den Abend rennen sahen. Noch einmal schien die Landschaft um sie herum zu verblassen, und das Bild eines langen Tisches, hinter dem Bücherregale aufragten, schob sich darüber. Jemand blickte verstohlen durch einen Spalt zwischen den Büchern auf Sonias Hinterkopf. Rebekka sah durch die Augen des Beobachters, die langsam über die Gestalt des Mädchens wanderten, vom schwarzen Scheitel über das blaue T-Shirt, die schmale Taille, die weiche Wölbung der Hüften bis hinunter zu den kleinen nackten Füßen, die aus den Sandalen geschlüpft waren. Sonia saß auf einem Plastikstuhl, den sie ganz nah an den Tisch herangerückt hatte. Rebekka sah sogar die Armbanduhr des Mädchens und den hellrosa Lack auf ihren Nägeln. Der fremde Blick fing alles mit verspielter, obszöner Genauigkeit ein. Rebekka wurde ein wenig übel.

Sie hastete den Fußweg entlang zum Haus und wäre beinahe

gegen die geschlossene Tür gerannt. Sie klingelte wie wild, und Betty öffnete die Tür. »Um Gottes willen, was ist denn passiert, Liebes?«

»Ich habe keine Zeit für Erklärungen«, rief Rebekka, während sie, gefolgt von Sean, die Treppe hinaufstürzte. In ihrem Zimmer griff sie nach dem Telefon und rief die Polizei an. Bill war nicht da, und so erzählte sie hastig einem jungen Deputy, dass in der Bibliothek ein Mädchen in höchster Gefahr sei. »Und woher wissen Sie das, Ma'am?«

»Ich weiß es eben«, erwiderte Rebekka unwirsch. »Bitte sehen Sie nach. Das Mädchen heißt Sonia Ellis. Sie hat langes schwarzes Haar …«

»Und wie war gleich wieder Ihr Name?«

»Rebekka Ryan. Wie ich schon sagte, sie hat langes schwarzes Haar.«

»Ach so, Rebekka Ryan. Die mit dem Zweiten Gesicht?«

Rebekka verstummte einen Augenblick. »Fahren Sie zur Bibliothek. Wenn Sie es nicht tun, werden Sie es bitter bereuen.«

»Wollen Sie mir drohen, Ma'am?«

»Ach, um Himmels willen«, schnaubte Rebekka und legte auf. Sie rief Bills Privatnummer an. Der Anrufbeantworter. Drei Minuten später hatte sie den Autoschlüssel in der Hand und war auf dem Weg zum Wagen. »Was um alles in der Welt ist denn passiert?«, fragte Betty und trippelte hinter ihr her. »Wohin fährst du?«

»Bitte pass auf Sean auf. Alles in Ordnung.« Rebekka brauste aus der Auffahrt, und Betty hielt verzweifelt Seans Leine fest. Es würde mindestens zehn Minuten dauern, bis Rebekka die Bibliothek erreichte, selbst wenn alle Ampeln auf Grün geschaltet waren und sie nicht wegen erhöhter Geschwindigkeit aufgehalten wurde. Das war zu lange. Ihre Gedanken arbeiteten fieberhaft und suchten eine Lösung. Hätte nur dieser verdammte Deputy auf sie gehört. Und Bill hatte sie auch nicht erreicht. Vielleicht war er bei Molly. Sie griff nach ihrem Handy und wählte Mollys Nummer. Jemand hob ab, aber die Verbindung war so verrauscht, dass sie kein Wort verstand. Sie rief ihren Namen in den Hörer und dazu die Anweisung, dass ein Officer unverzüglich in der Bibliothek nach dem Rechten sehen müsse, wusste aber nicht, ob man sie gehört hatte.

»Verdammt, verdammt, verdammt!«, murmelte sie, als sie vor einem Stoppschild halten musste. Auf diese Weise würde sie es nie rechtzeitig zur Bibliothek schaffen.

Aber womöglich war Sonia überhaupt nicht in der Bibliothek. Was hatte Frank erzählt? Dass Mrs. Ellis ihrer Tochter den Umgang mit Randy Messer verboten hatte und diese nur vorgab, in die Bibliothek zu gehen, und sich stattdessen heimlich mit ihrem Freund traf. In diesem Fall wäre Rebekkas Vision völlig falsch. Das wäre das erste Mal. Manchmal waren ihre Visionen zwar vage, aber Fiktionen waren sie nie.

Rebekka fischte aus ihrer Handtasche die Karte mit Sonias Privatnummer, die sie ihr im Schmuckladen zugesteckt hatte. Sie rief an, und eine etwas näselnde männliche Stimme sagte charmant: »Was ist?«

»Wohnt dort Sonia Ellis?«

»Ja.«

»Kann ich sie sprechen?« Rauschen. Rebekka stöhnte und wiederholte dann ihre Frage.

»Sie ist nicht da.«

»Könnten Sie mir sagen, wo sie ist?«

»Sind Sie 'ne Reporterin? Diese Keene-Schnalle?«

»Nein, ich bin Rebekka Ryan. Ich habe Sonia heute im Schmuckladen kennen gelernt. Ich muss sie unbedingt sprechen, es ist sehr wichtig. Darf ich fragen, wer Sie sind?«

»Cory.«

»Hallo, Cory.« Rauschen. Rebekka hätte am liebsten laut geschrien und verfluchte insgeheim den Stoffel am anderen Ende der Leitung, aber sie zwang sich, höflich zu klingen, als das Rauschen nachließ. »Sonia hat mir ihre Privatnummer gegeben.« Um zu verhindern, dass der Junge einfach auflegte, erfand sie hastig einen Vorwand für ihren Anruf: »Ich wollte mir einen Ring kaufen und konnte mich nicht entscheiden, also bat Sonia mich, ihr Bescheid zu geben, wenn ich mich entschieden hätte. Sie wollte mir den Ring weglegen, bis ich morgen Nachmittag wieder in den Laden käme.«

»Ach so. Und Sie möchten den Ring?«

»Ja. Deshalb muss ich unbedingt mit Sonia sprechen. Sie wollte in die Bibliothek. Ob sie wohl schon dort ist?«

»Möglich.« Rebekka war nahe daran, die Geduld zu verlieren, als sich Cory plötzlich in eine sprudelnde Quelle von Informationen verwandelte. »Ich bin ihr Bruder. Sie hat beim Abendessen was von einer Frau gefaselt, die einen Ring anprobiert hat. Das waren wahrscheinlich Sie. Hat erzählt, Sie hätten mit 'nem heißen Doktor rumscharwenzelt.« Na toll, dachte Rebekka. Ich hab also scharwenzelt. »Auf alle Fälle hat sie Mom erzählt, dass sie in die Bibliothek geht. Da ist sie jetzt wahrscheinlich, aber irgendwann trifft sie sich mit Randy Messer. Sie darf ihn eigentlich gar nicht treffen, aber sie tut's trotzdem. Ich halt meinen Mund, sie hält ihren … na ja, über ein paar Dinge, die ich so treibe. Auf alle Fälle hat sie gesagt, Sie wären echt cool, also kann ich Ihnen ruhig sagen, dass sie in der Bibliothek ist, aber wenn Sie jetzt hinkommen wegen ihres Rings und sie ist doch bei Randy, dann sagen Sie's bloß nicht meiner Mom.« Düster setzte er hinzu: »Das wär' voll uncool.«

Corys Tonfall nach zu schließen wäre ihr Ruf damit ein für allemal dahin. »Mach dir keine Sorgen – ich kann schweigen. Hast du eine Ahnung, in welchem Saal Sonia sitzt?«

»He, ich bin noch nie da gewesen!« Allein die Vorstellung schien Cory über Gebühr anzustrengen. »Dürfte aber nicht schwer sein, sie zu finden«, fügte er hilfreich hinzu. »Das ist ja nicht die Städtische Bibliothek in New York. He, haben Sie mal *Planet der Affen* gesehen, wo dieser Typ unter der Erde die Ruinen der New Yorker Bibliothek findet und völlig ausrastet?«

»Nun ja, schon öfter.«

»Den mag ich besonders, wo die Affen auf die Erde kommen und in Talkshows auftreten, dann kriegt diese Frau ein kleines Affenbaby, und die Wissenschaftler wollen es ihr wegnehmen …«

»Cory, ich hör dich nur noch ganz schwach«, brüllte Rebekka und war plötzlich ganz dankbar für die schlechte Verbindung. »Danke für deine Hilfe.«

Du liebe Zeit, dachte sie. Was soll bloß werden, wenn nur noch die Corys dieser Welt das Sagen haben? Dann wäre dies über kurz oder lang tatsächlich der Planet der Affen.

Sonia war also tatsächlich in der Bibliothek. Diese Gewissheit war schon mal ganz gut. Das Schlimme war nur, dass damit auch ihre Vision zutraf. Jemand belauerte Sonia, wartete, bis seine Zeit gekommen war.

Die Ampel schaltete auf Rot, und um ein Haar hätte sie den Wagen vor ihr gerammt. Rebekka sah noch, dass der Fahrer sie durch den Rückspiegel kopfschüttelnd ansah, bevor das Bild vor ihren Augen verschwamm. Ihr Herz schlug schneller. Sie spürte eine Hitze in sich aufsteigen.

Der junge Mann am Nebentisch klappte sein Buch zu, legte es zu den beiden anderen auf den Tisch und steckte seinen Füller in die Brusttasche seines Hemds. Er lächelte Sonia probeweise zu, aber sie schenkte ihm keine Beachtung. Versager, dachte der Beobachter. Der Junge zögerte, griff sich dann seine Bücher und schlenderte an Sonias Tisch vorbei, wobei er ihr einen letzten hoffnungsvollen Blick zuwarf. Dann ging er, ohne den Beobachter eines Blickes zu würdigen, an ihm vorbei.

Hinter Rebekka drückte jemand auf die Hupe. Jäh kehrte sie in die unmittelbare Wirklichkeit zurück und sah, dass die Ampel längst auf Grün geschaltet und sie kostbare Sekunden verschenkt hatte.

Vierte Straße. Nur noch fünf Minuten zur Bibliothek. Genügend Zeit, um Sonia umzubringen. Noch einmal tippte Rebekka Mollys Telefonnummer ein. Immer noch besetzt. Ein zweites Mal die Polizei anzurufen, hätte auch wenig Sinn. Die Bibliothek. Einer ihrer Angestellten sollte Sonia suchen gehen, dachte Rebekka. Der Beobachter würde sich bestimmt nicht an zwei Menschen vergreifen, selbst wenn beide unbewaffnet wären. Sie rief die Telefonauskunft an, dann die Bibliothek. Eine männliche Stimme fragte gestelzt: »Bibliothek Sinclair. Kann ich Ihnen behilflich sein?«

»Ja. Gott sei Dank.« Nein, sie durfte auf keinen Fall panisch klingen. Rebekka holte tief Luft. »In der Bibliothek ist ein Mädchen. Bitte rufen Sie sie an die Bücherausgabe. Sie ist etwa achtzehn Jahre alt, schlank, sehr hübsch und hat langes, schwarzes Haar ...«

»Verstehe. Ist etwas passiert? Haben Sie schlechte Nachrichten für sie?«

»Nein. Ich meine, ja. Ich muss sie unbedingt sprechen. Es ist dringend.«

»Sicher ist es das.«

»Was?«

»Sie sprechen von Sonia Ellis. Ich weiß, wer Sie sind – Kelly Keene. Sie haben sie schon einmal hier aufgestöbert und sie mit Ihren unverschämten Fragen behelligt, und ich habe sowohl von ihr selbst als auch von ihrer Mutter Anweisung erhalten, Sie ihr vom Leib zu halten. Sonia ist eine prachtvolle junge Dame. Höflich und ruhig. Ich möchte nicht, dass sie gestört wird, und finde es empörend, welcher Tricks Sie sich bedienen, um an sie heranzukommen. Für wie dumm halten Sie mich eigentlich?«

Ja, ich halte dich für einen wichtigtuerischen Idioten, dachte Rebekka wütend. »Das ist kein Trick …«

»Nicht mit mir, Ma'am. Heben Sie sich Ihre billige Reportermasche für einen Dümmeren auf.«

Klick. Aufgelegt. Da hatte sich Sonia einen wunderbaren Beschützer ausgesucht. Aber Rebekka hatte schon einmal eine Kostprobe von Kelly Keenes Aufdringlichkeit erhalten. Kein Wunder, dass Sonia alles versuchte, ihr auszuweichen. So ein Pech. Aber vielleicht war es gar kein Pech. Vielleicht war es Rebekkas Schicksal, Katastrophen zu erahnen, die sie nicht verhindern konnte.

Die Gewitterwolken, die Sean vorhin so geängstigt hatten, waren nun direkt über ihr, zogen bedrohlich über einen gräulich gelben Himmel. Normalerweise wäre es noch eine Stunde später nicht so dunkel wie jetzt. Der Wind fegte durch die Straßen, und die Vögel suchten Zuflucht vor ihm.

Rebekka bog nach rechts auf eine wenig befahrene Straße, die zum Ohio hinunterführte. Der Ohio war hier in Sinclair fast eine Viertelmeile breit und bildete inzwischen aufgrund des aufkommenden Sturms heftige Wellen, die gischend gegen die Wände der voll beladenen Frachtkähne schlugen.

Rebekka drosselte die Geschwindigkeit, als ihr Blick sich erneut trübte. Noch einmal schob sich ein Bild über die wirkliche Welt. Sie sah den Fluss, darauf ein mit fröhlichen Menschen beladenes hölzernes Floß, das in der Sonne dahintrieb und sich einem Blockhaus näherte, das nahe am Ufer stand. Wunderschöne blaugrüne Hügel ragten hinter der Hütte empor, und am azurblauen Himmel zog ein Adler seine Kreise.

Was um alles in der Welt war das?, fragte sich Rebekka und bemühte sich, durch das Bild hindurch wieder die Wirklichkeit zu sehen. Was hatte diese märchenhafte Szene mit Sonia zu tun? Sie konnte doch unmöglich echt sein, sie mutete eher wie ein Gemälde an.

Rebekka fiel es wie Schuppen von den Augen, als sie in dem Bild, das sie eben mit den Augen des heimlichen Beobachters gesehen hatte, die dilettantische Wandmalerei im sogenannten »Pioniersaal«im zweiten Stock der Bibliothek wiedererkannte.

Rebekka bog nach rechts ab, auf die First Avenue, die parallel zum Fluss verlief. Das Wasser wirkte bei diesem Wetter düster und voller Untiefen, und aus den schwarzen Wolken am schiefergrauen Himmel zuckten bösartige Blitze. Am Ende des Häuserblocks kam unvermittelt die Bibliothek in Sicht. Sie war kurz nach der Jahrhundertwende von einem Architekten erbaut worden, der ein Liebhaber des gotischen Baustils war. Das Gebäude wirkte daher finster und unheimlich, ein Ungeheuer aus grauem Backstein, mit Ornamenten überladen und viel zu wenigen Fenstern. Rebekka dachte immer, dass nur noch die Wasserspeier fehlten, die vom Dach lugten.

Der Parkplatz war nahezu leer. Sie hielt in der Nähe des Eingangs, sprang aus dem Wagen, stürzte die Stufen hinauf, durch die Tür und in die Eingangshalle der Bibliothek. An der Bücherausgabe stand ein tadellos frisierter Mann mittleren Alters, dessen Kinnlade nach unten klappte, als sie ihn anschrie: »Rufen Sie die Polizei! Schicken Sie sie in den Pioniersaal!«

»Was in drei T… was … hier geblieben! Stopp!«

»Rufen Sie die Polizei!«, rief Rebekka voller Angst. »Sonst wird sie ermordet. Machen Sie schon!«

»Sind Sie irre?«, schalt der Mann. »Bleiben Sie stehen!«

Anstatt den Lift zu benutzen, der sich, wie sie sich erinnerte, mit nervtötender Langsamkeit nach oben bewegte, stürmte Rebekka, immer zwei Stufen auf einmal nehmend, die Treppe hinauf. Auf dem Treppenabsatz des ersten Stocks geriet sie ins Stolpern, weil die Umgebung sich erneut hinter die Perspektive von Sonias Beobachter verkroch. Sonia streckte sich, blickte um sich, sah auf die Uhr, schüttelte sich das lange Haar über die Schulter und entblößte dabei einen zarten weißen Hals, bevor sie sich erneut über ihr Buch beugte. Leichte Beute, dachte ihr Beobachter, bevor er sich dem Mädchen näherte. Näher, immer näher …

»Sonia!«, schrie Rebekka, als das Bild des Mädchens vor ihren Augen verschwamm. »Lauf weg, Sonia!«

Ob das Mädchen reagierte, konnte Rebekka nicht sehen. Der Treppenabsatz und die nächste Stufenflucht kamen wieder in Sicht. Ihr war heiß und kalt zugleich. In ihrem Kopf drehte sich alles, als würde sie jeden Moment umkippen, aber sie achtete nicht darauf und hetzte weiter.

Tu es. Die Gedanken des Beobachters pochten durch Rebekkas Hirn. Schnell. Sie hebt den Kopf.

Rebekka sah im Geiste den Raum vor sich. Sie sah eine Hand, die einen metallenen Gegenstand auf Sonia richtete, sah, wie der Gegenstand ihren Hals berührte, leise knisterte und blaue Funken sprühte. Sonia stöhnte auf und taumelte vom Stuhl. Ein Elektroschocker, dachte Rebekka. Sonias Angreifer wollte verhindern, dass sie schrie. Sein Opfer sollte besinnungslos sein, wenn er es umbrachte.

Rebekka platzte in den Saal und sah entsetzt, wie eine Gestalt in Jeans und dunklem Anorak, die Kapuze tief im Gesicht, sich über Sonia beugte. Dann fegte die Gestalt mit gesenktem Kopf und schnell wie ein Wiesel an Rebekka vorbei und löschte das Licht. Schlagartig wurde es dunkel im Saal. Nur durch zwei hohe, schmale Fenster sickerte noch ein letzter Rest Abendlicht.

Rebekka hörte im Erdgeschoss Stimmen laut werden. Wahrscheinlich stand der Bibliothekar noch immer an der Bücherausgabe und regte sich künstlich auf. Vielleicht hatte ein Angestellter ja mehr Geistesgegenwart bewiesen und die Polizei angerufen, obwohl sie weder Schritte auf der Treppe noch das behäbige Knarzen des Aufzugs hörte.

Rebekka gelangen keine tiefen Atemzüge, nur schnelle, flache, die ihren Herzschlag beschleunigten. Auf keinen Fall durfte sie hyperventilieren und umkippen. Sie duckte sich, um dem schwachen Lichtschein zu entgehen, der durch die schmalen Fenster hereinfiel. Der Beobachter hatte kostbare Zeit verloren, als er zum Lichtschalter gelaufen war. Er war jetzt hinter ihr und belauerte sie, das spürte sie ganz deutlich. Sie musste vor ihm die bewusstlose Sonia erreichen. Zweifellos würde er sie beide töten, aber im Gegensatz zu Sonia konnte Rebekka sich gegen ihn wehren. Sie war wach und kräftig und nur mithilfe des Elektroschockers zu besiegen.

Rebekka verharrte einen Moment lang regungslos, um sich eine Strategie zu überlegen. Sie kauerte zwischen Sonia und der Eingangstür. Soweit sie sich erinnern konnte, maß der Raum etwa 120 Quadratmeter, nicht zu groß in Anbetracht all der Regale und Schaukästen mit heimischen Handschriften, die hier Platz finden mussten.

Rebekka vernahm ein leises Geräusch, das von der Stelle zu kommen schien, an der Sonia lag. Sie kroch auf sie zu. Mittlerweile trommelte der Regen gegen die schmalen Fenster. Wo blieben denn bloß die Polizeitruppen, die sie retten sollten? Hatte dieser Schnösel an der Bücherausgabe sie überhaupt verständigt? Wenn nicht er, dann vielleicht einer der Angestellten.

Während sie sich behutsam auf Sonia zubewegte, spürte Rebekka, dass der Angreifer sie nicht aus den Augen ließ. Endlich ertastete sie eine Strähne seidigen Haars auf dem Teppich. Sie fragte sich, wie sie sich zur Wehr setzen konnte. Sie hatte keine Waffe. Nur ihren Körper. Und ihre Geistesgegenwart. Sie war weder dumm noch feige.

Hätte sie nur eine Waffe dabei!

Rebekka schützte Sonia mit ihrem Körper. Sie wollte sich nicht mit ihrem ganzen Gewicht auf das Mädchen legen, weil sie nicht wusste, wie viel Schaden der Elektroschocker Sonias Hals zugefügt hatte. Ihre Atemzüge erschienen ihr lang und rau.

Plötzlich war der Angreifer da. Rebekka fühlte seine Körperwärme und hörte sein heftiges Atmen. Ihr Herz war ein eisiger Klumpen, aber ihr Gehirn arbeitete fieberhaft. »Ist da jemand?«, fragte sie kläglich. Rebekkas Stimme klang schwach und ängstlich, doch sie fühlte sich stark und entschlossen. »Bitte tun Sie uns nichts. Ich habe Sie nicht gesehen.«

»Das ist der springende Punkt, nicht wahr, Rebekka?«, flüsterte eine Stimme. »Du brauchst nicht mit den Augen zu sehen, um etwas zu erkennen. Das macht dich so gefährlich.«

»O nein, bitte.« Sie verlieh ihrer Stimme ein Mitleid erregendes Zittern. »Ich bin doch erst 26 …«

Im schwachen Licht erfasste sie die Silhouette eines stumpfen Metallgegenstands, der sich ihrem Genick näherte. Der Elektroschocker.

Rebekka holte mit ihrem kräftigen rechten Bein aus und trat schwungvoll zu, wobei sie aufschrie und so dem Tritt noch mehr Nachdruck verlieh. Der Absatz ihres Schuhes traf auf einen Widerstand, der sich wie die Innenseite eines Schenkels anfühlte. Der Beobachter jaulte auf und stieß einen rauen Fluch aus. Endlich wurde gegen die Tür des Pioniersaals getrommelt. Der Angreifer hatte sie abgeschlossen, nachdem er die Lichter ausgeschaltet hatte. »Hilfe!«, schrie Rebekka. »Schlagt die Tür ein!«

Eine Hand schloss sich um ihren Hals und nagelte sie am Boden fest. Der Elektroschocker machte ihr Sorgen. Er konnte sie in Sekundenschnelle außer Gefecht setzen. Dann war sie leichte Beute. Rebekka trat erneut zu, stieß jedoch ins Leere. Sie vermied es, mit den Armen um sich zu greifen, um sie nicht dem Elektroschocker auszusetzen.

Dann senkte sich ein Gewicht auf sie nieder. Du liebe Zeit, würde der Mensch sie etwa vergewaltigen, bevor er sie umbrachte? Und all dies, während eine Menschenmenge vergebens gegen die Tür hämmerte und der geschniegelte Affe von Bibliothekar vergeblich nach dem Schlüssel suchte? Vielleicht wäre das der letzte Kick für diesen kranken Irren? Sein Hauptziel war es, sie und Sonia zum Schweigen zu bringen. Mit einer brutalen Vergewaltigung würde er noch eins draufsetzen.

Rebekka spürte, dass der Angreifer seine Finger über ihren Nacken wandern ließ und ihr in verhaltener Lust seinen Atem ins Ohr blies. Sie vergaß vor Abscheu ihre Angst.

Sonia stöhnte, doch im selben Augenblick hörte sie Glas splittern und die Stimmen vor der Tür lauter werden. »Alles in Ordnung da drin? Die Polizei ist hier. Sie sind umstellt!«

Die vertraute leicht näselnde Stimme eines Jugendlichen. Cory Ellis, Sonias jüngerer Bruder. »Achtung, wir kommen jetzt rein! Hör zu, du verdammter Hurensohn, lass ja die Finger von meiner Schwester!«

»Geh zur Seite, mein Sohn«, befahl eine tiefe männliche Stimme und wiederholte dann Corys Worte. »Wir kommen rein!«

Eine erdrückende Last wich von Rebekka. Dann schlug eine Hand ihr so hart ins Gesicht, dass ihr die Zähne wackelten. »Du Luder! Immer musst du mir in die Quere kommen!« Der Angreifer packte zuerst ihr rechtes, dann ihr linkes Handgelenk, und sie spürte jeweils einen leichten Schnitt in die weiche Haut über den Pulsadern. Sekunden später war der Angreifer verschwunden. Die Tür flog auf und schlug gegen die Wand. Wieder splitterte Glas, und sie schloss die Augen vor dem grellen Neonlicht. Während sie versuchte, die verschiedenen Stimmen zuzuordnen, hörte Rebekka noch jemanden brüllen »Verflucht, er ist weg!«, und verlor das Bewusstsein.

12. Kapitel

1

Der Krankenwagen raste mit Rebekka und Sonia ins Krankenhaus. »Wird sie wieder gesund?«, fragte Rebekka eine Sanitäterin und blickte besorgt auf Sonias geschlossene Augen und ihr kreidebleiches Gesicht.

»Blutdruck und Herzschlag sind normal. Nur im Nacken, wo dieser verfluchte Elektroschocker sie getroffen hat, weist sie ein paar üble Verbrennungen auf. Haben Sie den Dreckskerl erkannt, der das getan hat?«, fragte die blonde Sanitäterin.

»Nein.«

»Verstehe. Das letzte Mal, als Sie den Unfall hatten, da waren Sie angeblich erblindet. Und welche Ausrede haben Sie diesmal?«

Endlich erkannte Rebekka die Stimme. Sie gehörte der Frau, die sie nach ihrem Unfall vor dem Restaurant verarztet hatte. Damals hatte sie geglaubt, Rebekka sei betrunken gewesen. Sie stand auf und beugte sich über Sonia. »Setzen Sie sich, Ma'am. Sie tropfen mir ja alles voller Blut.«

Rebekka besah sich ihre notdürftig verbundenen Handgelenke. »Wie wäre es mit einem besseren Verband?«, fauchte Rebekka.

»Das wird man im Krankenhaus erledigen. Jetzt entspannen Sie sich und machen Sie nicht so viel Wind.«

»Ich mach doch keinen Wind«, setzte Rebekka an und verstummte wieder. Diese Frau mochte sie nicht. Daran ließ sich nichts ändern.

Als sie im Krankenhaus ankamen, wurde Rebekka schwindelig. Sie stolperte aus dem Wagen, und jemand kam ihr zu Hilfe. Bevor sie jedoch sein Gesicht sehen konnte, verlor sie auch schon die Besinnung. Als sie erwachte, lag sie in einem Untersuchungszimmer. Das Gesicht einer Krankenschwester war nur wenige Zentimeter über dem ihren. Rebekka zuckte zusammen, und die Frau sagte beschwichtigend: »Ist schon gut, Liebes. Im Krankenhaus sind Sie sicher.«

»Wo ist Sonia?«, fragte Rebekka.

»Dr. Bellamy behandelt sie gerade. Ich heiße Myra. Myra Kessel. Ich arbeite normalerweise gar nicht in der Notaufnahme, aber heute Abend herrscht hier Hochbetrieb.« Sie nahm Rebekkas Hand. »Alles in Ordnung, Miss Ryan. Nur ein paar Schnitte über den Pulsadern. Nicht so tief, wie sie hätten sein können, trotzdem haben Sie ein wenig Blut verloren.«

»Man wird glauben, ich hätte versucht, mich umzubringen.«

Myra lächelte, und an den Außenseiten ihrer warmen braunen Augen bildeten sich viele Lachfältchen. »Die Leute werden Sie für eine Heldin halten.«

»Aber das bin ich gar nicht. Sonia ist verletzt.«

»Sonia verdankt Ihnen ihr Leben. Jetzt möchte ich, dass Sie liegen bleiben und sich ausruhen. Wir halten Ihre Arme hoch, und ein Pfleger wird Ihre Schnittwunden wieder zunähen.«

»Okay.« Rebekka war plötzlich wieder schwindelig und sie schloss die Augen wegen des grellen Lichts. Die letzte Stunde kam ihr unwirklich vor. Sie konnte noch immer nicht ganz fassen, was passiert war. Aber Sonia war am Leben. Nur das zählte.

»Sonias Bruder«, sagte sie, als die Schwester Nadel und Faden vorbereitete. »Er war in der Bibliothek, Mrs. Kessel. Ist er jetzt hier?«

»Für Heldinnen bin ich Myra, und ja, er ist hier.«

»Und Mrs. Ellis?«

»Wir konnten sie nicht finden. Der Bruder hat gesagt, sie sei auf der Chorprobe, aber als man in der Kirche anrief, hatte niemand sie gesehen.« Sie lächelte. »Aber Ihr Vater ist hier. Möchten Sie ihn sehen?«

»Er ist mein Stiefvater«, sagte Rebekka, »und ich möchte ihn gerne sehen.«

»Also gut. Aber nur unter der Bedingung, dass Sie Ihren hübschen Kopf auf dem Kissen halten und aufhören, sich Sorgen zu machen. Alles ist gut, ich sagte es bereits. Ich bin gleich wieder da.«

Alles ist gut. Die Worte klangen in Rebekkas Kopf nach. Alles war gut, bis auf die Tatsache, dass jemand versucht hatte, ein siebzehnjähriges Mädchen umzubringen. Und das wäre dem Jemand auch gelungen, wenn Cory Ellis den Polizisten nicht dazu gebracht hätte, die Tür zum Pioniersaal einzutreten. Ja, alles in schönster Ordnung, bis auf die Tatsache, dass da draußen ein Mörder frei herumlief.

Frank kam in die Notaufnahme und sah aus, als hätte er keinen Tropfen Blut mehr im Gesicht. Seine haselnussbraunen Augen waren weit aufgerissen, und sein graumeliertes Haar ausnahmsweise unfrisiert. Er trat neben sie, berührte ihre Stirn und murmelte: »Um Gottes willen, Rebekka. Ist alles in Ordnung mit dir?«

»Physisch ja. Aber was das Psychische anbelangt, bin ich mir nicht so sicher. Ich kann einfach nicht glauben, was passiert ist, Frank. Das alles ist weitaus absurder als die Geschichten, die ich mir für ein Buch ausmalen könnte. Mutter ist nicht hier, nehme ich an?«

Frank sah noch immer sehr besorgt aus, antwortete jedoch ruhig. »Du weißt doch, dass sie sich beim Abendessen nicht wohl gefühlt hat. Ich habe ihr nicht einmal erzählt, was passiert ist, weil sie nicht in der Verfassung war …«

»Du meinst, sie ist immer noch betrunken. Na ja, ist schon gut. Ich habe gehört, dass Mrs. Ellis auch nicht hier ist. Auch nicht auf der Chorprobe, wo sie eigentlich hätte sein sollen.«

Endlich lächelte Frank. »Weil du verletzt bist, werde ich dir zum Trost ein bisschen Klatsch und Tratsch erzählen. Das wird dich aufmuntern. Ich glaube, dass Mrs. Ellis die Chorprobe nur als Vorwand benutzt hat. Ich bin mir ziemlich sicher, dass sie eine Affäre hat.«

Rebekka spielte die zutiefst Schockierte. »Was denn, die Pfarrerswitwe?«

Frank nickte feierlich. »Die sind am schlimmsten. Ich ziehe womöglich voreilige Schlüsse, aber in den letzten drei Monaten hat sie ungefähr zehn Pfund abgenommen; außerdem trägt sie plötzlich Lippenstift und ist munterer als ich sie seit Jahren gesehen habe. Sie ist jetzt ziemlich attraktiv.«

»An dir ist ein Detektiv verloren gegangen, Frank. Weiß Cory Bescheid?«

»Sicher nicht. Und ich stehe vor einem Dilemma. Er macht sich nicht nur Sorgen um seine Schwester, sondern auch um seine verschwundene Mutter, obwohl er sich nichts anmerken lässt. Ich bin ganz sicher, dass sie den Kindern vor lauter Verklemmtheit nichts von diesem Mann erzählt hat. Wenn ich Cory also sage, dass er sich keine Sorgen zu machen braucht, gebe ich ihr schreckliches Geheimnis preis.«

Rebekka grinste. »Ich glaube, du bist schlau genug, um dir eine glaubhafte Ausrede für Cory auszudenken. Aber lass dir nicht zu lange Zeit. Es ist grausam, ihn nach dem, was Sonia gerade passiert ist, in dem Glauben zu lassen, seine Mutter sei ebenfalls in Gefahr.«

»Du hast völlig Recht. Ich verneige mich vor deiner Weisheit.« Er wurde ernst. »Woher hast du denn eigentlich gewusst, dass du zur Bibliothek fahren solltest, um Sonia zu retten?«

»Sie hatte mir erzählt, dass sie abends in der Bibliothek sein würde. Dann hatte ich plötzlich diese Vision, dass jemand sie belauerte und plante, sie umzubringen. Ich weiß, dass du nicht an meine Visionen glaubst, aber ...«

»Langsam glaube ich doch daran. Es tut mir Leid, dass ich all die Jahre daran gezweifelt habe.«

»Es hat mir nichts ausgemacht. Wirklich nicht. Aber ich muss damit leben, dass ich sie habe.«

»Und dank deiner Geistesgegenwart wird auch Sonia weiterleben.« Er seufzte. »Da ihre Mutter nicht hier ist, sollte wohl ich die Vaterrolle übernehmen. Bist du mir böse, wenn ich dich ein paar Minuten allein lasse, um nach ihr zu sehen?«

»Ich möchte selbst gern wissen, wie es ihr geht. Kümmere dich bitte um sie, Frank. Sie braucht jemanden, auf den Verlass ist.«

Als er aus dem Zimmer gegangen war, empfand Rebekka plötzlich Mitleid mit Frank. Nach Patricks Tod hatte Suzanne sich ganz auf Frank verlassen. Ohne ihn wäre sie verloren gewesen. Und nach Jonnies Tod hatte sie sich wieder auf ihn verlassen. Frank hatte auch Rebekka beigestanden und sie in ihrem Entschluss, nach New Orleans zu gehen, unterstützt, sie beim ersten Mal sogar begleitet, bis sie sich eingelebt hatte. Sie erinnerte sich an ihre gemeinsamen Besuche im Französischen Viertel und an die teuren Restaurants, in die er sie eingeladen hatte. Und sie erinnerte sich an das Geld, das er ihr mit den Worten zugesteckt hatte, sie müsste ordentlich essen und es sich gut gehen lassen. Schließlich würde sie erst mit 21 Jahren über ihren Nachlass frei verfügen können. Und sie sollte nicht so lange warten müssen, bis sie sich hübsche Kleider und Reisen zwischen den Semestern leisten konnte.

Dann hatte Frank Molly beigestanden, als sie Todd zur Welt gebracht hatte. Und jetzt kümmerte er sich um Sonia. Die Helferrolle schien ihm vom Schicksal vorherbestimmt zu sein, doch allmählich, dessen war sich Rebekka sicher, zeigte der Stress seine Wirkung. Frank sah älter aus, seine Bewegungen waren langsamer geworden, und seine schönen Augen strahlten nicht mehr so wie früher. Er lächelte nicht einmal mehr so leicht. Sie war plötzlich wütend auf ihre Mutter, weil sie nicht sorgsamer mit ihm umging.

Und wieder wurde sie ohnmächtig. Wie ein Licht, das man ausgeschaltet hatte. Als sie wieder zu sich kam, lag eine zusätzliche Decke auf ihr, und ein junger Mann nähte ihre Schnitte. »Was ist passiert?«, fragte sie mit schwerer Zunge.

»Sie waren wieder bewusstlos. Sie haben viel durchgemacht, Miss Ryan. Tun die Handgelenke weh?«

»Ich spüre nicht mal, dass ich Arme habe.«

Er lächelte. »Die haben Sie. Und ich werde sie so gut nähen, dass Sie kaum Narben behalten. Ich bin hier der Meister im Nähen.«

»Den Titel nimmt auch Clay Bellamy für sich in Anspruch.«

»Was der sich einbildet.« Der junge Mann grinste. »Ich mache nur Spaß. Mit ihm kann man sich so was erlauben. Herumalbern, meine ich. Einige Ärzte halten sich ja für Gott den Allmächtigen. Aber nicht Doc Bellamy. Auf alle Fälle hat er schon zweimal nach Ihnen gesehen. Er wird zurückkommen. Und der kleine Ellis will Sie auch sehen. Sie müssen aber nicht mit ihm sprechen.«

»Aber ich möchte es wirklich. Würden Sie ihn hereinholen, wenn Sie fertig sind?«

Kurz darauf kam ein spindeldürrer Junge von ungefähr vierzehn Jahren mit zerzausten schwarzen Haaren und Pickeln im Gesicht in die Notaufnahme. Er trug weite Jeans, die ihm jeden Augenblick von den nicht existierenden Hüften zu rutschen drohten, und ein riesiges T-Shirt. Sonia war eine Schönheit. Cory dagegen mit seinem langen Hals, dem ausgeprägten Adamsapfel und den riesigen hervortretenden Augen erinnerte Rebekka unwillkürlich an Ichabod Crane. »Wie geht's?«, fragte er.

»Gut, danke«, antwortete Rebekka. »Du hast die Tür zum Pioniersaal eingetreten.«

»Das Glas war fast nicht kaputt zu kriegen.«

»Hochsicherheitsglas. Ich nehme an, das Bibliotheksgremium hat Angst, dass jemand sich an den Pfeilspitzen aus Feuerstein vergreifen könnte, dabei ist der Boden in dieser Gegend doch voll davon.« Corys Lachen brach als zweioktaviges Quäken aus ihm heraus. Er wurde knallrot und blickte betreten auf seine Füße. »Warum warst du eigentlich in der Bibliothek, Cory? Am Telefon hast du dir noch keine Sorgen um Sonia gemacht.«

»So war's ja auch, aber nachdem ich aufgelegt hatte, hatte ich plötzlich ein ganz komisches Gefühl. Sie redet andauernd davon, dass keiner ihr glauben will, was passiert ist, als sie den Kleinen entführt haben. Ich meine, wegen der Krankenschwester, die daheim war, obwohl sie ausgesagt hat, dass sie nicht daheim war. Und Sie haben auch so komisch geklungen – nicht lustig-komisch, sondern unheimlich-komisch, meine ich. Dann kam mir plötzlich der Film *Planet der Affen* in den Sinn.«

Rebekka starrte ihn verblüfft an. »Was hat der denn damit zu tun?«

»Na ja, in diesem Film ist auch nichts so, wie es zu sein scheint, und Sie haben das verstanden und ihn nicht blöd gefunden, deshalb können Sie vielleicht unter die Oberfläche sehen.« Rebekka verstand zwar die Logik nicht ganz, nickte aber. »Dann habe ich mit jemandem geredet, der Sie kennt, und erfahren, dass Sie hellsehen können. Das finde ich ganz schön cool, so Akte-X-mäßig. Ich kann es vielleicht auch, was meinen Sie?«

»Ich weiß es nicht«, sagte Rebekka matt.

»Aber wenn ich es könnte, müsste ich doch wissen, wo meine Mom ist«, sagte Cory, den die Abwesenheit seiner Mutter sichtlich zu beunruhigen schien, obwohl er sich seine Angst nicht anmerken lassen wollte. »Ich meine, sie lässt sich sonst keine Chorprobe entgehen. Aber in letzter Zeit müssen Sonia und ich am Sonntag nicht mehr in die Kirche gehen. Vielleicht hat das etwas zu bedeuten.«

Vielleicht heißt es nur, dass sie nicht mehr regelmäßig an den Chorproben teilnimmt und deshalb am Sonntag nicht mehr im Chor singen kann. Und wenn ihr zur Messe gehen würdet, müsste sie euch diesen Umstand erklären, dachte Rebekka. »Vielleicht weiß Frank – Mr. Hardison, der Chef deiner Mutter –, wo sie sein könnte. Warum sprichst du nicht mit ihm?«

»Woher soll der denn wissen, wo sie ist?«, fragte Cory, und seine Stimme machte sich erneut selbständig. »Will er sie denn feuern?«

»Nein, sicher nicht. Er hält sehr viel von ihr.« Und ich kann nicht mehr, dachte Rebekka.

»Ach so, Sie können ja hellsehen«, sagte Cory aufgeregt. »Sie wissen, dass er es weiß. Mann, ist das cool. An meinen Fähigkeiten muss ich noch feilen, sie schärfen.« Rebekka lächelte schwach. »Ich werde am besten gleich mit Mr. Hardison sprechen. Gute Besserung. Und danke, dass Sie Sonia gerettet haben. Ich meine, manchmal kann sie einem echt auf die Nerven gehen, aber ich würde nie wollen, dass sie stirbt oder so.«

Mit diesem überschwänglichen Gefühlsausbruch eilte Cory aus der Notaufnahme. Rebekka seufzte erleichtert auf und lächelte über Corys Wunsch, wie sie hellsehen zu können. Er wusste nicht, was er sich da wünschte.

Nach schier endlos langer Zeit kam Clay zu ihr. Auch er war vor Sorge ganz bleich, überspielte seinen Schrecken aber mit einem Scherz. »Ist es möglich, dich vor Ärger zu bewahren?«

»Ich glaube nicht.«

»Ich habe ein Dutzend Versionen dessen gehört, was passiert ist. Versprichst du mir, später die einzig wahre Version zu erzählen?«

»Versprochen, aber selbst für mich, die ich einiges gewohnt bin, war das Ganze absurd. Wie geht's Sonia?«

»Ein paar Verbrennungen von diesem Elektroschocker. Eine

Prellung. Ein paar gezerrte Bänder im Bereich des Nackens. Ein schwerer Schock. Ihre Mutter ist jetzt bei ihr, das scheint sie ein wenig zu beruhigen. Natürlich behalten wir sie über Nacht hier und machen noch ein paar Tests.«

»Ich bin so erleichtert, dass sie lebt. Wann darf ich nach Hause?«

»Morgen.«

»Was? Warum nicht heute Nacht?«

»Weil du nicht Superwoman bist, auch wenn du das nicht wahrhaben willst. Die Anstrengungen der letzten Woche sind nicht spurlos an dir vorübergegangen. Du bist zweimal umgekippt. Und einmal hattest du beinahe einen Schock.«

»Ich hasse Krankenhäuser, Clay.«

»Tut mir Leid, aber das wird dir nichts nützen. Ich werde dir ein Schlafmittel geben, und wenn du wieder aufwachst, ist es heller Morgen und du kannst nach Hause gehen.«

»Kannst du Sean hereinschmuggeln?«

»Nicht, ohne mir großen Ärger einzuhandeln.« Er besah sich ihr Handgelenk. »Über kurz oder lang wirst du nur noch aus Nähten bestehen.«

Rebekka runzelte die Stirn. »Der Beobachter hat nicht versucht, mich umzubringen.«

»Der Beobachter?«

»Ich konnte mit seinen Augen sehen, deshalb habe ich Sonias Angreifer so wahrgenommen. Auf alle Fälle war der Zweck dieser Schnitte nicht, mich zu ermorden. Ich verstehe nicht, warum er es getan hat.«

»Er wollte dir einen Denkzettel verpassen.«

»Einen Denkzettel?« Clay nickte.

»Zuerst beweist du dein Talent zum Privatdetektiv, und jetzt entdeckst du auch noch deine psychologische Ader.«

»Ich gebe zu, dass meine Interessen sehr breit gefächert sind«, sagte Clay feierlich. Er bemühte sich zwar um einen beiläufigen Ton, aber seine Augen waren dunkel vor Sorge. »Ich weiß nicht, wie ich auf diese Theorie mit dem Denkzettel komme, aber sie erscheint mir ganz logisch. Du hast Recht – er hat mit Sicherheit nicht versucht, dich mit diesen oberflächlichen Schnitten zu töten. Sie sind zum Glück ja nicht einmal tief genug, um Sehnen und Bänder zu verletzen und einen dauerhaften Schaden anzurichten. Aber Narben werden auf jeden Fall zurückbleiben.«

»Ich habe schon zu dieser netten Krankenschwester Myra Kessel gesagt, dass alle glauben werden, ich hätte mir die Pulsadern aufgeschnitten.«

»Ganz genau. Diese Narben sorgen dafür, dass die Leute dich für suizidgefährdet, für psychisch labil halten. Der Angreifer wollte dich bestrafen, weil du seinen Mordversuch vereitelt hast.«

»Oh, ich hatte ja keine Ahnung, wie klug du bist.«

»Ich versuche, meine erstaunliche Kombinationsgabe hinter meinem jungenhaften Charme zu verstecken.«

»Und es gelingt dir ausgezeichnet.«

»Nun, wie ich sehe, bist du wieder ganz die Alte. Ich hatte schon Angst, du würdest nach diesem Erlebnis ein ernsthaftes, fügsames Mädchen werden.« Er warf ihr einen schiefen Blick zu. »Oder du würdest dich gar in mich verlieben?«

»Ich glaube, mir wird schon wieder schummrig«, sagte Rebekka und schloss lächelnd die Augen.

2

Bill und G. C. Curry standen auf der vorderen Veranda von Jean Wrights Haus und klingelten zum dritten Mal. Zum ersten Mal seit Tagen stand der Lieferwagen der Reporter nicht auf der Straßenseite gegenüber. Er befand sich auf dem Krankenhausparkplatz, und die allgegenwärtige Kelly Keene spukte durch die Flure, um Informationen über den Angriff auf Sonia Ellis zu bekommen.

Eine Siamkatze mit unglaublich blauen Augen hüpfte auf den Fenstersims und starrte sie an. »Die Katze, von der Sonia behauptet hat, Jean Wright hätte sie in der fraglichen Nacht ins Haus gelassen«, sagte Bill.

»Sonia hat nicht gesagt, dass Wright sie ins Haus gelassen

habe«, widersprach ihm Curry höflich. »Sie sagte, sie habe gesehen, wie *jemand* die Katze hineingelassen habe.«

»Jemand mit kurzem dunklem Haar, Schwesternschuhen und Wrights Stimme. Ich wünschte, ich hätte der Aussage des Mädchens mehr Beachtung geschenkt.«

»Von Jean keine Spur?«, fragte eine weibliche Stimme.

Bill fuhr zusammen und hoffte, dass Curry es nicht bemerkt hatte. Molly war leise hinter ihn getreten. »Kein Licht. Die Tür ist verschlossen. Und wann, sagtest du, hast du sie zum letzten Mal gesehen?«

»So gegen sechs. Vielleicht ein bisschen später. Sie hat einen Anruf erhalten. Sie sagte, dass ihre Schwester sie sehen wolle. Jean hat zwar nicht gesagt, was los sei, aber irgendetwas schien sie entsetzlich zu beunruhigen. Sie hat sich eilig verabschiedet, ist nach Hause gerannt, hat gepackt und war binnen einer halben Stunde aus dem Haus.« Sie blickte zum Fenster. »Ich hoffe, sie hat nicht vergessen, genügend Futter und Wasser für Sabu bereit zu stellen.«

Bill und Curry hatten keinen Durchsuchungsbefehl und auch nicht genügend Beweismaterial, um sich von dem bekanntermaßen gewissenhaften Richter Burberry einen zu beschaffen. Aber wenn Molly dringend nach der armen Katze sehen müsste …

»Molly, hast du einen Schlüssel zu Jeans Wohnung?«, fragte Bill beiläufig.

»Sicher. Wenn sie ein paar Tage wegfahren wollte, habe ich den Kater gefüttert und die Blumen gegossen. Warum?«

»Du scheinst dir Sorgen zu machen um das Tier. Es täte mir Leid, wenn es verhungern oder verdursten müsste. Vielleicht möchtest du hineingehen und nachsehen.«

»Das ist eine gute Idee!«, rief Molly.

»Curry und ich werden dich begleiten. Hier draußen mit all den Reportern und Schaulustigen ist es uns zu ungemütlich.« Molly blickte auf die menschenleere Straße. »Sie können jeden Moment wieder hier auftauchen«, sagte Bill. »Du weißt doch, wie diese Keene ist.«

»Du hast Recht. Ich hol nur mal eben den Schlüssel. Du bist ein Engel, Bill.«

»Der heilige Bill«, murmelte Curry, als Molly außer Hörweite war.

»Ich schäme mich in Grund und Boden, weil ich sie ausgetrickst habe.«

»Sie wird es verschmerzen, wenn uns die Hinweise, die wir finden, zu Todd führen.«

»Das einzig Dumme an der Sache ist, dass wir keinen Durchsuchungsbefehl haben und dass deshalb nichts, was wir finden, vor Gericht Bestand haben wird.«

»Sie werden schon Mittel und Wege finden«, sagte Curry und grinste in der Dunkelheit. »Sie sind viel raffinierter als ich dachte.«

»Ich nehme es als Kompliment. Da ist sie wieder.«

Molly schloss die Tür auf und tastete nach dem Lichtschalter. Es wurde hell, und die Katze flüchtete jaulend aus dem Wohnzimmer. »Ich hoffe, dass Jean die Katzentür geschlossen hat. Sonst plärrt Sabu die ganze Nacht im Hinterhof«, stöhnte Molly.

Der Kater, der hinter dem Haus einen Höllenlärm veranstaltet hatte. Genau wie Sonia gesagt hatte. Bill und Curry tauschten bedeutsame Blicke. »Wir wollen ihn suchen gehen«, sagte Curry. »Dann sehen wir nach, ob er auch genügend Futter und Wasser hat.«

Molly lächelte dankbar. Bill wusste, dass Curry versuchte, Molly zu beschäftigen, während er sich ein wenig umsah.

Die alten Möbel in der Wohnung waren fast Mitleid erregend. Bill war zwar kein Experte in Sachen Inneneinrichtung, aber die Couch und Stühle sahen aus, als stammten sie noch aus den frühen Siebzigern. Metallene Fernsehhocker ersetzten Beistelltischchen. Über einem unbenutzten Kamin hing ein Ölgemälde von einem Jungen und einem Mädchen, beide um die zwölf. Die berüchtigten Zwillinge, dachte Bill. Sie hatten beide wie Jean dunkles Haar und dunkle Augen und schon als Kinder einen überheblichen Blick, der Bill missfiel. Wir sind etwas Besonderes und alle Welt muss uns bewundern, schienen diese Augen zu sagen.

»So was! Jean hat Sabu nur eine Hand voll Trockenfutter und einen Fingerhut voll Wasser hier gelassen!«, rief Molly aus der Küche. »Sie hat zu mir gesagt, dass sie erst in ein paar Tagen zurückkommen wird. Dieser Kater wiegt zwölf Pfund. Er kann unmöglich zwei Tage mit so wenig Futter auskommen. Nicht zu glauben! Sie ist doch ganz vernarrt in ihren Sabu!«

»Vielleicht ist irgendetwas Schlimmes passiert, und sie war völlig durcheinander«, sagte Curry.

»Oder sie verlässt sich auf mich. Nicht, dass es mir etwas ausmachen würde, aber Jean muss doch wissen, dass ich derzeit meine eigenen Probleme habe und Sabu womöglich vergesse!«

»Gott sei Dank haben Sie das nicht!«

Bill lächelte. Currys Erleichterung klang aufrichtig, obwohl Bill wusste, dass dem Deputy die Katze im Grunde völlig gleichgültig war. »Wo ist denn sein Futter? Und die Milch? Trinkt Sabu denn keine Milch?«

Während sich die gutherzige Molly um den Kater sorgte, der das Aufhebens um ihn sichtlich genoss, konnte Bill sich unbehelligt im Haus umsehen. Zwei kleine Schlafzimmer, deren ordentlicher Zustand darauf hinwies, dass sie seit längerem unbewohnt waren. In dem einen war ein grünbrauner Überwurf über das Bett gebreitet, und an der Wand klebte ein Poster. Das Bett im anderen Zimmer zierte ein weißer Rüschenüberwurf, und an der Wand hing ein großes gerahmtes Foto von einem dunkelhaarigen Mädchen in Cheerleader-Uniform, das in die Höhe sprang und dabei neckisch das Höschen unter dem Rock hervorblitzen ließ. Dabei grinste es unverfroren in die Kamera und hielt sich zweifellos für unwiderstehlich.

Das dritte Schlafzimmer gehörte eindeutig Jean. Eine hellblaue Tagesdecke lag über dem Bett, und ein weißes, herzförmiges Zierkissen ruhte auf den normalen Kissen. Auf einem leicht ramponierten Nachttisch stand eine kleine Leselampe mit einem billigen Stoffschirm. Ein Sortiment billiger Parfums und Lippenstifte war auf einer Spiegelkommode arrangiert, dazu fünf Duftkerzen mit Jasminaroma, die erst kürzlich gebrannt hatten.

Bill öffnete leise den Schrank. Makellose Schwesterntrachten. Drei Wollhosen, zwei aus Baumwolle, ein marineblaues Kostüm, mehrere Nylonpullis, das obligatorische kleine Schwarze. Zwei Paar Schwesternschuhe, Straßenschuhe, ein Paar schwarze und ein

Paar weiße Pumps, beide in Payless-Schuhkartons. Jedes Kleidungsstück im Schrank war präsentabel, aber preisgünstig. Bill war darin Experte, denn seine Exfrau hatte nichts anderes im Kopf gehabt als Kleider. Während ihrer kurzen Ehe hatte sie mit seinen Kreditkarten sämtliche Konten geplündert, um sich schöne Kleider zu kaufen, die sie nirgends tragen konnte. Was ihm an Miss Wrights Schrank zudem auffiel, war die Abwesenheit von Jeans, T-Shirts und Turnschuhen. Er wusste, dass sie welche besaß – er hatte sie darin gesehen. Sie musste sie mitgenommen haben.

Er hielt inne und lauschte. »Vielleicht sollte ich Sabu mit zu mir nehmen«, hörte er Molly sagen. »Er könnte sich einsam fühlen.«

»Damit brächten Sie womöglich seine Gewohnheiten durcheinander. Katzen sind sehr eigen, was ihr Katzenklo anbelangt und so«, sagte Curry ernsthaft. »He, glauben Sie, dass Jean den Sand gewechselt hat? Riecht ein bisschen streng, wenn Sie mich fragen. Frisch ans Werk.«

Bill hätte beinahe gelacht. Das war mehr als Pflichterfüllung. Curry hatte eine Gehaltserhöhung verdient. Er hatte Bill noch ein wenig Zeit verschafft.

Er öffnete eine der Schubladen in Jeans Frisierkommode. Drei Höschen, ein BH. Zweifellos besaß sie mehr Unterwäsche. In einer anderen Schublade fand er zu seiner Überraschung ein paar sexy Négligées, ein blaues, tief ausgeschnittenes Nachthemd und ein weißes Hängerchen. Sich die strenge Jean in einem Hängerchen vorzustellen, fiel ihm schwer. Aber im Grunde war nur ihr Benehmen unattraktiv, nicht etwa ihr Gesicht oder ihr Körper. Vielleicht in diesen Kleidern …

»Sehen Sie nur, er geht schon in den frischen Sand!«, rief Molly begeistert aus. »Danke, dass Sie dieses abscheulich stinkende Zeug in den Müll geworfen haben.«

Diesmal gab Curry keine Antwort, und das Fliegengitter wurde mit unnötiger Kraft zugeworfen. Bill nahm den Hinweis lächelnd zur Kenntnis und wandte sich dem kleinen Tisch am Fenster zu. Zuerst fand er eine hingekritzelte Notiz von einer Wendy, die Geld für einen »todschicken« Bikini haben wollte. Das musste die ehemalige Cheerleaderin sein. Als Nächstes fand er eine Karteikarte mit einer Telefonnummer, auf der kein Name stand. Die dürfte leicht herauszufinden sein. In einer Schublade lag ein Brief von der Bank, in dem man Jean drohte, ihr kleines Auto zu beschlagnahmen, wenn sie nicht umgehend die Raten bezahlte. Als Nächstes entdeckte er drei Kreditkartenrechnungen. Sie hatte ihre Kredite überzogen und nicht zurückgezahlt; zur Strafe musste sie jetzt wesentlich höhere Zinsen zahlen.

Bill notierte sich die Telefonnummer und legte die Rechnungen zurück. Jean Wright steckte in finanziellen Schwierigkeiten. Jean Wright hatte sich schon das ganze Jahr merkwürdig verhalten und gezwungenermaßen ihren Job aufgeben müssen. Jean Wright behauptete, sie sei nicht zu Hause gewesen, als man Todd Ryan entführt hatte. Das Mädchen, das darauf bestanden hatte, dass Jeans Aussage nicht der Wahrheit entsprach, war Opfer eines Mordanschlags geworden. Und nun war Jean Wright geflohen. Vielleicht waren es ja wirklich familiäre Gründe, aber er musste das auf jeden Fall überprüfen.

Bill wollte gerade das Zimmer verlassen, als sein Blick auf eine billige Stereoanlage fiel, die hinter der Tür stand. Wäre die Tür ganz offen gewesen, hätte er sie überhaupt nicht entdeckt. Aus purer Neugierde besah er sich die verschiedenen Knöpfe und Tasten. Er schaltete das Gerät ein und öffnete das Kassettendeck. Leer. Als er die eingelegte CD auswerfen ließ, blieb ihm jedoch vor Schreck der Mund offen stehen.

Jean hatte sich *A Whiter Shade of Pale* von Procol Harum angehört.

13. Kapitel

1

Mittwoch, 8.15 Uhr

Rebekka hatte eine furchtbare Nacht hinter sich. Wer sich einbildete, er würde im Krankenhaus Ruhe haben, war nicht ganz bei Trost. Die alte Dame im Nebenzimmer hatte unentwegt um Hilfe geschrien, weil sie angeblich vergewaltigt wurde. Man hatte ihr eine Beruhigungsspritze verabreicht, doch auch danach hatte sie noch lautstark mit einem imaginären Mann gerungen, der sich über ihren schrumpeligen Körper hermachen wollte.

Im Stationszimmer plapperten unentwegt die Nachtschwestern. Eine war in Hochstimmung, weil sie sich mit einem Arzt verabredet hatte, eine andere deprimiert, weil sie schwanger war. Zwei weitere Schwestern schwelgten in Erinnerungen an besonders grausame Unfälle, die der Schwangeren schrille Schreckenslaute entlockten. Und wenn Rebekka trotz des Lärms doch einmal kurz eingedöst war, riss eine Schwester die Tür auf, um nach ihr zu sehen.

Gegen Morgen war Rebekka erschöpft und reizbar. Als Clay auftauchte, fuhr sie ihn an: »Was willst du denn schon wieder? Mein Gehirn rausoperieren und herausfinden, warum ich hellsehen kann?«

»Anscheinend haben wir nicht gut geschlafen«, meinte Clay liebenswürdig. »Wenn wir unsere Zunge nicht im Zaun halten, kriegen wir keinen Lutscher zum Abschied.«

»Darf ich denn endlich hier raus?«

»Du bist zu bissig, um dich hier zu behalten, und mir fallen einfach keine Tests mehr für dich ein. Wenn ich mir allerdings das Hirn zermartern würde, käme ich bestimmt noch auf ein paar Foltermöglichkeiten.«

»Bloß keine Umstände meinetwegen. Wie geht's Sonia?«

»Physisch geht's ihr gut. Emotional ist sie allerdings noch ein wenig wackelig. Sie würde dich gern sehen, bevor du gehst.«

»Ich möchte sie auch sehen. Ich hätte früher in der Bibliothek sein sollen.«

Clay schüttelte den Kopf. »Da hast du ihr auf spektakuläre Weise das Leben gerettet und bist noch immer nicht zufrieden.«

»Zu Hause werde ich mich besser fühlen.«

»Ich fahre dich hin.«

»Musst du denn nicht arbeiten?«

»Ich habe eine 24-Stunden-Schicht hinter mir und einen Tag frei, um mich zu erholen.«

War Clay ihr zuliebe die Nacht über hier geblieben?, fragte sich Rebekka. Natürlich nicht. Wie egozentrisch von ihr. Er war Sonias wegen geblieben. Trotzdem war sie froh, dass er sie heimfahren wollte, obwohl sie sich ohne weiteres ein Taxi hätte nehmen können.

Dreißig Minuten später war sie geduscht und angezogen. Ohne Make-up, ohne heiße Wickler, um ihr Haar einigermaßen in Form zu bringen, und in der zerknitterten Kleidung von gestern sah sie aus, als hätte sie die ganze Nacht durchgefeiert, aber das ließ sich nun einmal nicht ändern.

Bevor sie das Krankenhaus verließ, sah Rebekka kurz nach Sonia. Das Mädchen sah matt und mitgenommen aus, hatte aber schon wieder neuen Mut gefasst.

»Ihr Bruder hat sich wirklich heldenhaft verhalten, um Sie zu retten«, sagte Rebekka.

Sonia brachte ein Lächeln zustande. »Ist das nicht absurd? Cory, ein Held. Er ist hinterher auf dem Fahrrad zum Krankenhaus gefahren. Wer hat schon mal einen radelnden Helden gesehen!«

»Die gibt's wahrscheinlich in allen Formen und Farben, sogar als dürre Vierzehnjährige.«

»Ja.« Sonia biss sich auf die Lippen und winkte Rebekka näher zu sich. »Ich habe zwar kein Recht, Sie nach dem, was Sie gestern

Nacht für mich getan haben, auch noch um einen Gefallen zu bitten, aber …«

»Ich kann Visionen nicht willentlich herbeiführen, Sonia.« Sonia blickte sie verständnislos an. »Ich weiß nicht, wer Sie angegriffen hat, und ich kann nicht nach Hause fahren und sein Gesicht heraufbeschwören.«

»Ich erwarte ja gar nicht, dass Sie den Mörder finden. Sie sollen es nicht einmal versuchen. Er könnte Sie töten.« Sie runzelte die Stirn. »Ich mache mir Sorgen um Randy. Randy Messer, mein Freund. Alle Leute sind gegen ihn, und ich habe Angst, dass sie den Angriff von gestern ihm in die Schuhe schieben könnten.«

Rebekka sah sie ruhig an. »Sonia, bist du sicher, dass Randy nichts mit Todds Entführung oder dem Angriff auf dich zu tun hat?«

»Absolut sicher!«, entgegnete Sonia wild. »Aber die Polizei hat ihn schon vernommen. Und jetzt …« Ihre Augen füllten sich mit Tränen. »Ich habe nichts von ihm gehört, bestimmt hat er große Angst. Könnten Sie ihn vielleicht für mich finden und ihm sagen, dass ich in Ordnung bin, dass ich ihn liebe und dass bestimmt alles wieder ins Lot kommen wird?«

Rebekka zögerte. Sonia war erst siebzehn. Randy Messer hatte nicht eben den besten Ruf in der Stadt. Und Sonias Mutter wollte nicht, dass sie sich mit ihm traf. Sie durfte nicht einmal mit ihm telefonieren. Aber Sonia wirkte so überzeugt von seiner Unschuld, so verzweifelt darum bemüht, ihn zu schützen und zu trösten …

»Ich kann es nicht versprechen«, sagte Rebekka sanft. »Aber ich werde tun, was ich kann.«

2

»Schöner Tag heute, nicht?«

»Und wenn es den schlimmsten Schneesturm gäbe, wär's mir auch egal«, sagte Rebekka und blickte aus dem Autofenster. »Ich bin nur froh, endlich nach Hause zu kommen.«

Clay lächelte. »Niemand hat jemals behauptet, dass man im Krankenhaus mit Vier-Sterne-Luxus rechnen kann.«

»Ich wäre schon mit einem halben Stern zufrieden gewesen. Ich habe immer gedacht, dass man sich in einer ruhigen Umgebung am besten erholt.«

»Ich werde mit der Stationsschwester sprechen«, sagte Clay. »Wir werden versuchen, uns zu bessern, Euer Hochwohlgeboren.«

Rebekka musste lachen. »Ich bin wohl ziemlich zickig?«

»Cholerisch, übellaunig, pingelig, reizbar. Zickig nicht.«

»Danke. In Zukunft werde ich statt eines Wörterbuchs dich zu Rate ziehen.«

»Heißt das, dass ich dir bei deinem nächsten Buch behilflich sein darf?«

»Falls es je ein zweites geben sollte. Meine Agentin wartet auf ein Exposé meines nächsten Projekts, und ich habe noch keine Zeile zu Papier gebracht. Noch nicht einmal darüber nachgedacht. Ich werde bestimmt keinen Vertrag mehr bekommen. Wahrscheinlich wird es bei diesem ersten Buch bleiben.«

»Hör auf«, sagte Clay gerührt. »Ich fange gleich an zu weinen.«

Rebekka hätte fast schon wieder gelacht. »Das habe ich verdient. Du lässt mir aber auch gar nichts durchgehen.«

»Wahrscheinlich sollte ich dich verwöhnen, nach allem, was du durchgemacht hast.«

»Gut, dann tu mir bitte einen Gefallen.« Clay sah sie an. »Wir kommen gleich am Friedhof vorbei. Könnten wir kurz hier anhalten?«

»Wozu?«

»Ich möchte die Familiengruft besuchen.«

Clay runzelte die Stirn. »Mal im Ernst, Rebekka. Das kommt mir ein bisschen morbide vor.«

»Ich habe letzte Nacht von Jonnie geträumt. Er lag in der Gruft …«

»Er liegt in der Gruft.«

»In meinem Traum hat er gelebt. Er wollte mir etwas sagen.«

Clay seufzte. »Ach Becky, ich weiß nicht.«

»Bitte, Clay. Ich verspreche dir auch, dass ich nicht die Fassung verliere. Ich weiß ja, dass sein Geist nicht herumspukt, um geheime Botschaften an mich weiterzugeben.«

»Was erwartest du dir dann davon?«

»Nichts. Es ist nur, dass ich die Gruft seit meiner Rückkehr nach Sinclair noch nicht besucht habe. Das möchte ich gerne nachholen. Deshalb habe ich vorhin im Krankenhaus noch schnell diese Blumen besorgt.«

Clay schien sich zu entspannen. »Na ja, von mir aus. Aber versprich mir, dass wir nicht lange bleiben.«

Das Gewitter letzte Nacht schien allen Trübsinn weggeblasen zu haben, denn heute glühte eine kühle, safrangelbe Sonne am distelfarbenen Himmel. Die Luft auf dem Friedhof duftete nach Blumen und frisch gemähtem Gras, und eine Schar Rotkehlchen stakste herum und inspizierte die feuchte Erde nach Regenwürmern, die das Pech hatten und vom Regen an die Oberfläche genötigt worden waren.

»Ich hatte schon vergessen, wie hübsch es hier draußen ist«, sagte Clay. »Für einen Friedhof, meine ich.«

»Findest du Friedhöfe normalerweise nicht hübsch?«

»Deprimierend.«

»Mag sein. Aber sie sind nun einmal ein Bestandteil des Lebens. Die Friedhöfe in New Orleans sehen so ganz anders aus. Einer ist nur einen Häuserblock von mir entfernt. Dort sind alle Toten über der Erde begraben, weil die Stadt unterhalb des Meeresspiegels liegt.«

»Dann sind dort ja Gruften wie die der Ryans keine Seltenheit.«

»Na ja, eine wie die unsere habe ich noch nie gesehen. Sie ist schon irgendwie protzig.«

»Und schwarz.«

Rebekka lächelte. »Großvater Ryan war sehr streng. Nur er konnte sich für polierten schwarzen Granit entscheiden. Er war ein ziemlicher Angeber.«

»Ich kenne mich nicht aus, was Gruften oder Gräber betrifft. Ich denke nicht gern an den Tod. Vielleicht weil ich in der Ausbildung so viele Leichen sezieren musste.« Rebekka verzog das Gesicht.

»Ich bin fürs Einäschern. Das ist schneller und spart Platz. Und man braucht nicht so eklig in der Erde zu verrotten.«

»Ach Clay, das ist ja widerlich.«

»Der Tod ist widerlich. Da versucht man sein Leben lang dazuzulernen, sich weiterzubringen, dann fällt man tot um und wird Futter für die Würmer.« Nach einer Pause sagte er: »Ich mache es dir mit meinem Gerede nicht gerade leicht, die Gruft zu besuchen, was?«

»Ich versuche, nicht zuzuhören.«

»Das ist auch das Klügste, was du tun kannst, wenn ich meine philosophischen Anwandlungen habe.«

»Philosophisch nennst du das? Ich fand es eklig.«

»Ich habe nie behauptet, ich sei Plato oder einer dieser Burschen, die den ganzen Tag grübelnd irgendwo herumsitzen. Ich bin nun mal zum Malochen gezwungen.« Er hielt inne. »Da sind wir schon. Die Familiengruft der Ryans. Es ist, als stünden wir vor dem Taj Mahal.«

»Das soll wohl auch so sein.« Rebekka ging die Stufen hinauf und zog am Griff der schmiedeeisernen Tür. »Verdammt, ich hab vergessen, dass es immer abgeschlossen ist.«

Rebekka blickte auf den schlanken Rosenstrauß, den sie im Geschenkeladen erstanden hatte. Sie hatte nicht darauf geachtet, dass er von einem Band zusammengehalten wurde, auf dem in goldenen Lettern auf weißem Grund die Worte »Auf baldige Genesung« zu lesen waren. Sie konnte schlechten Geschmack beweisen und das Band an seinem Platz lassen, oder es fortnehmen und die einzelnen Rosen lose in den Bronzebehälter stecken, der seitlich an der Mauer der Gruft angebracht war. Sie entschied sich für den schlechten Geschmack.

»Kein Gebet?«, fragte Clay, als sie sich abwandte.

»Ich glaube nicht, dass die Toten unsere Gebete brauchen. Nur die Lebenden brauchen Hilfe.« Sie blinzelte in die Sonne. »Da kommt Mr. Hale.«

Avram Hale kam ihnen forschen Schrittes entgegen, in Anzug und Krawatte. Er war Ende sechzig, maß eins neunzig und hielt sich außerordentlich gerade. Er war ein Afroamerikaner mit auffallend weißem Haar und kümmerte sich seit dreißig Jahren um den Friedhof. Er lächelte und reichte Rebekka die Hand. Rebekka machte ihn mit Clay bekannt.

»Oh, einer der exklusiven Bellamys.« Mr. Hale grinste. »Keiner von denen liegt hier begraben; haben ihren eigenen Privatfriedhof auf der Farm. Aber ich bin sicher, Sie sind trotzdem in Ordnung.«

Clay lächelte. »Offen gestanden, finde ich den Familienfriedhof zum Fürchten. Ich glaube, dass ich mit der Familientradition brechen und mich hier begraben lassen werde, wenn Sie einverstanden sind, Sir.«

Avram lachte leise. »Mir soll's recht sein, junger Mann. Hätte da 'nen ziemlich hübschen Fleck anzubieten, mit Blick auf einen kleinen Bach.«

»Er will sich verbrennen lassen«, sagte Rebekka.

»Auch schön. Dann begraben wir eben seine Urne. Auf diese Weise braucht er weniger Platz.« Mr. Hale sah Rebekka an. »Wollen Sie in die Gruft, Miss Ryan?«

»Eigentlich schon, aber ich habe keinen Schlüssel.«

»Ich würde Ihnen meinen holen, aber er ist in meinem Büro, und gleich beginnt die Beerdigung von Skeeter Dobbs.«

»Hier?«, fragte Clay überrascht.

»Gleich da drüben.« Mr. Hale deutete auf eine kleine Gruppe von Menschen, die sich neben einer Eiche versammelt hatten. »Mr. Edgar Moreland bezahlt das Begräbnis. Ist das nicht nett von ihm? Natürlich ist es nur eine ganz schlichte Feier. Nur Father Brennan, der eine kurze Ansprache hält, und meine Frau Chloe, die eine Hymne singt. Möchten Sie uns Gesellschaft leisten?«

Rebekka blickte auf ihre verbundenen Handgelenke und war plötzlich gehemmt. »Oh, ich glaube nicht.«

»Gern«, fiel Clay ihr ins Wort. »Komm schon, Rebekka, lass uns von Skeeter Abschied nehmen und Mrs. Hale singen hören.«

Clay würde nicht zulassen, dass sie vor Verlegenheit menschenscheu wurde wie in ihren Teenagerjahren. Er nahm ihren Arm und ging mit ihr zum Begräbnis. Der Sarg war aus billigem Metall und mit Gänseblümchen verziert. Nur drei kleine Blumenkränze ruhten neben dem Sarg. Fünf Menschen standen eng beisammen, als suchten sie aneinander moralischen Beistand. Rebekka konnte Bill zwar nicht sehen, hatte aber das Gefühl, als sei er ganz in der Nähe. Sie kannte Edgar und Helen Moreland. Mr. Moreland hatte noch unter ihrem Großvater in der Buchhaltung von Grace Healthcare gearbeitet.

Matilda Vinson sah klein und verängstigt aus in ihrem viel zu weiten hellblauen Kleid. Sie ließ ihre blauen Augen immer wieder zu Rebekka hinüberwandern. Es musste ein ziemlicher Schock für sie gewesen sein, Skeeters Leiche vor ihrer Ladentür zu finden. Wahrscheinlich wusste sie inzwischen auch, dass Sonia in der Bibliothek angegriffen worden war. Diese Ereignisse mochten eine gewisse Unruhe erklären, aber nicht diesen gehetzten Ausdruck in ihren Augen. Rebekka kannte die Frau schon ihr ganzes Leben und wusste, dass Matilda keine ängstliche Person war. Etwas hatte ihr einen panischen Schrecken eingejagt.

Am Ende der Zeremonie sang Chloe Hale mit ihrer volltönenden Stimme *Amazing Grace*. Rebekka stiegen die Tränen in die Augen, als sie an die Zeit dachte, als Skeeter sich noch nicht vor ihr gefürchtet hatte und sie ihm im Park Geschichten von Sternbildern erzählt hatte.

Chloes Stimme schallte durch die klare Luft, und Avram sah ihr stolz beim Singen zu. Sie waren seit vierzig Jahren verheiratet. Viele Leute behaupteten, dass Avrams Ururgroßvater ein Sklave der Lelands gewesen sei, die Sinclair gegründet hatten. Die Nachfahren der Lelands bestritten jedoch leidenschaftlich, dass ihre Ahnen sich jemals Sklaven gehalten hätten. Avram enthielt sich klugerweise einer Stellungnahme.

Nach der Beerdigung sprach Rebekka kurz mit den Morelands, machte Mrs. Hale ein Kompliment zu ihrem Gesang und wandte sich zum Gehen. Im selben Augenblick spürte sie, wie kalte Finger sich um ihren Oberarm legten. »Rebekka? Kann ich kurz mit Ihnen reden?«

Rebekka drehte sich um und blickte in die angstvoll geweiteten Augen von Miss Vinson. »Ja, Miss Vinson. Was gibt es denn?«

»Nun, ich sollte Sie wahrscheinlich nicht behelligen. Ich weiß ja, dass Sie viel durchgemacht haben. Und vielleicht übertreibe ich auch. Oder bilde mir alles nur ein. Ich weiß es einfach nicht mehr. Diese letzten Tage waren so schrecklich und …«

»Bitte beruhigen Sie sich, Miss Vinson, und erzählen Sie mir einfach, was Sie auf dem Herzen haben«, sagte Rebekka sanft. »Würden Sie lieber mit mir alleine reden?«

Miss Vinson warf Clay einen Blick zu. »Na ja, ich möchte nicht unhöflich sein, aber ich halte es wirklich für das Beste.«

»Kein Problem«, sagte Clay. »Ich werde einfach dort drüben warten.« Er ging ein paar Schritte abseits, kramte ein Pfefferminzbonbon aus der Tasche und wickelte es umständlich aus.

Rebekka blickte Miss Vinson an und bat sie: »Nun erzählen Sie mir, was Sie quält.«

Miss Vinson rieb sich nervös die Hände. Sie hatte kurze Nägel, trug keine Ringe, und ihre Haut war vom ständigen Waschen rau und trocken. »Ich bin keine Wichtigtuerin. Ich mag Leute, die sich um ihre eigenen Angelegenheiten kümmern. Ich kenne andere Frauen meines Alters, die aus Langeweile Unruhe stiften. Davon gibt es eine ganze Menge, um ehrlich zu sein. Aber ich gehöre nicht dazu.« Sie holte tief Luft und klopfte sich leicht auf die Brust, als sei sie ihr zu eng geworden. »Ich sollte eigentlich erst darüber reden, wenn ich ganz sicher bin. Aber ich bin mir so gut wie sicher, und ich kann einfach nicht mehr mit diesen Gedanken leben. Ich muss immer daran denken, dass Skeeter vielleicht noch leben würde, wenn ich früher etwas gesagt hätte, und wenn ich noch länger schweige, muss vielleicht noch jemand dran glauben …«

Die Sonne und die Erschöpfung und die traumatischen Ereignisse der letzten Nacht machten Rebekka ein wenig benommen. Am liebsten hätte sie Matilda geschüttelt und angeschrien: »Spucken Sie's aus!« Stattdessen lächelte sie aufmunternd. »Ich verstehe zwar, dass Sie nichts Falsches sagen möchten, aber erzählen Sie mir doch einfach, was Sie beunruhigt.«

»Also gut. Ich merke schon, ich rede dummes Zeug.« Sie blinzelte rasch. »Es begann in der Nacht zum Sonntag. Ich habe jemanden am Dachbodenfenster des Möbelhauses gesehen …«

»Wo Todd war?«, fiel Rebekka ihr ins Wort.

»Ja. Ich war mir zu diesem Zeitpunkt aber noch nicht bewusst, dass etwas nicht stimmte. Ich habe jemanden am Fenster gesehen, aber das Licht war trübe, und ich habe nur verschwommen die Umrisse einer Gestalt gesehen. Ich dachte, es sei Mr. Klein. Aber Skeeter hat auch jemanden gesehen und es der Polizei erzählt, und, na ja, es ist zwar nicht sicher, ob er aus diesem Grund umgebracht worden ist, besonders weil er die Person auf dem Dachboden für seinen Großvater hielt, der arme alte Narr. Jedenfalls könnte Skeeter tatsächlich von jemandem ermordet worden sein, der glaubte, der Alte habe mehr gesehen als tatsächlich der Fall war. Vielleicht hat die Person auf dem Dachboden Skeeter getötet, weil sie annehmen musste, dass Skeeter sie identifizieren würde, und in diesem Fall könnte er von mir dasselbe denken, weil auch ich jemanden auf dem Dachboden gesehen habe, nur habe ich kein Gesicht gesehen!«

»Hat der oder die Betreffende Sie denn gesehen?«

»Nun … ja, dessen bin ich ziemlich sicher. Jemand ist gleich danach an die Drogerie gekommen und hat an der Tür gerüttelt. Heimlich, nicht wie ein Kunde. Ich hab's der Polizei erzählt, aber dieser junge Deputy hat mich behandelt, als wäre ich nicht ganz richtig im Kopf und …« Matilda redete schnell, ohne Atem zu holen. Rebekka befürchtete schon, sie könne hyperventilieren. Sie wusste auch, dass eine unbeholfene Reaktion ihrerseits Matilda daran hindern könnte, ihr Dinge zu sagen, die wichtig sein könnten. Rebekka musste möglichst viele Einzelheiten in Erfahrung bringen. Sie blickte hinüber zu Clay und war erleichtert: Er hörte aufmerksam zu, obwohl er den Eindruck vermittelte, als nähmen ihn sein Bonbon und der blaue Himmel vollkommen in Anspruch.

»Jetzt holen Sie erst mal tief Luft«, sagte Rebekka ruhig. »Wahrscheinlich regen Sie sich zu viel auf. So ist es gut. Langsam und tief einatmen. Gut.« Sie legte ihren Arm um Matildas magere Schultern, um sie zu beruhigen. »Jetzt erzählen Sie weiter.«

»Letzte Nacht«, fuhr Matilda fort, »ist mir plötzlich eingefallen, dass ich zwei Videokassetten nicht zurückgegeben hatte. *Der englische Patient* und *Titanic*. Wenn ich sie bis neun Uhr nicht zurückbrachte, müsste ich fast fünf Dollar Überziehungsgebühren bezahlen! Ich überließ also Lynn den Laden und beschloss, die Abkürzung durch die schmale Seitenstraße zu nehmen, die vom Videoladen zur Bibliothek führt ...«

»Die Bibliothek?«, wiederholte Rebekka.

»Ja. Sie ahnen schon, worauf ich hinaus möchte, nicht? Nun, ich hastete den Weg entlang, als mir plötzlich jemand entgegenstürmte, mich anrempelte und um ein Haar umgestoßen hätte ...«

Matilda blickte ruckartig nach rechts. Das bisschen Farbe, das noch in ihrem Gesicht verblieben war, entwich, und ihre blassen Lippen öffneten sich.

»Miss Vinson?«, fragte Rebekka. »Was ist los?«

Der Blick der Frau blieb starr, und ihr Gesicht wirkte wie eine versteinerte Maske der Angst. Rebekka drehte sich um und sah die kleine Kapelle auf dem Hügel, ungefähr vierzig Meter weit entfernt. Sie sah einen Schatten hinter die Kapelle huschen, sonst nichts. »Miss Vinson?«

Matilda versuchte, einen Laut hervorzubringen. Ihr Atem wurde noch schneller. Sie schwankte. »Clay!«, rief Rebekka. Er eilte herbei. »Ich glaube, Miss Vinson wird ohnmächtig.«

»Kommen Sie und setzen Sie sich auf die Bank dort und lassen Sie mich Ihren Puls fühlen«, sagte Clay ruhig. »Dann möchte ich, dass Sie langsam und tief durchatmen. Gleich wird es Ihnen besser gehen.«

»Ich muss weg.« Miss Vinson schüttelte seinen Arm ab. »Ich muss weg!«

»Aber Sie fühlen sich nicht wohl«, protestierte Rebekka. »Ruhen Sie sich doch ein paar Minuten aus.«

Miss Vinsons Augen waren vor Entsetzen weit aufgerissen. »Ich muss gehen!«, rief sie schrill.

»Miss Vinson, wen haben Sie auf dem Hügel gesehen? Wer macht Ihnen solche Angst?«, bedrängte Rebekka die Frau. »Bitte sagen Sie es uns. Wir sind zu zweit – Clay und ich. Wir werden Sie beschützen.«

»Ich dachte, hier draußen wäre ich einigermaßen sicher, aber ich bin es nicht. Wagen Sie es nicht, mich aufzuhalten!«

Ihre Stimme wurde zum Schrei. »Ich kenne Sie doch gar nicht! Ich habe überhaupt nichts gesehen! Wovon sprechen Sie eigentlich?«

Rebekka trat erstaunt zurück. Matilda riss sich von ihr und Clay los und hastete über den Friedhof, auf den Parkplatz zu.

Clay sah Rebekka verwundert an. »Was war denn das?«

»Sie hat behauptet, sie hätte Samstagnacht jemanden auf dem Dachboden des Möbelhauses gesehen, den Betreffenden aber nicht erkannt. Dann erzählte sie, dass sie gestern Abend zu Fuß an der Bibliothek vorbeigegangen sei, und jemand sie fast umgestoßen hätte …«

»Sie hat die Person gesehen, die Sonia und dich angegriffen hat und dann über die Hintertreppe entwischt ist!«

»Und ich bin ziemlich sicher, dass sie ihn erkannt hat. Ich glaube, sie hat den Betreffenden gerade neben der Kapelle stehen sehen.«

»Also deshalb hat sie geschrien, dass sie dich nicht kennt und nichts gesehen hat. Damit der oder die Betreffende neben der Kapelle es hört.« Er runzelte die Stirn. »Oder sie hat einen der Deputys gesehen, die das Begräbnis beobachten sollten.«

»Sollen wir hinaufgehen und nachsehen?«

»Das überlasst ihr besser mir«, sagte eine Stimme hinter ihnen. Rebekka zuckte zusammen, wandte sich um und sah Bill. »Ihr könntet Spuren verwischen«, fuhr er fort.

»Dann war also keiner Ihrer Leute oben an der Kapelle«, sagte Clay.

Bills Kiefermuskeln waren angespannt, seine Miene grimmig, als er auf die hübsche kleine Kapelle zuschritt. Rebekka erschauerte, und Clay legte den Arm um sie. Ohne zu denken, legte sie den Kopf an seine Schulter. »Clay, ist dir eigentlich bewusst, dass Sonias Angreifer wahrscheinlich Skeeter umgebracht hat und jetzt auch noch den Nerv hatte, zu seiner Beerdigung zu kommen? So was ist doch krank.«

»Wer immer Skeeter umgebracht hat, ist krank.« Clay seufzte. »Wir können nur hoffen, dass das nächste Begräbnis hier draußen nicht das von Matilda Vinson sein wird.«

14. Kapitel

1

Rebekka fühlte sich müde und angegriffen, als sie nach dem Begräbnis heimkam. Sean begrüßte sie begeistert, sprang an ihr hoch, legte seine Vorderbeine um ihre Hüfte und leckte ihr übers Gesicht. »Na, mein Hübscher«, schmeichelte Rebekka und rieb seine Ohren. »Hast du mich vermisst?«

»Mich hat sie heute Morgen nicht so überschwänglich begrüßt, Sean«, sagte Clay lächelnd.

»Du hattest es auch nicht verdient. Deinetwegen habe ich die ganze Nacht kein Auge zugetan. Und außerdem kann ich nicht wissen, dass du dir gern die Ohren reiben lässt.«

»Und wie. He, Sean, magst du Mischlingshündinnen? Ich wüsste da eine süße für dich. Sie heißt Gypsy.«

Sean löste sich von Rebekka, beäugte Clay argwöhnisch und umkreiste ihn langsam. Clay verhielt sich ganz ruhig, fragte jedoch: »Er wird mir doch nicht ans Bein pinkeln, oder?«

»Außer er macht dir einen Antrag.«

Betty erschien mit einem Tablett voller Kekse. »Ein Vöglein hat mir zugezwitschert, dass Sie uns Rebekka heimbringen würden, Dr. Bellamy, und da ist mir eingefallen, wie gut Ihnen meine Schokokekse immer geschmeckt haben.« Sie strahlte übers ganze Gesicht, weil Becky einen »Kerl« mit nach Hause gebracht hatte. Rebekka spürte, wie ihr das Blut zu Kopf stieg, und war froh, dass Clay sie nicht ansah. »Sean geht's gut, wie ich sehe«, sagte sie rasch.

»Jetzt schon, aber letzte Nacht hat er dich im ganzen Haus gesucht; ich habe ihn deshalb mit zu uns genommen. Walt hat sich nicht wohl gefühlt, also habe ich ihm das Bett überlassen und mich aufs Sofa gelegt. Als ich gegen zwei Uhr früh nach ihm gesehen habe, lag er eng an Sean gekuschelt da und hat geschlafen wie ein Murmeltier. Schade, dass ich keine Kamera bei mir hatte.«

»Nun, dann bin ich froh, dass wenigstens Sean gut geschlafen hat heute Nacht«, bemerkte Rebekka spitz. »Wo sind denn Mutter und Frank?«

»Deine Mutter fühlt sich nicht besonders wohl heute«, sagte Betty ausweichend. Im Klartext hieß das natürlich, dass Suzanne wieder einmal getrunken hatte. »Und dein Stiefvater hat sich hingelegt. Er war die ganze Nacht auf den Beinen und hat sich um dich und die Familie von Sonia Ellis gekümmert. Ist erst gegen neun Uhr früh nach Hause gekommen. Ich habe ihn im Gästezimmer untergebracht, damit er ungestört schlafen kann.«

Betty wurde sich ihres Ausrutschers sofort bewusst und sah erschrocken drein. Frank konnte im gemeinsamen Schlafzimmer keinen Schlaf finden, weil Suzanne andauernd rauchte, Musik hörte und wie immer, wenn sie betrunken war, mit schwerer Zunge Lieder sang.

Clay hatte Bettys Verlegenheit offensichtlich bemerkt und schenkte ihr ein harmloses Lächeln. »Und ob ich diese Kekse mag.« Er nahm sich einen. »Sie haben immer Unmengen von Butter für den Teig genommen.«

Betty schien erleichtert. »Butter! Das genau ist das Geheimnis!«, verkündete sie, als hätte sie das Mysterium der Pyramiden gehütet. »Manche nehmen Margarine. Margarine!« Sie schnaubte verächtlich. »Stellen Sie sich das vor!«

»Könnte ich kurz Bill anrufen, während ihr beide Plätzchenrezepte austauscht?«, fragte Rebekka. »Ich möchte mit ihm über Matilda Vinson sprechen.«

»Was ist denn mit ihr?«, fragte Betty.

»Ich werd's Ihnen in der Küche erzählen«, sagte Clay. »Und jetzt raus mit der Sprache, Betty. Butter ist nicht das einzige Geheimnis dieser himmlischen Kreation.«

»Nun, ich habe das Rezept in der Tat mit ein paar Zutaten verfeinert«, gab Betty zu, als sie zu dritt den Flur entlang zur Küche schlenderten. »Jede Frau, die etwas auf sich hält, muss ihre Persönlichkeit in ein Rezept einbringen, finde ich.«

Rebekka begab sich in Franks Arbeitszimmer, setzte sich an seinen massiven Schreibtisch, griff nach dem Telefon und wählte die Nummer der Polizei. Sie war froh, als man sie ohne weiteres mit Bill verband. »Wie fühlst du dich?«, fragte er.

»Wie nach einem Marathonlauf.«

Bill schwieg.

»Oje. Was ist denn passiert?«

»Wir haben einen Ohrring im Pioniersaal gefunden, an der Stelle, wo man Sonia angegriffen hat. Randy Messer trägt so einen.«

»Nun ja, er dürfte nicht das einzige männliche Wesen in Sinclair sein, das einen Ohrring trägt, Bill. Das ist wohl kaum ein stichhaltiger Beweis.«

»Der Ring passt aber zur Beschreibung von dem Ohrring, den er immer trägt.«

»Ein zweifellos teures und seltenes Stück«, sagte sie spöttisch.

»Ich wusste ja nicht, dass du inzwischen Randys Fürsprecherin geworden bist, Rebekka.«

»Ich stelle als Krimiautorin doch nur Fragen, wie sie auch meine Leser stellen würden. Und du hast mir keine befriedigende Antwort geben können.«

»Nein, der Ohrring ist weder teuer noch ausgefallen. Ein einfacher Stecker. Wir sind heute Morgen zu ihm nach Hause gefahren, um ihn zu verhören. Sein Vater hat ihn seit gestern Abend nicht mehr gesehen. Er ist ein alter Hurensohn, aber wenigstens hat er mit uns kooperiert. Schon um neun Uhr morgens betrunken, aber wenigstens kooperativ. Von Randys Ohrstecker fehlt jede Spur.«

»Vielleicht trägt er ihn.«

»Sein Vater sagt nein. In der letzten Zeit trägt Randy, ich zitiere, ›irgendwas Rundes wie die Weiber.‹«

»Eine Kreole.« Rebekka versetzte es einen Stich ins Herz, als sie an Sonias trauriges Gesicht denken musste. »Nun, es gibt noch andere Erklärungen.«

»Sicher. Aber es sieht schlecht aus für Randy.«

»Sonia weiß nichts davon, oder, Bill?«

»Noch nicht.«

»Bitte sag ihr noch nichts. Lass ihr ein bisschen Zeit, damit sie sich von letzter Nacht erholen kann.«

»Ich werde ihr bestimmt nichts sagen, aber ich kann nicht garantieren, dass Sheriff Lutz dichthält. Er weiß es schon, und er ist immer ganz heiß darauf, schlechte Nachrichten zu überbringen. Ich habe einen Wachposten vor ihrer Tür postiert, der kann ihr Besucher vom Leib halten, sogar diese Keene, aber Lutz muss er vorbeilassen.«

»Dieser Trottel.« Rebekka klopfte mit einem Stift abwesend auf die Tischplatte. »Ich könnte im Krankenhaus meine Beziehungen spielen lassen. Vielleicht ist es möglich, Sonias Besuche auf die Angehörigen zu beschränken mit der Begründung, sie sei noch nicht vernehmungsfähig.«

»Oh, ich kann mir vorstellen, dass Clay so ungefähr alles für dich tun würde.«

»Was soll das jetzt wieder heißen?«

Bill lachte. »Das weißt du ganz genau. Die halbe Stadt spricht schon von euch beiden.«

»Von uns? Inwiefern denn?« Rebekkas Stimme überschlug sich. Sie versuchte, lässiger zu klingen. »Das ist doch Unsinn. Oder sind die Leute hier so gelangweilt, dass sie aus einem gemeinsamen Abendessen schon alle möglichen Schlüsse ziehen? Seit wann hat das denn etwas zu bedeuten?«

»Krieg dich wieder ein, Becky.« Bill lachte noch immer. »Du protestierst viel zu stark.«

Er hatte Recht. »Nun, ich dachte, die Leute würden sich nur über mich das Maul zerreißen. Ich möchte nicht, dass man Clay durch das alberne Getratsche in Verlegenheit bringt.«

»Ich glaube, dazu gehört schon einiges mehr. Und außerdem ist er dir nicht gerade aus dem Weg gegangen.« Rebekka machte der Gedanke, dass sie und Clay den Leuten als Gesprächsthema dienten, merkwürdig nervös. Er regte sie auf, erschreckte sie regelrecht. Da sie jedoch Bill ihre Gefühle nicht preisgeben wollte, sprach sie geschwind weiter. »Hast du irgendetwas über das Lederband herausgefunden, das ich im Auto gefunden habe? Jonnies Armband?«

»Ich hab's zum hiesigen Schuster gebracht, weil der sich mit Leder am besten auskennt. Er sagt, das Leder sei neu, Becky. Das Band kann also nicht Jonnie gehört haben.«

»Ach so«, sagte sie langsam. »Aber was mag jemanden dazu bewogen haben, ein Duplikat anzufertigen und es mir ins Auto zu legen?«

»Ich sagte es bereits. Viele Leute haben Angst vor dir. Die Szene bei Dormaine zum Beispiel hat die ganze Stadt in Aufruhr versetzt. Jemand wollte dir Angst einjagen, damit du die Stadt verlässt.«

»Jemand, der wusste, wie Jonnies Armband aussah und sich die Mühe machte, ein ähnliches zu flechten? Und jemand, der zufällig gerade in der Stadt war, als ich die Fenster einen Spalt offen gelassen hatte?«

»Darüber habe ich auch schon nachgedacht. Lässt du den Wagen immer abgeschlossen in der Garage stehen, wenn du zu Hause bist?«

»Nein. Seit ich ihn so oft benutze, lasse ich ihn oft in der Auffahrt stehen. Und zu Hause sperre ich ihn auch nicht ab.«

»Also könnte das Armband bereits im Wagen gewesen sein, und du hast es erst in der Stadt bemerkt.«

Rebekka schwieg einen Augenblick. »Das habe ich noch gar nicht bedacht. Es lag auf dem Boden. Vielleicht habe ich knapp daneben getreten, als ich in die Stadt gefahren bin. Aber wer in diesem Haus würde so was tun?«

»Eigentlich niemand. Aber Lamplight Lane ist nicht bewacht. Jeder hat freien Zugang. Es wäre doch ein Leichtes, nachts kurz anzuhalten, die Wagentür zu öffnen und das Armband hineinzuschmuggeln. Keiner eurer Nachbarn hat einen Hund, der anschlagen würde. Und dein Hund bleibt nachts im Haus, so viel ich weiß.«

»Und schnarcht wie ein …« Rebekka seufzte. »Nun, das wirft ein neues Licht auf die Dinge. Und macht es schwieriger, den Schuldigen aufzuspüren. Aber jemand hat sich eindeutig viel Mühe gemacht, um mich zu ängstigen. Warum schickt er mir nicht einfach unheimliche Mails oder tätigt schaurige Anrufe?«

»Mails und Telefonate können zurückverfolgt werden. Außerdem hätten böse E-Mails und Telefonanrufe wohl kaum die Wirkung gezeigt wie dieses Armband.«

»Das mag sein. Und ich habe viel Aufmerksamkeit erregt, seit ich wieder hier bin. Kein Wunder, dass die Leute reden und manche sogar vor mir Angst haben. Sie wissen, dass ein Wahnsinniger frei herumläuft, aber sie glauben, dass ich das bin.« Rebekka hielt kurz inne. »Weil wir gerade davon sprechen, Clay und ich waren gestern Nachmittag im Parkview Café. Du weißt ja, wie dicht beieinander da die Tische stehen, und das Café war voll. Ich habe Clay erzählt, dass Sonia am Abend in der Bibliothek sein würde. Jeder hätte mich hören können. Sogar Doug – er saß direkt hinter uns.«

»Glaubst du denn, dass Doug Sonia angegriffen hat?«

»Natürlich nicht. Ich wollte nur sagen, dass dank meiner großen Klappe viele Leute wussten, wo Sonia sich an diesem Abend aufhalten würde. Randy Messer sollte also nicht dein einziger Tatverdächtiger sein.«

»Du kennst den Jungen doch gar nicht. Warum ergreifst du für ihn Partei?«

»Das tue ich doch gar nicht. Ich möchte nur, dass du nicht voreingenommen gegen ihn bist.«

»Weil dir etwas an Sonia und Sonia etwas an ihm gelegen ist?«

»Weil du ein guter Polizist bist«, sagte Rebekka mit Nachdruck, obwohl Bill nicht ganz Unrecht hatte. »Jetzt mach dich auf eine aufregende Neuigkeit gefasst.«

»Meine Güte, ich glaube kaum, dass mein Herz das aushalten wird.«

»Dann nimm einen Schluck Bourbon. Den wirst du brauchen. Matilda Vinson hat letzte Nacht das Gesicht von Sonias Angreifer erkannt. Und heute hat sie den Betreffenden auf dem Friedhof gesehen. Sie steht Todesängste aus und ich mache mir große Sorgen um sie.«

2

Mittwoch, 16.30 Uhr

»Normalerweise würde ich jemanden beauftragen, Sie zu bewachen, aber ich habe alle Leute auf Todd Ryan und Sonia Ellis angesetzt«, sagte Bill Garrett, den der riesige weiche Clubsessel, der früher Matildas Vater gehört hatte, schier verschluckte. Er wusste, dass Matilda ihm damit den Ehrenplatz zugewiesen hatte. Zu allem Überfluss hatte sie ihm auch noch einen unerträglich süßen Tee serviert, der ihn mit Sicherheit zum Diabetiker machen würde. »Deshalb würde ich vorschlagen, dass Sie für ein paar Tage die Stadt verlassen.«

Matilda lächelte zittrig. »Chief Garrett, ich weiß, dass Ihre Nichte es gut mit mir meinte, als sie Sie zu mir schickte, aber es ist wirklich alles in Ordnung.«

Bill sah ein, dass er sehr vorsichtig verfahren musste mit Miss Vinson, die offensichtlich große Angst hatte, dies aber nicht zugeben wollte. »Sie haben ihr erzählt, dass Sie in der Nacht zum Sonntag jemanden auf Kleins Dachboden beobachtet haben.«

»Ja, und ich habe das auch der Polizei berichtet. Ihr Deputy hat mich behandelt, als wäre ich nicht mehr ganz richtig im Kopf.«

»Das tut mir sehr Leid. Er ist neu hier und noch jung. Ich habe ihm eine strenge Rüge erteilt für seine herablassende Reaktion – vor allem, weil er die Tatsache nicht ernst genommen hat, dass jemand in Ihre Drogerie eindringen wollte.«

»Ich bin froh, dass Sie ihn zurechtgewiesen haben. Ich hatte wirklich große Angst, und als Steuerzahlerin habe ich doch ein bisschen mehr Aufmerksamkeit und Respekt verdient, meine ich.« In diesem Moment fiel Matilda ein, dass sie den Zwischenfall eigentlich hatte herunterspielen wollen, und sie setzte rasch ein nachsichtiges Gesicht auf. »Aber wahrscheinlich hatte er ganz Recht, und irgendein Rotzjunge hat sich an der Tür zu schaffen gemacht.«

»Auch Rotzjungen können zur Bedrohung werden«, sagte Bill ernsthaft. »Und auch wenn die Person an Ihrer Tür nicht mit jener auf dem Dachboden identisch war, missfällt mir der Gedanke, dass jemand versucht hat, in die Drogerie einzudringen. Womöglich wollte er sich Drogen beschaffen, solche Leute können unter Umständen auch gefährlich sein.«

»Ich bin schon ziemlich lange in diesem Geschäft, Chief.« Matilda nahm einen Schluck Tee aus einer zierlichen Tasse. »Ich bin sehr vorsichtig mit gefährlichen Substanzen, bewahre sie an sicherer Stelle auf und sperre grundsätzlich alles ab.«

»Das weiß ich. Sie hatten auch noch nie den leisesten Hauch von Ärger. Das ist Ihr Verdienst und der Ihres Vaters.« Matilda schien sich über das Kompliment zu freuen und entspannte sich ein wenig, was Bill damit auch bezwecken wollte. »Rebekka hat mir auch erzählt, dass Sie in der Seitenstraße hinter der Bibliothek jemanden gesehen hätten, und zwar just nach dem Mordversuch an Sonia Ellis.«

Matildas Tasse klirrte auf dem Unterteller. »Ich habe kein Gesicht gesehen. Nur eine Person, die es sehr eilig hatte. Er trug einen Anorak und hatte sich die Kapuze tief ins Gesicht gezogen. Der Wind war ziemlich heftig. Ich habe kein Gesicht gesehen.«

»Mann oder Frau?«

»Ich weiß es nicht.«

Sie log. Bill wusste es, und sie wusste, dass Bill es wusste, blieb aber trotzig bei ihrer Behauptung. »Haben Sie nicht die leiseste Ahnung?«, fragte er freundlich.

»Absolut keine. Legere Kleidung, wie sie heutzutage jeder trägt. Und ich habe kein Gesicht gesehen. Wirklich nicht.«

»Der Betreffende hat keinen Laut von sich gegeben, als er Sie angerempelt hat?«

Matilda wurde blass. »Nein.«

»Denn das Geschlecht eines Menschen lässt sich an kleinsten Lauten erkennen. Sie wissen schon – wegen der hohen oder tiefen Stimme.«

»Kein Laut. Nein.«

Auch das war gelogen. »Na schön. Warum hatten Sie dann auf dem Friedhof solche Angst?«

Matilda verschüttete ihren Tee und stellte Tasse und Untertasse schließlich ab. »Ich glaube, die liebe Rebekka hat mich missverstanden. Ich wollte nur mein Mitgefühl zum Ausdruck bringen für das, was ihr in der Bibliothek zugestoßen ist. Außerdem ist mir die Sache mit Skeeter sehr nah gegangen. Die letzten Tage haben mir ziemlich zugesetzt. Und wenn ich aufgeregt bin, dann komme ich ins Plappern. Jetzt bin ich ruhiger und komme mir albern vor, weil ich so viel Wind um die Sache gemacht habe, besonders da ich nicht weiß, ob die Person in der Seitenstraße ein Mann oder eine Frau war und überhaupt irgendetwas mit dem Angriff auf Rebekka und Sonia Ellis zu tun hatte.«

»Und Sie haben niemanden auf dem Friedhof gesehen, der Ihnen Angst gemacht hat?«

Matilda rang sich ein Lächeln ab. »Hat Rebekka Ihnen das erzählt? Sie ist wirklich ein liebes Mädchen, aber manchmal geht ihre Phantasie mit ihr durch. Ich habe wirklich keine Menschenseele gesehen. Ich hatte nur ein wenig zu lange in der Sonne gestanden.«

»Na schön, allerdings dachte Rebekka, sie hätte den Schatten einer Bewegung gesehen, so als sei jemand hinter die Kapelle gehuscht.«

»Wirklich?«, quiekte Matilda. »Wie ich schon sagte, ihre blühende Phantasie. Sie ist eben Schriftstellerin. Ich habe ihr Buch gelesen. Ziemlich gruselig. Aber natürlich rein fiktiv. Ich kenne den Unterschied. Und ich hatte keine Angst auf dem Friedhof. Ich war lediglich überhitzt und erregt und wollte nach Hause.«

»Nicht zurück ins Geschäft?«

Matilda blinzelte. Normalerweise wäre sie wieder zur Drogerie gefahren. »Ich wollte nicht mehr arbeiten, aus Achtung vor Skeeter. Ich habe ihn gekannt, seit wir beide Kinder waren. Er wäre durchaus zu retten gewesen, aber dieser schreckliche Vater hat ihn ruiniert. Die meisten Leute verstehen das nicht. Sie kennen Skeeters Geschichte nicht. Heutzutage wissen die Leute nichts mehr voneinander so wie früher. Alle haben es immer eilig. Eine sehr unruhige Zeit. Man gibt den Leuten Pillen zu schlucken, anstatt sich mit ihnen zu beschäftigen und ihre Stärken und Schwächen herauszufinden. Aber natürlich lebe ich von Pillen und dürfte mich eigentlich gar nicht beklagen.«

Sie hatte es geschafft, sich raffiniert und vollständig aus der Affäre zu ziehen. Bill musste einsehen, dass er sich von Matilda Vinson keinerlei Informationen erhoffen konnte. Er konnte immer nur versuchen, sie im Auge zu behalten, obwohl ihm unter den derzeitigen Umständen die Hände weitgehend gebunden waren. Von Sheriff Martin Lutz war auch keine Hilfe zu erwarten. Er hatte Miss Vinson genauso abgefertigt wie Bills junger Deputy, den er sich gründlich zur Brust genommen hatte. Lutz war auch so einer, der Menschen über sechzig nicht mehr für voll hielt. Das war einer der Gründe, die ihn in Bills Augen zum Idioten machten.

Bill erhob sich. »Also kann ich Sie nicht dazu überreden, ein paar Tage zu verreisen?«

»Ich kann doch meinen Vater nicht alleine lassen.«

»Er ist doch in guten Händen.«

»Aber er will mich jeden Sonntag sehen. Er regt sich auf, wenn ich nicht komme. Und dann ist da noch die Drogerie. Sie läuft schließlich nicht von alleine.«

»Sie haben doch Lynn Hardison.«

»Lynn ist keine Pharmazeutin, und so schnell finde ich bestimmt keine Aushilfe. Nein, Chief, ich weiß Ihre Sorge zu würdigen, aber ich kann hier nicht weg. Und ich sehe auch keinen Grund dafür. Es geht mir ganz ausgezeichnet. Ich habe nichts gesehen. Sorgen Sie dafür, dass die Leute das auch erfahren. Dass ich nichts gesehen habe, meine ich.« Als sie sich der Angst in ihrer Stimme bewusst wurde, fügte sie matt hinzu: »Damit sie sich keine Sorgen machen.«

Falsch, damit der Killer es hört und weiß, dass er nichts zu befürchten hat, dachte Bill, nickte aber trotzdem. »Ich werde es allen sagen, Miss Vinson, Sie können ganz beruhigt sein. Passen Sie auf sich auf.«

»Das werde ich.«

»Danke für den Tee.«

»Earl Grey, den trinke ich am liebsten. Freut mich, dass er Ihnen geschmeckt hat.«

Bevor er nach draußen ging, sagte Bill noch spontan: »Und dieser Ohrensessel Ihres Vaters ist wirklich ein Prachtstück. Wunderbar gearbeitet und an den richtigen Stellen abgenutzt. So einen hätte ich auch gern.«

Matilda strahlte. Später war Bill froh, ihr noch eine kleine Freude gemacht zu haben, auch wenn es nicht ganz aufrichtig gewesen war. Es war das letzte Mal, dass er sie hatte lächeln sehen.

3

Frank blieb den ganzen Nachmittag im Bett. Rebekka hatte noch nie erlebt, dass er sich tagsüber ausruhte, auch nicht, wenn er Kopfschmerzen hatte. Um drei klopfte sie an die Tür seines Zimmers. Nach einem Moment hörte sie ein müdes »Herein«.

»Hoffentlich habe ich dich nicht geweckt«, sagte Rebekka, als sie die geschlossenen Vorhänge und das gedämpfte Licht im Raum sah, das eine Stehlampe verbreitete. Verwundert blieb sie stehen.

»Komm näher, Liebes. Ich glaube kaum, dass ich ansteckend bin.« In Franks Stimme schwang ein Hauch Humor, den er sich abgerungen hatte.

»Wie fühlst du dich?«, fragte sie.

»Es geht mir gut. Du weißt ja, dass Kugeln von mir abprallen, aber das ist nicht das Ende der Welt. Ich bin nur müde. Mein Herz rast ein wenig, und ich habe verdammte Kopfschmerzen.«

»Dein Herz?«

»Man nennt es Tachykardie. Ich habe dieses Leiden seit meiner Geburt. Erwischt mich immer, wenn ich angespannt bin, und in dieser Woche war ich das ein bisschen zu häufig.«

In den letzten Jahren, sollte das wohl heißen, dachte Rebekka schuldbewusst. Sie hatten sich alle viel zu sehr auf Frank verlassen. Und niemand hatte dabei auch einmal an sein Wohlergehen gedacht.

»Nein, ich bin nicht der selbstlose Märtyrer, für den du mich gerade hältst«, sagte Frank grinsend. »Wie du siehst, bist du nicht die Einzige, die außersinnliche Fähigkeiten hat. Aber es war tatsächlich eine harte Woche, und ich bin nicht mehr so jung wie früher. Mehr ist es nicht, Schatz. Es sieht nur so schlimm aus, weil ich wie ein

Kranker in einem gesonderten Zimmer liege, aber du weißt ja, warum.«

»Ja, leider. Mutter hat den ganzen Nachmittag getrunken und ihr Herzblut in alte Schnulzen fließen lassen.«

Frank nickte ernst. »Du weißt, dass dein Vater mein bester Freund war, aber da ist eine Sache, die ich ihm niemals verzeihen kann.« Er hielt inne, und Rebekka sah ihn erschrocken an. Er hatte Patrick noch nie kritisiert. »Er hat deiner Mutter weisgemacht, sie hätte eine hübsche Stimme, und sie damit zum Singen ermutigt.«

Sie musste kichern. »O Gott, das ist wahr! Dabei hat ihm ihre Stimme genauso wenig gefallen wie uns, doch er wollte ihre Gefühle nicht verletzen, weil sie so gern gesungen hat. Aber weißt du, wer überhaupt keine Rücksicht auf ihre Gefühle genommen hat? Unser Hund Rusty. Sobald sie *Blue Bayou* anstimmte, hat er den Kopf nach hinten gelegt und aus Leibeskräften geheult. Sie hat seinen Wink mit dem Zaunpfahl aber nie verstanden.«

»Wahrscheinlich hat sie gedacht, dass er vor Rührung über ihre gefühlvolle Darbietung heult.«

Jetzt lachten beziehungsweise kicherten sie beide wie schuldbewusste Kinder, aber Rebekka fühlte sich gleich besser. Frank krank zu sehen, hatte sie mehr erschreckt, als sie für möglich gehalten hätte. Ihr war nicht bewusst gewesen, wie viel Halt er ihr all die Jahre gegeben hatte.

Als sie sich wieder gefangen hatten, nahm Frank Rebekkas Hand. »Ich habe eine Entscheidung getroffen, Liebes. Sobald dieses Durcheinander geklärt ist, werde ich deine Mutter in eine Entziehungskur schicken. Allerdings wird sie mich dafür hassen.«

»Das wird sie bestimmt nicht mehr tun, wenn sie wieder gesund ist, Frank. Du hast keine andere Wahl.«

»Dann macht es dir nichts aus, wenn die Menschen in Sinclair sich die Mäuler zerreißen?«

»Aber nein, ich lebe doch nicht einmal mehr hier. Und nach allem, was diese Familie schon durchgemacht hat, wird Mutters Entziehungskur die Gemüter sowieso nicht mehr erhitzen. Ich möchte nur, dass Mutter wieder gesund wird. Und dass sie wieder ein wenig zufriedener ist.«

»Gut. Das wäre geklärt.« Frank lächelte. »Nun zu unseren derzeitigen Problemen. Bill hat mir erzählt, dass man Jean Wright noch nicht gefunden hat. Bei ihren Geschwistern ist sie nicht.«

»Nein. Sie ist spurlos verschwunden. Vielleicht hat sie tatsächlich Todd entführt. Das Geld konnte sie zweifellos brauchen, aber irgendwie habe ich das Gefühl, dass es bei diesem Verbrechen eigentlich gar nicht ums Geld geht.«

Frank zog die Augenbrauen in die Höhe. »Nicht? Wie kommst du darauf?«

»Eine dieser unheimlichen Eingebungen. Der Kidnapper muss irgendetwas anderes bezwecken. Vielleicht geht es ihm um Rache. Jedenfalls glaube ich, dass es etwas mit mir und meinen außersinnlichen Wahrnehmungen zu tun hat. Möglicherweise will sich jemand an mir rächen, weil ich gewisse Dinge ans Licht gebracht habe; ich liebe Todd, allerdings ist Molly diejenige, die am meisten unter Todds Entführung leidet. Vielleicht ist Todd auch von jemandem verschleppt worden, der unbedingt selbst ein Kind haben wollte.« Sie schüttelte den Kopf. »Aber dann würde dieser Jemand Todd nicht so schlecht behandeln.« Sie runzelte die Stirn. »Nein, es muss noch ein anderes Motiv geben, Frank. Und ich komme einfach nicht dahinter. Aber ich kriege es noch raus. Das schwöre ich.«

Frank schien ihre Entschlossenheit fast ein wenig zu erschrecken. Er drückte ihre Hand. »O Gott, Liebes, das hoffe ich. Für dich und Todd und alle anderen.« Er küsste ihren Handrücken. »Wir haben vorhin von der uncharmanten Jean Wright gesprochen. Ich bin nicht traurig darüber, dass sie fort ist. Aber dadurch ist Molly wieder allein. Ich muss dich um einen Gefallen bitten.«

»Du möchtest, dass ich zu Molly ziehe.«

»Nein. Ich glaube, das wäre für euch beide nicht gut. Du brauchst Zeit, um dich zu sammeln, um wieder ganz gesund zu werden und … na ja, und um dir den Kopf für Visionen frei zu halten. Ja, inzwischen glaube ich daran. Und wenn Molly dich andauernd bedrängt, ist das bestimmt nicht sehr förderlich. Frag doch Tante Esther, ob sie nicht bei Molly bleiben möchte. Sie liebt Molly und Todd über alles.«

»Aber sie ist doch krank.«

»Sie ist davon aber nicht beeinträchtigt. Außerdem wird es ihr guttun, gebraucht zu werden, weil sie auf diese Weise von ihrer Erkrankung abgelenkt ist. Ich befürchte nämlich, dass sie sich in der Gärtnerei übernimmt. Wenn sie also bei Molly bleibt, ist das für beide die beste Lösung.«

»Du bist genial, Frank, aber warum soll ich sie fragen?«

»Weil sie mir aus purem Eigensinn immer widersprechen muss, und ich bin zu müde, um mich mit ihr zu streiten. Sie wird sich auch bei dir sträuben, aber nicht lange. Sie konnte dir noch nie etwas abschlagen.«

»Ein teuflischer Plan!«

»Oh, ich habe ungeahnte Tiefen!«

»Jetzt klingst du wie Clay Bellamy.«

Frank lächelte. »Du magst den Jungen, nicht?«

»Er ist nett.«

»Nett? Was für ein nichtssagendes Wort, und das von einer Schriftstellerin! Wie wäre es mit gut aussehend, klug, viel versprechend?«

»Frank Hardison, versuchst du etwa, mich unter die Haube zu bringen?«

»Ich möchte dich glücklich sehen, Rebekka«, sagte er ernsthaft und fügte dann grinsend hinzu: »Und denk auch daran, dass er uns alle kostenlos verarzten kann.«

»Du brauchst unbedingt ein wenig Schlaf. Du phantasierst schon.«

Aber sie lächelte, als sie das Zimmer verließ.

4

Frank sollte Recht behalten. Als Rebekka Esther anrief und bat, Molly Gesellschaft zu leisten, sträubte sie sich anfangs. »Schatz, ich würde wirklich alles tun, um dem armen Mädchen zu helfen, aber ich werde in der Gärtnerei gebraucht. Hier ist noch so viel zu erledigen, bevor ich ins Krankenhaus komme. Ständig rufen Leute an und möchten, dass ich …«

»Aber du hast doch zwei Angestellte. Oder willst du mir einreden, die wüssten nicht, wie man Löcher aushebt und Bäume pflanzt?«

»Die Gärtnerei besteht nicht nur aus Löchergraben, Rebekka«, sagte Esther und klang dabei ein wenig gekränkt. »Wenn es so einfach wäre, könnte ich die Arbeit auch von ein paar Hunden erledigen lassen.«

»Hunde graben, wo es ihnen gerade einfällt. Das würde nicht funktionieren.« Sie fühlte, dass Esther am anderen Ende der Leitung lächelte. »Sieh mal, du würdest Molly damit sehr helfen. Sie hat dich schon immer gern gehabt. Ich würde ja selbst bei ihr bleiben, aber ich würde womöglich all meine Kräfte verbrauchen, um Molly bei Laune zu halten … O Gott, das klang gerade ziemlich anmaßend. Was ich meine, ist …«

»Ich weiß schon, was du meinst«, sagte Esther sanft. »Du hoffst auf weitere Visionen, die Todd betreffen. Dank dir weiß man jetzt, dass er auf dem Dachboden war, dass man ihn an einen anderen Ort gebracht hat und dass er noch am Leben ist. Vielleicht bist du selbst nicht ganz zufrieden mit deinem Beitrag, aber er ist großartig, glaube mir. Und ich benehme mich entsetzlich albern. Ich werde auf der Stelle ein paar Sachen einpacken und abends zu Molly fahren.«

»Gut. Ich werde sie später besuchen, dann sehen wir uns wahrscheinlich bei ihr. Also bis dann, und vielen Dank, Tante Esther«, sagte Rebekka und legte auf.

»Welche gute Tat vollbringt Esther nun schon wieder?«

Rebekka blickte auf und sah ihre Mutter in der Tür stehen. Ihr Haar stand zerzaust nach allen Seiten. Sie trug einen weißen Morgenmantel und hielt eine Zigarette in den zitternden Fingern. Ihr Gesicht war ausgezehrt und blass, die Augen riesig. »Mutter. Ich habe mit Tante Esther telefoniert.«

»Ja, das habe ich mir gedacht, als du sie Esther genannt hast. Ich wollte wissen, wofür du dich bei ihr bedankt hast.«

»Sie wird heute Nacht und morgen bei Molly bleiben. Jean

Wright ist überraschend weggefahren, und Molly ist ganz allein.«

»Ach so.« Suzanne nahm einen tiefen Zug aus der Zigarette. »Ich nehme an, dass ich in Ungnade gefallen bin, weil ich nicht bei ihr bleibe.«

Suzanne schwankte leicht. Rebekka hatte den Eindruck, als könne sie den Wein riechen, der ihr aus allen Poren trat. »Ich glaube kaum, dass jemand allen Ernstes von dir erwartet, bei Molly zu bleiben.«

»Warum denn nicht?«, fragte Suzanne aggressiv. »Weil ich trinke?«

»Du sagst es.«

Suzanne funkelte sie aus blauen Augen feindselig an. Dann brach sie unvermittelt in Tränen aus; aber diesmal war es nicht das klägliche Jammern eines Menschen, der Mitleid erregen möchte, sondern tief empfundenes Schluchzen. »O Gott, ich weiß es ja. Und ich hasse mich selbst dafür.«

Sie ließ sich auf einen Stuhl sinken und vergrub das Gesicht in den Händen. Rebekka zögerte, kniete sich dann neben sie und legte den Arm um die überraschend mageren, bebenden Schultern ihrer Mutter. »Weinen hilft uns jetzt auch nicht weiter.«

»Es entspannt mich aber. Ach, ich weiß, was du denkst. Sie hat sich doch den ganzen Tag entspannt – getrunken, geraucht, gesungen. Aber all das ist keine richtige Entspannung. Vielleicht für manche Leute, aber nicht für mich.«

»Warum tust du es dann?« Suzanne weinte immer bitterlicher, steuerte eindeutig auf eine Beruhigungsspritze zu, da kam Rebekka auf die Idee, sie mit einem Scherz auf andere Gedanken zu bringen, so wie Jonnie es immer getan hatte. »Du meine Güte, hast du uns mit deinem Gesang nicht schon genug geprüft, Mutter? Sean hat schon nach Ohrenschützern verlangt.«

Suzanne verstummte einen Augenblick. Dann fing sie an zu lachen – zwar feucht und tränenreich, aber immerhin. »Du hast gute Musik noch nie zu würdigen gewusst.«

»O doch, das ist es ja.«

Suzanne wischte sich die Augen, lachte und weinte abwechselnd und verfiel plötzlich in einen Schluckauf. »Gott, bin ich blöd.«

»Nein. Ein bisschen wehleidig vielleicht, aber dazwischen taucht doch immer wieder die Mutter auf, die ich von früher kenne. Meine wunderschöne, schillernde Mutter, die das Leben liebte und sich wie ein Kind daran freuen konnte.«

»Ja, nicht wahr? Ich hätte nie gedacht, dass mir oder meinen Kindern jemals irgendetwas Schlimmes zustoßen könnte.« Sie trocknete sich die Augen am Ärmel ihres Morgenmantels und blickte zu Rebekka auf. »Als ich hörte, was sich in der Bibliothek abgespielt hat, brach ich zusammen. Natürlich war schon vorher nichts mehr mit mir anzufangen – den ganzen Tag Wein, die Szene beim Abendessen, Frank, der mich auf mein Zimmer schickte wie ein unartiges Kind –, aber wenn es sein muss, kann ich mich auch zusammenreißen. Normalerweise. Als ich jedoch hörte, dass du nicht nur diesem Mädchen das Leben gerettet hast, sondern dabei auch selbst verletzt worden bist, haben meine Nerven nicht mehr mitgespielt. Betty sagte mir zwar, dass es dir gut ginge, aber Betty will mich ja immer schonen.«

»Sonia ist viel schlimmer verletzt worden als ich – man hat sie mithilfe eines Elektroschockers außer Gefecht gesetzt –, aber jetzt geht es ihr schon wieder gut.«

»Trotzdem, Rebekka, du hast dem Mädchen das Leben gerettet! Bist einfach zu ihr reingelaufen, ohne an deine eigene Sicherheit zu denken! So etwas könnte ich nie. Meine Mutter schon, aber ich nicht. Deshalb komme ich mir so schrecklich unnütz vor. Ich habe nicht nur große Achtung vor dir, sondern ich beneide dich auch, weil du so viel stärker bist als ich.«

Rebekka drückte ihre Mutter an sich. »Du hast eben nicht das zweite Gesicht, so wie Großmutter Ava und ich. Und du möchtest es auch gar nicht haben, weil es dir Angst macht. Glaube mir, Großmutter hat es ebenso wenig verstanden, wie ich es verstehe. Und darum gebeten haben wir auch nicht. Aber meine Vision von Sonia hat mich dazu gebracht, in die Bibliothek zu eilen und sie zu beschützen, so wie du Jonnie beschützt hättest, wenn es möglich gewesen wäre. Jeder ist notfalls zu Handlungen fähig, die er sich vorher nicht zugetraut hätte – auch du. Und das sage ich nicht nur, um dich aufzuheitern. Ich glaube es wirklich. Du flüchtest dich nur immer wieder in den Alkohol, weil du glaubst, dass du keine innere Stärke besitzt. Aber das kann gar nicht sein. Ava war die stärkste Frau, der ich je begegnet bin. Auch ich bin angeblich stark – glaubst du denn, dass all diese starken Gene dich einfach übersprungen haben? Würde das denn einen Sinn ergeben?«

Suzanne schniefte. »Schon möglich.«

»Das kann ich nicht akzeptieren. Ich glaube, dass deine Mutter nur ziemlich dominant war und dir unklugerweise beigebracht hat, dass deine Rolle im Leben nur darin bestünde, dekorativ zu sein. Und Daddy hat dasselbe getan, auch wenn ich ihn vergöttere. Ich glaube, dass du das Opfer eines Erziehungsfehlers bist und überhaupt nicht an einer Charakterschwäche leidest.«

Suzanne sah sie an, blinzelte mit tränenschweren Wimpern und sagte mit dem Anflug eines Lächelns: »Mir dreht sich der Kopf. Ich hätte dich nicht aufs College schicken dürfen. Ich verstehe kein Wort mehr von dem, was du sagst.«

»Doch, das tust du.« Rebekka umarmte sie noch einmal. »Bitte geh jetzt zu Frank und versprich ihm, dass du mit dem Trinken aufhören wirst.« Sie grinste. »Und hör um Himmels willen auf zu singen.«

»Ich werde heute Abend ausnahmsweise darauf verzichten.« Suzanne lachte. »Ich werde mich brav auf mein Zimmer zurückziehen und lesen. Wie klingt das?«

»Es wäre ein Segen für uns alle. Ich fahre zu Molly.«

Etwas zögernd küsste Rebekka ihre Mutter auf die Stirn. »Mach's gut, Mutter.«

Suzanne umarmte sie leidenschaftlich. »Du auch, mein geliebtes Mädchen. Und sei vorsichtig, ich will nicht auch noch dich verlieren.«

Rebekka rannte auf ihr Zimmer und fühlte sich unglaublich beschwingt. Sie hatte in der Umarmung ihrer Mutter echte Zuneigung gespürt und erkannte plötzlich, wie sehr sie sich danach gesehnt hatte. Viele traumatische Erlebnisse ließen sich auf diese Weise wettmachen, selbst das von letzter Nacht.

Sean sah sie bittend an, als sie ihre blassen Lippen mit ein wenig rotem Lipgloss auffrischte und nach ihrer Handtasche griff. Sie blickte ihn an. »Wir beide waren in letzter Zeit viel zu oft voneinander getrennt. Bestimmt gefällt es dir bei Molly, und ich könnte einen Beschützer brauchen. Wie wäre es, wenn du mir heute Gesellschaft leisten würdest?«

Als sie nach seiner Leine griff, drehte Sean sich um die eigene Achse und wedelte aufgeregt mit dem kurzen Schwanz. Zu Hause verwöhnte sie ihn mit täglichen Spaziergängen durch den botanischen Garten, und an den Wochenenden lief sie mit ihm durch den Audubon Park. Und hier überließ sie ihn andauernd Betty und Walt.

Rebekka war erleichtert, dass keine Presseleute oder Neugierige vor Mollys Haus auf der Lauer lagen. Molly hatte sie schon erwartet und empfing sie ungewöhnlich kühl, beinahe gleichgültig. Diese Gefühlskälte machte Rebekka mehr zu schaffen als übergroße Nervosität. Als hätte Molly den Kampf aufgegeben.

Obwohl Molly Hunde sehr gern hatte, schenkte sie Sean keine Beachtung. Er wiederum hielt sich von ihr fern. »Möchtest du etwas trinken?«, fragte sie Rebekka. »Kaffee? Wein?«

»Es duftet nach frischem Kaffee. Ich hole mir eine Tasse. Willst du auch welchen?«

»Nein, danke. Ich habe heute bestimmt schon ein paar Liter getrunken.«

»Ich werde Sean von der Leine lassen. Er ist brav und wird nichts kaputtmachen.«

»Soll er ruhig. Mir ist ohnehin alles egal. Nur Todds Zimmer darf nicht verändert werden. Nie!«

Rebekka ignorierte diesen Ausbruch, obwohl Mollys Hoffnungslosigkeit sie irritierte. Als Rebekka mit dem Kaffee aus der Küche kam, saß Molly auf der Couch und starrte auf Todds Foto. »Ich nehme nicht an, dass du noch irgendwelche Visionen von ihm hattest?«

»Seit ein paar Tagen nicht mehr«, gab Rebekka leise zu.

»Du hattest mit Sonia ja auch alle Hände voll zu tun.«

Molly war nie sarkastisch gewesen. Und die spitze Bemerkung

kränkte Rebekka. »Was hätte ich deiner Meinung nach tun sollen, Molly? Sie sterben lassen? Außerdem hat derjenige, der sie umbringen wollte, wahrscheinlich auch Todd entführt. Es bestand immerhin die Chance, ihn zu fassen.«

»Aber das hast du nicht, oder? Du hast nur eine Menge Aufmerksamkeit auf dich gezogen.«

Rebekka stellte ihre Tasse ab. »Was mit Todd passiert ist und was du im Augenblick durchmachst, tut mir wahnsinnig Leid, aber deine Spitzen gegen mich kann ich nicht tolerieren. Ich tue wirklich mein Bestes, Molly, aber ich kann nun mal keine Wunder vollbringen.«

Molly schloss die Augen. Sie schwieg so lange, dass Rebekka schon annahm, Molly wolle sie so lange ignorieren, bis sie sie loswurde, aber schließlich sagte sie kleinlaut: »Tut mir Leid. Das war abscheulich von mir.«

»Nicht abscheulich. Eher ungerecht.«

»Es tut mir wirklich sehr Leid.«

»Lass gut sein, Molly. Ehrlich. Ist schon wieder vergessen.«

»Ich habe nur so entsetzliche Angst.« Sie sah Rebekka trostlos an. »Hast du immer noch das Gefühl, dass Todd am Leben ist?«

»Ja«, sagte Rebekka wahrheitsgemäß. »Obwohl ich heute noch keine Vision hatte, spüre ich ...«

»Was?«

»Es klingt albern. Seine Lebenskraft.«

»Hast du die bei Jonnie auch gespürt?«

Keine unschuldige Frage. Ein Test. Wieder antwortete Rebekka wahrheitsgemäß. »Ja, einige Tage lang.« Sie hielt inne. »Ungefähr vierundzwanzig Stunden, bevor man ihn fand, war das Gefühl verschwunden. Ich wollte es nicht wahrhaben, aber ich wusste, dass Jonnie tot war. Ich habe das noch nie einem Menschen erzählt, aber ich war nicht überrascht, als man seine Leiche fand. Entsetzt ja, aber nicht überrascht.«

»Aber bei Todd hast du dieses Gefühl nicht, ich meine, dass er gegangen ist.«

»Nein.« Lieber Gott, bitte mach, dass ich mich nicht täusche, betete Rebekka. Sie war zwar völlig aufrichtig, hoffte jedoch verzweifelt, dass ihr Gefühl sie nicht trog. »Todd ist am Leben.«

Molly schloss erneut die Augen. Diesmal schien sie Kraft zu sammeln. »Ich seh mal nach, wo Sean geblieben ist«, murmelte Rebekka. »Ich habe ihn seit ein paar Minuten nicht mehr gesehen.«

Sie fand ihn auf Todds Bett. Sie schaltete die Lavalampe ein, schloss die Tür und setzte sich zu ihm. »Was tust du denn hier drin?«, fragte sie und rubbelte sein dichtes Nackenfell. »Nimmst du den Geruch des kleinen Jungen auf, der vermisst wird? Vielleicht ist das gar keine so schlechte Idee.« Sie schlug Todds Bettdecke auf und hielt Sean ein Kopfkissen unter die Nase. »Er hat strohblondes Haar. Ich weiß ja, dass Hunde angeblich farbenblind sind, aber es schadet ja nichts, wenn du es weißt. Jetzt zieh dir den Duft dieses Kissens rein.« Sean gehorchte und schnüffelte wie wild.

»Brav.« Sie blickte sich um, stand auf und öffnete Todds Kleiderschrank. Sie nahm eine Jeans und ein Sweatshirt heraus. »Versuch's mal damit.« Sie bückte sich nach den zwei Paar Schuhen. »Und damit.« Sean schnupperte gierig. »Hast du deinen Kopf jetzt ganz voller Todd?«

Die Tür ging auf, und Rebekka erschrak, weil sie mit Molly gerechnet hatte, die es ihr möglicherweise übelnahm, dass sie Todds heiliges Zimmer entweihte. Aber es war nur Esther mit dem langen, buschigen weißen Haar und den hellblauen Augen. »Ich habe mir gedacht, dass ich dich hier finden würde. Nimmt Sean Todds Geruch auf?«

»Woher weißt du das?«

»Als Jonnie verschwunden war, hast du mit Rusty dasselbe versucht, obwohl der Hund den Geruch seines Herrchens schon kannte. Molly weiß nicht, dass du hier drin bist, und offen gestanden, ich glaube kaum, dass es ihr gefallen würde.«

»Sie hat ziemlich miese Laune heute Abend.«

»Das ist mir auch schon aufgefallen. Man kann sie ja auch verstehen, schließlich musste sie die ganze Zeit ziemlich tapfer sein.«

Rebekka stand auf und umarmte Esther. »Ich danke dir vielmals, dass du ihr Gesellschaft leistest. Ich weiß ja, wie schwer es dir fällt, dein Haus zu verlassen.«

Esther schnitt eine Grimasse. »Nächste Woche muss ich ins

Krankenhaus, da wird mir nichts anderes übrig bleiben. Und vielleicht kann ich Molly ja helfen.«

»Sie hat dich gern. Du hast sie immer zum Lachen gebracht und ihr Geborgenheit gegeben. Ihre vorherige Aufpasserin – Jean Wright – war nicht gerade eine Frohnatur.«

»Aber sie war Krankenschwester. Wenn irgendetwas mit Molly passieren sollte, eine Panikattacke, ein hysterischer Anfall, eine Ohnmacht …«

»Dann rufst du den Notarzt. Oder Clay Bellamy. Ich glaube, er ist heute in der Notaufnahme.« Sie umarmte Esther erneut. »Du wirst schon alles richtig machen.«

Rebekka beschloss, dass sie ihren Besuch für heute beenden würde. Molly hatte ihr Gesicht lange genug vor Augen gehabt. Sie war feindselig, weil Rebekka keine Wunder vollbracht hatte. Für Rebekka war dieses Syndrom nicht neu. Trotzdem wollte sie ihm nicht länger ausgesetzt sein. Auch Sean schien die Spannung zu spüren und legte eine Nervosität an den Tag, dass Rebekka befürchtete, er könne jemanden zwicken oder an unerlaubter Stelle das Bein heben. Höchste Zeit, dass sie sich verabschiedete. Molly sagte ihr tonlos auf Wiedersehen. Esther zwinkerte ihr aufmunternd zu.

Im Gegensatz zur vergangenen Nacht war dieser Abend nahezu windstill. Ein feiner Nebel kroch verstohlen die Straße herauf und umhüllte Häuser und Bäume. Das Licht in den Fenstern drang wie durch einen zarten Schleier hindurch, und das Motorengeräusch der wenigen vorbeifahrenden Autos war durch den Nebel gedämpft.

Rebekka holte den Autoschlüssel aus ihrer Handtasche. In diesem Moment hielt Sean plötzlich inne und ließ ein leises, bedrohliches Knurren hören. Das Bild eines Mannes mit Kapuze und Elektroschocker schoss Rebekka in den Sinn, und ihr stockte der Atem. Ihr Griff um Seans Leine wurde fester, und sie hielt sich bereit, das spitze Ende des Autoschlüssels notfalls jemandem ins Auge zu rammen.

»Wer ist da?«, fragte sie mit erstaunlich fester Stimme.

»Randy Messer. Sonias Freund. Bitte halten Sie mir den Hund vom Leib. Ich muss mit Ihnen sprechen.«

Randy Messer. Manche Leute hielten ihn für den Kidnapper. Die Polizei glaubte, dass er in der Bibliothek, beim Angriff auf Sonia, einen Ohrring verloren hatte. Sonia glaubte an seine Unschuld und Rebekka an Sonias Instinkt.

Dennoch zögerte sie. Es war dunkel. Die Straße war menschenleer. Er war kein kleiner Junge mehr – er war 18. Er konnte sie erstechen oder erschießen und über alle Berge sein, bevor jemand etwas merkte.

»Bitte, Miss Ryan. Sonia sagt, ich kann Ihnen vertrauen. Ich muss mit jemandem reden.«

Schmerz und Angst schwangen in seiner Stimme. Womöglich mache ich einen Fehler, dachte Rebekka, die noch immer den Schlüssel auf ihn gerichtet hatte, aber sie fasste dennoch einen Entschluss. »Ich halte den Hund fest an der Leine. Bleiben Sie, wo Sie sind, sonst lasse ich ihn los. Er würde Ihnen sofort an die Kehle springen.« Sean müsste ziemlich hoch springen, um Randy an die Kehle zu gehen, aber es hörte sich gut an. »Er hat das schon öfter getan. Verstehen Sie mich?«

»Ja, ja, ich hab's begriffen. Ich will Ihnen nichts tun. Bitte, Miss Ryan, ich hab nicht die ganze Nacht Zeit.«

»Kommen Sie ins Licht.«

»Ich stelle mich aber nicht unter eine blöde Straßenlaterne. Die Polizei ist hinter mir her. Ich komme zwei Schritt nach vorn, sodass Sie mich sehen können. Okay?«

»Gut«, sagte Rebekka, und dann fiel ihr ein, dass sie Randy Messer noch nie gesehen hatte. Sie hatte nicht die leiseste Ahnung, wie er aussah.

Aber als er nach vorn kam, erkannte sie ihn sofort. Blondes Haar, blaue Augen, fein geschnittene Gesichtszüge. Er war etliche Jahre jünger als Clay, aber ansonsten hätte er sein Bruder sein können. Kein Wunder, dass Clay bei Sonia einen so tiefen Eindruck hinterlassen hatte. Er sah ihrem eigenen Schwarm erstaunlich ähnlich.

»Wie geht's Sonia?«, fragte Randy.

»Gut, so viel ich weiß, aber ihr Arzt lässt nur Familienangehörige zu ihr. Und vor ihrem Zimmer hat Chief Garrett einen Deputy postiert.«

»Gott sei Dank.« Randy schloss einen Moment lang die Augen. »Ich musste immer daran denken, dass sie ganz allein und schutzlos im Bett liegt und irgendein Mistkerl sich über sie hermacht.«

»Das ist völlig ausgeschlossen«, versicherte ihm Rebekka.

Er fasste in seine Jacke. »Nur eine Zigarette«, sagte er, als sie zusammenzuckte. Er holte sie heraus und zündete sie mit zitternder Hand an. »Ich habe mich den ganzen Tag lang versteckt.«

»Die Polizei hat im Pioniersaal einen Ohrring entdeckt, an der Stelle, wo Sonia angegriffen wurde. Sie glaubt, dass es deiner ist.«

»Einen Ohrring haben sie gefunden? Meine Fresse, bin ich in dieser Stadt denn der Einzige, der einen Ohrring trägt? Oder haben sie ihre DNA-Tests gemacht und herausgefunden, dass er mir gehört?«

Rebekka lächelte ein wenig. »Ich glaube kaum, dass die Polizei in Sinclair so schnell arbeitet.«

»Gut, ich habe mich mit Sonia tatsächlich immer dort getroffen. Der Ohrring könnte also wirklich von mir sein.« Randy sah sie intensiv an. »Aber Sie glauben nicht, dass ich Sonia umbringen wollte, oder?«

Rebekka holte tief Luft. Sie musste sich ihre Worte gut überlegen. Randy war viel zu wachsam, um auf irgendeine schwache Ausrede hereinzufallen. Sie sah es seinen Augen an. »Nein, ich glaube nicht, dass Sie sie angegriffen haben. Aber ich habe keine Möglichkeit, die Polizei davon zu überzeugen, weil ich das Gesicht des Angreifers nicht gesehen habe. Und obwohl ich mit ihm gekämpft habe, habe ich keinerlei Vorstellung von seiner Größe. Ich weiß nur, dass er ziemlich kräftig war.«

»Und wendig. Die Hintertür des Pioniersaals befindet sich fast einen Meter über der Feuertreppe. Jemand musste also rasch aus dem Zimmer rennen, diesen Sprung wagen und dann so schnell wie möglich die Feuertreppe hinunterlaufen. Und die letzten drei Stufen sind kaputt. Also ist auch noch ein Sprung nötig.«

»Sie wissen aber ziemlich viel über diesen Fluchtweg«, sagte Rebekka misstrauisch, und erneut wurde sie unsicher.

»Kein Wunder, ich habe mich ja auch immer über die Feuertreppe in die Bibliothek geschlichen, um Sonia zu sehen, sonst hätte dieser verklemmte Schnösel an der Bücherausgabe doch ihre Mutter angerufen.«

»Na schön. Das leuchtet mir ein. Aber was werden Sie jetzt tun? Nach Hause können Sie nicht. Da wird die Polizei nach Ihnen suchen.«

»Das ist ohnehin vorbei. Mein Alter hat mich endgültig vor die Tür gesetzt. Aber ich werde schon was finden. Wirklich. Ich habe nur keine andere Möglichkeit, mit Sonia Kontakt zu halten, höchstens über Cory. Der ist so was wie ein Freund. Er kann einem aber auch ganz schön auf die Nerven gehen, weil er ununterbrochen redet.« Rebekka lächelte, als sie an Cory und seine wackelige Stimme dachte. »Werden Sie Sonia sagen, dass es mir gut geht und dass ich sie liebe?«

Rebekka nickte und dachte daran, wie sie sich in Sonias Alter gefühlt hätte, wenn ein so verwegener, gut aussehender Bursche wie Randy in sie verliebt gewesen wäre. Womöglich ließ sie sich in diese Geschichte hineinziehen, die sie nichts anging, weil Sonia und Randy sie an ihre eigene Verliebtheit erinnerten oder weil ihr Instinkt sie nicht trog. »Ich werd's ihr sagen, Randy. Ich verspreche es.«

»Gut. Danke Miss Ryan. Sie sind in Ordnung.«

Randy ließ die Zigarette fallen und trat sie aus. Als er sich zum Gehen wandte, fiel Licht auf sein rechtes Ohr. Das Läppchen war aufgeschlitzt und leicht geschwollen; offensichtlich hatte jemand erst vor kurzer Zeit einen Ohrring gewaltsam herausgerissen.

15. Kapitel

1

Auf dem Heimweg fing Rebekka plötzlich an zu zittern. Sie fragte sich, ob sie mit Randy Messer ein dummes Risiko eingegangen war. Sie hatte keinerlei konkreten Beweis, dass er Sonia nicht angegriffen hatte. Zwar hatte sie zu ihrem Schutz Sean bei sich gehabt, aber der Hund war noch nie ernsthaft auf die Probe gestellt worden. Sie hatte nie einen scharfen Hund gewollt – er sollte lediglich eine überzeugende Show hinlegen. Abgesehen von der Anzeige, die ihr drohte, wenn ihr Hund jemanden angriff – und sei der Angriff noch so gerechtfertigt –, würde sie auch das Leben des Hundes gefährden. Seans Verhalten gegenüber Doug auf Esthers Grundstück hatte ihr bewiesen, dass der Hund sie nötigenfalls verteidigen würde, aber wer ernsthaft vorhatte, sie anzugreifen, würde auch mit ihm kurzen Prozess machen. Nein, sie war leichtsinnig gewesen, auch wenn sie tief im Herzen spürte, dass Randy unschuldig war.

Aber die Polizei hatte im Pioniersaal der Bibliothek einen Ohrring gefunden, und Randys Ohrläppchen wies unverkennbar eine Verletzung auf. Waren das nicht zu viele Zufälle auf einmal?

Als sie auf die Lamplight Lane bog, bemerkte sie, dass ihr ein Wagen folgte. Ihr Herz fing heftig an zu klopfen. Konnte das Randy sein? Nein. Er hatte vor Mollys Haus die perfekte Gelegenheit gehabt, ihr etwas anzutun. Warum sollte er sie verfolgen und vor ihrem eigenen Haus angreifen? Sie bog in die Auffahrt ein und blieb bei geschlossenen Türen reglos sitzen. Einen Augenblick später tippte ein uniformierter Polizist an die Scheibe. Rebekka erkannte den jungen Deputy, den sie kurz auf dem Revier gesehen hatte. Sie öffnete das Fenster.

»Habe ich ein Stoppschild überfahren?«

»Sie haben mit einem Flüchtigen gesprochen und nicht versucht, ihn festzuhalten.«

Rebekka antwortete ihm kühl: »Ich weiß nicht, wovon Sie sprechen.«

»Randy Messer. Sie haben vor Mollys Haus mit ihm gesprochen.«

»Woher wissen Sie das?«

»Ihr Onkel hat mich beauftragt, ein Auge auf Sie zu haben nach dem Vorfall in der Bibliothek. Haben Sie gedacht, er würde nur Sonia Ellis unter Polizeischutz stellen?« Sein Ton war unverschämt, und Rebekka konnte ihn nicht leiden. »Sie wissen, dass Messer gesucht wird. Und trotzdem haben Sie ihn einfach gehen lassen.«

»Was hätte ich denn tun sollen, Officer? Ihn überwältigen und ihm Handschellen anlegen? Ich dachte, Sie müssten mich beschützen. Sie haben mich doch mit ihm sprechen sehen, warum sind Sie dann nicht gekommen und haben ihn verhaftet?«

Trotz der Dunkelheit konnte Rebekka sehen, wie seine Miene sich verfinsterte. »Ich habe ihn nur fünf Sekunden lang gesehen, dann ist er im Gebüsch verschwunden.«

»Ach so. Sie sind also eingedöst.«

»Das Licht war schlecht.«

»Diese Ausrede wird Chief Garrett gefallen.« Sie schaltete die Zündung aus, entsicherte die Türen, nahm Seans Leine in die Hand und schwang sich aus dem Wagen. »Randy Messer hat mich nicht bedroht, aber wenn er es getan hätte, wären Sie mir überhaupt keine Hilfe gewesen, also sparen Sie sich gefälligst Ihr arrogantes Gehabe. Ich bin schließlich keine Kriminelle. Ich habe nichts verbrochen.« Nach kurzem Zögern fuhr sie fort: »Und warum zum Teufel haben Sie Messer nicht verfolgt, statt mir hinterherzufahren? O ja, Bill wird mächtig begeistert sein. Jetzt gehen Sie beiseite. Ich kann nicht garantieren, dass der Hund Sie nicht beißt.«

Der Deputy trat einen Schritt zurück, und Hass loderte aus seinen Augen. In diesem Moment brauste ein Krankenwagen mit blinkenden Lichtern und Sirene die Lamplight Lane entlang und bog in die Auffahrt. Sanitäter sprangen aus dem Fahrzeug.

»Was ist?«, rief Rebekka.

»Sie müssen Ihren Wagen umparken, Ma'am«, rief ein Sanitäter kurz angebunden und bugsierte eine Bahre an ihr vorbei. »Bitte fahren Sie beiseite.«

Die zweiflügelige Eingangstür öffnete sich, und Betty trat heraus und ruderte wild mit den Armen, als stünde sie an Deck eines Flugzeugträgers. »Hier herein!«, schrie sie. »Er ist hier drin! Bitte beeilen Sie sich!«

»Betty!«, rief Rebekka. »Was ist?«

»Ihr Stiefvater«, jammerte Betty. »Er hat einen Herzanfall!«

2

Sie durften Frank nicht sehen. Besser gesagt, Rebekka durfte Frank nicht sehen; ihre Mutter war zu Hause geblieben. Während Rebekka allein vor der Notaufnahme saß, wurde ihr Unmut gegen Suzanne immer größer. Als Clay herauskam, um mit ihr zu sprechen, hatte sich so viel Wut in ihr angestaut, dass sie die Nacht lieber in einem Motel verbracht hätte, um nur ja ihre Mutter nicht sehen zu müssen, die offenbar außerstande war, irgendein Problem zu meistern.

Clay sah müde aus. Er führte Rebekka in einen kleinen, abgeschiedenen Warteraum. »Frank hatte eine Herzrhythmusstörung.«

»Was ist das?«, fragte Rebekka. »Ich weiß nicht, was das bedeuten soll. Warum sagen Ärzte nie, was sie meinen?«

»Beruhige dich, Rebekka. Er hatte Schmerzen im linken Arm. Herzschlag und Blutdruck waren erhöht – möglicherweise die Folge seiner panischen Angst vor dem, was er für einen Herzinfarkt hielt, aber er hatte auch Schweißausbrüche und ihm ist übel geworden. Sein Elektrokardiogramm weist leichte Unregelmäßigkeiten auf.«

»Hatte er einen Stillstand?«, fragte Rebekka voller Angst.

»Nein. Und in Anbetracht der Umstände war er sehr ruhig. Er

hatte keinen zweiten Anfall. Das hat mir Mut gemacht. Wir haben noch nicht alle Laborergebnisse bekommen, aber natürlich muss er die Nacht über hier bleiben.«

»Ich würde auch einen Tobsuchtsanfall kriegen, wenn ihr ihn nicht hier behalten würdet.« Rebekka seufzte. »Frank ist dermaßen stoisch, dass man meinen könnte, er würde mit allem fertig werden, dabei vergisst man leicht, unter welchem Stress er steht.«

»Wenn du Todds Entführung meinst, dieser Stress lässt sich leider nicht vermeiden, Rebekka.«

»Aber ich habe auch noch das Meine dazu beigetragen: zuerst der Unfall, dann die Szene im Restaurant und gestern der Stunt in der Bibliothek.«

»Dieser Stunt, wie du es nennst, hat einem Mädchen das Leben gerettet. Den Unfall hast du nicht herausgefordert, und die Szene bei Dormaine war nur dir selbst peinlich. Ich glaube kaum, dass du Frank damit in finanzielle Kalamitäten gebracht hast. Sei nicht so streng mit dir.«

Das war ja noch längst nicht alles, dachte sie. Da war auch noch Mutter mit ihrer ewigen Trinkerei. Doch das brauchte sie Clay nicht zu sagen, er wusste ohnehin Bescheid. Ganz Sinclair wusste Bescheid.

»Bist du sicher, dass ich ihn heute nicht sehen darf?«

»Er ist viel ruhiger als am Anfang. Er ist auch etwas benommen und wird vermutlich schlafen, wenn man ihn in sein Zimmer bringt.«

»Und ich würde ihn nur stören.«

Clay nahm ihre Hand und hielt sie fest. »Hör zu, Liebling, Frank ist abgesehen von diesem Zwischenfall, der wahrscheinlich kein Herzinfarkt gewesen ist, bei ausgezeichneter Gesundheit. Ich glaube kaum, dass es wirklich einen Grund zur Besorgnis gibt. Wenn er ansonsten keine Beschwerden mehr hat, ist er übermorgen wieder daheim.«

»Gott sei Dank«, atmete Rebekka erleichtert auf.

Erst zehn Minuten später, auf dem Weg zum Auto, wurde ihr bewusst, dass Clay sie »Liebling« genannt hatte. Ihr wurde ganz warm ums Herz.

3

Nachdem Bill Garrett gegangen war, spülte Matilda die Tassen und Untertassen und lief anschließend ins Badezimmer, um sich zu übergeben. Sie ärgerte sich über ihre erbärmliche Angst und deren widerwärtige Auswirkungen. Sie war von sich zutiefst enttäuscht, weil sie sich nach dem Begräbnis im Beisein von Rebekka Ryan um Kopf und Kragen geplappert hatte. Und weil sie zu nervös gewesen war, um in die Drogerie zurückzukehren. Nun konnten keine Rezepte ausgegeben werden, und sie rief Lynn an, um ihr zu sagen, dass sie den Laden um fünf Uhr schließen solle, obwohl Lynn heute eigentlich bis um zehn im Geschäft geblieben wäre. Matilda würde morgen zwei Stunden früher anfangen und alles aufarbeiten. Vielleicht auch drei Stunden. Ein gesunder Schlaf würde sie wieder auf die Beine bringen, beruhigte sie sich. Morgen würde sie wieder ganz die gelassene Geschäftsfrau sein und dieses ganze Drama vergessen haben.

Matilda hatte »alberne Gänse«, wie sie sie nannte, stets verachtet. Ihre Mutter war ein liebes, sanftes Heimchen gewesen, das Angst hatte, nachts allein zu sein, Angst vor Gruselfilmen, vor Menschenmengen, vor Tieren, vor der Geschäftswelt, im Grunde vor allem Leben außerhalb ihrer sicheren vier Wände. Die Vorstellung, wie ihre Mutter zu werden, hatte Matilda noch mehr geängstigt als alles andere; deshalb hatte sie im Alter von zwölf Jahren beschlossen, unabhängig und stark zu werden, obwohl ihre Mutter verzweifelt versucht hatte, sie zu einem Abziehbild ihrer selbst zu machen. Matilda war jedoch der Führung ihres Vaters gefolgt, und er war immer stolz auf sie gewesen. Sie hatte nicht unbedingt alleine bleiben wollen, aber in all den Jahren hatte sie es als Preis für ihre Eigenständigkeit betrachtet, die sie sich so schwer erkämpft hatte.

Jetzt schien ihr diese Stärke zu entgleiten. Sie war genauso nervös und reizbar wie ihre Mutter, und das deprimierte sie, obwohl sie allen Grund hatte, sich zu fürchten. Also beschloss sie, nach ihrem Anflug von Übelkeit, einfach so zu tun, als sei nichts geschehen. Sie würde weitermachen wie in den vergangenen 62 Jahren –

selbstgenügsam, kompetent, ein wenig dominant, um ihre Unsicherheit zu verbergen.

Sie beschloss, den Rest des Tages gut zu nutzen. Sie wusch zwei Maschinenladungen Wäsche, saugte das ganze Haus, obwohl sie erst vor drei Tagen Staub gesaugt hatte, und ordnete die bereits wohlgeordneten Schubladen ihrer Frisierkommode. Dann schrieb sie sorgsam vier Rezepte in ihr Heft, die sie von ihrer Kirchengruppe bekommen hatte.

Um zehn Uhr abends sah sie sich einen Krimi an, hatte jedoch große Schwierigkeiten, sich zu konzentrieren. Danach wusch und cremte sie ihr blasses Gesicht, schlüpfte in ein Baumwollnachthemd, las ein Kapitel des Romans *Meine Antonia*, nahm eine Melatonintablette und döste schließlich ein. Sie träumte gerade, dass die Drogerie voller Leute war, die sich wütend beschwerten, weil sie jedes Rezept falsch ausgegeben hatte, als das Telefon neben ihrem Bett klingelte. Noch ganz in ihrem Traum gefangen, hielt sie das Geräusch zunächst für eine Polizeisirene. Man wollte sie holen und wegen Inkompetenz ins Gefängnis verfrachten. Erst beim dritten Klingeln merkte sie, dass sie das Telefon hörte. Ihre Hand fasste rasch nach dem Hörer. »Matilda Vinson.«

»Miss Vinson?« Eine schwache weibliche Stimme mit fürchterlich näselnder Stimme war am anderen Ende der Leitung. »Spreche ich mit Miss Matilda Vinson?«

»Ich sagte es bereits. Was ist?«

»Oh. Ihr Vater. Er … nun ja, es geht ihm nicht so gut.«

»Was! Mein Vater? Was ist denn mit ihm?«

»Es geht ihm nicht so gut.«

»Das sagten Sie bereits. Könnten Sie sich deutlicher ausdrücken? Ist es sein Alzheimer? Sein Herz?«

»Ja.«

»Was nun?«

»Na ja, beides.« Die Frau schwieg kurz. »Ja, wissen Sie, sein Herz macht Faxen, und das macht ihm Angst.« Sie stockte erneut. »Er glaubt, wir sind im Zweiten Weltkrieg, und möchte losfliegen, um Japaner abzuschießen.«

»Er hat das Theater doch gar nicht mitgemacht.«

»Sie missverstehen mich. Er redet nicht von der Bühne, sondern vom Krieg.«

O Gott, manche jungen Leute waren dümmer als die Polizei erlaubt, dachte Matilda. Lernte man denn an der Sinclair High School nichts über den Zweiten Weltkrieg?

»Er ist nur völlig außer Rand und Band und ruft nach Ihnen. Die Oberschwester meint, Sie sollten herkommen.«

»Wo ist denn sein Arzt?«

»Wir können ihn nicht erreichen. Aber wir tun alle unser Bestes für Ihren Daddy. Vielleicht können Sie aber noch mehr für ihn tun.« Sie stockte erneut. »Bitte, Miss Vinton, es ist enorm wichtig.«

»Vinson«, sagte Matilda mechanisch. »Ich bin sofort bei Ihnen. Legen Sie ihm keine Zwangsjacke an. So was macht ihn verrückt.«

Aber er ist doch schon verrückt, dachte sie voller Schuldgefühle und Verzweiflung. Was für ein gut aussehender, intelligenter, freundlicher Mann er gewesen war, immer gelassen und mit mehr gesundem Menschenverstand gesegnet als irgendjemand sonst, den sie kannte. Und jetzt, über achtzig, kam ihm der Zweite Weltkrieg wieder in den Sinn, und diesmal bildete er sich ein, er sei Pilot gewesen, dabei war er in seinem ganzen Leben noch nicht geflogen. Matilda hoffte, dass sie selbst in zwanzig Jahren an einer gewaltigen Gehirnblutung sterben würde. Es wäre einen kurzen Moment lang schmerzvoll und beängstigend, aber doch ein weitaus würdevolleres Ende als diese langsame Hirnzersetzung.

Matilda schlüpfte in eine bequeme Hose und einen weiten Pullover und kämmte ihr dickes graumeliertes Haar. Dann stellte sie im Wohnzimmer eine Lampe ins Fenster, damit es aussah, als sei sie daheim, falls jemand das Haus beobachten sollte. Sie griff sich ihre Handtasche, die auf einem Regal neben der Tür lag, die in die Garage führte. Einen Moment später öffnete sich das Garagentor, und Matilda lenkte den Wagen auf die Straße hinter ihrem Haus. Ihr Vater hatte Garagen gehasst, die sich nach vorn öffnen ließen. Und so sah sie der Polizist, der in einem Wagen vor dem Haus postiert war, nicht wegfahren.

Das Pflegeheim war nur zwei Meilen von Matildas Haus entfernt. Als sie weinend die Papiere unterschrieben hatte, um ihrem

Vater einen Platz im Heim zu sichern, war es ihr vorgekommen, als sei es 200 Meilen weit von ihr entfernt. Sie hatten ihr ganzes Leben zusammen verbracht; und obwohl sie mindestens einmal täglich mit ihm telefonierte und ihn jeden Sonntag besuchte, schien die Nähe zwischen ihnen mechanisch und erzwungen. Nach zwei Jahren hatte Matilda sich jedoch an seine Abwesenheit gewöhnt. Er war noch am Leben. Und er war wenigstens die Hälfte der Zeit noch bei klarem Verstand. Aber wenn das, was die Schwester heute Nacht behauptet hatte, stimmte, war es wahrscheinlich bald vorbei mit den wachen Augenblicken. Matilda würde ihren Vater verlieren, ihr würde nichts von ihm bleiben als seine körperliche Anwesenheit.

Bevor Matilda den Motor abstellte, warf sie einen Blick auf die Uhr am Armaturenbrett. Zwölf Uhr fünfundvierzig. Normalerweise ging ihr Vater pünktlich um zehn zu Bett. Was war bloß in ihn gefahren? Womöglich hatte er etwas Beunruhigendes im Fernsehen gesehen. Oder schlecht geträumt.

Der Parkplatz des Pflegeheims befand sich auf der Rückseite des Gebäudes und war um diese Zeit nahezu leer. Nur die Autos der Belegschaft waren entlang der Mauer geparkt. Um ein Uhr früh kamen keine Besucher mehr. Matilda wusste zwar, dass es niemanden gestört hätte, wenn sie ihr Auto auf einem der Belegschaftsparkplätze abgestellt hätte, aber sie hielt sich lieber an die Regeln und parkte auf ihrem üblichen Platz, in der äußersten rechten Ecke neben einer Tanne, die die Belegschaft zu Weihnachten immer üppig schmückte.

Matilda stieg aus und schlug die Tür zu. Sie hängte sich die große Tasche über die Schulter, strich sich den Pullover glatt und fuhr sich mit der Hand durchs Haar.

»Miss Vinson?«

Sie zuckte zusammen. »Ich wollte gerade hineingehen.«

»Das werden Sie schön bleiben lassen.«

Ein Arm legte sich blitzschnell um ihren Hals und drückte zu, bevor sie auch nur einen Laut von sich geben konnte.

»Waa …«, gurgelte sie noch, als ihr jemand den Kopf nach hinten bog. Sie sah die Spitzen der hoch aufragenden Tanne und die dunkle Silhouette eines Vogels auf einem der oberen Äste, der dem Geschehen mit Interesse zu folgen schien.

»Sie haben immer schon zu viel geredet, nicht wahr? Skeeter hat geglotzt, Sie haben gequatscht. Ein hübsches Paar. Sie hätten heiraten sollen, Miss Vinson. Was Besseres als ihn hätten Sie ohnehin nicht gekriegt.«

Dieser Mensch hatte also Skeeter umgebracht, dachte Matilda merkwürdig benommen. Dieser Arm, der jetzt um ihre Kehle lag, hatte einen Eispickel in Skeeters Auge gestoßen, obwohl Skeeter nicht einmal etwas gesehen hatte. Sie hatte sehr wohl etwas gesehen. Sie wusste etwas. Und es hatte keinen Sinn, es abzustreiten. Auch wenn sie den Mut dazu aufgebracht hätte, ihre Stimme hätte sie verraten. Matilda war noch nie eine gute Lügnerin gewesen.

»Nun, dann bringen wir es hinter uns.« Sie hörte leises Lachen. »Ich weiß ja, dass Sie nicht gern Zeit verschwenden. Immer geschäftig, so ist sie, unsere Matilda.«

Ein Arm legte sich über ihren Kopf, und die Hand landete mit gespreizten Fingern über ihrem rechten Ohr. Matilda machte keinen Versuch, sich zu wehren. Sie fühlte sich wie ein Hase in den Fängen eines Wolfs, hilflos, starr vor Entsetzen. Aber im Gegensatz zum Hasen würde sie nicht wimmern. Nein, Matilda Vinson hatte vor, mit Würde aus dieser Welt zu gehen.

Aber als diese grausamen Arme ihren schlanken Hals mit einem entschiedenen, entsetzlichen Knacken brachen, hauchte sie noch ein letztes Wort:

»Daddy.«

16. Kapitel

1

Donnerstag, 1.20 Uhr

Suzanne trat leise in Rebekkas Zimmer, kurz nachdem diese zurückgekommen war. »Wie geht's Frank?«, fragte sie kleinlaut.

»Du wüsstest es, wenn du mit ihm ins Krankenhaus gegangen wärst.« Rebekka sah ihre Mutter nicht an. Sie nahm zuerst ihre Ohrringe ab, dann ihre Kontaktlinsen heraus. »Wie's aussieht, hatte er keinen Herzinfarkt. Sein EKG weist Unregelmäßigkeiten auf. Sie haben noch nicht alle Testergebnisse, deshalb muss er noch bleiben, aber er ruht sich aus, hat man mir gesagt. Ich durfte nicht zu ihm. Sie wollten, dass er Ruhe hat und schläft.«

»Dann kommt er wieder in Ordnung?«

»Ich bin kein Arzt, Mutter«, sagte Rebekka kurz angebunden. »Warum ziehst du dich morgen nicht an, fährst ins Krankenhaus und sprichst mit einem der Ärzte? Frank ist schließlich dein Mann.«

Suzanne setzte sich aufs Bett. »Du weißt doch, warum ich heute Abend nicht mitgefahren bin. Jeder sieht doch sofort, dass ich getrunken habe. Was hätten die Leute dazu gesagt?«

»Ich habe Neuigkeiten für dich, Mutter. Die Leute wissen bereits, dass du die meiste Zeit betrunken bist.« Suzanne senkte den Blick. »Tut mir Leid, das war grausam. Aber es ist wahr.«

»Ich weiß.« Suzannes Stimme war schwach. »Ich versuche immer, mir vorzumachen, dass niemand meinen Zustand ahnt, aber er lässt sich schwer verstecken. Aus diesem Grund gehe ich selten aus.« Sie stockte. »Ich hatte solche Angst heute Abend, Rebekka. Ich dachte, dass sich Frank nur eine leichte Grippe eingefangen hätte.

Oder dass er nicht mehr im selben Bett mit mir schlafen wollte. Er hat eine Affäre, weißt du.«

»Ach Mutter, um Himmels willen!«, fuhr Rebekka sie an. »Musst du ausgerechnet jetzt mit diesem Schwachsinn daherkommen?«

»Das ist kein Schwachsinn«, sagte Suzanne ruhig. »Es stimmt. Und es ist schon in Ordnung. Na ja, ist es nicht, aber ich kann ihn verstehen. Ich war ihm ja auch schon lange keine richtige Ehefrau mehr. Er ist charmant und attraktiv. Da ist es nur natürlich, dass er sich nach weiblicher Gesellschaft sehnt.«

Suzannes Gelassenheit wies tatsächlich darauf hin, dass Franks Affäre nicht ihrer Phantasie entsprang. »Wer ist sie?«, fragte Rebekka.

»Ich weiß es nicht. Er ist zum Glück sehr diskret. Vielleicht jemand aus der Firma.«

Sonias Mutter. Rebekka war sich plötzlich völlig sicher, dass keine andere als Mrs. Ellis Franks »Geliebte« war. Sie hatte ihm offenbar viel über Sonia und Randy anvertraut, und er hatte voller Bewunderung erzählt, dass sie sich sehr zu ihrem Vorteil verändert hatte. Dass sie nicht zur Chorprobe erschienen war und Cory vergeblich nach ihr gesucht hatte, hatte ihn nicht weiter gekümmert. Er hatte sich weder über ihre Lüge gewundert noch um ihren Aufenthaltsort Sorgen gemacht, weil er schließlich wusste, wo sie gewesen war, weil er sich ja mit ihr getroffen hatte. Wahrscheinlich war sie am Ort des Stelldicheins geblieben, bis die Chorprobe normalerweise zu Ende war. Er dagegen war schon früher nach Hause gefahren und hatte den Anruf vom Krankenhaus entgegengenommen.

Rebekka wäre gern ihrer Mutter zuliebe entrüstet gewesen, aber sie konnte es nicht. Sie brachte nicht einmal so ein Gefühl wie Enttäuschung auf. Sie hatte nie das Gefühl gehabt, als liebe Frank Suzanne wirklich. Er hatte sie geheiratet, weil er sie mochte und sich seinem besten Freund verpflichtet fühlte. Und sie war ihm eine schlechte Frau gewesen. Trotzdem hatte er sie geduldig und würdevoll ertragen, aber auch er brauchte schließlich Beachtung und Zuneigung.

»Du solltest trotzdem morgen zu ihm ins Krankenhaus gehen, Affäre hin oder her«, sagte Rebekka sanft. »Du bist Franks Frau. Er hat dich immer gut behandelt …«

»Das weiß ich doch!«, sagte Suzanne, die inzwischen beinahe wieder nüchtern war. »Ich werde versuchen, mich zu bessern, Rebekka. Ich weiß, das habe ich schon einmal versprochen und auch schon mehrmals versucht, aber so entschlossen wie heute war ich noch nie. Das bin ich Frank und dir schuldig.« Sie lächelte fast schüchtern. »Ob du's glaubst oder nicht, Rebekka, ich habe dich immer geliebt. Und ich werde es dir beweisen. Das sind keine leeren Versprechungen. Ich schwöre, dass ich mich bessern werde.«

Rebekka wusste, dass die meisten Alkoholiker der Meinung waren, ihr Problem alleine in den Griff zu bekommen. Sie wusste auch, dass sie alle Besserung schworen und für gewöhnlich scheiterten. Und dennoch konnte Rebekka sich nicht erinnern, schon jemals eine solch eiserne Entschlossenheit in Suzannes Augen gesehen zu haben. Trotz all der Probleme um Todd und Frank ging Rebekka mit einem Gefühl der Erleichterung zu Bett. Ihr war nie bewusst gewesen, wie sehr sie sich nach der Liebe ihrer Mutter gesehnt hatte.

Gegen Mitternacht schlief sie ein. Sie erinnerte sich nicht, dass sie geträumt hatte, obwohl sie wusste, dass es so war, als sie um vier Uhr morgens jäh aus dem Schlaf fuhr. Schweißgebadet richtete sie sich auf; die vertraute Umgebung ihres Zimmers verschwand und sie erkannte, dass ihr Bewusstsein sie an einen anderen Ort geführt hatte, kalt, beängstigend, einen Ort, der nur in ihren Träumen existierte.

Seine Hände und Füße waren gebunden. Er lag auf dem Bauch, die Arme hinter dem Körper, auf einer Reihe staubiger Kissen – er konnte die Lücken zwischen ihnen spüren. Drei. Eine Couch. Eine alte Couch, die feucht und modrig geworden war. Der Geruch erregte ihm Übelkeit. Trotzdem knurrte ihm der Magen, und seine trockenen Lippen lechzten nach Wasser. Sein Hals tat ihm weh. Seine Lunge fühlte sich wie zusammengepresst an. Er wusste, dass er sich in einer Hütte befand und dass es Ende Oktober war. Es gab keine Heizung in dieser Hütte, und nachts sank die Temperatur auf wenige Grad über Null. Er aber hatte nur eine dünne Wolldecke, die ihn warm halten sollte.

Zuerst hatte er noch versucht, sich zu befreien, sobald er alleine war. Er hatte sich auf dem Boden herumgewälzt und sich den Kopf angestoßen, bis er nur noch aus blauen Flecken und wund geriebenen Stellen bestand. Selbst dann hatte sein Wille ihn nicht verlassen, aber sein Körper machte nicht mehr mit. Nachts zitterte er vor Kälte, und am Morgen war er dann viel zu müde und erschöpft, um noch Befreiungsversuche zu unternehmen. Dann hatte sein Peiniger beschlossen, ihm eine anständige Mahlzeit zu verabreichen, und er hatte gegessen, so viel sein geschrumpfter Magen zu fassen vermochte. Später, als er wieder allein war, hatte er sich dann übergeben. Trotz seines Knebels.

»Du siehst aber nicht gut aus. Fühlst du dich wohl?«

Er schüttelte den Kopf. »Wasser«, krächzte er.

Eine lange Pause. Er dachte, sein Wunsch würde ihm verwehrt. Dann hoben Arme seinen Oberkörper hoch, drehten ihn in der Taille und ließen ihn mit dem Rücken gegen die Couch fallen. Die Augenbinde saß fest, und er hatte das Gefühl, als werde er nie mehr richtig sehen können, als seien seine Augäpfel zu lange zu weit nach hinten gepresst worden. Jemand nahm ihm den Knebel aus dem Mund und träufelte ihm Wasser in den Rachen.

»Trink.«

Das Wasser war warm und schmeckte modrig. Wahrscheinlich hätte er ohne Augenbinde den Rost darin sehen können. Rostig, das erinnerte ihn an Rusty. In Gedanken sah er seinen Hund vor sich, und Tränen sickerten in den Stoff der Augenbinde.

Er verschluckte sich und musste husten. Wasser lief ihm über das Kinn und tropfte auf seine Brust. »Verdammt, jetzt verschwendest du es, so viel haben wir nicht.«

Aber er konnte nicht aufhören zu husten. Dabei spürte er, wie der Schleim in seiner Kehle immer weiter anstieg. Mit jedem Husten spie er dicke Schleimklumpen, die auf seiner Brust landeten.

»Jesusmaria!«, rief der Entführer. »Das ist ja widerlich!« Und nach einem Augenblick: »Hast du Schnupfen oder so was?«

An diesem Morgen hatte die Beklemmung in seiner Brust angefangen, sodass er nach der geringsten Anstrengung nach Luft schnappte. Und dann dieser Husten. Er würde sich noch die Lunge aus dem Leib husten. Ging das überhaupt? Vielleicht Teile davon? Und wuchsen die Teile dann wieder nach? O Gott, war ihm elend.

Die kräftigen Arme knebelten ihn wieder, nur lockerer diesmal, »damit du leichter husten kannst«, und stießen ihn auf die Couch zurück. »Ich werde dir ein wenig Hustensaft holen. Du kommst schon wieder in Ordnung. Alles kommt in Ordnung. Anders geht's nicht.«

Aber als sich die Tür hinter seinem Entführer schloss, wusste Jonnie, dass nichts in Ordnung käme. Irgendwann letzte Nacht, als es am dunkelsten und kältesten gewesen war, war in ihm auch das letzte Fünkchen Hoffnung gestorben, und er hatte gewusst, dass er sein Zuhause niemals wiedersehen würde. Vielleicht würde man ihn im Wald verscharren, und niemand würde ihn jemals finden. Vielleicht würde man ihn auch in dieser abscheulichen schwarzen Gruft begraben, die ihn immer zu Tode geängstigt hatte.

Rebekka kam wieder zu sich. Sie keuchte, hustete laut und verzweifelt, genau wie Jonnie es in ihrer Vision getan hatte, aber ihre Lungen hatten keinen Schleim abgesondert. Natürlich nicht. Die Obduktion von Jonnies Leiche hatte ergeben, dass er während seiner Gefangennahme erbrochen hatte. Da ihm aber niemand den Knebel aus dem Mund genommen hatte, war das Erbrochene zum Teil in seine Lungen geraten und hatte dort eine Entzündung ausgelöst. Selbst wenn man ihn einen Tag früher gefunden hätte, bevor ihm jemand den Schädel eingeschlagen hatte, wäre er wahrscheinlich nicht mehr zu retten gewesen.

Rebekka wusste jetzt, dass er seinen Tod erahnt hatte. All diese Jahre hatte sie gehofft, dass er bis zur letzten grausamen Minute zuversichtlich geblieben war. Aber so war es nicht. Er war viel zu klug gewesen, um das Unvermeidliche nicht kommen zu sehen.

Nach einer Vision fühlte Rebekka sich immer wie zerschlagen, als wäre sie aus dem Gleichgewicht geraten und hätte den geistigen Fokus verloren. Aber heute war es anders. Ihre Sinne waren hellwach. Ihr Körper lechzte nach Bewegung. Es war zwar erst fünf und noch dunkel draußen, aber sie konnte sich nicht dazu durchringen, im Bett zu bleiben und auf den Sonnenaufgang zu warten. Sie schlug die Bettdecke zurück, ging ins Badezimmer, besprengte sich das Gesicht mit Wasser, warf sich einen Morgenmantel über und ging nach unten.

Die Küche war ungewohnt leer ohne Betty und den Geruch nach Essen. Oder nach Kaffee. Das war es, was sie jetzt brauchte. Eine feine Tasse starken Kaffees. In ihrem aufgedrehten Zustand wäre entcoffeinierter Kaffee wahrscheinlich ihrer Gesundheit zuträglicher gewesen, aber sie brauchte jetzt einen kräftigen Koffeinschub. Sie füllte Kaffeepulver in den Filter der Kaffeemaschine, schaltete sie ein und ging vor die Tür, um die Morgenzeitung zu holen. Als sie sich danach bücken wollte, fuhr ihr der Schreck in alle Glieder.

Auf dem Gehweg lagen die welken Überreste der Rosen, die sie gestern bei der Gruft gelassen hatte, und auf dem Band sah man die goldenen Lettern »Zur baldigen Genesung« im Licht glänzen.

2

Eine Viertelstunde später war Rebekka in Jeans und T-Shirt geschlüpft und saß am Steuer des roten Thunderbirds. Sie hatte eine Thermoskanne mit Kaffee dabei und Sean auf dem Beifahrersitz.

»Zweimal habe ich Jonnie in der Gruft gespürt«, sagte sie in ihrer Nervosität zu dem Hund. »Gestern war ich dort. Ich habe diese Blumen dort gelassen, Sean. Nicht ähnliche, nein, genau dieselben, mit dieser lächerlichen Botschaft.« Tränen traten ihr in die Augen. »Was in Gottes Namen versucht er mir bloß zu sagen?«

Nachdem sie die Rosen gefunden hatte, war Rebekka in die Küche gelaufen, wo Betty an einem Wandbrett in tadelloser Ordnung die Schlüssel aufbewahrte. Jeder der über ein Dutzend Schlüssel hing, sorgsam beschriftet, an seinem Haken. Schlüssel und Ersatzschlüssel für jedes Auto. Schlüssel und Ersatzschlüssel für jede Tür auf dem Grundstück. Schlüssel für Esthers Haus. Schlüssel zu wichtigen Büros in der Firma. Als sie kurz davor war einen Tobsuchtsanfall zu bekommen, entdeckte sie endlich, wonach sie gesucht hatte: die Schlüssel zur Gruft.

Tagsüber hätte sie keine Hemmungen, allein auf den Friedhof zu gehen, aber im Morgengrauen würde sie ihn lieber nicht ohne ihren Hund betreten. Sean war aufgeregt wie immer, als sie ihn an die Leine nahm.

Blaue Streifen zogen sich wie verschüttete Farbe über einen schiefergrauen Himmel, als Rebekka in den Friedhof bog. Die Scheinwerfer ihres Wagens leuchteten über den taufeuchten, perfekt geschnittenen Rasen. Viele der Granitgrabsteine glänzten noch von der Feuchtigkeit der Nacht, und die Blumenarrangements auf den Gräbern strahlten in ihrer ganzen Farbenpracht.

Sie fuhr langsamer, als sie sich der Gruft näherte. Ihre schwarze Granitsilhouette sah im Dämmerlicht des frühen Morgens weniger imposant aus als bedrohlich, wie geschaffen für ruhelose Seelen. Rebekka schauderte und beschloss bei diesem Anblick, dass sie sich nach ihrem Ableben lieber auf dem Hügel am Bach begraben ließe, den Mr. Hale Clay beschrieben hatte. Vielleicht würde sie, sofern er nichts dagegen hatte, sogar neben Clay liegen, da keiner von ihnen mit seinen jeweiligen Angehörigen begraben werden würde …

»Nur nichts beschreien!«, murmelte Rebekka nervös. Sie konnte sich vor Angst nicht zum Aussteigen entschließen. Da war sie wie Superwoman persönlich hierhergebraust, und jetzt saß sie im Auto und grübelte darüber nach, wo sie begraben werden wollte. Dafür war jetzt keine Zeit.

Sie blickte sich um. Niemand zu sehen. Dann sah sie auf die Uhr. Viertel nach sechs. Viel zu früh für den Friedhofsgärtner. Sie konnte immer noch zum Häuschen von Mr. Hale gehen, nur eine Viertelmeile von hier, und ihn bitten, sie in die Gruft zu begleiten, aber wenn darin alles in Ordnung war, machte sie sich lächerlich, ganz zu schweigen von der Tatsache, dass sie ihn aus dem Schlaf reißen würde.

Rebekka holte tief Luft und stieg aus dem Wagen. Sean kletterte hinterher. Als er das Bein hob, war Rebekka allerdings heilfroh, dass sie Mr. Hale aus dem Spiel gelassen hatte. Er war ein gutmütiger

Mensch, aber wenn es um den Friedhof ging, konnte er ungemütlich werden.

»Muss das sein, Sean?«, zischte sie.

Sean bedachte sie mit einem Blick, der deutlich sagte: Jawohl, und ich werd's wieder tun. Sie seufzte. Gott sei Dank hatten Menschen nicht das Bedürfnis, auf diese Weise ihr Territorium zu markieren.

Langsam stiegen sie die drei Stufen zum Säuleneingang der Gruft empor. Der Rosenstrauß war fort. Natürlich, der hatte ja vor ihrem Haus gelegen. Ein schmiedeeisernes Tor, stets abgeschlossen, schützte die holzgeschnitzten Türen der Gruft. Rebekka drehte den eisernen Türknauf herum, und das Tor sprang auf. Als Nächstes zog sie an den Messingknäufen der Holztüren. Sie gaben mit einem Quietschen nach.

Das Erste, was sie wahrnahm, war Musik. Leise, gespenstisch: *A Whiter Shade of Pale*. Ein kalter Schauer lief ihr den Rücken hinunter, und die Härchen auf ihren Armen richteten sich auf. Sie zwang sich weiterzugehen.

Im Inneren verbreiteten Kerzen in lavendelfarbenen, gläsernen Wandleuchtern ein gedämpftes Licht. Doch die Ecken des fensterlosen Raums lagen im Schatten. Durch ihre dünnen Schuhsohlen spürte Rebekka den kalten Boden. Sie hatte plötzlich das Gefühl, als müsse jeden Moment ein Skelett aus dem Schatten treten, ihr die knöcherne Hand reichen und sagen: »Wir haben schon auf dich gewartet.« Sie schauderte und schüttelte das Bild von sich. Brennende Kerzen und Musik waren noch lange keine Skelette, die sie willkommen hießen. Und sie würde sich nicht wie ein angstschlotternder Feigling aufführen, der von Gespenstern phantasierte.

Die Arme um den eigenen Körper geschlungen, ging Rebekka bis ans Ende der ersten Reihe von Gedenkplatten. Zuerst sah sie die von Rusty. Der Hund war gestorben, als er nach seinem geliebten Herrchen gesucht hatte, und Suzanne hatte gegen den Widerstand einiger entrüsteter Familienmitglieder darauf bestanden, ihn in der Gruft zu bestatten. »Wenn dieser Hund keine Seele hatte, dann hat niemand eine«, hatte sie trotzig gesagt, und Rebekka war unheimlich stolz auf sie gewesen. Unmittelbar neben Rustys Platte befand sich die von Jonnie, auf der Suzanne keine Lebensdaten hatte anbringen lassen, als könnten die fehlenden Angaben die traurige Realität ändern:

Jonathan Patrick Ryan
Und möge der Tod keine Macht über ihn haben

Rebekkas Augen füllten sich mit Tränen. Dann blickte sie auf den polierten Stein vor der Messingplatte. Jemand hatte mit Kreide ein Symbol darauf gezeichnet:

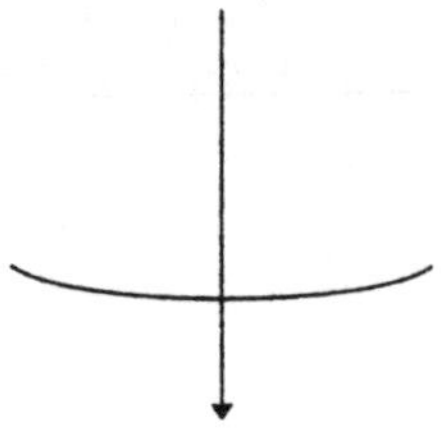

»O Gott, ein verkehrtes Kreuz«, keuchte sie und schreckte zurück. »Das Zeichen des Satans?«

Sean schenkte seinem erschrockenen Frauchen keine Beachtung. Am hinteren Ende der Gruft befand sich ein kleiner Altar, über den eine weiße Spitzendecke gebreitet war. Ein Kruzifix hing darüber, und Kerzen brannten vor einer Statue der Jungfrau Maria. Sean interessierte sich jedoch nicht für den Altar selbst. Er schnüffelte an etwas, das unweit davor im Schatten lag. Er berührte es mit der Pfote und begann laut zu winseln.

Rebekkas Herz begann heftig zu pochen, und sie wandte sich Sean zu, dessen Winseln immer lauter wurde. Einen kurzen Moment blieb sie reglos stehen. Dann ging sie auf den Hund zu und beugte sich zu ihm hinunter.

Der Gegenstand war etwa eineinhalb Meter lang, schmal und in ein dünnes weißes Laken gehüllt. Rebekka streckte eine zitternde Hand danach aus und hatte ein Gefühl, als müsse die Welt untergehen, wenn sie das Tuch aufrollte. Aber sie tat es dennoch.

Sie zog am Ende des Lakens, und es breitete sich in Richtung Altar aus. Sean presste sich an sie, am ganzen Leib zitternd vor Anspannung. Rebekka sah, wie eine schlaffe Hand aus dem Tuch fiel und reglos auf dem Boden liegen blieb.

Sie holte tief Luft. Endlich stand sie auf und holte eine brennende Kerze. Dann beugte sie sich hinunter und beleuchtete den Gegenstand im Laken.

Rebekka öffnete den Mund zu einem Schrei, doch der blieb ihr in der Kehle stecken, als sie in das weiße, verzerrte Gesicht von Matilda Vinson blickte.

17. Kapitel

1

Als sie sich vom ersten Schrecken erholt hatte, befühlte Rebekka Miss Vinsons Wange. Sie war kalt. Die Frau war schon seit Stunden tot.

Als sie wieder aufstand, fühlten ihre Beine sich steif und alt an. Sie ächzte fast vor Anstrengung. Dann verließ sie die Gruft, ließ den Wagen stehen und ging zu Fuß zum Haus der Hales. Sie hatte Sean nicht an die Leine genommen, aber er hielt sich brav bei Fuß. Entweder hatte er Angst oder aber das dringende Bedürfnis, sie zu beschützen.

Auf dem Weg zum Cottage dachte sie an gar nichts. Es erschien ihr völlig normal, sich forschen Schrittes durch den bläulich-rosa Morgen zu bewegen, tief ein- und auszuatmen und mit den Armen zu rudern, um Kalorien zu verbrennen.

Als ihr jedoch Chloe Hale, in einen gelben Morgenmantel gehüllt, die Tür öffnete, traten ihr die Tränen in die Augen. In Chloes dunkles Gesicht trat ein Ausdruck von Verwunderung und Sorge. »Was tun Sie denn so früh am Morgen hier draußen, Kind? Was ist denn los?«, fragte sie.

»Die Gruft«, sagte Rebekka stockend.

Tränen liefen ihr übers Gesicht. Chloe fasste sie am Arm und zog sie hinein. Sean folgte den beiden unaufgefordert und stellte sich steif neben Rebekka. »Was ist denn mit der Gruft? Nein, sag jetzt nichts. Am besten, du kommst erst mal mit in die Küche und trinkst eine Tasse Kaffee. Du siehst ja aus, als würdest du jeden Moment umkippen.«

Rebekka folgte ihr brav in die Küche. Mrs. Hale drückte sie auf einen Stuhl, goss ihr einen Becher Kaffee ein und stellte ihn vor sie auf den Tisch, daneben Milch und Zucker. Dann setzte sie sich ihr gegenüber und blickte sie aus bernsteinfarbenen Augen mit einer Mischung aus Neugierde und Sorge an. »Jetzt erzähl mir von der Gruft.«

Rebekka trank einen Schluck des heißen Kaffees. »Ich hatte einen … Traum, dass in der Gruft irgendetwas vor sich geht.« Es hatte keinen Sinn, die Leute mit Visionen zu erschrecken. »Weil es nicht der erste war, bin ich hergefahren, um nach dem Rechten zu sehen.«

Mrs. Hale starrte sie an. »Warum haben Sie denn nicht Avram angerufen, wenn Sie dachten, dass etwas nicht in Ordnung sei? Dafür ist er doch da. Du meine Güte, wenn ich mir das vorstelle, ein junges Ding wie Sie ganz allein hier draußen in der Dunkelheit!«

»Ich habe nicht daran gedacht. Und ich wollte mich auch nicht lächerlich machen.«

»Kind, meine Großmutter hat mir beigebracht, dass man Leute mit dem zweiten Gesicht ernst nehmen muss. Ich habe von Anfang an an Ihre Visionen geglaubt. Wenn Sie uns um drei Uhr früh angerufen hätten, weil Sie dachten, dass etwas hier draußen nicht stimmte, dann wären Avram und ich auf der Stelle zu dieser Gruft gelaufen. Aber das haben Sie nicht getan.« Chloe Hale legte ihre auf Rebekkas kalte Hand. »Was haben Sie denn gefunden, Liebes?«

»Die Türen der Gruft waren unverschlossen. Ich bin reingegangen. Neben Jonnies Gedenkplatte war ein verkehrtes Kreuz auf den Stein gemalt.«

Mittlerweile war Mr. Hale in der Tür erschienen, gehüllt in einen Frotteebademantel, das Haar noch feucht. »Was!«, explodierte er. »Hat da so ein Randalierer die Gruft aufgebrochen …«

»Nicht aufgebrochen, Mr. Hale. Die Türen waren nicht verschlossen.«

Avram Hale verschwand einen kurzen Moment und kam dann mit einem riesigen Schlüsselbund zurück. »Meine Schlüssel habe ich tagsüber immer bei mir. Nachts liegen sie in einer abgeschlossenen Schublade verwahrt, genauso wie heute Morgen. Meine Ersatzschlüssel liegen in einem Safe. Da muss irgendwer noch einen Ersatzschlüssel für die Gruft haben, weil von den Ryans niemand imstande wäre, so ein gotteslästerliches Zeug zu kritzeln. Es macht mich so wütend.«

»Mr. Hale«, sagte Rebekka und versuchte, Ruhe zu bewahren. »Das ist noch nicht das Schlimmste.« Seine weißen Augenbrauen hoben sich. »Vor dem Altar liegt die Leiche von Matilda Vinson.«

2

Donnerstag, 17.00 Uhr

Der frühe Morgen war ein Getümmel von Polizeiwagen, Fotografen, einem Krankenwagen und den Friedhofsarbeitern gewesen, die die Polizei bei ihren Routinearbeiten beobachteten. Nachdem Rebekka von Bill ausführlich vernommen worden war, durfte sie nach Hause fahren. Zur gleichen Zeit brachte der Krankenwagen die kleine Leiche von Matilda Vinson in die Gerichtsmedizin. Wenigstens macht sie sich heute Abend keine Sorgen um ihren Vater, dachte Rebekka.

Den Rest des Tages fühlte Rebekka sich eigenartig benommen. Ihre Mutter hatte eine Willkommensparty für Frank geplant. Betty hatte Einwände, empfand eine Feier angesichts des Mordes an Matilda als unangebracht, aber Rebekka wollte den ersten positiven Schritt, den ihre Mutter seit Monaten unternahm, auf keinen Fall verderben. Sie würden am besten nicht von Matilda sprechen. Sie hatte erzählt, dass jemand sich Zugang zur Gruft verschafft hatte, aber verschwiegen, dass sie ein umgekehrtes Kreuz darin entdeckt hatte. Diesen Schock hätte Suzanne den ganzen Abend lang nicht verwunden.

Rebekka saß in Franks Arbeitszimmer und telefonierte mit Bill. Clay musste bis sechs Uhr arbeiten und hatte sich erboten, Frank danach heimzufahren. Er würde zum Abendessen da bleiben. Rebekka war froh, dass ein Arzt im Haus sein würde, denn sie wollte sichergehen, dass Frank, falls er einen Rückfall erleiden sollte, in guten Händen war. Molly und Esther würden ebenfalls kommen. Molly hatte seit fünf Tagen das Haus so gut wie gar nicht verlassen. Und Esther hatte gedacht, dass sie ein paar Stunden in Gesellschaft ein wenig von ihrem Kummer ablenken würden. Rebekka und Bill hatten ihr zugestimmt.

»Und nun zu Matilda«, sagte Rebekka. »Hat man irgendeinen Hinweis gefunden, wer sie getötet haben könnte?«

»Das gebrochene Genick war die einzige Verletzung. Vielleicht finden wir noch Haare oder Stoffpartikel oder DNA-Spuren, aber das weiß ich erst in ein paar Tagen.«

»Hat man sie in der Gruft umgebracht?«

»Ich glaube nicht. Ihr Wagen steht auf dem Parkplatz des Pflegeheims, wo ihr Vater lebt. Keiner hat sie da gesehen. Vielleicht hat sie jemand unter dem Vorwand, ihr Vater sei ernsthaft krank, dorthin gelockt und ihr dann auf dem Parkplatz aufgelauert.«

»Die Person, die sie auf dem Friedhof gesehen hat?«

»Das ergibt Sinn. Ich glaube, dass der Mörder sein eigenes Auto benutzt hat, um Matildas Leiche zu transportieren, weil ihm das Risiko zu groß war, eventuell belastendes Material wie Haare, Stoffpartikel und Ähnliches in Matildas Auto zu hinterlassen.«

»Wie steht's eigentlich mit Fingerabdrücken auf dem Ghettoblaster oder der CD?«

»Nur die deinen. Ich habe auch nicht erwartet, welche zu finden. Unser Mörder ist viel zu ordentlich.«

Rebekka seufzte. »Ich wünschte, Matilda hätte mir auf dem Friedhof mehr gesagt.«

»Sie hatte keine Gelegenheit dazu. Jemand hat sie beobachtet. Doch der Mörder weiß nicht, wie viel sie dir erzählt hat. Nur, dass sie seine Identität nicht preisgegeben hat, sonst wäre er schließlich längst verhaftet, aber er befürchtet vielleicht, dass sie dir einen Tipp gegeben hat. Also versucht er, dich aus der Stadt zu treiben, bevor du unangenehme Schlüsse ziehen kannst. Deshalb hat er die Leiche in die Gruft geschafft und dir den Blumenstrauß vor die Tür gelegt. Man wollte dir gehörig Angst einjagen, denn mit deinen Fähigkeiten stellst du eine ziemliche Bedrohung dar.«

Rebekka verdrehte die Augen. »Bis jetzt war ich noch nicht sehr bedrohlich.«

»Immerhin hast du uns mit deinen Visionen weiterhelfen können. Und vielleicht wird uns deine nächste Vision nicht nur verraten, wo sich Todd genau befindet, sondern auch, wer ihn dort festhält.«

»O Gott, ich wünschte, es wäre so.« Rebekka schüttelte den Kopf. »Das Ganze ist doch ein einziger Albtraum. Skeeter und Matilda tot. Sonia beinahe. Als Jonnie entführt wurde, musste sonst niemand dran glauben.«

»Vielleicht war damals ein anderer Entführer am Werk. Oder …«

»Oder was?«

»Ich spreche zwar nicht gern darüber, weil es dir unangenehm ist, aber für Jonnies Entführer warst du offenbar keine Bedrohung. Du hast damals nicht das Geringste gesehen. Diesmal schon, und das bringt dich in echte Gefahr, Rebekka.«

3

Suzanne trug ein hellblaues Kleid, eine Perlenkette und hochhackige Schuhe. Rebekka hatte sie perfekt geschminkt. Sie hatte ein Glas Wein getrunken, »um ihre Nerven zu beruhigen«, aber sie war eindeutig bei klarem Verstand. Ihr schimmerndes blondes Haar war zum lockeren Pagenkopf geschnitten, und so empfing eine strahlende Erscheinung Frank wieder zu Hause.

»Liebling!«, rief sie. »Ich bin ja so froh, dich wiederzusehen.«

Sie küsste ihn auf die Wange, kicherte und wischte dann die kirschfarbene Lippenstiftspur ab. Frank wirkte von der Schönheit und Zuneigung seiner Frau angenehm überrascht.

»Wie fühlst du dich?«, fragte sie ihn.

»Ausgezeichnet.«

»Du siehst noch ein wenig müde aus, finde ich. Clay, findest du nicht auch, dass er müde aussieht?«

»Rebekka kann ein Lied davon singen, dass das Krankenhaus kein Ort ist, um angenehm schlafen zu können«, sagte Clay in scherzhaftem Ton. »Und sein Zimmergenosse hat die ganze Nacht im Schlaf gesprochen und gestöhnt.«

»Ein Zimmergenosse!«, rief Suzanne. »Warum haben Sie ihn nicht in ein Einzelzimmer gelegt?«

Clay grinste. »Ich habe mich daran erinnert, dass er mir mit siebzehn einmal die Hölle heiß gemacht hat, weil ich mir seinen Porsche für eine Spritztour ausgeliehen hatte. Der Zimmergenosse war meine Rache.«

»Das stimmt doch nicht.« Frank lachte. »Suzanne, Liebes, ich kann sehr gut für mich selbst sprechen. Erstens hätte ich, als ich mir den Porsche kaufte, daran denken müssen, dass ein paar Halbwüchsige ihn sich borgen würden. Und was das Zimmer betrifft, ich habe selbst um ein Doppelzimmer gebeten. Ich wollte nachts nicht allein sein. Ich weiß, dass das ziemlich albern klingt, aber die Angst spielt der Vernunft oft merkwürdige Streiche.«

»Hast du dich gefürchtet?«, fragte Suzanne naiv. Es war die Frage eines Kindes, dachte Rebekka peinlich berührt.

»Nun ja, ich habe tatsächlich angenommen, ich hätte einen Herzinfarkt«, sagte Frank gutmütig. »Aber sprechen wir doch von etwas anderem. Ich bin einfach nur froh, wieder daheim zu sein. Und seht doch mal, wen ich mitgebracht habe. Suzanne, du hast noch kein Wort zu Dr. Bellamy gesagt.«

Sie errötete. »Tut mir Leid. Wir freuen uns sehr, dass Sie kommen konnten.«

»Ich freue mich über die Einladung.«

»Und Sie sehen so erwachsen aus!« Rebekka schloss kurz die Augen. Was kam wohl als Nächstes? Und da war es schon. »Als ich Sie das letzte Mal gesehen habe, hatten Sie diesen abscheulichen Irokesenschnitt, wie die Punker auf den Musikvideos.«

»Um meinen Vater zu ärgern.«

Suzanne blickte perplex drein. »Warum wollen Kinder bloß immer ihre Eltern ärgern?«

»Weil ihre Eltern sie auch ärgern«, gab Frank lächelnd zu bedenken.

»So sehen Sie jedenfalls eindeutig besser aus.«

»Danke. Und Sie sind heute wunderschön, Mrs. Hardison.«

»Ach, charmant wie eh und je!« Suzanne strahlte übers ganze Gesicht. Sie war so glücklich über ihren Entschluss, Frank künftig eine gute Ehefrau zu sein, dass aller alter Groll verschwunden zu sein schien. So wusste Rebekka, dass es nicht böse gemeint war, als ihr die entsetzlichen Worte über die perfekt geschminkten, kirschfarbenen Lippen kamen: »Rebekka, habe ich nicht immer gesagt, Clay Bellamy ist ein richtiger Schatz?« Suzanne blickte Clay schelmisch an. »Nicht, dass ich sie hätte überzeugen müssen. Unsere arme kleine Rebekka war ja so verliebt, nicht wahr, Rebekka? Schlimmster Fall von Liebeskummer, den ich jemals gesehen habe.«

Clay zog eine Augenbraue in die Höhe und sah mit einem verdächtigen Zucken um die Mundwinkel zu Rebekka hinüber. Wenn noch mehr Blut in ihr Gesicht strömen würde, dachte Rebekka, würde sie blau anlaufen und tot umfallen. Ausnahmsweise schien sogar Frank peinlich berührt. Sean rettete die Situation, indem er an Clay hochsprang und ihm seine Pfoten um die Taille legte.

»Was soll denn das sein?«, rief Frank in gespielter Entrüstung, um den peinlichen Moment zu überspielen. »Unser Sean begeistert sich für einen Mann?«

»Ich glaube eher, dass er meine Hündin riecht, Sir«, sagte Clay. »Sie heißt Gypsy und ist eine ziemliche Femme fatale.«

Frank lachte. »Nennen Sie mich doch Frank. Ich bin sicher, Ihre Gypsy ist allerliebst.« Er wandte sich wieder Suzanne zu. »Etwas duftet hier ganz wunderbar.«

»Betty kocht dir etwas ganz Besonderes. Italienisches Essen, das magst du doch so gern. Und es hat gar nicht viel Cholesterin.«

»Mr. Hardisons – ich meine, Franks Cholesterinspiegel ist übrigens völlig in Ordnung«, sagte Clay. »Also machen Sie sich keine Sorgen.«

»Das ist ja wunderbar. Noch ein Grund mehr für unsere kleine Feier. Ich hoffe, es macht dir nichts aus, Frank, aber wir haben Gäste heute Abend. Ich habe Esther überredet, Molly mitzubringen.«

»Ein wenig aus dem Haus zu kommen wird ihr bestimmt gut tun«, sagte Frank.

Suzannes Lächeln verflog. »Es gibt allerdings eine kleine herbe Note. Ich habe auch Douglas eingeladen, was ja sehr schön ist, aber ich bin sicher, dass er Lynn mitbringt.«

Rebekka und Clay sahen sich an. Er schien dasselbe zu denken wie sie: O nein. Doug würde höflich bleiben, aber Lynn war unberechenbar. Sie konnte Rebekka nicht ausstehen.

Frank lächelte. »Wir werden das Beste aus Lynn machen. Vielleicht ist sie ja jetzt, wo sie glaubt, dass ich bald sterben werde, die Freundlichkeit selbst.«

»Ach Frank, mach bitte keine Scherze darüber! Ehrlich!«, rügte Suzanne ihn lächelnd. Sie entfaltet ihren ganzen Charme, dachte Rebekka bewundernd. Frank konnte nicht anders, als von ihr beeindruckt zu sein.

Dennoch musste sie, bevor Molly kam, noch schnell ein Wörtchen mit ihrer Mutter reden. »Mutter«, raunte sie ihr zu, während die Männer sich ins Wohnzimmer begaben.

»Ja, Liebes«, trällerte Suzanne. »Ist das nicht lustig? Clay ist vielleicht süß. Und ein Arzt obendrein. Ich bin ja so aufgeregt.«

»Mutter, er ist nur zum Abendessen hier. Er hat Frank hergefahren. Sonst ist da nichts ...« Sie stockte, versuchte, den verlorenen Faden wiederzufinden. »Mutter, ich weiß ja, dass du dich freust, Frank wiederzusehen, und dass du erleichtert bist, dass es ihm gut geht. Und du siehst auch sehr hübsch aus – umwerfend geradezu, aber wir dürfen nicht vergessen, dass Todd immer noch fort ist. Wir müssen auf Mollys Gefühle Rücksicht nehmen. Vielleicht solltest du, wenn sie kommt, ein bisschen weniger, nun ja ...«

»Fröhlich wirken?«, fragte Suzanne nüchtern. »Was um alles in der Welt habe ich mir bloß dabei gedacht? Nichts, wie immer. Du hast natürlich Recht. Wir versuchen, lebhaft, aber nicht allzu ausgelassen zu sein. Wir würden Molly sonst kränken. Danke für deinen Rat, Liebes.«

Rebekka blieb vor Staunen der Mund offen stehen, als ihre Mutter sich zu den Gästen ins Wohnzimmer begab. Sie hatte erwartet, dass Suzanne ihr widersprechen würde, aber sie hatte Rebekka wieder einmal überrascht. »Lieber Gott, ich danke dir!« Rebekka atmete auf. »Bitte mach, dass dieser Abend gut verläuft.«

Sie hatte jedoch gewisse Zweifel, dass Gott ihr Gebet erhören würde, als sich zehn Minuten später Doug und Lynn zu ihnen gesellten. Rebekka führte sie ins Wohnzimmer. Doug begrüßte sie überschwänglich. Lynn dagegen warf ihr ein schnippisches Hallo hin und versuchte sie mit den Augen einzufrieren. Rebekka brachte ein strahlendes Lächeln zustande und bewunderte Lynns Ohrringe. Mit Genugtuung sah sie, dass das Kompliment Lynn wütend machte, und folgte den beiden grinsend ins Wohnzimmer.

Doug umarmte steif seinen Vater. Die beiden hatten früher große Auseinandersetzungen ausgefochten. Rebekka erinnerte sich noch gut an das Gebrüll, das aus Franks Arbeitszimmer gedrungen war, an die Nächte, in denen er aus dem Haus gestürmt war, um Doug aus dem Gefängnis zu holen, wo er wegen irgendeines Verstoßes einsaß, und an Suzannes eindringliches Jammern, wenn die beiden laut zankend zurückkamen. »Douglas, warum kannst du nicht so sein wie Jonnie?« Das waren schwere Zeiten gewesen, aber er hatte ihr Leid getan, trotz seines rebellischen Wesens. Er hatte sich in diesem Haus nicht wohl gefühlt. Wie ein Außenseiter. Dabei war ihm in seinem Unglück offenbar nicht aufgefallen, dass auch sie nicht dazugehört hatte.

Heute taten alle so, als sei die Vergangenheit vergeben und vergessen. Rebekka glaubte nicht, dass so etwas überhaupt möglich war. Ein Mensch war größtenteils das Produkt seiner Umgebung, seine Gegenwart und Zukunft wurden von seiner Vergangenheit geprägt. Leider neigten unglückliche Vergangenheiten dazu, jahrelang im Untergrund zu brodeln und dann wie Geysire hervorzubrechen, anstatt ruhig im Sand zu verlaufen. Keine angenehme Vorstellung.

Rebekka hatte zwar dafür plädiert, den Abend ohne Alkohol zu gestalten, aber Suzanne hatte ihr mit dem Argument widersprochen, sie wolle nicht das Gefühl haben, dass alle Anwesenden ihre Bemühung, nüchtern zu bleiben, ahnten. Dergleichen bringe sie in Verlegenheit. Frank verteilte im Wohnzimmer Drinks, als Molly und Esther ankamen. Esther begrüßte sie mit einem strahlenden Lächeln, Mollys Lächeln dagegen wirkte gekünstelt, ihr Mund ein gespannter Schlitz in einem ausgezehrten, blassen Gesicht. Ihre

Augen waren rot gerändert, weil sie nicht geschlafen hatte. Sie trug eine weite Hose und eine Bluse, die sie falsch zugeknöpft hatte.

»Ich bin so froh, euch beide zu sehen«, begrüßte Rebekka sie herzlich. »Frank ist erst seit einer halben Stunde wieder daheim. Clay Bellamy hat ihn hergebracht. Doug und Lynn sind auch da.«

Mollys Lächeln verflog. »Oje, Lynn macht bestimmt wieder Ärger. Sie mag uns doch nicht, Becky.«

»Wir ignorieren sie ganz einfach«, sagte Rebekka unbekümmert. Plötzlich stand Lynn hinter ihnen und starrte sie aus kalten Augen an. »Ich finde, wir könnten alle ein Glas Wein vertragen«, schlug Rebekka vor.

»Doug möchte nicht, dass ich trinke. Normalerweise trinke ich auch nichts mehr, aber eine Familienzusammenkunft wie diese rechtfertigt doch wohl ein Gläschen Wein, nicht wahr?«

»Da gebe ich dir Recht«, sagte Rebekka und bugsierte Esther und Molly an der kaltäugigen Lynn vorbei. »Hier Molly, nimm dir ein Glas und versuche, dich ein paar Stunden zu entspannen.«

Molly blickte sie gequält an. »Rebekka, hast du …«

»Nein, ich hatte keine Vision«, sagte sie sanft. »Vielleicht hilft es mir, wenn ich mich entspanne und versuche, den Kopf freizukriegen. Dieser Abend hilft mir vielleicht …« Sie hielt inne und kam sich schäbig vor. Sie konnte ihre Visionen nicht herbeizwingen, auch nicht durch Entspannung. Sie folgten ihren eigenen Regeln. Aber Molly war sehr unglücklich darüber. Sie musste unbedingt etwas unternehmen. Es musste ihr gelingen, Todd zu finden.

Sean hatte sich in einer Ecke zusammengerollt, versuchte sich unsichtbar zu machen, um die Festlichkeit nicht verlassen zu müssen. Frank war die Liebenswürdigkeit in Person, und Suzanne übte sich in der Rolle der Gastgeberin, während sie Frank hin und wieder kokett zulächelte und ihm liebevolle Blicke zuwarf. Er schien ihrem Sinneswandel noch nicht so ganz zu trauen. Clay und Doug redeten leise miteinander. Clay nickte, überließ Doug die Entscheidung, welche Themen akzeptabel waren. Lynn schlich misslaunig durchs Zimmer. Rebekka fragte sich, wie sie über Matilda Vinsons Tod dachte. Sie wusste, dass sie ihre Chefin nicht gemocht hatte, aber irgendetwas musste sie ja empfinden. Hatte sie vor, dem Begräbnis beizuwohnen?

Esther stellte sich in Mollys Nähe. Niemand sprach über Todd. Suzanne sagte zu Molly, die längeren Haare stünden ihr gut, und Molly zeigte den Anflug eines Lächelns. Esther trank Mineralwasser, während Molly sich auf Rebekkas Anregung hin für Wein entschieden hatte. Aber Rebekka bemerkte, dass sie viel zu häufig und zu schnell zu ihrem Glas griff, wahrscheinlich aus Nervosität, und überlegte sich eine subtile Möglichkeit, sie zu bremsen. Jemanden daran zu hindern, allzu eifrig dem Alkohol zuzusprechen, war in diesem Haus ja eine vertraute Pflicht, dachte Rebekka. Frank und Betty mussten es inzwischen zu wahrer Meisterschaft darin gebracht haben.

Molly bat gerade um ein drittes Glas Wein, als Betty zu Rebekkas Erleichterung ankündigte, dass das Essen fertig sei. So begab sich die gesamte Gesellschaft ins Speisezimmer, wo Porzellan, Kristall und Silber im Kerzenlicht anheimelnd schimmerten. Rebekka bemerkte, wie Sean sich unauffällig in die Küche verdrückte, um seinen gewohnten Platz zu Walts Füßen einzunehmen.

Fünfzehn Minuten später aßen sie zartes Kalbsragout mit Tomatensauce. Frank schien die Mahlzeit zu genießen, war jedoch ziemlich schweigsam. Lynn aß übellaunig und mechanisch. Molly schob die Gabel mit abwesender Miene in den Mund. Clay, Doug, Suzanne und Esther unterhielten sich angeregt, und Rebekka war ihnen dankbar, weil sie spürte, wie sich hinter ihrem rechten Auge ein dumpfer Schmerz ankündigte. Sie verspürte auch ein leichtes Unbehagen, das den Schmerz noch steigerte. Dieser Zustand leitete für gewöhnlich eine Vision ein. Vielleicht würde sie endlich mehr über Todd erfahren.

»Rebekka, deine breiten Armreifen verdecken die Verbände fast vollständig«, gab Lynn von sich und schob sich eine Gabel voll Röstkartoffeln in den Mund. »Hat dieser Typ dir tatsächlich die Pulsadern aufgeschlitzt?« Doug warf ihr einen strafenden Blick zu, aber sie ignorierte ihn.

»Nur ein bisschen«, erwiderte Rebekka beiläufig. »Nichts Ernstes.«

»Warum er das wohl getan hat?«

»Ich glaube kaum, dass irgendeiner von uns die Gehirnwindungen dieses Menschen begreifen will. Ich für meinen Teil habe keine Lust, hier bei Tisch über ihn zu sprechen. Und das geht wohl allen so«, sagte Esther mit Nachdruck. »Welche Pläne hast du für dein neues Geschäft, Lynn? Hast du schon genügend Inventar, um die Regale zu füllen?«

Lynn war eingeschnappt, weil niemand auf sie eingegangen war. Doch Esthers Köder war perfekt. Lynn taute sofort auf, beschrieb ihre jüngste Keramik und wie sie das Innere des Ladens gestalten würde. Dougs Züge entspannten sich. Molly nahm, sichtlich erleichtert, einen weiteren Schluck Wein zu sich. Clay zwinkerte Rebekka zu. Suzanne legte ihre Hand auf die von Frank.

Als Betty den Nachtisch servierte – Mandelbaisers –, war Rebekkas Kopfschmerz intensiver geworden. Frank war während des Essens zweimal ins Badezimmer gegangen, hatte aber allen versichert, dass es ihm gut gehe, dass er lediglich zu viel Flüssigkeit in sich angesammelt hätte wegen der vielen Infusionen im Krankenhaus. So schien niemand etwas aufzufallen, als Rebekka sich entschuldigte.

Sie ging auf ihr Zimmer, befeuchtete im Badezimmer einen Waschlappen mit kaltem Wasser, legte ihn sich auf die Stirn und streckte sich auf dem Bett aus. Einen Augenblick später stand sie noch einmal auf, schaltete ihren Radiowecker ein und legte sich wieder hin. Keine Musik. Nur der Wetterbericht. Schönes warmes Sommerwetter mit Temperaturen bis zu …

Die Vision traf sie völlig unvermittelt. Sie wand sich vor Schmerzen, zog die Beine an. Ihr hübsches Zimmer verblasste, die Stimme aus dem Radio rückte in weite Ferne. Um sie herum wurde es dunkel.

Ganz in der Nähe hörte er ein jämmerliches Weinen, einen Laut, der ihm bereits vertraut war. Seine Gedanken fühlten sich benebelt an. Sein Kopf tat weh. Ihm war heiß, aber er konnte nicht aufhören zu zittern. Und seit ein paar Stunden hatte er Bauchweh, rechts unten. Es war nicht allzu schlimm, aber ununterbrochen da, als würde es sagen: ›Ich bin hier. Ich bin hier.‹ Er war viel zu müde, um seinen Körper in eine andere Lage zu bringen oder zu versuchen, die Fesseln abzustreifen. Er fühlte sich fast zu krank, um Angst zu haben. Fast.

Er war hungrig und hatte großen Durst. Der Dunkle Krieger war seit einer Ewigkeit nicht mehr gekommen. Hatte er ihn vergessen? Ließ er ihn qualvoll in der Dunkelheit sterben? Würde dann irgendwer sein Gerippe hier finden und sagen: »Jesusmaria, wer ist denn das gewesen? Na ja, nicht schade um die alten Knochen.« Und niemand würde wissen, dass die Knochen einmal Todd Jonathan Ryan gehört hatten, der ausgezeichnet schwimmen konnte, dem zwei Goldfische gehörten und den seine Mutter sehr lieb hatte.

Er fragte sich, ob Mami noch an ihn dachte. Er wusste ja nicht genau, wie lange er schon fort war. Manchmal kam es ihm wie ein paar Tage, manchmal wie eine Ewigkeit vor. Aber er war ziemlich sicher, dass Mami ihn nicht vergessen würde. Er wusste, dass sie ihn lieb hatte. Er hatte sie auch lieb, auch wenn seine Freunde das nicht wissen durften. Sonst glaubten sie, er sei noch ein Baby.

Eine Zeit lang hatte er gehofft, dass seine Cousine Rebekka ihn aufspüren würde. Mami hatte ihm erzählt, dass sie besondere Kräfte hätte. Einmal hatte er sie sogar in seinem Kopf gespürt. Das war ganz schön gruselig, aber für einen Jedi-Ritter war so was bestimmt ein Kinderspiel – in jemandes Gedanken eindringen, darin herumstöbern und Botschaften aussenden, zum Beispiel, dass man stark sein soll. Er fragte sich, ob Rebekka vielleicht ein Jedi war. Aber hätte sie ihn dann nicht längst gefunden? Oder hatte sie ihn auch aufgegeben?

Er fing an zu weinen. Er fühlte sich schlechter als schlecht. Er war einsam. Er spürte, dass er krank wurde. Und was heulte da bloß in die Nacht hinein? Es hörte sich an wie ein Baby, das umgebracht wurde, und es machte ihm Angst. Er hätte ihm so gern geholfen. Aber er konnte überhaupt nichts tun, weder für sich selbst noch für das jammernde Wesen da draußen.

Er weinte bitterlich, hielt sich die rechte Seite. Zum ersten Mal hatte er das sichere Gefühl, sterben zu müssen.

»Ich hab Bauchweh. Ich hab Bauchweh. Ich hab Bauchweh …«

»Rebekka. Rebekka! Komm zurück. Du zitterst ja. Komm zurück. Komm zurück, jetzt gleich!«

Langsam kehrte Rebekka in ihre Umgebung zurück. Sie lag auf ihrem Bett, und Clay hatte seinen Arm um sie gelegt. »Ich weiß nicht … wo …«

»Du bist in deinem Zimmer. In Sicherheit.« Er zog sie an sich. »Beruhige dich, Rebekka. Konzentriere dich auf deinen Atem. Du bist am Hyperventilieren. Du bist auch völlig durchgeschwitzt.«

»Aber ich muss ihm helfen …«

»Jetzt nicht. Sei einfach nur ruhig.« Er deckte sie zu. »Lass dich fallen, entspann dich und atme gut durch.«

Rebekka gehorchte, lehnte sich an ihn, genoss das Gefühl, seine starken Arme um sich zu wissen. Warum fühlte sie sich in seiner Nähe so geborgen? Nur weil sie panische Angst vor dem Alleinsein hatte? Oder strahlte Clay trotz seiner unbekümmerten Art ein Gefühl der Beständigkeit und Sicherheit aus? Er streichelte ihren rechten Arm, und sie dachte kurz, er hätte sie zart auf den Scheitel geküsst und ihr etwas zugemurmelt. Aus dem Radio tönte Musik. *I Love You* von Sarah McLachlan. Rebekka murmelte: »Mein Lieblingslied.« Sie ließ sich in die Musik und Clays Wärme fallen. Ein verführerisches Gefühl. Am liebsten hätte sie ihre Probleme mitsamt dem armen kleinen Todd vergessen …

Jäh holte die Realität sie aber wieder ein.

»Ich bin in Ordnung«, sagte sie und fuhr so schnell in die Höhe, dass Clay sie erschrocken ansah. »Ich hatte wieder eine Vision, wie du dir denken kannst. Von Todd. Er lebt, aber es geht ihm gar nicht gut, Clay. Sein Kopf und sein Hals tun ihm weh. Ihm ist heiß und kalt zugleich. Und er hat Bauchweh. Hier.« Sie deutete auf die Stelle.

Clay runzelte die Stirn. »Hat Todd noch den Blinddarm?«

»Ich glaube schon. Sonst hätte Molly mir etwas davon gesagt.« Clays Miene verfinsterte sich. »O Gott, du glaubst doch nicht etwa, dass er Blinddarmentzündung hat?«

»Nun ja, ich kann ihn zwar weder untersuchen noch sein Blut testen, aber die Sache gefällt mir gar nicht. Heiße Haut, Schüttelfrost – er hat Fieber. Schmerzen auf der rechten Seite.«

»Wenn er tatsächlich Blinddarmentzündung hat, wie lange hat er dann noch Zeit, bis der Blinddarm durchbricht?«

»Kommt darauf an.«

»24 Stunden? 48?

»48, wenn er Glück hat.«

»Und wenn er durchbricht?«

»Wenn er sofort Hilfe bekommt, hat er noch eine Chance. Wenn nicht, kommt es zu einer Bauchfellentzündung und …«

»Aus.«

»Wahrscheinlich.«

Rebekka stand auf. »O Gott. Ich muss etwas tun. Schnell.«

»Hast du gesehen, wo er ist?«

»Nein, verdammt! Nur wieder diesen dunklen, kalten Ort. Und irgendwas hat geschrien. Es hat sich entsetzlich angehört, als würde ein kleines Kind oder ein Tier umgebracht – langsam und grausam. Sagt dir das etwas?«

»Nein. Jedenfalls nicht im Moment. Vielleicht denk ich ein bisschen drüber nach. Keine anderen Hinweise?«

»Der Dunkle Krieger – so nennt Todd seinen Entführer – hat ihm nichts mehr zu essen gebracht. Er hat Hunger und Durst. Und er fühlt sich ganz elend. Wahrscheinlich hat er wirklich Blinddarmentzündung. Wie soll ich das bloß Molly beibringen?«

»Überhaupt nicht«, sagte Clay bestimmt. »Bill ist bei ihr zu Hause und nimmt Anrufe für sie entgegen, solange sie hier ist. Zuerst reden wir mit ihm. Ruf ihn an, bevor jemand kommt und nach uns sieht.«

Rebekka rief an, und Bill hob fast augenblicklich ab. Ohne Umschweife erzählte sie ihm von ihrer Vision. »Aber du hast noch immer keine Ahnung, wo er sein könnte«, sagte Bill und klang enttäuscht.

»Man hat ihm die Augen verbunden – er kann nichts sehen. Er friert.«

»Und was hört er?«

»Ein Weinen. Hoch und durchdringend. Als würde jemand ein Baby quälen.«

»Weißt du nur, was er zu hören glaubt, oder kannst du es selbst hören?«

»Ich kann es hören.«

»Dann versuch' doch, das Geräusch nachzuahmen.«

Rebekka setzte ein paarmal an und scheiterte. Sie räusperte sich und versuchte es ein drittes Mal, bis sie dem Ton ungefähr zu entsprechen glaubte. »Geht dir dabei ein Licht auf?«

Bill schwieg einen Augenblick. »Klingt es wirklich so menschlich?«

»Ich finde, ja.«

»Dann habe ich vielleicht eine Idee. Als ich vor langer Zeit einmal draußen im Wald war, habe ich etwas Ähnliches gehört. Hat mir eine Gänsehaut verpasst. Ich bin Hals über Kopf durch den Wald gerannt – Garrett, der Retter naht –, und was glaubst du, ist es gewesen? Ein Rehkitz. Ein winziges Rehkitz. Die Ricke hatte es allein gelassen, war wahrscheinlich auf Futtersuche, und es hatte Angst. Sie kam augenblicklich zurück und war bereit, mit mir zu kämpfen. Ich zog mich zurück, und sie ging schnurstracks zu ihrem Kleinen, das auch gleich mit seinem herzzerreißenden Gewimmere aufhörte. Es war schrecklich, glaub mir. Und in einem anderen Jahr habe ich es wieder gehört. Diesmal hat ein Fuchs das Kitz bedroht. Ich habe ihn verscheucht, und kurz darauf kam Mama zurück.«

»Bist du sicher, dass sich ein wimmerndes Rehkitz so Furcht erregend anhört?«

»Mich hat es beide Male fast zu Tode erschreckt.«

»Glaubt Bill, dass Todd ein ängstliches Rehkitz hören könnte?«, fragte Clay.

»Ja.«

Clay schnippte mit den Fingern und nickte heftig. »Also könnte Todd im Wald sein!«

»Darauf würde ich wetten«, sagte Bill, der Clays Ausruf gehört hatte.

»Na ja, immerhin!« Rebekka war einen Augenblick lang begeistert. Dann sank ihre Laune wieder. »Das Dumme ist nur, dass Sinclair von Wäldern eingeschlossen ist.«

4

Rebekka und Clay beschlossen, sowohl Rebekkas Vision als auch Bills Vermutung, Todd könne irgendwo im Wald versteckt sein, der Familie gegenüber zu verschweigen. Sie würden einfach sagen, dass Rebekka wegen ihrer Verletzungen Kopfschmerzen bekommen hatte, dass es ihr aber inzwischen, nach einem Aspirin, schon wieder besser ginge. Sobald sie sich in der Lage fühlten, einen ruhigen Eindruck zu vermitteln, gingen sie wieder ins Wohnzimmer zurück.

»Wo ward ihr beiden denn so lange, Rebekka?«, schnurrte Lynn. »Du siehst taufrisch aus, sogar rote Wangen hast du.«

»Halt den Mund, Lynn«, sagte Rebekka abwesend.

Lynn wurde rot und wandte sich zu ihrem Mann. »Doug! Hast du gehört, was sie gesagt hat?«

»Schön, dass es dir besser geht, Becky«, sagte Doug glatt. »Clay, was hältst du vom diesjährigen Fußballprogramm der West Virginia University?«

Lynn goß sich noch ein Glas Wein ein und stellte sich mit dramatischer Miene ans Klavier. Suzanne blickte zu Rebekka auf und murmelte: »Ich hoffe, es geht dir besser, Liebes.«

Einen Augenblick später erschien Walt in der Tür und gab Rebekka ein Zeichen. Sie eilte zu ihm. »Ist etwas mit Sean?«

»Nein, Ma'am. Nachdem er gefressen hat, bin ich mit ihm spazieren gegangen. Er fühlt sich hundewohl. Aber da ist ein Anruf für Mr. Hardison. Betty ist gerade beim Putzen, deshalb hat sie mich geschickt, es ihm zu sagen, aber ich bin nicht präsentabel genug, um ins Wohnzimmer zu kommen.«

Rebekka rief über die Schulter zurück: »Frank, ein Anruf für dich.«

Frank lächelte. »Wer immer es ist, sagen Sie, dass ich zurückrufe.«

Rebekka lächelte Walt zu. »Werden Sie das tun?«

»Das kann ich nicht«, zischte Walt.

»Frank, Walt sagt, er …«

»Walt, was bleiben Sie in der Tür stehen, kommen Sie doch rein und erzählen Sie, was los ist.«

Walt machte auf dem waldgrünen Teppich einen zögernden Schritt nach vorne. »Tut mir Leid, Mr. Hardison. Der Anrufer lässt sich nicht abwimmeln. Will Sie unbedingt sprechen. Ich störe Sie nur ungern, Sir, aber es klingt wirklich wichtig. Und der Anrufer klingt verrückt. Tut mir Leid, Sir ...«

»Verdammt noch eins«, sagte Frank und stand auf. »Sie brauchen sich doch nicht zu entschuldigen, Walt. Ich kriege tagtäglich an die hundert dieser Anrufe, bei denen es scheinbar um Leben und Tod geht, dabei haben sie überhaupt nichts zu bedeuten. Ich geh ran und werde den lästigen Menschen los.«

Als Rebekka sich wieder dem Zimmer zuwandte, blickte sie zu Molly hinüber, die im Anblick ihrer Schuhe versunken schien. Molly hatte sich aufgerafft und war zu diesem Essen gekommen, aber jetzt war sie mit ihren Kräften am Ende. Und wenn sie gewusst hätte, dass Todd fror und Angst hatte und krank war ...

Molly erwiderte Rebekkas Blick, als hätte sie etwas gespürt. Rebekka lächelte aufmunternd. Clay hatte Recht. Sie konnte Molly unmöglich erzählen, was sie wusste. Molly könnte vollkommen zusammenbrechen, vor allem, wenn sie erfuhr, dass Todd allem Anschein nach an einer Blinddarmentzündung litt. Rebekkas Lächeln fühlte sich starr und gekünstelt, fast verräterisch an, aber sie wusste sich nicht anders zu helfen.

Als Frank, hochrot im Gesicht, zurückkam, stand ihm der Ärger auf die Stirn geschrieben. »Diese verdammten Leute erwarten, dass man jederzeit für sie zu sprechen ist!«, polterte er. »Es war nichts – absolut gar nichts. Hätte ohne weiteres bis morgen warten können. Sogar bis nächste Woche!«

Frank war für gewöhnlich gelassener, wenn es um geschäftliche Angelegenheiten ging, und Rebekka bemerkte, dass Doug seinen Vater konsterniert ansah. Sie konnte nicht entscheiden, ob er sich um seine Gesundheit Sorgen machte oder ob die alte Angst aus Kindertagen vor dem Jähzorn seines Vaters, dessen Auslöser üblicherweise er gewesen war, sich des mittlerweile erwachsenen Mannes bemächtigt hatte. Frank hatte sich schnell wieder im Griff. Er blickte um sich und lächelte. »Achtet gar nicht auf mich. Ein kurzer Krankenhausaufenthalt, und ich komme als alter Knurrhahn zurück. Wovon hatten wir gerade gesprochen?«

»Nein, wirklich, Frank, Molly und ich sollten uns allmählich auf den Heimweg machen«, sagte Esther. Molly erwachte augenblicklich aus ihrer Versunkenheit, sichtlich erleichtert. »Ich weiß, dass Molly sich nicht allzu lange vom Telefon entfernen möchte, und ich bin dieses wilde Nachtleben nicht mehr gewöhnt.«

»Ja, ist ganz schön abgegangen hier, was?«, spöttelte Lynn.

Esther und Molly standen auf, gefolgt von Suzanne. »Wir lassen euch zwar nicht gerne gehen, aber wir verstehen das. Ich freue mich sehr, dass ihr kommen konntet.« Suzanne umarmte Molly. »Mein liebes Mädchen. Halt die Ohren steif. Du weißt ja, wir haben dich alle sehr gern.«

Alle begleiteten Molly und Esther zur Tür. Molly entdeckte den Brief als Erste, der unmittelbar vor der Tür auf dem dunklen Teppich lag. »Werden hier geheime Botschaften unter dem Türschlitz durchgeschoben?«, fragte sie in dem Versuch, unbekümmert zu klingen.

Sie war schon im Begriff, den Brief aufzuheben, als Clay rasch sagte: »Nicht!« Dann zog er ein Taschentuch aus der Tasche und fasste den Brief damit vorsichtig an. Er war unversiegelt. Die Lasche stand offen, und er zog, auch hier das Taschentuch zu Hilfe nehmend, eine zusammengefaltete Botschaft heraus, die er laut vorlas, während Rebekka ihm über die Schulter blickte:

Lösegeldforderung für Todd Ryan: 500 000 Dollar
Stecken Sie unmarkierte Scheine in eine braune Papiertüte und deponieren Sie diese Freitagnacht, zwischen 9 und 10 Uhr, während des Konzerts im Leland Park, im Mülleimer der Herrentoilette. Wir behalten Sie im Auge. Der gesamte Park steht unter Beobachtung. Sollte auch nur ein Cop oder FBI-Agent auftauchen, ist Todd tot. Keine zweite Chance. Erinnern Sie sich an den anderen Ryan-Jungen.

18. Kapitel

1

Alle standen da wie erstarrt. Da war er endlich, der konkrete Beweis, dass Todd des Geldes wegen entführt worden war. Aber es war inzwischen Donnerstagabend. Und er war schon vorigen Samstag verschleppt worden. Wieso hatte der Entführer so lange gewartet?

»Mir ist es egal, warum die so lange gewartet haben!«, brüllte Molly fast hysterisch, als Rebekka ihre Zweifel äußerte. »Geld! Mehr wollen sie nicht. Geld, und ich kann Todd wiederhaben. Aber ich habe keine fünfhunderttausend Dollar.«

»Aber ich«, sagte Frank spröde. »Was mein ist, ist auch dein, Molly.«

Mollys Augen füllten sich mit Tränen. »Ach Frank, das kann ich doch nicht von dir verlangen …«

»Jetzt sei nicht albern, Schatz. Was ist schon Geld im Vergleich zum Leben deines Kindes?« Er stockte. »Aber diesmal müssen wir vorsichtig sein. Es darf nicht so laufen wie bei Jonathan. Hier steht ausdrücklich: Kein FBI. Wir haben damals den Fehler begangen, den Brief Sheriff Lutz zu zeigen, und er hat sich über die Anweisungen hinweggesetzt. Damit hat er alles vermasselt. Vielleicht wollte Lutz sich auch ein Stück vom Ruhm abschneiden. Sheriff Lutz darf jedenfalls nichts erfahren.«

»Das finde ich auch«, sagte Molly mit Nachdruck. »Bitte erzählt Lutz nichts davon.«

»Vielleicht sollte auch Bill nichts erfahren«, fügte Frank hinzu. »Vielleicht fühlt er sich sonst aus dienstlichen Gründen verpflichtet, das FBI zu informieren.«

»Das glaube ich nicht«, sagte Suzanne. »Er kann das FBI nicht leiden, er sagt, die Polizei vor Ort müsse die Drecksarbeit erledigen, damit die anderen die Lorbeeren absahnen können. Aber ich denke da an etwas anderes. Bill ist mein Bruder. Ich kenne ihn. Er wird sich diesen fetten Fisch nicht entgehen lassen.«

»Wenn er weiß, wie wichtig es ist, dass er sich fernhält, wird er es vielleicht auch tun«, warf Molly ein.

»Nein, Molly. Sobald Bill weiß, dass der Kidnapper im Park sein wird, postiert er seine Leute da«, widersprach Suzanne. »Vielleicht bleibt er selber fern, aber er schickt bestimmt jemanden hin, dem er vertraut.«

»Wie diesen Deputy Curry«, sagte Rebekka. »Bill hat enormen Respekt vor seinen Fähigkeiten. Mutter hat Recht. Bill würde ihn losschicken. Natürlich in Zivil, aber trotzdem …«

»Dann dürfen wir das Risiko nicht eingehen«, sagte Molly bestimmt. »Wir können einfach nicht.«

Doug behielt seinen Vater fest im Auge, als er das Wort ergriff. »Ich bin ganz eurer Meinung. Wir halten uns genau an die Anweisungen in diesem Brief. Ganz genau. Und keiner von uns« – er blickte in die Runde, besonders auf Lynn, Clay und Esther –, »keiner von uns wird ein Wort darüber verlieren. Zu niemandem. Einverstanden?«

»Ausgezeichnet, Liebling«, stimmte Lynn ihm mit schwerer Zunge zu, »aber glaubst du nicht, dass man Verdacht schöpfen wird, wenn Frank morgen fünfhunderttausend Dollar abhebt? Die vertraulichste Information verbreitet sich in Sinclair doch gleich wie ein Lauffeuer.«

»Frank hat sein gesamtes Geld in Sinclair liegen, aber ich habe ein Konto in Charleston«, sagte Suzanne. »Da ist mehr drauf als fünfhunderttausend. Rebekka kann mich hinfahren, denn meine Fahrkünste sind nicht mehr das, was sie einmal waren. Bis zum Nachmittag habe ich das Geld, Molly.«

»O Suzanne, ich weiß nicht, wie ich dir danken soll«, schluchzte Molly.

Suzanne winkte ab. »Mach dir keine Sorgen. Wir kriegen Todd wieder. Und Douglas hat Recht. Das muss alles geheim gehalten werden.« Suzanne wandte sich um und warf Lynn aus himmelblauen Augen einen überraschend harten Blick zu. »Verstehst du das, Lynn? Es ist absolut geheim.«

»Gott ja, ich hab's begriffen«, sagte Lynn in gelangweiltem Ton. Sie tat so, als verschließe sie ihre Lippen mit einem Schlüssel. Doug schien ihre Gleichgültigkeit zu irritieren. Rebekka hätte ihr für ihren Zynismus am liebsten eine Ohrfeige verpasst. Molly blickte verletzt drein. Jetzt dachten alle, sie sei ein gefühlloser Trottel, dachte Lynn. Wenn die wüssten. Unter ihrem Kleid spürte sie ihren Herzschlag. Kalter Schweiß trat ihr auf die Oberlippe. Sie hatte größere Angst als jemals zuvor in ihrem Leben.

Matilda Vinson, der alte Drache, war tot. Man hatte ihr das Genick gebrochen, genau wie Larry es vor Jahren mit dem Huhn gemacht hatte. Und er hatte dabei gelacht. »Wer hätte gedacht, dass es so leicht sein würde?«, hatte er gekrächzt. Und Matilda war in der Gruft der Ryans abgelegt worden. Lynn konnte sich lebhaft vorstellen, wie Larry, sturzbesoffen, Vinsons magere Leiche in seinen Kofferraum verfrachtet und in die Gruft geschafft hatte. Und wie war er reingekommen? Vor Jahren, als er noch Dougs Freund gewesen war, hatte er dieses Gebäude einmal von innen gesehen. Niemand, nicht einmal Doug, wusste, dass er den Schlüssel zur Gruft gestohlen hatte, um sich eine Kopie anfertigen zu lassen. Das Original hatte er wieder an seinen Platz gehängt. Er hatte sich Zugang verschaffen wollen, weil es da drin so schön schaurig war. Er hatte darin sogar mal eine Fete gefeiert und war nur deshalb nicht aufgeflogen, weil Avram Hale weggefahren war und seine Wasserträger nicht mit Argusaugen über den Friedhof wachten, wie er es tat.

Larry hatte diesen Schlüssel wahrscheinlich irgendwo aufgehoben. Er hatte es bestimmt zum Schreien komisch gefunden, Matildas Leiche an diesem schrecklichen Ort zu deponieren. Wahrscheinlich hatte er gedacht, dass auch sie ihn insgeheim beklatschen würde, wenn sie davon erfuhr. Und Frank hatte ihr von dem verkehrten Kreuz erzählt, das jemand auf Jonnies Grabplatte geschmiert hatte. Das hatte sie bis ins Mark erschüttert. Als sie Larry darauf angesprochen hatte, war er wütend geworden und seine Behauptung, dass er das Symbol nicht hingezeichnet hätte, hatte nicht überzeugend geklungen.

Jetzt hätte sie vor all diesen gut gekleideten Menschen mit den feinen Manieren am liebsten aus Leibeskräften geschrien, weil sie frustriert war, dass sie vor allem ihr nahe legten, niemandem etwas von der Lösegeldforderung zu erzählen. Wenn hier jemand allen Ernstes glaubte, dass sie zur Polizei gehen und petzen würde, musste er verrückt sein. Schließlich konnte derjenige, der sich das Lösegeld holen wollte, ihr eigener Bruder sein.

2

»Becky, ich muss dich um einen Gefallen bitten«, sagte Molly, als sie zu ihrem Auto gingen.

»Was immer du willst.«

»Ich möchte, dass du zum Leland Park fährst und das Lösegeld dort abgibst.«

Rebekka sah sie an. »Warum ich? Ich hätte an Doug gedacht.«

»Oh, der soll auch hingehen, sofern Lynn ihn lässt.«

»Lynn kann ihn nicht aufhalten, wenn es um so was geht«, sagte Rebekka. »Aber ich verstehe dich immer noch nicht.«

»Ich begreife es selbst nicht ganz. Ich weiß nur, dass ich dich dort haben möchte. Dass du dort sein solltest.« Molly zuckte mit den Schultern. »Es ergibt keinen Sinn. Vielleicht verliere ich langsam den Verstand. Es ist nur so wichtig für mich …« Tränen stiegen ihr in die Augen. »Aber es könnte eine gefährliche Situation werden. Es ist nicht fair, das von dir zu verlangen …«

»Gefahr ist mein zweiter Vorname«, sagte Rebekka mit einer kühnen Kopfbewegung. »Gefahren sind mir egal. Was kann mir schon in einem Park voller Menschen passieren?«

Sie umarmte Molly. »Ich werde hingehen. Verlass dich drauf.«

19. Kapitel

1

Freitagmorgen, 8.00 Uhr

Spannung lag im Haus der Ryans in der Luft. Sogar Sean schien sie zu spüren, denn er folgte Rebekka unerbittlich, berührte häufig mit der Pfote ihr Bein, wartete darauf, dass sie sich zu ihm hinunterbeugte und ihm beschwichtigend die Ohren kraulte.

Rebekka hatte die ganze Nacht wach gelegen. Sie war müde, als sie und Suzanne im Wagen nach Charleston aufbrachen. Sie hörten Radio. Als sie den Song *Peaceful Easy Feeling* von den Eagles spielten, seufzte Suzanne und schloss die Augen. »Dein Vater und ich haben diesen Song geliebt. Er hat immer mitgesungen. Und er hatte eine großartige Stimme.«

Rebekka lächelte. »Ich weiß.«

»Jonnie hatte sie von ihm geerbt.«

»Und ich habe die deine geerbt.«

»Du Ärmste.« Suzanne grinste. »Musst du so langsam fahren?«

»Ich bin doch schon am Tempolimit. Daddy und du, ihr seid immer gerast.«

»Ja, wir haben regelrecht Verwarnungen gesammelt. Aber es hat Spaß gemacht. Als er jung war, hatte er eine Harley. Wir sind damit übers Land gebraust. Ich habe mich nie mehr so frei gefühlt.«

»Du scheinst mir gute Laune zu haben, trotz allem, was in letzter Zeit passiert ist.«

»Ich habe Hoffnung, Rebekka. Es ist so viel Zeit vergangen ohne eine Lösegeldforderung, dass ich schon glaubte, Todd sei von einem Wahnsinnigen verschleppt worden. Dann hätten wir nämlich wenig Aussichten gehabt, ihn wiederzubekommen.« Sie schwieg einen Moment. »Ich weiß, was du denkst – wir haben auch für Jonnie eine Lösegeldforderung bekommen, aber das Geld hat ihn nicht gerettet. Damals haben wir uns allerdings nicht an die Forderungen des Entführers gehalten. Sheriff Lutz und das FBI glaubten, dass sie es besser wüssten. Aber dem war nicht so. Jetzt ist weder Lutz noch das FBI eingeweiht. Nicht einmal Bill ahnt etwas. Er ist mein Bruder, und er meint es gut, aber trotzdem ist er bis in die Knochen ein Polizist.«

»Er hat mir erzählt, dass er sich mit Molly trifft.«

»Es ist mehr zwischen den beiden. Er ist in sie verliebt. Schon seit Monaten. Vielleicht schon über ein Jahr. Er hat nie was gesagt, aber er ist schließlich mein Bruder. Bei Familientreffen ist es mir aufgefallen.« Sie seufzte. »Wäre es nicht wunderbar, wenn wir Todd zurückbekämen und Molly und Bill heiraten würden?«

»Heiraten? Glaubst du denn, dass auch Molly Bill liebt?«, fragte Rebekka.

»O ja.«

Rebekka sah ihre Mutter prüfend an. »Du hast mir doch erzählt, dass Molly, als sie Todd bekam und schon anästhesiert war, erzählt hätte, Todds Vater sei bereits gebunden. Und Bill war doch damals mit dieser Kleiderpuppe verheiratet.«

»Ja, bis er herausbekommen hatte, dass sie sich schon monatelang mit einem anderen traf.«

»Lenk nicht vom Thema ab. Und was war mit Bill? War er damals schon in Molly verliebt? Könnte er nicht Todds Vater sein?«

Suzanne blickte sie offen an. »Ich habe auch schon daran gedacht, Rebekka, aber ich weiß es wirklich nicht.«

Der Rest des Tages verlief reibungslos. Suzanne hob das Geld ab und bestand anschließend darauf, in einem hübschen Restaurant mit Rebekka zu Mittag zu essen.

»Mutter, bist du sicher, dass du im Restaurant essen möchtest? Weißt du, wie viel Bares du mit dir herumschleppst?«, fragte Rebekka.

»Für den Lunch wird's wohl reichen«, erwiderte Suzanne hochmütig. »Und ich habe eine Schwäche für Hummersalat und guten

Weißwein. Nur ein Glas, ich versprech's.« Sie sah Rebekka lächelnd an. »Bitte, Liebes, ein Mutter-Tochter-Mittagessen, wo doch alles geklappt hat wie am Schnürchen. Es würde mir viel bedeuten.«

Und so aßen sie auswärts zu Mittag. Anschließend beugte Rebekka sich Suzannes Bitte und fuhr die gesamte Strecke nach Sinclair fünf Meilen über dem Tempolimit. Sie sangen zur Musik von Carly Simon und kamen um Punkt drei Uhr wieder nach Hause. Frank sah sich gerade eine Seifenoper an, die er schnell ausschaltete, als sie zurückkamen. Sean saß in der Küche und wartete auf Rebekka. Und auf Walt.

Um halb sechs klingelte das Telefon. Rebekka hob ab. Es war Doug. »Ich bin die Kellertreppe hinuntergefallen und habe mir den Knöchel verstaucht. Ich kann dich heute Nacht nicht begleiten.«

Rebekka blieb einen Moment lang stumm. »Du hast was?«

»Mir den Knöchel verstaucht. Es war so dunkel. Irgendwas war mit dem Wasserboiler nicht in Ordnung. Ich bin die Treppe hinuntergerannt und habe die letzten fünf Stufen verpasst. Tut mir Leid.«

Er klang eher verlegen als betroffen. »Warst du schon im Krankenhaus beim Röntgen?«, fragte sie.

»Nein.«

»Woher weißt du dann, dass der Knöchel nicht gebrochen ist?«

»Oh, das ist er sicher nicht. Tut nur höllisch weh. Ich habe eine Hand voll Aspirin geschluckt.«

»Nun ja, da kann man nichts machen«, sagte Rebekka tonlos. »Ich wünsche dir gute Besserung.«

»Rebekka, es tut mir wirklich sehr Leid …«

Sie legte auf.

Rebekka lehnte sich zurück und schloss die Augen. Was sollte das? Wollte Lynn ihn nicht gehen lassen? Doug musste doch mehr Rückgrat haben. Er mochte Todd. Das wusste sie. Aber Dougs Ausrede war faul. Er wollte einfach nicht mitkommen.

Dann würde sie eben allein gehen. Welche Alternative hatte sie denn? Frank war noch nicht gesund. Bill durfte nicht einmal wissen, was vor sich ging. Aber das Geld musste irgendwie in den

Mülleimer der Herrentoilette gelangen. Vielleicht konnte sie sich verkleiden und unbemerkt hineinschleichen. Ja, das dürfte nicht allzu schwierig sein. Und wer würde den Ort im Auge behalten, wenn keine Polizisten in Erscheinung treten durften? Schließlich wollte man ja den Entführer entlarven, wenn er sich das Lösegeld abholte. Zweifellos würde er Rebekka beobachten. Er durfte sehen, dass sie hineinging und das Geld hinterlegte, aber nicht, dass sie hinterher die Toilette im Auge behielt. Diese Aufgabe musste jemand anders für sie erledigen.

Nach zehn Minuten rief Rebekka im Krankenhaus an und verlangte nach Clay. Er rief sie zurück, und seine Stimme klang, als ahnte er bereits, dass nicht alles nach Plan verlief. »Was ist passiert?«, fragte er besorgt.

»Doug hat angerufen. Hat sich angeblich den Knöchel verstaucht. Er kommt nicht mit heute Abend.«

»Nicht? Was soll das, zum Teufel? Heute war nicht besonders viel los hier. Ich wüsste, wenn Doug hier gewesen wäre, um sich den Knöchel röntgen oder verbinden zu lassen …«

»Ich weiß. Er war ganz sicher, dass er sich das Röntgen sparen könnte. Er will mich eben nicht begleiten heute Abend.«

»Wieso dich? Du hast mir gar nicht erzählt, dass du gehen würdest.«

»Molly hat mich darum gebeten. Sie hat mich richtig angefleht, wirklich. Ich kann auch alleine gehen …«

»Nein, auf gar keinen Fall. Ich bin zwar eigentlich heute zur Nachtschicht eingeteilt, aber ich kann mich befreien lassen. Ich werde gehen, nicht du.«

»Doch.«

»Kommt nicht infrage.«

Rebekka schnaubte ungeduldig. »Clay, wir brauchen zwei Leute dort als Späher. Der Park ist über drei Hektar groß.«

»Zwei Leute können keine drei Hektar im Auge behalten.«

»Das brauchen sie auch nicht. Nur die paar Quadratmeter um die Herrentoilette herum. Keine Diskussion. Ich gehe. Und wie steht's mit dir?«

»Gott, bist du stur! Wann soll ich dich abholen?«

Rebekka musste unwillkürlich lächeln. »Das ist keine Verabredung, sondern eine geheime Mission, schon vergessen? Wir müssen uns irgendwo treffen …«

Clay fragte: »Soll ich jetzt raten?«

»Ich muss nachdenken. Wir sollten den Park nicht gemeinsam betreten. Wir sehen verdächtig aus, wenn wir zusammen auftauchen. Wir treffen uns zwei Häuserblocks weiter, auf Dormaines Parkplatz, um zehn vor neun. Dort gebe ich dir das Geld. Du gehst zum Park und deponierst das Geld im Mülleimer der Herrentoilette. Ich werde ungefähr fünfzehn Minuten später nachkommen. Wir halten Blickkontakt, lassen uns aber nicht zusammen sehen. Na, wie klingt das?«

»Als wärst du bei der CIA. Nur eins gefällt mir nicht an diesem Plan, nämlich dass du im Dunkeln allein zum Park gehst. Das kann ich nicht zulassen.«

Rebekka schloss verzweifelt die Augen. »Soll ich denn Mutters flammend roten Thunderbird unmittelbar vor den Parkeingang stellen? Oder Franks silbergrauen Mercedes?«

»Und wie wäre es mit Bettys Wagen? Er fällt nicht auf.« Rebekka schwieg.

»Ich bestehe darauf.«

»Ärzte sind so rechthaberisch. Also schön. Ich denke mir eine Geschichte aus und borge mir ihr Auto.«

»Gut. Dann sehen wir uns heute Abend, zehn vor neun.«

»Gut. Und Clay?«

»Ja?«

»Danke.«

»Keine Ursache, Sterndeuterin, over and out.« Er legte auf, und trotz der ernsten Lage musste Rebekka lachen.

2

Freitag, 20.50 Uhr

»Bist du's?«, fragte Clay.

Rebekka nahm ihre Baseballkappe ab. »Sie versteckt sowohl meine Haare als auch die Pflaster auf der Stirn. Eine ziemlich gute Verkleidung, finde ich.«

»In Kombination mit der Brille schon. Die zerschlissenen Jeans gefallen mir. Ist es nicht ein wenig zu warm für ein langärmeliges Hemd?«

»Die Jeans sind erst seit einer Stunde zerschlissen. Da habe ich sie nämlich mit Bettys Schere bearbeitet. Und die Manschetten verdecken meine verbundenen Handgelenke.«

»Ich hoffe, du hast Mückenspray benutzt. Die Biester sind heute wieder unausstehlich.«

»Sean ist verrückt nach dem Geruch. Ich werde es in Zukunft statt Chanel No. 5 auftragen.«

Sie standen auf Dormaines Parkplatz, Clay neben seinem Kleinwagen, Rebekka neben Bettys Ungeheuer von Dodge. Ihr war keine Ausrede für Betty eingefallen, und so hatte sie einfach den Ersatzschlüssel vom Haken in der Küche genommen und war davongefahren.

Sie holte eine Papiertüte aus ihrer weißen Einkaufstasche. »Hier ist das Geld.«

Clay nahm es geziert in Empfang. »Du lieber Gott, ich darf gar nicht daran denken, wie viel es ist. Also, ich werde die Tüte in den Mülleimer stecken und sie mit ein paar feuchten Papiertüchern tarnen. Dabei werde ich mich ganz unauffällig benehmen. Kein hastiges Rein- und Rausgehen. Keine verstohlenen Blicke. Cool ist das Zauberwort. Wie findest du meine Verkleidung?«

»Es heißt Styling, Dummerchen. Man könnte uns glatt für Zwillinge halten mit unseren Kappen.«

Clay lächelte. »Nicht mal mit den Kappen sehen wir uns ähnlich. Du bist jeder Zoll ein weibliches Wesen.«

»Du kannst es einfach nicht lassen, was? Sogar jetzt musst du mich noch veralbern.«

»He, ich versuche nur, die Nerven zu bewahren. Ob du's glaubst oder nicht, das hier ist meine erste Lösegeldübergabe. Und dass du jeder Zoll ein weibliches Wesen bist, war mein voller Ernst.«

»Trotz der vielen Narben?«

Unvermittelt zog Clay sie an sich. Sein Kuss war schnell, insistierend und heiß, und ließ sie vorübergehend Morde und Lösegeld vergessen, bis auf den Sonnengeruch seiner Haut und die zärtliche Berührung seiner Zunge. »Bis später, meine Süße«, sagte er und ließ sie ebenso unvermittelt wieder los. Sie wäre beinahe hingefallen.

»Wahnsinn«, murmelte sie wie eine Vierzehnjährige, während sie ihm hinterhersah, wie er forschen Schrittes über Dormaines Parkplatz auf die Straße zuging. »Clay Bellamy, was habe ich all die Jahre nur verpasst?« Sie blickte auf die Uhr. »Und was werde ich erst verpassen, wenn ich nicht aufhöre, mich wie ein verliebter Teenager aufzuführen? An die Arbeit!«

Zehn Minuten später entdeckte Rebekka in der Nähe des Parkeingangs eine Parklücke. Die Nacht war lau, und das Konzert hatte eine Menge Leute angelockt. Ob das aus der Sicht des Entführers gut oder schlecht war, wusste sie nicht. Sie hatte schon immer Schwierigkeiten mit dem Einparken gehabt, aber mit Bettys Ungetüm war es ihr schier unmöglich. Sie stieß fluchend vorwärts und rückwärts, bis sie es endlich frustriert aufgab. Als sie ausstieg, sah sie, dass der Wagen immer noch einen halben Meter vom Bordstein entfernt war. Bei ihrer Rückkehr würde sie wahrscheinlich einen Strafzettel vorfinden, aber die Straße war ja breit. Ihr Wagen würde den Verkehr nicht blockieren, und sie konnte schließlich nicht die ganze Nacht mit Einparken vergeuden. Es war schon Viertel nach neun.

Die Parkbeleuchtung war eingeschaltet und zog scharenweise Motten an. Scheinwerfer glühten auf der Tribüne. Über den Köpfen der Menge thronten die Musiker und entsandten eine fröhliche Version von *The Band Played On* in die Nacht. Jeden Sommer nahmen sie einen neuen Song in ihr Repertoire auf. Rebekka fragte sich, welches Programm sie wohl heute zum Besten geben würden. Aber die Leute in Sinclair schien das nicht zu bekümmern. Die Konzerte waren ein Treffpunkt, wo sie in lauen Sommernächten ihre Kinder mitbringen und bei nicht-alkoholischen Getränken alte Klassiker anhören konnten. Rebekka hatten diese Veranstaltungen immer gefallen.

Heute Nacht war das anders. Sie hatte den Eindruck, als seien viel zu viele Menschen versammelt, als sei die Musik zu laut und das Licht zu grell. Sie hätte ihr Gesicht lieber im Dunkeln verborgen. Ihr Herz hämmerte wie wild. Ihr Mückenspray zeigte nicht die gewünschte Wirkung. Sie schlug nach einer vermeintlichen Stechmücke auf der Schulter und erkannte dann, dass der Hemdstoff ihr ausreichend Schutz bot. Ihr Hautjucken war also die Folge überreizter Nerven. Na toll. Jetzt bekam sie zu allem Übel auch noch Ausschlag.

Rebekka schlenderte an den Kiosk und kaufte sich eine Limonade. Dann näherte sie sich der Tribüne. Kinder rannten an ihr vorbei. Sie entdeckte Helen und Edgar Moreland und zog schnell den Kopf ein. Es hätte ihr gerade noch gefehlt, wenn Edgar Moreland ihren Namen in die Welt hinausposaunte. Sie leerte die Flasche in einem Zug, um ihre vor Nervosität trockene Kehle zu befeuchten. Sie hätte sich gern Nachschub geholt, aber es wäre auffällig gewesen, wenn sie schon wieder zum Kiosk gegangen wäre. Dieses verdeckte Ermitteln war ziemlich anstrengend, dachte sie. Jede Bewegung musste überlegt sein.

Die Band verstummte, erntete brausenden Beifall und begann *A Bicycle Built for Two*. Rebekka musste an den Namen der Black-Metal-Band auf Cory Ellis' T-Shirt denken und lächelte. Ihn auf einem dieser Konzerte zu vermuten, war genauso abwegig wie ihn in der Bibliothek zu suchen.

Gemächlich schlenderte sie auf das weiß getünchte Betongebäude zu, das ein wenig abseits von der Tribüne stand und das die Toiletten beherbergte. Sie befand sich auf der Seite der Männer und sah plötzlich Clay herauskommen. Rebekka senkte ruckartig den Blick und schalt sich wegen ihres auffälligen Benehmens. Warum hatte Clay so lange gebraucht, um das Geld zu deponieren? Wahrscheinlich hatte er abgewartet, bis die Toilette leer war. Er war vorsichtig. Und er bewahrte einen kühlen Kopf. Sie musste sich ein Beispiel an ihm nehmen.

Rebekka spazierte zu einem der Rosengärten, hatte aber keinen

Sinn für die blühende Pracht. Sie kehrte an den Kiosk zurück, kaufte sich eine weitere Limonade und bemühte sich, weniger hastig zu trinken, aber sie fühlte sich, als müsse sie verdursten. Dieses Warten machte sie noch verrückt. Die Band polterte weiter mit *Ciribiribin.* Die Menschen verschwammen zu einer undeutlichen Masse. Wieder näherte sie sich den Toiletten. Diesmal sah sie Clay an einem Baum lehnen und mit einer hübschen jungen Frau reden. Sie kochte innerlich. Ausgerechnet jetzt musste er flirten! Dann bemerkte sie, dass seine Augen immer wieder zum Eingang der Toilette wanderten. Natürlich konnte er nicht einfach da stehen und auf die Tür starren. Die Frau war nur ein Vorwand. Rebekka ärgerte sich über sich selbst, weil sein Verhalten ihr nicht gleichgültig war.

Bis um halb elf hatte die Band *Home on the Range, Au Claire de la Lune, Oh, Susannah* und *Funiculi, Funicula* durchgerockt. Erschöpft von der Anspannung, setzte Rebekka sich auf eine Bank, ungefähr zehn Meter von der Toilette entfernt, und beobachtete die Tür aus dem Augenwinkel heraus. Sie hatte sich bereits die vierte Flasche Limonade geholt und wünschte sich stattdessen eine Margarita mit einem doppelten Schuss Tequila.

Sie wusste nicht, was sie sich von dieser Nacht versprochen hatte, aber bestimmt nicht dieses Nichts. Wahrscheinlich hatte sie zu viele Bücher gelesen und Filme gesehen. Sie hatte Action erwartet, und nun konnte sie nichts anderes tun, als hier zu sitzen und zu warten und Limonade zu schlürfen.

3

»Diese Stadt verwandelt sich immer mehr in eine Mördergrube«, sagte Burt, der Barkeeper im Gold Key, zu Larry Cochran, nachdem er auf dem Bildschirm über der Bar die neuesten Nachrichten im Mordfall Matilda Vinson gesehen hatte. »Zuerst Skeeter, dann Miss Vinson. Und auch der Angriff auf Sonia Ellis. Armes Mädchen. Noch ein halbes Kind.«

»Ja, und es hätte nicht viel gefehlt, und das Kind wär nur noch ein blutiger Haufen Fleisch gewesen«, behauptete ein fetter Kerl neben Larry. Er hatte gewaltige Arme, über und über tätowiert, einen kahl rasierten Schädel, einen goldenen Schneidezahn und die winzigen gemeinen Augen eines Keilers. »Hübsches kleines Mädchen. Erstklassiges Fleisch.« Er lachte hämisch. »Aber diese Rothaarige, die sie gerettet hat, die ist auch nicht schlecht.«

»Kennst sie beide, was, Densh?«, fragte der Barkeeper mit vorsichtigem Lächeln. »In dieser Stadt kenn ich jede hübsche Braut, Burt«, prahlte Densh. »Und die meisten hab ich rumgekriegt, wenn du weißt, was ich meine.«

»Deutlicher ging's kaum«, murmelte ein magerer, dunkelhaariger Mann am Tisch hinter ihm.

Densh wirbelte herum. »Was soll das heißen, du Waschlappen? Nennst du mich einen Lügner? Niemand nennt mich ungestraft einen Lügner.«

»Ich hab nur mit mir selber geredet«, lenkte der junge Mann ein.

»Dann hast du einen Sprung in der Schüssel, ist es das? Nur ein Trottel redet mit sich selbst! Willst du Skeeter Dobbs ersetzen?«

»Ich hab das nur so dahingesagt.«

»Das nehm ich dir nicht ab. Du bist bloß neidisch. So wie du aussiehst, hast du noch nie eine flachgelegt. Ich hab meine erste Braut mit neun gehabt.« Der Barkeeper verdrehte die Augen, und ein paar Gäste grinsten spöttisch, aber Densh war ganz auf sein dunkelhaariges Opfer fixiert. »Wie heißt du überhaupt, du Waschlappen?« Der junge Mann starrte schweigend auf sein Bier. »Wie du heißt, will ich wissen!«

»Alvin.«

»Alvin!« Densh klappte der Mund auf. »Was für ein mächtiger Name! Und so männlich. Alvin und wie noch?«

»Tanner.«

Larry Cochran hob ruckartig den Kopf. »Alvin Tanner«, wiederholte Densh. »Kommt mir irgendwie bekannt vor. Kenn ich dich?«

»Das glaube ich kaum. Nein, bestimmt nicht.«

»Was soll das heißen, bestimmt nicht? Meinst du damit, dass du mit Kerlen wie mir nichts zu tun haben willst?«

»He, Densh, lass ihn in Ruh«, schaltete Larry Cochran sich ein.

Densh funkelte Larry wütend an. »Und was geht dich das an?«

»Gar nichts. Ich denk nach, und das geht nicht, wenn du so plärrst.«

»Ach so, du denkst also nach.« Densh blickte um sich. »He, hört mal alle her, der Exknacki ist beim Nachdenken! Was geht dir denn so im Kopf rum, Cochran? Computer? Gehirnchirurgie? Der Sinn des Lebens?«

Larry sah plötzlich wütend aus. »Mach mal 'ne Pause, Densh. Lass mich in Ruh. Und lass Tanner auch in Ruh.«

»Wer ist Tanner?«

»Na, der Bursche, den du vor zwei Minuten nach seinem Namen gefragt hast, du Leuchte. Er schert sich um seine Angelegenheiten. Warum versuchst du das nicht auch mal zur Abwechslung?«

Densh fuhr vom Hocker. »Du verdammtes Arschloch! Ich zerleg dich in deine Einzelteile. Ich reiß dir dein hinkendes Bein aus, bis du schreist, du … du … blöde Sau!«

Burt nickte einem Burschen zu, der noch größer und muskelbepackter war als Densh und unglaublich gut aussah, abgesehen von den seelenlosen grünen Augen. Er trat langsam auf Densh zu, seine feingeschnittenen Lippen zu einem Lächeln breit gezogen. »Genug für heute, Densh«, sagte er freundlich. »Warum gehst du nicht heim zu deiner kleinen Frau?«

»Und warum hältst du nicht dein Maul?«, röhrte Densh.

Larry wusste, dass der Name des Rausschmeißers Strand war: Er hatte sich selbst schon ein paar Mal mit ihm angelegt, ein übler Kerl, vollgepumpt mit Steroiden. Strand packte Denshs Arm und drehte ihn um, bis Densh aufschrie; dann zerrte er ihn in Richtung Tür.

»Du sollst heimgehen, hab ich gesagt«, knurrte Strand. »Bring deine kleine Frau im Bett mal wieder so richtig auf Touren.«

»Davon träumt der doch nur«, murmelte Larry.

Densh versuchte, auf Larry loszugehen, aber Strand hielt seinen Arm fest, stieß die Tür auf, und ehe er sich's versah, stand Densh murrend auf der Straße. Strand schlug ihm die Tür vor der Nase zu.

»Gut gemacht, Cochran«, knurrte Strand, als er an Larry vorbeiging. »Weißt auch nie, wann du aufhören sollst, was?«

»Geh zum Teufel«, blaffte Larry zurück und wandte sich rasch wieder seinem Scotch zu. Strand schien kurz davor, ihm eine Ohrfeige zu verpassen. Als er weg war, kletterte Larry vom Hocker. Der Schmerz in seinem Bein war die letzten Tage immer schlimmer geworden. Er hinkte ausgeprägter, und die chronischen Schmerzen gruben ihm tiefe Furchen in die Stirn. Er schleppte sich an Alvins Tisch. »Fieser Typ, dieser Densh«, sagte er.

Alvin beäugte ihn durch die Brille hindurch. »Sie hätten mir nicht zu helfen brauchen. Ich kann schon selbst auf mich aufpassen.«

»Ach wirklich?« Larry hatte Dankbarkeit erwartet. »Und was hättest du gemacht?«

»Mit ihm geredet.«

Larry warf den Kopf in den Nacken und lachte. »Na klar. Mit Reden richtet man 'ne Menge aus bei Typen wie Densh.«

»Sie haben mich zum Trottel gemacht«, beklagte sich Alvin.

Langsam verlor Larry die Geduld mit diesem dürren Kerl, der seine Hilfe nicht zu würdigen wusste. »Da gehört nicht viel dazu. Du bist ja auch ein Trottel, wenn du glaubst, dass man mit Densh reden kann.« Dann kniff er die Augen zusammen. »Du bist Slim Tanners Sohn.«

Alvin blickte ertappt drein. »Und wenn's so wäre? Haben Sie sie gekannt?«

»Ich weiß, dass sie deinen Alten da draußen abgestochen hat. Hat dir das Leben gerettet. Aber dank dieser Rebekka Ryan hat sie es genauso büßen müssen wie ich.«

»Ich kenne Rebekka Ryan nicht«, sagte Alvin steif.

»Du weißt aber, wer sie ist. Sie hat deine Mom und mich auch ins Gefängnis gebracht. Sie hat versucht, mir das Leben zu vermasseln, aber sie wird sich noch wundern.« Larrys Zunge war schwer geworden. »Sie wird sich noch mächtig wundern.«

»Bitte verlassen Sie meinen Tisch.«

»Bitte verlassen Sie meinen Tisch«, äffte Larry ihn nach. »Was ist los mit dir, verdammt nochmal?«

»Danke, dass Sie mir bei Mr. Densh geholfen haben, aber jetzt möchte ich gern allein sein. Bitte gehen Sie.«

»Ganz wie du willst, Arschloch«, schnaubte Larry. »Ich hätte zulassen sollen, dass Densh dich umbringt, aber du siehst nicht so aus, als hättest du den Mumm deiner Mutter geerbt.« Seine Augen wurden schmal, als er sich trollte. »Was willst du überhaupt hier? Erinnerungen nachhängen?«

Alvins Gesicht wurde flammend rot. Grundgütiger, was hatte er denn auch schon in dieser Spelunke zu suchen? Er wollte sich erinnern, genau. Sich erinnern, wie es war, als seine Mutter ihn als kleinen Jungen hierher geschickt hatte, um nach seinem Vater zu suchen. Sich daran erinnern, wie sein Vater ihn in feuchtfröhlicher Laune hochgehoben hatte, damit er an den Flipperautomaten heranreichte, und zu ihm gesagt hatte, er sei schlau wie ein Fuchs. Sich an die junge Bedienung erinnern, die sich an seinen Vater geschmiegt und Alvin mit honigsüßer Stimme »Kleiner Mann« genannt hatte. Sich daran erinnern, wie ein Bursche, genauso fett wie Densh, Slim eine Hure geschimpft hatte und von seinem Vater verdroschen worden war. Später hatte man diesen Mann des Mordes an Earl Tanner beschuldigt. Er wollte sich daran erinnern, wie er zwei Tage nach dem Mord hierher geschlichen war und auf dem Pflaster draußen den Blutfleck gesehen hatte.

Heute hatte Alvin einen der schlimmsten Tage seines Lebens hinter sich. Aber er musste durchhalten. Bald war es ausgestanden.

4

Es war zwanzig nach elf. Die Band hatte pünktlich um elf Uhr aufgehört. Der Park wurde allmählich leer. Rebekka und Clay hatten es aufgegeben, einander aus dem Weg zu gehen. Clay hatte sich vor zehn Minuten neben sie auf eine Bank gesetzt. Er saß einen Meter von ihr entfernt und tat so, als ob er sie nicht kennen würde. Aus den Augenwinkeln heraus beobachteten sie die Tür der Herrentoilette. Rebekka hielt den Blick gesenkt. Clay starrte scheinbar in den Sternenhimmel.

»Als du ungefähr fünfzehn warst, hast du mir eine Geschichte über bestimmte Sternbilder erzählt, Sterndeuterin«, sagte Clay plötzlich. »Die der Bären. Ich kann mich nicht mehr erinnern. Erzähl mir die Geschichte noch einmal.«

Er hatte die Hoffnung aufgegeben, den Kidnapper zu entlarven, und versuchte, die Zeit totzuschlagen, aber Rebekka tat ihm dennoch den Gefallen. »Lykaon, der König Arkadiens, gab Zeus Menschenfleisch zu essen, und so verwandelte Zeus ihn zur Strafe in einen Wolf. Aber damit gab Zeus sich noch nicht zufrieden. Lyakon hatte eine Tochter mit Namen Callisto. Zeus verliebte sich in sie …«

»Zeus hat sich in jede Frau verliebt.«

»Das stimmt. Er war ein ziemlicher Schwerenöter. Seine Frau Hera jedenfalls wurde wütend und verwandelte Callisto in einen Bären, damit ihr Sohn Arcas sie für eine gewöhnliche Bärin halten und erlegen sollte. Aber Zeus bekam Wind von Heras Plan und setzte Callisto in den Himmel, wo sie in Sicherheit war. Man kennt sie als das Sternbild des Großen Bären. Callistos Sohn Arcas wurde später ebenfalls in den Himmel gesetzt. Er wurde das Sternbild des Kleinen Bären. Aber Hera gab sich damit nicht zufrieden. Wütend überredete sie den Meeresgott, die Bären nicht wie die anderen Sterne in den Ozean eintauchen zu lassen. Deshalb sind die Bären die einzigen Sternbilder, die niemals unter den Horizont sinken.« Sie stockte. »Wie bist du auf diese Geschichte gekommen?«

»Molly und Todd. Mama Bär und Baby Bär. Wäre es nicht wunderbar, wenn sie sicher da oben am Himmel wären?«

Rebekka war gerührt, weil er sich noch an diese Geschichte erinnerte. »Sie hätten in Zeus einen mächtigen Beschützer.«

»Todd und Molly haben dich.«

»Das ist nicht ganz dasselbe«, sagte Rebekka nüchtern.

»Ich würde mein Geld jederzeit eher auf dich als auf Zeus setzen.«

Clay starrte weiter in den Himmel. »Du kannst jetzt natürlich Mama Bär und ihr Junges herausfinden.«

»Ja. Gleich hier oben.«

Clay schaute intensiv nach oben und sagte dann: »Ich war noch nie imstande, Sternbilder zu erkennen.«

»Vielleicht bist du nur zu ungeduldig.« Rebekka verstummte. Schließlich fragte sie: »Glaubst du, dass der Typ sich das Geld noch holen wird?«

»Vielleicht hat er es schon getan.«

»Vielleicht solltest du reingehen und nachsehen?«

»Lieber nicht. Wenn er uns beobachtet, verscheuche ich ihn womöglich.« Ohne sie anzusehen, sagte Clay: »Um ehrlich zu sein, fände ich es besser, wenn wir jetzt gehen würden. Wir wissen nicht mal, ob er uns nicht schon die ganze Zeit beobachtet hat.«

»Aber wenn er hineingeht …«

»Und beim Herauskommen triumphierend mit den Banknoten wedelt, damit wir ihn uns schnappen können? Er wird das Geld einstecken, Rebekka, sodass wir nicht wissen, ob er es hat oder nicht.«

»Was tun wir dann eigentlich hier draußen?«

»Wir behalten trotzdem die Tür im Auge. Es könnte ja sein, dass uns jemand besonders auffällt.«

Sie seufzte. »Der Park ist schon fast leer. Allmählich sehen wir verdächtig aus.«

»Dann sollten wir nach Hause fahren«, sagte Clay. Sie sah ihn endlich an. »Du musst den Tatsachen ins Gesicht sehen, Rebekka. Wir erfahren sonst nicht, ob wir Todd morgen zurückbekommen.«

5

»Noch ein Scotch«, rief Larry dem Barkeeper zu.

»Tut mir Leid. Das war der Letzte, ich hab's dir gesagt.«

»Genau, ich will jetzt meinen Letzten. Noch einen.«

»Der Letzte war schon der Letzte. Außerdem hast du genug gesoffen.«

»Ich brauch keine Mutter. Ich hab schon eine. Besser gesagt, eine Medusa, die sich als meine Mutter aufspielt.«

»Was ist das?«

»Eine Frau, die im alten Griechenland mit ihrer hässlichen Visage Männer zu Stein verwandelt hat. Ein Exfreund meiner Schwester hat mir das vor Jahren erzählt.«

Der Barkeeper grinste. »Immer hast du solchen Käse auf Lager, Cochran. Du bist ein verdammter Klugscheißer. Vielleicht solltest du's mal in einer Quizshow versuchen. Da kann man sich eine goldene Nase verdienen.«

»Es gibt noch andere Möglichkeiten. Und sag nicht Klugscheißer zu mir. Ich hab im Gefängnis viel gelesen. Sonst gab's ja nichts zu tun, wenn man sich nicht gerade die Annäherungsversuche der Zellengenossen vom Leib halten musste.« Larrys Lippen waren schon ganz taub. Der Schmerz in seinem Bein hatte auch nachgelassen. »Komm schon. Einen noch.«

»Kann ich nicht. Die würden mir doch sofort die Lizenz zwicken. Ich bin ein Pechvogel. Mach's mir nicht so schwer, Cochran. Wir sind doch Freunde.«

»Ich hab keine Freunde.«

»Auch gut. Aber jetzt hau ab. Raus, verzieh dich.« Er beugte sich nach vorn. »Setz deinen Arsch in Bewegung, oder du landest auf dem Pflaster wie Densh.«

»Ja doch, zum Teufel«, murmelte Larry, der plötzlich sein Interesse am Scotch und dem Gold Key verloren zu haben schien. »Kann ich noch aufs Klo?«

»Ja, aber piss nicht daneben, sonst lass ich dich den Boden wischen.«

Larry wäre vor Lachen beinahe vom Hocker gekippt. Der Barkeeper hatte gar nicht gewusst, wie komisch er war, aber wenigstens würde der Kerl ihm keinen Ärger mehr machen. Er machte sich daran, die letzten Gläser in den Spüler zu räumen, während Larry durch den Flur in Richtung Toilette wankte und dabei gelegentlich die Wand rammte.

Der Geruch nach Ammoniak stieg Larry scharf in die Nase, als er die Tür öffnete. Als Stammgast dieser Bar war Larry zwar daran gewöhnt, aber heute Nacht kam er ihm besonders heftig vor. Allerdings fühlte sein Kopf sich an, als steckte ihm ein Kürbis auf den

Schultern. Er hatte Leute zwar schon oft über Migräne reden hören, aber bis jetzt noch keine gehabt. Jetzt fragte er sich, ob er gerade seine erste erlebte. Das Licht tat ihm in den Augen weh, und jedes Geräusch kam ihm unerträglich laut vor. Überdies fühlte sein Kopf sich an, als würde ihm jemand einen Eispickel durch die Schädeldecke rammen.

Ein Eispickel. Skeeter Dobbs. Kein großer Verlust für die Welt. Der Kerl hatte ihm immer eine Gänsehaut verpasst. Wendy Wright hatte dasselbe empfunden. Gott, wie sehr er das Mädchen vermisste! Aber sie war am College, um die Prüfungen nachzuholen, die sie im Frühjahr verpatzt hatte. Nicht, dass das so schlimm gewesen wäre. Zu Hause müsste sie ohnehin bei ihrer Schwester Jean wohnen; und die würde ihre kleine Schwester mit Argusaugen bewachen und Larry nicht an sie heranlassen. Jean hasste ihn, weil sie der Ansicht war, dass ein ehemaliger Zuchthäusler nicht zu Wendy passte. Aber Wendy mochte ihn und kam, so oft sie konnte, heimlich zu ihm in die Stadt. Im Augenblick war Wendy der einzige Lichtblick in seinem Leben, der einzige Mensch, der ihm Freude machte. Er würde sie heiraten, ganz egal, was für ein Geheul Jean anstimmen würde. Andauernd versuchte sie ihn schlechtzumachen, zweifelte seine Ehrlichkeit an. Redete allen möglichen Scheißkram. Blöde zugeknöpfte Kuh. Wendy verabscheute sie, konnte es gar nicht erwarten, sich von ihr zu lösen.

Larry erleichterte sich und verließ die Kneipe durch die Hintertür. Burt hätte auch nichts anderes von ihm erwartet. Nur wenige Meter Asphalt trennten das Gold Key von der Rückseite des Gebäudes, das früher einmal Fanny's Fine Fabrics geheißen hatte und schon bald Lynn gehören würde. Hoffentlich hatte sie damit Erfolg und so viel zu tun, dass sie ihn endlich in Ruhe ließ.

Ein überladener Müllcontainer stand direkt unter einer Natriumdampflampe. Der Gestank, der dem Container entstieg, war heute besonders widerwärtig. Burt sollte das Ding wirklich öfter mal ausleeren, dachte Larry in einem außergewöhnlichen Anflug von Rechtschaffenheit.

Er würde in Richtung Zweite Straße gehen, dann quer durch den Park und nach Hause. Inzwischen war es Mitternacht. Der Park würde menschenleer sein. Perfektes Timing. Von dort waren es nur noch drei Blocks bis zu seiner Wohnung.

Viele Leute hatten komische Vorstellungen über diese Seitenstraße und mieden sie, weil hier Slim Tanner ihren Mann erstochen hatte. Die Leute glaubten wahrscheinlich, dass es da spukte oder so was. Larry lachte verhalten. Was für ein Blödsinn. Spuken. Der arme alte Earl Tanner hätte doch gar nicht den Mumm, irgendwo rumzuspuken. Hätte vor sich selber Angst. Larry erinnerte sich, dass er als Teenager immer ältere, mutigere Freunde ins Gold Key begleitet hatte. Earl war ein gutmütiger Säufer gewesen, hatte immer für das ganze Haus Runden geschmissen. Manchmal hatte sein Sohn Alvin nach ihm gesucht, ein hässliches Balg, spindeldürr, mit dicken Brillengläsern und einer Zahnspange, aber Earl schien mächtig stolz auf ihn zu sein. Larry verstand das nicht. Es hieß, dass Earl den Jungen halb tot geprügelt hätte, aber in der Bar hatte er immer sehr viel Aufhebens um ihn gemacht, ihn zum Flipperautomaten hochgehoben, ihn seiner Freundin vorgestellt, die ein Getue um den Jungen gemacht hatte, als wäre er was Besonderes. Die Leute waren schwer zu durchschauen. Vielleicht war Earl einer von diesen Typen mit einer gespaltenen Persönlichkeit.

Als Larry die Straße entlangwankte, fragte er sich, ob Slim Tanner wohl bedauerte, was sie getan hatte. Wahrscheinlich tat es ihr Leid, dass sie erwischt worden war. Das war bei jedem so im Knast. Aber wenn Alvin sie besuchen kam, schaute sie dann in sein jämmerliches Gesicht und fragte sich, wozu sie sich all den Ärger aufgehalst hatte? Larry hatte gedacht, dass Alvin und er etwas gemeinsam hätten. Schließlich hatten sie beide wegen Rebekka Ryan ein schweres Schicksal zu tragen. Aber Alvin schien keinerlei Gemeinsamkeit zu spüren. Er kam ihm fürchterlich zimperlich und brav vor. Der typische Musterknabe. Larry bedauerte inzwischen, dass er Alvin gegen Densh verteidigt und sich dabei auch noch mit Strand angelegt hatte. Beide waren aufbrausend und daher gefährliche Feinde.

Plötzlich dachte Larry, er hätte hinter sich ein Geräusch gehört. Schritte. Er blickte sich um. Der Fußweg war unbeleuchtet und lang. Ein wenig künstliches Licht sickerte von der Straße herüber, aber er konnte nichts entdecken. Wahrscheinlich nur das Echo seiner eigenen Schritte, dachte er, und schlurfte weiter.

Einen Augenblick später hörte er wieder etwas. Erneut wandte er sich um. Nichts. Aber eine leichte Gänsehaut lief ihm über den Rücken. »Na schön, Cochran, diese Woche war ein wenig viel, sogar für dich. Was hast du denn erwartet? Den Geist von Earl Tanner?« Er versuchte wieder zu lachen, brachte aber nur ein kränkliches Würgen zustande. Er drehte sich um und ging weiter. Nur noch etwa dreißig Meter bis zur Zweiten Straße. Geh weiter, Cochran, sagte er zu sich selbst. Geh weiter und hör auf zu grübeln.

Hatte da jemand geatmet? Rau, keuchend, nicht weit hinter ihm? Er blickte sich zum dritten Mal um. War das ein Schatten? Da, an der Mauer des Gold Key entlang? »He, Strand, bist du das?«, rief er. »Wollte dich nicht nerven vorhin. Hab zu viel gesoffen.« Keine Antwort. Densh war das bestimmt nicht. Vielleicht hatte der es nach Hause geschafft, vielleicht auch nicht, zurechnungsfähig war er jedenfalls nicht mehr. Wahrscheinlich war's irgendein streunendes Tier, Hund oder Katze. Genau, das war's. Scotch verzerrte den Blick, ließ die Dinge größer erscheinen, als sie waren. Wer hätte das gedacht – Larry Cochran, der sich vor einer Katze fürchtet. Das durfte er keinem erzählen.

Er ging ein paar Schritte weiter, fragte sich, was Wendy wohl gerade tat. Er würde am Wochenende zu ihr an die Uni fahren. Sie würden wie immer Samstag und Sonntag im Bett verbringen. Er würde morgen nüchtern bleiben, damit er für sie in Bestform war. »Ich bin eine Liebesmaschine«, sang er laut und musste lachen. Das war nicht übertrieben. Keine Frau hatte sich im Bett je über Larry Cochran beschwert.

Er blieb stehen. Er spürte, dass ihn jemand beobachtete. Das war kein Tier. Kein Hund, keine Katze. Jemand. »Ich hab jetzt die Schnauze voll von der Scheiße«, rief er. »Ein echter Kerl würde rauskommen und sich zeigen. Bist du das, Tanner, du Waschlappen?« Stille. Larry würde sich nicht umdrehen. Hatte was mit Stolz zu tun, sagte er sich. Kein Über-die-Schulter-Spähen mehr, als hätte er Angst. Aber er hatte tatsächlich Angst, Angst davor, sich umzudrehen, weil jemand hinter ihm war, jemand, der heftig atmete, vor Anstrengung keuchte, weil er rannte, weil er ihn verfolgte.

Larry stolperte durch eine Wasserpfütze, ein Überbleibsel eines Platzregens, aber das Platschen erschreckte ihn, und er quiekte entsetzt. Wie ein Schwein. Densh hatte ihn ein Schwein genannt. Sein Respekt vor Densh war nichts im Vergleich zur Angst, die er im Augenblick empfand und die ihm eisig über den Rücken kroch. Sein Gehirn war zu keinem klaren Gedanken mehr fähig, nur noch zu dem einen: »Lauf! Lauf so schnell du kannst!«

Und er versuchte es. Aber es war zu spät. Jemand stürzte sich schon von hinten auf ihn. Das Gewicht traf ihn mit solcher Wucht, dass es ihn zu Boden warf. Er stieß sich den Kopf und fiel auf sein schlimmes Bein, das sich unter seiner Last unglücklich verdrehte. Er schrie auf, aber nur ein schwaches, jämmerliches Wimmern war zu hören. Wäre er nur nicht so besoffen. Hätte er bloß seine Arme und Beine im Griff und könnte kämpfen, wie er es im Knast gelernt hatte, dann würde er dem Angreifer die Scheiße aus dem Leib prügeln. Aber er war völlig aus dem Gleichgewicht geraten. Alles drehte sich nach diesem Schlag auf den Kopf. Seine Arme waren unter seinem eigenen Körper wie festgenagelt.

Plötzlich spürte er einen metallenen Gegenstand unterhalb seines Ohrs. Er fühlte sich an wie der Kopf eines Rasierapparats. Ein elektrisches Knistern, ein blaues Blitzen in der Dunkelheit, und er war außer Gefecht gesetzt.

Als Larry reglos und ohne Bewusstsein auf dem kalten Betonboden in der dunklen Straße lag, rollte ihn jemand auf den Rücken und stieß ihm mit kalter Präzision einen Eispickel ins geschlossene rechte Auge. Blut sickerte aus der Wunde. Eine Hand mit Gummihandschuh trieb den Eispickel tiefer und tiefer, bis nur noch der Schaft herausragte. Der Angreifer drehte Larrys Kopf zurecht, um sein Werk zu begutachten, und sah ruhig zu, wie das Blut aus der Wunde sprudelte und sich genau an der Stelle sammelte, wo einst Earl Tanners Blut eine Pfütze gebildet hatte, während seine Frau, mit einem Messer in der Hand, ihn nur eiskalt angesehen hatte.

20. Kapitel

1

Samstag, 7.15 Uhr

Schmerzen. In der rechten Seite. Stechend. Beängstigend. So heiß. So durstig. So viel Angst. Mami, Mami. Bitte lass mich nicht hier sterben.

Rebekka fuhr schreiend aus dem Schlaf. Sean erschrak, stellte die Ohren auf und schmiegte sich dann eng an sie. »Mein Gott«, murmelte sie und drückte ihn fest an sich. »Er liegt im Sterben. Todd liegt im Sterben.«

Ihre Tür flog auf, und Frank stand da, im Morgenmantel. »Was ist los, Rebekka?«

»Ein Traum. Eine Vision. Ich weiß nicht, was es war. Todd ist krank. Er lebt noch, aber nicht mehr lange, Frank. Er hat große Schmerzen. Ich muss etwas unternehmen …«

Sie versuchte aufzustehen, aber Frank eilte zu ihr und legte ihr die Hände auf die Schultern. »Zuerst musst du dich beruhigen.« Sean fletschte die Zähne, und Frank nahm unvermittelt seine Hände weg. »Sei friedlich, Junge. Ich werde deinem Frauchen schon nichts tun. Ich möchte nur, dass sie sich entspannt, tief durchatmet.«

»Frank, wir müssen nachsehen, ob sich jemand das Geld geholt hat«, sagte Rebekka eindringlich. »Wenn dem so ist, nimmt er vielleicht bald mit uns Kontakt auf und verrät uns, wo wir Todd finden können. Jede Minute ist wichtig.«

Frank senkte den Blick. »Clay hat vor ungefähr fünfzehn Minuten angerufen. Er hat schon in der Parktoilette nachgesehen, Rebekka.«

Sie starrte ihn an. »Das Geld ist noch da.«

»Ja. Keiner hat es sich geholt.«

Sie sank in die Kissen zurück. »Was sollte dann das Ganze? Warum dann dieses Theater wegen des Lösegelds? Ich verstehe das nicht!«

»Da ist noch etwas«, fügte Frank sanft hinzu. »Clay hat erzählt, dass man vor einer knappen Stunde auf der Straße, die am Gold Key vorbeiführt, Larry Cochrans Leiche gefunden hat. Er hatte einen Eispickel im Auge, genau wie Skeeter.«

»Larry … einen Eispickel … die Allee?« Frank nickte. »Ich glaube es nicht! Ich meine, die ist doch ganz in der Nähe des Parks! Hat man schon irgendeinen Verdacht, wer es getan haben könnte?«

»Nein. Clay weiß es auch nur, weil er im Krankenhaus arbeitet. Lynn erfährt es wahrscheinlich gerade in diesen Minuten.«

»O Gott, sie ist zwar unausstehlich geworden, aber Leid tut sie mir trotzdem. Sie hat Larry vergöttert.«

»Ja. Aber Larry tut mir nicht Leid. Bei dem war Hopfen und Malz verloren. Aber du hast nicht bedacht, was das bedeuten könnte. Vielleicht hat Larry Todd entführt und wollte sich das Lösegeld holen, kam aber nicht mehr dazu, weil jemand ihn vorher ermordet hat. Der Barkeeper des Gold Key hat ausgesagt, dass Larry letzte Nacht in ein paar verbale Auseinandersetzungen verwickelt gewesen sei. Das ist für Larry nichts Neues, aber die Männer, mit denen er sich angelegt hatte, müssen ziemlich gewalttätige Typen sein. Sie werden beide gerade vernommen.«

»Aber der Eispickel. Diese Männer haben bestimmt nicht auch Skeeter auf dem Gewissen.«

»Einer von ihnen vielleicht schon. Oder jemand hat sich von der Methode inspirieren lassen und beschlossen, sie bei Larry anzuwenden. Jedenfalls kennst du jetzt den Stand der Dinge: Larry ermordet, Lösegeld unangetastet. Jetzt kannst du deine eigenen Schlüsse ziehen.«

Rebekka schloss die Augen. »O Frank, wenn es Larry war, der Todd verschleppt hat, und seinen Aufenthaltsort erst dann preisgeben wollte, wenn er das Geld in Händen hätte, haben wir keine Chance mehr, den Jungen zu finden.«

»Ich weiß.«

»Und Todd ist krank. Ich habe diese Vision schon einmal gehabt. Clay glaubt, dass sein Blinddarm entzündet ist. Wenn er durchbrechen sollte …« Sie stockte, und ihre Augen füllten sich mit Tränen. »Weiß Molly schon von dem Geld?«

»Nein. Ich fahre jetzt gleich zu ihr. Clay hat jemanden gefunden, der für ihn einspringt, und ich habe ihn gebeten, mich bei Molly zu treffen. Sie braucht womöglich eine Spritze.«

Frank stand auf und ging langsam zur Tür, den Rücken ein wenig gebeugt. »Frank?« Er wandte sich um und sah sie an. »Jetzt ist alles aus, nicht?«

Rebekka hatte ihn noch nie so traurig, so niedergeschlagen gesehen. »Ich fürchte, ja, Liebes.« Er schüttelte den Kopf. »Armer kleiner Todd.«

2

Rebekka versuchte, noch eine Weile im Bett zu bleiben und die einzelnen Versatzstücke zusammenzusetzen. Es musste noch eine Möglichkeit geben, Todd zurückzuholen, auch ohne dass der Entführer sein Lösegeld erhalten hatte, aber ihr fiel keine ein. Sie allein war seine Hoffnung. Sie brauchte unbedingt eine Vision, die ihr Todds Aufenthaltsort zeigen würde. Aber die entsprechenden Kopfschmerzen blieben aus, und ihnen lief die Zeit davon.

Letzte Nacht, als sie aus dem Park gekommen war, hatte sie sich eine Kanne koffeinfreien Kaffee gekocht und sich mit einem deprimierten Gefühl in die Küche gesetzt. Frank hatte sich nach einer Weile zu ihr gesellt und sich erkundigt, wie die Übergabe verlaufen sei. Er hatte schrecklich ausgesehen, grau und erschöpft. Als sie ihm erzählt hatte, dass sie niemanden gesehen hätten, hatte er sich nicht weiter überrascht gezeigt:

»Er wartet bestimmt, bis der Park leer ist.«

»Aber geht er damit nicht das Risiko ein, entdeckt zu werden?«, hatte Rebekka gefragt. »Und werden die Toiletten nachts nicht geschlossen?«

»Ich bin sicher, dass verschlossene Türen für diesen Burschen kein Hindernis darstellen. Und die Toilette war gestern Nacht wahrscheinlich überfüllt. Niemand hätte unbemerkt den Mülleimer durchwühlen können. Sei nicht so pessimistisch, Schatz. Ich wette, dass das Geld morgen früh weg ist.«

Aber dem war nicht so. Und jetzt musste die entsetzliche Nachricht Molly übermittelt werden. Sie konnten diese unangenehme Pflicht noch nicht einmal auf Bill abwälzen, weil sie ihm die Angelegenheit ja verheimlicht hatten. Er war bestimmt außer sich. O Gott, was für ein Durcheinander.

Rebekka beschloss, mit ihrer Mutter zu sprechen. Bestimmt hatte Frank ihr schon alles erzählt, und sie war genauso besorgt wie Rebekka. Sie schlüpfte in ihren Morgenmantel und ging ins Zimmer ihrer Mutter.

Ohne anzuklopfen, öffnete sie die Tür und fand Suzanne mit offenem Mund über dem Bettrand hinaushängend, neben sich eine verschüttete Flasche Wein. Rebekka konnte es nicht glauben. Ihre Mutter war gestern und den Abend davor so entschlossen gewesen, schien sich fest unter Kontrolle zu haben. Und jetzt lag sie da, sinnlos betrunken. Wo waren all ihre guten Vorsätze geblieben? Wo ihre Überzeugung, dass sie gebraucht wurde, besonders von Molly?

Rebekka packte die Wut, sie trat an das Bett heran und schüttelte ihre Mutter. »Wach auf«, fuhr sie sie an. »Wach auf, verdammt. Es gibt schlechte Nachrichten.«

Suzannes Mund bewegte sich, und sie murmelte etwas, ohne die Augen zu öffnen. Rebekka griff nach der Weinflasche, stellte sie auf den Nachttisch und hievte ihre Mutter aufs Bett zurück. Ihr Gesicht war schlaff, und ihr Nachthemd voller Weinflecken. »Mutter, mach die Augen auf!«, befahl Rebekka. »Wie konntest du das tun? Letzte Nacht war wichtig. Konntest du das nüchtern wieder einmal nicht ertragen? Ist es das? Mach die Augen auf, hab ich gesagt!«

»Beck, wo's Jonnie?«, lallte Suzanne. »Jonnie gefunnen?«

»Jonnie ist tot«, sagte Rebekka brutal. »Und jetzt wird wahrscheinlich auch noch Todd sterben. Keiner hat sich das Lösegeld geholt. Hörst du mich?«

»Ich versuch's. Kann nicht denken.«

»Mach die Augen auf.«

»Kann nicht. Weiß nicht, warum.«

»Du bist betrunken, darum. Mutter, ich bin so wütend auf dich, dass ich …« Rebekka setzte sich aufs Bett. »Ich hab dich noch nie so betrunken gesehen. Was ist passiert?«

Suzanne bewegte den Kopf auf dem Kissen hin und her. »Weiß nicht. Kein Dinner. Warten. Musik. Mehr weiß ich nicht. Tut mir Leid. So Leid. Aber ich weiß nichts mehr.«

»Na wunderbar. Du bist wieder mal eine große Hilfe.« Rebekka sah ihre Mutter verwirrt und angewidert an. »Mach dir nichts draus. Bleib hier liegen und werd wieder nüchtern. Überlass alles Frank, wie immer. Er muss Molly beibringen, dass niemand das Lösegeld geholt hat und wir noch immer nicht wissen, wo Todd ist.«

»O Gott«, murmelte Suzanne. »O Gott. Will helfen.«

»Nun, du hast ja dafür gesorgt, dass du das nicht kannst. Ich wünsch dir einen schönen Tag, Mutter«, schnaubte Rebekka und stürmte aus dem Zimmer.

Aber unter all ihrer Wut war sie zutiefst verletzt. Noch gestern hatte sie neue Hoffnung geschöpft und war so stolz gewesen auf ihre Mutter. Die Frau hatte zwei schreckliche Tiefschläge einstecken müssen – den Tod ihres Mannes und den ihres Sohnes. Dann hatte sie sich einer Schwäche ergeben, von der Rebekka nichts wusste. Alkoholismus galt schließlich als Krankheit. Sie wusste das. Aber Suzanne schien so fest entschlossen, sich wieder aus dem Sumpf zu ziehen. Und letzte Nacht, einer so wichtigen Nacht, war sie wieder rückfällig geworden. Wie hatte das bloß geschehen können?

Rebekka ging nach unten, um eine Tasse Kaffee zu trinken. Betty sagte: »Mr. Hardison wollte Miss Molly besuchen. Er hat mir nicht gesagt, warum, aber ich habe ihm angesehen, dass er keine guten Nachrichten für sie hatte. Weißt du schon was von Todd?«

Sie durfte Betty die Sache mit dem Lösegeld nicht erzählen. Sie musste erst mit Bill darüber sprechen. Und ohne die gescheiterte Lösegeldübergabe zu erwähnen, konnte sie nicht erklären, wie hoffnungslos die Lage für Todd war. »Ich weiß, dass er am Leben ist. Ich weiß aber auch, dass er krank ist«, sagte sie wahrheitsgemäß.

Betty schlug beide Hände vor den Mund. »O Gott. Armer kleiner Kerl.«

»Betty, du bist letzte Nacht nicht mehr hier gewesen, oder?«

»Nein. Deine Mutter hat mich schon früh in unsere Wohnung geschickt, sie meinte, ich würde müde aussehen. Warum? Habe ich etwas vergessen?«

»Nein. Es ist nur wegen Mutter. Sie ist so schrecklich betrunken.«

Bettys Augen weiteten sich. »Was? Wo es ihr schon so viel besser ging?«

»Ich weiß. Ich wundere mich nur, weil sie noch viel betrunkener ist als sonst. Sie hat sich anscheinend richtig volllaufen lassen.«

»Na ja, sie regt sich mächtig auf wegen Todd. Aber trotzdem ...«

»Ich habe mich nur gefragt, warum sie so völlig weggetreten ist.«

»Ich habe keine Ahnung, Schatz. Es scheint immer schlimmer mit ihr zu werden.«

Das war noch untertrieben, dachte Rebekka, als sie sich duschte und ankleidete. Vor einer Woche erst war sie hier angekommen. Und jetzt kam es ihr schon so vor, als sei sie niemals fort gewesen und als hätten ihre Probleme nie aufgehört. Vielleicht hatte ihre Anwesenheit alles noch schlimmer gemacht. Besser jedenfalls nicht.

Das war auch der Grund, warum sie nicht zu Molly fahren wollte. Molly nahm es ihr schon übel genug, dass sie ihr bei Todd nicht besser helfen konnte. Frank hatte vernichtende Neuigkeiten. Was hätte ihre Gegenwart schon bewirken können, außer dass sie damit ihr Scheitern untermauerte? Nein, es war für sie beide besser, wenn sie hier blieb. Hoffentlich hatte Clay Molly inzwischen eine Beruhigungsspritze gegeben, damit sie ein wenig schlafen konnte. Zum Glück war diese Jean Wright nicht mehr da, um sich einzumischen. Wie es aussah, war die Frau spurlos verschwunden.

Etwa fünfzehn Minuten später rief Clay an. »Ich bin wieder im Krankenhaus und erhole mich.«

»Dann war es schlimm bei Molly?«

»Mein Gott, Rebekka, ich habe noch nie einen Menschen so leiden sehen. Es wäre mir lieber gewesen, wenn sie geschrien und getobt hätte. Aber sie hat nur vor sich hin gestarrt. Sie hat sich einfach ausgeklinkt, sich ganz in sich zurückgezogen und keinen Ton mehr gesagt. Ich habe ihr eine Beruhigungsspritze gegeben.«

»Glaubst du, dass sie sich wieder erholt?«

»Ich denke schon, aber sie wird mit Sicherheit psychiatrischen Beistand brauchen.«

»Ach Clay, jetzt reden wir schon, als wäre Todd bereits tot.«

»Rebekka«, sagte er zögernd, »wenn er tatsächlich Blinddarmentzündung hat und wir ihn heute nicht finden ...«

»Ich weiß. Wenn es nur anders gelaufen wäre. Wenn nur Larry imstande gewesen wäre, sich das Lösegeld zu holen.«

»Larry?«

»Ja. Frank glaubt, dass er der Entführer war und dass er sich das Geld nicht mehr holen konnte, weil er vorher umgebracht wurde.«

»Hmmm. Na ja, die Theorie ist wahrscheinlich nicht mal schlecht. Nur passt das Ganze so gar nicht zu Larrys Charakter.«

»Warum nicht? Weil er so ein feiner Kerl war?«

»Nein, weil er so ungeduldig war. Dieser Kidnapper ist erst nach Tagen mit der Lösegeldforderung angekommen. Wir kennen zwar den Grund nicht, aber ich kann mir nun einmal schlecht vorstellen, dass Larry sich fast eine Woche um ein Kind kümmert, bevor er Geld verlangt. Larry will alles, und das möglichst gleich. Zumindest war das früher so. Und ein Kind so lange zu verstecken, erhöht das Risiko, erwischt zu werden. Das ergibt einfach keinen Sinn.« Er seufzte. »Aber was weiß ich schon?«

»Du hast Larry besser gekannt als wir.« Rebekka stockte. »Wenn es aber doch Larry war, der Todd verschleppt hat, glaubst du dann, dass Lynn etwas davon wusste?«

»Wenn sie gewusst hätte, wo er Todd gefangen hält, hätte sie ihn zurückgeholt. Sie ist zwar kein liebenswerter Mensch, aber sie ist auch nicht wie Larry. Und außerdem hätte sie nicht zugelassen, dass Larry am Ende den Kürzeren zieht. Sie hätte Larry zwar nicht verraten, aber sie hätte auf jeden Fall seine hässlichen Pläne durchkreuzt. Deshalb würde ich sagen, dass sie, falls Larry wirklich Todd entführt haben sollte, entweder nichts davon gewusst hat oder zumindest nicht weiß, wo Todd sich befindet.«

»Warte, bis sie erfährt, dass Larry ermordet wurde. Vielleicht solltest du bei Doug vorbeifahren und ihr auch eine Beruhigungsspritze geben.«

»Da ich ein Engel bin, habe ich selbst schon daran gedacht. Ich habe angerufen, aber niemanden erreicht. Vielleicht sind die beiden auf dem Revier. Oder Lynn ist durchgedreht, und Doug hat sie in die Notaufnahme gebracht.«

»Das kann ich mir bei Lynn schwer vorstellen. Ich nehme an, dass Frank auf dem Heimweg ist.«

»Es wäre besser für ihn. Er sieht nicht gut aus. Keine Sorge, ganz so schlecht auch wieder nicht«, sagte Clay beschwichtigend. »Nur müde. Aber er ist nicht gleich nach Hause gefahren. Esther wollte Molly nicht alleine lassen, deshalb hat sie Frank gebeten, ein paar private Dinge für sie zu holen, weil sie ein paar Tage länger bleiben möchte. Sie hat ihm eine Liste gemacht. Frank sagte mir, er wäre ohnehin zur Gärtnerei gefahren, weil dort dringend ein paar Arbeiten erledigt werden müssten – der Teich müsse gesäubert, das Dach des Hauses erneuert werden –, aber Esther nehme keinen Cent von ihm an. Er wollte die Gelegenheit beim Schopf packen, um einmal gründlich nach dem Rechten zu sehen. Am Montag werde er dann ein paar Leute hinausschicken und sich Kostenvoranschläge machen lassen.«

»Es gibt da wirklich einen Haufen Arbeit«, sagte Rebekka. »Als ich am Sonntag dort war, ist mir aufgefallen, dass der Teich in einem ganz fürchterlichen Zustand ist. Dabei war er einmal so schön. Das ganze Grundstück war schön. Frank ist dort aufgewachsen, weißt du. Nachdem seine richtigen Eltern, als er noch ein Junge war, ums Leben gekommen waren, haben der Bruder seines Vaters und Esther ihn bei sich aufgenommen. Jonnie, Doug und ich haben viel Zeit dort draußen verbracht. Und Frank hängt bestimmt sehr an dem Stück Land.«

»Zumindest scheint ihm viel daran gelegen, es in einem guten Zustand zu halten. Und Esther ist ein Energiebündel. Ich wette, du bist genauso, wenn du um die siebzig bist.«

»Hoffentlich«, antwortete Rebekka zweifelnd, weil sie an ihre Mutter dachte. Du lieber Gott, und wenn sie nach Suzanne geriete?

»Was hast du denn heute vor?«

»Herumhängen und sehen, ob ich gebraucht werde. Und du?«

»Ich muss zurück ins Krankenhaus. Sonst werfen die mich noch raus, wenn ich mich weiterhin so oft vertreten lasse.«

»Trotz deines vielgerühmten Charmes?«

»Du hast ihn noch immer nicht bemerkt? Dann muss ich mich eben noch mehr ins Zeug legen.«

Nein, nicht nötig, dachte Rebekka. Sie konnte seinem Charme schon jetzt kaum widerstehen. Bisher hatte es mit der Romantik ja noch nicht ganz so geklappt. Männer wussten nichts anzufangen mit ihrer »Gabe«, hatten immer Angst, dass sie ihre Gedanken lesen könnte, was ihr jedoch nicht möglich war. Überdies hatte Clay sich sein Leben in Sinclair aufgebaut, und sie konnte in Sinclair nicht mehr leben, schon gar nicht, wenn sie auch noch Todd verlieren würden.

»Hast du dir schon überlegt, ob du mich morgen zu meinen Eltern begleiten willst?«, fragte Clay.

»Ich finde wirklich, dass Geburtstage Familienangelegenheiten sind«, erwiderte Rebekka und klang spröder, als es ihre Absicht gewesen war. »Und ich bin ja auch nicht eingeladen.«

»Ich gebe meiner Mutter Bescheid. Sie soll dich kurz anrufen.«

»Nein. Bitte. Ich möchte nicht unhöflich sein, aber ich kann wirklich nicht.«

»Verstehe.« Clay klang ein wenig ernüchtert. »Ich habe nicht bedacht, dass dir im Augenblick wahrscheinlich nicht nach Party zumute ist. Wir unterhalten uns später, okay?«

»Ist gut. Wiedersehen, Clay.«

Sie legte auf und fühlte sich elend. »Die Eisprinzessin meldet sich zurück«, sagte sie laut und war ärgerlich auf sich selbst. Sie mochte Clay. Mehr als das. Und doch hatte sie ihn abgewimmelt wie einen lästigen Hausierer. Nach allem, was er für sie getan hatte. Trotz ihrer Gefühle für ihn. Sie musste sich bei ihm entschuldigen. Aber was sollte sie sagen? »Tut mir Leid. Ich bin verrückt nach dir, aber das macht mir eine Heidenangst. Also geh weg und überlass mich meiner Einsamkeit.«

»Zum Teufel«, sagte sie laut. Sie hatte gar nicht bemerkt, dass Sean zu ihren Füßen lag. Er blickte zu ihr auf und legte den Kopf schief.

»Du hast schon richtig gehört. Zum Teufel mit der Romantik.«

Rebekka irrte ungefähr zwanzig Minuten ruhelos durchs Haus. Dann dachte sie daran, dass Frank Clay zufolge sehr mitgenommen aussah und trotzdem in der Hitze auf Esthers vier Hektar großem Grundstück herumspazierte. Sie wusste nicht genau, ob heute jemand dort arbeitete. Wenn Frank einen zweiten Herzanfall hätte, würde er ganz allein sein.

Sie nahm Seans Leine. »Wie wär's mit einer Spazierfahrt zur Gärtnerei?« Sie fand Betty in der Küche. »Frank ist zu Esther rausgefahren. Ich werde mal nach ihm sehen. Würdest du von Zeit zu Zeit nach Mutter sehen? Sie ist in einem erbärmlichen Zustand. Ich möchte zwar, dass mich das kalt lässt, aber ich mache mir Sorgen.«

Betty lächelte. »Natürlich tust du das. Sie ist deine Mutter und du hast sie gern. Ich werd schon nach ihr sehen«, sagte sie. »Und du kümmerst dich um Mr. Hardison. Noch mehr Aufregung kann diese Familie nicht mehr gebrauchen.«

Anstatt die Klimaanlage einzuschalten, kurbelte Rebekka die Fenster herunter. Sean streckte den Kopf hinaus, ließ sich den Wind durchs Fell blasen, dass die Ohren nur so flogen, und hatte sein glückliches Grinsen aufgesetzt. Rebekka wünschte, sie selbst könne auch lächeln, aber sie musste immerzu an Todd denken. Würde er allein und voller Angst sterben? Oder war er bereits tot? Sie schauderte, als sie an seine fröhlichen zimtfarbenen Augen dachte, an sein herzerfrischendes Lachen, seine unendliche Neugier, seine Lebensfreude. Esther war zutiefst gläubig und der festen Überzeugung, dass alles, egal, was es war, seinen Sinn hatte. Rebekka wünschte, sie könnte den Sinn von Todds Entführung begreifen. Aber das konnte sie nicht. Was hatte es für einen Sinn, eine kleine, glückliche Seele wie Todd all der Lebensjahre zu berauben, die noch vor ihm lagen?

Sie war so tief in Gedanken versunken, dass sie beinahe die Abzweigung nach Whispering Willows übersehen hätte. Der Regen vor ein paar Tagen hatte nach der langen Dürrephase nicht viel Wirkung gezeigt, und der Thunderbird wirbelte einigen Staub auf. Bald sah sie das stattliche weiße Gebäude vor sich aufragen, und davor stand Franks Mercedes.

Rebekka parkte ihren Wagen gleich dahinter. Als sie an Franks Wagen vorbeiging, fiel ihr auf, dass das Standlicht noch brannte. Er musste versehentlich an den Schalter gekommen sein, dachte sie. Sie öffnete die Fahrertür, beugte sich hinein und warf einen Blick aufs Armaturenbrett. Das war ja wie im Cockpit eines Jets. Wie viele Extras hatte denn dieser Wagen? Während sie die verschiedenen Hebel, Knöpfe und Schalter inspizierte, drängte sich Sean an ihr vorbei und machte es sich auf dem Beifahrersitz bequem. »Wir fahren nicht weg, Sean«, sagte sie zerstreut. »Und press deine feuchte Nase nicht gegen die Scheibe. Frank bringt mich um.«

Sie untersuchte weiter das Armaturenbrett. Sean blieb eine Weile ungeduldig sitzen und sprang dann auf den Rücksitz. Als sie endlich den richtigen Knopf gedrückt hatte, schnüffelte er an einer karierten Wolldecke. »Lass das!«, befahl Rebekka. Aber Sean hörte nicht auf sie, sondern versuchte die Decke auf den Vordersitz zu zerren. »Was ist los mit dir? Ist deine Lieblingsdecke nicht mehr gut genug? Brauchst du eine aus reiner Wolle? Du bist mir vielleicht ein verwöhnter Junge.«

Sie zwang ihn, die Decke fallen zu lassen, erntete einen vorwurfsvollen Blick und zerrte ihn aus dem Wagen. »Wir halten auf dem Heimweg kurz bei McDonald's an, und ich kaufe dir zur Belohnung einen Hamburger, okay?« Sean blickte weiterhin düster drein. »Na schön, dann eben einen Viertelpfünder mit Käse. Dann hast du heute Nacht zwar Blähungen, aber auch den Triumph, dich durchgesetzt zu haben. Oder hast du dich etwa in den Mercedes verliebt? Dann hör gut zu, Junge – wir können uns keinen leisten. Jetzt komm schon.«

Sean zerrte an der Leine, als sie die Stufen zur Veranda hinaufstiegen. Die Vordertür war unverschlossen, und Rebekka trat in die kühle Eingangshalle. »Frank?«, rief sie. Keine Antwort. Aber sie sah, dass neben der Tür eine Einkaufstüte stand. Sie durchstöberte sie und fand Unterwäsche, eine Jeans, eine neue Zahnbürste, ein Exemplar des Romans *Vom Winde verweht*. Als das Telefon auf dem Schreibtisch in der Halle klingelte, zuckte Rebekka zusammen wie ein Dieb, der sich an Esthers Habe zu schaffen gemacht hatte. Sie hob den Hörer auf.

»Rebekka, bist du das?«, fragte Esther.

»Ja. Clay hat erzählt, dass Frank nicht besonders gut ausgesehen hat, also habe ich beschlossen, ihn hier draußen zu suchen, nur um sicherzugehen, dass es ihm gut geht.«

»Und?«

»Ich habe ihn noch nicht gefunden.« Sie setzte sich auf den Schreibtischstuhl. »Er hat dir ein paar Dinge in eine Tüte gepackt, aber er scheint spazierengegangen zu sein, um sich ein bisschen umzusehen.«

»Dann bin ich froh, dass ich dich erwischt habe. Ich habe nämlich vergessen, ihm mein Prinivil auf die Liste zu schreiben. Das Fläschchen steht in meinem Medizinschrank.«

»Was ist Prinivil?«

»Ein Medikament gegen hohen Blutdruck. Jetzt mach dir nicht gleich Sorgen.«

»Na schön, obwohl du noch nie etwas von Bluthochdruck gesagt hast. Ich werde das Fläschchen in die Tüte stellen. Wie geht's Molly?«

»Sie schläft. Clay hat gesagt, dass er abends noch einmal vorbeikommt, um ihr erneut eine Spritze zu geben.«

»Die wird sie brauchen. Esther, ich fürchte, es gibt nicht mehr viel Hoffnung.«

Esther war einen Augenblick still. Dann sagte sie: »Es gibt immer Hoffnung, Rebekka. Solange wir nicht Todds Leiche gefunden haben, besteht noch Hoffnung.«

»So wird's wohl sein«, sagte Rebekka tonlos, weil sie nicht wirklich glaubte, was Esther da sagte. Esthers Gottvertrauen war so groß, dass sie niemals wankte. Ihre Zuversicht hatte sie nicht einmal vor acht Jahren verlassen, als Jonnie verschwunden war. Und selbst damals war sie nicht verzweifelt. Sie hatte gesagt, dass Jonnie weiterleben würde, dass ein gütiger Gott seine Seele erretten würde.

Wenn ich das bloß glauben könnte, dachte Rebekka, als ihre Augen zu dem Stickbild schweiften, das über dem Schreibtisch in der Halle hing. Es war eine ausgezeichnete Arbeit. Die Schrift war in tiefem Rosé, das Symbol darüber in dunklem Blau auf hellblauem Grund …

Rebekka stand auf und starrte auf das Stück:

Rettungsanker

Hoffnungsanker

Rebekka hatte das Gefühl, als hätten sämtliche Systeme in ihrem Körper ein paar Augenblicke lang aufgehört zu funktionieren. Sie konnte den Blick nicht von dem Bild nehmen. Alte Erinnerungen stiegen in ihr hoch. Neue Erinnerungen blitzten auf. Endlich wurde ihr bewusst, dass Esther fragte: »Rebekka, bist du noch dran? Ist alles in Ordnung?«

»Esther, ich sehe mir das Bild über dem Schreibtisch in der Halle an«, sagte sie langsam. »Wie lange hängt es schon hier?«

»Das Bild?« Esther klang verwirrt. »Meine Mutter hat es gestickt, Liebes. Da es hinter Glas ist, sind die Farben frisch geblieben, aber es hing schon da, als ich noch ein junges Mädchen war. Mindestens sechzig Jahre. Warum?«

»Ich mochte es, als ich klein war, nicht?«

»Und ob. Seltsam, dass du dich daran erinnerst.«

»Und Doug mochte es auch, nicht wahr?«

»Ja, Rebekka. Schiffe haben ihn schon immer fasziniert. Da hat ihn das Bild eines Ankers natürlich angezogen. Ich habe euch beiden erklärt, dass der Anker im frühen Christentum Rettung und Hoffnung symbolisierte. Doug hat oft vor diesem Bild gestanden.« Sie stockte. »Ich habe das noch niemandem erzählt, aber einmal habe ich ein verblichenes Foto von Dougs Mutter gefunden. Und er hatte das Symbol des Ankers auf die Rückseite gezeichnet.«

Rebekkas Gedanken arbeiteten wie wild. Die Gruft. Doug hatte im Haus der Ryans gelebt, wusste, wo die Schlüssel aufbewahrt wurden, und ging immer noch häufig ein und aus. Und dieses Zeichen auf Jonnies Sarg, das Zeichen, das ihr einen solchen Schrecken eingejagt hatte und nach unzähligen Horrorfilmen von ihr als verkehrtes Kreuz gedeutet worden war. Sie hatte sich getäuscht. Wenn sie in aller Ruhe darüber nachdachte, erinnerte sie sich, dass der Stamm des Kreuzes leicht gebogen war. Es war eine ungefähre Nachbildung des gestickten Ankers, den Doug sich immer angesehen hatte, seit er klein war. Für ihn bedeutete er Rettung und Hoffnung.

»Rebekka, geht's dir gut?«, fragte Esther mit Nachdruck. »Du klingst so komisch. Ich weiß ja, dass dir Todds Schicksal sehr am Herzen liegt und dass du nach Frank sehen willst, aber vielleicht solltest du lieber heimfahren. Ich kann jemanden anrufen, der dich abholt. Ja, das wird wohl das Beste sein. Du solltest nicht selber fahren …«

»Ich muss los, Esther«, sagte Rebekka unversehens und legte auf.

3

Frank. Sie musste Frank finden und ihm von Doug erzählen. Sein eigener Sohn. Warum sollte Doug das Symbol auf Jonnies Sarg zeichnen – er hatte sich schuldig gefühlt, weil er Jonnie, den er niemals gemocht hatte, entführt und umgebracht hatte. Und wenn er einmal gemordet hatte …

Rebekka griff sich Seans Leine, und sie stürmten durchs Haus und durch die Hintertür hinaus in den Garten. Sie blieb einen Moment lang stehen, bis ihre Augen sich dem Licht angepasst hatten. Sie hatte eine gute Sicht auf die Gewächshäuser, aber die Türen waren geschlossen, und im Innern war alles still. Es war Samstag, aber offensichtlich hatte Esther ihren beiden Angestellten frei gegeben.

»Frank!«, rief Rebekka. »Frank, wo bist du?«

Nichts, nur das Gezwitscher der Vögel. Was hatte Clay gesagt? Frank wollte das Grundstück inspizieren, vor allem den Teich. Wahrscheinlich war er gerade dort.

Sie ging forschen Schrittes an den Gewächshäusern vorbei. Sean schien zu glauben, dass sie auf Abenteuersuche waren, und sprang neben ihr her. Sie blieb stehen und hakte ihn von der Leine, da sie wusste, dass er sich auf einem verhältnismäßig unbekannten Gelände nicht weit von ihr entfernen würde.

Ohne Esther und ihre Mitarbeiter kam ihr *Whispering Willows* fast einsam vor, trotz des Sonnenscheins. Sie erinnerte sich nicht, dass es ihr jemals so einsam erschienen war, als sie noch klein war. Aber damals waren ja auch Jonnie und Molly bei ihr. Und manchmal auch Doug. Allein dieser Name machte sie schaudern. Konnte er wirklich Todd entführt haben? Er hatte die ganze Woche schon so besorgt gewirkt, beinahe panisch. Aber was war mit letzter Nacht und Dougs offensichtlich falscher Ausrede, warum er sie nicht zur Lösegeldübergabe begleiten konnte? Hatte ihn sein Gewissen geplagt? Oder hatte ihn plötzlich die Panik befallen, Rebekka könne ihn entdecken? Schließlich schien er an ihre Fähigkeiten zu glauben.

Als Rebekka sich dem Teich näherte, sah sie von Frank auch dort keine Spur. Verdammt, dachte sie. Wo mochte er bloß sein? Würde sie das gesamte Grundstück nach ihm absuchen müssen? Oder war er inzwischen zum Haus zurückgegangen? Dann würde er den Thunderbird entdecken und im Haus auf sie warten.

Rebekka hielt inne und fragte sich, ob sie weitergehen oder kehrtmachen sollte, als Sean zu bellen anfing. Sie wandte den Kopf und sah ihn vor der Tür zur alten Blockhütte der Lelands. Er regte sich nicht von der Stelle, ließ dabei ein rhythmisches Bellen hören und sah in ihre Richtung, als erwarte er von ihr, dass sie ihm augenblicklich zur Verfügung stehe.

»Ich bin hier drüben, Sean!«, rief sie. »Komm her, mein Junge.«

Der Hund wich nicht von der Stelle. »Sean, wir gehen zurück. Komm her!«

Sean ließ die Tür nicht aus den Augen und bellte dreimal. Laut.

Rebekka ging ein paar Schritte auf ihn zu. »Sean, hier lebt doch kein Mensch. Da ist nichts, außer vielleicht ein paar Mäusen, und du bist doch keine Katze. Jetzt komm schon.«

Sean sah sie nicht an. Er stellte sich auf die Hinterbeine und kratzte winselnd an der Tür. Er ließ sich fallen, sah sie an und wiederholte seine Aktion.

»Was ist denn um Gottes willen los?«, rief Rebekka und dachte im selben Moment, dass Frank womöglich in die Hütte gegangen und umgekippt war. Sein Herz …

Sie rannte auf die Hütte zu. Sean drehte sich im Kreis und sprang dann erneut an der Tür hoch.

Rebekka drehte den Knauf der üblicherweise verschlossenen Tür. Sie ließ sich öffnen. Wie die Türen der Gruft. Die Assoziation machte sie schaudern. Bis jetzt waren unverschlossene Türen kein gutes Omen gewesen.

Rebekka trat in den Hauptraum. »Frank?« Ihre Stimme klang hohl in der alten, modrigen Hütte. Sie blickte auf den Boden. Keine Fußabdrücke im Staub. Kein Staub. Ob Esther regelmäßig hier den Fußboden wischte? Die Hütte hatte zwar historischen Wert, und Rebekka wusste, dass Esther sie erhalten wollte, aber dass sie sie wie ihr eigenes Heim sauber hielt? Vielleicht überließ sie die Arbeit ihren Angestellten.

Sean rannte wie wild durch die kleinen Räume. In einer neuen Umgebung legte er normalerweise vorsichtige Neugierde an den Tag. Heute nicht. Irgendetwas stimmte nicht, was sie noch mehr davon überzeugte, dass Frank hier drin sein musste. Vielleicht hatte er nicht geantwortet, weil er bewusstlos war.

Die Hütte besaß einen Bereich, den Rebekka immer als die Küche bezeichnet hatte, obwohl früher an der großen Feuerstelle im Hauptraum gekocht worden war. Die »Küche« hatte Regale, die von grob gezimmerten Türen verdeckt waren, einen etwas nach hinten versetzten Bereich für eine Wanne, die zum Waschen von Kleidung diente und zum allwöchentlichen Bad, und einen Lagerbehälter für Gemüse. An die Küche schlossen sich drei Schlafzimmer, luxuriös für die Zeit, in der die Hütte entstanden war. Eines der Schlafzimmer war größer als die anderen und dort hatten die Eheleute und der jüngste Leland geschlafen. Nun waren alle Schlafzimmer leer, die alten Möbel längst verkauft. Die Hütte besaß einen Hintereingang. Rebekka schloss ihn auf und trat hinaus auf eine schmale Veranda. Das Gelände ringsum wies viele Büsche und Bäume auf. Frank war nirgends zu sehen.

Rebekka ging in die Hütte zurück. Sean war wieder im Hauptraum und kratzte an den Wandschränken in der Ecke. Rebekka öffnete ihre Türen und sah Staub und ein paar tote Fliegen. Sean hörte nicht auf zu kratzen. »Da ist nichts, Junge. Gehen wir.«

Sie schloss die Schranktüren wieder und ging zum Ausgang. Sean schoss plötzlich an ihr vorbei und stellte sich ihr knurrend in den Weg. »Was soll denn das werden?«, rief Rebekka. »Seit wann knurrst du mich an?« Er kam näher. Sie trat einen Schritt zurück, er folgte ihr knurrend. Sie setzten das Spiel fort, bis sie wieder bei den Wandschränken war, wo Sean erneut an den Türen kratzte und bellte. Und bellte. Und bellte.

Und endlich hörte Rebekka es auch. Ein Geräusch, das so leise war, dass sie dachte, sie hätte es sich eingebildet. Nur der Hauch eines Geräusches. Sean bellte aufgeregt weiter. »Schsch!«, zischte Rebekka. Sie öffnete die Schranktüren und steckte den Kopf zwischen zwei Regalböden.

»Tramp?«

Sie zuckte zusammen. Hatte sie wirklich eine schwache kleine Stimme ›Tramp‹ sagen hören? »Todd!«, brüllte sie. »Todd Ryan!«

Ein Schluchzen, heiser und schwach.

Wie wild versuchte Rebekka, die Schränke beiseite zu schieben, und schürfte sich dabei die Haut von den Fingern. Sean sprang ebenfalls gegen sie an und kratzte an ihnen, als könne er mit seinen Krallen das Holz durchbohren. Rebekka zog und zerrte, um die Schränke von der Wand wegzurücken. Als sie eine Ecke des vierten Schranks packte, spürte sie endlich eine leichte Bewegung. Sie zerrte fester. Noch ein leichter Ruck, dann ein Knarzen. Sie zerrte ein drittes Mal, und endlich bewegte sich die gesamte Schrankreihe von der Wand weg und gab den Blick frei auf ein schwarzes Loch und ungehobelte Treppendielen, die in die Dunkelheit hinunterführten. Auf der obersten Stufe lag eine Taschenlampe. Sie hob sie auf und leuchtete die Treppe hinunter. Unten auf dem Lehmboden lag unter einer schmutzigen Decke ein kleines Bündel.

21. Kapitel

1

Rebekka leuchtete die engen Dielen aus und stieg vorsichtig hinunter, Stufe für Stufe, um nur ja nicht auszurutschen. Unten angekommen, schlug sie die Decke zurück. Strohblondes Haar. Ein blasses, ausgezehrtes Gesicht mit aufgesprungenen Lippen, schweißgebadet. Die Augen waren geschlossen.

»Todd«, sagte sie leise. »Todd.«

Nichts. Nicht einmal die Lider flatterten. Sie strich ihm das nasse Haar aus der brennend heißen Stirn. »Todd, versuch, die Augen zu öffnen. Bitte sag etwas.«

Die Lippen öffneten sich ein wenig. »Tramp«, hauchte er. »Du bist gekommen. Wie bei dem Baby. Du hast das Baby gerettet. Die Ratte ...«

Er verlor die Besinnung, ohne seine Augen zu öffnen. Du lieber Gott, er war ja so krank, dachte Rebekka verzweifelt. Den Knebel hatte er mit den Zähnen durchgewetzt. Er fror entsetzlich unter der dünnen Decke in diesem grauenhaften dunklen Loch. Ein Blick in sein Gesicht sagte ihr, dass er dem Tode sehr nah war. Welche Willensstärke doch in ihm steckte, die ihn veranlasst hatte, laut zu rufen, als er Sean hatte bellen hören!

Rebekka legte die Taschenlampe auf den Fußboden. Sie kauerte sich neben den Jungen, schob ihre Arme sanft unter seinen Körper und hob ihn hoch. Er wimmerte leise. »Tut mir Leid, Kleiner. Ich will dir nicht wehtun, aber ich muss dich hier rausholen.«

Sie begann nach oben zu steigen, langsam und vorsichtig. Es war leicht, auf diesen wackeligen Stufen auszurutschen, die an einen Ort führten, wo die Lelands seinerzeit vor marodierenden Indianerhorden Zuflucht gefunden hatten. Von diesem Versteck hatte sie nichts gewusst. Esther hatte es wohl geheim gehalten, aus Angst, die Kinder könnten sich wehtun, wenn sie es erforschen würden. Aber Doug musste es entdeckt haben.

In der Mitte der Treppe hielt Rebekka inne. Sie schwitzte vor Anstrengung, und ihre Arme zitterten unter Todds Gewicht. Sean stand über ihr und sah zu ihr hinunter. »Bin fast oben, Junge. Bitte komm mir jetzt nicht in die Quere.«

Nach drei tiefen Atemzügen ging sie weiter. Sie blickte kurz auf Todd. Er atmete, obwohl er seine Augen noch immer nicht geöffnet hatte. Hin und wieder murmelte er »Mami«. Einmal sagte er »Tramp« und ein anderes Mal zu ihrer Überraschung »Becky«.

Als sie oben ankam, war Sean fort. Gut, dachte sie. Dann habe ich freie Bahn. Der Abstand von der obersten Treppenstufe bis zum Fußboden der Hütte war größer als der zwischen den einzelnen Stufen. Sie holte noch einmal tief Luft, stellte das rechte Bein auf den Fußboden und stemmte sich nach oben.

»Gott sei Dank«, murmelte Rebekka. Sie drehte sich um, und da sah sie Doug im Eingang der Hütte stehen. Und sie sah den Revolver in seiner rechten Hand, die kraftlos nach unten hing. Er sah sie ausdruckslos an und sagte dumpf: »Du hast ihn also gefunden.«

2

Panik durchfuhr Rebekka wie ein Stromstoß. Dann wurde sie zu ihrer Verwunderung völlig ruhig. Es musste wohl irgendeine atavistische Reaktion auf allerhöchste Gefahr sein, eine in ihren Genen schlummernde Überlebensstrategie.

»Ja, Doug, ist das nicht wunderbar?« Sie lächelte strahlend. »Ich habe ihn eigentlich gar nicht gefunden, sondern Sean.« Sean saß da und sah zu Doug hinüber. Er kannte Doug. Solange Doug keine bedrohlichen Bewegungen machte, war der Hund nicht beunruhigt. »Nicht zu fassen. Und er lebt noch!«

»Er lebt?« Keine Freude. Nichts.

»Ja, aber er ist sehr krank. Wir müssen ihn sofort ins Krankenhaus bringen.« Rebekka ging langsam auf die Tür zu. »Ich verstehe nicht, warum niemand auf die Idee gekommen ist, diese Hütte zu durchsuchen.«

»Die Hütte hat man durchsucht, aber nicht das Versteck.«

»Warum nicht?«

»Keiner wusste davon.«

»Nicht einmal Esther?«

»Ich glaube nicht. *Whispering Willows* gehörte ihrem Mann. Er war ein wenig seltsam. Hatte eine Menge Geheimnisse vor ihr. Das weiß ich von Dad.«

»Aber du hast davon gewusst.«

»Nein, ich bin nur dem Lärm nachgegangen.«

»Verstehe.« Das war eine Lüge, aber sie musste so tun, als glaubte sie ihm. »Also, Doug, wir müssen Todd jetzt wirklich ins Krankenhaus bringen. Er ist todkrank. Sonst muss er sterben.«

Doug regte sich noch immer nicht, ließ sie aber nicht aus den Augen. Die Eingangstür hinter ihm stand zu drei Vierteln offen. Doug starrte Rebekka an, dann blickte er mit leblosen Augen auf das Bündel in ihren Armen. »Larry ist tot, weißt du das schon?«

»Ja. Ich glaube, dass er Todd entführt hat. Und bevor er das Lösegeld einstreichen konnte, hat ihn jemand ermordet.«

»Nein, nicht deshalb, sondern weil er versucht hat, den Kidnapper zu erpressen. Es war der einzige Weg, ihn zum Schweigen zu bringen. Lynn wird bestimmt nie darüber wegkommen. Nie.«

Rebekkas Plan schien nicht aufzugehen. Doug würde nicht, wie sie es ihm nahe gelegt hatte, so tun, als sei er nicht der Kidnapper, er würde ihr nicht helfen, Todd ins Krankenhaus zu fahren, er würde sie nicht einmal aus der Hütte lassen. Er würde sie gleich hier, an Ort und Stelle, erschießen. Sie und Todd würden sterben. Ihre einzige Hoffnung war Frank.

»Langsam bekomme ich einen Krampf in den Armen«, sagte sie wahrheitsgemäß. »Ich muss Todd einen Augenblick hinlegen.« Doug sagte nichts, als sie Todds schlaffen Körper auf den Fußboden legte. Diesmal zuckten seine Lider, auch wenn er die Augen nicht öffnete. Wenigstens war er noch am Leben.

Rebekka streckte und dehnte ihre Arme, rieb sie. »Molly wird überglücklich sein. Ich glaube nämlich, dass sie nach der gescheiterten Geldübergabe die Hoffnung aufgegeben hatte.« Hörte Doug die gekünstelte Fröhlichkeit in ihrer Stimme, die vorgetäuschte Erleichterung? »Es ist ein Wunder, Doug.«

»Aber Skeeter ist tot. Und Miss Vinson. Und Larry. Todd wird wahrscheinlich auch sterben. Er ist so krank.«

Er sah auf das Kind hinunter, das bäuchlings auf dem Boden lag, und seine Augen füllten sich mit Tränen. Wie konnte er bloß weinen?, wunderte sich Rebekka. Wie konnte der Hundesohn nach allem, was er angerichtet hatte, da stehen und weinen? Aber das war nicht der richtige Zeitpunkt, sich über ihn Gedanken zu machen. Ihr Blick schweifte über seinen Körper; Doug war nur wenige Zentimeter größer als sie und hatte an Gewicht zugelegt. Sein Körper war schlaff geworden. Weich. Die Hand, die die Waffe hielt, fing an zu zittern. Er ließ den Kopf hängen.

Rebekka nahm all ihren Mut zusammen und stürmte los. Nur etwa drei Meter trennten sie voneinander. Als Doug aufblickte, war sie schon unmittelbar vor ihm. Ehe er reagieren konnte, warf sie sich mit voller Wucht gegen seine rechte Schulter. Mit einem Aufstöhnen stieß er gegen die offene Tür, die von der Wucht seines Körpers gegen die Wand schlug. Rebekka hörte die Pistole zu Boden fallen und rannte an ihm vorbei hinaus ins Freie. Ohne sich nach ihm umzusehen, rannte sie weiter und schrie dabei aus Leibeskräften: »Frank!«

Sie hielt auf Esthers Haus zu. Der Boden war voller Erdlöcher, und da sie nicht hinfallen durfte, achtete sie genau auf ihre Schritte. Beinahe wäre sie auf eine große Grubenotter getreten und geriet ins Stolpern. Sie fing sich wieder und stürmte weiter, hielt ohne zu überlegen auf den Teich zu. »Frank!«, schrie sie hysterisch. »Frank!«

Unmittelbar vor ihr lag der Teich. Wo hatte sie bloß ihre Gedanken gehabt? Jetzt musste sie dem Wasser ausweichen, anstatt geradeaus zu laufen. Rebekka kämpfte sich durch die Binsen, in der Absicht, eine Abkürzung zum Haus zu finden, als er sie zu Fall brachte.

Doug. Er hatte ihr die Luft genommen, und sie blieb einen Augenblick wie gelähmt liegen, das Gesicht zu Boden gedrückt. »Hör auf davonzulaufen«, raunte er ihr ins Ohr. »Du sollst nicht rennen.«

Mit einem scharfen Stich kam ihr Atem zurück. Sie fasste nach vorn, grub die Finger in die Erde und wühlte sich voran, während Doug noch immer auf ihrem Rücken lag. Sie trat nach ihm, konnte ihn aber nicht abschütteln. Seine Finger gruben sich in ihr Genick, bis der Schmerz ihren Körper durchflutete und ihre Kräfte erlahmten.

»Schluss jetzt, Rebekka!«

Wo war Sean? Er hätte Doug wenigstens ablenken können, wenn er ihn schon nicht angreifen wollte. Womöglich hatte Doug ihn getötet. So musste es sein. Und jetzt ließ er auch noch Todd sterben. Noch ein Opfer. Noch ein Opfer des Kidnappers. Sie sog die Luft ein. »Dann hast du damals Jonnie entführt«, keuchte sie.

Ein entsetzliches Ächzen entrang sich seiner Brust. »Ja. Es war ganz einfach. Der Campingausflug. Er ist in den Wald gegangen, zum Pinkeln. Mit dem Elektroschocker war es ein Kinderspiel.«

Rebekka verspürte keine Wut. Nur den dumpfen Schmerz unendlichen Bedauerns. »Warum? O Gott, Doug, warum nur?«

»Drogen«, keuchte er. »Lynn und ich. Völlig am Ende. Larry im Gefängnis. Kein Geld. Ich dachte, sie würde sterben.«

»Lynn hat dir geholfen?«

»Nein. Sie wusste nichts. Weiß es immer noch nicht.« Rebekka strampelte, krallte sich erneut in die Erde und schleppte sich ein paar Zentimeter näher an den Teich. »Hab Geld gebraucht. So einfach ist es. Das Lösegeld.« Er rang nach Luft. »Hab ihn bis zum Morgen in einer Höhle gelassen. Aber ich hab ihn nicht schnell genug rausgeholt. Der Suchtrupp war zu schnell. Der Hund hat uns als Erster gefunden. Ich musste ihn töten.«

Armer Rusty, dachte Rebekka. Er hatte sich vom Suchtrupp losgerissen und war winselnd durch den Wald gerannt, auf der Suche nach seinem geliebten Herrchen. Man hatte ihn tot am Eingang der Höhle gefunden, in der Jonnie nach Aussage der Polizei ein paar Stunden festgehalten worden war.

»Ich wollte das Lösegeld kassieren und Jonnie danach wieder

freilassen. Er wusste nicht, dass ich ihn entführt hatte. Aber dann hat sich das FBI eingemischt, und ich konnte mir das Geld nicht holen.« Er schluchzte. »Es ist alles schief gelaufen.«

Der Teich war so nah. Rebekka hoffte inständig, dass die Angst sie vergessen ließe, dass sie eigentlich nicht schwimmen konnte. Im Wasser wäre sie im Vorteil und könnte Doug abschütteln. Und bis dahin würde Frank sie vielleicht finden …

»Frank!«, schrie sie erneut.

Doug versetzte ihr einen Schlag gegen die Schläfe, dass ihr kurz schwindlig wurde. »Halt den Mund! Er darf dich nicht finden. Oder Todd …«

Rebekka hatte sich bis auf Armlänge an den Teich herangerobbt. Noch leicht benommen zog sie sich nach vorn, bis sie das schmutzige Wasser erreicht hatte. Sie wollte noch tiefer ins Wasser und versank in der Brühe, Doug noch immer auf ihr. Ihre Arme und Beine verhedderten sich in langen Schlinggewächsen und fesselten sie an den Grund.

Sie strampelte vergebens, wehrte sich gegen Dougs Hände, die an ihr zerrten. Bei all der Kraft, die sie aufwendete, würde sie den Atem nicht mehr lange anhalten können. Ihm ging es bestimmt ebenso. Sie hörte auf zu kämpfen, wollte ihn glauben machen, dass sie das Bewusstsein verloren hatte. Schlaff hing sie im Wasser, und seine Hände hielten sie fest. Zwei Sekunden, vier Sekunden, acht …

Unvermittelt spürte sie, dass Dougs Hände sie losließen. Wie durch ein Wunder war sie frei. Sie kämpfte sich an die Oberfläche, schnappte verzweifelt nach Luft, riss die Augen auf und blickte in Dougs Gesicht. Sie stieß sich von ihm fort, in Richtung Ufer. »Nein!«, rief er, die Augen auf etwas hinter ihr gerichtet. Da knallte ein Schuss. Dougs Kopf fiel zurück. Blut quoll aus einer klaffenden Wunde in seiner Kehle. Seine Augen erloschen, und er versank in den schlammigen Tiefen des Teichs.

Rebekka begann kopflos zu schreien, immer und immer wieder. Sie strengte sich an, den Kopf über Wasser zu halten, während rings um sie herum sich ein trübes Rot ausbreitete, aber sie war am Ende ihrer Kräfte, vor Grauen unfähig, einen klaren Gedanken zu fassen.

Im Wasser war Stille. Im Wasser war Friede. Im Wasser … Sie wurde gepackt und fing an zu strampeln.

»Rebekka, hör auf, dich zu wehren! Ich bin's, Frank. Du ertrinkst! Lass locker!«

Sie gehorchte ihm. Ihre Muskeln entkrampften sich, und das Wasser umschmeichelte sie, zog sie zu sich hinunter in den Schlaf, in die Träume. Dann zerrten Arme sie unsanft ins Trockene, schleiften sie über die Böschung, durch das Schilf und auf die Wiese. Jemand stemmte sich auf ihre Brust, bis sie hustete und Wasser spuckte, und rollte sie auf die Seite.

»Rebekka! O Gott, bist du in Ordnung?«

Sie wollte die Augen nicht aufmachen. Nie wieder. Aber sie tat es doch. Und da war Frank, sein Blick voller Angst, das Gesicht kreideweiß. »Frank«, murmelte sie. »Frank, es war Doug. Jemand hat ihn erschossen.«

»Ich hab ihn erschossen«, sagte Frank tonlos. »Er wollte dich ertränken. Ich wollte ihn nicht umbringen. Aber ich bin kein guter Schütze. Ich wollte nur …« Die Stimme versagte ihm. »Er war im Begriff, dich umzubringen. Du bist nicht die Erste. O Gott, vergib mir.«

»Frank, ich habe Todd gefunden«, keuchte Rebekka. »Er liegt in der Blockhütte.«

»Todd? Du hast ihn gefunden?«

»Ja.« Die Wolken in Rebekkas Kopf begannen sich zu lichten. Und Franks entsetzliche Worte hallten darin nach. »Du hast gesagt, ich sei nicht die Erste, die Doug auf dem Gewissen hat.« Ihre Augen weiteten sich. »Du hast gewusst, dass er Todd entführt hat? Und dass er Jonnie umgebracht hat, hast du auch gewusst. Frank, wie konntest du …«

»Ihn davonkommen lassen?« Frank blickte sie aus angstvollen Augen an. »Ich habe es doch erst erfahren, als es längst zu spät war. Ich hatte versucht, Doug von den Drogen wegzubringen. Ich gab ihm kein Geld mehr und wollte ihn so zwingen, eine Entziehungskur zu machen. Ich hätte nicht im Traum daran gedacht, dass er so verzweifelt und verrückt wäre, Jonnie zu entführen. Aber als Jonnie verschwunden war, fing Doug an, sich komisch zu benehmen.

Ich wurde misstrauisch. Wir hatten eine alte Jagdhütte im Wald, ungefähr dreißig Meilen von hier. Ich bin hingefahren. Jonnie war schon tot. Und Doug war hysterisch. Er sagte, er habe Jonnie laufen lassen, nachdem die Sache mit dem Lösegeld schief gegangen war. Aber Jonnie sei sehr schwach gewesen. Doug habe ihn etwa eine halbe Meile von der Hütte entfernt tot aufgefunden. Jonnie sei einen felsigen Abhang hinabgestürzt. Deshalb sei er so zerschlagen. Doug hat die Leiche in die Stadt geschafft und ist dann wieder in die Hütte zurückgefahren. Er wusste nicht mehr aus noch ein. Er hatte entsetzliche Entzugserscheinungen, zitterte, erbrach sich. Ich dachte schon, er würde sterben.«

»Aber er ist doch zum Begräbnis gekommen. Da schien er ganz in Ordnung zu sein.«

»Ich hatte ihm Heroin besorgt. Genug, damit er die Zeremonie übersteht. Dann ging er wieder aufs College. In Wirklichkeit war er auf Entzug. Lynn ebenso. Hinterher war er ein völlig anderer Mensch. Zumindest habe ich das geglaubt.«

»Aber du hast niemandem davon erzählt, Frank. Du hast ihn nicht zur Rechenschaft gezogen für den Mord an Jonnie!«

»Er hat ihn nicht umgebracht! Es war ein Unfall! Er stand unter der Wirkung von Heroin und wusste nicht, was er tat. Und Jonnie war tot, das ließ sich nicht mehr ändern.« Seine Augen blickten sie traurig an. »Er war mein Sohn, Rebekka. Mein einziges Kind. Kannst du das nicht verstehen?«

Nein, das verstand sie nicht. Nicht wirklich. Aber für lange Diskussionen war jetzt keine Zeit.

»Frank, Todd ist im Blockhaus«, sagte sie kalt. »Er ist krank. Entsetzlich krank. Er wird sterben. Wir müssen ihn zum Krankenhaus fahren.« Sie packte seinen Arm, spürte die Wärme seiner Haut auf ihrer kalten Hand. »Wir haben keine Zeit mehr, den Krankenwagen zu rufen. Wir müssen ihn in deinen Wagen packen und … und …«

Sie spürte einen stechenden Schmerz in der Schläfe. Den vertrauten Schmerz, der eine Vision ankündigte. Sie versuchte, an der Gegenwart festzuhalten, aber Franks Gesicht verblasste. Der Sonnenschein verschwand. Plötzlich war sie im Bewusstsein einer anderen Person, die große Schmerzen hatte, kaum Luft bekam, nichts sehen, aber noch hören konnte. Und es war erstaunlicherweise Franks Stimme, die sie schreien hörte: »Was zum Teufel hast du getan?«

»Ich wollte nur das Geld. Ich wollte ihm nicht wehtun. »Dougs Stimme, zitternd und schwach. »Aber ich habe das Geld nicht gekriegt. Wir müssen ihn heimbringen. Er ist krank!«

»Ihn heimbringen? Bist du nicht ganz bei Trost? Er wird sterben, du Idiot.«

Sie war in Jonnies Bewusstsein, das wusste Rebekka. Sie hörte, was Jonnie in dieser einsamen Hütte belauschte, in die Doug ihn verschleppt hatte.

»Im Krankenhaus können sie ihn retten«, sagte Doug jämmerlich.

»Damit er allen Leuten erzählt, dass sein Stiefbruder Doug ihn gekidnappt hat.«

»Er weiß es doch nicht. Er hat mich nicht gesehen.«

»Er hat dich gehört. Er kennt deine Stimme.«

»Nein. Ich hab sie verstellt ...«

»Du bist doch viel zu verdreht, um noch zu wissen, was du getan hast. Erzähl mir nicht, dass er nichts weiß. Ich wette, er weiß alles.«

Doug fing an zu heulen. »Es tut mir Leid. Ich hab Geld gebraucht. Mir geht's ziemlich mies.«

»Du blöder Idiot! Weißt du eigentlich, wie hart ich gearbeitet habe, um uns dahin zu bringen, wo wir jetzt sind? Weißt du, dass ich dafür einen Mann umgebracht habe? Und dieses dumme Weib hab ich all die Jahre nur ertragen, damit wir auch da bleiben! Und jetzt das?«

»Ich wollte doch nicht ... Du hast einen Mann umgebracht? Wen?«

»Patrick Ryan. Hast du wirklich geglaubt, ich sei in Pittsburgh auf dieser Tagung gewesen? Ich wusste, dass Patrick auf diesen verdammten Hügel fahren wollte, um sich irgendein Grundstück anzusehen. Ich bin heimlich zurückgekommen, habe ihm aufgelauert und den Reifen zerschossen. Ich wusste nicht, dass Rebekka ihn begleiten würde. Ich wollte sie nicht umbringen. Sie ist das Kind, das ich immer haben wollte, sie ist nicht ein so erbärmliches Exemplar wie du, denn du bist genauso dämlich und überdreht wie deine Mutter. Bis jetzt ist alles nach Plan verlaufen. Das wirst du mir nicht ruinieren!«

»Aber was sollen wir denn tun?«, heulte Doug.

»Das.« Ein metallenes Geräusch. Was war das? Ein Schürhaken? Doug schrie auf: »Nein! Nein!« Und etwas krachte auf Jonnies Kopf. Beim ersten Mal spürte er noch einen heftigen Schmerz. Beim zweiten Mal nahm ihn die Dunkelheit auf.

Rebekka hatte das Gefühl, als treibe sie im Nichts. Um sie herum nur Dunkelheit und Stille. Dann lichtete sich das Dunkel. Sonnenstrahlen drangen hindurch und wärmten ihre Haut, die sich kalt anfühlte wie der Tod. Frank hatte sich über sie gebeugt. Seine Augen waren noch immer voller Traurigkeit und Sorge. Doch er hatte Jonnie, Skeeter und Matilda ermordet, und er hatte seinen eigenen Sohn erschossen. Sie schwebte in Todesgefahr. Todd ebenso. Der Kopf tat ihr weh, und sie fröstelte, dennoch versuchte sie, ihre schreckliche Erkenntnis zu verbergen. Es ging nicht. Der Schock war zu groß. Frank blickte ihr prüfend in die Augen. Dann runzelte er traurig die Stirn. »Ach Rebekka, das tut mir Leid.« Er holte ein Jagdmesser aus der Tasche, zog es aus der Scheide, drückte es ihr an die dünne Haut ihrer Kehle, über der Schlagader, und lächelte: »Du hättest nie erfahren sollen, was wirklich passiert ist.«

3

»Warum nur, Frank?«, flüsterte sie.

»Weißt du, wer Todds Vater ist?«

Rebekka schluckte. »Doch nicht du. Bitte sage mir nicht, dass du es bist.«

Er schüttelte den Kopf. »Nein, Liebes. Ich habe deine Mutter zwar betrogen – welcher gesunde Mann, abgesehen von Patrick Ryan, würde das nicht? –, war aber nicht so dumm, mir dafür Molly auszusuchen. Nein, Doug war der Vater.«

Rebekka starrte ihn an. »Das glaube ich dir nicht.«

»Würde ich dich zu einem solchen Zeitpunkt anlügen? Molly war schon ewig lange in Doug verknallt. Und am College, als beide auf einer Party zu viel getrunken hatten, haben sie miteinander geschlafen. Später hatte Molly ein schlechtes Gewissen wegen Lynn. Und sie wusste auch, dass Doug sie nicht liebte.« Nach kurzer Pause sagte er: »Doug konnte sich nicht mehr an die Nacht mit Molly erinnern, und sie hat's ihm nicht erzählt. Nicht einmal ich wusste, wer der Vater ihres Kindes war, als wir sie damals zu dir nach New Orleans brachten. Aber als Suzanne und ich im Krankenhaus waren und Molly vor ihrem Kaiserschnitt anästhesiert wurde, hat sie mir die Wahrheit verraten.« Er schüttelte belustigt den Kopf. »Später konnte sie sich nicht mehr daran erinnern, dass sie mir alles gebeichtet hatte. Aber ich habe es Doug erzählt. Er hatte panische Angst, dass Lynn es herausfinden könnte. Er ist verrückt nach ihr, wie du weißt. Und ich habe ihm versprochen, das Geheimnis zu hüten.«

»Aber doch nicht aus purer Nächstenliebe.«

»Es war Notwehr. Ich hatte immer schon Angst, dass Doug Lynn irgendwann erzählen könnte, was damals mit Jonnie wirklich passiert ist. Aber nach Todds Geburt hatte ich plötzlich etwas gegen ihn in der Hand. Lynn hätte ihn sitzen lassen, wenn sie's erfahren hätte.«

»Dann waren doch all deine Geheimnisse sicher verwahrt. Wozu dann Todds Entführung? Etwa des Geldes wegen?«

»Weil Doug sein Gewissen mit den Jahren immer mehr zusetzte. Es hätte nicht mehr lange gedauert, und er wäre zusammengebrochen. Er drohte mir, zur Polizei zu gehen und ihnen zu erzählen, dass er Jonnie zwar entführt, aber wieder freigelassen hätte, und dass Jonnie bei einem Sturz ums Leben gekommen sei. ›Ich werde dich nicht hineinziehen, Dad‹, hat er mir versprochen. ›Ich werd niemandem sagen, dass du in der Hütte warst und Jonnie umgebracht hast.‹ Ha! Dieser Waschlappen. Die hätten ihn doch in einer Stunde weich geklopft. Also drohte ich ihm, Todd etwas anzutun.

Er wollte mir nicht glauben, traute mir nicht zu, dass ich meinem eigenen Enkelkind etwas antun würde.« Er seufzte. »Ich erzähle dir das alles, bevor ich dich töte, damit du die Zusammenhänge begreifst. Es tut mir zwar Leid, aber jetzt habe ich keine andere Wahl mehr.«

»Und wie wirst du meinen Tod und den von Doug erklären?«

»Ich werde ganz einfach erzählen, dass Doug dich in der Hütte mit Todd überrascht hat, dass er versucht hat, dir die Kehle aufzuschlitzen, und dass ich ihn, in dem vergeblichen Versuch, ihn davon abzuhalten, erschießen musste. Ich werde dich mit Dougs Messer töten, das er meinetwegen bei sich hatte.«

Rebekka schloss die Augen vor dem grellen Sonnenlicht. »Also hast du Todd entführt, um Doug zu zeigen, dass du deine Drohung wahr machen würdest. Er hätte doch der Polizei erzählen können, dass du Todd bedroht hattest, dann hätte man den Kleinen vor dir beschützt.«

»Sogar Doug hat eingesehen, dass niemand ihm glauben würde, wenn er mit dieser lächerlichen Geschichte zur Polizei ginge, nicht bei seiner Vergangenheit. Dass ich Jonnie getötet haben soll, hätte ihm auch niemand geglaubt. Ich gab ihm auch zu bedenken, dass die Polizei ihn, falls er gestand, wegen Kindesentführung und Totschlags festnehmen würde, während ich möglicherweise Todd umbringen würde.«

Rebekka dachte daran, wie nervös Doug in dieser Woche gewesen war. Vielleicht hatte er sein Kind ja mittlerweile ins Herz geschlossen. Er hatte gewusst, dass sein Vater Todd entführt hatte, aber nicht, wo er ihn versteckt hielt. Kein Wunder, dass er sich Frank gegenüber, nach dessen Krankenhausaufenthalt, so reserviert gezeigt hatte. Er hatte sich gegenüber dem Mann, der seinen Sohn entführt hatte und der obendrein fähig war zu morden, normal verhalten müssen.

»Dein Herzanfall«, sagte Rebekka unvermittelt. »Wenn du gestorben wärst, hätte kein Mensch je erfahren, wo sich Todd befand.«

Frank lachte. »Mein Herz ist völlig in Ordnung. Du hast doch bestimmt schon von Poppers gehört.«

»Amylnitrat?«

»Ja. Eine Droge, die man bei Herzproblemen anwendet. Und zu autoerotischen Zwecken, wie ich mir habe sagen lassen. Man kann damit aber auch einen Herzanfall simulieren. Ich habe in dieser Nacht im Gästezimmer geschlafen und einen Popper geschluckt. Ich brauchte eine Nacht außer Haus und ein Alibi.«

»Damit du Matilda Vinson umbringen konntest, die dich nach dem Angriff auf Sonia hinter der Bibliothek erkannt hat.«

»Genau. Ich bat extra um einen Zimmergenossen. Der Mann war ein verdammter Zombie, aber sein Herz hat noch tadellos funktioniert. Perfekt. Ich habe ihn ganz einfach an meinen Herzmonitor gehängt. Die Nachtschwestern haben nicht das Geringste bemerkt.«

»Sonia. Du wolltest sie töten, weil sie wusste, dass Jean Wright zu Hause gewesen war, als Todd entführt wurde. Mutter hat mir erzählt, dass du eine Affäre hättest. Ich habe an Mrs. Ellis gedacht, aber es war Jean, nicht?«

»Ja. Hübsche Figur, aber kein Funken Phantasie. Wenigstens dachte ich, dass sie keine hätte. Als sie in der fraglichen Nacht zu der alten Lady gefahren war, blieb ich in ihrer Wohnung. Es war die perfekte Gelegenheit, weil Molly abends länger arbeiten würde. Aber in dem verheerenden Gewitter konnte ich mit Todd nicht zum Blockhaus fahren, deshalb brachte ich ihn fürs Erste im Möbelhaus unter. Jean war inzwischen lästig geworden, hatte von mir verlangt, ich solle Suzanne verlassen. Dann fing sie an, mir zu drohen, dass sie der Polizei erzählen würde, ich sei in der Nacht von Todds Entführung in ihrer Wohnung gewesen. Doch sie hat schnell einsehen müssen, dass das ein Fehler war.«

»O Gott, Frank, hast du sie etwa auch umgebracht?«

»Ich bin nicht mehr dazu gekommen. Bevor ich irgendetwas unternehmen konnte, hat sie klugerweise die Stadt verlassen – aber zuvor hat sie sich noch ihrer albernen Schwester Wendy anvertraut. Das Mädchen war mit Larry Cochran befreundet und hat ihn eingeweiht. Daraufhin hat er versucht, mich zu erpressen. Das war ein Fehler.«

»Dann war die Lösegeldforderung nur eine List?«

»Stimmt genau. Ich habe sie nicht eher eingesetzt, weil ich vermeiden wollte, dass das FBI sich einmischt. Doch als du mir sagtest, dass Todds Entführung deiner Ansicht nach nichts mit Geld zu tun habe, hast du mir einen ziemlichen Schrecken eingejagt, Liebes. Deshalb habe ich als Ablenkungsmanöver diese Lösegeldübergabe inszeniert. Während du und Clay im Park Detektiv gespielt habt, hatte ich Gelegenheit, Larry loszuwerden, meinen Erpresser. Mit ihm hatte ich die letzte Gefahr für mich beseitigt, denn als Todd krank wurde, musste ich doch dafür sorgen, dass man ihn fand. Ich hatte nicht vor, ihn sterben zu lassen – er war doch mein Trumpf gegen Doug. Ich wollte Todd heute holen, um ihn an irgendeinen leicht zugänglichen Ort zu bringen, wo er schnell gefunden würde. Ich hätte es so eingerichtet, dass der Verdacht auf Larry gefallen wäre! Aber du und dein verfluchter Köter habt das Versteck entdeckt.« Er seufzte. »Weißt du, ich konnte dich schon immer gut leiden. Deine Schönheit. Deine Intelligenz. Ich habe früher nicht an deine Wahrnehmungen geglaubt. Aus diesem Grund machte ich mir keine Sorgen, als ich Todd entführte. Damals bei Jonnie hattest du ja schließlich auch versagt.«

Rebekka zuckte zusammen. »Ich hab mich so sehr bemüht. Ich weiß auch nicht, warum ich kein Glück hatte.«

»Wahrscheinlich hast du ihm zu nah gestanden. Ihr zwei wart ja immer ein Herz und eine Seele. Mit Todd ist es anders. Du hast ihn zwar gern, aber anders als deinen Bruder. In der letzten Woche bin ich dir gegenüber ein bisschen vorsichtig geworden, hab versucht, dir Angst einzujagen: die CD mit *A Whiter Shade of Pale*, Jonnies Armband, Matilda in der Gruft. Aber du bist hartnäckig. Zu hartnäckig für meinen Geschmack, und ich fürchte fast, meine Schwäche für dich ist verschwunden. Du bist mir im Weg, meine Liebe. Ich muss dich töten. Welch ein Jammer. Du bist so jung und schön.«

Frank hielt ihr das Messer an die Kehle, stach aber nicht zu. Rebekka sah das leichte Zittern seiner Hand. »Wenn du es tun musst, dann tu es schnell«, sagte sie tonlos. Angst und Kampfesmut waren ihr vergangen. Sie konnte nur noch an die vielen Menschenleben denken, die dieser Mann auf dem Gewissen hatte, und an den todkranken Jonnie, den er eigenhändig erschlagen hatte. »Ich werde mich nicht wehren, wenn du mir eins versprichst.«

»Und das wäre?«

»Dass du Todd nicht wehtust.«

»Wie du willst, meine Liebe. Mein letztes Versprechen an dich.«

Rebekka drehte den Kopf beiseite. Frank presste das Messer an ihre Kehle, und dann spürte sie ihr warmes Blut über das Schlüsselbein laufen …

Plötzlich ein Schuss. Noch einer. Und noch einer. Der obere Teil von Franks Kopf zersprang nach allen Seiten vor einem blauen Himmel. Sein Blut prasselte ihr in einem heißen, hässlichen Schauer aufs Gesicht. Er ließ das Messer fallen und fiel nach hinten.

Rebekka verlor das Bewusstsein.

4

»Todd? Todd?«, murmelte Rebekka.

Eine Frau mit lächelnden braunen Augen beugte sich über Rebekka. »Sie sind im Krankenhaus. Es geht Ihnen gut. Und so wie's aussieht, wird's Todd auch bald wieder gut gehen.« Sie blickte auf. »Hier ist Dr. Bellamy für Sie.«

Und da war er auch schon, seine graublauen Augen ernst, seine Hand, die die ihre nahm. »Wir werden dir wohl ein paar Mal im Jahr ein Bett hier reservieren müssen. Natürlich sind die Preise in der Hauptsaison höher.«

»Du bist albern«, krächzte sie. »Was ist passiert?«

»Todds Blinddarm wäre beinahe geplatzt, aber wir konnten ihn gerade noch rechtzeitig operieren. Ein paar Stunden später, und es wäre aus gewesen mit ihm.«

»Wird er wieder gesund?«

»Da bin ich ziemlich sicher.«

»Gott sei Dank. Und Sean?«

Clay blickte erstaunt drein. »Du hast dir um Sean Sorgen gemacht?«

»Am Teich. Er ist nicht gekommen. Ist er …«

»Er hat auf Todd aufgepasst und war in der Hütte eingesperrt.

Man sieht noch seine Kratzspuren auf der Innenseite der Tür. Jedenfalls habe ich ihn mit nach Hause genommen. Er ist nervös, aber Gypsy tut ihr Bestes, um ihn zu beruhigen.«

»Danke, dass du ihn nicht ins Tierheim gebracht hast.«

»Er sieht mir nicht danach aus, als würde er auf Tierheime stehen. Und ganz im Vertrauen, ich glaube, dass es zwischen deinem Jungen und meinem Mädchen gefunkt hat.«

»Wie romantisch.« Rebekka lächelte. »Warst du in *Whispering Willows*? Woher wusstest du denn, dass du kommen solltest?«

»Um genau zu sein, war ich mit Bill draußen. Bill hatte deine Mutter besucht. Sie war in einem fürchterlichen Zustand. Er hat einen Krankenwagen gerufen. Man hat sie in die Notaufnahme gebracht, ich hatte gerade Dienst, und ein Blick auf ihre Pupillen hat mir genügt, um zu wissen, dass man ihr Drogen verabreicht hatte.«

»Drogen! Geht es ihr besser?«

»Ja. Bill und Betty – Betty ist in den Polizeiwagen eingestiegen und war nicht mehr rauszukriegen –, hatten geschworen, dass deine Mutter zwar trank, aber keine Tabletten nahm. Dann hat Suzanne angedeutet, dass Frank ihr in der Nacht den Wein gegeben hätte. Skeeter Dobbs' Wein enthielt anscheinend auch Drogen, und so hat Bill die Verbindung hergestellt. Betty sagte, dass Frank und du in Esthers Gärtnerei wärt. Sie sagte auch, dass Doug sie angerufen und gefragt hätte, wo sein Vater sei. Als sie es ihm gesagt hätte, habe er gemeint: ›Er ist ein Mörder und ich werde ihm das Handwerk legen.‹ Betty war außer sich.«

»Frank muss Mutter betäubt haben, damit er unbemerkt aus dem Haus kam, um Larry töten zu können. Und Doug hat irgendwie herausgefunden, dass sein Vater Larry ermordet hatte.«

»Na ja, das wussten wir noch nicht. Wir dachten nur, dass Doug unterwegs sei, um Frank umzubringen, dass auch Frank möglicherweise gefährlich sei und du mit den beiden allein da draußen warst. Diesmal war ich nicht mehr aus Bills Wagen zu kriegen.« Er schloss die Augen. »Wir sind gerade noch rechtzeitig gekommen.«

Rebekka berührte seine Wange. »Ein Arzt, der zur Stelle ist, wenn man ihn braucht. Jetzt glaube ich an Wunder.«

Dann schlief sie ein.

22. Kapitel

Die Woche darauf brachte Rebekka ihre Mutter ins Rehabilitationszentrum. Suzanne versuchte, unbekümmert zu wirken, aber Rebekka sah die Traurigkeit in ihren Augen. »Es ist nur für drei Monate, Mutter«, sagte sie. »Ich weiß, das hört sich lange an …«

»Nein, tut es nicht. Ich brauche diese Zeit, Rebekka. Nicht nur, um vom Alkohol loszukommen. Auch um über mein Leben nachzudenken. Über all die Fehler, die ich gemacht habe.«

»Nein, nicht die Fehler. Denk an all das Gute. An Daddy und Jonnie und Rusty. Denk daran, wie sehr du sie geliebt hast und immer noch liebst, und welches Glück du hattest, sie zu haben.«

Suzanne lächelte. »Ich sehe schon, dich selbst hast du nicht auf die Liste gesetzt.«

»Na ja, weil ich nicht so genau weiß, ob ich ein Glück für dich bin. Ich habe dir schon viel Kummer gemacht.«

»Du bist eine wunderbare Tochter, Rebekka.« Sie grinste. »Stur wie ein Maulesel, aber wunderbar. Ich war nur zu dumm, um es zu begreifen. Aber ich möchte dir gern etwas schenken, gleichsam ein Symbol für unseren Neuanfang.«

Sie reichte ihr eine kleine grüne Schachtel. Rebekka hielt den Wagen an und machte sie auf. Der Smaragdring, den sie im Schmuckladen anprobiert hatte, funkelte in der Sonne. »O Mutter, wie schön! Aber woher weißt du davon?«

»Ein Vögelchen hat es mir zugezwitschert, als ich im Krankenhaus war. Besser gesagt, ein niedlicher blonder Arzt, den ich mir gut als meinen Schwiegersohn vorstellen könnte.«

»Als Schwiegersohn?«

Suzanne zuckte die Schultern. »Denk dran, wie glücklich dein Vater und ich zusammen waren, und überleg es dir. Clay erinnert mich sehr an Patrick.

Suzanne wollte nicht, dass Rebekka sie ins Rehabilitationszentrum begleitete. »Viel zu deprimierend«, sagte sie. »Wir wollen uns hier draußen verabschieden.«

»Wenn du wieder draußen bist, möchte ich, dass du dir überlegst, ob du nicht nach New Orleans ziehen möchtest«, sagte Rebekka ehrlich. »Es würde dir da gefallen. Es gibt so viel zu tun, so viel zu sehen.«

»Ich habe mein ganzes Leben in Sinclair verbracht, Rebekka. Und da sind Molly und Todd und Bill.«

»Molly und Todd und Bill sind wahrscheinlich schon bald eine Familie. Wir kommen zur Hochzeit. Aber Sinclair … Mutter, ich weiß ja, dass Daddy und Jonnie auch hier sind, aber …«

»Sie sind tot. Ich muss mich damit abfinden. Aber meine Tochter lebt.« Plötzlich umarmte Suzanne Rebekka. »Ich will es mir überlegen. Eigentlich wollte ich ja schon immer im Französischen Viertel leben.«

»Das Französische Viertel! Mutter, das könnte …«

»Zu viel Spaß machen? Ich bin reif für ein wenig Spaß. In den letzten Jahren hatte ich verdammt wenig davon.« Sie steuerte auf das Gebäude zu, drehte sich noch einmal um und winkte. »Bis bald, Liebes. Und denk daran, dass ich dich liebe.«

Vier Tage später kam Rebekka aus Columbus zurück, wo man Esther erfolgreich operiert hatte. Sie war müde nach der Anstrengung und ihr graute vor der Rückreise nach New Orleans. Ein Teil von ihr wollte nicht weg, aber sie wusste, dass sie keine andere Wahl hatte. Ihr Leben in Sinclair war vor acht Jahren zu Ende gegangen. Als sie gerade mit Packen angefangen hatte, rief Clay sie an. »Wie wäre es mit einem Abendessen?«

»Aber hoffentlich nicht bei Dormaine.« Rebekka lachte.

»Nein. Ich dachte an den wunderschönen Pavillon in eurem Garten. Ich habe gehört, dass heute Nacht alle Sterne funkeln.«

»Alle? Klingt hübsch.«

»Ich werde in einer Stunde mit Wein und Musik bei dir sein. Ach ja, kann ich Gypsy mitbringen?«

»Sean wird sich freuen. Erwartet sie Blümchen?«

»Nichts Ausgefallenes. Sag ihm, er braucht nicht sein ganzes Taschengeld für sie auszugeben. Bis bald.«

Um nach dem Abschied von ihrer Mutter nicht in Schwermut zu versinken, hatte Rebekka sich einer altbewährten Shopping-Kur unterzogen. Und so rannte sie nach Clays Anruf aufgedreht in ihr Zimmer, sprang rasch unter die Dusche, betupfte sich mit Chanel No. 5, schlüpfte in ihr neues mintgrünes Kleid und passende Sandalen und legte sich die Goldkette ihrer Mutter mit der einzelnen großen Perle um den Hals. Dann trug sie zwölf dicke Kerzen in den Pavillon und zündete sie an.

»Wir beide sind heute verabredet«, sagte sie zu Sean und bürstete ihn sanft, wobei sie sein langes Fell an den Beinen glättete und seine Tolle zurechtrückte. »Ich weiß, dass dieses Mädchen etwas Besonderes für dich ist, also sei ein Gentleman. Wenn du sie anpinkelst, werde ich vor Scham im Boden versinken.«

Sean leckte ihr die Nase, was sie als Versprechen auffasste. Sie hoffte, dass die Neugierde Betty und Walt nicht in den Garten trieb.

Pünktlich eine Stunde später stand Clay vor der Tür mit einer Flasche Wein und einem Ghettoblaster. »Ich dachte, wir könnten ein wenig Musik gebrauchen«, sagte er schlicht. »Ich habe ein paar CDs dabei.«

»Aber hoffentlich nicht *A Whiter Shade of Pale*.«

»Nein, *Baa Baa Black Sheep* und *Here We Go Round the Mulberry Bush*. Ich dachte, dass wir vielleicht tanzen.« Sean und Gypsy rieben bereits ihre Nasen aneinander. »Glücklich vereint.«

»Sean ist ein Draufgänger.«

»Gypsy ist auch nicht gerade die Unschuld vom Lande.«

»Ich glaube, es war Liebe auf den ersten Blick. Warum kommt ihr zwei nicht rein? Ich hole die Weingläser und den Korkenzieher und auf geht's in den Pavillon.«

Als sie die kleine Treppe zum beleuchteten Pavillon hinaufstiegen, pfiff Clay anerkennend. »Das sieht zauberhaft aus.«

»Meine Eltern haben früher hier manchmal Kerzen angezündet. Ich fand das immer so schön.«

»Das ist es auch. Und erst dein Kleid. Ich komme mir fast schäbig vor in meinen Khakis.«

»Ach, das ist doch nur ein schlichtes Sommerkleid«, sagte Rebekka herablassend. »Nichts Besonders.«

»Nun ja, es passt jedenfalls ausgezeichnet zu dem, was ich dir mitgebracht habe.« Clay stellte die Flasche und den Ghettoblaster ab, öffnete ein Päckchen und reichte ihr eine cremefarbene Gardenie. »Für dein Haar.«

»Die ist ja wunderhübsch, Clay!«, hauchte Rebekka.

»Frauen in alten Filmen tragen solche Blüten. Ich habe das immer bewundert. Steckst du sie mir ins Haar?« Er steckte ihr die Blume behutsam hinter ihr rechtes Ohr. »Wie sehe ich aus?«

»Umwerfend. Du solltest immer Gardenien im Haar tragen.«

»Das werde ich auch. Es wird mein Markenzeichen.«

»Wirst du auch eine tragen, wenn dein nächster Krimi erschienen ist und du Bücher signierst?«

»Falls ich je wieder ein Buch schreiben sollte. Mit dem Exposé für mein nächstes bin ich so im Verzug, dass mich der Verleger wahrscheinlich längst vergessen hat.«

»Das bezweifle ich. Und ich freue mich schon auf Nummer zwei.«

»Du hast Nummer eins noch nicht gelesen.«

»Habe ich wohl. Es war großartig. Und ich bin froh, dass du nicht über Jonnies Entführung oder Earl Tanners Ermordung geschrieben hast.«

»Weil wir gerade von Earl Tanner reden«, sagte Rebekka, als Clay den Wein entkorkte und zwei Gläser einschenkte, »ich habe heute einen Brief von Alvin erhalten.«

»Einen Brief?«

»Bill meinte, dass Alvin zu schüchtern sei, um mich anzurufen und persönlich mit mir zu sprechen.«

Clay reichte ihr ein Glas. »Ich hoffe, er hat nichts Unangenehmes geschrieben.«

»Seine Mutter ist vor fünf Tagen im Gefängnis an Krebs gestorben. Als ich das gelesen habe, hätte mein schlechtes Gewissen mich beinahe erdrückt. Aber dann habe ich weitergelesen und etwas Unglaubliches erfahren. Alvin sagt, nicht sein Vater, sondern seine Mutter habe ihn geschlagen. Lange Zeit habe Earl ihr geglaubt, dass

Alvin hingefallen sei, aber schließlich habe er Verdacht geschöpft. Er habe vorgehabt, sich scheiden zu lassen, sie wegen Kindesmisshandlung anzuzeigen und Alvin zu sich zu nehmen. Also habe sie ihn umgebracht und versucht, seine Lebensversicherung zu kassieren, was ihr auch gelungen wäre, wenn ich nicht gewesen wäre. Alvin ist überzeugt, dass sie ihn irgendwann umgebracht hätte und dass er mir deshalb sein Leben verdankt.«

»Nicht zu fassen«, sagte Clay. »Und du hast die ganze Zeit geglaubt, dass er dich hasst.«

»Wie es aussieht, sind alte Gespenster hartnäckig. Immer wenn seine Mutter auf Freigang war, drohte sie Alvin, eines Tages mit ihm abzurechnen. Er hatte entsetzliche Angst, da das Kind in ihm immer noch glaubte, sie könne alles mit ihm tun. Jetzt wo sie fort ist, fühlt er sich endlich frei. Und stell dir vor – er möchte über das alles ein Buch schreiben. Er und seine Frau erwarten ein Baby und sind in einer finanziellen Zwickmühle. Der Vorschuss für ein Buch könnte wahre Wunder wirken. Er hat mich gebeten, mit meiner Agentin über sein Vorhaben zu sprechen. Das habe ich getan, und sie war begeistert. Das wirkliche Leben, außersinnliche Fähigkeiten, der Autor des Buches selbst in die Geschichte verwickelt – großartiger Stoff. Sie möchte ein Exposé lesen. Ich habe ihm die gute Nachricht brieflich übermittelt. Ich wollte ihn mit einem Anruf nicht zu Tode erschrecken.«

Clay lachte. »Wenn er tatsächlich ein Buch herausbringt, sollte er seine Schüchternheit überwinden.«

»Er hat es schon in Arbeit und mir ein paar Auszüge zugeschickt. Es ist gut. Sehr gut.«

»Das ist ja großartig. Einige Leute im Krankenhaus können nichts mit ihm anfangen, aber ich habe ihn gleich gemocht.«

Rebekka nahm einen Schluck Wein. »Ich habe noch ein paar Neuigkeiten«, sagte sie rasch. Sie war grundlos nervös und hatte das Bedürfnis, unentwegt zu sprechen. »Die erste betrifft Tante Esther. Sie will in einem Sanatorium in der Nähe des Krankenhauses bleiben, bis ihre Bestrahlungstherapie abgeschlossen ist. Ich hatte schon Angst, sie würde darauf bestehen, nach *Whispering Willows* zurückzukehren.«

Clay lächelte. »Esther ist vernünftig, Rebekka. Sie ist auch eine Kämpfernatur. Ich glaube, sie wird uns noch zwanzig Jahre erhalten bleiben.«

»Das hoffe ich auch. Meine zweite Neuigkeit betrifft Randy Messer. Ich habe dir doch erzählt, dass man nach dem Angriff auf Sonia im Pioniersaal einen Ohrring gefunden hatte, und dass Randys Ohrläppchen aufgerissen war?« Clay nickte. »Randys Vater hat zugegeben, dass er mit Randy ›zusammengerauscht‹ war, wie er es nennt, und dass er ihm dabei den Ohrring herausgerissen hatte. Es war auch kein Stecker wie der in der Bibliothek. Ich dachte gleich, dass es schwierig sei, einen Stecker herauszureißen.«

»Möchte man meinen. Ich habe noch nicht darüber nachgedacht.«

Rebekka nahm einen Schluck Wein. »Dritte Neuigkeit. Todd hat sich immerzu um das ›Baby‹ Sorgen gemacht, das er weinen gehört hatte, als er in der Hütte lag. Also ist Bill mit ihm in den Wald gefahren, wo sie das Kitz tatsächlich entdeckt haben. Es war vollkommen gesund. Todd hat Bill gebeten, einen Polizisten das Kitz bewachen zu lassen, aber Bill konnte ihn davon überzeugen, dass die Rehmama es vielleicht nicht so gern hätte, wenn ständig ein Mensch in der Nähe wäre.«

Clay grinste. »Was für ein Junge! Nach allem, was er durchmachen musste, macht er sich noch Gedanken, was da im Wald geweint hat.«

»Er ist eben etwas Besonderes.«

»Und du willst irgendwann auch so einen.«

Rebekkas Gesicht stand in Flammen. Um ihre Verlegenheit zu überspielen, nahm sie einen kräftigen Schluck Wein und fragte: »Wie wäre es mit ein wenig Musik?«

»Klingt gut.«

Clay legte eine CD ein. Es war Sarah McLachlans *I Love You*. »Mein Lieblingssong?«, fragte Rebekka. »Das weißt du noch?«

»Sicher.« Er bewegte sich auf sie zu, nahm ihr das Weinglas aus der Hand, stellte es ab und breitete auffordernd die Arme aus. »Tanzen wir?«

Rebekka schmiegte sich an ihn. Die Hunde lagen eng beieinander und sahen ihnen zu. Die Kerzen flackerten, als Sarahs seelenvolle, eindringliche Stimme Worte der Liebe durch die warme, nach Rosen duftende Nachtluft wehen ließ. »Wir tanzen gut, findest du nicht.«

»Wir tun nichts Außergewöhnliches.«

»Könntest du bitte versuchen, in Stimmung zu kommen?«, bat Clay gutmütig.

Das ist ja das Problem, dachte Rebekka. Diese wunderbare Stimmung. Ich könnte die ganze Nacht in seinen Armen bleiben. Ich habe das Gefühl, ich müsste sterben, wenn er mich loslassen würde.

»Sie singt davon, dass sie jemanden liebt und es ihm nicht sagen kann«, raunte Clay ihr zu.

»Ich weiß.«

»Wirst du nach New Orleans zurückkehren, ohne mir zu sagen, dass du mich liebst?«

Rebekkas Herz klopfte wie wild. »Im Lied ist es der Mann, der geht, nicht die Frau.«

»Ich weiß. Du hast meine Frage aber nicht beantwortet.«

Sie tanzten weiter in der zauberhaften, von Kerzen erleuchteten und Düften durchzogenen Nacht. »Clay, ich kann hier nicht leben.«

»Das hat auch niemand von dir verlangt. Es gibt doch auch Krankenhäuser in New Orleans, oder?«

»Wahrscheinlich.«

»Und wenn ich dort arbeiten würde?« Er trat einen Schritt zurück und sah sie an. »Du bist zwar die, die hellsehen kann, aber ich weiß, dass du mich liebst. Und ich liebe dich. Seit du mir damals als Teenager von den Sternbildern Callisto und Arcas erzählt hast. Da bist du ausnahmsweise mal nicht rot geworden oder ins Stottern geraten. Und ich konnte an nichts anderes denken als an deine schönen grünen Augen und weichen Lippen und die Musik in deiner Stimme. Du hast voller Leidenschaft erzählt, und ich habe die Frau gesehen, die du einmal sein würdest.«

Rebekka blickte in seine Augen, die traurig-kühnen Augen, die sie vergötterte, und ihre Kehle schnürte sich zusammen. »Clay, es ist nicht einfach mit mir. Meine Visionen könnten zum Problem zwischen uns werden.«

»Für jedes Problem gibt es eine Lösung.«

»Das ist nicht wahr.«

»Na schön, aber manche Probleme könnten bewältigt werden, wenn die Menschen sich mehr Mühe gäben. Ich werde mir ganz sicher Mühe geben. Und du doch auch. Außerdem …« Er drehte sie herum, bis sie Sean und Gypsy im Blick hatte, die Seite an Seite lagen. »Bringst du es über dich, diese beiden zu trennen?«

Rebekka lächelte, und ihre Augen füllten sich mit Tränen. Dann legte sie den Kopf auf Clays Schulter. »Was glauben Sie denn, wie Ihnen das Leben in New Orleans gefallen wird, Dr. Bellamy?«